Chapter 1 图像的基本处理

Chapter 2 图像模糊、锐化与柔化

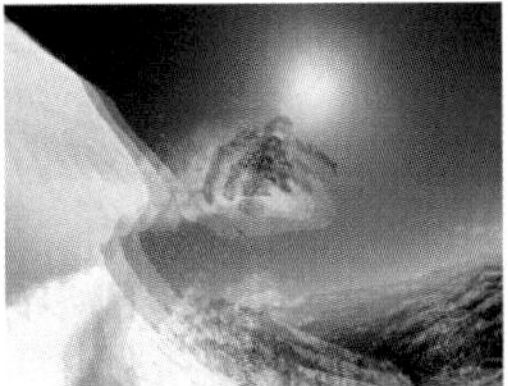

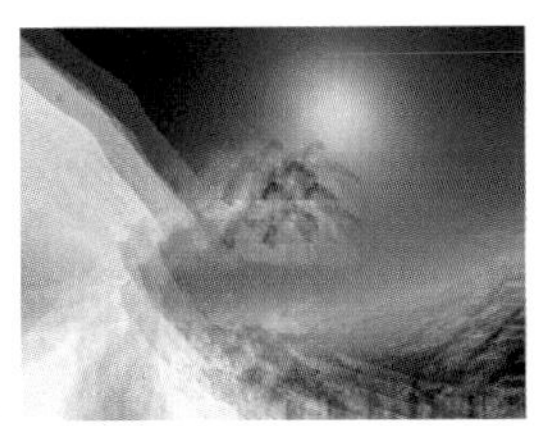

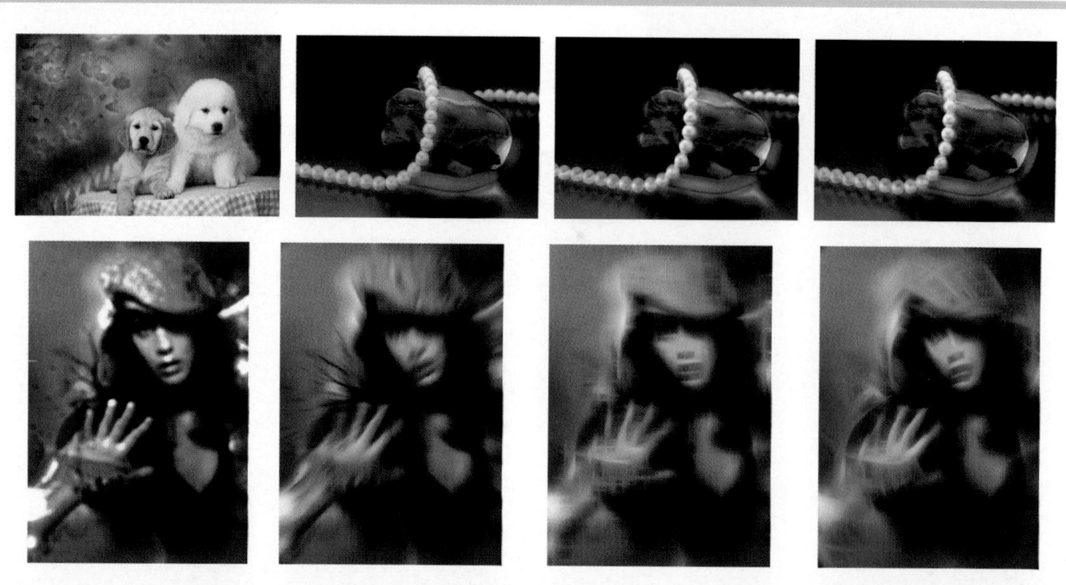

Chapter 3 图像的渲染处理

Chapter 4 图像的纹理处理

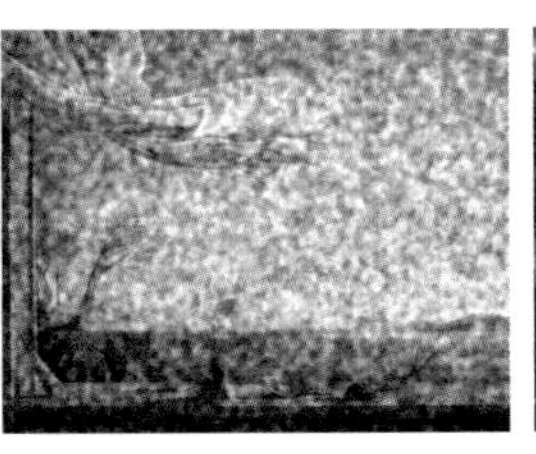
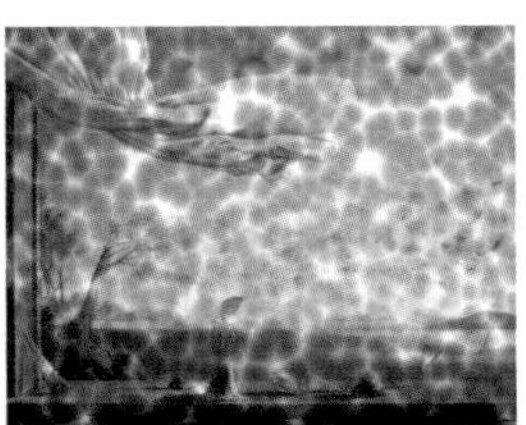
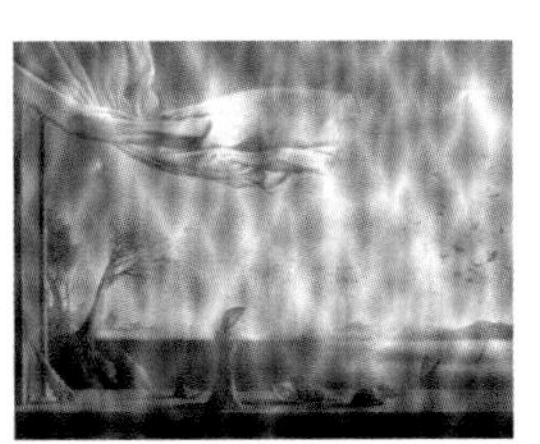

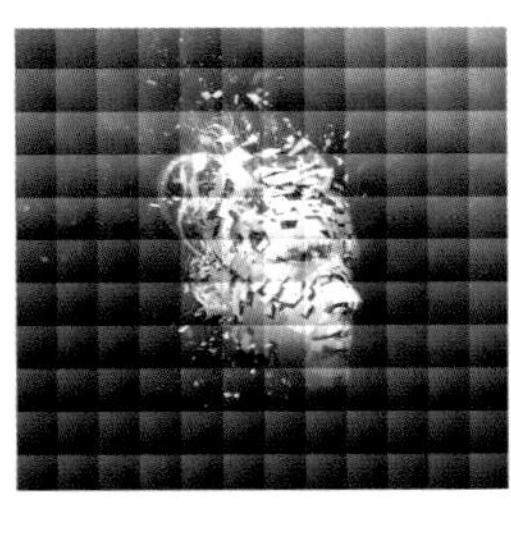
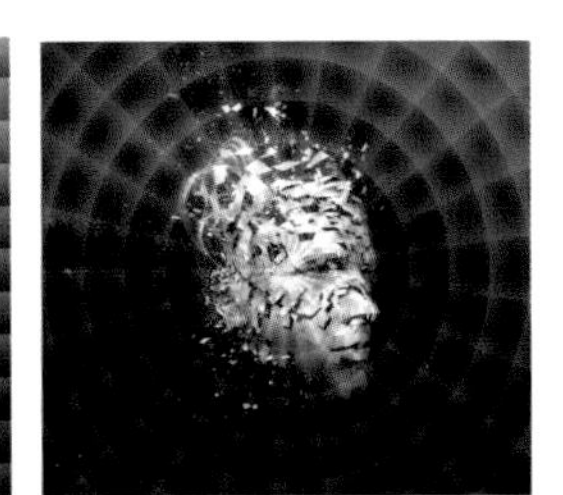
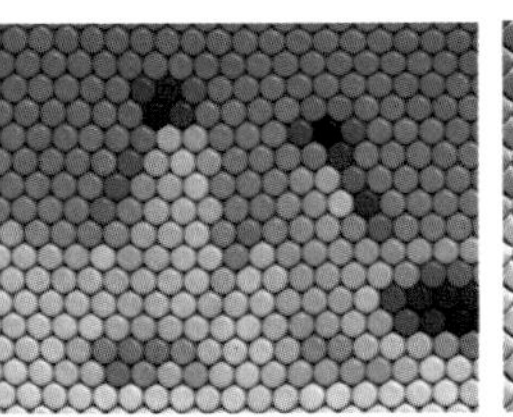

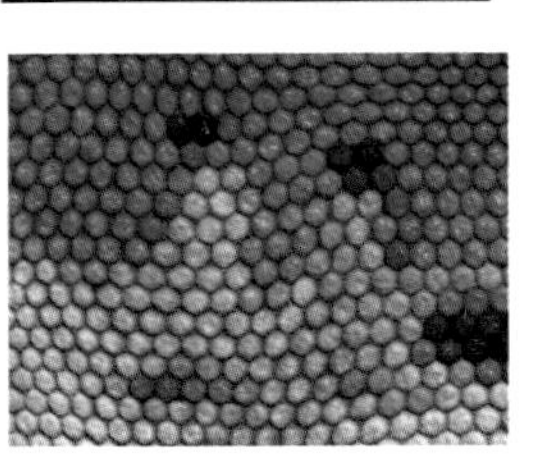

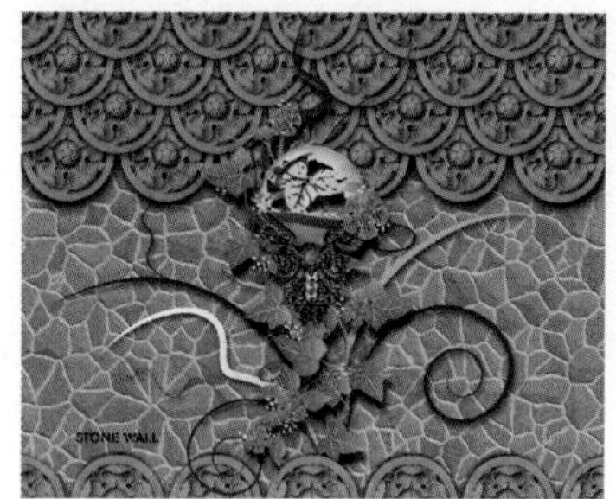

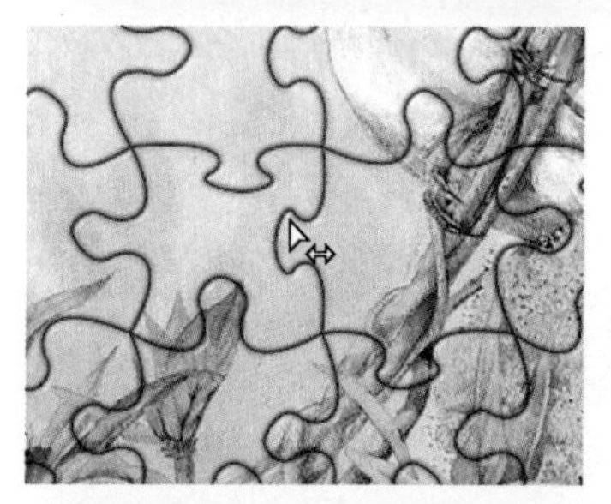

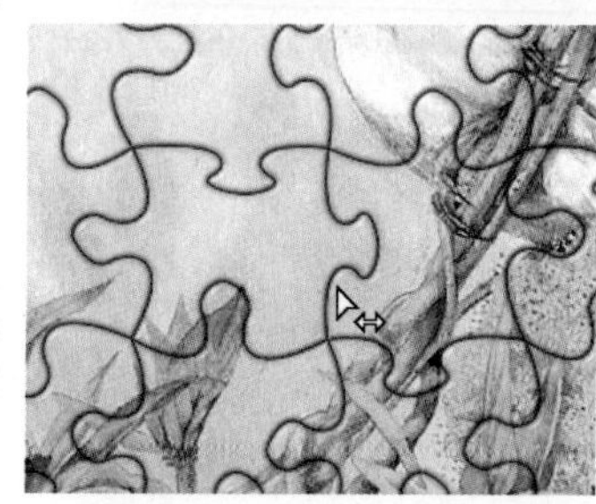

Chapter 5 图像的扭曲处理

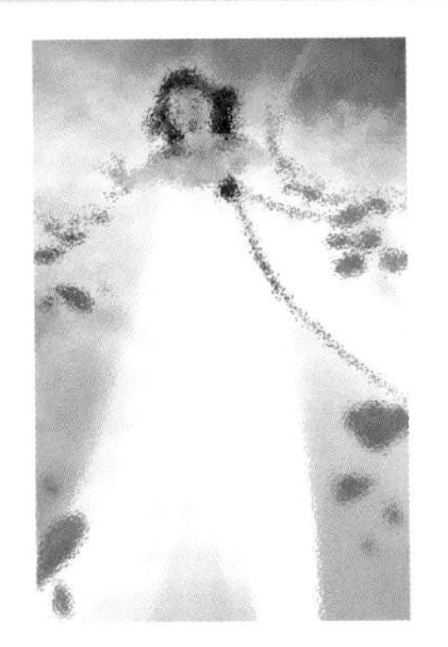

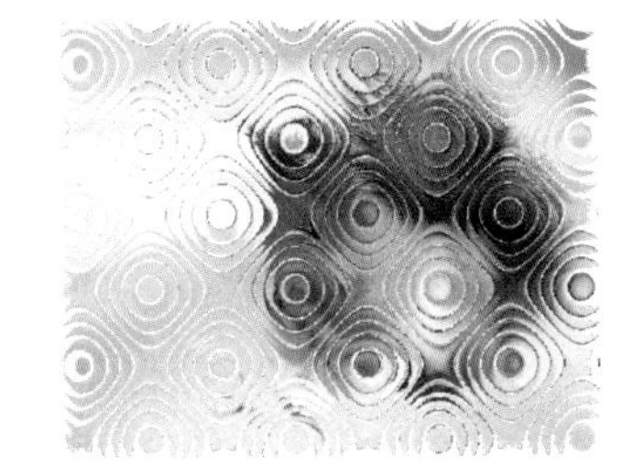

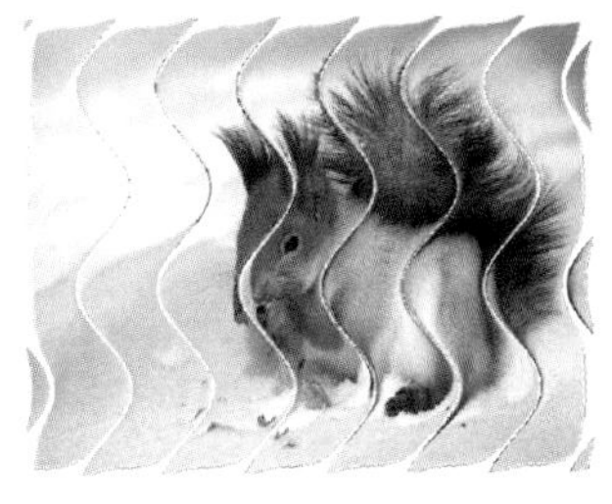

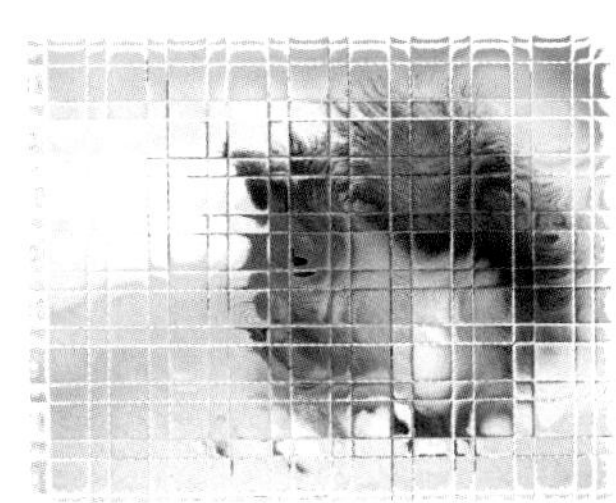

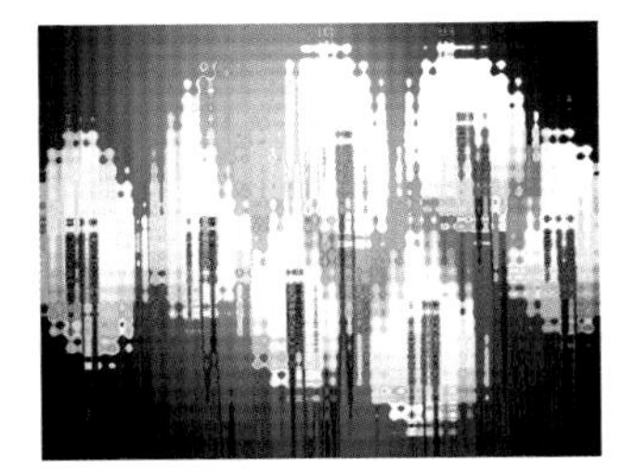

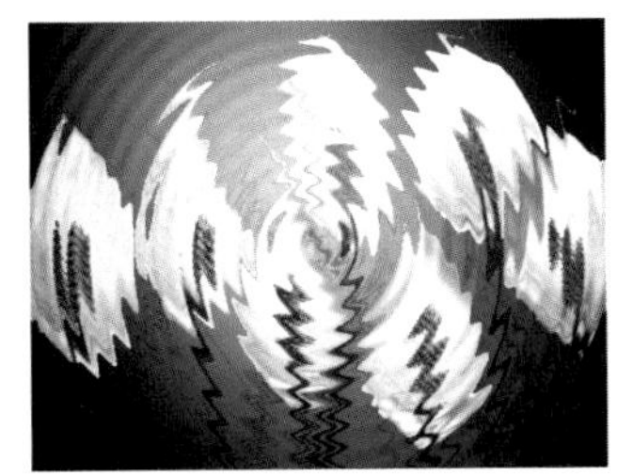

ICE AGE 2
THE MELTDOWN

Chapter 6 图像的风格化处理

SUMMER
EXHIBITION
2006

Violet

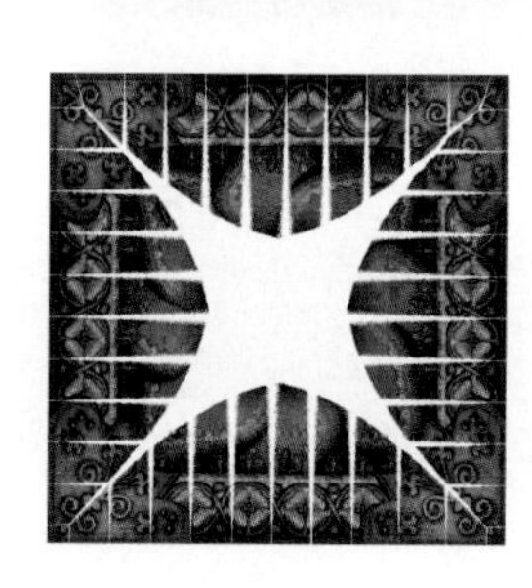

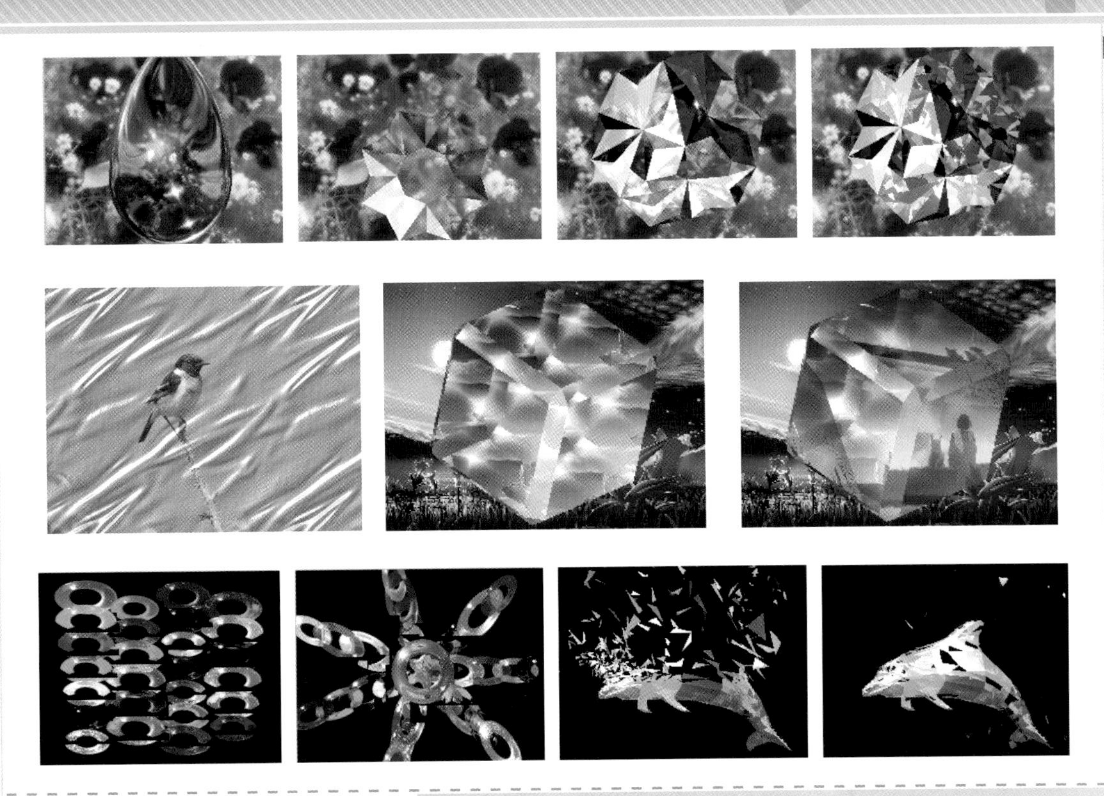

Chapter 7 图像的艺术效果处理

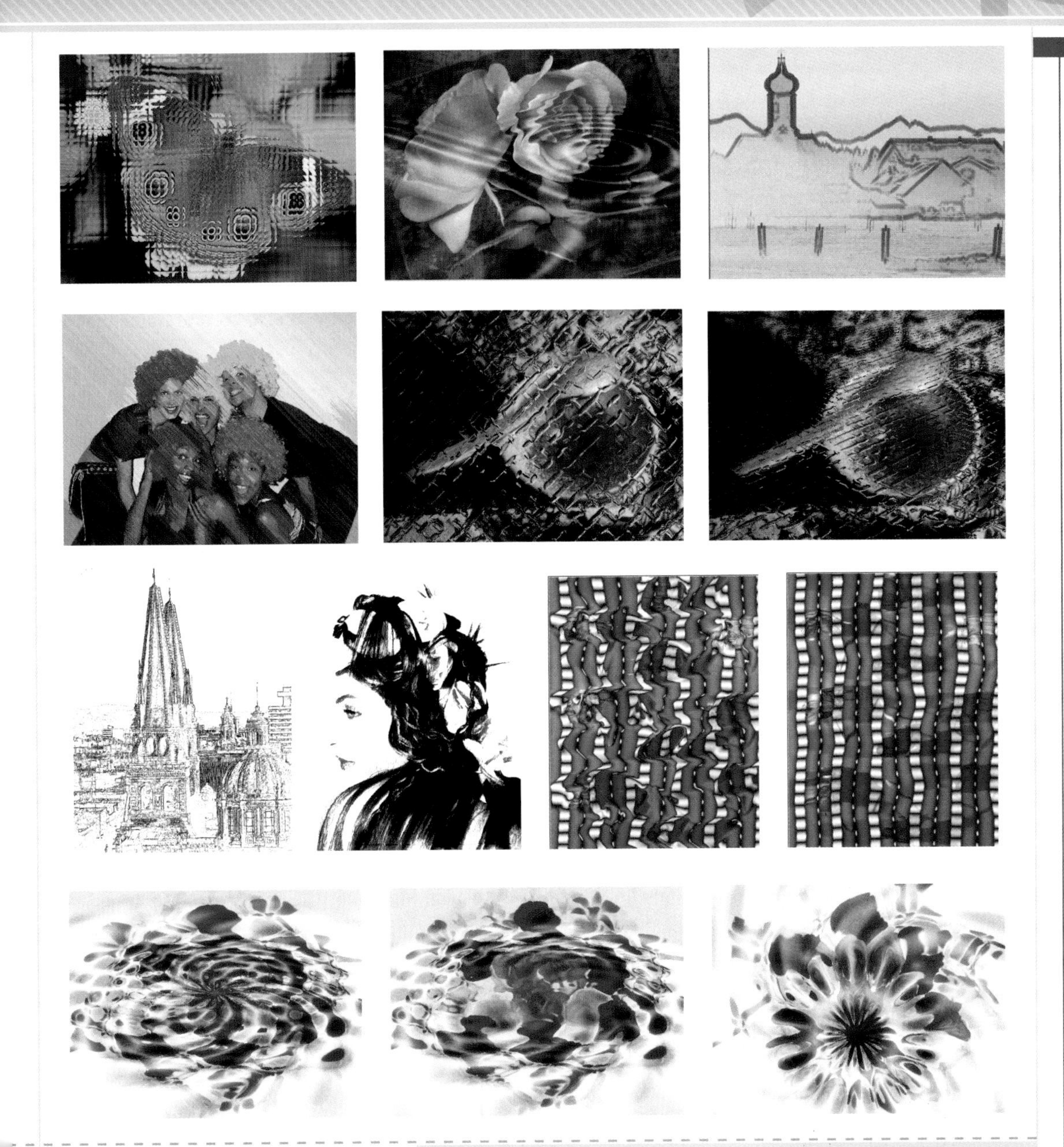

Chapter 8 图像边缘的效果处理

Chapter 9 图像场景的处理

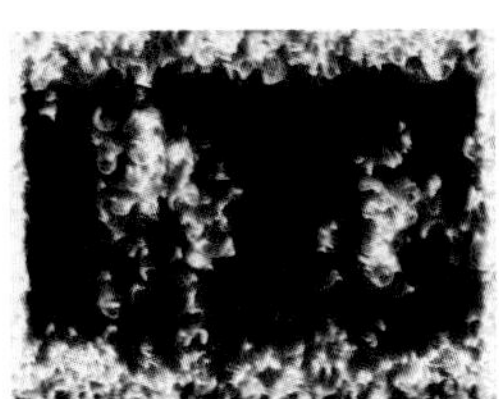

Chapter 10 图像的创造性效果处理

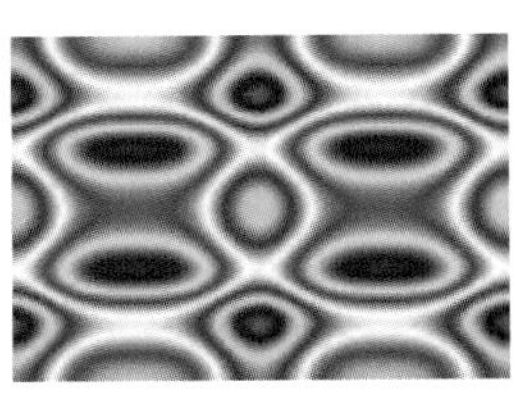

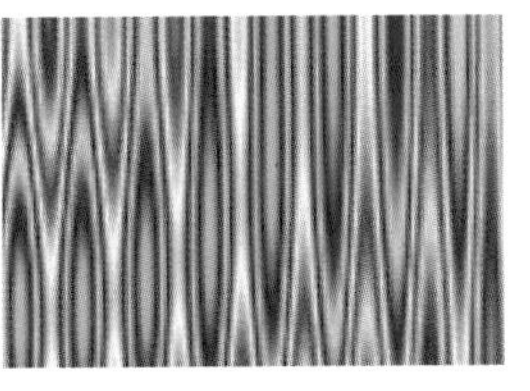

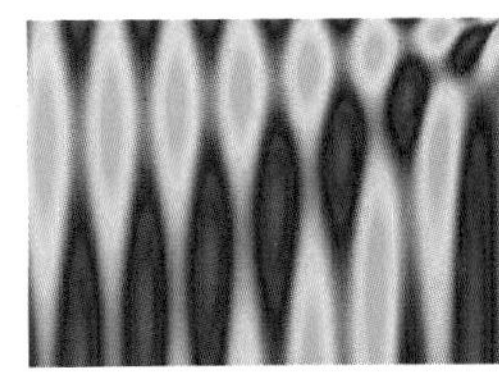

Animal
Animal

Chapter 11图像的特殊效果处理

Chapter 12 图像色彩调整

原始图像

处理后

原始图片

处理后

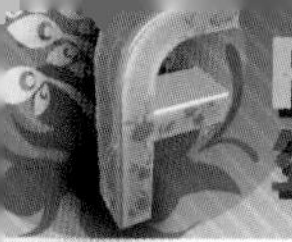

Chapter 13 数码照片处理

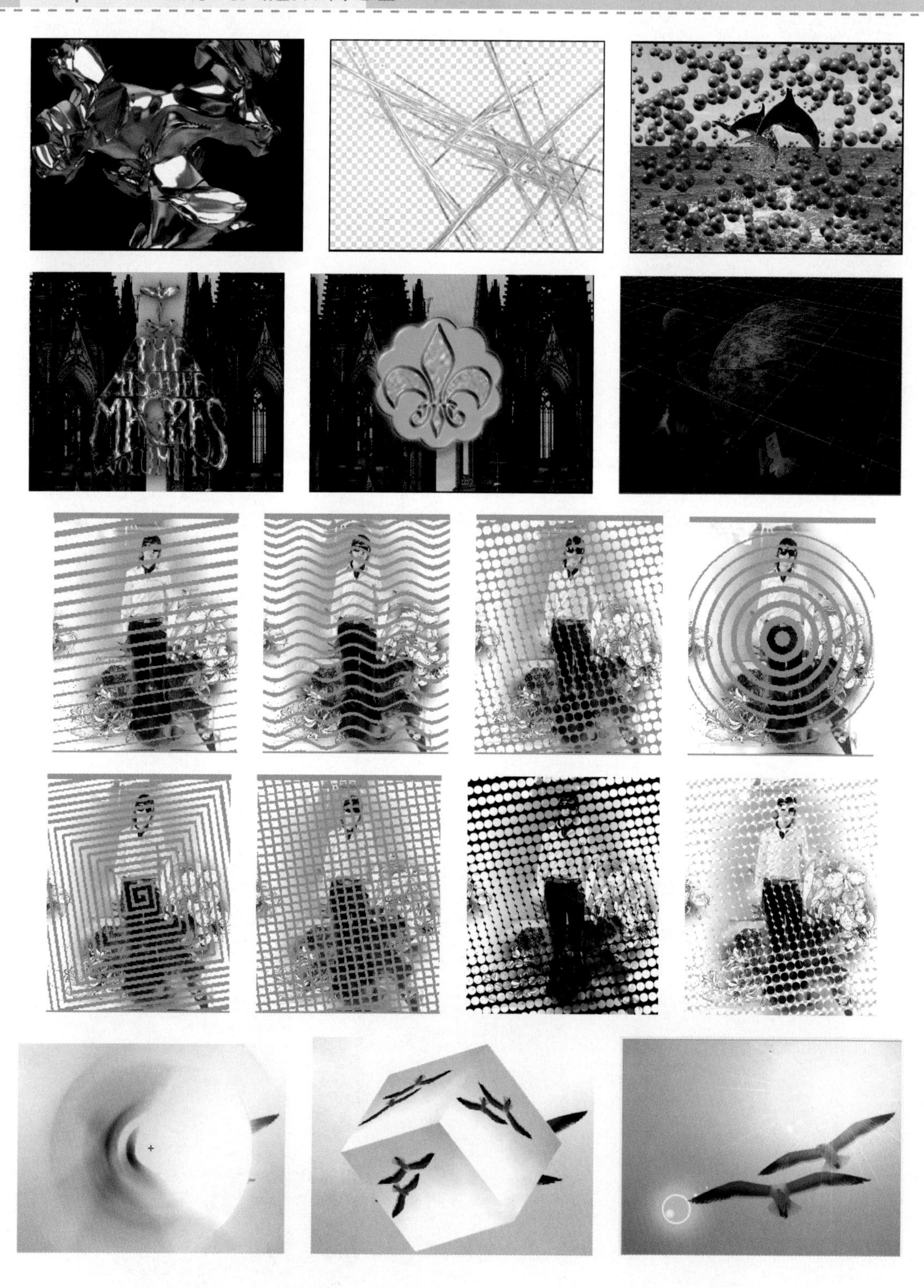

Photoshop CS3
外挂滤镜特效设计
完全手册

盛享王景文化　徐春红　编著

人民邮电出版社
北京

图书在版编目（CIP）数据

Photoshop CS3 外挂滤镜特效设计完全手册/徐春红编著．—北京：人民邮电出版社，2008.10
ISBN 978-7-115-18665-2

Ⅰ．P… Ⅱ．徐… Ⅲ．图形软件，Photoshop CS3 Ⅳ．TP391.41

中国版本图书馆 CIP 数据核字（2008）第 124173 号

内 容 提 要

在使用Photoshop进行图像处理和创意设计时，滤镜往往能起到非凡的作用，运用滤镜能设计出神奇的效果。本书讲解了数十类300多个优秀的Photoshop外挂滤镜的使用方法，包括知名的KPT、Eye Candy系列等。这些滤镜可以应用于图像变形、特效创建、自然界景象模拟、图像修饰、艺术化效果制作、数码照片处理等多个方面，是Photoshop软件的强力外援。本书共14章，根据Photoshop CS3外挂滤镜的应用功能特点分别讲解了图像的模糊、锐化、柔化处理，渲染处理，纹理处理，扭曲处理，风格化处理，艺术化处理，边缘效果处理，场景处理，创造性效果处理，特殊效果处理，色彩调整，数码照片处理及其他效果处理等内容。

在讲解过程中，本书根据各个外挂滤镜的图像处理特点精心挑选了图像素材，对外挂滤镜的工作方式和原理、使用方法、参数设置及应用效果进行了详细介绍，并为每一个外挂滤镜设计了典型的应用实例。本书适合Photoshop初、中级读者与相关爱好者学习参考，更可作为图像处理工作人员、照片处理工作人员及平面设计工作人员工作中不可缺少的外挂滤镜功能速查与应用工具手册。

Photoshop CS3 外挂滤镜特效设计完全手册

◆ 编　著　盛亨王景文化　徐春红
　责任编辑　郭发明

◆ 人民邮电出版社出版发行　北京市崇文区夕照寺街 14 号
　邮编　100061　电子函件　315@ptpress.com.cn
　网址　http://www.ptpress.com.cn
　北京鑫丰华彩印有限公司印刷

◆ 开本：787×1092　1/16
　印张：22　彩插：10
　字数：528 千字　2008 年 10 月第 1 版
　印数：1–4 000 册　2008 年 10 月北京第 1 次印刷

ISBN 978-7-115-18665-2/TP

定价：69.00 元（附光盘）

读者服务热线：(010)67132692　印装质量热线：(010)67129223

反盗版热线：(010)67171154

前言

使用外挂滤镜，可以：

使图像编辑处理的工作事半功倍、一举多得；

让精彩丰富的图像特效赏心悦目、锦上添花；

……

您现在翻开的，就是一本专门介绍Photoshop外挂滤镜的“学、查、用”完全手册。

外挂滤镜以其独特的创造性，成为Photoshop进行图像处理的强力武器。关键时，只需应用一个外挂滤镜命令，就可以完成在Photoshop中需要数十步才能实现的效果，并且还可以完成更多Photoshop自身难以表现的图像特效。因此，外挂滤镜倍受广大Photoshop使用者的青睐。目前，有许多爱好者和设计人员在研究、学习各种外挂滤镜，但苦于没有一本系统的学习参考书，网络中能搜索到的外挂滤镜使用教程都非常简单且种类寥寥可数，英文网页中的介绍说明又存在语言阅读困难，以致众多Photoshop使用者对外挂滤镜抱有浓厚兴趣却又求学无门。

本书收集了数十类300多个优秀的Photoshop外挂滤镜，包括知名的KPT、Eye Candy系列等，几乎涵盖了所有的Photoshop外挂滤镜。全书内容共分14章，主要讲解了图像的模糊、锐化、柔化处理，渲染处理，纹理处理，扭曲处理，风格化处理，艺术化处理，边缘效果处理，场景处理，创造性效果处理，特殊效果处理，色彩调整，数码照片处理及其他效果处理等内容。

本书特点如下。

介绍细致——对每个外挂滤镜的工作方式和原理、使用方法、参数设置及应用效果都进行了详细的介绍说明。

适用广泛——Photoshop 7以上版本的用户全部适用，不管是初学者还是平面设计人员，都应拥有这样一本外挂滤镜应用与功能查询的工具手册。

轻松查询——根据滤镜功能分类介绍，并在目录中以单个滤镜分节进行命名，加入每个滤镜命令的主要作用说明，读者一看就能明白该滤镜的主要用途，以快速找到需要的外挂滤镜进行学习。

实用性强——根据各个外挂滤镜的图像处理特点精心挑选图像素材，并为每个外挂滤镜都设计了典型的应用实例，带领读者逐步领会如何准确选取最适合的滤镜命令，制作出更加精彩的图形特效设计作品。

本书由盛享王景文化徐春红编写，参与本书编写与整理的人员还有尹小港、翁丹、刘彦君、胥皓、曾祥辉、李洁、诸臻、付杰、王灵、陈清霞、穆可、邹秀、李平、何圆、陈程、白桦、高艳、李静、黄琳、何玲等。由于水平有限，书中难免有疏漏之处，敬请读者批评指正，您的意见或问题可以发送邮件至kingsight-reader@126.com，我们会尽快给予回复。如果有好的建议，也可联系本书策划编辑郭发明（guofaming@ptpress.com.cn）。

编　者

2008年8月

Chapter 1 图像的基本处理

Chapter 2 图像模糊、锐化与柔化

Chapter 3 图像的渲染处理

Chapter 4 图像的纹理处理

Chapter 5 图像的扭曲处理

Chapter 6 图像的风格化处理

Chapter 7 图像的艺术效果处理

Chapter 8 图像边缘的效果处理

Chapter 9 图像场景的处理

Chapter 10 图像的创造性效果处理

Chapter 11 图像的特殊效果处理

Chapter 12 图像色彩调整

Chapter 13 数码照片处理

Chapter 14 图像的其他效果处理

01 图像的基本处理
Dictionary of Filters for Photoshop
Chapter

利用种类繁多的Photoshop外挂滤镜，设计人员可以完成图像基本处理、特效添加、扭曲变形、色彩调整等多方面的编辑应用。在这些功能强大的外挂滤镜组中，大部分滤镜都提供了对图像进行基本编辑处理的命令，可以进行挖剪图像、为图像添加阴影、将图像处理为透明、按几何形状缩放图像、根据颜色属性创建选区、抠取图像、图像遮罩和去除背景等处理操作。下面介绍这些外挂滤镜在图像处理方面的使用方法。

1.1 挖剪图像：Eye Candy 4000 Demo——挖剪

“Eye Candy”是Alien Skin公司开发的位图图像特效处理滤镜。利用此组滤镜，可以制作如火焰、冒烟、金属色泽以及将影像立体化等效果。

TIPS

Photoshop外挂滤镜的安装方法分为两种。一种是直接运行该类滤镜提供的安装程序文件进行安装；另一种是直接复制该滤镜提供的程序文件（或文件夹）到Photoshop的对应目录，然后通过正确的注册方式（例如，运行提供的注册表文件进行注册，或在启动Photoshop并执行该滤镜命令后，输入正确的序列号进行注册）。对于中文版Photoshop CS和CS2，需要安装到“Plug-ins\滤镜”目录下；对于中文版Photoshop CS3，则需要安装到“增效工具\滤镜”目录下。安装完成后重新启动Photoshop，即可在“滤镜”菜单中找到并执行这些滤镜命令。

“Eye Candy 4000 Demo”滤镜组中的“挖剪”滤镜，用于对当前图层或选区内的图像进行挖剪，并在被挖剪的图像边缘产生投影的效果。该命令是将填充或删除选区图像并添加投影的多步操作，综合为一步完成，大大提高了特效制作的工作效率。

在Photoshop中打开需要处理的图像文件后，执行“滤镜→Eye Candy 4000 Demo→挖剪”命令，打开下图所示的“挖剪”对话框。

在“Eye Candy 4000 Demo”类外挂滤镜的工作界面中，各部分的功能如下。

❶ 菜单栏：在“编辑”菜单中可选择一些基本的操作，如撤消、重做、剪切、复制和粘贴等。在“滤镜”菜单中可选择所要应用的Eye Candy 4000 Demo滤镜。在“查看”菜单中可以调整预览区域中的图像的显示大小。

❷ 滤镜选项设置：在其中可以对当前所应用滤镜的参数进行设置。

❸ 图像缩览图：显示了应用当前滤镜设置的图像效果。

❹ 视图控制按钮：激活按钮，可以在预览窗口中移动视图。激活按钮，可以在预览窗口中放大或缩小视图。

❺ 预览窗口：用于显示应用滤镜后的图像效果。

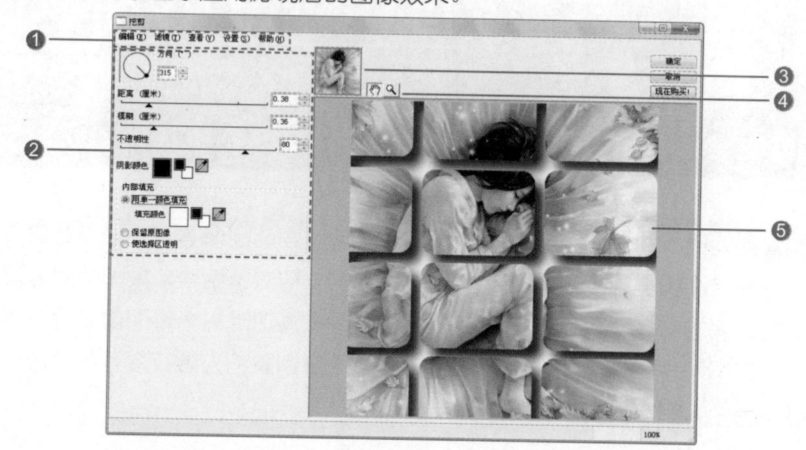

“挖剪”对话框

在“挖剪”对话框中，各选项的功能如下。

- 方向：用于设置所添加投影的角度。可以通过波动方向盘进行设置，也可以直接在下方的数值框中输入所需的方向角度值。
- 距离：用于设置投影偏离图像的距离。
- 模糊：用于设置投影的模糊程度。
- 不透明性：用于设置投影的不透明强度。
- 阴影颜色：用于设置投影的颜色。单击右边的色框，在弹出的拾色器中可以自定义投影的颜色；单击右边的黑色或白色小方块，可以设置投影颜色为黑色或白色；单击吸管工具，可以在预览窗口中吸取所需的颜色作为投影颜色。
- 内部填充：用于选择应用于被挖剪区域的填充方式。选择“用单一颜色填充”单选项，默认为使用白色填充，用户也可以自定义填充的颜色，其设置方法与设置阴影颜色相同；选择“保留原图像”单选项，被挖剪的区域将保留原图像不变，如下左图所示；选择“使选择区透明”单选项，将删除选择区域，使其成为透明状态，如下右图所示。当前图层为背景图层时，“使选择区透明”选项不可用。

选择“保留原图像”的效果

选择“使选择区透明”效果

下图A所示是原图像及创建的选区，下图B所示是将选择区设置为透明后应用“挖剪”命令的效果，下图C所示为图层状态效果。

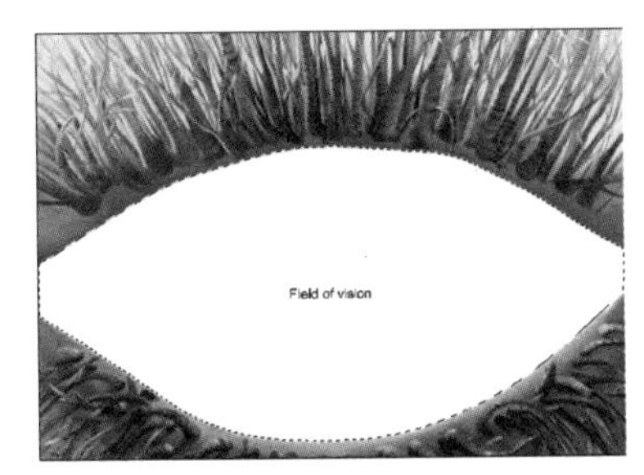

图A 原图像及创建的选区

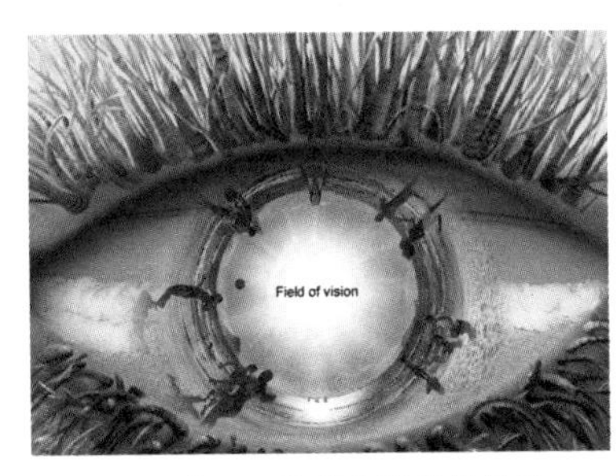

图B 应用“挖剪”滤镜的效果

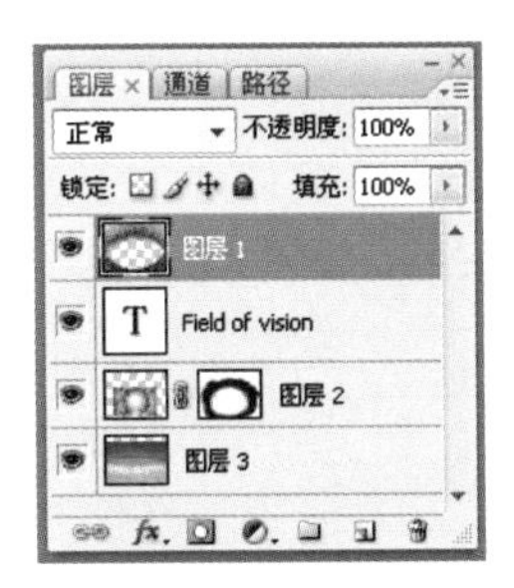

图C 图层状态

1.2 为图像添加阴影：Eye Candy 4000 Demo——阴影

“Eye Candy 4000 Demo”中的“阴影”滤镜效果与Photoshop中的“投影”图层样式类似，都可以为当前图像添加阴影。不同的是，使用“阴影”滤镜可以直接为当前图层中的选区图像添加投影，并且通过应用透视阴影，还可以在平面图像上表现出三维效果。

打开一张素材文件，将需要创建阴影的图像创建为选区，如下左图所示。执行“滤镜→Eye Candy 4000 Demo→阴影”命令，弹出如下右图所示的“阴影”对话框。

创建的选区

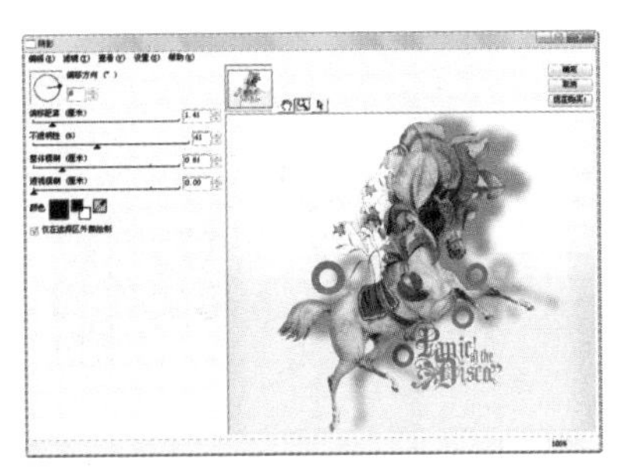

“阴影”对话框

- 偏移方向：设置阴影偏移原图像的方向。
- 偏移距离：设置阴影偏移原图像的距离。
- 整体模糊：设置阴影整体模糊的程度。
- 透视模糊：按透视方向对阴影做模糊处理，如右图所示，该选项用于设置透视阴影的模糊程度。

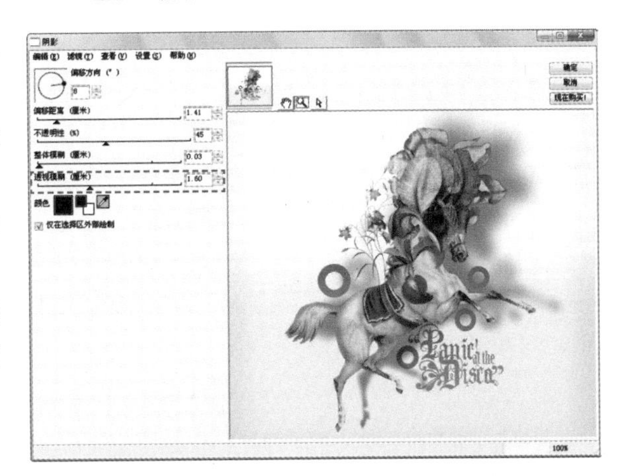

阴影的透视模糊效果

- 颜色：用于设置阴影的颜色，设置方法与“挖剪”滤镜中设置阴影颜色的方法相同。
- 仅在选择区外部绘制：该选项为默认选取状态，此时只在选区外部绘制阴影，选区内的图像不会被阴影覆盖；取消该复选框的选取，将对整个选区范围绘制阴影，阴影将根据选项设置，覆盖原图像。
- 选择预览窗口上方的按钮，在阴影四周将出现变换控制框，此时可以使用工具对阴影进行变换处理，如右图所示。

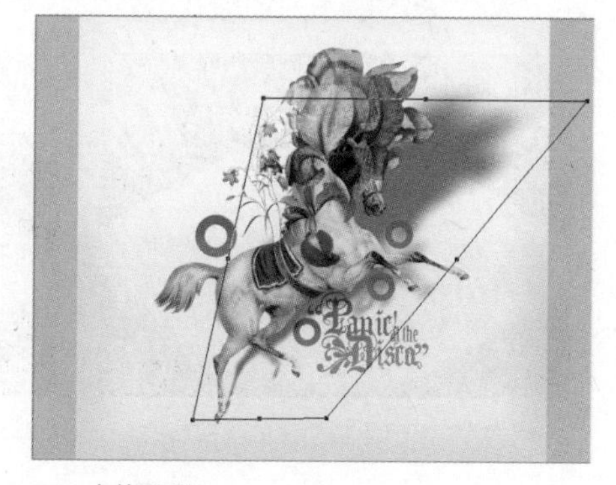

变换阴影

1.3 图像的透明处理：The Plugin Site——Alpha Tool

“The Plugin Site”是一个整合了20个Photoshop滤镜插件的套装软件，利用它可以制作120多个不同的图像效果，包括透明操作、雾化、结构和模型的产生、建立声音、镜面和弯曲等。同时也包括奇异金属、铬合金、玻璃、彩虹、阳光和星光等效果。此外还可以为照片增色、变色和加边缘等。下图所示为“The Plugin Site”插件的工作界面。

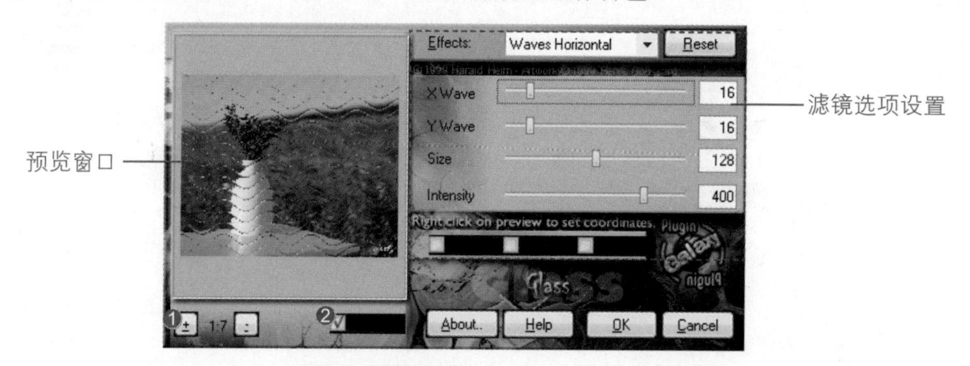

The Plugin Site的工作界面

1. 视图控制按钮：单击按钮，可以逐级放大视图；单击按钮，可以逐级缩小视图。在预览窗口中拖动，可以平移视图。
2. “Filtering”复选框：在视图控制区域中选中该项，可以在预览窗口中显示应用滤镜后的图像效果，反之则显示为原图像。

“The Plugin Site”中的“Alpha Tool”滤镜，用于按指定方式对图像进行透明处理。如果当前图层为背景图层，可以为图像添加一种指定颜色的遮罩。执行“滤镜→The Plug-in Site→Alpha Tool”命令，弹出如下图所示的“Alpha Tool”对话框。

预览窗口下方的下拉列表框，用于选择对图像做透明处理的方式。

- 选择“Alpha Remove”选项，确定一种颜色范围内的图像为透明。左边的色块用于指定需要处理为透明的颜色。下图A所示为原图像。下图B所示是将透明色设置为图像中的背景色调，并将强度设置为175后的效果。

- 选择“Alpha Fade”选项，可以调整整个图像的淡入淡出值。下图C所示为将强度设置为150后的效果。
- 选择“Brightness Mask”选项，依照图像的亮度级别创建透明度。下图D所示为将强度设置为125后的效果。
- 选择“Linear Mask”选项，依照线性渐变创建透明效果。在预览窗口中单击鼠标右键，窗口中的“+”号会显示在单击处的位置，此时即可调整线性渐变的角度和渐变过渡效果，如下E图所示。下图F所示为将强度设置为120后的效果。
- 选择“Circle Mask”选项，依照径向渐变创建透明效果。与“Linear Mask”选项相同，在预览窗口中单击鼠标右键，可以调整径向中心点的位置。下图G所示为将强度设置为78后的效果。
- 选择“Angle Mask”选项，依照角度渐变创建透明效果。在预览窗口中单击鼠标右键，可以调整角点的位置。下图H所示为将强度设置为185后的效果。
- 选择“Frame I”选项，按照框架形状创建由内向外逐渐透明的效果，如下图I所示。
- 选择“Frame II”选项，按照框架形状创建由外向内逐渐透明的效果，如下图J所示。
- 选中下拉列表框右边的反相复选框☑，可以反转透明效果。
- 拖动对话框中的滑块，可以设置不同方式下透明处理的强度。

“Alpha Tool”对话框

图A 原图像

图B Alpha Remove=175

图C Alpha Fade=150

图D Brightness Mask=125

图E 调整角度和过渡

图F Linear Mask=120

图G Circle Mask效果

图H Angle Mask=185

图I Frame I效果

图J Frame II效果

1.4 图像的特殊缩放处理：The Plug-in Site——Zoom

“The Plug-in Site”中的“Zoom”命令，用于放大局部图像，相当于放大镜功能。当该滤镜作用于背景图层时，放大局部图像并保留其他区域内的图像；当作用于普通图层时，在镜面范围内放大局部图像，位于镜面外的图像将被清除。

执行“滤镜→The Plug-in Site→Zoom”命令，弹出如下图所示的“Alpha Tool”对话框。

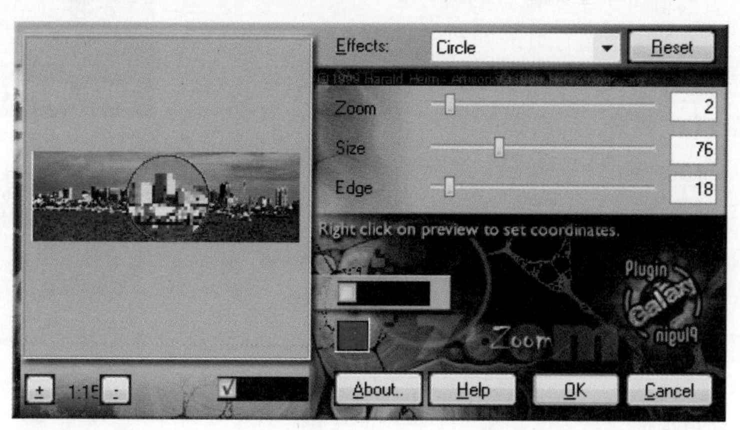

“Alpha Tool”对话框

- Effects：在其下拉列表中可以选择镜面的形状，包括圆形、矩形和三角形，效果如下图所示。单击Reset按钮，可以对参数进行重新设置。

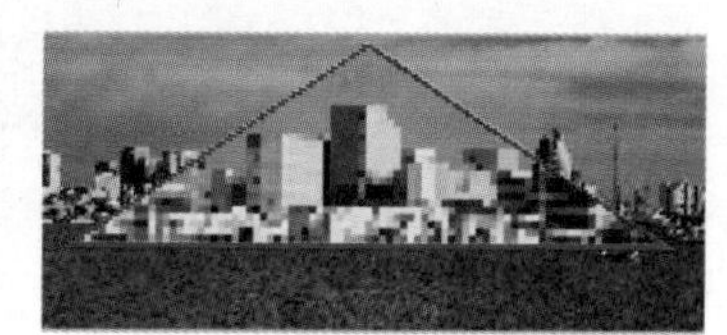

圆形、矩形和三角形镜面

- Zoom：用于设置图像被放大的倍数。
- Size：用于调整镜面的尺寸大小。
- Edge：用于设置镜面的边缘宽度。
- 选中☑复选框，可以对放大后的图像作轻微的柔化处理，以降低图像被放大后所产生的锯齿效果的影响。
- 在预览窗口中单击鼠标右键，可以调整镜面的位置。

下图所示是应用“Zoom”命令前后的图像效果对比。

应用“Zoom”命令前后的图像效果

1.5 根据颜色属性创建选区：Asiva——Asiva Selection Plug-in

“Asiva”中整合了4个插件，分别用于调整图像色彩、处理选区、锐化和柔化图像。其中“Asiva Selection Plug-in”插件是至今最强大的选区处理工具，它可以通过不同的色彩创建和处理图像选区，并可以进一步精细调整目标选区范围和选取强度的分布，将目标选区返回主程序进行后续处理。

执行“选择→Asiva→Selection Demo”命令，弹出如右图所示的“Asiva Selection Plug-in”对话框。

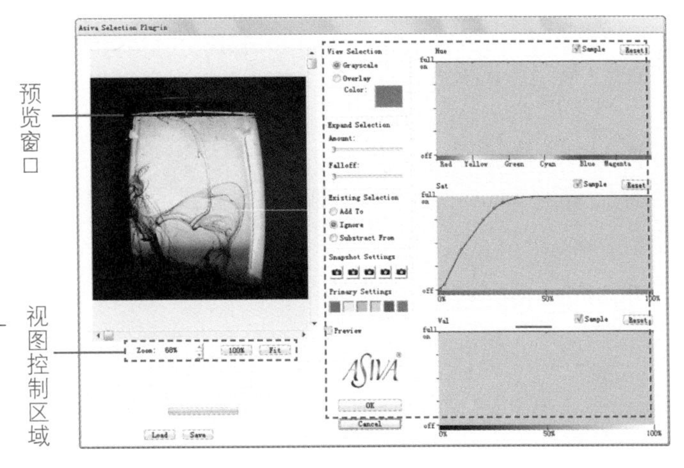

“Asiva Selection Plug-in”对话框

- 在视图控制区域中，单击向上或向下的小三角按钮，可以逐级放大或缩小视图。单击 100% 按钮，可以缩放图像到实际像素大小。单击 Fit 按钮，将视图调整为最适合预览窗口宽度的比例显示。
- 将光标移动到预览窗口中，光标显示为吸管工具，此时在预览窗口中单击或拖动鼠标，单击处或选框内的颜色将作为创建选区的基准，选中滤镜选项设置区域中的“Preview”复选框，可以预览选取状态。
- 在“View Selection”选项栏中，选中“Grayscale”单选项，预览窗口中将显示为灰度图像，其中白色部分为选取区域，黑色部分为未选取区域，灰色部分为半透明区域。右图左所示是在预览窗口中单击黄色后预览到的选取状态。

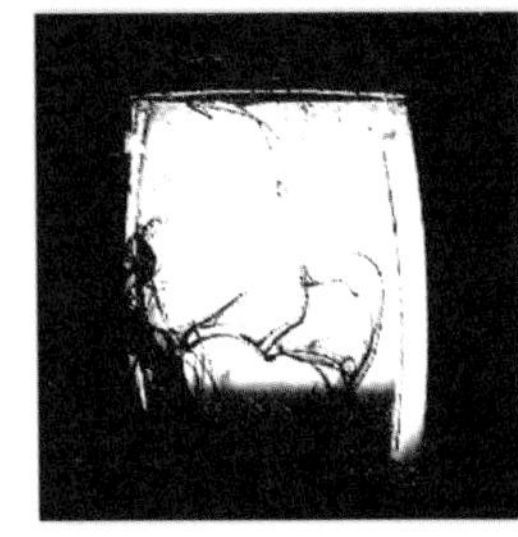

灰度模式下的选取效果

- 选中“Overlay”单选项，在选取区域内将会被指定的颜色覆盖，如右图所示。通过单击颜色色块，然后可以设置覆盖选区的颜色。
- 在“Expand Selection”选项栏中，“Amount”选项用于设置选区扩展的量，向右拖动滑块，可扩展选区。“Falloff”选项用于设置选区散开的强度，向左拖动滑块，散开的范围越大。

用颜色覆盖选区的效果

- 在“Existing Selection”选项栏中，选中“Add To”单选项，可以增加选区细节；选中“Ignore”单选项，可以忽略选区细节；选中“Substract From”单选项，可以使选区反向选择。

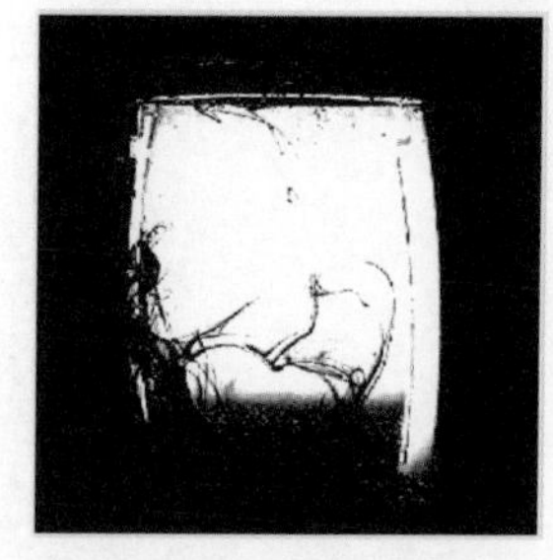
预览到的选取状态

- Primary Settings：在该选项栏中提供了6种不同的色彩，单击其中一种颜色，可以根据该颜色为基准创建大致的选区。右图所示是单击黄色后预览到的选取状态。
- 如果对选取状态不太满意，可以通过调整对话框右边的“Hue”、“Sat”和“Val”曲线图，调整所选颜色的色调、饱和度和亮度值，以改变选取范围。初学者可以多加练习，以掌握调整颜色属性的方法。

右图所示是将示例中的玻璃杯选取后，放置到另一个背景图像中的效果。

TIPS

Asiva Selection Plug-in是通过色彩创建选区的，因此当前图像中所有包含指定色彩的区域都将被选取。该滤镜用于选取半透明的图像也会非常有效。

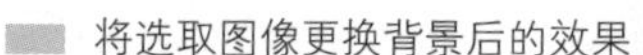
将选取图像更换背景后的效果

1.6 抠取图像：HumanSoft——AutoMask V4.6

“HumanSoft”包含了6种插件，分别用于校正图像颜色、去噪、静态抠图、自然优化图像、校正失真图像和变形图像等操作。“AutoMask V4.6”是“HumanSoft”中一款面向Photoshop的功能增强插件，它主要用于静态抠图，其操作简单，功能强大。

下面以一张婚纱照为例，介绍使用“AutoMask V4.6”将人物从背景中抠取出来的方法。

步骤01 选择照片图像所在的图层（背景图层除外），然后执行“滤镜→HumanSoft→AutoMask V4.6”命令，弹出如右图所示的“AutoMask V4.6”对话框。

预览窗口

状态栏

滤镜选项设置

“AutoMask v4.6”对话框

- 单击状态栏中的Mask...按钮，在弹出的对话框中可以设置遮罩的颜色和不透明度。在预览窗口中，被选取的部分将被遮罩色覆盖。
- 选中“Mask+Image”复选框，在预览窗口中同时显示遮罩色和图像。取消选中该复选框，只显示遮罩色。

- 当光标在预览窗口中时，在状态栏中将显示光标所在的坐标位置和此处的颜色参数。
- 在对话框右下角的小缩览图中，红色框中的图像为当前显示的图像范围。移动红色框，可以移动视图的位置。变换红色框的大小，可以调整视图的显示比例。

步骤02 在滤镜选项设置区域中，选中“1”复选框并单击左边的色块，然后在图像中左上角处的背景上单击，再单击PreView!按钮，此时与单击处色彩范围相近的区域都将被遮罩色覆盖，如右图所示。

初步的选取状态

TIPS

如果还需要同时选择其他的色彩范围，可以依次选中2～6个复选框，然后拾取需要选取的颜色即可。

步骤03 此时可以发现人物的部分区域也被选取，用户可以通过设置选项参数调整选取的区域，这里将“Range”值设置为35。

- Range：用于设置选取的色彩范围。数值越大，选取的范围越广。
- White：增加该值，可以提高所选颜色的明亮度，使原色彩范围内色彩偏暗的区域被减除。该值的取值范围为0～255之间，当数值为255时，图像中将无选取区域。
- Black：与“White”相反，降低该值，使原色彩范围内色彩偏暗的区域都被选取。该值的取值范围为0～255之间，当数值为0时，图像将被全部选取。

步骤04 在背景中还有大部分区域未被选取，此时可以单击Brush按钮，以涂抹需要选取的区域。在涂抹时，可以放大视图，以提高选取的精确度。右图所示是使用遮罩笔刷在背景区域中涂抹后的效果。

涂抹后的遮罩效果

- 在“Mask（Density）Brush”选项栏中，“Size”选项用于设置遮罩笔刷的大小。在需要精确涂抹图像区域时，可以使用小尺寸的笔刷，提高选取的精确度。“Opacity”选项用于设置遮罩笔刷的不透明度，数值越小笔刷越透明。
- 如果涂抹的遮罩色覆盖了不需要选取的区域，可以单击UnBrush按钮，再清除多余的遮罩色即可。

步骤05 取消选择“Mask+Image”复选框，只预览图像的遮罩效果，此时可以发现在人物脸部也有少量区域被遮罩了。单击UnBrush按钮，在人物脸部进行涂抹，将多余的遮罩色清除，如右图所示。

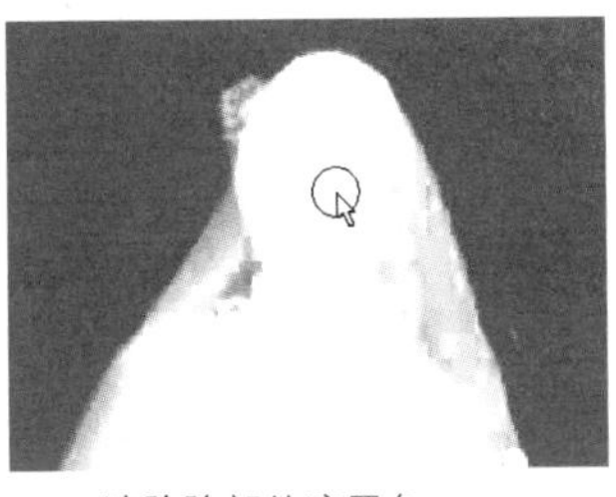
清除脸部的遮罩色

步骤06 处理到满意效果后，单击Apply按钮，抠取出的图像效果如下左图所示。下右图所示是为人物图像制作新背景后的效果。

抠取出的人物图像

为人物更换背景后的效果

1.7 图像遮罩、去除背景：Extensis——Mask Pro

“Extensis”包含了4种插件，分别用于优化照片图像、抠图，为图像制作边框和绘制各类矢量图形等操作。“Extensis Mask Pro”是一款专业级的图像遮罩工具，使用它可以轻松去除图像背景，方便制作图像合成的效果。

下面以一张儿童照片为例，介绍使用“Mask Pro”外挂滤镜去除照片背景的操作方法。

步骤01 选择所要处理图像所在的图层（背景图层除外），执行“滤镜→Extensis→Mask Pro”命令，弹出如下图所示的“Mask Pro”窗口。

“Mask Pro”工作界面

步骤02 选择“丢弃颜色吸管工具”，在预览窗口中需要删除的颜色上单击，这里以拾取背景中的主要色为例，如下左图所示，拾取的颜色将保留在“丢弃颜色面板”中。如下右图所示双击颜色栏，在弹出的拾色器中可以查看或更改拾取的颜色参数。

拾取需要丢弃的颜色

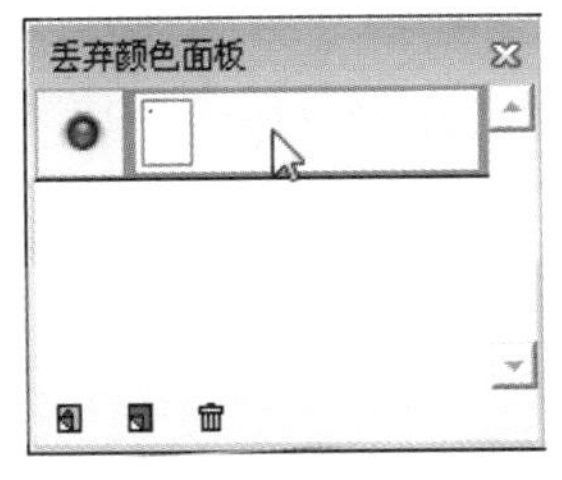

双击颜色栏

TIPS

默认情况下，使用颜色吸管工具连续单击，可以增加多种新的颜色。按住Alt键单击，可以修改当前选取的颜色。

步骤03 选择“魔术棒工具”，在“工具参数设置”面板中，拖动滑动条上方的滑块，可以调整魔术棒工具的软硬程度。魔术棒工具设置得越软，去除背景后的边缘过渡就越自然。

步骤04 使用“魔术棒工具”在背景区域内单击，将该区域背景图像清除后的效果如右图所示。

步骤05 此时可发现人物图像中的部分区域也被清除，而一些颜色较深的背景却还未被完全清除掉。下面首先去除剩余的背景图像。

初步去除背景后的效果

步骤06 选择“魔术笔刷工具”，单击工具箱下方的“擦掉模式”按钮，然后在“丢弃颜色面板”中，单击当前选取颜色栏左边的●按钮，取消该颜色的锁定状态，如右图所示。

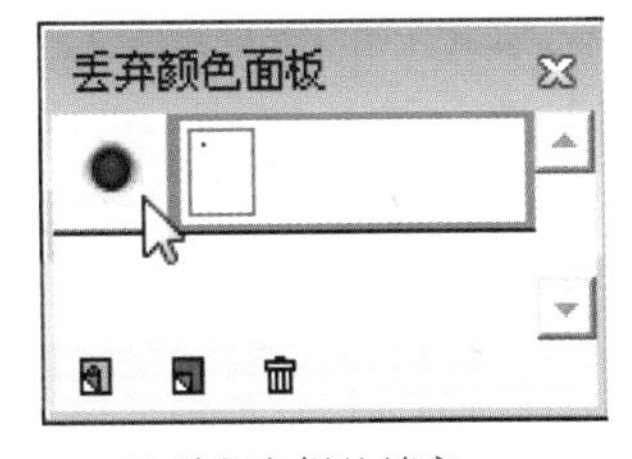

取消颜色栏的锁定

TIPS

魔术笔刷工具可以根据按下鼠标时光标处的颜色属性，自动识别与此处颜色相近的颜色，并擦除这些色彩范围内的图像区域。

步骤07 在“工具参数设置”面板中，设置适当的笔刷边缘和笔刷软硬程度，并设置适当的笔刷大小，然后在剩余的背景上单击或涂抹，去除背景后的图像效果如下图A所示。

步骤08 对于人物手部处的背景，可以采用另一种方法来将其去除。选择“钢笔工具”，将手部处的背景区域勾勒出来，如下图B所示，并在工具箱中切换到“擦除模式”，然后在路径区域内单击，即可清除该区域内的图像，效果如下图C所示。

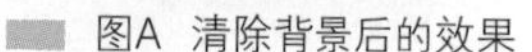

图A 清除背景后的效果

图B 创建的路径

图C 清除路径区域内的图像效果

TIPS

在创建路径后，选择工具箱中的恢复模式■，然后在路径内单击，可以将该区域内已清除的图像恢复为原图像。

步骤09 下面恢复人物中被清除的区域。选择“魔术笔刷工具”，单击工具箱中的“恢复模式”按钮■，然后在需要恢复的区域内单击或涂抹（如果在涂抹时恢复了背景图像，可采用步骤6和步骤7的方法将其清除），得到如下左图所示的效果。

步骤10 使用“魔术笔刷工具”清除男孩怀抱处的背景图像，完成去除背景的操作，然后执行“文件→保存”命令，将效果应用到图像。下右图所示是将人物图像放置到新背景中的效果。

去除背景后的效果

图像的合成效果

02 图像模糊、锐化与柔化

Dictionary of Filters for Photoshop

Chapter

在处理图像时，有时为了达到所需的效果，如突出主体物，可以对主体物周围的图像进行模糊或柔化处理，以创建景深效果；有时为了突出图像的动感，可以对图像进行动感模糊处理等。而对于一些较模糊的图像，则可以对其进行锐化，以提高图像的清晰度。本章主要介绍使用外挂滤镜对图像进行模糊、锐化和柔化等编辑处理的方法。

2.1 斜视模糊图像：Eye Candy 4000 Demo——斜视

利用“Eye Candy 4000 Demo”中的“斜视”滤镜，可以在图像中添加模糊效果，其功能类似于Photoshop中的运动模糊。

“斜视”效果没有方向性，它是通过在图像中创建虚拟圆来放大图像，然后再为图像添加残像和模糊效果。利用该滤镜，可以制作出晃动或散焦的图像效果。

打开如下左图所示的图像素材，然后执行“滤镜→Eye Candy 4000 Demo→斜视”命令，打开如下右图所示的“斜视”对话框，通过设置“半径”选项的参数大小，可以调整应用模糊效果的虚拟圆的半径，设置越大，效果越强。

素材文件

“斜视”对话框及预览到的模糊效果

2.2 动感模糊图像：Eye Candy 4000 Demo——运动痕迹

利用“Eye Candy 4000 Demo”中的“运动痕迹”滤镜，可以制作出极富动感的图像效果。该滤镜是在选区的基础上，对选区内的图像进行模糊拉长，以表现经过的痕迹和残像，从而产生动感的效果。

将需要创建动感效果的图像创建为选区或者将图像置于单独的图层上，然后执行“滤镜→Eye Candy 4000 Demo→运动痕迹”命令，打开如右图所示的“运动痕迹”对话框。

“运动痕迹”对话框

- 方向：调整残像被拉长的方向。
- 长度：调整残像的长度。
- 锥度：调整残像的透视效果，该值越大，残像的透视效果越强。
- 不透明性：调整残像的不透明程度。
- 从边缘涂抹颜色：选中该复选框后，将从选区的边角生成残像效果。
- 仅在选择区外部绘制：选中该复选框后，只在选区外生成残像效果。

下图左所示为原图像，下图右所示是为图像添加的动感效果。

原图像

添加的动感效果

2.3 多种形态的模糊处理：The Plug-in Site——Bluuur

使用“The Plug-in Site”中的“Bluuur”滤镜，可以进行多种形态的图像处理，如径向移位、缩放移位、三维移位、交叉移位、水平移位和垂直移位，以及正方形模糊、放射状模糊、缩放模糊和爆破式模糊等效果。

打开如下左图所示的图像素材，执行“滤镜→The Plug-in Site→Bluuur”命令，弹出如下右图所示的“Bluuur”对话框。

图像素材

“Bluuur”对话框

在“Bluuur”对话框的下拉列表中，可以选择所要创建的模糊效果。滑动条用于调整各种效果的强度。选中预览窗口右下角的复选框，在预览窗口中以低分辨率模式显示图像，方便快速预览图像效果。

- Radial Shift：使整个图像产生放射状的移位效果。
- Zoom Shift：使整个图像产生缩放状的移位效果。
- Max Shift：使图像产生三维状的像素移位效果。
- Cross Shift：使整个图像产生十字交叉式的移位效果。
- LSD Shift：使整个图像产生LSD的移位效果。
- Horizontal Blur：使图像产生水平方向的模糊效果。
- Vertical Blur：使图像产生垂直方向的模糊效果。
- Square Blur：使图像产生正方形的模糊效果。
- Radial Blur：使图像产生放射状的模糊效果。
- Zoom Blur：使图像产生缩放模糊效果。
- Outburst Blur：使图像产生爆破式的模糊效果。

下图所示是为图像应用的不同“Bluuur”效果。

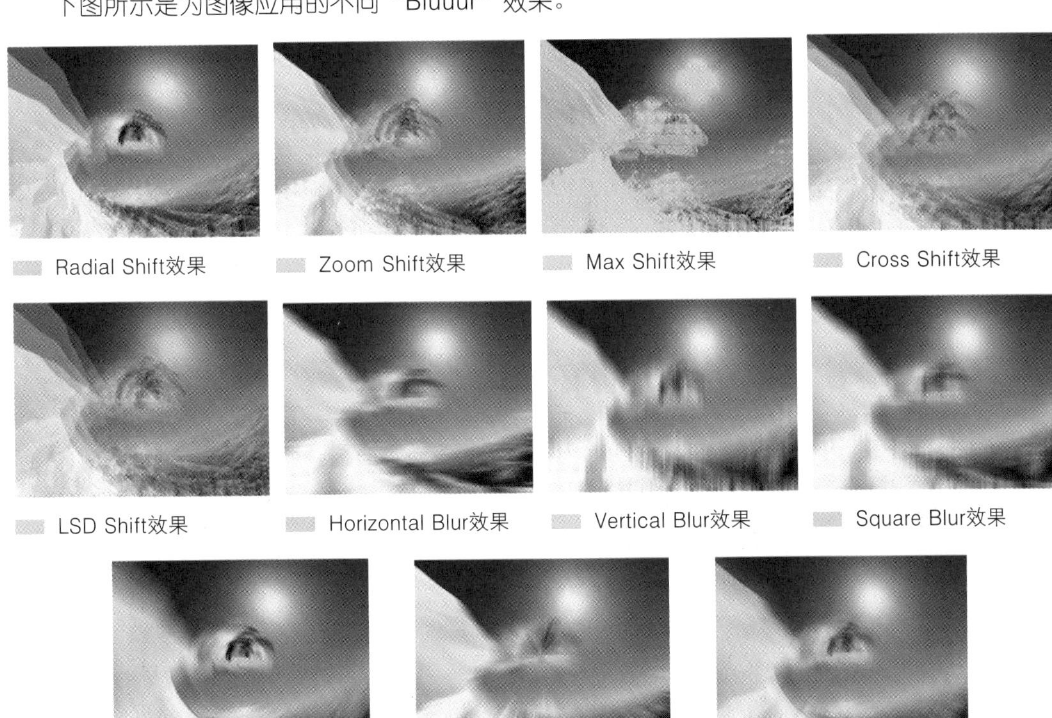

Radial Shift效果　Zoom Shift效果　Max Shift效果　Cross Shift效果

LSD Shift效果　Horizontal Blur效果　Vertical Blur效果　Square Blur效果

Radial Blur效果　Zoom Blur效果　Outburst Blur效果

2.4 锐化和柔化图像：Asiva——Sharpen and Soften

“Asiva”中的“Asiva.Sharpen.and.Soften”滤镜支持8位和16位的RGB或CMYK图像。

在锐化和柔化图像时，该滤镜可以精确控制处理的品质、数量及分布，还可选择在HSV、RGB及CMYK颜色空间进行工作，并提供了一个嵌入的取样工具，这样在图像中选取希望锐化和柔化的像素时，不需要使用蒙版。

打开如下左图所示的素材。从画面观察，该图像有些模糊，下面使用“Sharpen and Soften”滤镜对图像进行锐化处理。

步骤01 执行“滤镜→Asiva→Sharpen+Soften”命令，弹出如下右图所示的“Asiva Sharpen+Soften Plug-in”对话框，在“Operation”下方的下拉列表中选择“Sharpen”选项。

素材文件

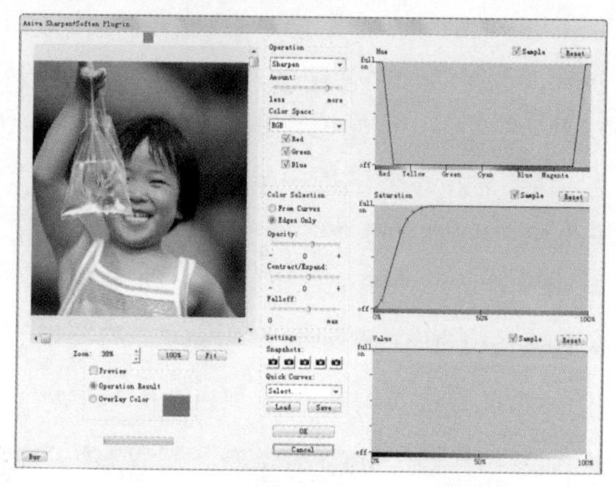

“Asiva Sharpen+Soften Plug-in”对话框

步骤02 在“Settings”选项栏中的“Quick Curves”下拉列表中，选择需要锐化处理的方式，这里以选择“Select”选项为例。用户可以根据处理需要，对需要锐化的像素进行色彩取样。

步骤03 在预览窗口中单击或拖动鼠标创建一个选取框，即可进行色彩的取样，如下左图所示。采用框选的方法进行取样时，系统会自动识别框选范围内的各种颜色信息，然后根据这些色调的平均值，对图像进行锐化处理。

步骤04 在“Color Selection”选项栏中，选中“Edges Only”单选项，只对图像的边缘轮廓进行锐化处理，此时对图像边缘进行锐化后的效果如下右图所示。

采用框选的方式取样颜色

锐化图像边缘后的效果

步骤05 在“Operation”选项栏中，拖动“Amount”滑块，设置锐化处理的数量。数值越大，锐化越强。

步骤06 在“Color Space”下拉列表中，可以选择进行锐化处理的颜色空间。当图像为

RGB颜色模式时，可以在“HSV”和“RGB”两种选项中进行选择。当图像为CMYK颜色模式时，可以在“HSV”和“CMYK”两种选项中进行选择。

步骤07 在“Preview”选项栏中选中“Overlay Color”单选项，在预览窗口中被锐化的区域将被指定的颜色覆盖。右图所示为选择“Color Selection”选项栏中的“From Curves”单选项后，锐化区域被指定颜色覆盖后的效果。

锐化效果转换为颜色覆盖方式显示

步骤08 在“Color Selection”选项栏中，拖动“Opacity”滑块，可以调整覆盖颜色的不透明度。覆盖颜色的不透明度越高，锐化越强，反之锐化越弱。下图所示是设置不同不透明度后的锐化效果。

降低不透明度后的锐化效果

提高不透明度后的锐化效果

步骤09 拖动“Contract/Expand”滑块，可以调整覆盖颜色的收缩或扩展量。向左拖动为收缩颜色范围，同时减小锐化区域；向右拖动为扩展颜色范围，同时扩展锐化区域。

步骤10 拖动“Falloff”滑块，可以调整颜色的分散程度，滑块越靠近“max”，颜色分散越开，锐化越平滑。

步骤11 如果还需要使锐化达到更加精确的效果，可以通过调整对话框右边的“Hue”、“Saturation”和“Value”曲线图，调整取样像素中的颜色色调、饱和度和明度。

步骤12 将图像锐化到满意的效果后，单击“OK”按钮完成操作，效果如右图所示。

图像的锐化效果

TIPS

使用“Sharpen and Soften”柔化图像的操作方法与锐化图像相似，只需要在“Asiva Sharpen+ Soften Plug-in”对话框的“Operation”下方的下拉列表中选择“Soften”选项，然后按照锐化图像的操作方法进行操作即可。

2.5 通过通道处理图像：KPT 7——KPT Channel Surfing

“KPT 7”是最新推出的“KPT”滤镜，“KPT”滤镜与其他一般软件在更新方式上有很大的区别，一般软件是在旧版本的基本功能基础上增加一些新的功能，而升级后的“KPT”滤镜（如KPT 3.0到KPT 7.0），只会发布新增的功能，因此不同版本的“KPT”滤镜特效都完全不同。如果需要全面的“KPT”滤镜，可以同时安装多个版本。

“KPT Channel Surfing”滤镜可以单独对图像中的各个通道进行效果处理（如模糊或锐化等），也可以调整图像的色彩或透明度等属性，从而改变图像的整体效果。

执行“滤镜→KPT effects→KPT Channel Surfing”命令，打开如右图所示的“KPT Channel Surfing”对话框。

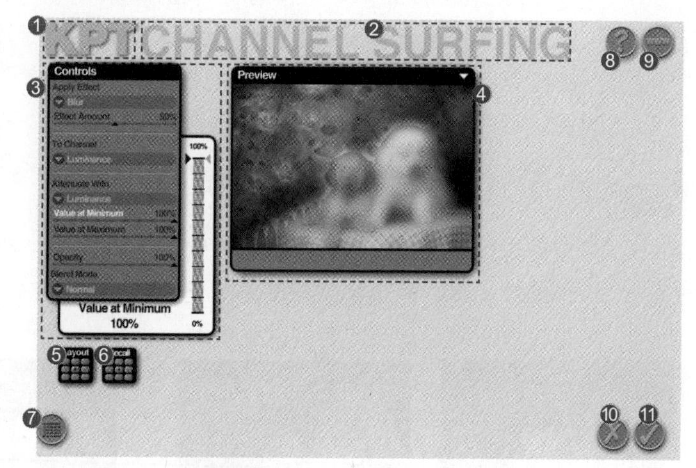

KPT 7.0的工作界面

在“KPT 7”外挂滤镜的工作界面中，各部分的功能如下。

❶ KPT：单击“KPT”文字图标，弹出如下左图所示的“Global Options”菜单，在其中可以对操作界面进行更改。下图右所示是选择“Global Options”中的“Smiley”命令后，工作界面中的图标显示效果。

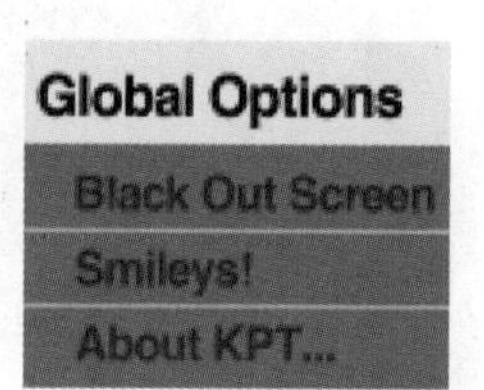

Global Options菜单

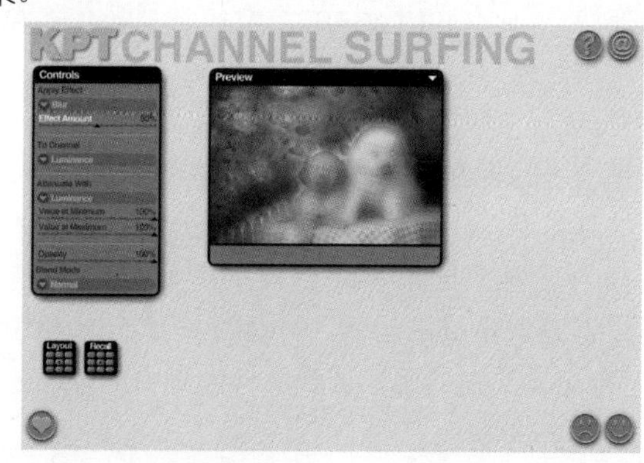

更改后的界面图标显示

❷ 滤镜名称：显示当前正在应用的滤镜名称。单击该名称，在弹出的“Filter Options”菜单中，可以更改面板的运用方法。

❸ 选项面板：在选项面板中可以设置滤镜的选项参数值，以调整图像中的特技效果。

❹ 预览框：通过预览框可以预览应用滤镜后的图像效果。

❺ Layout：为了方便操作，用户可以拖动选项面板或预览窗口以改变它们位置，然后通过“Layout”中的8个小按钮对变更后的布局进行保存。如果需要返回到默认布局，可以单击“Layout”中央的绿色按钮即可。

❻ Recall：该面板中的8个小按钮用于保存选项面板中修改后的参数设置。

❼ Preset按钮：单击该按钮，可显示当前可应用的多种滤镜样式，如下图所示。

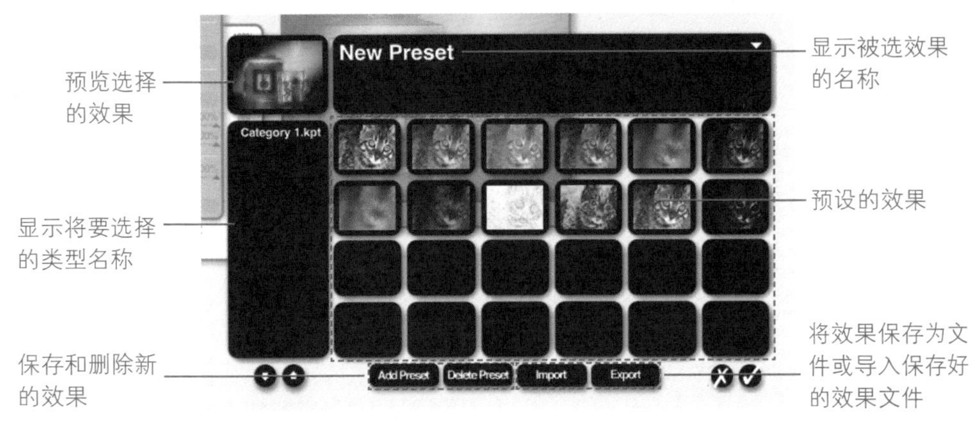

系统提供的多种滤镜样式

❽ “？”按钮：单击该按钮，可通过帮助文件查找KPT的相关使用方法以及功能等。

❾ “WWW”按钮：单击该按钮，可与Procreate公司的网站进行链接。

❿ “×”按钮：单击该按钮，将停止应用该滤镜并退出KPT 7.0。

⓫ “√”按钮：单击该按钮，将使滤镜效果应用于图像上并退出KPT 7.0。

TIPS

KPT 7.0滤镜只能应用于RGB颜色模式的图像，而不能应用于位图、CMYK、索引、Lab以及多通道颜色模式的图像。

在“KPT Channel Surfing”对话框中，各选项的功能如下。

- 单击“Blue”下拉按钮，在弹出的“Effect”菜单中，可以选择对图像进行的处理方式，包括模糊、对比度、锐化和明暗变换共4种选项。
- 在“To Channel”选项区域中，可以选择用于处理的图像通道。分别拖动其中的“Value at Minimum”和“Value at Maximum”滑块，可以设置所选效果应用在图像上的程度。
- 拖动“Opacity”滑块，可以设置特效应用到图像上的不透明程度。数值越大，效果越明显，反之则越弱。
- 单击最下方的“Put Behind”下拉按钮，在弹出的“Blend Type”菜单中，可以选择图像的混合模式，各选项与图层混合模式中所对应选项的功能相似。

下图左所示为原图像，下图右所示是为背景图层应用“KPT Channel Surfing”滤镜后的整个图像效果。

原图像

应用滤镜后的效果

2.6 多种形态的模糊处理：KPT 5——Blurrrr

“KPT 5”由10种滤镜组成，其中包括模糊、纹理、三维图像、云彩、不规则图像、为图像添加毛发和创建三维球体等。

“KPT 5”中的“Blurrrr”滤镜用于为图像制作多种模糊效果，其结果与Photoshop中的模糊滤镜类似，不过使用“KPT Blurrrr”能够产生更为细致的模糊效果。

执行“滤镜→KPT 5→Blurrrr”命令，打开如下图所示的“Blurrrr”对话框。

“Blurrrr”对话框

在“Blurrrr”对话框的“Blue Types”面板中，各选项的功能如下。

- Hi-Speed Blur：与Photoshop中的模糊效果相似，不过该种效果的运行速度很快，并且可以分别调节x轴和y轴的模糊值。
- Kraussian Blur：其效果与Photoshop中的高斯模糊相似，不过它可以同时应用运动模糊效果，因此可以制作出更高品质的图像。
- Camera Optics：表现相机的景深效果，模糊处理选定区域的焦点部分。在“Parameters”面板中调整“Blow-Out”，可以改变光的发散量。右图所示为应用“Camera Optics”的效果。

Camera Optics效果

- Motion Blur：区别于Photoshop中的动感模糊效果，它可以扩展图像的边角应用图案，以制作出没有边界的效果。
- Spin Blur：与Photoshop中的径向模糊效果类似，但是该效果可以使用各种颜色。
- Zoom Blur：表现照相按快门时瞬间旋转缩放镜头的效果，和在Photoshop中制作缩放类型的动感模糊效果很相似，如右图所示。

Zoom Blur效果

- Spiral Blue：与Photoshop中的径向模糊效果相似，但“Spiral Blue”可以表现出以中心点为基准卷进去的效果。
- Gaussian Weave：与高斯模糊相似，但“Gaussian Weave”可以表现出亮区闪光的效果，如下左图所示。
- Spiral Weave：相当于重复使用“Spiral Blue”的效果，如下右图所示。

Gaussian Weave效果

Spiral Weave效果

2.7 图像的特殊模糊处理：Auto FX——DS Bonus

“Auto FX”包括了6个插件，分别用于处理照片、图像特技制作、制作特殊模糊效果、创建真实的光线和投射阴影、图像色调调整以及图像效果处理等操作。

“Auto FX”中的“DS Bonus”滤镜用于为图像制作特殊的模糊效果，该种效果并不是直接对原图像进行处理，而是类似于对覆盖在原图像上的遮罩图像进行不同形态的模糊处理，所以使整个图像具有很强的层次感和通透感。

执行“滤镜→Auto FX Software→DS Bonus”命令，弹出如右图所示的“DreamSuite”对话框。

DS Bonus滤镜选项设置

在“Auto FX”类外挂滤镜的工作界面中，各部分的功能如下。

- 在“File”菜单中可以选择保存文件、载入蒙版和退出滤镜命令。
- 在“Edit”菜单中可选择一些基本的操作，如撤消、重做、翻转选择和清除选择等。
- 在“View”菜单中可以调整预览窗口中图像的显示大小，并可以调整图像以外的背景区域显示的颜色。
- 单击“Revert”按钮，恢复默认的选项参数设置。
- 单击“Special Effects”按钮，然后依次展开其下一级列表，在其中可以选择所需的特技效果，并展开相应的滤镜选项设置。
- 单击“Save”按钮，将调整好的效果进行保存，以便直接在“Preset”对话框中选择使用。

- 单击“Remove”按钮，依次展开并选择其下一级选项，在弹出的“Remove Preset”中可以删除不需要的预设效果。
- 使用视图控制区域中的放大镜按钮，可以对视图进行放大。使用手形按钮，可以平移视图。
- 在状态栏中，显示了当前视图的缩放比例以及像素大小。

单击“Special Effects”按钮，然后依次展开并选择其下一级列表中的选项，最终弹出如下左图所示的“Preset”对话框，在其中可以选择预设的特技效果。选择一种效果后，将展开如下右图所示的选项设置面板。

Preset对话框

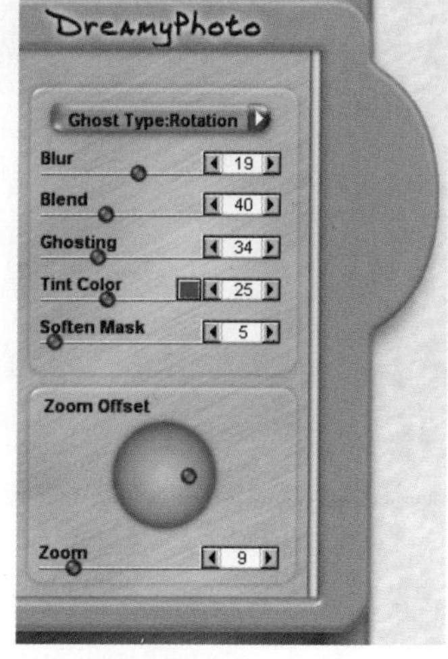

滤镜选项设置

- 单击“Ghost Type:Rotation”按钮，在弹出的下拉列表中可以选择所要应用的效果类型。选择“Soft”选项，进行较柔和的模糊处理；选择“Zoom”选项，进行缩放型的模糊处理；选择“Rotation”选项，进行旋转型的模糊处理。

Soft处理效果

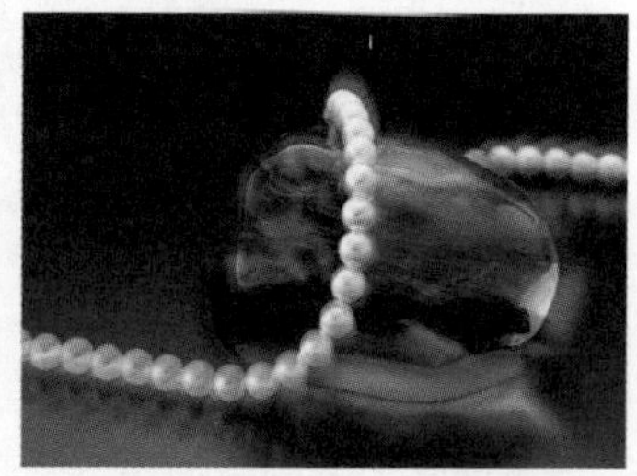
Zoom处理效果

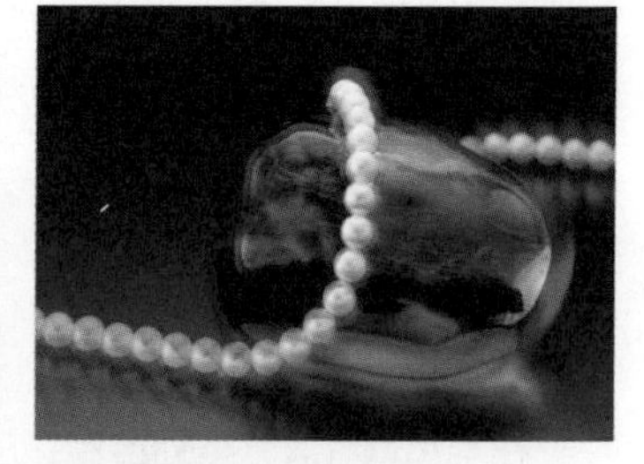
Rotation处理效果

- Blur：调整对遮罩图像进行模糊处理的强度。数值越大，图像越模糊。
- Blend：调整遮罩图像与原图像之间混合的程度。数值越大，混合效果越强。
- Chosting：设置遮罩图像与原图像之间集合的程度。
- Tint Color：选择所添加的色调颜色，并调整此种颜色应用到图像中的浓淡。单击右边的色块，从弹出的拾色器中进行色彩的选择。
- Soften Mask：调整遮罩的柔化程度。
- 拖动“Zoom”滑块，调整遮罩图像的缩放大小。“Zoom Offset”用于调整图像缩放后的偏移方向。

03 Chapter 图像的渲染处理

Dictionary of Filters for Photoshop

在处理图像时，有时为了让图像增添一种特殊的环境氛围，或者使图像置身于一种特殊的场景中，可以通过使用各类渲染滤镜（如在图像中添加星光、制作日落色调、添加散射光、创建梦幻和朦胧效果等），增强图像的视觉效果，更好地通过图像烘托所要表达的主题。

3.1 制作发光效果：Eye Candy 4000 Demo——发光

“Eye Candy 4000 Demo”中的“发光”滤镜，用于在选区或图像边缘制作发光效果，通过调整颜色和发光形态，可以制作出逼真的霓虹灯效果，同时又可表现出梦幻般的氛围。

执行“滤镜→Eye Candy 4000 Demo→发光”命令，弹出如下左图所示的“发光”对话框。

在“发光”对话框的“基本”标签中，各选项的功能如下。

- 发光宽度：调整发光效果的强度。
- 柔和转角：调整发光效果的柔和度。
- 不透明性：调整发光效果的不透明度。
- 选中“仅在选择区外部绘制”复选框，只在选区或图像像素以外绘制发光效果。

选择“颜色”标签，其选项设置如下右图所示，各选项的功能如下。

“发光”对话框

“颜色”标签

- 在颜色表中，可以选择预设的颜色。
- 在渐变颜色编辑条中，可以编辑发光的颜色，其编辑方法同Photoshop中编辑渐变色的方法相同。
- 颜色：用于显示和更改当前色标的颜色。首先单击色标，然后单击颜色块，并从显示的拾色器中选择颜色。

- 不透明：调整色标处颜色的不透明度。

下图所示是利用发光滤镜制作的文字特效。

利用发光滤镜制作的文字特效

3.2 添加星形：Eye Candy 4000 Demo——星星

通过“Eye Candy 4000 Demo”中的“星星”滤镜，可以轻松制作出多种样式和颜色的多边形或星星。执行“滤镜→Eye Candy 4000 Demo→星星”命令，弹出如右图所示的“星星”对话框。

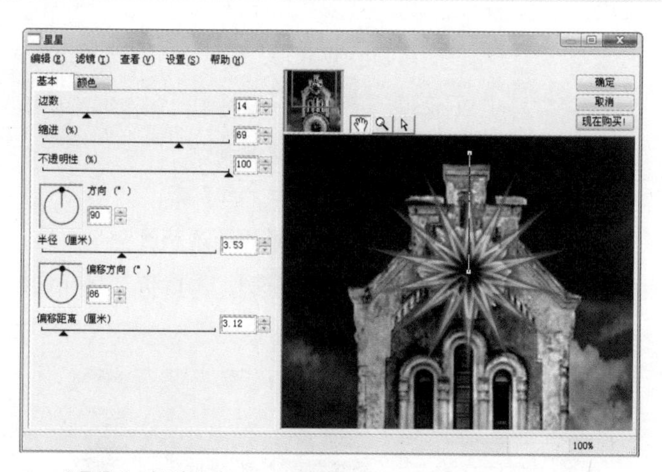

“星星”对话框

- 使用预览窗口上方的工具，可以移动星星的位置，并可以调整星星的半径大小和方向。
- 边数：设置星星的边角数量。
- 缩进：设置星星的凹进程度。该值越大，越接近星星样式。当该值为0时，变为多边形。
- 不透明性：设置星星的不透明度。
- 方向：调整星星的方向。
- 半径：调整星星的半径大小。
- 偏移方向：从选区或图层中央调整星星所在的方向。
- 偏移距离：从选区或图层中央调整星星相隔的距离。

提示：“颜色”标签内容与上一小节中的“发光”滤镜相同，请参考对应的内容介绍。

下图所示是为图像添加星星前后的效果对比。

原图像效果

添加星星的效果

3.3 添加星光：The Plug-in Site——Star

使用“The Plug-in Site”中的“Star”命令，可以在图像中添加星光，模拟夜空效果。如果为一些反光较强的材质添加星光，则可以使图像更加璀璨独目。执行“滤镜→The Plug-in Site→Star”命令，弹出如右图所示的“Star”对话框。

Star滤镜选项设置

- 在预览窗口中单击鼠标右键，可以对星光进行定位。
- Effects：在其下拉列表中可以选择星光的效果。选择“Single Star”选项，可以添加单一的星光。选择“Star Field”选项，可以添加满天的星光。
- x Size：设置斜向交叉的散射光的尺寸。
- + Size：设置水平与垂直交叉的散射光的尺寸。
- o Size：设置星光中的光晕大小。
- Overall：设置整个星光的大小。当选择“Star Field”选项时，“Overall”值越大，单个星光就越大，而添加的星光数量就会越少。
- 分别拖动“Red”、“Green”和“Blue”滑块，可以设置星光的色调。
- 选中对话框下方最左边的复选框，星光显示为正常模式，将不会与下方的图像像素产生混合效果，如下图A所示。选中居中的复选框，整个图像色调会随星光的色调一起发生变化，如下图B所示。选中最右边的复选框，图像将变为黑色，如下图C所示。

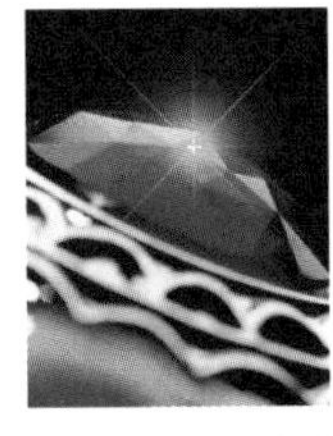
图A 正常模式下的星光

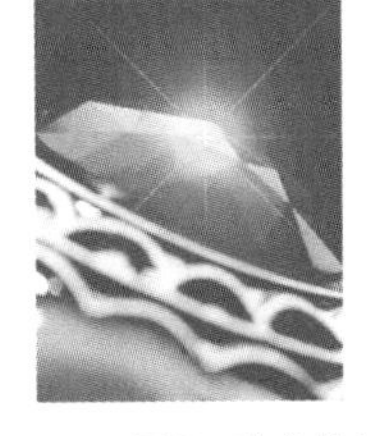
图B 改变为星光色调后的图像

图C 图像显示为黑色

下图左所示是为宝石添加单一星光后的效果，下图右所示是在另一个图像中添加满天星光后的效果。

单个星光效果

满天星光效果

3.4 制作阳光或日落色调：The Plug-in Site——Sunshine

通过“The Plug-in Site”中的“Sunshine”滤镜，可以使图像产生阳光灿烂的色调，同时也可以使其产生日落时的夕阳色调。执行“滤镜→The Plug-in Site→Sunshine”命令，弹出如右图所示的“Sunshine”对话框。

Sunshine选项设置

- 在预览窗口中单击鼠标右键，可以对光源进行定位。
- Effects：在其下拉列表中选择“Sunshine”选项，可以使图像产生阳光照射的色调效果。选择“Sunset”选项，可以产生日落时的色调效果。
- Intensity：调整阳光或夕阳照射的强度。
- Red/Size：选择“Sunshine”选项时，用于调整光线的照射范围，数值越大，范围越广。选择“Sunset”选项时，用于调整夕阳中的红色含量。
- “Green”和“Blue”选项，分别用于调整夕阳中的绿色和蓝色含量。
- Brightness：调整整个图像的明亮度。该值越大，色调越亮。
- 选中“Sunshine”对话框右下角的复选框，只显示光线能够照射到的图像范围。

下图A所示为原图像，下图B所示为添加阳光照射的色调效果，下图C所示是添加日落时的色调效果。

图A 原图像

图B 阳光照射效果

图C 夕阳色调

3.5 制作散射光效果：Andromeda——ScatterLight

“Andromeda Scatter Light”是一套用来产生图像散射光效果的插件。该插件中包括了多种透镜效果，分别可以用来产生梦幻、柔焦变幻、散射和雾气以及星光等效果，并提供了多种透镜模式。

打开需要制作散射光效果的图像，然后执行“滤镜→Andromeda→ScatterLight”命令，弹出如右图所示的对话框。

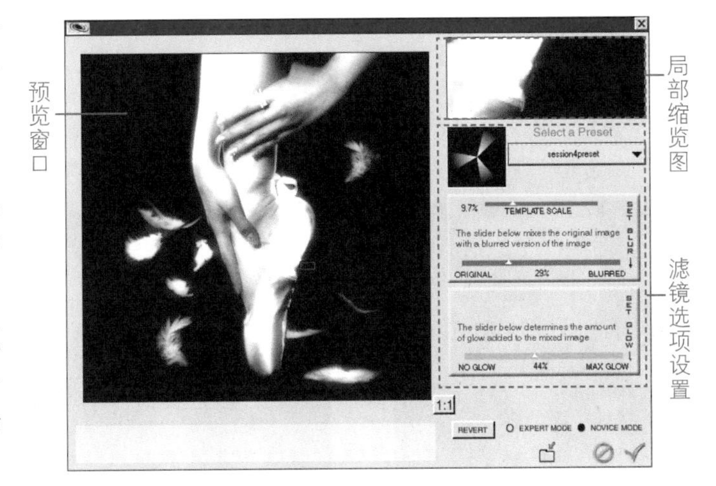

ScatterLight选项设置

- 单击预览窗口右下角的1:1按钮，使图像按实际像素大小显示。在预览窗中单击鼠标左键，可以重新定位红色框的位置，而红色框中的图像将被放大显示在对话框右上角的局部缩览图中。单击REVERT按钮，显示原图像效果，再次单击该按钮，显示应用滤镜后的效果。
- 单击session4preset按钮，展开如右图所示的列表，在其中可以选择所要应用的散射光效果。

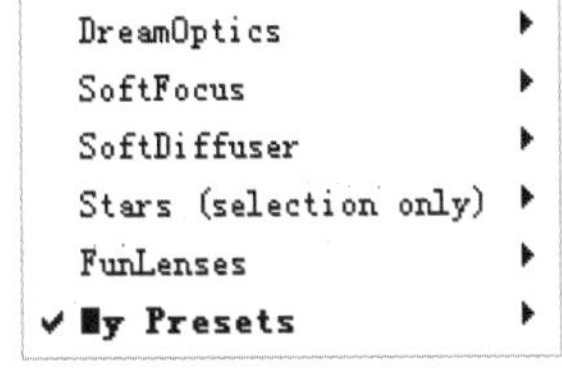

效果列表

- DreamOptics：从高光区域温和地拉动和分散光线，以营造出梦幻的高光效果。用户可以从该选项的下一级列表中选择所需的梦幻效果。下图A所示为选择“dream-fo4”后的效果。
- SoftFocus：柔化和精练照片，在其下一级列表中提供了10种不同的光学透镜模式，以帮助用户创造出隐隐约约的柔焦变化效果。下图B所示是选择“general soft”后的效果。
- SoftDiffuser：为图片增加散射和雾气的柔化效果，该选项提供了多种密度变化的光学透镜模式。下图C所示是选择“fog-fixed-noise”后的效果。

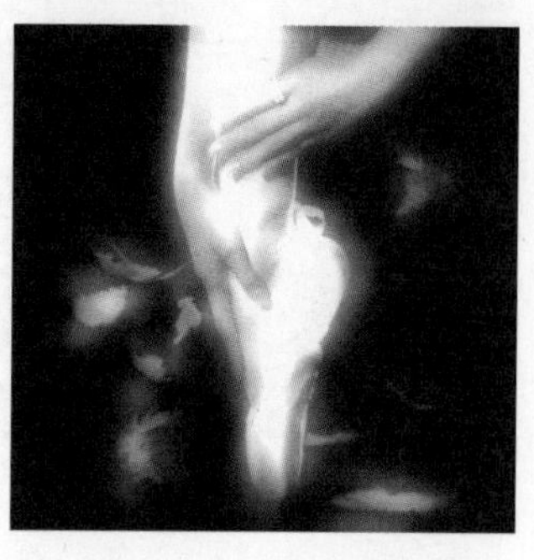
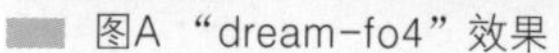
图A “dream-fo4”效果

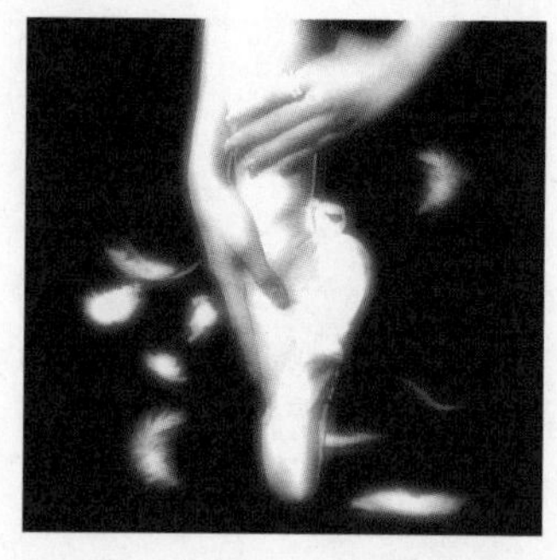
图B “general soft”效果

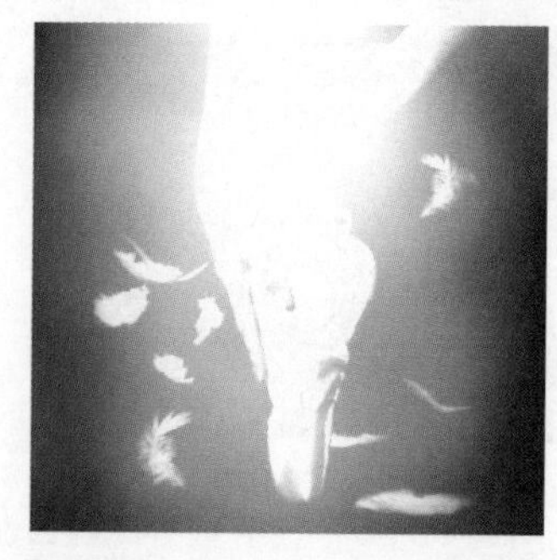
图C “fog-fixed-noise”效果

- Stars（selection only）：在图片最亮区域聚焦光线，以产生星光效果，并提供了许多不同的透镜模式。下图A所示为选择“lg 8pt rays”后的效果。
- FunLenses：在高光区域创建多种富于变幻的光线拉动效果，以产生多种朦胧或强烈的视觉效果。下图B所示为选择“dust”后的效果。
- My Presets：该选项中只有“session4preset”效果，其效果类似于“DreamOptics ”，也是从高光区域温和地分散光线，营造一种光线抖动的效果，如下图C所示。

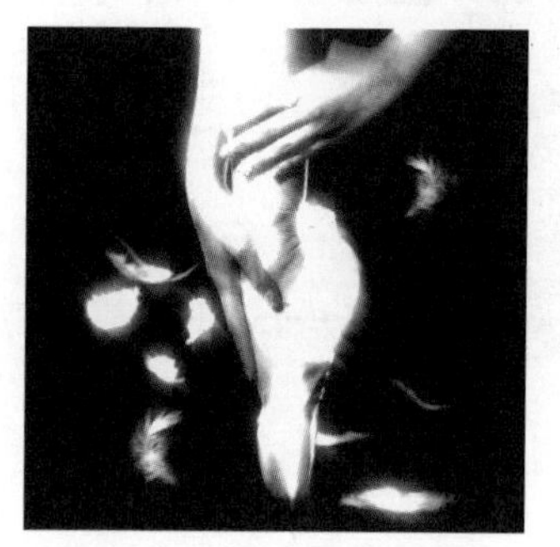
图A “lg 8pt rays”效果

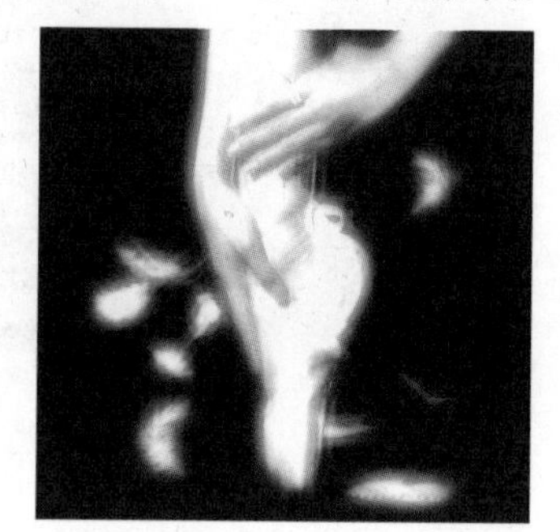
图B “dust”效果

图C “My Presets”效果

- 在“SET BLUR”选项区域中，拖动“TEMPLATE SCALE”滑块，可以设置效果的比例强度。拖动该选项区域中位于下方的滑块，可以调整图像的模糊程度，百分比值越大，图像越模糊。
- 在“SET GLOW”选项区域中，拖动其中的滑块，可以设置图像中亮部区域的发光量，数值越大，发光越强烈。

3.6 创建光线和投射阴影：Auto FX——Mystical

“Auto FX” 中的“Mystical”滤镜能够对图像应用非常真实的光线和投射阴影效果，还能提高图片在光影方面的品质并达到美化的效果。

“Mystical”包含了16种视觉效果和400种预设，同时还拥有图层功能、无限的撤消设置、多样的视觉预设、蒙版设置以及强大的特效设置。通过这些功能，可以产生无穷多样的效果。

执行“滤镜→Auto FX Software→Mystical”命令，弹出如下左图所示的“Mystical”对话框。单击该对话框中的“Special Effects”按钮，展开“Mystical Lighting”选项，在其中可以查看包含的16种视觉效果，如下右图所示。

“Mystical”对话框

“Mystical Lighting”视觉效果

在“Edge-Highlight”特效中，可以对图像进行加亮处理。“Edge Highlight”面板设置如下左图所示。

- Color Mix：用于设置加亮的颜色与图像进行混合的程度。
- Highlight Distance：用于设置加亮区域的范围大小。
- Softness：用于设置加亮颜色覆盖在图像上的柔化程度，数值越大越柔和。
- Cast Direction：用于设置加亮区域的方向位置。

下图右所示是应用“Edge-Highlight”后的效果。

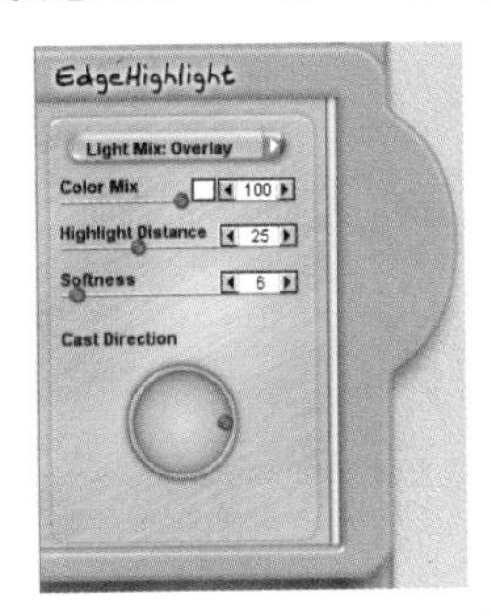

“Edge Highlight”面板

“Edge-Highlight”效果

在“Ethereal”特效中，可以为图像添加各种自然的光线效果。展开该效果的“Preset”对话框，在其中提供了31种不同的应用效果，如下图A所示，从中选择所需的效果，并在这些效果的基础上手动进行调整，可以达到更为理想的风格。“Ethereal”面板如下图B所示。

- 单击滤镜选项区域右边的按钮，使其成为彩色状态显示时，可以通过对预览窗口中的光线调整器进行选择、缩放、移动和旋转等调整，以改变光线的距离、位置和方向等。再次单击该按钮，隐藏光线调整器。
- 单击按钮，使其成为彩色显示时，可以复制选择的光线调整器，以在图像中添加新的光线。
- Cast Amount：用于设置光线的数量。值越大，光线越强。
- Tonal Range：用于设置光线的排列密度。
- Soften Cast：用于设置光线的柔化程度。

下图C所示是在图像中添加光线后的效果。

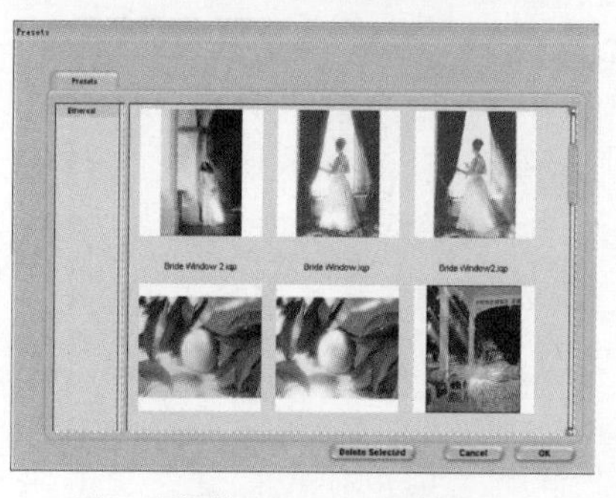

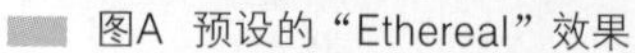
图A 预设的“Ethereal”效果

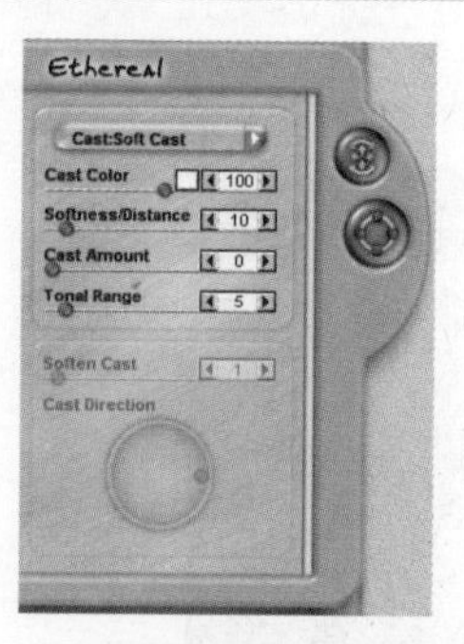

图B “Ethereal”面板

图C “Ethereal”效果

在“Fairy Dust”特效中，可以为图像添加具有童话和浪漫色彩的星光效果。在此种效果中，星光将根据路径形状进行排列，效果如下左图所示。“Fairy Dust”面板如下右图所示。

“FairyDust”效果

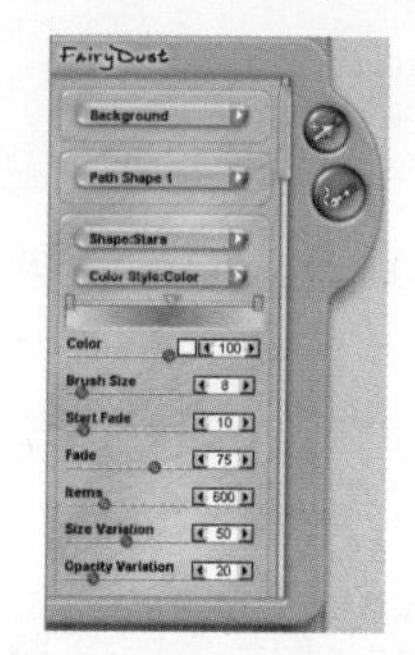

“Fairy Dust”面板

- 在“Preset”对话框中选择一种预设效果，并选中按钮，即可对路径的形状和位置进行调整，以改变星光的排列效果。
- 选中按钮，可以在路径上添加或删除锚点，以对路径进行编辑。
- 在“Fairy Dust”面板中，单击最上方按钮，选择“Foreground”选项，在前景图像上添加效果。选择“Background”选项，在背景图像上添加效果。
- 单击“Path Shape”按钮，选择需要调整的路径中的效果，然后在“Fairy Dust”面板中调整效果的各项参数。
- 单击“Shape”按钮，选择应用到路径上的光点形状。
- 单击“Color style”按钮，选择应用到效果中的颜色类型，包括单色和渐变色。选择渐变色时，可以在渐变编辑框中设置渐变色；双击色标，在拾色器中可以选择颜色；在渐变编辑框中无色标处双击，可以添加一个色标；在色标上单击右键，可以删除该色标；“Gradient Opacity”选项用于设置所选色标处的颜色的不透明度。选择单色时，在“Color”中可以设置所需的颜色，拖动该滑块，可以设置颜色的不透明度。
- Brush Size：用于设置笔刷的大小。
- Start Fade：用于设置应用到路径起点处的效果的淡入淡出程度。
- Fade：用于设置整个效果的淡入淡出程度。
- Items：用于设置效果的排列密度。数值越大，排列越浓密。
- Size Variation：用于变更效果对象的大小。
- Opacity Variation：用于变更效果对象的不透明度。

“Flare”特效可以为图像添加闪光的效果，如下左图所示。“Flare”面板如下右图所示。

- 单击最上方的按钮，选择“Follow Mask”选项，将产生遮罩式闪光效果。选择“Ellipses”选项，产生椭圆形闪光效果，此时可以通过效果编辑器调整闪光效果的大小、角度、位置以及复制新的闪光效果等。
- 单击“Style”按钮，可以选择星光的风格类型。
- 单击“Adjust Type”按钮，选择按哪种方式来调整星光效果。

“Flare”效果

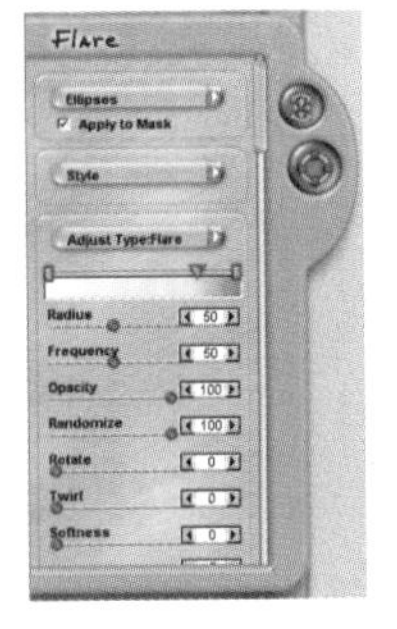

“Flare”面板

在“Light Brush”特效中，可以为图像添加明亮效果，如下左图所示。“Light Brush”面板如下右图所示，用户可以使用画笔在蒙版中绘画一样，在图像中适当的位置添加日光效果。

“ Light Brush”效果

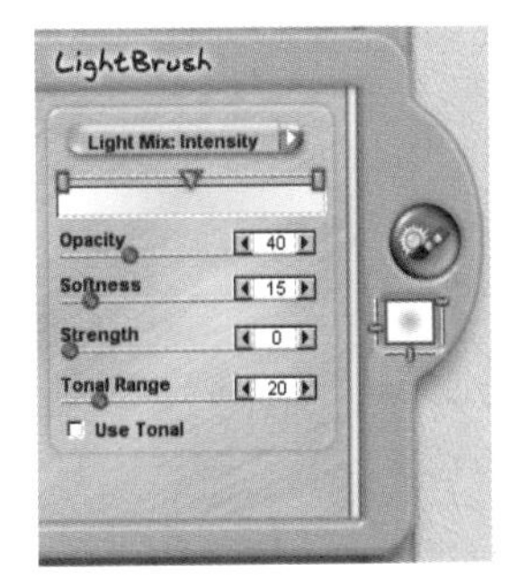

“Light Brush”面板

在“Light Caster”特效中，可以为图像添加多样布局的光源发散效果，如下左图所示。“Light Caster”面板如下右图所示。

- 使用工具可以绘制新的光源。
- 使用工具在图像中绘制出一个范围，可以清除该范围内多余的光线。
- 工具相当于图层中的蒙版，清除多余的光线后，被清除的区域将在蒙版中显示为黑色。

“Light Caster”效果

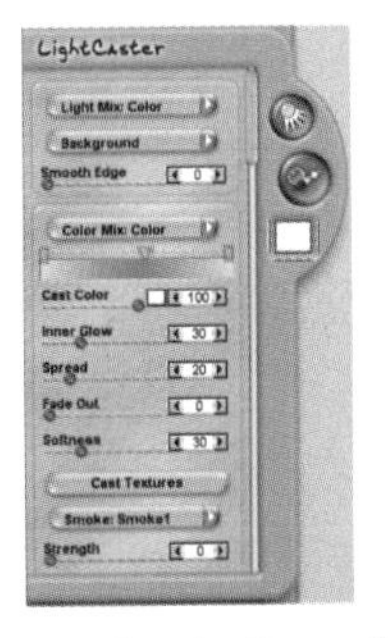

“Light Caster”面板

在“Mist”特效中，可以为图像添加一层薄雾，如下左图所示。“Mist”面板如下右图所示。

- 使用工具可以在图像中绘制薄雾。
- 使用工具可以清除所绘区域内的薄雾。
- Color：用于设置薄雾的颜色。
- Softness：用于设置薄雾的柔化程度。
- Density：用于设置雾的浓密度。
- Variation：用于使薄雾产生随机的变化。

“Mist”效果

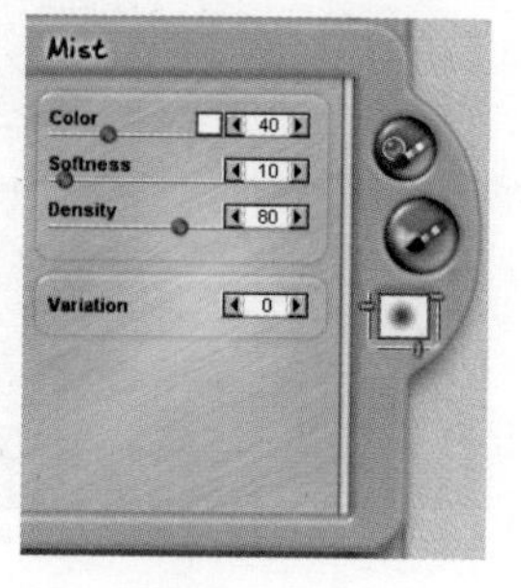

“Mist”面板

在“Mottled Background”特效中，可以制作带杂色斑点的背景，类似于Photoshop中的云彩效果，如下左图所示。“Mottled Background”面板如下右图所示，各选项的功能介绍请参看前面各个效果介绍中对应的内容。

“Mottled Background”效果

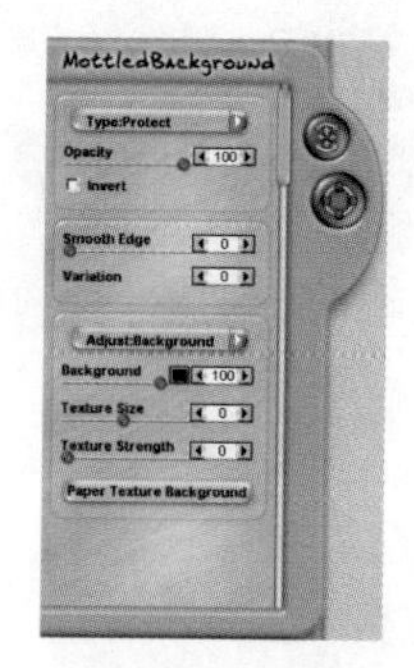

“Mottled Background”面板

在“Radial Light Caster”特效中，可以为图像添加放射状的光源发光效果，如下左图所示。“Radial Light Caster”面板如下右图所示。使用工具，可以在图像中添加和复制光源。使用工具，可以移动、缩放和旋转光源。

“Radial Light Caster”效果

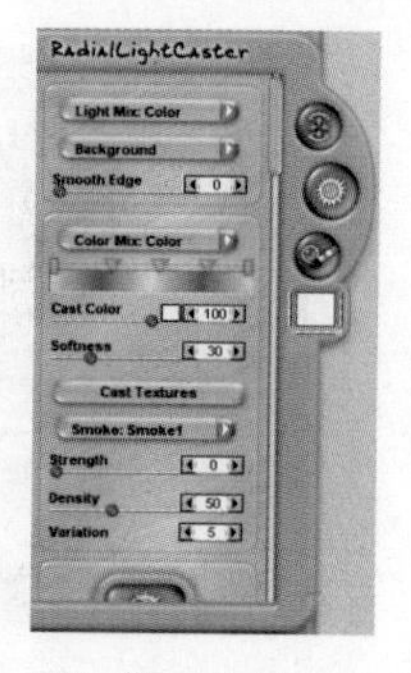

“Radial Light Caster”面板

"Rainbow"特效可以制作出彩虹效果，如下左图所示。"Rainbow"面板如下右图所示。

- 使用工具在图像中拖出一条直线，释放鼠标后即可创建半圆形的彩虹效果。
- 使用工具在图像中绘制自由形状的曲线，释放鼠标后即可根据路径线创建彩虹效果。如果对彩虹的形状不太满意，还可通过工具调整路径的形状，或变换或移动路径。
- 使用工具在图像上依次单击，可以创建自定义的路径，系统将根据路径创建彩虹效果。使用该工具可以在路径上删除或添加锚点，以创建精确的路径。
- "Start Fade"和"End Fade"选项分别用于设置开始与结束处的淡入淡出效果。

"Rainbow"效果

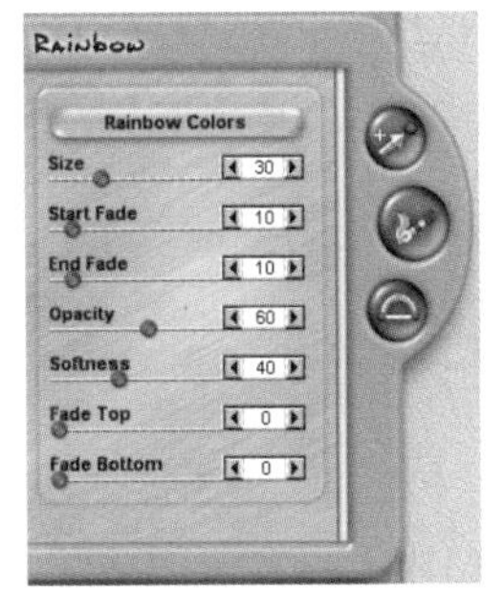

"Rainbow"面板

在"Shader"特效可以为图像添加阴影，如下左图所示。"Shader"面板如下右图所示。

- 使用工具可以在图像中添加T形的阴影，并且可以调整阴影的发散范围、角度和位置。
- 使用工具可以对添加的阴影进行透视编辑，以使阴影表现得更加自然。
- 使用工具在图像中绘制出一个范围，可以清除该范围内的阴影。

"Shader"效果

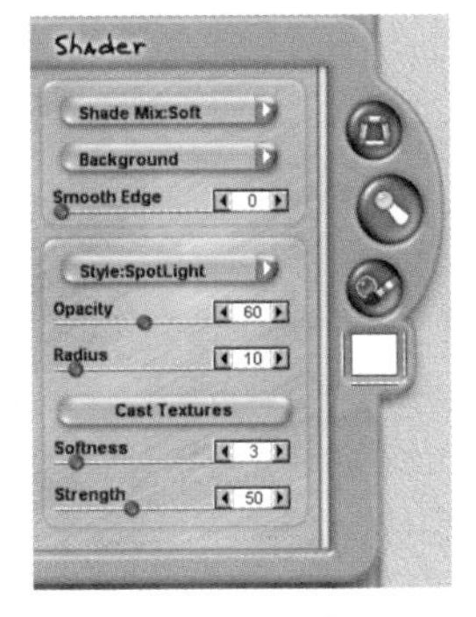

"Shader"面板

另外，"Shading Brush"特效用于为图像描绘阴影。"Shadow Play"特效用于制作类似于皮影戏中的皮影效果。"SpotLight"特效用于制作类似于聚光灯射出的灯光效果。"Surface Light"特效用于为图像添加柔和的日光照射效果。"Wispy Mist"特效用于为图像添加小束状的薄雾效果。

3.7 创建梦幻和朦胧效果：Flaming Pear——Aetherize

"Flaming Pear"是一套独特的特效插件包，包含多种插件，通过这些插件，可以制作变形、明亮的颜色和图案、星空图案、金属外形、为图像重新着色和朦胧等的效果。

"Flaming Pear" 中的"Aetherize"插件可以使图像产生梦幻、朦胧的效果。执行"滤镜→Flaming Pear→Aetherize"命令，弹出如右图所示的"Aetherize"对话框。

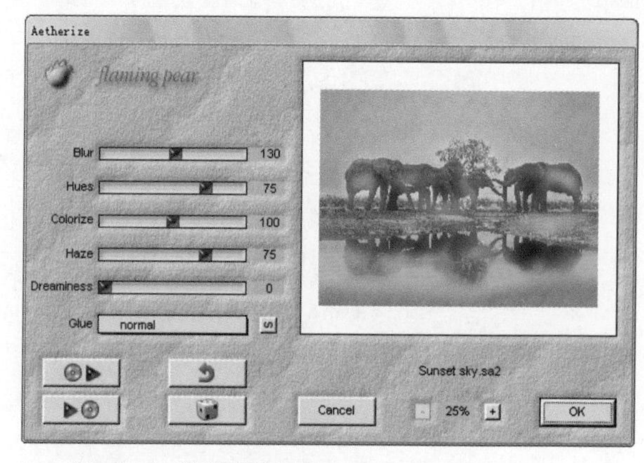

"Aetherize"选项设置

- Blue：用于设置所添加的梦幻效果的模糊程度。
- Hues：用于调整梦幻效果的色调。
- Colorize：用于调整梦幻效果的饱和度。
- Haze：用于设置添加到图像中的薄雾效果的浓淡程度。数值越大，图像越朦胧。
- Dreaminess：用于调整图像中的梦幻效果的明暗对比度。
- Glue：用于设置梦幻效果与原图像之间混合的模式。该选项与Photoshop中的图层混合模式效果相似。
- 单击 按钮，载入预设的设置。单击 按钮，将设置保存为预设。
- 单击 按钮，返回上一步设置。单击 按钮，依次载入预设的"Aetherize"效果。
- 单击 - 按钮，缩小视图。单击 + 按钮，放大视图。

下图所示是为图像应用Aetherize滤镜前后的效果对比。

应用"Aetherize"滤镜前后的效果对比

3.8 创建亮光效果：Flaming Pear——Glare

"Flaming Pear"中的"Glare"滤镜，用于在图像的最亮区域的四周创建耀眼的光环，以营造一个明亮眩目的环境氛围。执行"滤镜→Flaming Pear→Glare"命令，弹出如下图所示的"Glare"对话框。

"Glare"选项设置

- Diameter：用于设置光环的发光范围。数值越大，发光范围越大。
- Cutoff：用于设置中止发光的程度。当数值为100时，图像中没有发光效果。
- Brightness：用于设置光环的明亮度。数值越大，越明亮。
- Gamma：用于设置光环的发光强度。
- Saturation：调整整个图像的色彩饱和度。

下图所示是为图像应用"Glare"滤镜前后的效果对比。

应用"Glare"滤镜前后的效果对比

3.9 光特效制作：Knoll Light Factory

"Knoll Light Factory"是一个光效特技软件，多用于视频光效制作、创建无限的灯光效果和眩光。执行"滤镜→Knoll Light Factory→Knoll Light Factory"命令，弹出如右图所示的"Knoll 镜头闪光专家"对话框。

"Knoll 镜头闪光专家"对话框

- 亮度：用于设置灯光的亮度。
- 比例：用于设置光晕的大小和发光范围。
- 颜色：用于设置发光的颜色。
- 重置：单击该按钮，恢复为上一步设置的选项参数。

单击“灯光样式”按钮，弹出如下左图所示的“镜头编辑器”对话框。在“部件”列表框中，显示了组成当前光晕效果的部件，选择其中一个部件，可以在“部件参数”选项栏中，对该部件效果进行精细设置，如下右图所示。

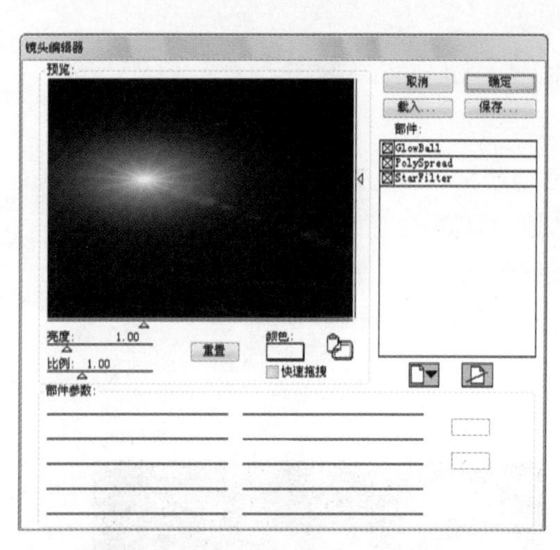

“镜头编辑器”对话框

部件参数设置

- “位置”、“亮度”、“比例”和“伸展宽度”，分别用于设置该部件效果的位置、光亮度、大小和伸展的长度。
- “角度”、“数量”和“边数”，分别用于设置伸展开的光影对象的角度、数量和边数。
- “大小随机分布”、“亮度随机分布”和“颜色随机分布”，分别用于设置按光影对象的大小、亮度和颜色进行随机分布的量。
- 光环亮度：设置光环的不透明度。
- 倾斜比例：设置光晕的发光范围。
- 光环柔和度：设置光环的柔化程度。
- 锥度：设置光环的缩放比例。
- 选中“变形”复选框，产生变形的发光效果。选中“加光环”复选框，为发光效果添加光环。
- “外部颜色”和“内部颜色”选项，用于设置从光源中发散出去的内部和外部的颜色。

下图所示是为图像应用“Knoll Light Factory”前后的效果对比。

 应用“Knoll Light Factory”后的效果对比

3.10 创建辉光效果：KPT 6——KPT LensFlare

“KPT 6”中的“KPT LensFlare”滤镜与Photoshop中的镜头光晕滤镜效果相似，不过“KPT LensFlare”滤镜可以表现出更加丰富、细腻的效果。通过设置光源内部和外部的颜色、反射效果和后光效果等，可以表现出更加自然、仿真的图像效果。

执行“滤镜→KPT 6→KPT Lens Flare”命令，弹出如右图所示的“KPT LENSFLARE”对话框。

“KPT LENSFLARE”对话框

在“Glow”面板中，各选项的功能如下。

- “Color”、“Glow”、“Inner”和“Outer”选项分别用于调整光源的颜色，以及从光源中发散出去的光源的内部和外部颜色。
- Intensity：调整光源的强度。
- Scale：调整光线的范围。

在“Halo”面板中，可以设置出现在光源周围的后光光环的大小和颜色。

- Type：设置后光效果的形态。选择“Filled”选项，可以制作出深而鲜明的光环。选择“Lenticular” 选项，可以制作出边界线较柔和的光环。
- “Halo”面板中的颜色块，用于设置由于后光效果而出现的光环的颜色。
- Intensity：设置由于后光效果而出现的光环的强度。
- Scale：设置由于后光效果而出现的光环的范围。

在“Reflection”面板中，可以设置发射光的形态。在“Streaks”面板中，可以设置光线的条纹。在“General”面板中，可以设置光源的位置和亮度。

- Grayscale：选中该选项，产生灰度的镜头光晕效果。
- Rotation：用于设置旋转光线的角度。
- Position X：用于设置光源的横向位置。
- Position Y：用于设置光源的纵向位置。
- Brightness：用于调整光源的亮度。
- Aspect Ratio：用于调整光线的横向和纵向比例。

下图所示是为图像应用“KPT LensFlare”滤镜前后的效果对比。

应用“KPT LensFlare”滤镜前后的效果对比

04 图像的纹理处理

Dictionary of Filters for Photoshop

Chapter

在进行平面设计创作时，如果设计的版面过于平板或者画面过于空洞，而缺乏视觉重点或不具有视觉表现力，这时就可以为图像或图像背景添加适当的纹理，使局部或整个画面呈现立体感，同时使画面达到更加丰富的视觉效果。不过为图像添加的纹理应适合主题，过于夸张的纹理可能会造成喧宾夺主的反作用，同时会使整个画面效果变得很“俗”。

4.1 创建编织效果纹理：Eye Candy 4000 Demo——编织

使用“Eye Candy 4000 Demo”中的“编织”命令，可以使图像产生类似于编织物的效果。通过设置丝带的宽度和间隔等，可以表现出逼真的编织物样式。

执行“滤镜→Eye Candy 4000 Demo→编织”命令，打开如右图所示的“编织”对话框，在其中可以预览编织物的效果。

“编织”对话框

- 条带宽度：调整编织物中条带的宽度。
- 缝隙宽度：调整编织物的条带之间的间隙。
- 阴影：调整投影的应用程度。
- 纹路细节：设置编织物图案的密度。
- 纹路长度：设置编织物图案的长度。
- 涂抹条带：选中该复选框，可以在编织物上添加模糊效果。
- 缝隙填充：用于设置填充编织物缝隙的方式。选中“填充单一颜色”单选项，为编织物的缝隙填充单一的颜色；选中“保留原图像”单选项，将编织物的缝隙保留为原图像；选中“使缝隙透明”单选项，将编织物的缝隙处理为透明，只有当前图层为非背景图层时，该选项才能使用。

4.2 为图像添加栅格图案：The Plug-in Site——Grid

使用“The Plug-in Site”中的“Grid”滤镜，可以使图像产生3种不同的栅格图案。执行“滤镜→The Plug-in Site→Grid”命令，打开如右图所示的对话框。

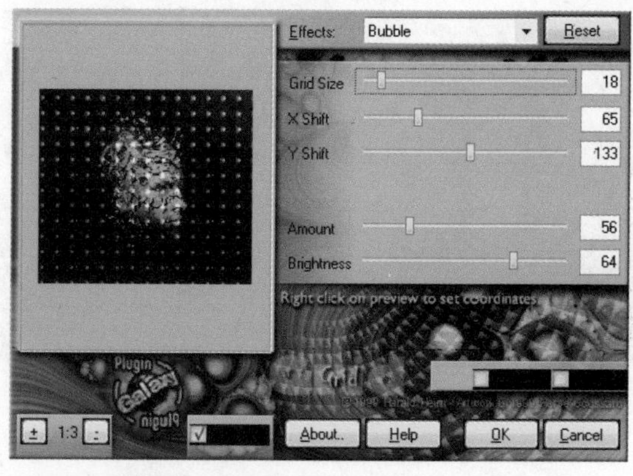

Grid滤镜选项设置

- Effects：在其下拉列表中可以选择所需的栅格图案效果。系统提供的3种栅格图案分别如下图所示。

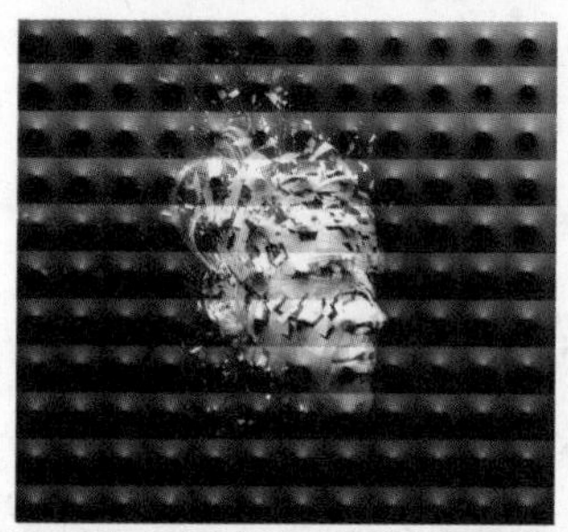

Bubble图案效果

Shine 图案效果

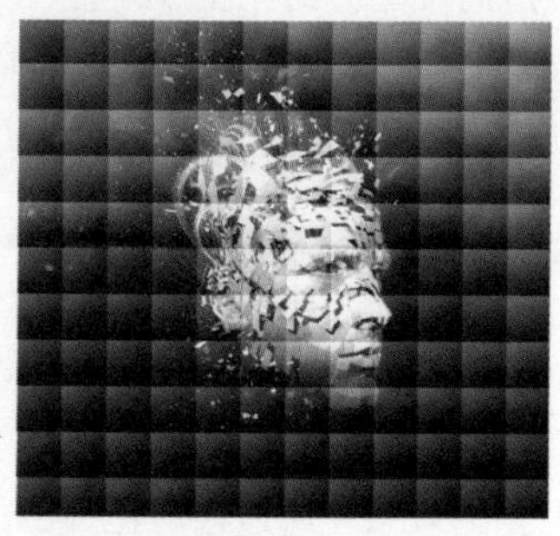

Tuster图案效果

- Grid Size：用于设置栅格图案中的单元格的大小。
- X Shift：用于设置图案在水平方向偏移的距离。
- Y Shift：用于设置图案在垂直方向偏移的距离。
- Amount：用于设置栅格图案的数量。
- Brightness：用于设置图案的光亮度。
- 选中对话框右下角左边的复选框，可以产生环球网状的图案，如下左图所示。选中右边的复选框，可以反转图案中的明暗色调，效果如下右图所示。

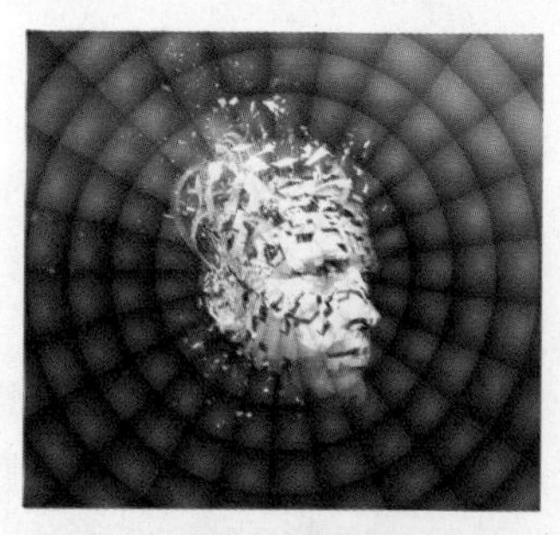

环球网状的图案效果

反转图案色调后的效果

4.3 创建类似爬行动物外皮的纹理：Alien Skin Eye Candy5：Textures——爬行动物外皮

“Eye Candy5：Textures”中包含了10种滤镜，它在上一版本“Eye Candy 4000”的基础

上作了一些精简，添加了“爬行动物外皮”、“石墙”、“砖墙”和“金属防滑板”滤镜，并在功能上作了一些改进，以达到更加完美的效果。

利用“Eye Candy 5” 中的“爬行动物外皮”滤镜，可以制作类似各种爬行动物皮囊似的肌理效果，通过设置爬行动物类型和形体大小等参数，可以达到更加逼真的效果。

执行“滤镜→Alien Skin Eye Candy 5→爬行动物外皮”命令，打开如右图所示的“爬行动物外皮”对话框。

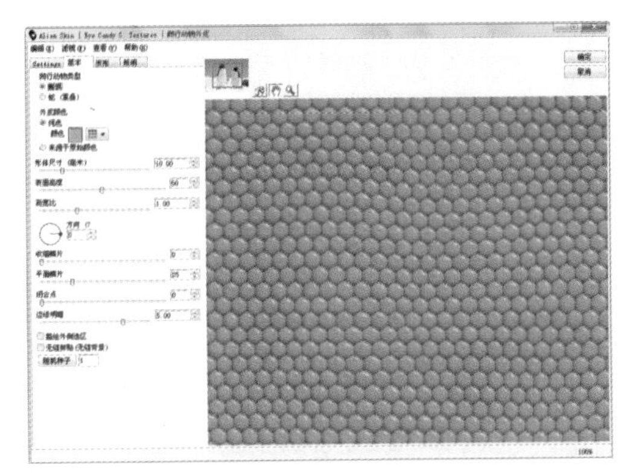

“爬行动物外皮”滤镜选项设置

在“Settings”标签中，可以选择系统预设的爬行动物外皮样式，用户还可以保存并载入自定义的选项设置。在“基本”标签中，各选项的功能如下。

- 在“爬行动物类型”选项栏中，可以选择以“蜥蜴”或“蛇”的皮囊外形作为目标效果。
- 在“外皮颜色”选项栏中，选择“纯色”选项，将应用单色的肌理效果。选择“来源于原始颜色”选项，会将原始图像中的色彩作为肌理色彩，如右图所示。

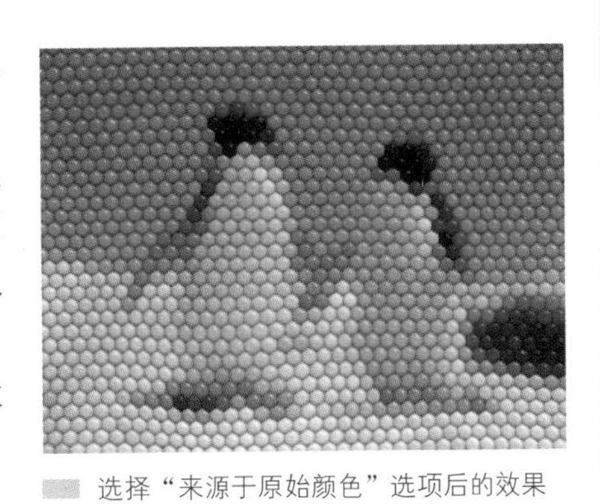

选择“来源于原始颜色”选项后的效果

- 形体尺寸：设置所产生的肌理效果中纹路的大小。
- 表面高度：设置外皮表面纹路的凸起高度。
- 高度比：设置肌理效果中纹路宽度与高度的比例。
- 方向：设置纹路的方向走势。
- 收缩鳞片：设置动物外皮中鳞片的收缩程度。下图左所示是将该选项值设置为“60”后的效果。
- 平面鳞片：设置动物外皮中鳞片被平面化的程度。下图右所示是将该选项值设置为“100”后的效果。

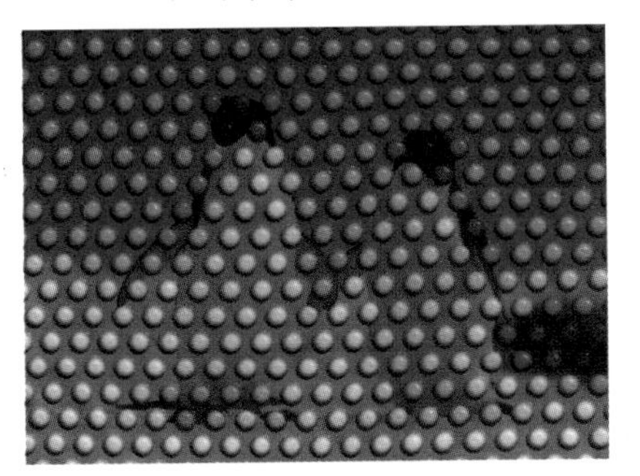

修改“收缩鳞片”值后的效果

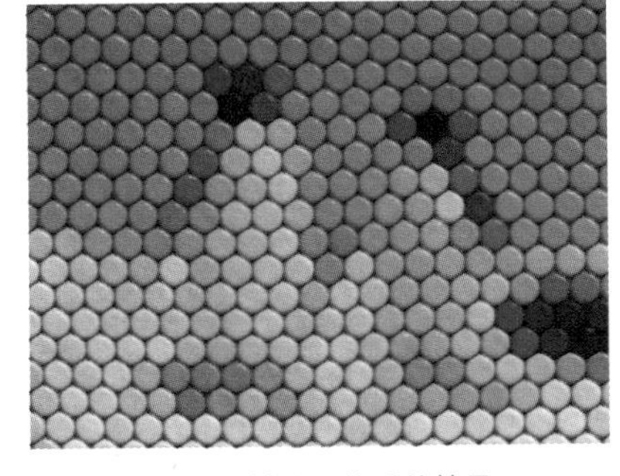

修改“平面鳞片”值后的效果

- 闭合点：用于设置肌理效果中的纹路闭合点的平滑程度。数值越大，越尖锐，反之则越圆滑。下图左所示是将该选项值设置为“100”后的效果。

- 边缘明暗：设置肌理边缘色调的明暗程度。数值越小，色调越明亮，反之则越灰暗。下图右所示是将该选项值设置为“-10”后的效果。

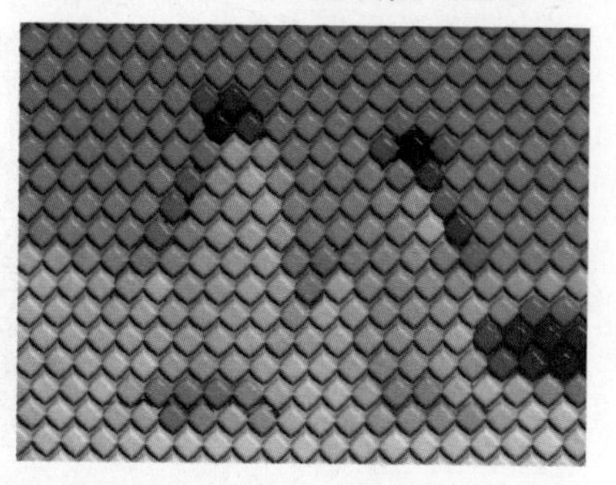

修改“闭合点”值后的效果

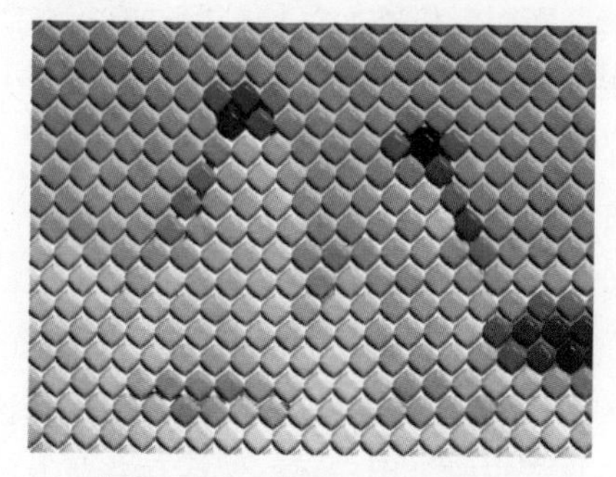

修改“边缘明暗”值后的效果

- 随机种子：单击该按钮，产生随机的图案变化。

在如下左图所示的“变形”标签中，各选项的功能如下。

- 变形：设置肌理中纹路的变形程度。
- 表面粗糙度：设置肌理表面的粗糙程度。
- 边缘凸块：设置肌理边缘上块状物的凸起程度。下图右所示是分别修改“变形”选项卡中各选项参数后的图像效果。

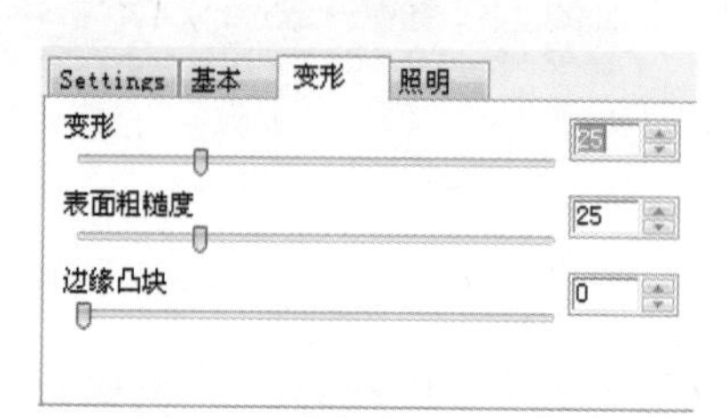

“变形”选项卡设置

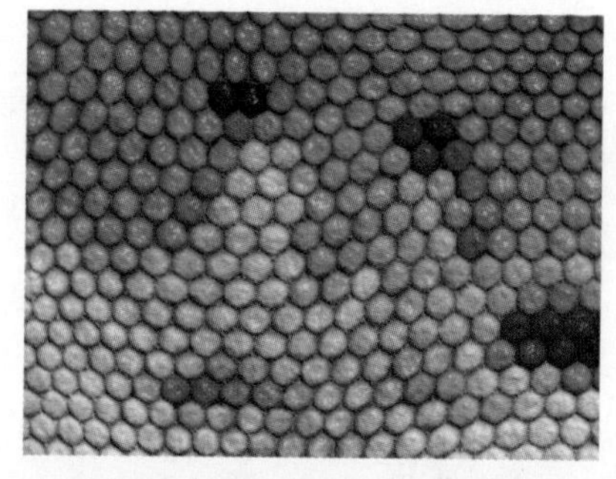

设置“变形”选项卡后的图像效果

在如右图所示的“照明”标签中，各选项的功能如下。

- “方向”和“倾斜度”：调整光照的方向，在圆形示意球上单击或拖动即可进行调整。
- 最大亮度：调整高光区域的亮度。
- 高亮尺寸：调整高光宽度。
- 高亮颜色：调整高光的颜色。
- 增加亮度：调整图像的光亮度。数值越大，亮度越高。

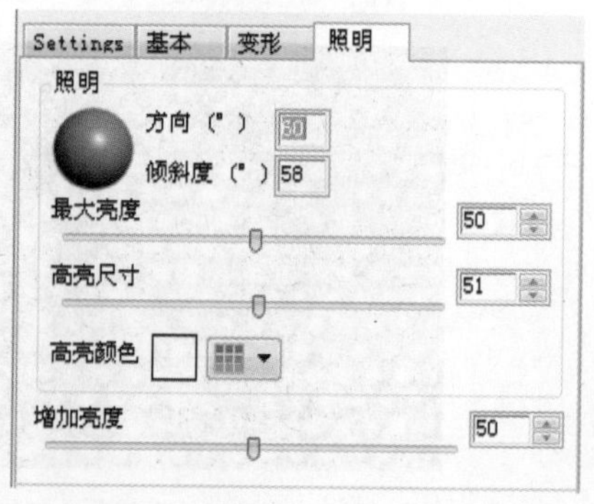

“照明”标签选项

下图左所示为原图像，下图右所示是将企鹅的腹部和翅膀区域应用“爬行动物外皮”滤镜后的效果。

原图像

应用“爬行动物外皮”滤镜后的效果

4.4 添加纹理杂色效果：Alien Skin Eye Candy5：Textures——纹理杂色

使用“Eye Candy5：Textures”中的“纹理杂色”滤镜，可以在RGB图像上添加纹理似的杂色效果，用户可以对杂色类型、色彩和大小等参数进行自定义设置。

打开如下左图所示的素材文件，然后执行“滤镜→Alien Skin Eye Candy 5→纹理杂色”命令，开启如右图所示的“纹理杂色”对话框。

打开的素材文件

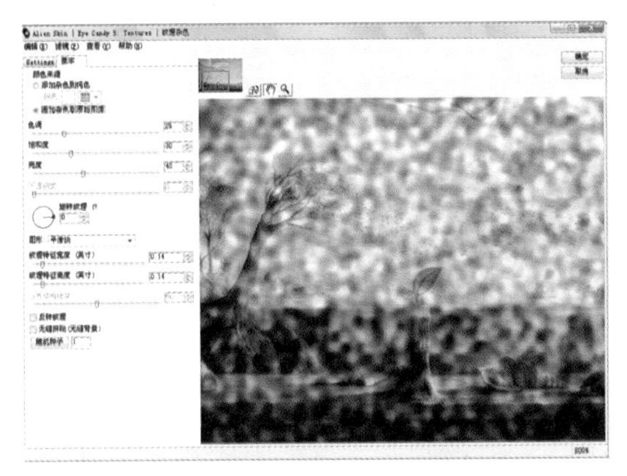
纹理杂色选项设置

在“基本”标签中，各选项的功能如下。

- “色调”、“饱和度”和“亮度”：分别用于调整杂色的色彩、饱和度和亮度/对比度。
- 不透明度：用于设置纹理杂色的不透明度。
- 旋转纹理：设置纹理的旋转角度。
- 在“图形”下拉列表中，选择纹理分布的类型。下图所示是分别选择“平滑分形体”和“圆点”选项后的效果。

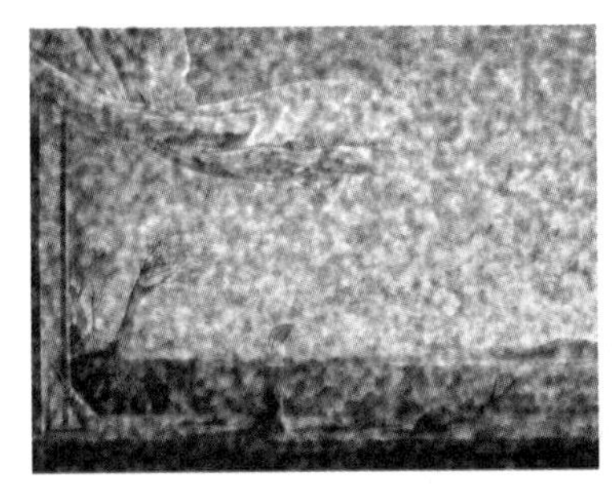

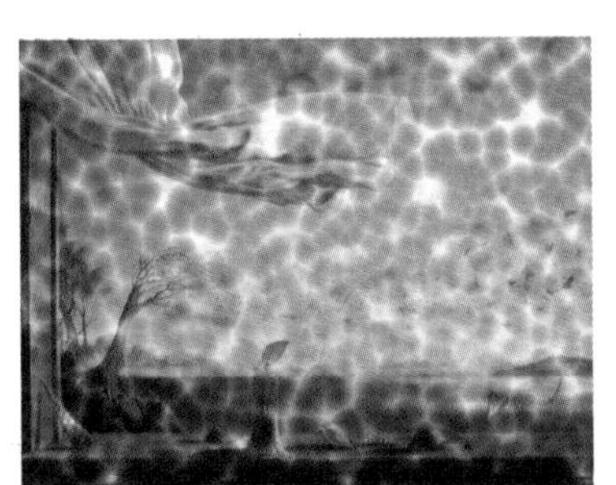
选择“平滑分形体”和“圆点”后的效果

- “纹理特征宽度”和“纹理特征高度”选项，分别用于设置纹理的水平和垂直强度。右图所示是将“图形”设置为方块，并将纹理特征宽度设置为0.6、纹理特征高度设置为1.2后产生的效果。
- 在“图形”下拉列表中选择“平滑分形体”或“褶皱分形体”选项后，在“分形体粗糙度”选项中可以设置这种纹理类型的粗糙程度。
- 选中“反转纹理”选项，将反转杂色纹理图案。

设置“纹理特征高度”后的效果

4.5 创建漩涡状纹理：Alien Skin Eye Candy5：Textures——漩涡

利用“Alien Skin Eye Candy5：Textures”中的“漩涡”滤镜，可以在当前选定的图像上制作旋风或柔和的漩涡效果。通过设置漩涡的大小、长度和扭曲度等，可以制作出更加细腻、柔和的图像效果。

执行“滤镜→Alien Skin Eye Candy 5→漩涡”命令，打开如右图所示的“漩涡”对话框。

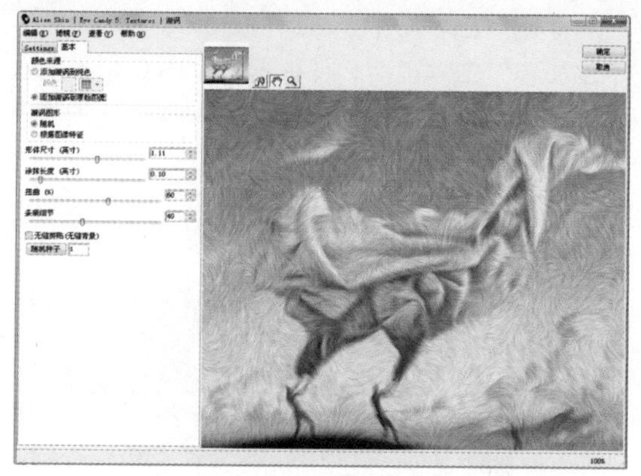
“漩涡”选项设置

- 在“颜色来源”选项栏中，选中“添加漩涡到纯色”选项，将生成单一色彩的漩涡效果，此时在下方的“颜色”选项将被激活，在此可选择颜色。选中“添加漩涡到原始图像”选项，将在原图像的基础上添加漩涡效果。
- 在“漩涡图形”选项栏中，可以选择漩涡是由随机方式添加还是根据原图像的特征来添加。
- 形体尺寸：调整漩涡的形体大小。
- 涂抹长度：调整漩涡尾部的长度。
- 扭曲：调整漩涡扭曲的程度。
- 条痕细节：调整漩涡线条的粗细。

下图所示是为图像应用“漩涡”滤镜前后的效果对比。

应用“漩涡”滤镜前后的图像效果

4.6 创建织物状纹理：Alien Skin Eye Candy5：Textures——织物

“Alien Skin Eye Candy5：Textures ”中的“织物”滤镜是Eye Candy 4000 Demo中的“编织”滤镜的升级版，升级后的“织物”滤镜中包括了更多的选项设置，可以创建出效果更为丰富的织物样式。

执行“滤镜→Alien Skin Eye Candy 5→织物”命令，打开如右图所示的“织物”对话框。

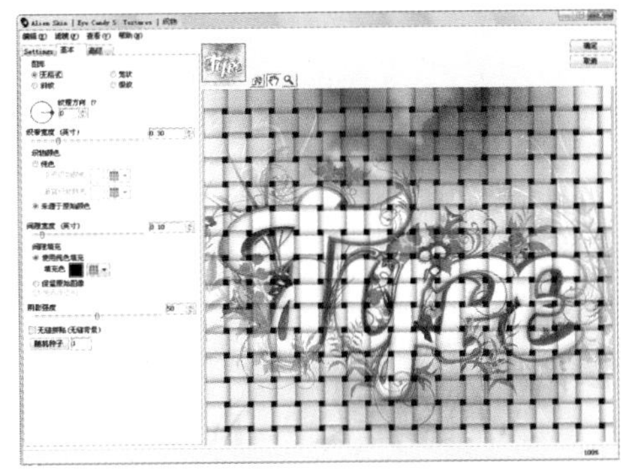

“织物”选项设置

在“基本”标签中，各选项的功能如下。

- 在“图形”选项栏中，可以选择织物的编织方式。下图所示是分别选择“笼状”和“缎纹”后的效果。

选择“笼状”和“缎纹”后的效果

- 纹理方向：设置纹理的走势方向。
- 织带宽度：设置编织带的宽度。
- 间隔宽度：设置编织带之间间隔的距离。
- 在“间隔填充”选项栏中，选择“使用纯色填充”选项，将使用选择的颜色填充编织带的间隙。选择“保留原始图像”选项，将保留原图像不变。
- 阴影强度：设置织物中阴影的明暗程度。

在如右图所示的“高级”标签中，各选项功能如下。

- 纱线细节：设置织带上纱线的细节量。数值越大，添加的细节越多，反之越少。
- 纱线涂抹长度：设置织带上的纱线被模糊的程度。数值越大，模糊效果越明显。
- 选中“涂抹原始图像”选项，在“高级”选项卡中所进行的设置，将同时作用于原始图像。
- 变形：设置织物变形的程度。

Settings 基本 高级
纱线细节 0
纱线涂抹长度（英寸） 0.10
涂抹原始图像
变形 0
边缘粗糙度 0

“高级”标签设置

- 边缘粗糙度：设置织带边缘的粗糙程度。数值越大，边缘越粗糙，反之越平滑。右图所示即为同时设置“变形”和“边缘粗糙度”值后的效果。

设置“变形”和“边缘粗糙度”值后的织布效果

4.7 创建石墙纹理：Alien Skin Eye Candy5：Textures——石墙

“石墙”滤镜可以使图像产生类似石墙质感的纹理效果。通过调整石块的大小和边缘粗糙度等参数，可以达到更加逼真的效果。执行“滤镜→Alien Skin Eye Candy 5→石墙”命令，开启如右图所示的“石墙”对话框。

“石墙”选项设置

在“基本”选项卡中，各选项的功能如下。

- 石块大小：设置石墙中石块的大小。
- 表面高度：设置石块在石墙表面凸起的高度。
- 石块颜色：设置石墙中石块的颜色。
- 砂浆厚度：设置石墙中砂浆的厚度。
- 砂浆颜色：选择砂浆的颜色。
- 颜色差异：设置不同石块在颜色上的差异程度。数值越大，颜色差异就越大，反之就越接近。
- 边缘粗糙度：设置石块边缘的粗糙程度。
- 颗粒：设置石块中的杂色颗粒数量。数值越大，颗粒越多，反之越少。
- 选中“平面砂浆沟槽”选项，石墙中的砂浆沟槽将被平面化。

此滤镜中的“照明”标签的选项设置与“爬行动物外皮”滤镜中的“照明”标签相似，这里就不再重述了。

右图所示是应用“石墙”滤镜制作的图像背景。

石墙背景效果

4.8 创建砖墙纹理：Alien Skin Eye Candy5：Textures——砖墙

利用“Alien Skin Eye Candy5：Textures”中的“砖墙”滤镜，可以制作出类似砖墙的纹理效果。执行“滤镜→Alien Skin Eye Candy 5→砖墙”命令，打开如右图所示的“砖墙”对话框。

- “基本”标签选项设置与“石墙”滤镜相似，其中在“砖块图形”下拉列表中，可以选择砖块拼接的方式。“最大亮度”选项用于调整砖墙的亮度。
- 在右图所示的“纹理偏移”标签中，可以设置砖块在水平或垂直方向上偏移的程度。

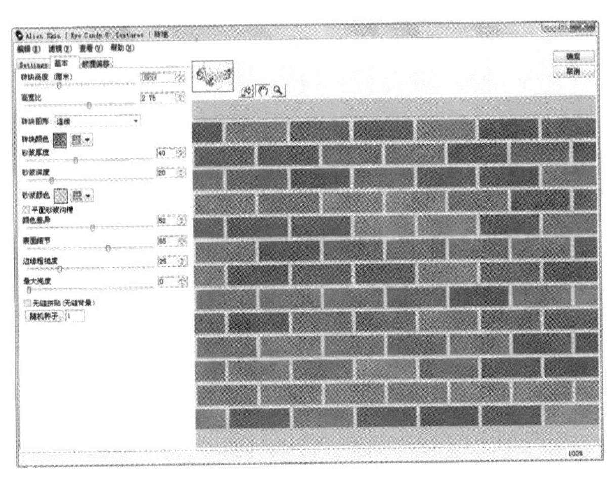

“砖墙”选项设置

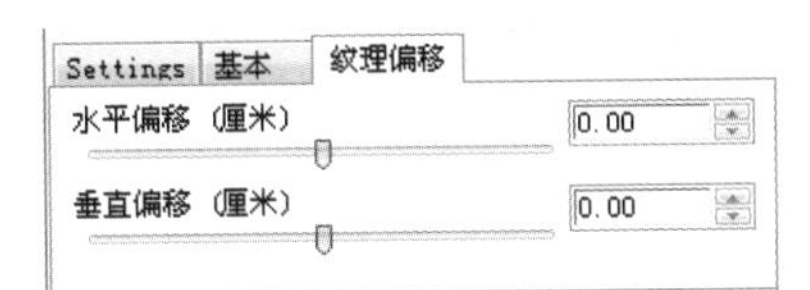

“纹理偏移”选项卡设置

4.9 创建马赛克纹理：Alien Skin Xenofex 2——经典马赛克

“Xenofex”是“Alien Skin”公司出品的一款功能强大的滤镜软件，是各类图像设计师不可多得的实用工具。“Xenofex 2”中包含了14种功能强大的滤镜，包括边缘燃烧、经典马赛克、星云特效、干裂特效、褶皱特效、电光特效、旗帜特效、闪电特效、云团特效、拼图特效、纸张撕裂特效、粉碎特效、污染特效和电视特效等。

“经典马赛克”滤镜用于制作类似马赛克拼贴的纹理效果。执行“滤镜→Alien Skin Xenofex 2→经典马赛克”滤镜，打开如右图所示的“经典马赛克”对话框。

- 瓦片尺寸：设置马赛克图案的大小。
- 灌浆宽度：设置马赛克拼贴的缝隙宽度。
- 灌浆颜色：设置马赛克拼贴缝隙的填充颜色。

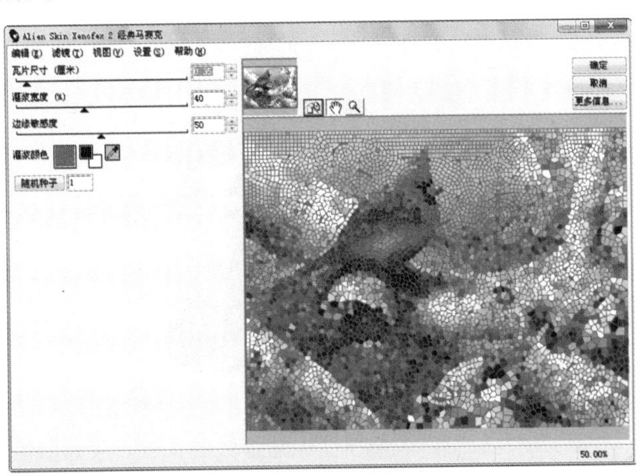

经典马赛克选项设置

右图所示是应用“经典马赛克”滤镜制作的马赛克文字效果。

马赛克文字效果

4.10 创建拼图纹理：Alien Skin Xenofex 2——拼图

利用“Alien Skin Xenofex 2”中的“拼图”滤镜，可以制作出类似拼图图案的纹理效果。执行“滤镜→Alien Skin Xenofex 2→拼图”滤镜，打开如右图所示的“拼图”对话框。

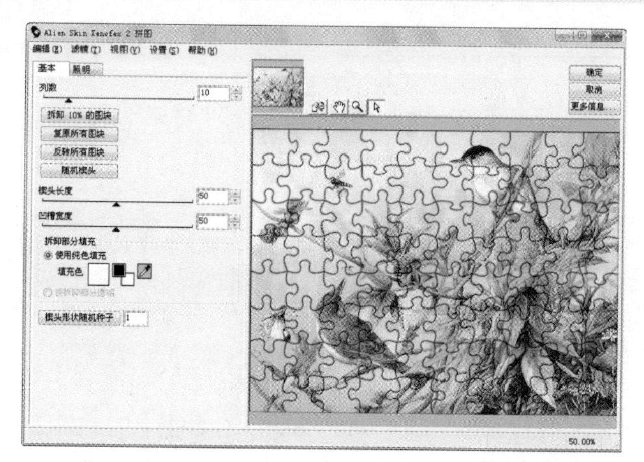

“拼图”选项设置

在“拼图”对话框的“基本”标签中，各选项的功能如下。

- 列数：用于设置拼图的列的排列数量，而横向排列数量也会随之发生改变。列数越多，图块越小。
- 单击“拆卸10%图块”按钮，将随机清除10%的拼图块，如下左图所示。单击“复原所有图块”按钮，将使清除的图块复原。单击“反转所有图块”按钮，将使拼图块与被清除的图块反转显示，如下右图所示。单击“随机楔头”按钮，将产生随机的拼图效果。

拆卸10%图块的效果

反转所有图块的效果

- 楔头长度：调整拼图中边缘线的长度。设置数值越大，边缘线越长，产生的形状越弯曲。
- 凹槽宽度：调整拼图中凹槽的宽度。设置的数值越大，凹槽越宽，产生的立体感越强。
- 拆卸部分填充：用于设置被清除图块的填充颜色。选中“使用纯色填充”单选项，使用单色填充；选中“使拆卸部分透明”单选项，使拆卸部分成为透明状态，该选项只有在选中非背景图层时才能使用。

- 使用工具可以改变拼图的楔头朝向，同时还可清除不需要的图块。选择工具，在预览窗口中，当光标指向楔头时，光标右下角将显示为双箭头形状，此时单击，即可改变楔头的朝向，如下图所示。当光标放置在图块上时，光标右下角将显示为形状，此时可以清除此处的图块。将光标放置在清除图块后的空白位置上，光标显示为形状时单击，又可复原被清除的图块。

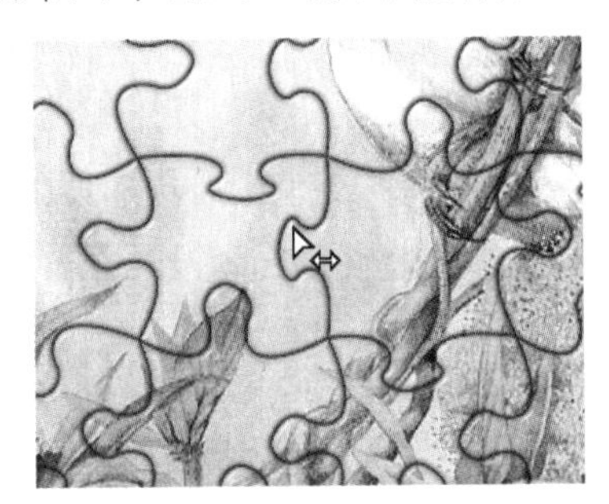

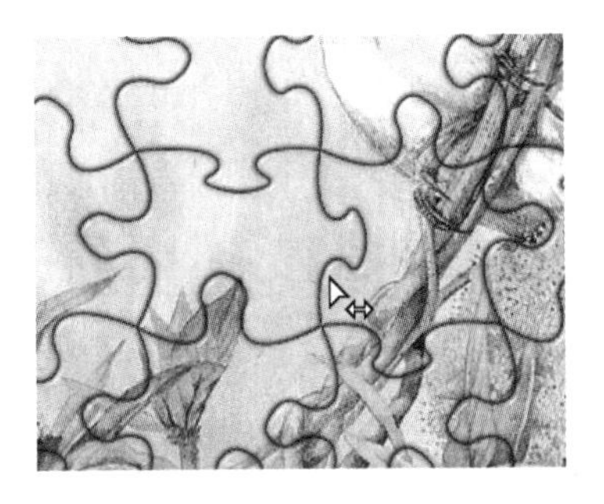

改变楔头的朝向

4.11 制作裂纹：Alien Skin Xenofex 2——裂纹

利用“Alien Skin Xenofex 2”中的“裂纹”滤镜，可以产生从图像边缘向内部延伸的裂纹效果。打开如下左图所示的素材文件，然后执行“滤镜→Alien Skin Xenofex 2→裂纹”滤镜，打开如下右图所示的“裂纹”对话框。

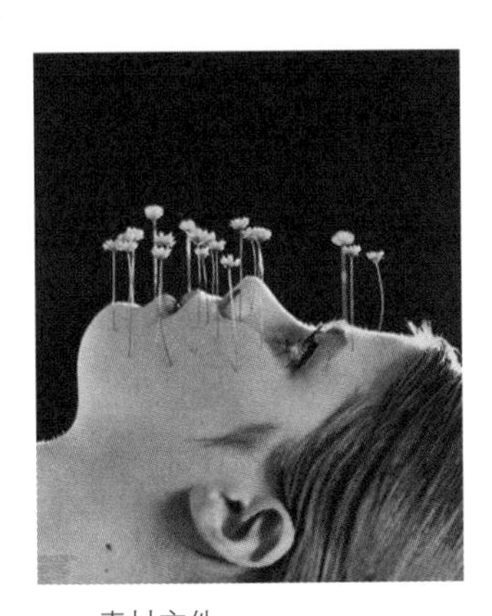

素材文件

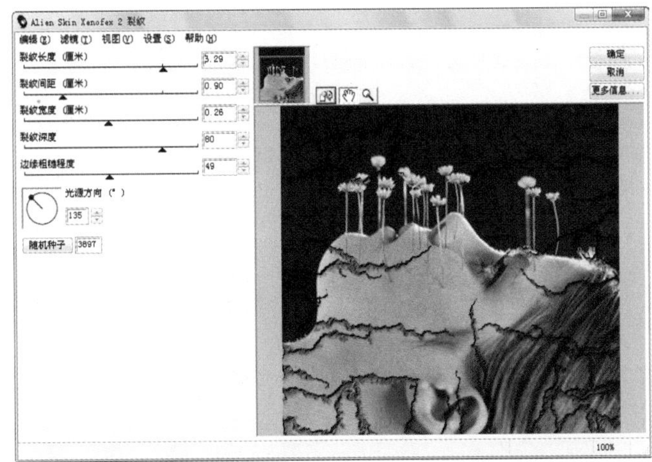

裂纹选项设置

- 裂纹长度：设置添加到图像中的裂纹的长度。数值越大，裂纹越长。
- 裂纹间距：设置裂纹之间的间隔距离。数值越小，裂纹间距越密。
- 裂纹宽度：设置裂纹分裂的宽度。数值越大，裂纹宽度越宽。
- 裂纹深度：设置裂纹的深度。数值越大，裂纹颜色越深，表现出的裂纹越深。
- 边缘粗糙程度：设置裂纹边缘的粗糙程度。数值越大，裂纹边缘越粗糙。

4.12 创建拼图纹理：AV Bros——AV Bros. Puzzle Pro v2.0

“AV Bros”是一款Photoshop插件，用于扭曲图像，它包括卷缩和折叠两种扭曲类型，同时还可以使用材质进行3D处理，并得到全部的光照控制效果。

“AV Bros”中的“AV Bros. Puzzle Pro v2.0”滤镜，与“Alien Skin Xenofex 2”中的“拼图”滤镜效果类似，同样也用于创建拼图图案。但是，“AV Bros. Puzzle Pro v2.0”滤镜提供了更多的拼图选项设置，并可以自由调整拼图的形状或者将其镜像等。利用“AV Bros. Puzzle Pro v2.0”滤镜，可以制作出更加理想化的拼图效果。

执行“滤镜→AV Bros→AV Bros. Puzzle Pro v2.0”滤镜，打开如下图所示的对话框。

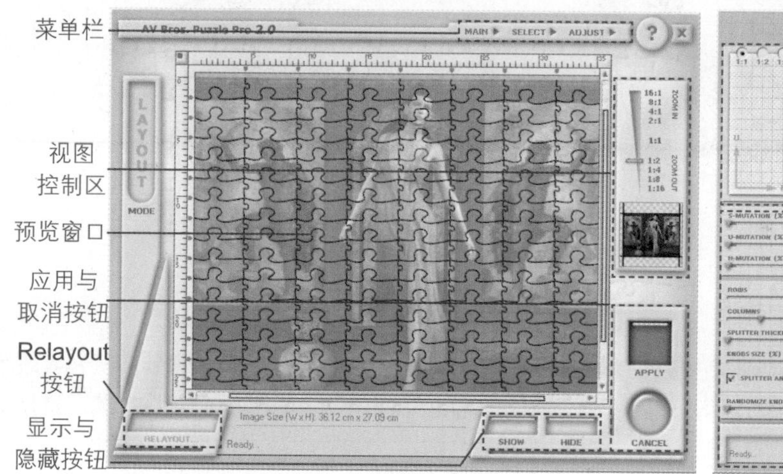

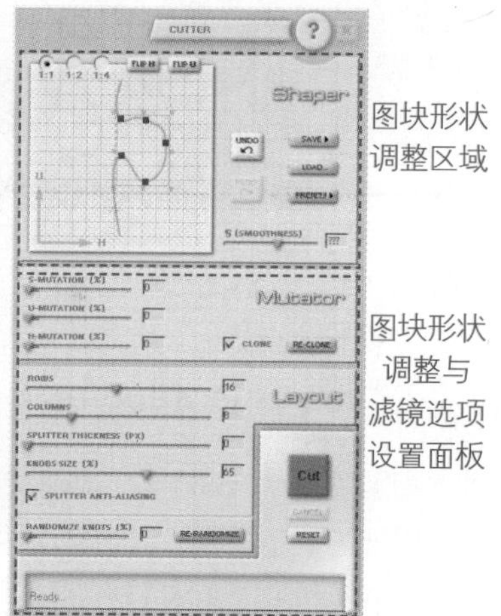

AV Bros. Puzzle Pro v2.0选项设置

在“AV Bros”类外挂滤镜中，各部分的功能如下。

- 在菜单栏中，提供了3组菜单命令，分别是“MAIN”、“SELECT”和“ADJUST”。“MAIN”菜单中提供了撤销、保存、载入、应用和取消等主要命令。“SELECT”菜单中提供了多种选择拼图边缘线的不同命令，包括选择全部、取消选择、反选，以及选择所有隐藏、显示、垂直和水平方向的拼图边缘线对象。“ADJUST”菜单中提供了显示、隐藏、水平和垂直镜像以及手动调整拼图边缘线等命令。
- 在视图控制区中，拖动视图控制滑块，可以缩放视图。在小缩览图中单击或拖动，可以调整视图窗口中的显示区域。
- 拖动标尺处的定位点，可以调整拼图中行或列的间隔距离，如右图所示。
- 单击“APPLY”按钮，将设置应用到图像。单击“CANCEL”按钮，退出该对话框。

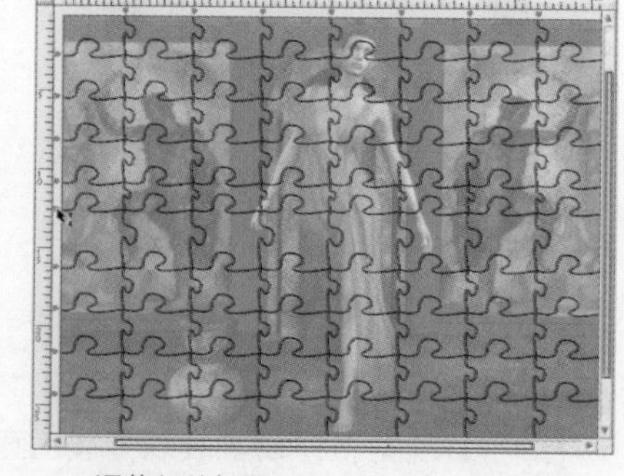

调整行的间隔

- 在视图窗口中单击一段拼图边缘线，被选中的线条呈红色选取状态，此时单击

"HIDE"按钮，可以将其隐藏；单击"SHOW"按钮，又可将其显示。

- 在"图块形状调整与滤镜选项设置"面板中，可以手动调整图块边缘线的形状，并对拼图效果进行自定义设置。完成设置后，单击"Cut"按钮，关闭选项设置面板，并在预览窗口中预览生成的拼图效果；单击"CANCEL"按钮，取消设置并关闭该面板；单击"RESET"按钮，重新设置参数。
- 在关闭图块形状调整与滤镜选项设置面板后，单击"AV Bros. Puzzle Pro v2.0"对话框中的"RELAYOUT"按钮，又可以打开选项设置面板，并对选项参数进行进一步的设置。

在"图块形状调整与滤镜选项设置"面板中，调整图块边缘线形状的方法以及图块调整区域中各选项的功能如下。

- 在图块形状调整区域中，示意图左上角的比例单选项，用于调整示意图显示的大小比例。
- 在示意图中的空白区域内单击，在曲线上将显示如下左图所示的空心节点，拖动结点可以调整相应的曲线形状；在节点以外的曲线上单击，可以在此处添加一个节点；按下"Delete"键，可以删除该节点。
- 在示意图上按下鼠标左键拖动，可以框选多个节点，同时在所选的节点周围将出现变换控制框，此时不仅可以移动所选节点的位置，还可对它们进行自由缩放，如下右图所示。

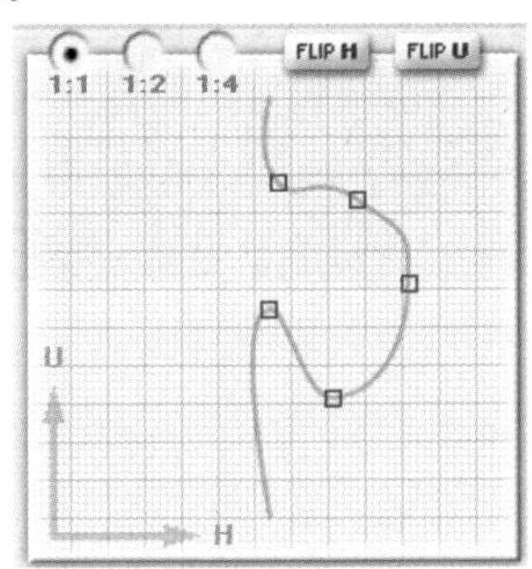

曲线上的空心节点

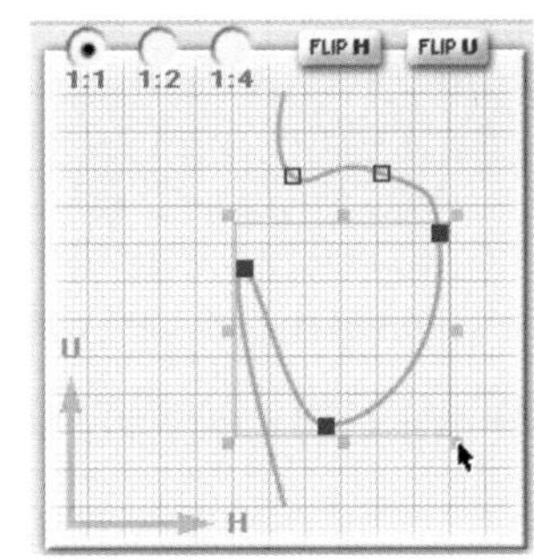

缩放所选节点

- 单击示意图上方的FLIP H按钮，可以将曲线水平翻转，同时在预览窗口中可以察看翻转后的拼图效果。单击FLIP U按钮，可以将曲线垂直翻转。
- 单击撤销按钮，可以撤销之前所做每一步的操作。单击恢复按钮，又可以恢复被撤销的每一步操作。
- 单击保存按钮SAVE ▸，将设置保存为预设。单击载入按钮LOAD...，载入预设的设置。单击预设按钮PRESETS ▸，可以添加预设并对预设进行管理。
- 拖动"SMOOTHNESS"滑块，可以调整曲线的平滑度。数值越大，线条越平滑。

在"图块形状调整与滤镜选项设置"面板的滤镜选项设置区域中，各选项的功能如下。

- 选中"CLONE"复选框，分别拖动"S-MUTATION"、"U-MUTATION"或"H-MUTATION"滑块，可以调整拼图边缘线的变化状态。数值越大，变化强度越大，线条越杂乱。下图所示是将这3种值都设置为60%后的边缘线效果。

拼图边缘线效果

- “ROWS”选项用于调整拼图图案的行数，“COLUMNS”选项用于调整拼图图案的列数。
- “SPLITTER THICKNESS”选项用于调整拼图边缘线的粗细程度。数值越大，线条越粗。
- “KNOBS SIZE”选项用于调整拼图边缘线中线条起伏的程度。数值越大，起伏越大。
- 选中“SPLITTER ANTI-ALIASING”复选框，可以消除拼图边缘线中的锯齿。
- “RANDOMIZE KNOTS”选项用于调整拼图边缘线的随机变化程度。百分值越大，变化幅度越大。当选中部分边缘线后，该选项只对选中的区域进行相应的随机变化处理，如下左图所示。

下图右所示是应用“AV Bros. Puzzle Pro v2.0”滤镜后的图像效果。如果觉得效果不够明显，可以连续按下“Ctrl+F”，重复应用此项滤镜命令。

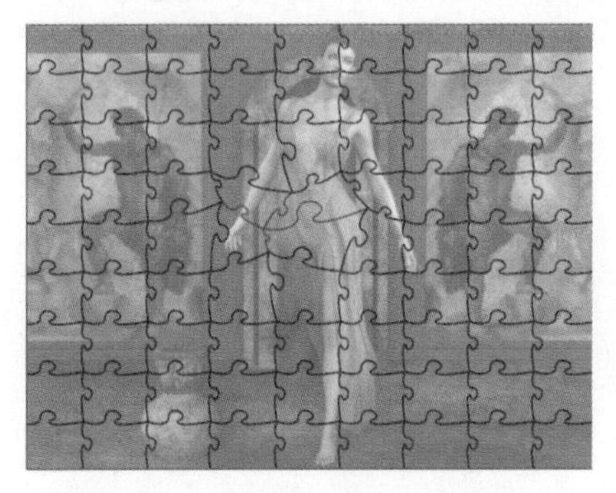
对选中的边缘线进行随机变化处理

应用滤镜后的图像效果

4.13 创建屏风似的纹理效果：Cybia——Screen Works

“Cybia”是一套包括8种不同滤镜的外挂套装，其功能主要用于调整图像质量，并可以将彩色照片转换为很有特色的专业黑白胶片的效果。

利用“Cybia”中的“Screen Works”滤镜，可以使图像产生像透过带纹理图案的屏风而看到的图像效果。执行“滤镜→Cybia→Screen Works ”命令，开启如下图所示的对话框。

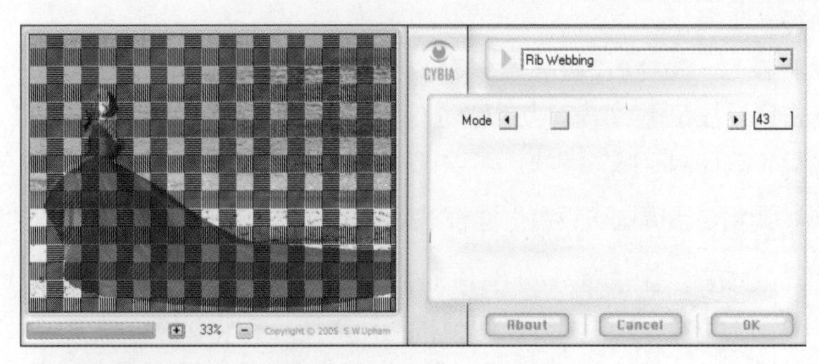

“Screen Works”选项设置

- 在对话框的下拉列表中提供了多种预设的纹理样式，可以从中选择需要的纹理效果。
- 拖动“Mode”滑块，可以调整图像的明亮度，而纹理将不受影响。数值越大，图像的明亮度越高，当该值为255时，图像显示为白色。

下图左所示为原图像，下图右所示是为图像应用“Screen Works”滤镜后的效果。

原图像

应用“Screen Works”滤镜后的效果

4.14 创建粒子运动效果：KPT effects——KPT Scatter

“KPT Scatter”滤镜可以在图像中创建各种形态的微粒运动效果，还可以将适合的图像文件加载到图像中，从而自定义所需的图案效果。执行“滤镜→KPT effects→KPT Scatter”命令，开启如右图所示的对话框。

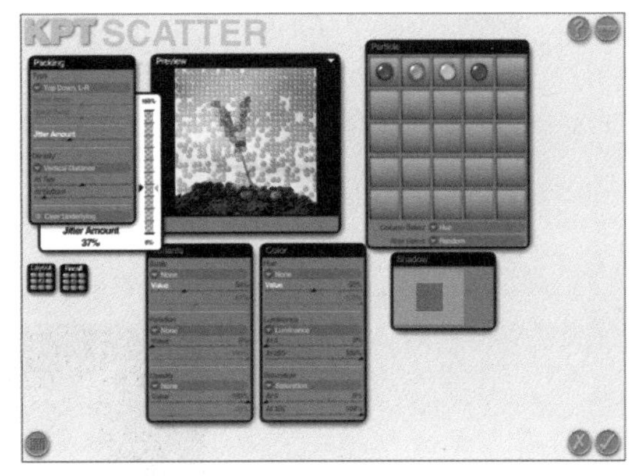

“KPT Scatter”选项设置

- 在“Packing”选项面板的“Type”选项区域中，可以设置图案集合的类型、随意排列的数量等参数。在“Density”选项区域中可以设置图案排列的稠密度。
- 单击“Particle”面板中的空格，在弹出的“打开”对话框中可以指定应用到原图像上的图像文件。
- 在“Variants”选项面板中，可以设置图案的尺寸大小、旋转参数以及图案在原图像上的不透明度等。
- 在“Color”选项面板中可以调整图案的色彩。
- 在“Shadow”选项面板中可以设置图案洒落在原图像上时所产生的投影效果。

右图所示是应用“KPT Scatter”滤镜为图像添加的粒子效果。

为图像添加粒子的效果

4.15 创建杂点纹理：KPT 5——KPT Noize

使用“KPT 5”中的“Noize”滤镜，可以通过数学运算方式制作不规则的纹理效果，该滤镜与Photoshop中的“Noise（噪点）”滤镜在概念上完全不同，它主要用于制作图像的背景或图案。执行“滤镜→KPT 5→KPT 5 Noize”命令，打开如右图所示的对话框。

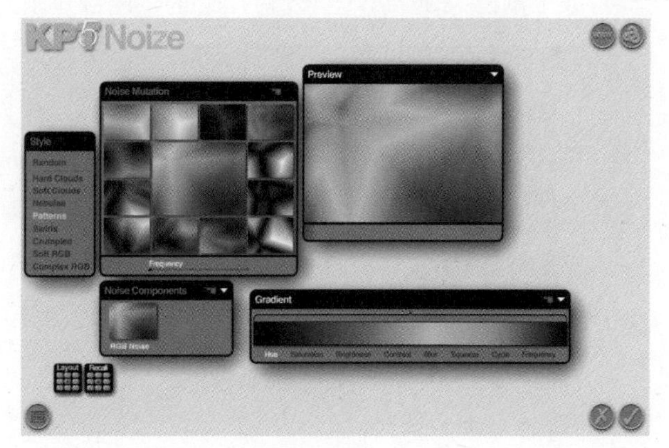

“KPT Noize”选项设置

- 在“Style”面板中，可以选择“Noize”的样式。
- 在“Noise Mutation”面板中，可以制作“Noize”的形态。其中居中的缩览图为最终的“Noize”形态，单击该缩览图，可以进行更加细致的调整。周围的图像为变形后的图像，单击则显示在中间。
- 在“Noise Components”面板中，可以调节“Noise”的透明度。在“Alpha”通道中应用“Noise”效果后，可以不规则地调整其透明度。
- 在“Gradient”面板中，通过各种颜色间的渐变效果，可以调整“Noise”的颜色。

下图所示为应用“KPT Noize”滤镜后制作的背景图像效果。

应用“KPT Noize”滤镜制作的背景图像

05 Chapter 图像的扭曲处理

Dictionary of Filters for Photoshop

在进行图像处理时，有时为了增强画面的视觉效果，会对图像进行各种扭曲处理，以达到一种夸张的、超乎寻常的图像效果。在Photoshop的外挂滤镜中，提供了多种用于扭曲图像的滤镜，本章将对这些滤镜的功能和使用方法进行详细的介绍。

5.1 溶化扭曲图像：Eye Candy 4000 Demo——溶化

“Eye Candy 4000 Demo”中的“溶化”滤镜，可以使图像产生被加热后溶化的变形效果。打开如下左图所示的素材文件，然后执行“滤镜→Eye Candy 4000 Demo→溶化”命令，打开如下右图所示的“溶化”对话框。

素材文件

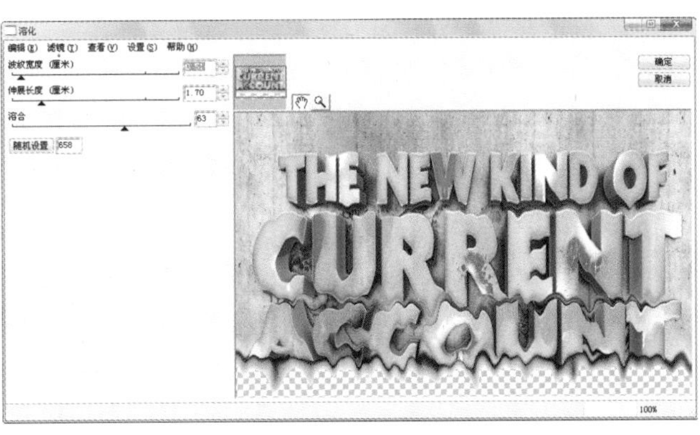

“溶化”选项设置

- 波纹宽度：用于调整溶化的样式和粗细。
- 伸展长度：用于调整溶化流下的长度。
- 溶合：调整整个图像溶化下沉的程度。

5.2 制作水滴效果：Eye Candy 4000 Demo——水滴

使用“Eye Candy 4000 Demo”中的“水滴”滤镜，可以使被选区内的图像产生液化的效果。如果将该滤镜应用到纹理图像上，可以产生油墨往下流的效果。“水滴”滤镜不能作用于背景图层，但是在背景图层中创建有选区的情况下也可以使用。

打开一个素材文件，如下左图所示，将需要应用水滴效果的图像放置在单独的一个图层上，然后执行“滤镜→Eye Candy 4000 Demo→水滴”命令，打开如下右图所示的“水滴”对话框，在其中可以对水滴参数进行设置，并可以即时地预览水滴的效果。

素材文件

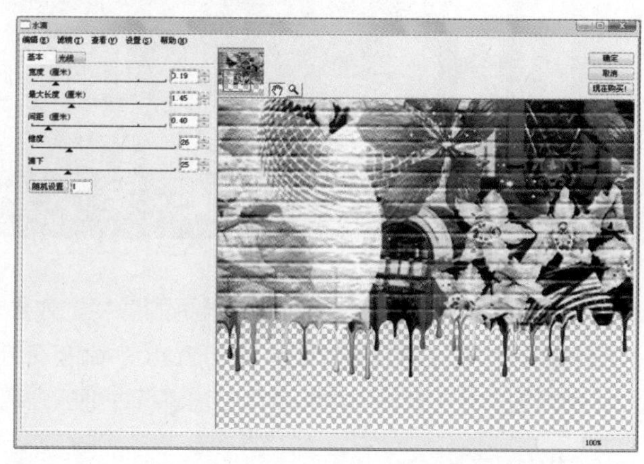

“水滴”对话框

在“基本”标签中，各选项的功能如下。

- 宽度：调整液化滴下的水珠的厚度。
- 最大长度：调整液化滴下的水珠的最大长度。
- 间距：设置水珠之间的间距。
- 锥度：设置液化滴下的水珠逐渐变细的程度。
- 滴下：调整液化滴下的水珠的样式。

在如右图所示的“光线”标签中，各选项的功能如下。

- 光的强度：设置发光的强度。数值越大，强度越高，三维效果越突出。
- 光的覆盖：调整发光的数量。数值越大，三维效果越突出。
- “方向”和“倾斜”：调整发光的方向和倾斜度。在球形上单击，拖动即可进行调整。
- 最大亮度：调整高光亮度。
- 高光大小：调整高光的大小。
- 高光颜色：设置高光的颜色。
- 阴影颜色：设置投影的颜色。

“光线”标签

5.3 创建水纹效果：Eye Candy 4000 Demo——摇动

“Eye Candy 4000 Demo”中的“摇动”滤镜，与Photoshop中的波浪滤镜相似。不过该滤镜不同于单一的波浪扭曲效果，它像是在任意的泡沫上绘制图像或文字，可以有机地扭曲图像，从而表现水波或风的效果，也可模拟图像在水中被扭曲的效果。

打开如下左图所示的素材文件，然后执行“滤镜→Eye Candy 4000 Demo→摇动”命令，打开如下右图所示的“摇动”对话框。

素材文件

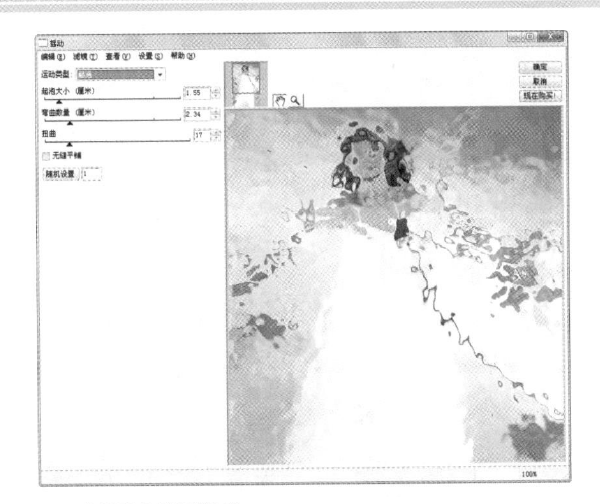

“摇动”选项设置

- 运动类型：在其下拉列表中可以选择起泡、布朗运动和动荡三种类型。选择起泡类型，可以制作柔和的图像；选择布朗运动和动荡类型，可以制作更加细密和锐化的图像。
- 起泡大小：调整水纹的起伏程度。数值越大，起伏次数越少，水纹越大。右图所示是设置不同起泡大小后的效果。
- 弯曲数量：调整各个水纹起伏的大小。
- 扭曲：根据水纹的起伏，调整扭曲程度。
- 无缝平铺：选中该选项，反复使用同样的图案进行平铺。

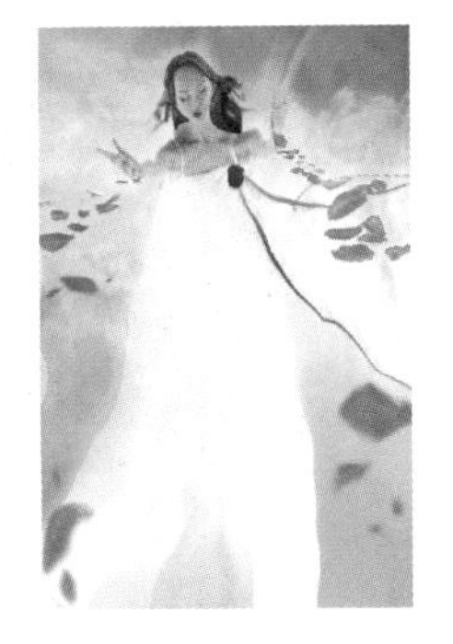

设置不同起泡大小后的效果

5.4 多样化的图案制作：The Plug-in Site——Feedback

在“The Plug-in Site”插件的“Feedback”滤镜中，提供了7种制作图案的效果处理样式，以便于产生多种多样的图案效果。打开如下左图所示的素材文件，然后执行“滤镜→The Plug-in Site→Feedback”命令，打开如下右图所示的对话框。

素材文件

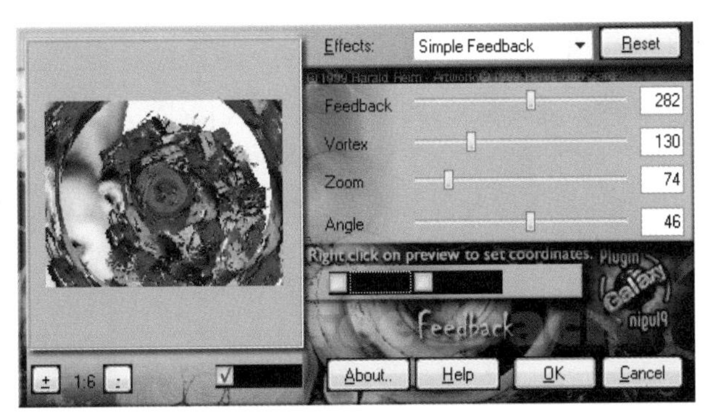

“Feedback”滤镜选项设置

- Effects：在其下拉列表中可以选择所要应用的处理效果。选择“Simple Feedback”，产生层叠式的缩放效果；选择“Sinus Feedback”，产生层叠式的由四周向中心辐射的图像效果，且图案左右对称；选择“Cosinus Feedback”，产生上下对称的变形图案效果；选择“Tangens Feedback”，产生圆形的缩放效果，且对角方向的图案会相同；选择“Special Feedback”，按圆形变形图像，并产生多层图像的层叠效果；选择“Quad Feedback”，产生上下左右四方对称的图案效果；选择“Tunnel Feedback”，产生隧道似的图案效果。应用各种效果后产生的图案如下图所示。

Simple Feedback效果

Sinus Feedback效果

Cosinus Feedback效果

Tangens Feedback效果

Special Feedback效果

Quad Feedback效果

- Feedback：设置应用所选效果的程度。
- Vortex：设置使图像产生漩涡变形的程度。
- Zoom：设置缩放图像的程度。
- Angle：设置图像在应用所选效果时所处的角度。

Tunnel Feedback效果

5.5 制作玻璃效果：The Plug-in Site——Glass

在“The Plug-in Site”外挂的“Glass”滤镜中，提供了6种不同的玻璃效果处理方式，通过为这些效果设置不同的参数，可以产生多种形态的玻璃效果。“Glass”对话框中的选项设置如右图所示。

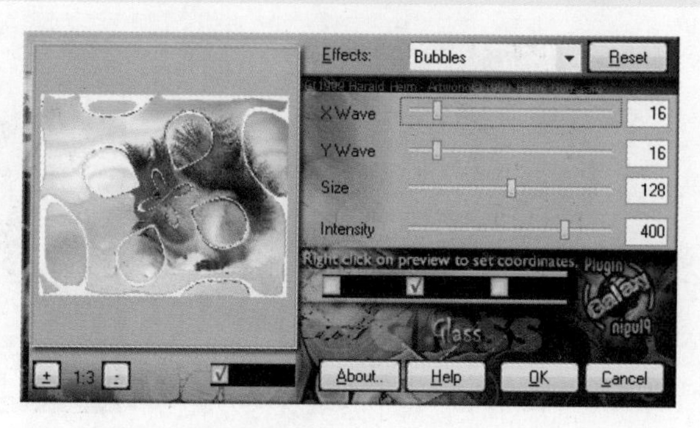

“Glass”滤镜选项设置

- Effects：在其下拉列表中提供了6种玻璃效果以供选择。选择“Bubbles”选项，产生起泡似的玻璃效果，图像在泡沫中会产生透镜似的变形效果；选择“Waves Horizontal”选项，产生水平波浪纹路的玻璃效果；选择“Waves Vertical”选项，产生垂直波浪纹路的玻璃效果；选择“Tiles”选项，产生瓦片状的放射纹理玻璃效果；选择“Tiles II”选项，产生另一种瓦片状的放射纹理玻璃效果；选择“Rippled”选项，产生波纹状纹路的玻璃效果。应用各种效果后产生的玻璃效果如下图所示。

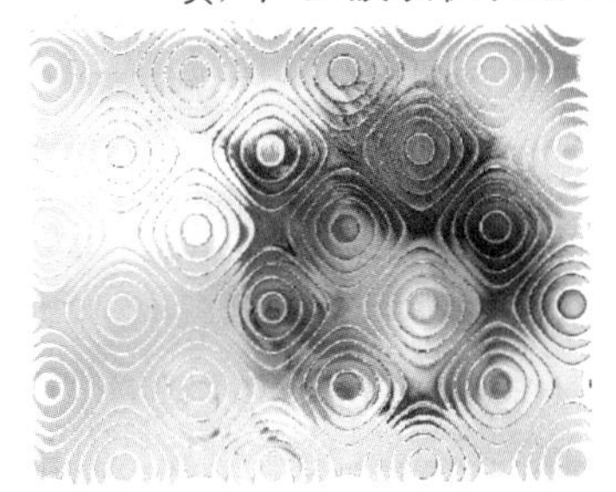

Bubbles效果

Waves Horizontal效果

Waves Vertical效果

Tiles I效果

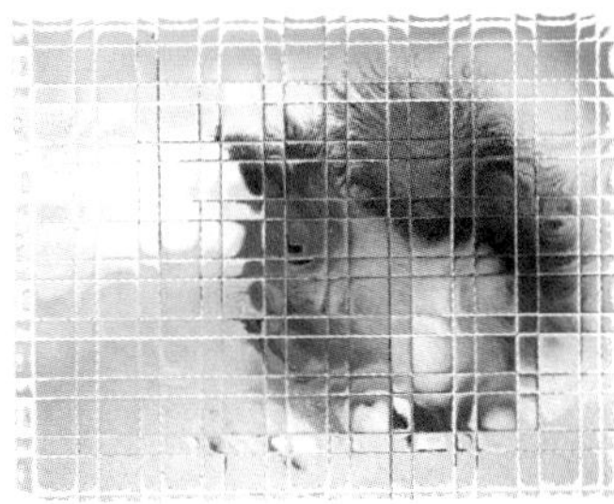

Tiles II效果

Rippled效果

- X Wave：设置水平方向的波动程度。
- Y Wave：设置垂直方向的波动程度。
- Size：选择“Bubbles”选项时，用于设置泡的大小；选择“Waves Horizontal”或“Waves Vertical”选项时，用于设置波纹的排列密度，数值越大，波纹排列越密。
- Intensity：设置应用玻璃效果的强度。
- 按从左到右的顺序，选中最左边的复选框，可以使玻璃纹路按一定角度发生变化；选中居中的复选框，可以使玻璃纹路按放射状进行排列；选中最右边的复选框，可以使玻璃产生错位的效果。

5.6 多样化的歪曲处理1：The Plug-in Site——Warp 1

使用“The Plug-in Site”中的“Warp 1”滤镜，可以使图像产生多样化的歪曲变形效果，如波浪形弯曲、正方形弯曲、立方体弯曲、圆形弯曲、花形弯曲以及波纹形弯曲等。

打开如下左图所示的素材文件，然后执行“滤镜→The Plug-in Site→Warp 1”命令，打开如下右图所示的滤镜选项设置。

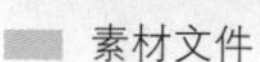

素材文件

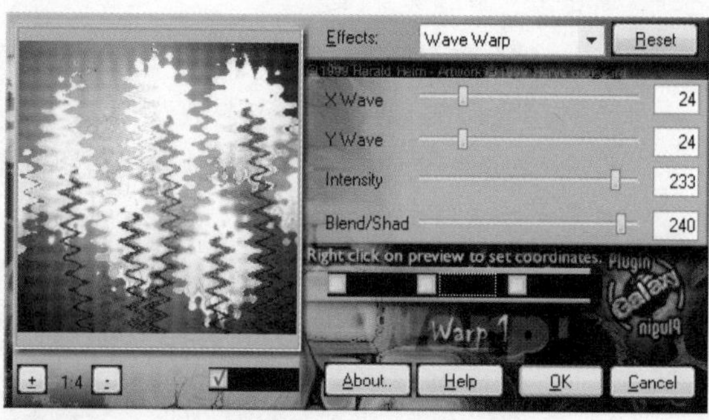

"Warp 1"滤镜选项设置

- Effects：在其下拉列表中提供了8种歪曲效果以供选择。选择"Wave Warp"选项，产生波浪形歪曲效果；选择"Square Warp"选项，产生正方形歪曲效果；选择"Cubic Warp"选项，产生立方体歪曲效果；选择"Trans Warp"选项，产生图像被方块切割并错位的效果；选择"Pool Warp"选项，产生涟漪状歪曲效果；选择"Flower Warp"选项，产生图像被花形歪曲的效果；选择"Web Warp"选项，产生罗网形歪曲效果；选择"Ripple Warp"选项，产生波纹形歪曲效果。应用各种效果后的图像如下图所示。

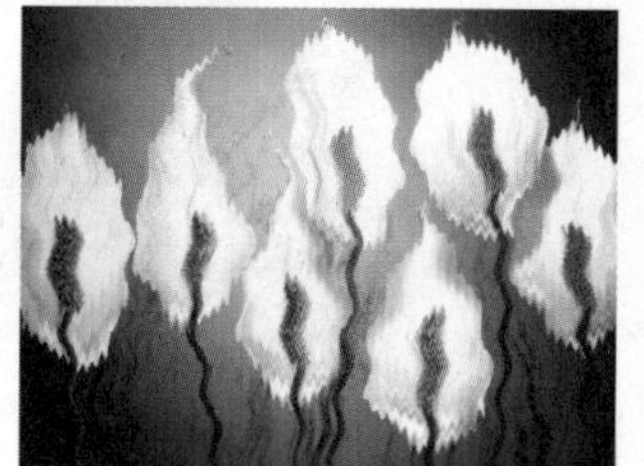

Wave Warp效果

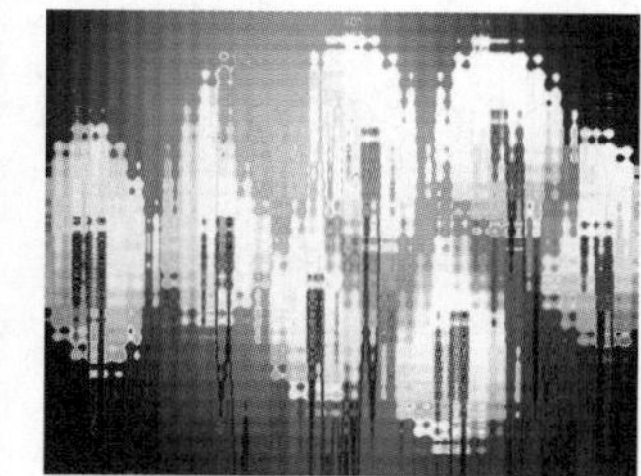

Square Warp效果

Cubic Warp效果

Trans Warp效果

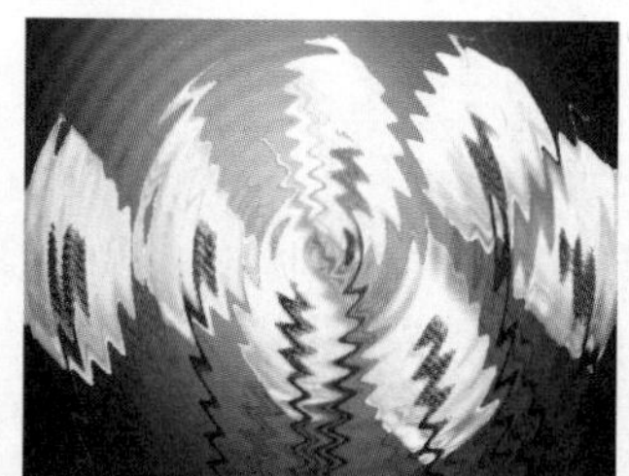

Pool Warp效果

Flower Warp效果

Web Warp效果

Ripple Warp效果

- "Warp 1"与"Glass"滤镜的选项设置基本相似，不过"Warp 1"中的"Blend/

Shad”选项用于设置原图像与“Warp 1”效果混合的程度。数值越大，图像被歪曲的效果越明显。

- 在滤镜选项区域中，左边和居中的复选框功能与“Glass”滤镜中的基本相似，而选中最右边的复选框，则可以为“Warp 1”效果添加阴影。

5.7 多样化的歪曲处理2：The Plug-in Site——Warp 2

“Warp 2”是“The Plug-in Site”中的另一种歪曲处理滤镜，该滤镜中提供了6种不同的处理效果，同时还提供了更多的选项设置，用户可以得到更为丰富的图像变形效果。下图左所示为原图像，下图右所示是“Warp 2”的对话框设置。

素材文件

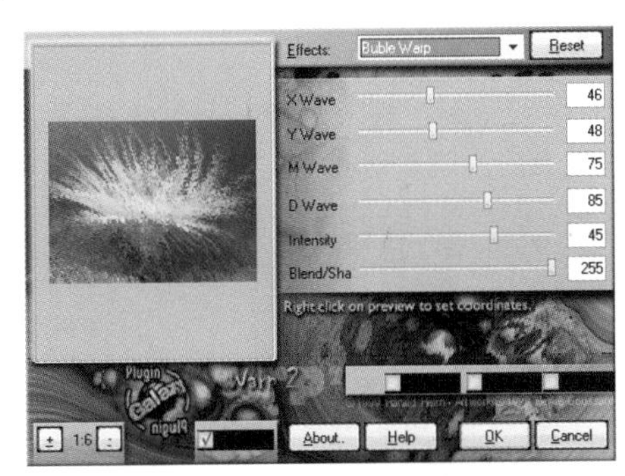

“Warp 2”滤镜选项设置

- Effects：在其下拉列表中提供了6种歪曲效果以供选择。选择“Bubble Warp”选项，产生起泡的歪曲变形效果；选择“H-Wave Warp”选项，产生水平方向的波浪歪曲效果；选择“V-Wave Warp”选项，产生垂直方向的波浪歪曲效果；选择“Water Warp”选项，产生流体似的歪曲变形效果；选择“Wonder Warp”选项，产生独特的歪曲变形效果；选择“Swirl Warp”选项，产生漩涡状歪曲变形效果。

Bubble Warp效果

H-Wave Warp效果

V-Wave Warp效果

Water Warp效果

Wonder Warp效果

Swirl Warp效果

- M Wave：设置使图像产生M字形的变形程度。
- D Wave：设置使图像产生D字形的变形程度。

TIPS “Warp 2”滤镜选项区域中的3个复选框功能与“Warp 1”中的相同，读者可以参看“Warp 1”中对应的内容介绍。

5.8 制作水滴效果：Alien Skin Eye Candy5：Nature——Drip

使用“Alien Skin Eye Candy5：Nature”中的“Drip”滤镜，可以为选区图像制作被融化为水滴往下流的效果。打开如下左图所示的素材文件，然后执行“滤镜→Alien Skin Eye Candy5：Natur→Drip”命令，开启如下右图所示的对话框。

素材文件

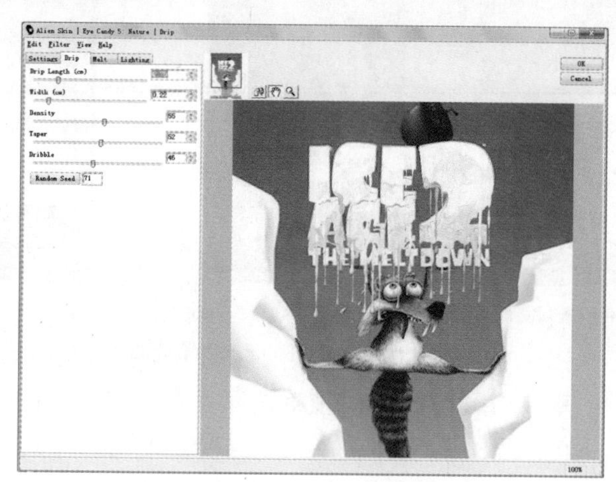

“Drip”滤镜选项设置

在“Drip”标签中，各选项的功能如下。

- Drip Length：用于设置水滴往下流的长度。
- Width：用于设置水滴的宽度。数值越大，水滴越大，而水滴的数量会相对较少。
- Density：用于设置水滴的密度。数值越大，密度越大。
- Taper：用于设置水滴的锥度。数值越大，水滴的连线越细，反之越粗。
- Dribble：用于设置水滴下滴处的滴水宽度。

在如右图所示的“Melt”标签中，各选项的功能如下。

- Melt Length：用于设置图像被融化的长度。数值越大，融化的程度越大。
- Ripple Width：用于设置图像融化时的波纹宽度。
- Pooling：用于设置图像被融化的程度。

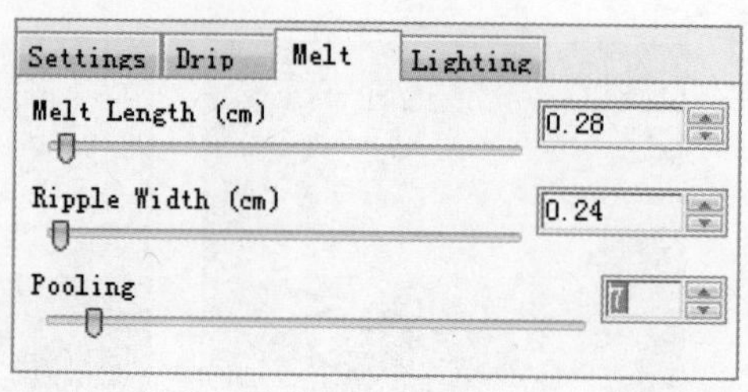

Melt标签

在如下左图所示的“Lighting”标签中，各选项的功能如下。

- "Direction"和"Inclination"：调整光照的方向，在圆形示意球上单击或拖动即可进行调整。
- Highlight Brightness：调整高光区域的亮度。
- Highlight Size：调整高光宽度。
- Highlight Color：设置高光的颜色。
- Shadow Strength：调整图像的阴影强度。数值越大，阴影越深。
- Shadow Color：设置阴影的颜色。
- Lighting Coverage：用于调整照明的覆盖范围。

下右图所示为结合使用"Drip"滤镜制作的人像被融化的效果。

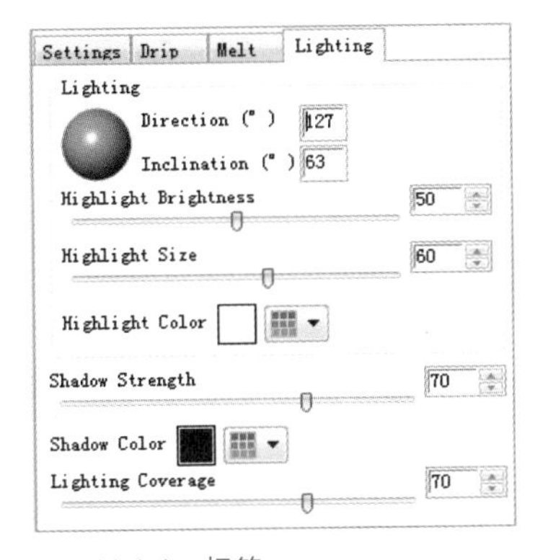

Lighting标签

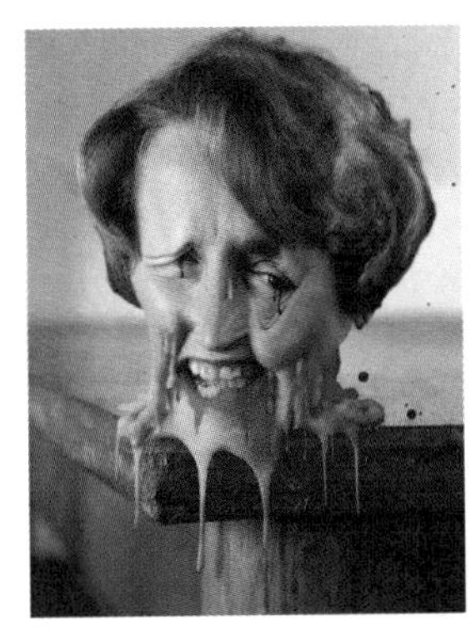

人像被融化的效果

5.9 制作波纹效果：Alien Skin Eye Candy5：Nature——Ripples

使用"Alien Skin Eye Candy5：Nature"中的"Ripples"滤镜，可以制作波纹或涟漪的效果。"Ripples"对话框设置如右图所示。

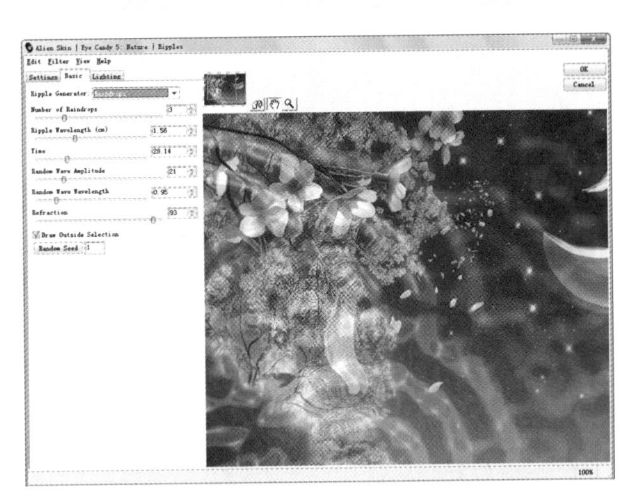

"Ripples"滤镜选项设置

在"Basic"标签中，各选项的功能如下。

- Ripples Generator：在其下拉列表中选择波纹创建的类型。选择"Raindrops"选项，产生雨滴滴落到湖面上产生的波纹效果；选择"Expand From Selection"选项，产生图像向选择区域以外扩张的效果，当选择区域与画布具有相同的大小时，看不到扩展效果；选择"None"选项，产生湖面被风吹动的波纹效果。

"Raindrops"效果

"Expand From Selection"效果

"None"效果

- Number of Raindrops：用于设置雨滴的数量。在"Ripples Generator"下拉列表中选择"Raindrops"选项时，该选项才可用。
- Ripple Wavelength：用于设置波纹的波长。
- Time：用于设置雨滴滴落到水中后的时间，时间参数设置得越大，产生的波纹直径越大。同时也用于设置选择区域扩张的时间，参数越大，扩张效果被消弱的程度越大。
- Random Wave Amplitude：设置湖面上的随意波纹的波幅。当选择"Raindrops"类型时，设置该选项参数，不会影响雨滴波纹的波幅。
- Random Wave Wavelength：设置湖面上的随意波纹的波长。当选择"Raindrops"类型时，设置该选项参数，不会影响雨滴波纹的波长。
- Refraction：用于设置光线的折射度。

在如右图所示的"Lighting"标签中，"Lighting"选项区域中的各项功能与"Drip"滤镜中的相同。另外，"Reflection Map"选项栏用于设置图像的倒影。

- None：选中该单选项，图像不产生倒影。
- Select from file：选中该选项，可以从下方的文件列表框中选择预设的PNG格式的倒影文件，以应用设置好的倒影效果。
- Reflection strength：用于设置倒影的强度。

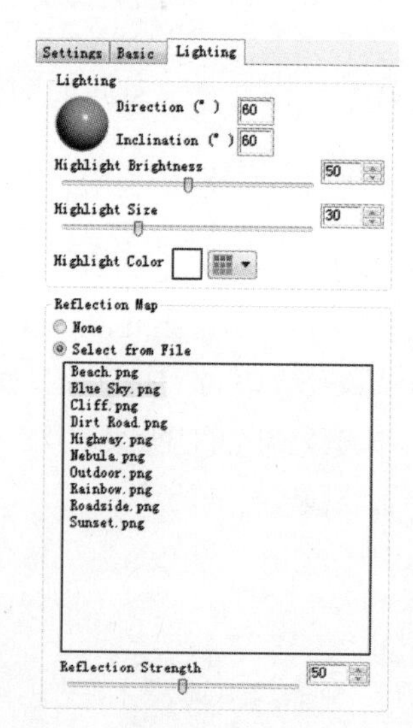

Lighting标签

5.10 制作电视画面效果：Alien Skin Xenofex 2——电视

利用"Alien Skin Xenofex 2"中的"电视"滤镜，可以模拟老式电视机屏幕的凸显状态，使图像产生凸起变形，并根据电视画面的习惯性抖动，使图像产生类似的抖动变形，以得到逼真的电视画面效果。"电视"滤镜的对话框设置如下图所示。

“电视”滤镜的对话框设置

- 扫描线强度：设置画面中的扫描线的强度。数值越大，扫描线越明显。
- 扫描线厚度：设置扫描线的厚度。数值越大，扫描线越粗。
- 纵向移位：设置图像在纵向移位的程度。数值越大，移动的位置越大。
- 曲率：设置图像被弯曲变形的比例。数值越大，图像弯曲变形的程度越大。
- 静电噪声：设置电视画面中因静电作用而产生的噪声的强弱。数值越大，噪声强度越大。
- 重影强度：设置电视画面中出现的重影的强度。
- 衰落：用于设置电视画面中图像的抖动变形程度。数值越大，图像抖动变形程度越大。
- 单色显示屏：选中该复选框，显示屏变为单色。
- 单色显示屏颜色：设置单色显示屏中的颜色。
- 背景色：设置电视画面以外的背景填充色。

5.11 模拟旗帜的飘动效果：Alien Skin Xenofex 2——旗帜

利用“Alien Skin Xenofex 2”中的旗帜滤镜，可以使图像产生类似于旗帜被风吹起时的飘动变形效果。“旗帜”对话框如右图所示。

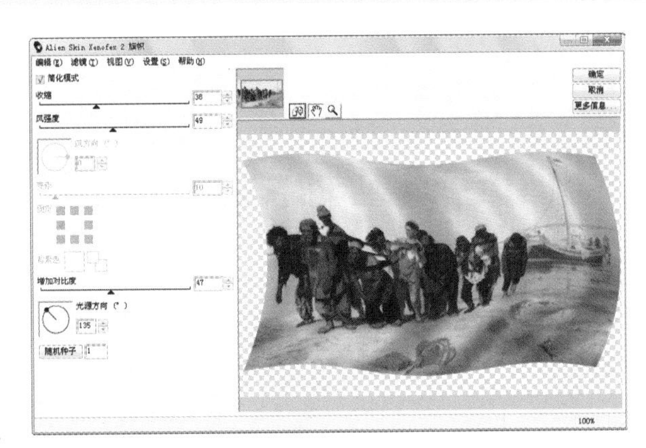

“旗帜”滤镜选项设置

- 简化模式：选中该复选框，图像在应用旗帜效果时，将产生收缩变形的效果。取消此复选框的选取，图像大小和边缘形状不会发生变化，只是在图像上产生被风吹起的褶皱效果。
- 收缩：用于设置在简化模式下图像收缩的程度。
- 风强度：设置风的强度。数值越大，风的强度越大，图像的变形幅度就越大。
- 风方向：在非简化模式下，通过该选项，可以设置风向，以使图像产生不同角度的飘动效果。
- 变形：在非简化模式下，通过该选项，可以设置图像在指定风向下的变形程度。
- 固定：在非简化模式下，使图像按指定的固定点发生变形。该选项用于指定固定点的位置。

- 背景色：当前图层为背景图层时，该选项才可用，它用于设置填充图像以外的背景的颜色。
- 增加对比度：设置图像中的明暗对比程度。
- 光源方向：用于设置光源的方向。

右图所示是应用“旗帜”滤镜在图像中制作的旗帜效果。

制作的旗帜效果

5.12 制作卷页和折叠效果：AV Bros——AV Bros .Page Curl 2

利用“AV Bros”中的“AV Bros .Page Curl 2”滤镜，可以使图像产生翻卷页和折叠的扭曲效果，用户可以自由控制卷边和折痕的角度、位置、方向和卷曲程度等，同时也可以使用材质进行3D图像制作，并得到全部的光照控制效果。“AV Bros .Page Curl 2”对话框设置如右图所示。

“AV Bros .Page Curl 2”滤镜选项设置

在“AV Bros .Page Curl Pro 2.0”窗口中，各菜单栏中的主要功能如下。

- 在“MAIN”菜单中，可以执行撤销、恢复、存储和载入设置、将图像存储为PSD格式的文件、选择视图的显示模式以及执行应用与取消等命令。
- 在“ADJUST”菜单中，可以选择扭曲的模式，包括卷边模式和折痕模式，同时可以选择卷边或折痕是向上翻卷还是向下翻卷、向上折叠还是向下折叠等。用户还可以将图像水平翻转或是垂直翻转。
- 在“WINDOW”菜单中，可以控制Bends、3D Transform、Lighting和Bump Mapping等窗口的显示或隐藏。

在预览区域中，单击OPTIONS▸按钮，可以设置预览窗口中图像背景的填充方式。在“目录”面板中，各选项的功能如下。

- 单击⇔按钮，将图像水平镜像；单击⇕按钮，将图像垂直镜像。
- 单击“FRONT SIDE”缩览图下方的DEFINE▸按钮，弹出如下图A所示的命令选单。选择“From Current Layer”命令，作用于当前图层中的图像；选择“Foreground Color”命令，使用前景色填充图像；选择“Background Color”命令，使用背景色填充图像；选择“Custom Color”命令，自定义填充颜色。选择“From File-Tile”命令，载入需要处理的图像文件，载入的文件按平铺的方式填满当前图层的所有像素区域，如下图B所示；选择“From File-Resize To Fit”命令，载入的图像按最适合的大小被拉伸填满整个像素区域，如下图C所示。选择“Flip Horizontal”命令，将载入的文件水平翻转；选择“Flip Vertical”命令，将载入的文件垂直翻转。

✔ From Current Layer

Foreground Color
Background Color
Custom Color...

From File - Tile...
From File - Resize To Fit...

Flip Horizontal
Flip Vertical

图A DEFINE命令选单

图B 载入图像的平铺效果

图C 载入图像的拉伸效果

- CROSS OPACITY：拖动该滑块，调整当前图像的颜色浓度，但图像的不透明度不会发生改变。下图左所示是将该值设置为50%后的效果。
- PAGE OPACITY：拖动该滑块，调整当前图层的不透明度。百分比值越低，图像越透明。下图右所示是将该值设置为50%后的效果。

设置CROSS OPACITY为50%的效果

设置PAGE OPACITY为50%的效果

- 单击BACK SIDE缩览图下方的 DEFINE ▸ 按钮，在弹出的命令选单中可以设置卷边的填充方式，各命令的功能与设置图像的填充方式相同。下图A所示是将卷边设置为当前图像后的效果，下图B所示是载入其他图像到卷边的效果。单击↔按钮，将卷边中的图像水平镜像；单击↕按钮，将卷边中的图像垂直镜像。
- 单击 SWAP CONTENT: FRONT / BACK 按钮，反转当前图像与卷边的填充设置，如下图C所示。

图A 卷边为当前图像的效果

图B 使用图像填充卷边的效果

图C 反转当前图像与卷边的填充设置

在“Surface”面板中，各选项的功能如下。

- 拖动角度拨盘中的圆点，可以调整卷边或折痕的角度位置，也可以在“ANGLE”数值框中输入所需的角度值。下图A所示是将该值设置为135°后的效果。
- 在“EFFECT”选项区域中，选中“CURL”单选项，产生卷边的效果；选中“FOLD”单选项，产生折痕的效果。下图B所示是图像的折叠效果。
- 在“DIRECTION”选项区域中，选中“UP”单选项，卷边或折痕向上翻卷或折叠；选中“DOWN”单选项，卷边或折痕向下翻卷或折叠。
- LEVEL：设置图像被卷起或折叠的范围大小。
- RADIUS：设置卷边的半径大小，以及折痕的折叠程度。卷边的半径越小，翻卷的程度越大；折痕的折叠程度越大，折痕处的可见范围越小。
- OBLIQUITY：设置卷边的倾斜度。
- TORSION：设置卷边的翻卷程度。下图C所示为分别设置角度为160°、LEVEL值为34、RADIUS值为87、OBLIQUITY值为-19、TORSION值为8.5后的卷边效果。

图A 角度值为135°的效果

图B 图像的折叠效果

图C 综合的卷边效果

- LIMIT：选中该复选框，然后拖动左边角度拨盘中的圆点，可以设置卷边的边界效果。设置不同的角度值，产生的效果也会不同。下图所示是分别将该值设置为160°、228°和360°后的效果对比。

将LIMIT值设置为160°、228°和360°后的效果

在“AV Bros .Page Curl Pro 2.0”窗口的右下角的面板中，各选项的功能如下。

- “Bends”面板：使用该面板，可以为图像制作多个翻卷页的效果。单击按钮，弹出“Bends”面板，单击其中的ADD按钮，添加一个新的卷边项，如下图所示。在面板的下拉列表框中选择一个卷边选项，可以在“Surface”面板中对卷边属性进行设置。单击 ADD COPY 按钮，可复制当前选取的卷边项。单击 DELETE 按钮，可删除当前选取的卷边项。单击 UP 或 DOWN 按钮，可以调整卷边项的上下排列顺序。

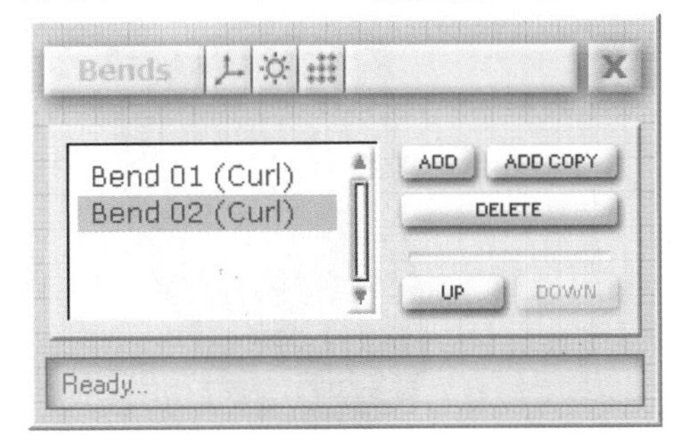

添加的卷边项及其效果

- “3D Transform”面板：用于对图像进行3D变换处理。单击按钮，弹出如下图A所示的“3D Transform”面板。拖动变换控制器上的圆点，可以使图像按指定的角度旋转，也可以在“SPIN”数值框中输入旋转角度值；拖动球形上的小方块，可以使图像按不同的方向进行变形扭曲，也可以在“AZIMUTH”数值框中输入方位角度值，在“ALTITUDE”数值框中输入高度值。下图B所示是将图像旋转并变换后的效果。单击按钮，反转翻卷页的效果，此时可看到卷页背面的效果，如下图C所示。LEVEL选项用于调整图像的透视效果。

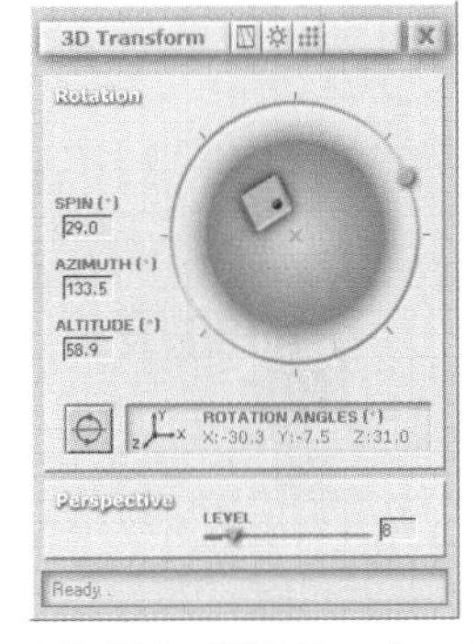

图A “3D Transform”面板

图B 将图像旋转并变换后的效果

图C 卷页背面的效果

- “Lighting”面板：用于设置图像中的照明效果。单击按钮，打开“Lighting”面板，“SHADING”选项用于设置卷页或折痕中的阴影强度，数值越大，阴影效果越明显。单击 SWITCH TO ADVANCED LIGHTING MODE 按钮，展开更多的选项设置，以便产生更为细腻的照明效果。读者可以尝试改变这些参数设置，以观察图像的效果变化，本书在这里就不再作具体介绍了。
- “Bump Mapping”面板：用于设置效果图像与当前图像或其他所选图像之间的映射效果。单击按钮，打开“Bump Mapping”面板，上方的选项区域用于设置前景图像的映射效果，下方的选项区域用于设置卷边图像的映射效果。单击 DEFINE ▸ 按钮，在弹出的命令选单中可以选择用于产生映射效果的图像，包括当前图层中的图像和其他的图像文件。"LEVEL"选项用于设置所选图像与效果图像之间的映射程度，BLUR选项用于设置对所选图像进行模糊处理的程度。下图所示是当前图层中的图像与效果图像的映射效果。

Bump Mapping面板设置及产生的映射效果

- 单击 QUALITY 按钮，在弹出的命令选单中可以选择视图显示的质量。选择低分辨率显示，会提高系统运算的速度。
- 单击 RESET 按钮，重新设置选项参数。单击 DEFAULTS 按钮，恢复选项参数为系统默认设置。
- 单击 EXPORT... 按钮，将制作好的效果图像以PSD格式保存到指定的目录。

5.13 制作水面和水中倒影效果：Flaming Pear——Flood 112

"Flaming Pear"中的"Flood 112"是一款Photoshop图像效果增强处理滤镜，利用它可以制作出非常逼真的水面和水中倒影。"Flood 112"滤镜的对话框设置如右图所示。

"Flood 112"滤镜对话框设置

- 视野：在该选项栏中，"水平线"选项用于设置水面的水平线高度，数值越大，水平线越高。"偏移量"选项用于设置视线偏移水平线的量。"透视系数"选项用于设置生成的水面及倒影的透视系数。"海拔"选项用于设置水面水平线的海拔高度。
- 波浪：在该选项栏中，"波度"选项用于设置波浪的起伏程度。"复杂度"选项用于设置波浪的复杂程度，数值越大，波纹越多。"亮度"选项用于设置水面的明亮度，数值越大，越明亮。"模糊"选项用于设置波浪及倒影的模糊程度。
- 波纹：在该选项栏中，分别可以设置波纹的大小、高度和波动程度。
- 结合：设置原图像与"Flood 112"效果之间混合的模式，该选项与Photoshop中的图层混合模式功能相似。

下图右所示即为结合使用“Flood 112”滤镜在图像中制作的水面及倒影的效果。

原图像

制作的水面及倒影效果

5.14 拉伸或弯曲图像：Flaming Pear——Swerve

利用“Flaming Pear”中的“Swerve”滤镜，可以使图像产生平滑或锯齿状的拉伸和弯曲效果。下图左所示为原图像，下图右所示为“Swerve”滤镜的对话框设置。

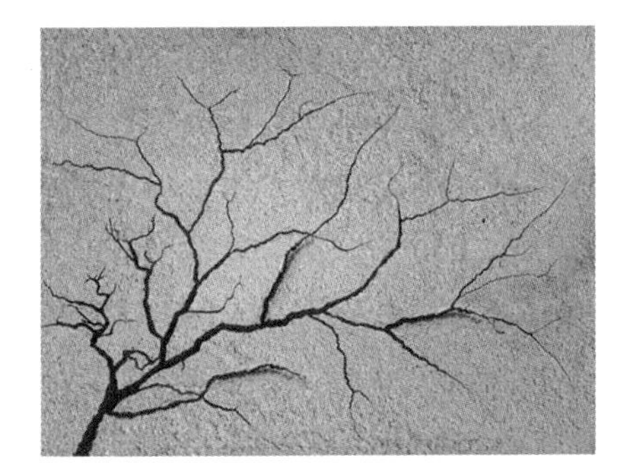

原图像

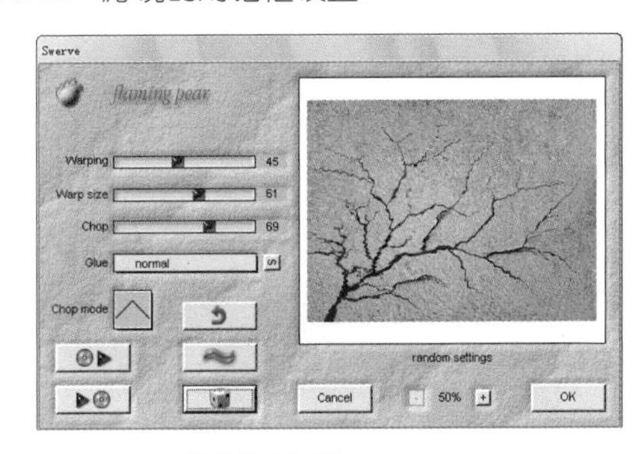

Swerve滤镜选项设置

- Warping：设置图像扭曲变形的程度。
- Warp size：设置图像扭曲的幅度大小。
- Chop：设置图像被扭曲分解的程度。数值越大，图像被分解得越细碎。
- Glue：设置原图像与Swerve效果之间混合的模式。
- Chop mode：设置图像被分解的模式。其中提供了4种分解模式，分别是直线型、Z型、直角型和锯齿型。
- 单击按钮，产生随机的扭曲变形效果。

下图所示为应用“Swerve”滤镜后产生的多种图像效果。

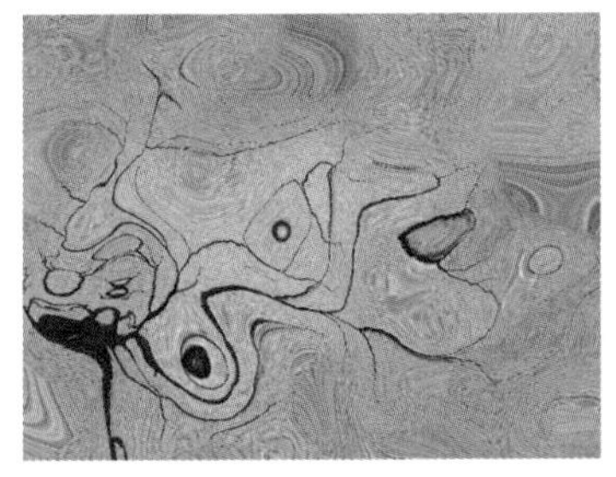

应用“Swerve”滤镜后产生的图像效果

5.15 制作透镜效果：KPT 5——RadWarp

使用“KPT 5”中的“RadWarp”滤镜，可以通过歪曲图像，人为地表现光觉镜头的特征。下图左所示为原图像，下图右所示为“RadWarp”滤镜选项设置。

原图像

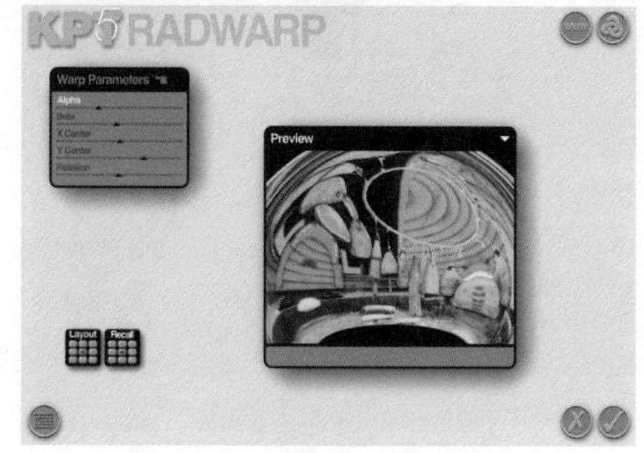

“RadWarp”滤镜选项设置

- Alpha和Beta：用于设置图像的歪曲程度。
- X Center 和Y Center：用于指定图像的中心。
- Rotation：用于旋转图像。

下图所示是表现光觉镜头效果的选项参数设置及图像效果。

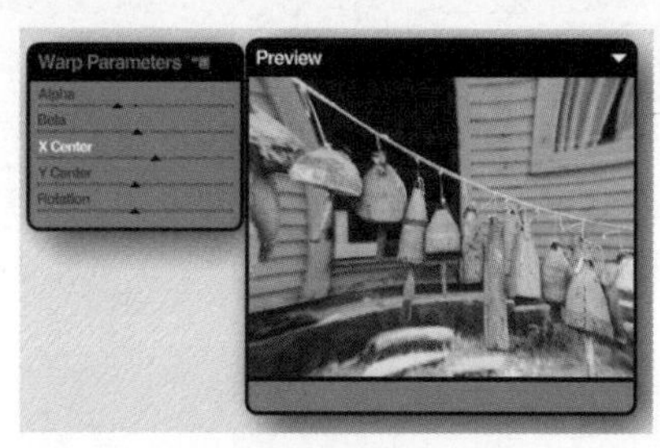

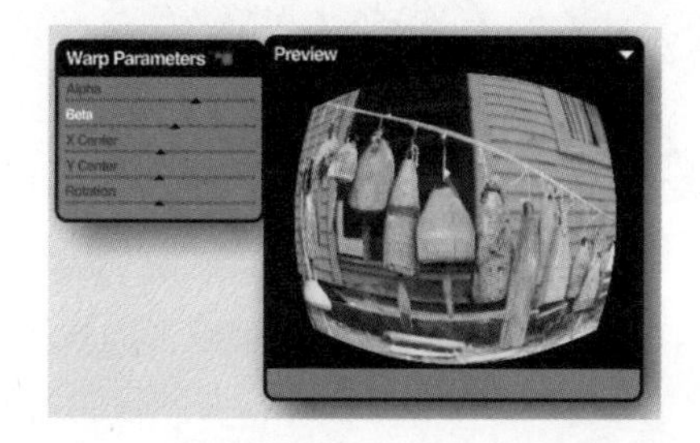

表现光觉镜头效果的范例

5.16 图像的特殊扭曲处理：HumanSoft——Squizz 4.4

“Squizz”是“HumanSoftware”公司出品的一个强有力的Photoshop插件，它可以通过笔刷、网格、封套和路径弯曲方式，控制图像的扭曲变形效果，还可以将图像的效果变化制作为视频动画。执行“滤镜→HumanSoft→Squizz 4.4”命令，打开右图所示的界面设置。

Squizz 4.4界面设置

单击“笔刷”按钮，弹出如下左图所示的“笔刷弯曲”对话框。在预览窗口中，可以使用笔刷在图像上涂抹的方式，使图像沿涂抹轨迹发生变形，如下右图所示。“笔刷弯曲”对话框中各选项的功能如下。

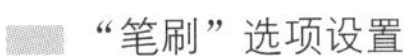
“笔刷”选项设置

使用笔刷变形图像的效果

- 单击“电影”按钮，弹出下图所示的“帧库”对话框，在其中可以对影片的帧进行设置。单击“点击图标渲染电影”上方的图标，在弹出的对话框中设置好保存影片的位置和文件名，然后单击“保存”按钮，即可渲染影片。
- 单击“笔刷控制”选项区域中的“保存”按钮，对使用笔刷扭曲后的图像效果进行保存，以便下次直接载入使用；单击“取消”按钮，载入保存的笔刷扭曲效果；单击“重置”按钮，将扭曲后的图像绘制为原图像效果。
- 单击“Squizz”图标，可以使用笔刷对图像进行扭曲变形处理；单击“撤销”图标，可以使用笔刷对扭曲后的图像进行恢复为原图像的操作，如下图所示。

图像的撤销操作

- “大小”选项用于设置笔刷的大小，“流量”选项用于设置笔刷的喷墨流量。
- 在“笔刷弯曲”对话框中的“Squizz”、“移动”、“膨胀”和“收缩”等8个单选项，用于设置扭曲变形图像的方式。
- “变异”选项用于设置扭曲图像的强度。当数值为0时，使用笔刷在变形的图像上涂抹，可以使其恢复为原图像的效果。
- 单击“载入”按钮，弹出如下图A所示的对话框，在其中可以选择覆盖在当前图像上方的图像文件或当前文件中其他图层中的图像，下图B所示为载入其他文件后的效果。

TIPS

载入的图像只是在变形图像时作为一个参照物所用，它不会被应用到当前图像中。

- “不透明”选项用于设置载入图像的不透明度，下图C所示为将不透明设置为65%后的效果。

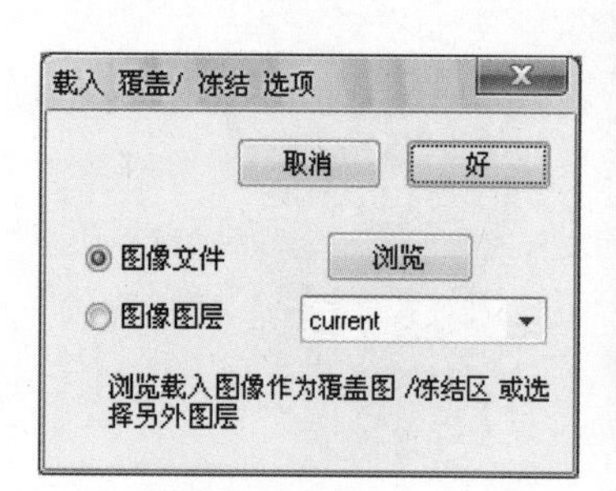

图A 载入对话框

图B 载入的图像

图C 调整不透明度后的图像

- 在“冻结区域”选项栏中，单击“笔刷”图标，然后在图像上涂抹，被涂抹的区域将被一层青色覆盖，表明该区域已被冻结，冻结的区域不能被修改，同时冻结的区域中已被变形的图像将会恢复为原图像的效果。单击“撤销”图标，然后在冻结的区域上涂抹，可以为其解冻。
- 单击“清除”按钮，清除图像上的冻结区域。单击“载入”按钮，按载入的图像建立冻结区域，如下左图所示。单击“转化”按钮，对冻结区域与未冻结区域进行转换，如下右图所示。

载入冻结图像区域

转化冻结区域

- 在“大”下拉列表中，可以选择创建冻结区域的笔刷大小。“Opa”选项用于设置冻结笔刷的不透明度。
- 在“导航器”中，移动红色线框，可以调整预览窗口中显示的范围。在红色线框的四角处拖动，可以调整视图的缩放比例。单击“整页”按钮，显示整个图像。

退回到执行“滤镜→HumanSoft→Squizz 4.4”命令后打开的界面设置，在其中单击“网格”按钮，弹出如下左图所示的“网格弯曲”对话框，可以看到当前图像被网格覆盖。拖动网格中的各个交叉点，即可使图像产生变形，如下右图所示。

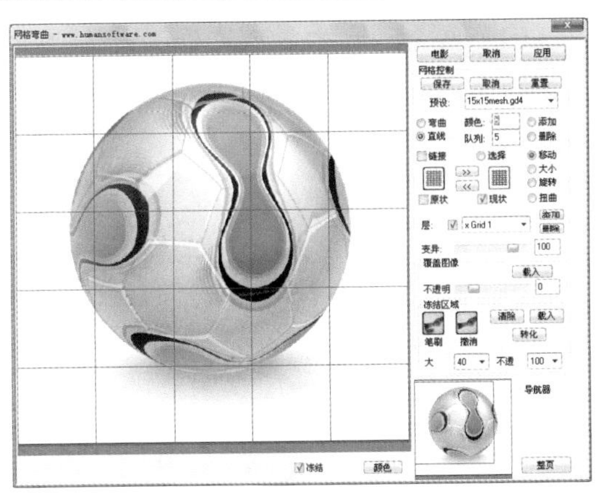

“网格弯曲”对话框

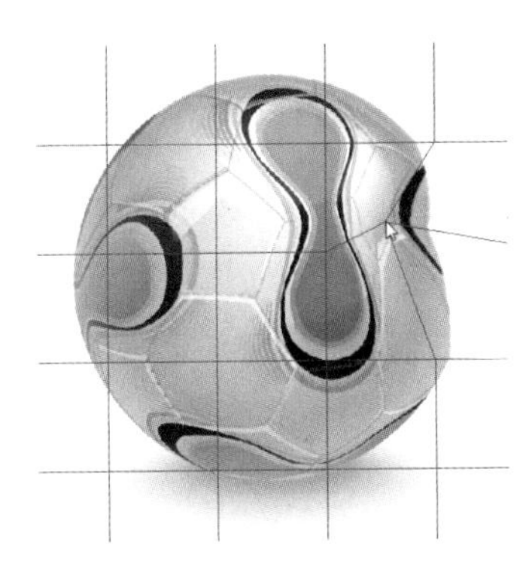
图像的弯曲效果

- 在“预设”下拉列表中，可以选择预设的网格变形效果，如下图所示。

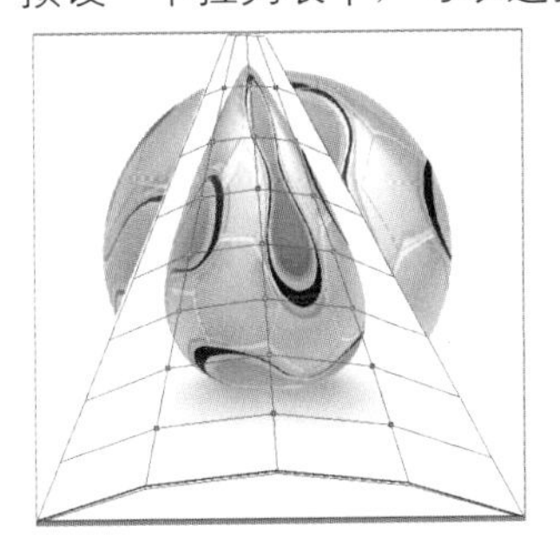
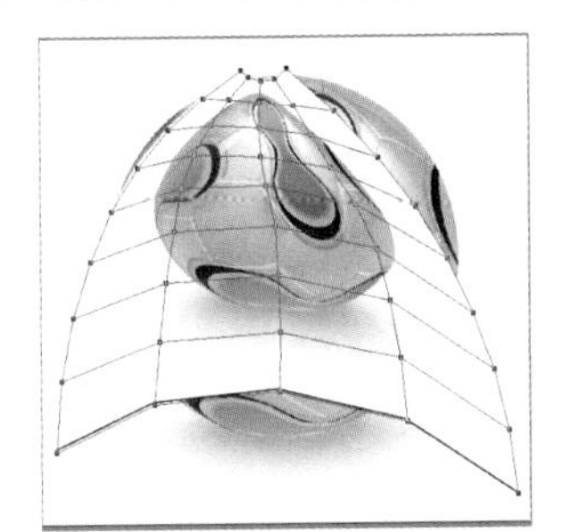
预设的网格变形效果

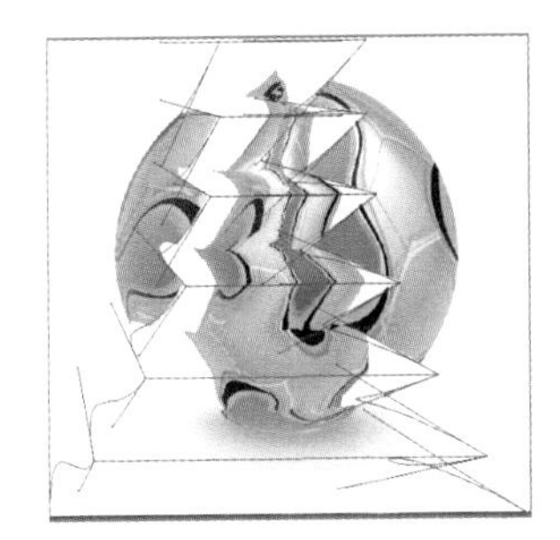
曲线型网格弯曲效果

- 选择“弯曲”单选项，应用曲线型的网格弯曲效果，如右图所示。选择“直线”单选项，应用直线型的网格弯曲效果，该选项为默认选取状态。
- “颜色”和“队列”选项用于设置网格的行数和列数。
- 选择“添加”单选项，在弹出的对话框中单击“好”按钮，然后在图像上单击，可以为网格添加网格线。单击“删除”按钮，在弹出的对话框中单击“好”按钮，然后在网格线上单击，可以删除此处的网格线。
- 选择“选择”单选项，可以选择网格中的一个或多个格点，用户可以对选择的多个格点同时进行变形。分别选择“移动”、“大小”、“旋转”和“扭曲”单选项，分别可以对图像进行位置、大小、角度和扭曲变形的调整。
- 选中“原状”复选框，使调整后的网格始终保持原状。选中“现状”复选框，使网格始终保持调整后的状态。
- 单击“层”右边的“添加”按钮，在当前网格的基础上再添加一层默认的网格，此时在“层”下拉列表中将增加一个栅格层。单击“删除”按钮，可以删除当前选取的栅格层。

在“Squizz 4.4”界面中单击“封套”按钮，弹出如下左图所示的“封套”对话框，可以看到在预览窗口中的图像四周覆盖了一条封套线，在封套线中包含了多个节点。拖动结点或当中的控制手柄，即可使图像产生变形。下图右所示为图像的变形效果。

“封套”对话框

图像的变形效果

- 在“预设”下拉列表中，可以选择预设的封套扭曲效果。
- 在使用封套变形图像后，系统会对原图像作备份。单击“Form”图标，作用于原封套，这时可以对原图像进行变形处理；单击“To”图标，作用于变形后的封套和图像，这时可以对图像继续进行变形处理。
- 选择“水平”单选项，只能对水平方向的封套进行编辑；选择“垂直”单选项，只能对垂直方向的封套进行编辑；选择“H+V”单选项，可以同时对水平和垂直方向的封套进行编辑。
- 选中“显示封套”复选框，在预览窗口中会显示封套。反之则不会显示，但在变形图像操作时也会显示出封套。

在“Squizz 4.4”界面中单击“路径弯曲”按钮，弹出如下左图所示的“路径弯曲”对话框。在预览窗口中，可以通过改变中心的两个圆形路径的形状，使图像弯曲变形，下图右所示为图像的变形效果。

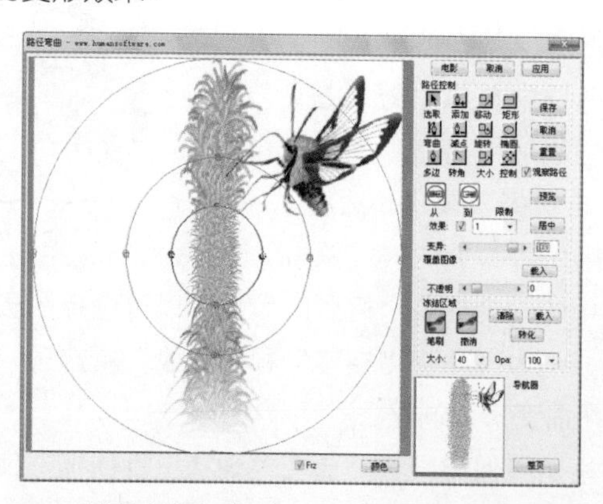

“路径弯曲”对话框

图像的变形效果

- 在“路径控制”区域中，提供了12个用于调整路径形状的功能按钮，分别用于选取路径、为路径添加锚点、移动路径、弯曲路径、删除锚点、旋转路径、改变路径大小等。
- 选中“观察路径”复选框，在预览窗口中显示路径。
- 单击“从”上方的图标，可以对默认的3个圆形中居中的圆形路径进行编辑；单击“到”上方的图标，可以对最小的圆形路径进行编辑。

- 单击“预览”按钮，对调整路径形状后的图像变形效果进行预览。
- 在“效果”下拉列表中，可以为当前图像创建多层路径变形效果。在创建多层路径后，需要选中“效果”右边的复选框，然后单击“预览”按钮，才能应用该变形效果。

5.17 变形图像：KPT 6——KPT Projector（KPT投影机）

使用“KPT 6”中的“KPT Projector”滤镜，可以通过调整平面图像的距离感、变形和歪曲现象等，将图像转换为三维图像。并且通过效果可以进行无数次的复制，还可以制作动画。“KPT Projector”对话框设置如右图所示。

“KPT Projector”滤镜选项设置

在“KPT Projector”滤镜选项设置的“Tool”面板中，可以利用2D或3D工具改变图像的大小或旋转图像，以观察图像的视点。

- 2D Translate工具：移动图像的同时选择边缘，将图像变形为三维图像。
- 2D Scale：调整图像的大小。
- 2D Rotate：在平面上旋转图像。
- 3D Rotate：在三维空间里旋转图像。

在“Parameters”面板中，各选项的功能如下。

- Focal Length：设置图像的视角。其取值范围为1～5，值越高，视角越广阔。
- Final Apply Quality：选择最终图像效果。“Standard Trilinear”的速度越快，精密度就会越低。High Quality Anisotropic所需的时间越长，图像的精密度就越高。
- 2D View Grid：在预览图像中显示网格。
- 2D Distortion Lines：为了能察看图像歪曲的程度，在预览图像中显示对角线。
- Tiling：应用瓷砖拼贴效果。
- Mirroring：应用瓷砖拼贴效果后，在三维空间上的背面同样也应用相同的效果。

下图左所示为原图像，下图右所示为应用“KPT Projector”滤镜制作的电视栏目视频中其中一帧的画面效果。

原图像效果

应用“KPT Projector”制作的图像效果

5.18 制作翻页效果：Vizros 4——Book

"Vizros 4"是一个非常精典的Photoshop插件，使用它不仅可以快速制作3D的纸张卷边和撕开效果，还可以制作书翻页、卷边、折叠、放大镜和卷筒等效果。

"Vizros 4"中的"Book"滤镜用于制作翻页的效果，其对话框设置如右图所示。

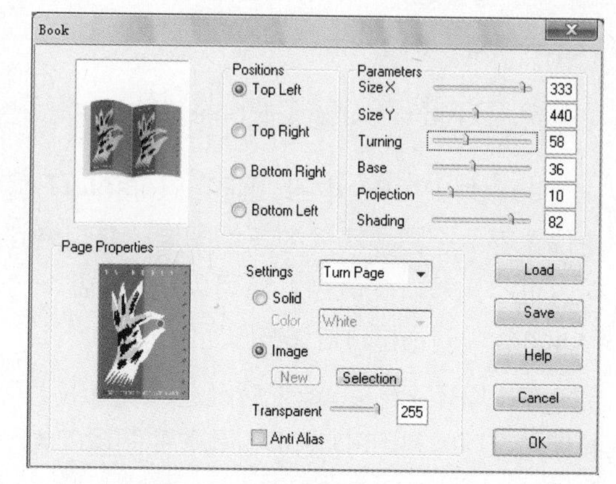

"Book"滤镜选项设置

- 在"Positions"选项区域中，可以设置翻页的位置。选中"Top Left"单选项，翻页在书的顶部并向左边翻；选中"Top Right"单选项，翻页在书的顶部并向右边翻；选中"Bottom Right"单选项，翻页在书的底部并向右边翻；选中"Bottom Left"单选项，翻页在书的底部并向左边翻。不同位置上的翻页效果如下图所示。

Top Left翻页效果

Top Right翻页效果

Bottom Right翻页效果

Bottom Left翻页效果

- 在"Parameters"选项区域中，可以设置翻页参数。"Size X"和"Size Y"选项分别用于设置书本在横向和纵向的尺寸大小。"Turning"选项用于设置翻页被翻卷的程度。"Base"选项用于设置书本被翻开时卷起的程度。"Projection"选项用于设置书本向上或向下扭曲的程度。"Shading"选项用于设置翻页中的阴影强度。
- 在"Page Properties"选项区域中，"Settings"选项用于选择需要进行设置的书本页面，包括翻页、翻页的前一页或后一页，以及书本下方的背景。
- 选中"Sold"单选项，选中的页面将用指定的颜色填充，在"Color"下拉列表中可以选择用于填充的颜色。.
- 选中"Image"单选项，可以使用图像填充所选的页面。在设置"Back Page"和"Unselected Page"页面时，单击New按钮，可以选择已存储的任意图像来填充页面。单击Selection按钮，在弹出的对话框中，可以框选当前图像中用于填充页面的部分图像，框选好后，单击"OK"按钮即可，如下图所示。
- "Transparent"选项用于设置填充页面图像的不透明度。只有当前图像在非背景图层上时，该选项才能起作用。
- Anti Alias：只有在选择"Image"单选项时，该选项才可用。选中该复选框，可以对图像作柔化处理。

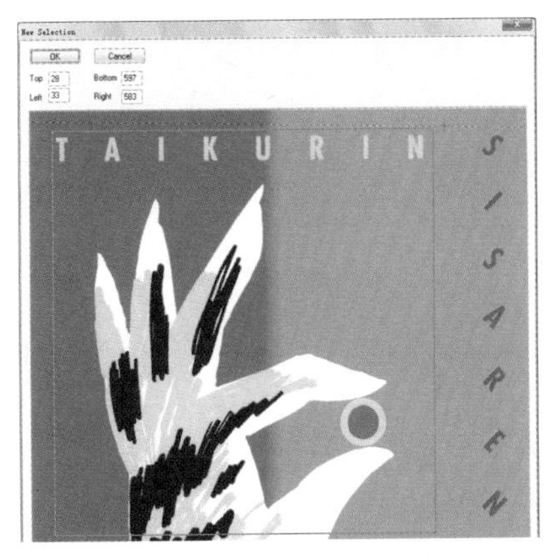

选择用于填充翻页的图像

5.19 制作立方体效果：Vizros 4——Box

使用“Vizros 4”中的“Box”滤镜，可以将图像制作为立方体效果，同时可以调整立方体的大小、方向、透视角度和光源效果等。“Box”滤镜的对话框设置如右图所示。

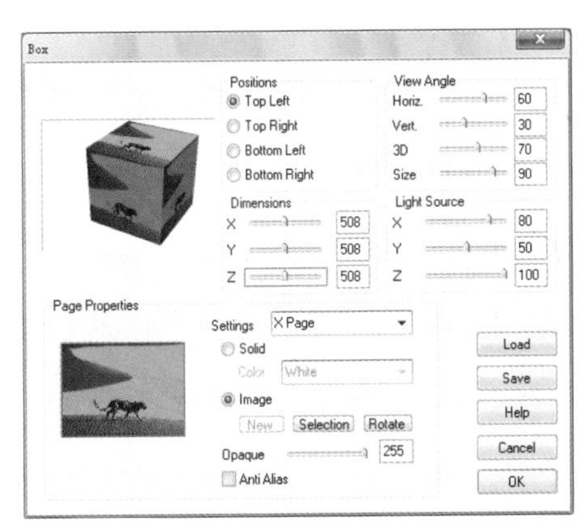

“Box”滤镜选项设置

- 在“Positions”选项区域中，可以选择察看立方体的视觉位置。选中“Top Left”单选项，产生从左上方察看到的立方体效果；选中“Top Right”单选项，产生从右上方察看到的立方体效果；选中“Bottom Left”单选项，产生从左下方察看到的立方体效果；选中“Bottom Right”单选项，产生从右下方察看到的立方体效果。不同位置上产生的立方体效果如下图所示。

Top Left效果

Top Right效果

Bottom Left效果

Bottom Right效果

- 在“View Angle”选项区域中，可以设置观察立方体的角度。“Horiz”和“Vert”选项用于设置立方体在水平和垂直方向观察的角度。“3D”选项用于设置立方体发生3维变形的程度。“Size”选项用于设置整个立方体的大小。
- 在“Dimensions”选项区域中，“X”、“Y”、“Z”选项分别用于设置立方体的长、宽和高度。

- 在“Light Source”选项区域中，X、Y、Z选项分别用于设置立方体中三个面的光亮度。
- “Page Properties”选项区域用于对立方体中各个面的填充样式进行设置，对各选项功能的说明，请参看“Book”滤镜中相应的内容。单击Rotate按钮，可以使立方体中对应的图像发生水平或垂直翻转。

5.20 制作卷边效果：Vizros 4——Curl

使用“Vizros 4”中的“Curl”滤镜，可以产生页面卷边的效果，用户可以对卷边的位置、方向、角度、半径以及卷边的填充样式等进行设置。“Curl”对话框设置如右图所示。

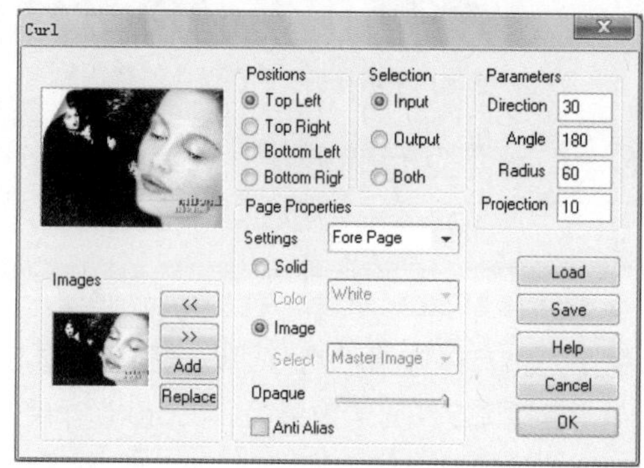

“Curl”滤镜选项设置

- 在“Positions”选项区域中，可以选择卷边所在的位置。
- “Parameters”选项区域用于设置卷边参数。“Direction”选项用于设置卷边的方向，“Angle”用于设置卷边的角度，“Radius”选项用于设置卷边的半径，“Projection”选项用于设置卷边的扭曲程度。
- 在“Images”选项区域中，单击Add按钮，可以添加一个图像素材。单击>>或<<按钮，可以依次预览图像素材。单击Replace按钮，可以选择新的图像对已添加的图像进行替换。
- 在“Page Properties”选项区域中对“Back Page（卷边页）”或“Ground Page（背景页）”进行设置时，可以在选中“Image”单选项后，在“Select”下拉列表中选择用于填充该页的图像，包括当前图像和已经添加进来的图像。下图所示为应用“Curl”滤镜制作的卷边效果。

图像中的卷边效果

5.21 制作圆柱体效果：Vizros 4——Cylinder

使用“Vizros 4”中的“Cylinder”滤镜，可以将图像制作为圆柱体效果，同时可以设置观察圆柱体的视觉位置和角度、圆柱体的大小、光亮度以及填充圆柱体各部位的颜色或图像。“Cylinder”对话框设置如下图左所示，其选项设置与“Box”滤镜相似，读者可参考“Box”中对应的内容介绍。下图右所示为制作的圆柱体效果。

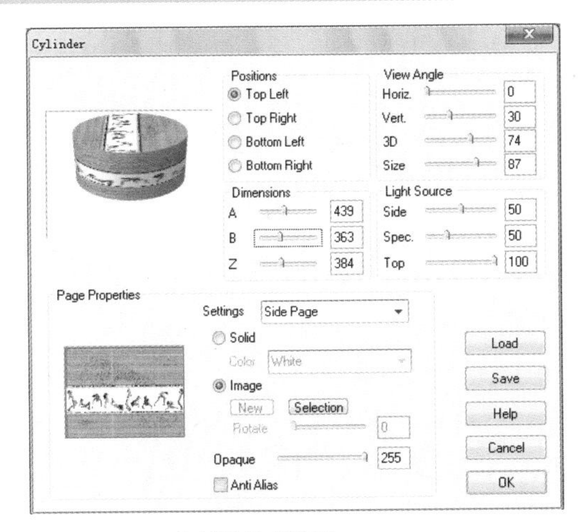

“Cylinder”滤镜选项设置

圆柱体效果

5.22 制作折痕效果：Vizros 4——Fold

利用“Vizros 4”中的“Fold”滤镜，可以为图像创建折痕的效果，用户可以设置观察折痕的视觉位置，并对折痕的方向、高度、长度以及折痕的拱起程度等参数进行设置。“Fold”对话框设置如右图所示。

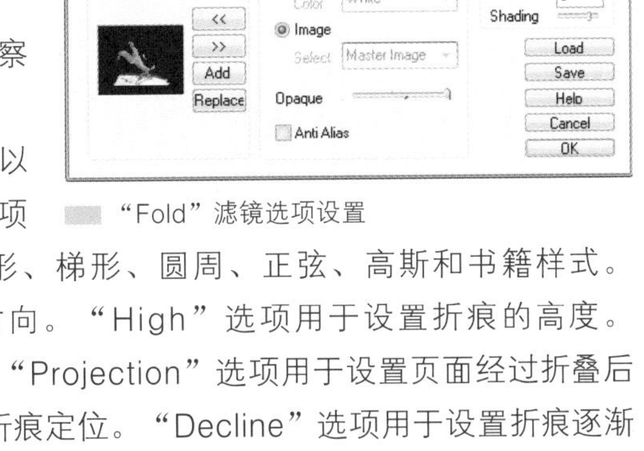

“Fold”滤镜选项设置

- 在“Positions”选项区域中，可以选择察看折痕的视觉位置。
- 在“Parameters”选项区域中，可以对折痕参数进行设置。“Mode”选项用于设置创建折痕的方式，包括三角形、梯形、圆周、正弦、高斯和书籍样式。“Direction”选项用于设置折痕的方向。“High”选项用于设置折痕的高度。“Length”选项用于设置折痕的长度。“Projection”选项用于设置页面经过折叠后被扭曲的程度。“Phase”选项用于为折痕定位。“Decline”选项用于设置折痕逐渐下倾的程度，下图所示为该值为0和100时的折痕效果对比。“Shading”选项用于设置折痕中的阴影强度。

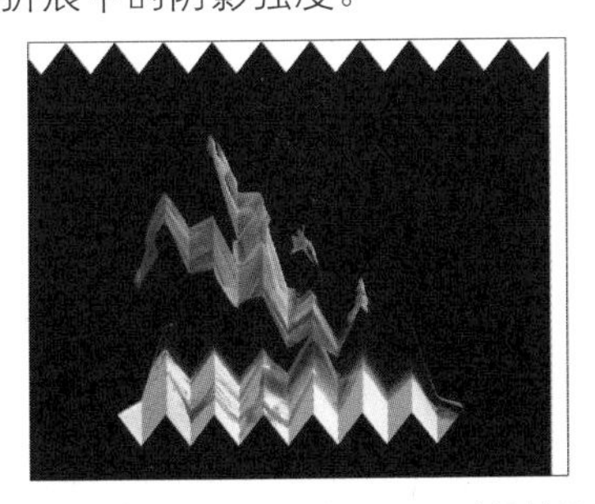

“Decline”值为0和100时的效果对比

5.23 制作波纹效果：Vizros 4——Lake

利用“Vizros 4”中的“Lake”滤镜，可以在图像中创建的选区外按选区形状产生波纹效果。因此，在使用该滤镜前，必须在图像中创建一个选区。“Lake”对话框设置及产生的波纹效果如下图所示。

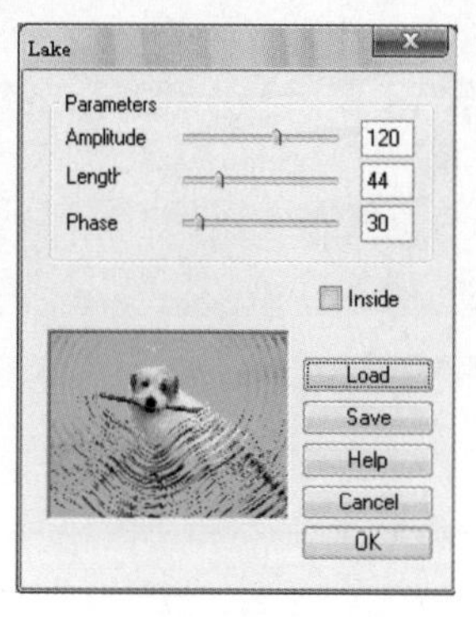

“Lake”滤镜选项设置及产生的波纹效果

- Amplitude：用于设置波纹的振幅。数值越大，振幅越大。
- Length：用于设置波纹的扩散度。数值越大，扩散得越开，反之波纹越细碎。
- Phase：用于为波纹定位。
- Inside：选中该复选框，将效果应用于选取区域。

5.24 制作放大镜效果：Vizros 4——Magnifier

利用“Vizros 4”中的“Magnifier”滤镜，可以按选区范围在图像中制作放大镜效果，用户可以设置放大镜的焦距、图像的失真程度以及放大镜的样式等。

打开一张素材文件，并将图像中需要制作放大镜效果的区域创建为选区，如下左图所示，然后执行“滤镜→Vizros 4→Magnifier”命令，打开如下右图所示的“Magnifier”对话框。

图像中创建的选区

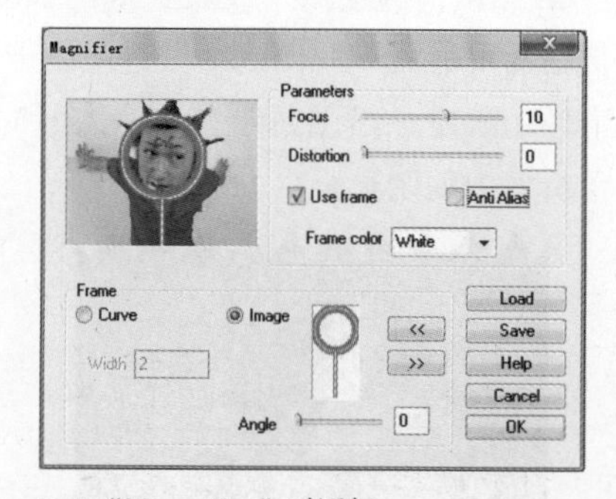

“Magnifier”对话框

- 在“Parameters”选项区域中，“Focus”选项用于设置镜头的焦距，“Distortion”选项用于设置图像的扭曲变形程度。选中“Use frame”复选框，在图像中使用放大镜框架。选中“Anti Alias”复选框，消除图像中的锯齿。在“Frame color”下拉列表中，可以为放大镜的框架选择填充的颜色，包括白色、黑色、前景色、背景色和自定义颜色。

- 在“Frame”选项区域中，可以为放大镜框架设置样式。选中“Curve”单选项，只是在被放大的图像边缘添加一条曲线，在“Width”数值框中可以设置曲线的宽度。选中“Image”单选项，可以选择预设的放大镜图像，放大镜图像包括圆形和方形，单击右边的[<<]或[>>]按钮，可以依次进行察看。“Angle”选项用于设置放大镜图像放置的角度。

右图所示是为图像应用“Magnifier”滤镜后的效果。

应用“Magnifier”滤镜后的图像

5.25 制作卷筒效果：Vizros 4——Twist

利用“Vizros 4”中的“Twist”滤镜，可以将图像制作为卷筒的效果，用户可以设置察看卷筒的视觉位置、卷筒的方向、位置、半径以及横截面的样式等。“Twist”滤镜的对话框设置如右图所示。

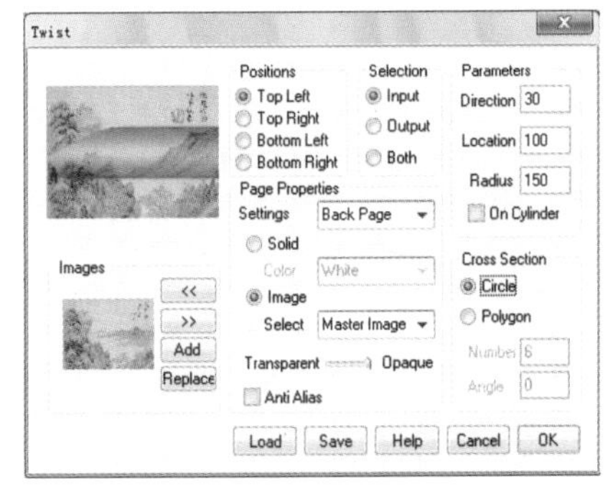

“Twist”对话框

- 在“Positions”选项区域中，可以选择卷筒翻卷处放置的位置。
- “Parameters”选项区域用于设置卷筒的参数。“Direction”选项用于设置卷筒翻卷的方向，“Location”选项用于设置卷筒翻卷的特定区域，“Radius”选项用于设置卷筒的半径。选中“On Cylinder”复选框，产生圆筒效果，如下图A所示。下图B所示是未选取“On Cylinder”复选框后制作的卷筒效果。
- 在“Cross Section”选项区域中，选中“Circle”单选项，产生圆形的卷筒效果。选中“Polygon”单选项，产生多边形的卷筒效果，如下图C所示。“Number”选项用于设置多边形卷筒的边数，“Angle”选项用于设置多边形卷筒放置的角度。

图A 制作的圆筒效果

图B 制作的卷筒效果

图C 多边形的卷筒效果

5.26 制作卷边效果：The Plug-in Site——Page Curl

使用“The Plug-in Site”中的“Page Curl”滤镜，可以使图像产生页面翻卷的效果，该滤镜效果与本章中所讲解的“AV Bros .Page Curl 2”和“Curl”效果类似。“Page Curl”对话框设置如下图所示。

“Page Curl”对话框

- 在“Effects”下拉列表中，可以选择所需的卷边效果。
- Progress：设置卷边翻卷的程度。数值越大，翻卷的范围越大。
- Height：设置卷边翻卷的高度。
- Width：设置卷边翻卷的宽度。
- Horiz Shift：设置卷边在水平方向偏移的距离。
- Vert Shift：设置卷边在垂直方向偏移的距离。
- Opacity：设置卷边上的阴影的不透明度。
- Surface：设置卷边表面的明暗对比度，以表现卷边上的明暗层次和立体感。
- Shadow：设置页面翻卷后在背景上流下的阴影强度。
- 单击“Page Curl”右边的色块，可以设置卷边的颜色，下图左所示是将卷边颜色设置为黄色后的效果。
- 选中“Page Curl”右边的“Col”复选框，可以在页面的翻卷处产生与卷边颜色一致的反射光效果，如下右图所示。

将卷边颜色设置为黄色后的效果

选中“Col”复选框后的效果

06 图像的风格化处理

Dictionary of Filters for Photoshop

Chapter

图像的风格化处理可以使图像产生一些无法通过摄影技术得到的特殊图像效果（如制作铬合金质感、玻璃碎裂特效、图像卷起效果以及水晶质感等）。通过对图像应用风格化处理效果，可以使一幅普通的图像产生鲜明和与众不同的特色，增强图像的艺术化表现力。

6.1 制作铬合金质感：Eye Candy 4000 Demo——铬合金

“Eye Candy 4000 Demo”中的“铬合金”滤镜，可以对图像如同镜子一样进行反射，使图像产生类似铬合金的材质效果。该滤镜中还包括了斜面功能，用户可以直接制作金属质感的斜面图像效果。

打开如下左图所示的素材文件，并选择背景图像所在的图层，然后执行“滤镜→Eye Candy 4000 Demo→铬合金”命令，打开如下右图所示的“铬合金”对话框。

素材文件

“铬合金”对话框

在“基本”标签中，各选项的功能如下。

- 反射图：在其中可以选择在表面上所要反射的图像。
- 斜面宽：设置被选定边角的斜面宽度。
- 斜面高度比例：设置斜面凸出的高度。数值越大，投影颜色越深。
- 平滑：调整斜面的平滑度。

- 波纹厚度：调整图像表面所产生的波纹的厚度。
- 波纹宽：调整图像表面所要生成的波纹的宽度。
- 斜面布置：设置所要应用滤镜到被选定图像的内侧或外侧。当选择背景图层时，该选项不可用。

TIPS　“Eye Candy 4000 Demo”插件中各类滤镜的“光线”标签设置基本相似，读者可参考前面章节中有关“光线”标签的内容介绍。

在如下左图所示的“斜面预置”标签中，各选项设置的功能如下。

- 在上方的列表框中可以选择预先设置的铬合金形态，用户也可以将多种图像添加为预设使用。将所需的图像制作成TIFF格式的图像后，复制到Photoshop CS3的Plug-ins（增效工具）\滤镜\Eye Candy 4000\Eye Candy 4000 Settings\ Bevel Boss文件夹中即可。
- 在下方的曲线图中，通过调整曲线来改变构成铬合金的形态。
- 选中“锐利转角”复选框，对被选定的调整点进行锐利转角处理。

下右图所示是为素材中的背景图层应用“铬合金”滤镜后的图像效果。

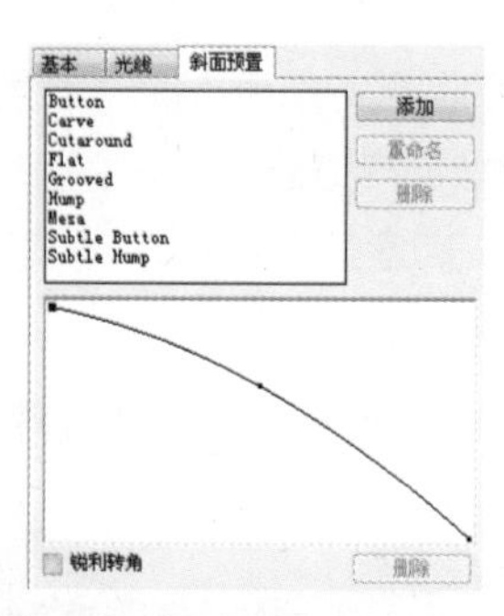

“斜面预置”标签

应用“铬合金”滤镜后的背景图像

6.2 制作斜面效果：Eye Candy 4000 Demo——斜面

“Eye Candy 4000 Demo”中的“斜面”滤镜，与Photoshop中的“斜面和浮雕”图层样式效果类似。该滤镜可以在图像边缘的内侧和外侧制作斜面，以表现立体效果，它常用于制作网页按钮。

打开如右图所示的图像素材，选择位于上层的花纹图案所在的图层，然后执行“滤镜→Eye Candy 4000 Demo→斜面”命令，打开如下图A所示的“斜面”对话框。下图B所示为应用“斜面”滤镜后的图像效果。

素材图像

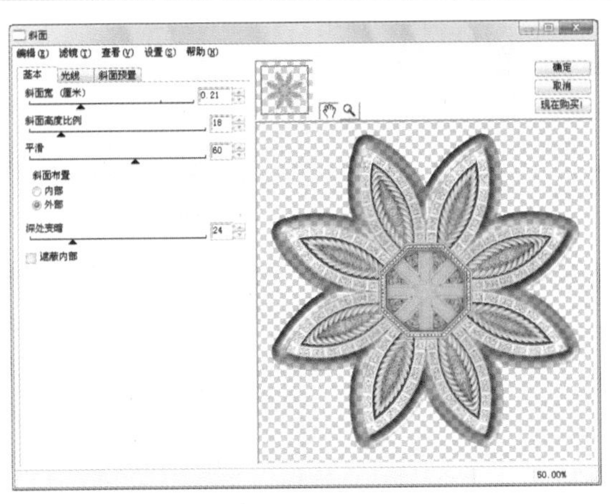

图A “斜面”对话框

图B 应用“斜面”滤镜后的效果

在“斜面”对话框的“基本”标签中，各选项的功能如下。

- 斜面宽：设置选定图像边缘的斜面宽度。
- 斜面高度比例：调整斜面凸出的高度。数值越大，投影颜色越深。
- 平滑：调整斜面的平滑度。
- 斜面布置：设置创建斜面的区域是在图像边缘的外侧还是内侧。
- 深处变暗：调整斜面的亮度。数值越大，强调效果越好。
- 遮蔽内部：选中该复选框，将未应用斜面的区域变暗。

TIPS

“斜面”对话框中的“斜面预置”标签与“铬合金”滤镜中的相似，读者可以参考“铬合金”中相关的内容介绍。

下图所示是使用“斜面”滤镜制作的不同按钮效果。

使用“斜面”滤镜制作的不同按钮效果

6.3 创建玻璃质感：Eye Candy 4000 Demo——玻璃

使用“Eye Candy 4000 Demo”中的“玻璃”滤镜，可以制作玻璃质感的图像，用户还可以制作透镜或发光的效果。打开如下左图所示的素材文件，选择花朵图像所在的图层，然后执行“滤镜→Eye Candy 4000 Demo→玻璃”命令，打开如下右图所示的“玻璃”对话框。

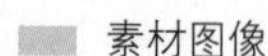
素材图像

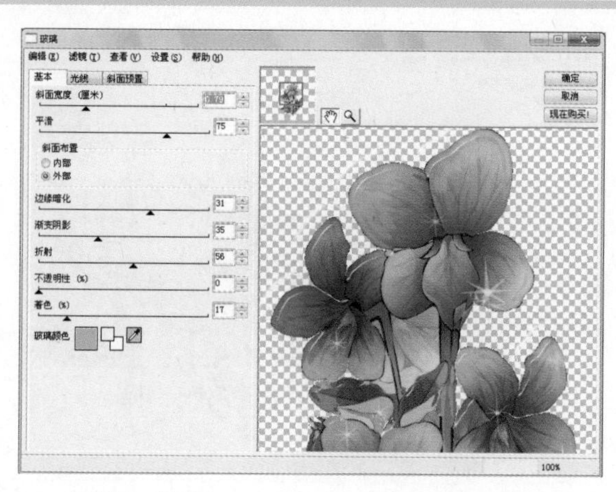

“玻璃”对话框

在“基本”标签中，各选项的功能如下。

- 斜面宽度：调整被选定图像边缘的斜面宽度。
- 平滑：调整斜面的平滑度。
- 边缘暗化：设置边角暗化的程度。
- 渐变阴影：通过在玻璃内侧添加渐变效果来表现亮度。
- 折射：通过对玻璃后面的图像添加曲折效果来歪曲图像，以表现逼真的玻璃质感。
- 不透明性：调整添加到图像上的玻璃颜色的不透明度。
- 着色：通过该选项调整内侧光的数量，以调整玻璃内侧透光的效果。
- 玻璃颜色：设置滤镜的玻璃颜色。

在“光线”标签中，可以调整玻璃的光照效果。

- 波纹厚度：调整在图像表面所要生成的水纹的厚度。
- 波纹宽度：调整在图像表面所要生成的水纹的宽度。

右图所示是为花朵和背景图像同时应用“玻璃”滤镜后产生的效果。

玻璃图像效果

6.4 制作碎片效果：Alien Skin Xenofex 2——粉碎

使用“Alien Skin Xenofex 2”中的“粉碎”滤镜，可以制作图像被撞击为碎片时的特技效果，用户可以设置图像被撞击后分离为碎片的时间、碎片大小和厚度等参数。

打开如下图A所示的素材文件，选中窗户图像所在的图层，如下图B所示，然后执行“滤镜→Alien Skin Xenofex 2→粉碎”命令，弹出如下图C所示的“粉碎”对话框。

图A 素材文件

图B 选择的图层

- 碎片大小：设置碎片的大小。数值越大，碎片越大。
- 厚度：设置碎片的厚度。数值越大，碎片越厚。
- 翻滚：设置碎片向四周翻滚的程度。
- 时间：设置产生碎片后向四周分散的时间。时间值越大，碎片分离得越开。下图所示是设置不同的“时间”参数后产生的图像效果。

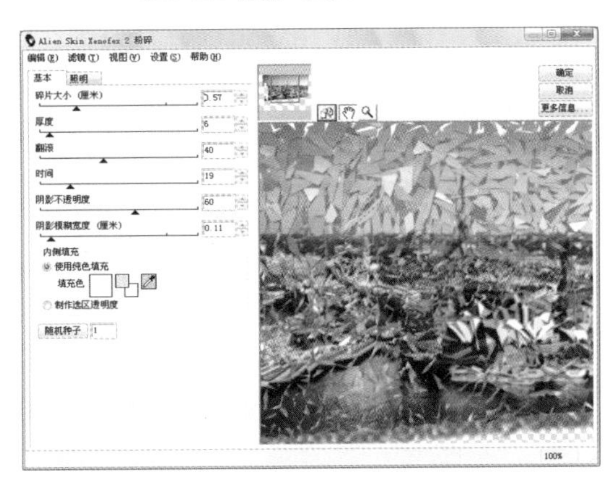

图C “粉碎”对话框

时间为14时的碎片效果

时间为60时的碎片效果

- 阴影不透明度：设置碎片阴影的不透明程度。
- 阴影模糊宽度：设置阴影被模糊的程度。
- 内侧填充：设置图像被分离为碎片后产生的空白区域的填充方式。选中“使用纯色填充”单选项，使用纯色填充空白区域。选中“制作选区透明度”单选项，将空白区域转换为透明状态，只有在选择透明图层时，该选项才可用。

6.5 制作卷起效果：Alien Skin Xenofex 2——卷边

利用“Alien Skin Xenofex 2”中的“卷边”滤镜，可以先对图像按下面左图所示进行星形分割，然后将分割后的每个部分按指定的参数设置向对应的图像边缘翻卷，从而产生卷边的效果，如下右图所示。

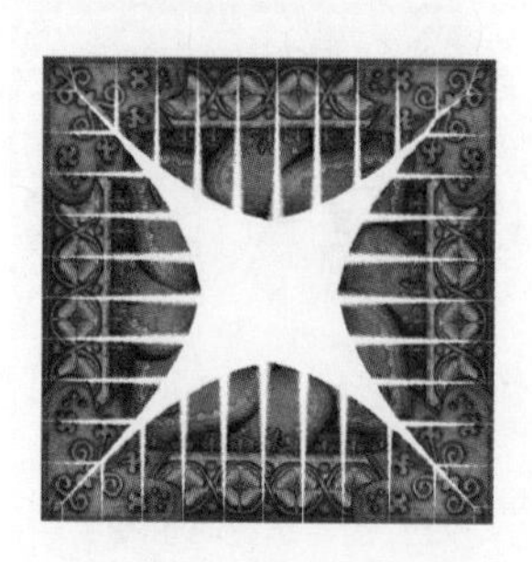

将图像作星形分割

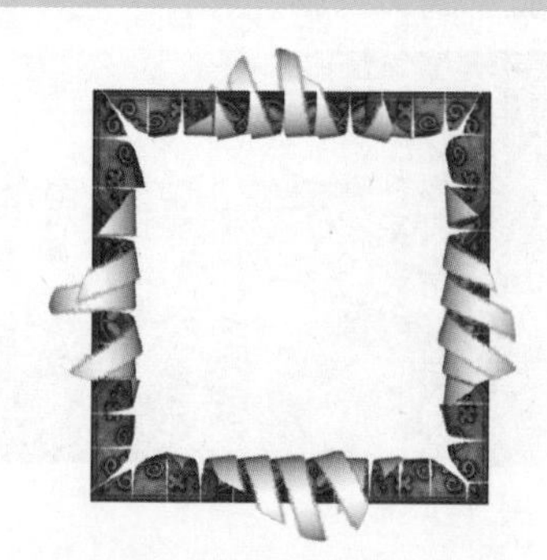

产生的卷边效果

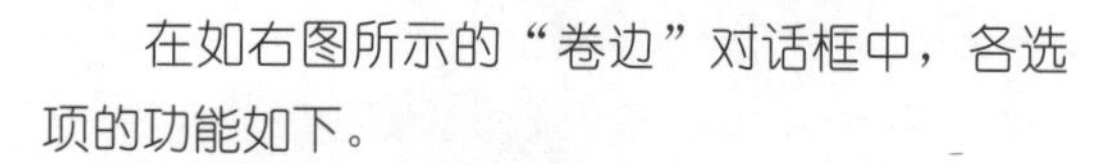

在如右图所示的“卷边”对话框中，各选项的功能如下。

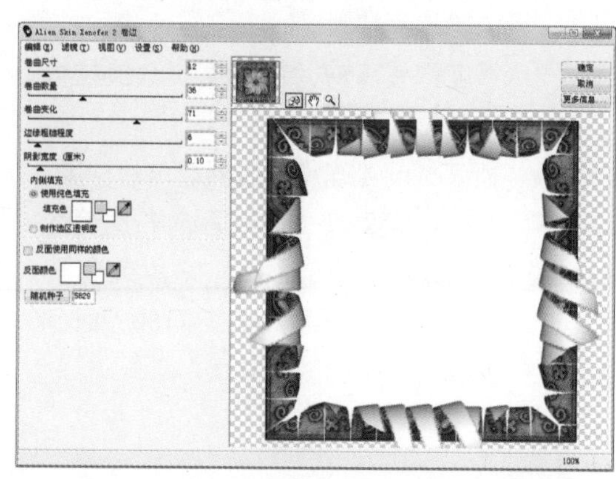

“卷边”对话框

- 卷曲尺寸：调整卷曲图像的宽度大小。
- 卷曲数量：调整图像卷曲的程度。
- 卷曲变化：调整图像在卷曲方向上的变化程度。
- 边缘粗糙程度：调整卷曲图像边缘上的粗糙程度。
- 阴影宽度：调整图像卷曲后产生的阴影的宽度。
- 内侧填充：请参考6.4节中“碎片”滤镜对应的该选项功能介绍。
- 反面使用同样的颜色：选中该项，图像卷起后的背面部分将使用当前图像进行填充。
- 反面颜色：用于设置图像卷起后看到的背面图像的填充颜色。只有取消选择“反面使用同样的颜色”复选框后，该选项才可用。

6.6 制作星座效果：Alien Skin Xenofex 2——星座

使用“Alien Skin Xenofex 2”中的“星座”滤镜，可以根据当前图像中的图像轮廓，创建夜空中的星座效果，用户可以设置星星的大小、密度和闪烁数量等。

打开如下左图所示的图像素材，然后执行“滤镜→Alien Skin Xenofex 2→星座”命令，弹出如右图所示的“星座”对话框。

图像素材

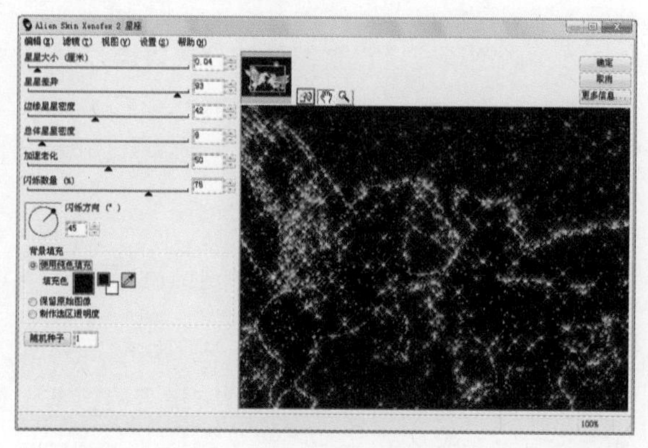

“星座”对话框

- 星星大小：设置夜空中星星的大小。数值越大，星星越大。
- 星星差异：设置随机排列的星星在大小、位置和密度等方面的差异大小。
- 边缘星星密度：设置沿图像边缘排列的星星的密度。数值越大，星星排列得越密。
- 总体星星密度：设置整个夜空中星星的密度大小。
- 加速老化：设置整个夜空中星星的不透明度。
- 闪烁数量：设置闪烁的星星的数量。
- 闪烁方向：设置星光的方向，拨动方向盘或在数值框中直接输入数值即可。
- 背景填充：设置星空背景的填充方式。选中“使用纯色填充”单选项，使用纯色进行填充，默认颜色为黑色。选中“保留原始图像”单选项，星空背景采用当前图像，如下左图所示。选中“制作选区透明度”单选项，星星的背景将为透明状态。

下图右所示是将星空背景设置为透明后创建的星座图，并与其他图像进行组合后的效果。

在原始图像上创建的星空

将星座图与其他图像进行组合后的效果

6.7 添加叠化和弦线效果：DragonFly——Sinedots II

使用“DragonFly”滤镜插件，可以在图像上添加绚丽缤纷的叠化和弦线效果，此种弦线是由很多的点按一定的规则排列而成，用户可以调整这些点排列的密度以及线条的伸展量、走向和颜色等。

打开如下左图所示的素材，执行“滤镜→DragonFly→Sinedots II”命令，弹出如下右图所示的“Sinedots II”对话框。

素材文件

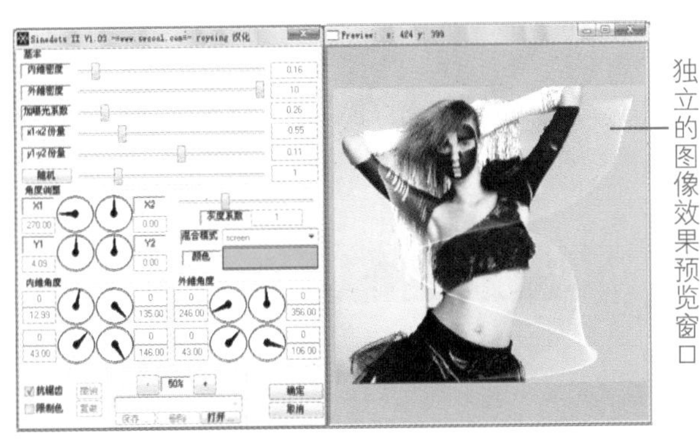

“Sinedots II”对话框

- “内维密度”和“外维密度”：用于设置组成线条的点在不同方向上排列的密度。数值越大，点之间的间距就越小，构成的线条越紧密。下图所示是设置不同密度值后产生的弦线效果。

内维密度为2，外维密度为0.13

内维密度为0.13，外维密度为2

- 加曝光系数：设置弦线颜色曝光的程度。数值越大，曝光效果越强。
- x1-x2份量：设置弦线在横轴方向扩展延伸的量。
- y1-y2份量：设置弦线在纵轴方向扩展延伸的量。
- 随机：单击该按钮，产生随机的弦线效果。拖动右边的滑块，可以调整点随机分布的程度。
- 在“角度调整”选项区域中，可以调整整个弦线的线条走向。
- “内维角度”和“外维角度”选项区域，用于调整内维和外维点分布的角度，从而改变线条的整体走向。
- 灰度系数：设置弦线的灰度系数。数值越大，线条的明亮度越高。
- 混合模式：设置弦线与背景图像混合的模式，该选项与Photoshop中的图层混合模式类似。
- 颜色：设置弦线的颜色。
- 抗锯齿：选中该复选框，消除线条中的锯齿。
- 限制色：选中该复选框，将线条的颜色限制为指定的颜色，使弦线不具有颜色的变化。下图所示为选择与取消选择“限制色”选项后的弦线效果对比。

限制色与未限制色的效果对比

- 单击“撤销”按钮，撤销上一步操作。单击“重做”按钮，恢复撤销的一步操作。
- 单击缩小 - 按钮，缩小预览窗口中的视图。单击放大 + 按钮，放大预览窗口中的视图。

6.8 制作浮雕效果：Flaming Pear——Boss Emboss

使用“Boss Emboss”中的“Boss Emboss”滤镜，可以为图像制作浮雕效果，同时还可以对浮雕效果进行软化和添加褶皱等的处理。

打开如下左图所示的素材文件，然后执行“滤镜→Flaming Pear→Boss Emboss”命令，弹出如下右图所示的“Boss Emboss”对话框。

素材文件

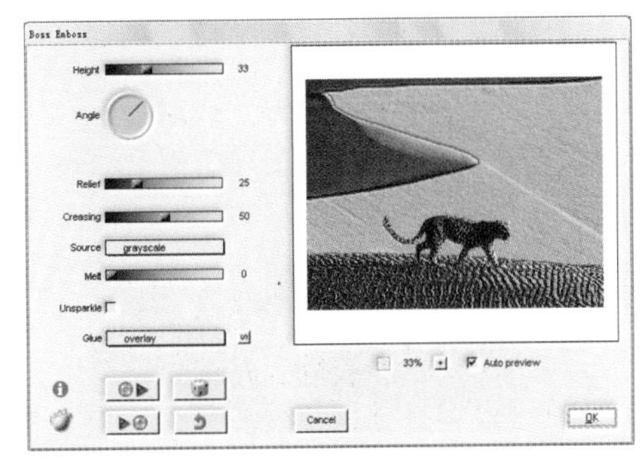

“Boss Emboss”对话框

- Height：设置图像的明亮对比度。
- Angle：设置浮雕效果中光源的角度。
- Relief：设置浮雕效果的深度。
- Creasing：设置添加褶皱效果的程度。下图所示为添加褶皱效果前后的图像对比。

Creasing值为0时的效果

Creasing值为38时的效果

- Source：选择应用浮雕效果的通道。
- Melt：设置浮雕效果的软化程度。
- Unsparkle：选中该复选框，对图像进行柔化处理，以使图像效果更为平滑。
- Glue：设置浮雕效果与原始图像混合的模式。实际上，为图像应用“Boss Emboss”滤镜（除在“Color”通道中应用该滤镜外）产生的是灰度浮雕效果，如右图所示。只是在“Glue”选项中选择与原图像混合的模式后，才会产生彩色的浮雕图像。

灰度浮雕效果

6.9 制作金属及塑胶效果：Flaming Pear——Lacquer

使用“Flaming Pear”中的“Lacquer”滤镜，可以在任何图像上制作发光的、光滑的和耀眼的金属效果，同时还可以模拟塑胶效果。

打开如下左图所示的素材文件，然后执行“滤镜→Flaming Pear→Lacquer”命令，弹出如下右图所示的“Lacquer”对话框。

素材文件

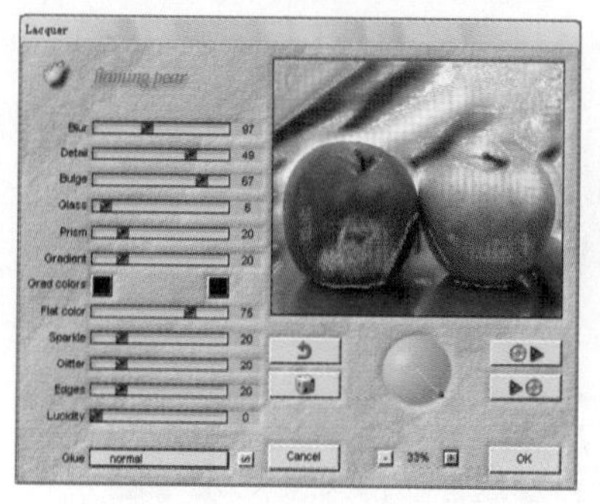

“Lacquer”对话框

- Blur：设置对“Lacquer”效果进行模糊的程度。下图所示是设置不同的“Blur”值后的图像效果。

Blur值为20

Blur值为170

- Detail：设置应用“Lacquer”效果的细节量。
- Bulge：设置凸出部分图像膨胀的量。
- Glass：设置应用玻璃效果的强度。
- Prism：设置从棱镜反射到图像上的光线强度。
- Gradient：设置按梯度变化为图像添加光影的强度。在“Grad colors”中可以设置光影的颜色。右图所示是将“Grad colors”设置为黄色和蓝色后得到的图像效果。
- Flat color：设置“Lacquer”效果中的颜色变浅的程度。
- Sparkle：设置“Lacquer”效果中凸出部分的光亮强度。数值越大，反光越强，发光效果越强烈。下图所示是设置不同“Sparkle”值后的图像效果。

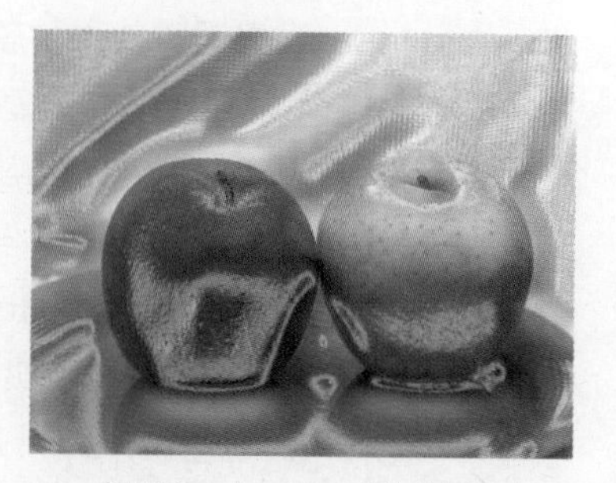

设置Grad colors后的效果

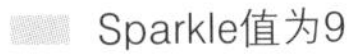
Sparkle值为9

Sparkle值为97

- Glitter：设置“Lacquer”效果中反光的强度。数值越大，反光越强。
- Edges：设置“Lacquer”效果中边角的尖锐程度。
- Lucidity：设置图像上所应用“Lacquer”效果的不透明度。
- 单击 按钮，可以直接应用随机的“Lacquer”效果。
- Random settings：拖动转盘上的黑色小圆点，可以任意调整应用到图像上的“Lacquer”效果。

6.10 创建金属外形：Flaming Pear——Silver

“Flaming Pear”中的“Silver”滤镜，用于制作闪光的金属外形，使图像如同被镶嵌在金属框架中一样。打开如下左图所示的素材，然后执行“滤镜→Flaming Pear→Silver”命令，弹出如下右图所示的“Silver”对话框。

素材文件

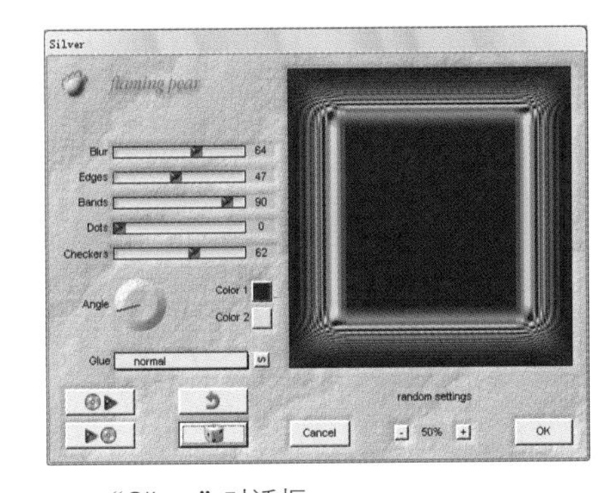

“Silver”对话框

- Blur：设置图像边缘被模糊的程度。数值越大，模糊越强，所产生的边框就越宽。下图所示是设置不同“Blur”值后产生的边框效果。

Blur值为38

Blur值为89

- Edges：设置边框边角处的尖锐程度。
- Bands：设置边缘嵌条的清晰程度。
- Dots：设置边缘四周的句点向图像中心扩展的程度。
- Checkers：设置将边框线条创建为栅格图案的程度。
- Angel：设置边框中嵌条的角度走向，以改变图案的外观效果。
- “Color 1”和“Color 2”：用于设置金属外观中的前景色与背景色。
- Glue：用于设置金属外观与原始图像进行混合的模式。下图左所示是将“Glue”设置为“Add”后的效果。下图右所示是将“Glue”设置为“vivid b”后的效果。

“Glue”为“Add”的效果

“Glue”为“vivid b ”的效果

6.11 创建3D斜面效果：Flaming Pear——SuperBladePro

“Flaming Pear”中的“SuperBladePro”滤镜是一个Photoshop三维效果插件，它通过创建倾斜的边缘和表面纹理，使图像产生斜面、纹理和镜面反射等多种类型的三维效果，并可以控制效果中的光源、色泽、色彩和玻璃等质感。另外，在“SuperBladePro”中还可以导入用户预设的效果，以达到更加完美的状态。

打开如下左图所示的素材图像，然后执行“滤镜→Flaming Pear→SuperBladePro”命令，弹出如下右图所示的“SuperBladePro”对话框。

图像素材

“SuperBladePro”对话框

- Shape：单击其右边的方块，在弹出的列表中可以选择3D斜面的外形。
- 单击预览窗口左边上方的方块，在弹出的列表中可以选择应用到3D斜面中的纹理样式，其下方的缩览图用于放大显示纹理的局部。在该缩览图中拖动鼠标可以平移视图，以察看不同位置上的纹理。拖动下方的滑块，可以缩放应用到斜面中的纹理大小，如下图所示。

缩放值为8的效果

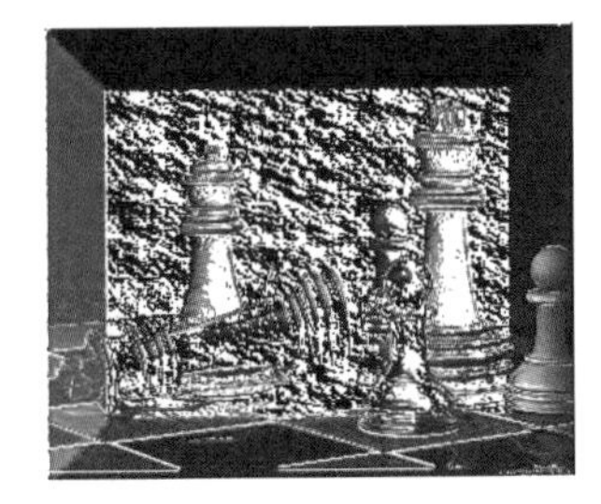
缩放值为68的效果

- 单击缩放滑块下方的方块，在弹出的对话框中可以选择一个“.bmp”格式的图像文件，以设置图像中的环境效果。单击按钮，可以将导入的“.bmp”格式的图像按顺时针方向旋转。单击按钮，可以调整3D斜面与原始图像混合的模式。
- Radius：设置3D斜面的范围大小。
- Height：设置3D斜面凸出或凹陷的高度。
- Smoothness：设置3D斜面边角的平滑度。
- Texture：设置应用到3D斜面中的纹理的清晰度。
- Gloss：设置3D斜面的光泽程度。数值越大，光泽度越高。
- Embossing：设置应用到3D斜面中的压纹的深浅程度。
- Glare：设置3D斜面效果中的光亮度。
- Reflection：设置3D斜面的反光程度。
- Glassiness：设置3D斜面的玻璃质感。数值越大，玻璃质感越强。下图所示是在纹理列表中选择第一种纹理样式并设置不同Glassiness值后的效果。

Glassiness值为5

Glassiness值为95

- Caustic：设置3D斜面被腐蚀的程度。
- Iridescence：设置添加到效果环境中的彩虹色的不透明程度。
- Iri colors：选择添加到效果环境中的彩虹色的色系，右图所示是选择绿色系后应用到3D斜面中的环境颜色。

调整后3D斜面中的环境颜色

- Lights：设置应用到3D斜面效果中的光源颜色、方向、强度和照射范围。左边的滑块和方向盘用于设置亮光的光源，右边的滑块和方向盘用于设置阴影的光源。滑块用于调整光源的强度，下方的色块用于设置光源的颜色，方向盘用于调整光源的方向和照射范围。下图所示是光源设置及产生的斜面效果。

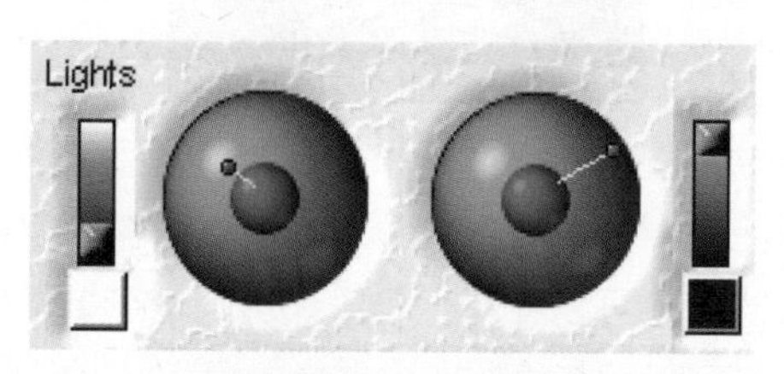

光源设置及产生的斜面效果

- Rain：设置该选项，可以使图像产生被雨水冲刷后的效果。数值越大，雨水冲刷的痕迹越明显。下图所示是将“Rain”值设置为52后的图像效果。
- Evaporation：通过该选项，可以设置雨水被蒸发的程度。下图所示是将“Evaporation”值设置为30后的图像效果。
- Diffusion：设置雨水在斜面上扩散的范围。数值越大，扩散越开，雨水往下流的距离就越短。下图所示是将“Diffusion”值设置为5的图像效果。

“Rain”值为52的效果

“Evaporation”值为30的效果

“Diffusion”值为5的效果

- Wander：设置雨水往下流时蜿蜒错列的程度。
- Dust：设置3D斜面上积灰的厚度。数值越大，所积的灰尘越多。下图所示是将“Dust”值设置为92后的效果。
- Grit：设置纹理中沙粒的粗细程度。数值越大，颗粒越大。
- Tarnish：设置3D斜面效果中的光泽程度。数值越大，光泽越强，反之光泽越弱。
- Abrasion：设置斜面被磨损的程度。数值越大，磨损越大。
- Moss：设置斜面上长苔藓的程度。
- Leakiness：设置苔藓向四周延伸的范围。
- Blotches：设置斜面被弄脏后出现的斑点的数量。
- Blotch size：设置斑点的尺寸大小。下图所示是各选项设置及产生的图像效果。

“Dust”值为92的效果

Tarnish	47
Abrasion	68
Moss	43
Leakiness	43
Blotches	39
Blotch size	36

选项参数设置

产生的斜面效果

6.12 为图像创建表面材质：KPT 6——Materializer

使用“KPT Materializer”滤镜可以在图像表面创建多样的材质，并且可以在图像表面赋予浮雕、歪曲或反射效果，同时还可以任意调整图像中的灯光，以制作出梦幻般的材质。

执行“滤镜→KPT 6→Materializer”命令，弹出右图所示的“KPT 6 Materializer”对话框。

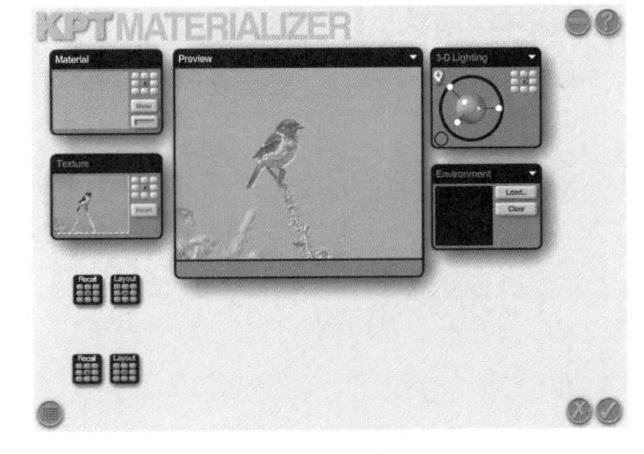

“KPT 6 Materializer”对话框

在如下图A所示的“Material”面板中，可以设置表面材质的颜色和特性，各选项的功能如下。

- Metal：设置金属或塑胶材质。下方的▬色块用于设置材质的颜色。
- Tint Amount：调节基本颜色在表面材质中所占的比例。
- Texture Depth：设置表面材质的深度。
- Distort Amount：调整表面材质扭曲的程度。
- Environment Blend：设置从外部导入的贴图纹理和原贴图混合的程度。只有在通过“Environment”菜单中导入外部文件时才能设置。

在如下图B所示的“Texture”面板中，可以设置表面材质的形态，各选项的功能如下。

- Invert：反转材质。
- Texture Map：从外部导入材质图像或参照原图像的颜色、色彩、亮度构成材质的形状。
- Horizontal Offset：将材质向水平方向移动。
- Vertical Offset：将材质向垂直方向移动。
- Scale：调整材质的大小。
- Rotate：旋转材质。
- Smoothing：调整材质的柔和度。

在如下图C所示的“Environment”面板中，可以从外部导入图像文件，制作新贴图，该面板中各选项的功能如下。

- Load：单击该按钮，导入外部图像文件。
- Clear：单击该按钮，删除导入的图像文件。

在如下图D所示的“3-D Lighting”面板中，可以设置三维灯光效果，该面板中各选项的功能如下。

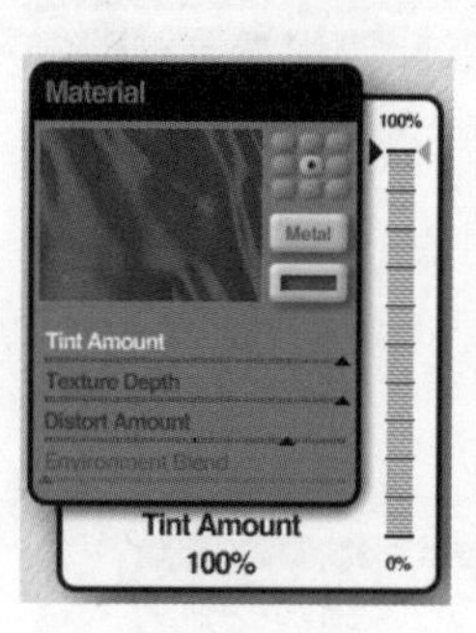

图A Material

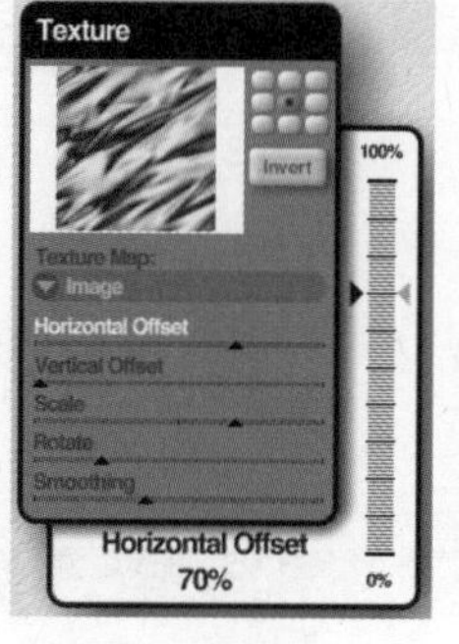

图B Texture

图C Environment

图D 3-D Lighting

- 单击图标，为图像添加光源。
- 拖动球形上的各个支点，可以调整各个光源的方向和位置。拖动球体，可以调整各个光源的立体灯光效果。
- 在小圆形色块上按下鼠标左键不放，可以从弹出的颜色条上选择光源的颜色。
- Light Brightness：设置灯光的亮度。
- Highlight Sheen：调整高亮区的亮度。
- Highlight Spread：调整高亮区的范围。
- Load preset：导入资料库中的灯光效果。
- Saver Preset：保存资料库中的灯光颜色。
- 单击F↔B按钮，设置光线的位置。
- 单击按钮，可以打开或者关闭选定的光源。
- 单击按钮，设置光源的柔和度。

下图左所示是原图像，下图右所示是为图像应用“Materializer”滤镜后的效果。

原图像

应用“Materializer”滤镜后的图像

6.13 制作水滴、玻璃和水晶特效：Panopticum——Panopticum Lens Pro III

使用“Panopticum”中的“Panopticum.Lens.Pro.III.v3.6”滤镜，可以制作水滴、玻璃和水晶等特效。用户可以设置这些特效的外形、光照、反射、粒子运动规律以及破碎后的效果等。

打开如下左图所示的素材文件，然后执行“滤镜→Panopticum→LensProIII”命令，弹出如下右图所示的“Panopticum Lens Pro III”对话框设置。

素材文件

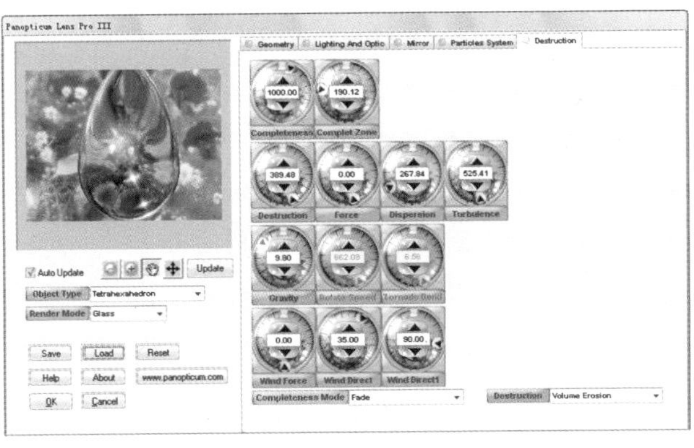

“Panopticum Lens Pro III”对话框

- Object Type：在其下拉列表中可以选择制作的特效对象的类型。其中包括椭圆、方形、圆环面、星形、立方体、锥形、水滴形以及3D形状等。下图所示是设置为水滴和星形后的效果。

水滴效果

星形效果

- Render Mode：设置创建特效对象的模式。包括Wire（金属丝）、Solid（固体）和Glass（玻璃）三种模式，效果如下图所示。

Wire效果

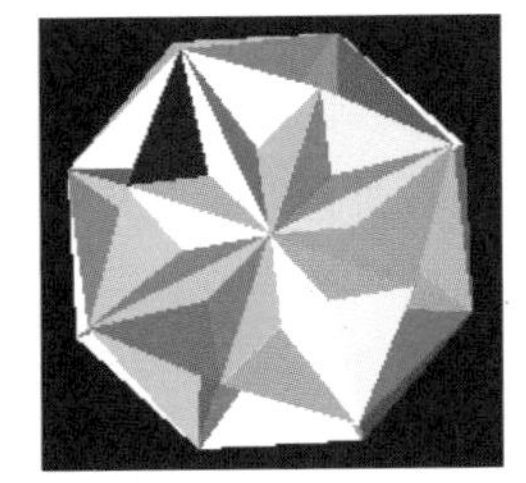

Solid效果

Glass效果

- 单击 Save 按钮，将效果保存为预置文件。单击 Load 按钮，载入保存的预置效果文件。单击 Reset 按钮，重新设置选项参数。

在“Panopticum Lens Pro III”对话框中，根据所选的特效对象的外形不同，会提供相应的选项设置。下面以在“Object Type”中选择“Star”类型为例，介绍该对话框中各选项的功能。下面首先介绍下图所示的“Geometry”标签。

- Size：设置特效对象的大小。用户可以单击转盘上的上下方向键或者拨动刻度来调整参数的大小，也可以直接在数值框中更改当前参数值。
- Line Width：调整特效对象的水平或垂直宽度。当该值为正值时，调整水平方向的宽度；当该值为负值时，调整垂直方向的宽度。
- X-Rotation：调整特效对象旋转的角度，以按指定的角度察看特定的面，如下图A所示。
- Y- Rotation：调整特效对象进行3D旋转的角度，如下图B所示。

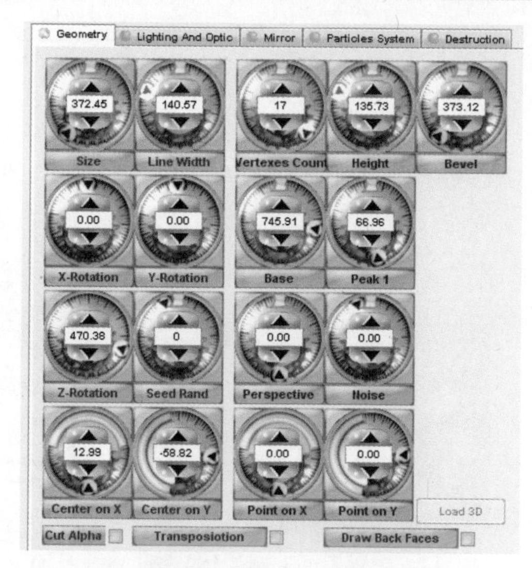

"Star"类型下的"Geometry"标签选项

- Z-Rotation：调整特效对象旋转的角度，而不改变透视角度，如下图C所示。

原图像

图A X-Rotation

图B Y- Rotation

图C Z-Rotation

- Center on X：设置特效对象在水平方向偏移的距离。
- Center on Y：设置特效对象在垂直方向偏移的距离。
- Vertexes Count：设置特效对象的边角数量。
- Height：设置特效对象的厚度。
- Bevel：设置特效对象的斜角向内或向外伸展的范围。当该值小于500时，斜角向外伸展；当该值大于500时，斜角向内伸展。
- Base：设置特效对象斜角以外的底部的范围大小。
- Peak 1：设置特效对象底部的斜面凸起或凹陷的程度。
- Perspective：设置特效对象中应用的透视角度的视点位置。
- Noise：使特效对象产生轻微的歪曲。
- Point on X：设置特效对象在横轴上适当扭曲的程度。
- Point on Y：设置特效对象在纵轴上适当扭曲的程度。
- Cut Alpha：选中该复选框，将创建的特效对象以外的图像全部剪切掉，从而显示出原始图像，如下左图所示。
- Transposiotion：选中该复选框，使特效对象发生角度的变换。
- Draw Back Faces：选中该复选框，将背面的特效对象效果显示出来，效果如下右图所示。

显示原始图像的特效

特效对象的背景效果

在如右图所示的“Lighting And Optic”标签中，各选项的功能如下。

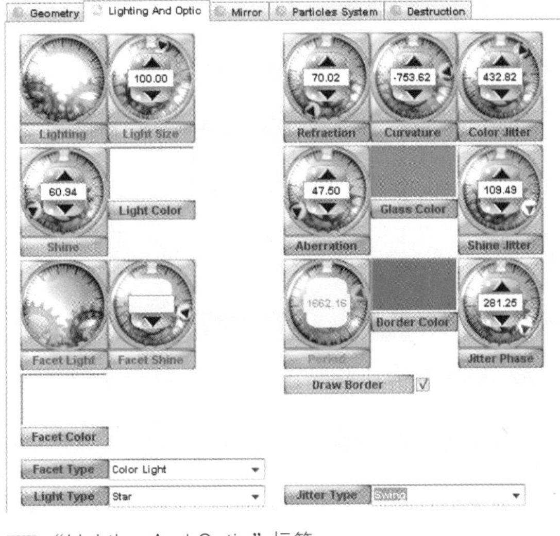

“Lighting And Optic”标签

- Lighting：在转盘上单击或拖动鼠标，可以调整特效对象中的照明效果。
- Light Size：设置光照的强度。数值越大，光照越强。
- Shine：设置特效对象中的光泽强度。
- Light Color：设置光源的颜色。
- Facet Light：设置多面体特效对象中的光照范围。
- Facet Shine：设置多面体特效对象中单个面的光泽度。
- Refraction：设置多面体特效对象中的折射效果。
- Curvature：设置多面体特效对象的斜面的曲率。
- Aberration：调整玻璃多面体特效对象中折射的原始图像的缩放比例。
- Glass Color：设置玻璃的颜色。
- Draw Border：选中该复选框，使用线条勾勒多面体特效对象中各个面的轮廓，如右图所示。此时可以在“Border Color”选项中，设置用于勾勒轮廓的线条颜色。

使用线条勾勒轮廓的效果

- Facet Color：设置多面体特效对象中刻面的颜色。
- Facet Type：设置刻面的光照类型。
- Light Type：设置整个特效对象的光照类型。
- Jitter Type：设置散射到多面体各个面中的散光类型。除了选择“None”选项外，用户可以在出现的“Shine Jitter”选项中设置散光的光亮度，在“Jitter Phase”选项中指定散光的位置和状态。

在如下图所示的“Mirror”标签中，各选项的功能如下。

“Mirror”标签

- 单击 Load Picture 按钮，可以载入一张“.bmp”格式的图像反射到特效对象中。
- Use Mirror：选中该复选框，使用反射镜创建反射效果，此时该标签中的其他选项都将被激活。下图所示是选中“Use Mirror”选项前后的效果对比。

选中“Use Mirror”选项前后的效果对比

- Tesselation：选中该复选框，使用镶嵌式铺装整个特效对象。
- Mirror Mode：设置反射镜的类型。
- X-Offset：设置特效对象中的反射图像在水平方向上的偏移量。
- Y- Offset：设置特效对象中的反射图像在垂直方向上的偏移量。
- Blend：设置反射图像混合在特效对象中的不透明度。
- Value：设置反射图像在特效对象中混合的方位。
- Screen Mode：设置反射图像以屏幕模式混合到特效对象中的程度。只有在“Mirror Mode”中选择“Screen Mode”选项时，该选项才能发挥作用。
- Thickness：设置反射图像的浓度。

在“Particles System”标签中，各选项的功能如下。

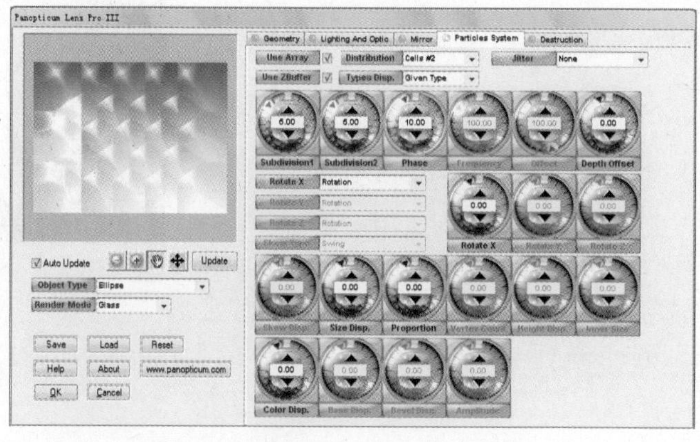

“Particles System”标签

- Use Array：选中该复选框，应用粒子编排效果。
- Use ZBuffer：选中该复选框，产生交错层叠的排列效果。
- Distribution：选择粒子排列的类型。下图所示是粒子的不同排列效果。

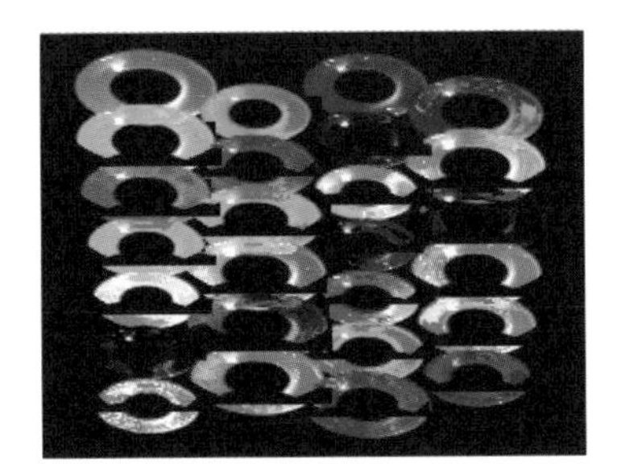
Cells #3排列效果

Radial #1排列效果

- Types Disp：选择生成粒子的方式。
- Jitter：设置粒子随意排列的类型。
- “Subdivision 1”和“Subdivision 2”：用于设置粒子被细分后的数量。
- Phase：设置粒子的状态和位置。
- Frequency：设置粒子按指定类型排列的曲率。只有“Jitter”不被设置为“None”时，该选项才可用。
- Offset：设置粒子偏移的量。
- Depth Offset：设置粒子偏移的深度。
- “Rotate X”、“Rotate Y”和“Rotate Z”：设置粒子旋转的类型和角度。
- Skew Type：设置粒子歪斜的类型。
- Skew Disp：设置粒子的歪斜度。
- Size Disp：设置粒子歪斜的尺寸。
- Proportion：设置粒子分布的均衡度。
- Vertex Count：设置粒子的顶点值。
- Height Disp：设置粒子的高度值。
- Inner Size：设置粒子的内部尺寸大小。
- Color Disp：设置散射到粒子中的颜色。
- Base Disp：设置粒子的底部。
- Bevel Disp：设置粒子的斜角。
- Amplitude：设置粒子的振幅。

“Destruction”标签用于为多面体特效对象制作被毁坏后产生的飞散碎片的效果，只有在“Object Type”中选项各类多面体类型时，该标签选项才能被激活。“Destruction”标签如右图所示，各选项功能如下。

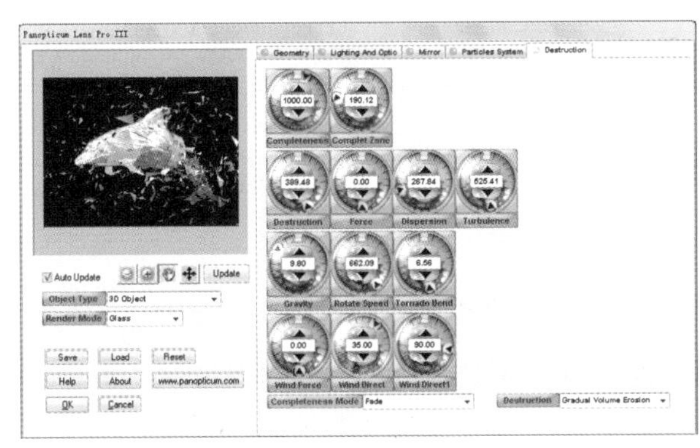

“Destruction”标签

- Completeness：设置特效对象被毁坏后的完整程度。
- Complet Zone：设置用线条勾勒特效对象的完整程度。
- Destruction：设置特效对象被毁坏的程度。
- Force：设置生成的碎片的数量。
- Dispersion：设置碎片飞散的范围。
- Turbulence：设置碎片飞散时的紊乱程度。
- Gravity：设置地球引力的强度，从而影响碎片飞散的效果。
- Rotate Speed：设置碎片向四周飞散的速度，从而影响碎片扩散的范围。
- Tornado Bend：设置外界环境中龙卷风的卷曲强度，从而影响碎片飞散的效果。
- Wind Force：设置外界环境中风的强度。
- “Wind Direct”和“Wind Direct 1”：用于设置外界环境中风的两种走向。
- Completeness Mode：设置创建破坏效果的模式。
- Destruction：选择特效对象被毁坏的方式，以产生不同的碎片飞散效果，效果如下图所示。

“Erosion”效果

“Gradual Tornade”效果

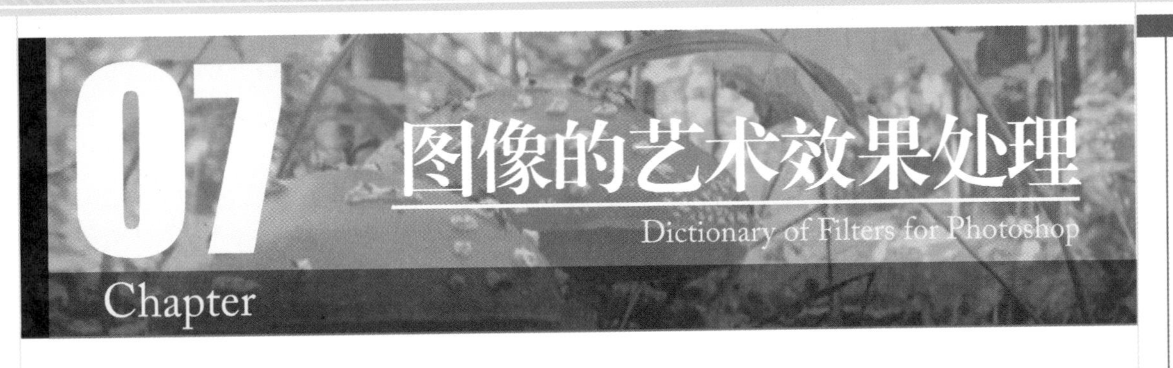

所谓图像的艺术效果处理，就是通过艺术化的表现和处理手法，增强图像在艺术和美学上的视觉感染力，提升图像所要带给读者的深层意蕴和审美价值。对图像的艺术效果处理主要表现在对一些比较有文化内涵、艺术背景的对象进行主题的渲染，以着重表现这些对象特有的气质。

7.1 创建镜子映像效果：The Plug-in Site——Instand Mirror

使用“The Plug-in Site”插件中的“Instand Mirror”滤镜，可以使图像产生类似镜子映像的奇异效果。打开如下图所示的素材，执行“滤镜→The Plug-in Site→Instand Mirror”命令，打开如右图所示的“Instand Mirror”对话框。

素材文件

“Instand Mirror”对话框

在“Instand Mirror”对话框的下拉列表中，提供了12种不同的效果类型，不同类型的功能效果如下。

- Vertical Right：将图像垂直映射到原始图像的右边，并与原始图像产生自然融合，效果如下图A所示。
- Vertical Left：将图像垂直映射到原始图像的左边，并与原始图像产生自然融合，效果如下图B所示。
- Horizontal Top：将图像水平映射到原始图像的顶部，并与原始图像产生自然融合，效果如下图C所示。
- Horizontal Bottom：将图像水平映射到原始图像的底部，并与原始图像产生自然融合，效果如下图D所示。
- Quadrant NW：使图像按南北方向产生象限分割映射，并与原始图像产生自然融合，效果如下图E所示。

- Quadrant NE：使图像按东北方向产生象限分割映射，并与原始图像产生自然融合，效果如下图F所示。
- Quadrant SE：使图像按东南方向产生象限分割映射，并与原始图像产生自然融合，效果如下图G所示。
- Quadrant SW：使图像按西南方向产生象限分割映射，并与原始图像产生自然融合，效果如下图H所示。
- Crossing Left：将图像按左边与原始图像产生交叉映射，并与原始图像产生自然融合，效果如下图I所示。
- Crossing Top：将图像按顶部与原始图像产生交叉映射，并与原始图像产生自然融合，效果如下图J所示。
- Crossing Right：将图像按右边与原始图像产生交叉映射，并与原始图像产生自然融合，效果如下图K所示。
- Crossing Bottom：将图像按底部与原始图像产生交叉映射，并与原始图像产生自然融合，效果如下图L所示。

图A Vertical Right　图B Vertical Left　图C Horizontal Top　图D Horizontal Bottom

图E Quadrant NW　图F Quadrant NE　图G Quadrant SE　图H Quadrant SW

图I Crossing Left　图J Crossing Top　图K Crossing Right　图L Crossing Bottom

7.2 制作铁锈效果：Alien Skin Eye Candy5：Nature——Rust

使用“Alien Skin Eye Candy5：Nature”插件中的“Rust”滤镜，可以为图像添加锈迹斑斑的铁锈效果。打开如下左图所示的素材，将需要添加铁锈的图像创建为选区，然后执行“滤镜→Alien Skin Eye Candy5：Nature→Rust”命令，打开如右图所示的“Rust”对话框。

素材文件

“Rust”对话框

在“Setting”标签中，可以选择预设的“Rust”效果。在“Basic”标签中，可以对“Rust”效果的基本参数进行设置，各选项的功能如下。

- 选中“Create Output In New Layer Above Current”复选框，将生成的铁锈效果创建在新的图层中，新的图层为当前图层的上一层，图层名称默认为“Rust”。
- Feature Size：设置锈斑的形体大小。数值越大，锈斑越大。
- Coverage：设置铁锈覆盖当前图像的范围。数值越大，锈斑越多。
- Edge Roughness：设置锈斑边缘的粗糙程度。
- Soften Spots：设置斑点柔化的程度。数值越大，锈斑的柔化效果越明显。
- Texture Variation：设置锈斑中的纹理。数值越大，锈斑中的纹理越多。
- Rust Color：设置铁锈的颜色。
- Draw Water Streaks：选中该复选框，生成铁锈被水冲洗后形成的水痕效果。下图所示是选中“Draw Water Streaks”复选框前后的效果对比。

选中“Draw Water Streaks”复选框前后的效果对比

- Streak Length：设置水痕的长度。数值越大，水痕越长。
- Streak Opacity：设置水痕的不透明度。数值越小，水痕越透明。
- Seamless Tile：选中该复选框，产生无缝拼接的锈斑效果，此时将自动取消铁锈中的水痕效果，如右图所示。

无缝拼接的铁锈效果

7.3 模拟图片被弄脏的效果：Alien Skin Xenofex 2——污染

“Alien Skin Xenofex 2”插件中的“污染”滤镜，可以使图像产生被污染后发脏和边缘卷曲的效果，同时还可以模拟老照片效果。打开如下左图所示的素材，执行“滤镜→Alien Skin Xenofex 2→污染”命令，打开如下右图所示的“污染”对话框。

素材文件

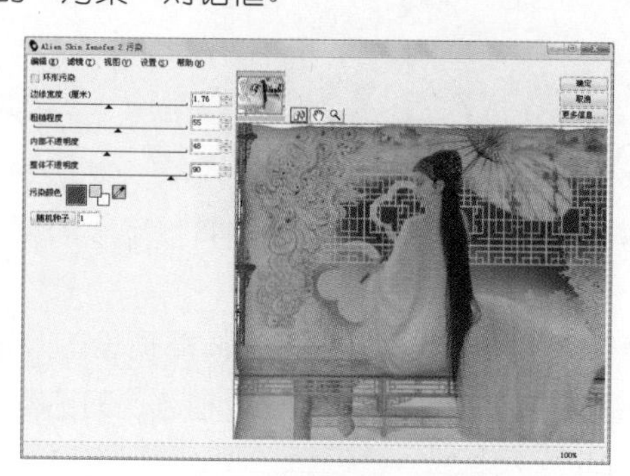

“污染”对话框

- 环形污染：选中该复选框，沿图像边缘产生一圈被污染的效果。未选中该复选框，则使整个图像产生被污染的效果。
- 边缘宽度：设置污染效果中边缘的宽度，下图所示分别是该值为0.5和2.7时的效果。

边缘宽度为0.5时的效果

边缘宽度为2.7时的效果

- 粗糙程度：设置污染效果中边缘的粗糙程度，下图所示为该值分别为40和90时的效果。

粗糙程度为40时的效果

粗糙程度为90时的效果

- 内部不透明度：设置污染效果内部的不透明度，而不对污染效果的边缘起作用。
- 整体不透明度：设置污染效果整体的不透明度。右图所示是将内部不透明度设置为20，整体不透明度设置为90的效果。
- 污染颜色：设置产生污染效果的颜色。

设置内部不透明度和整体不透明度后的效果

7.4 模拟纸张折皱效果：Alien Skin Xenofex 2——折皱

使用“Alien Skin Xenofex 2”插件中的“折皱”滤镜，可以使表面平展的图像产生折皱的纸质效果。打开如下左图所示的素材，选择需要应用褶皱效果的图层，然后执行“滤镜→Alien Skin Xenofex 2→折皱”命令，打开如下右图所示的“折皱”对话框。

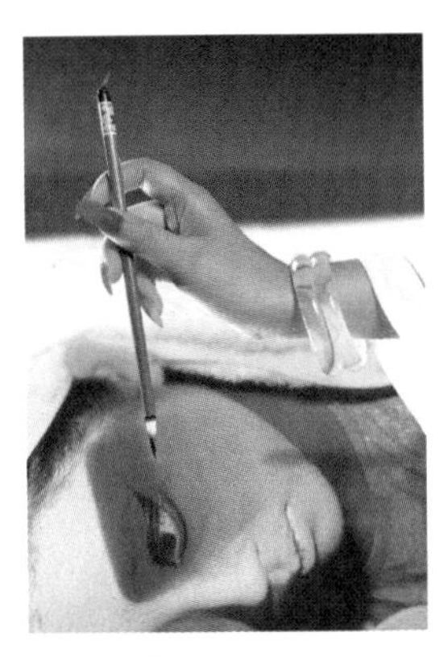

素材文件

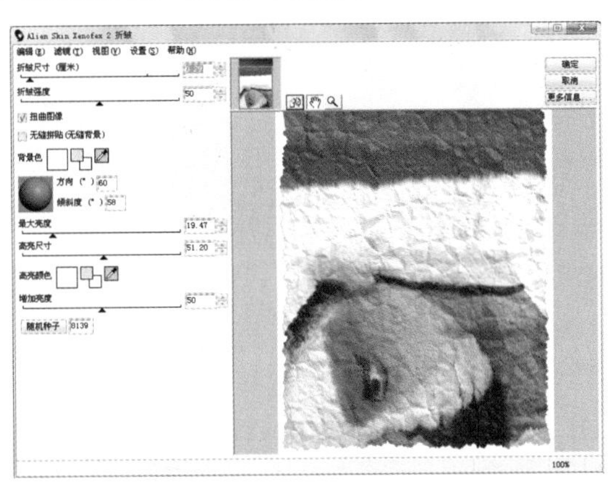

“折皱”对话框

- 折皱尺寸：设置所生成的折皱的尺寸大小。
- 折皱强度：设置折皱的强度。数值越大，生成的折皱效果越明显。
- 扭曲图像：选中该复选框，原始图像随折皱同时产生扭曲变形。反之则不变。
- 无缝拼贴：选中该复选框，使图像填满整个画面背景。
- 背景色：在不选中“无缝拼贴”复选框时，图像背景的边缘会有部分留白，通过该选项，可以设置填充背景的颜色。
- “方向”和“倾斜度”：设置画面中的光源的方向和倾斜度。
- 最大亮度：设置折皱中的最大亮度大小。
- 高亮尺寸：设置折皱中的高亮度所覆盖的范围。
- 高亮颜色：设置折皱中的高亮颜色。
- 增加亮度：调整折皱效果的整体明亮度。

右图所示是为图像添加折皱后的整体效果。

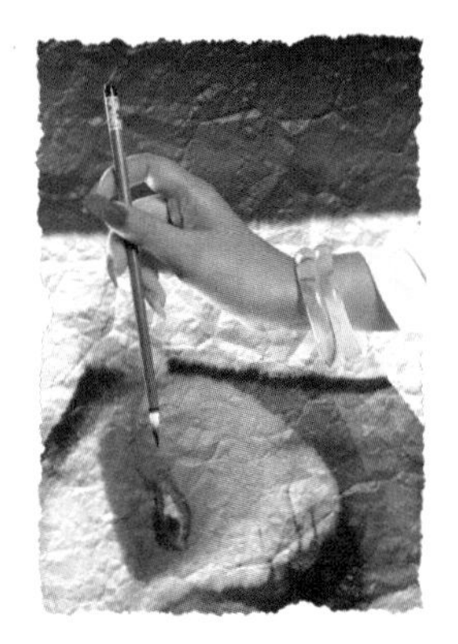

添加折皱后的整体效果

7.5 为图像边缘制作特效：Auto FX Software——PGE 5.0

使用“Auto FX Software”插件中的“PGE 5.0”滤镜，可以为图像边缘制作毛边、撕裂状、火烧、底片边、不规则边等100多种特殊边缘效果，使图像产生丰富的艺术美感。

打开一张素材文件，执行“滤镜→Auto FX Software→PGE 5.0”命令，打开如下左图所示的“PGE 5.0”对话框。单击该对话框中的“PhotoGraphic”按钮，展开如下右图所示的选项，其中包括4大类视觉特效，各类特效的作用如下。

"PGE 5.0"对话框

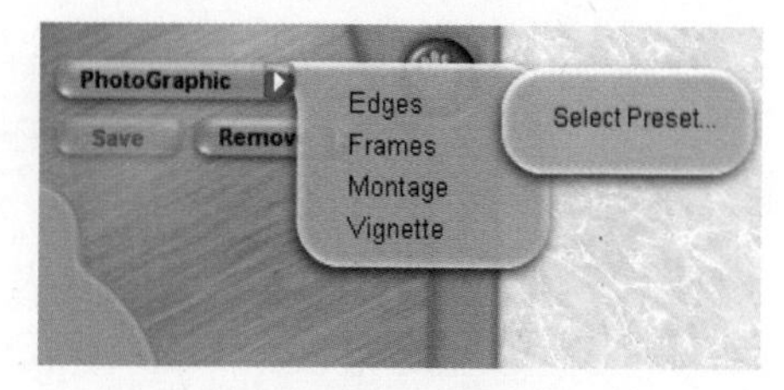

"PGE 5.0"中的4大类特效

"Edges"类特效用于为图像边缘创建艺术化效果，如不规则边缘、匀染描边效果等。依次展开"PhotoGraphic\Edges\Select Preset"选项，弹出如下左图所示的对话框，其中提供了22种预设的边框特效，用户可以在这些预设效果的基础上对边框进行进一步的编辑，如下右图所示是选择"Cloned Flowers.jqp"选项后的效果。

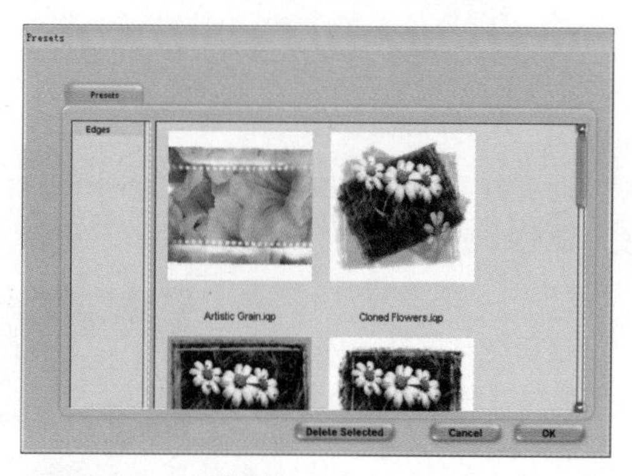

"Presets"对话框

选择"Cropped.jqp"后的效果

在如右图所示的"Edges"面板中，包含了效果控制标签、外观控制标签、环境控制标签和照明控制标签。

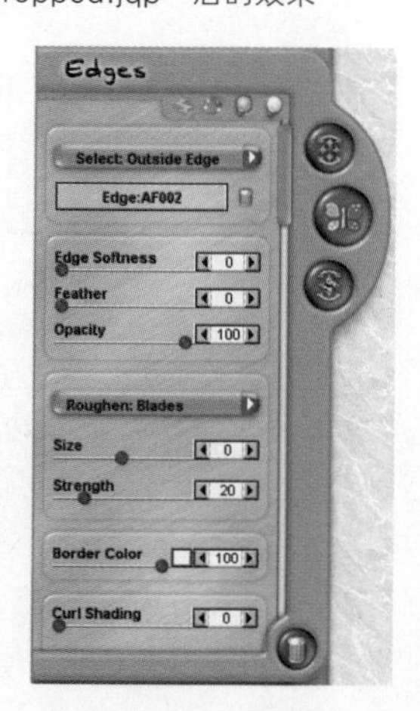

"Edges"面板

在效果控制标签中，各选项的功能如下。

- 单击"Select"按钮，选择"Open Dialog"命令，可以选择用于创建艺术边框的图像。
- Edge Softness：设置边缘的柔和程度。
- Feather：设置边缘的羽化程度。
- Opacity：设置边框及图像的不透明度。
- Roughen：选择使边缘变粗糙的方式。

- Size：设置使图像边缘变粗糙的尺寸大小。
- Strength：设置图像边缘的粗糙程度。
- Border Color：设置边界的颜色。
- Curl Shading：设置卷曲处的阴影强度。

外观控制标签选项

在如右图所示的外观控制标签中，各选项的功能如下。

- 单击“Target Background”按钮，可以选择所要调整的目标对象，包括边框效果和图像的背景。
- 单击“Fill With Texture”按钮，可以选择填充背景图像或边框效果的方式。选择“None（无）”选项，填充对象为透明；选择“Color（颜色）”选项，填充对象为指定的颜色；选择“Texture（纹理）”选项，填充对象为指定的纹理，此时将弹出“Catalog”对话框，在其中可以选择预设的纹理，如下左图所示，应用纹理后的背景效果如下右图所示。

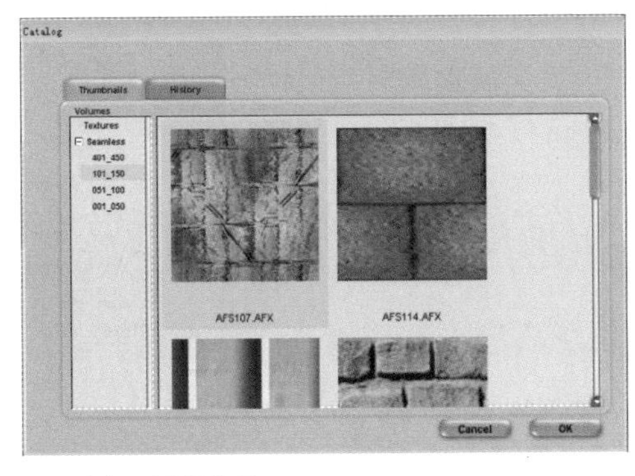

选择预设的纹理

应用纹理后的背景效果

- Fill Color：设置填充对象的颜色。拖动该选项滑块，可以调整所填充颜色的不透明度。
- Opacity：设置所应用纹理的不透明度。
- Hue：设置所应用纹理的色相。
- Saturation：设置所应用纹理的色彩饱和度。
- Luminance：设置所应用纹理的亮度。
- Softness：设置对纹理进行柔化的程度。
- Orientation：设置对纹理进行旋转的方向。
- Texture：单击该按钮，可以选择应用到图像或背景中的纹理样式。
- Texture Strength：设置纹理的强度。
- Imprint Size：设置纹理的尺寸大小。

在如下左图所示的环境控制标签中，各选项的功能如下。

- Light Tile：单击该按钮，可以选择对所选对象进行照明的方式。选择“Load”选项，可以载入预设的灯光效果，如下右图所示。

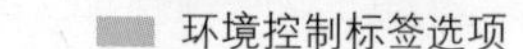
环境控制标签选项

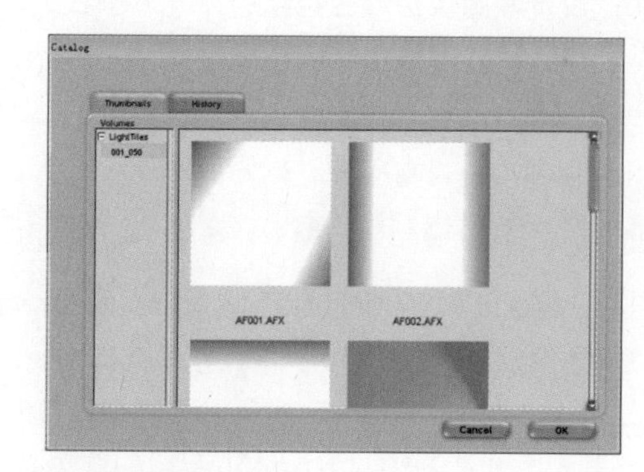

预设的灯光效果

- Opacity：设置所应用的照明效果的不透明度。
- Softness：设置对照明效果进行柔化的程度。
- Orientation：设置对照明效果进行旋转的方向。

在如右图所示的照明控制标签中，各选项的功能如下。

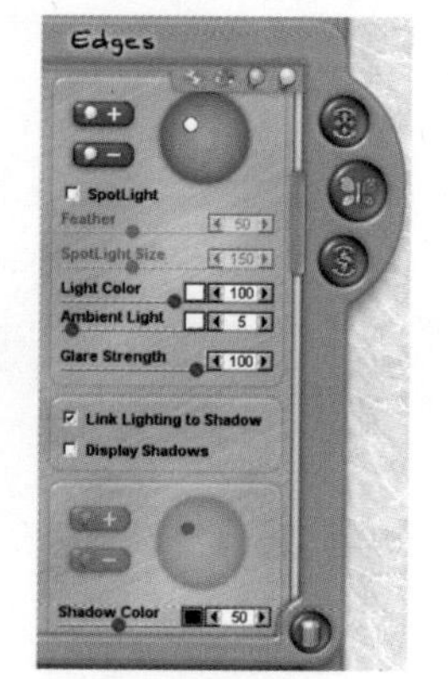

照明控制标签

- 单击按钮，可以添加一个光源。单击按钮，可以删除所选的光源。在右上角的球体上拖动小圆点，可以改变光源的方向和位置。
- SpotLight：选中该复选框，为画面添加聚光灯效果。
- Feather：设置灯光的羽化程度。
- SpotLight Size：设置聚光灯的尺寸大小。
- Light Color：设置灯光的颜色和不透明度。
- Ambient Light：设置周围环境光的颜色和不透明度。
- Glare Strength：设置光线闪耀的程度。
- 取消选中“Link Lighting to Shadow”复选框，再选中“Display Shadows”复选框，可以为添加边框效果后的图像添加阴影。
- 单击按钮，可以添加一个阴影光源。单击按钮，可以删除所选的阴影光源。在右边的球体上拖动小圆点，可以改变阴影的方向和位置。
- 调整好阴影的方向和位置，并选中“Link Lighting to Shadow”复选框后，通过“Shadow Color”选项，可以调整阴影的颜色和不透明度；通过“Shadow Height”选项，可以调整阴影的高度；通过“Shadow Softness”选项，可以调整阴影的柔化程度。

另外，在“Edges”面板中还提供了3个用于调整边框效果的工具，它们的功能分别如下。

- 选择工具，可以在预览窗口中选择所要进行调整的边框，并可以对边框进行缩放、旋转和移动操作。
- 选择工具，可以对所选的边框效果进行复制。
- 选择工具，可以通过移动或缩放边框控制线隐藏位于控制线以外的边框效果。

“Frames”类特效用于为图像添加艺术化的构成效果，使图像增添艺术氛围。在“Frames”的“Presets”对话框中，提供了3种预设的艺术化处理效果，下图所示为选择“Artistic Paint.jqp”预设后的效果。

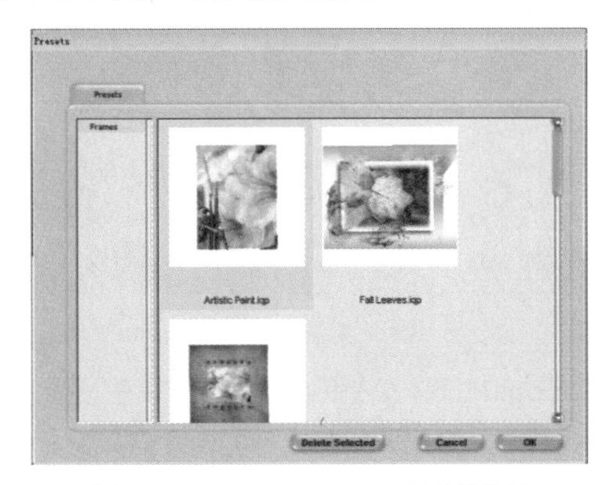

选择“Artistic Paint.jqp”预设后的效果

在“Frames”面板中选择工具，然后在预览窗口中的图像上单击，再选择“Load Image”命令，可以将当前图像替换为载入后的新图像，效果如右图所示。

载入后的图像效果

“Montage”类特效用于为图像制作毛边和不规则火烧边缘等效果。在如下左图所示的“Presets”对话框中，提供了9种预设的边缘处理效果，下右图所示为选择“Montage_Four.jqp”预设后的效果。“Montage”面板中的工具，用于对所选效果对象进行复制。

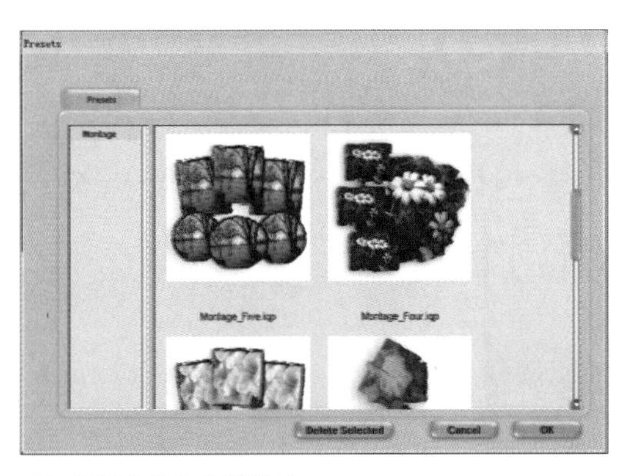

预设的边缘处理效果

“Montage_Four.jqp”效果

“Vignette”类特效用于为图像制作边缘羽化的效果。在如下左图所示的“Presets”对话框中，提供了23种预设的边缘羽化处理效果；下右图所示为选择“Textured_Blend.jqp”预设后的效果。

预设的边缘处理效果

“Textured_Blend.jqp”效果

在“Vignette”面板中的工具，用于调整画面中的羽化效果。使用工具在画面上拖动，可以添加一条线段，移动该线条或拖动线条两端的端点，可以调整此处的羽化效果，如下图所示。

调整画面中的羽化效果

7.6 图像的艺术化处理：Cybia——Mezzy

利用“Cybia”插件中的“Mezzy”滤镜，可以使图像产生多种特殊的艺术化效果（例如，为图像添加杂点、制作腐蚀效果、玻璃效果、创建生锈色和纹理等）。打开如下左图所示的素材，执行“滤镜→Cybia→Mezzy”命令，弹出如下右图所示的“Mezzy”对话框。

素材文件

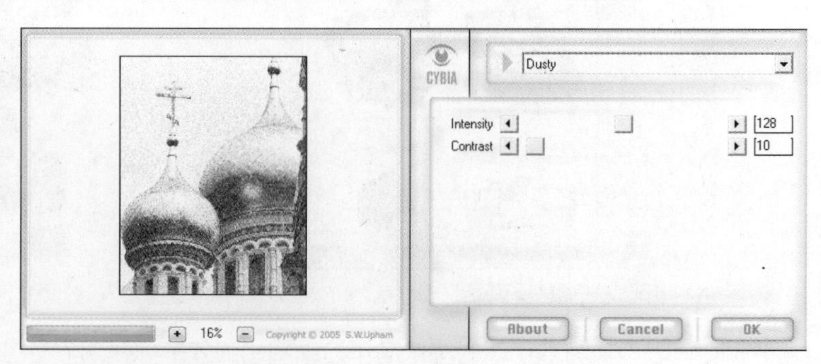

“Mezzy”对话框设置

在“Mezzy”对话框上方的下拉列表中，提供了多种效果类型，各种效果以及对应的选项功能如下。

- 选择“Adverse”类型，将画面中的图像转换为彩色杂点。“Dark”选项用于设置暗部的杂点数量，“Light”选项用于设置亮部的杂点数量。
- 使用“Conceal”类型，将图像转换为栅格状图案。“Range”用于设置栅格图案排列的范围。
- 选择“Dusty”类型，在画面中添加杂点，以产生积满灰尘的效果。“Intensity”用于设置杂点的数量，“Contrast”选项用于设置图像的对比度。
- 选择“Erode”类型，图像将变为黑白图像，以表现图像被腐蚀的效果，如下图A所示。“Surface”选项用于设置图像表面的腐蚀程度，“Range”选项用于设置腐蚀的范围，“Black”选项用于设置显示为黑色的图像范围，“White”选项用于设置显示为白色的图像范围。
- 选择“Etching”类型，可以创建铜版画效果。“Detail”选项用于调整图像中的细节量，“Contrast”选项用于设置画面的黑白对比度，“Black”选项用于设置画面中显示为黑色的图像范围。
- 选择“Glass”类型，可以创建玻璃效果。“X Cut”选项用于设置横轴上的切割参数，“Y Cut” 选项用于设置纵轴上的切割参数，“Red”、“Green”和“Blue”选项分别用于调整图像中红、绿和蓝的颜色含量。
- 选择“Interlace”选项，在图像中产生交错的细小纹理效果。“X-lace”用于设置横轴上的纹理细密程度，“Y-lace”用于设置纵轴上的纹理细密程度。
- 选择“Linear”选项，图像显示为线性排列的黑色杂点效果，原图像中的黑色显示为白色，白色或中性色显示为不同稀密度的黑色杂点。
- 选择“Mixer”选项，为图像添加噪点。
- 选择“Outline”选项，采用杂点的形式描画图像的轮廓。
- 选择“Relapse”选项，将图像转换为使用对应的彩色杂点描绘图像的效果。
- 选择“Rusty”选项，使图像产生铁锈色效果，如下图B所示。
- 选择“Stellar”选项，使图像产生夜空中的恒星效果。
- 选择“Weave”选项，为图像添加屋檐状的纹理，如下图C所示。

图A “Erode”效果

图B “Rusty”效果

图C “Weave”效果

- 选择“Whiten”选项，使图像产生被漂白的效果。

7.7 制作老影片效果：DigiEffects——Aged Film

使用“DigiEffects”插件中的“Aged Film”滤镜，可以将各类图像制作为旧影片中带灰尘的陈旧图像效果，以衬托出留声机时代的文化氛围。执行“滤镜→DigiEffects→Aged Film”命令，打开如右图所示的“Aged Film参数设置”对话框。

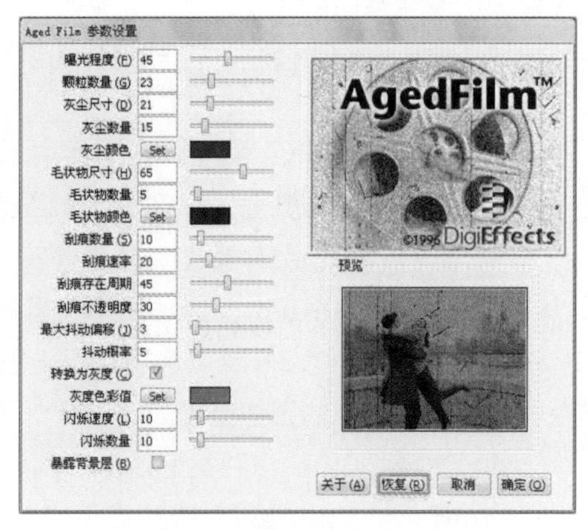

“Aged Film参数设置”对话框

- 曝光程度：设置图像曝光的程度。数值越大，图像曝光越明显，图像越亮。
- 颗粒数量：设置添加到图像中的颗粒数量。
- 灰尘尺寸：设置老影片中的灰尘的尺寸大小。
- 灰尘数量：设置老影片中灰尘的数量。
- 灰尘颜色：设置灰尘的颜色。
- 毛状物尺寸：设置老影片中毛状物的尺寸大小。
- 毛状物数量：设置毛状物的数量。
- 毛状物颜色：设置毛状物的颜色。
- 刮痕数量：设置老影片中刮痕的数量。
- 刮痕速率：设置产生刮痕的速率。
- 刮痕存在周期：设置刮痕存在的周期。
- 刮痕不透明度：设置刮痕的不透明度。
- 最大抖动偏移：设置老影片中画面抖动的最大偏移量。
- 抖动概率：设置画面抖动的概率。
- 转换为灰度：选中该复选框，将图像转换为灰度。反之，仍然为原始图像的色彩。
- 灰度色彩值：设置添加到灰度图像中的单色值。
- 闪烁速度：设置画面闪烁的速度。
- 闪烁数量：设置画面中的灰尘以及毛状物等闪烁的数量。

下图所示是为图像应用“Aged Film”滤镜前后的效果对比。

制作的老影片效果

7.8 图像效果增强滤镜：Flaming Pear——Melancholytron

“Flaming Pear”插件中的“Melancholytron”滤镜是一款图像效果增强滤镜，它可以虚化图像边缘，使图像呈现一种怀旧和朦胧的效果。打开如下左图所示的素材文件，执行“滤镜→Flaming Pear→Melancholytron”命令，弹出如下右图所示的“Melancholytron”对话框。

素材文件

“Melancholytron”对话框

- Shape：在图像上设置添加朦胧效果的形状，包括“round（圆形）”、“wide（宽）”和“tall（高）”选项。
- Clear area：设置清除图像中的朦胧效果的范围。数值越大，图像中变朦胧的范围越小。
- Focus：设置朦胧效果聚集的程度。数值越大，朦胧效果越明显；反之越弱。
- Color blur：设置该颜色所在的区域被模糊的程度。
- CB width：设置波段的宽度。
- Saturation：设置色彩的饱和度。
- Dampen：通过该选项，可以使图像产生带忧伤感的色彩。该值越大，此种色调越明显。
- Vignette：在图像中添加一种虚光，以烘托图像的环境气氛，该选项用于调整虚光的强度。右边的色块用于选择所需的颜色。选中下方的“Center vignette”复选框，将虚光放置在画面的中心位置。
- Sepia：用于调整添加到图像中的棕褐色的浓度。右边的色块用于选择所需的颜色。选中下方的“Uniform”复选框，为整个图像添加统一的棕褐色。选中“High quality”复选框，产生高质量的颜色效果，同时使图像细节变得更加细腻。
- Glue：设置“Melancholytron”效果与原始图像混合的模式。

右图所示是为图像应用“Melancholytron”滤镜后的效果。

应用“Melancholytron”后的图像效果

7.9 体现图像边缘：Flaming Pear——Organic Edges

“Flaming Pear”插件中的“Organic Edges”滤镜，用于照亮图像的边缘，从而为图像增加戏剧性的效果。通过该滤镜，可以制作抽象的脉络，为图片创建类似素描和轻飘的效果等。

打开如下左图所示的素材，然后执行“滤镜→Flaming Pear→Organic Edges”命令，弹出如下右图所示的“Organic Edges”对话框。

素材文件

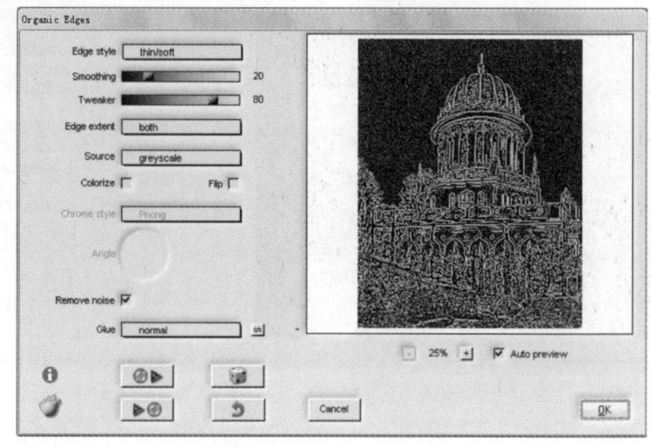

“Organic Edges”对话框

- Edge style：设置照亮图像边缘的类型。选择不同的类型，产生的效果也就不同。
- Smoothing：设置滤波的强度。
- Tweaker：设置照亮后的图像边缘的亮度。
- Edge extent：设置照亮图像边缘的范围。选择“Top to bottom”选项，从图像的顶部到底部照亮边缘，如下图A所示。选择“Left to right”选项，从图像的左边到右边照亮边缘，如下图B所示。选择“Both”选项，按从顶部到底部、从左到右同时照亮图像边缘，如下图C所示。

图A “Top to bottom”效果

图B “Left to right”效果

图C “Both”效果

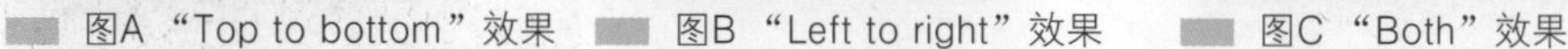

- Source：选择应用“Organic Edges”效果的图像来源。选择“greyscale”选项，来源于灰度图；选择“red”、“green”或“blue”选项，来源于红、绿或蓝通道中的图像。
- Colorize：选中该复选框，使照亮后的边缘变为彩色效果，如下左图所示。选中“Flip”复选框，将背景与照亮的边缘颜色反向显示，如下右图所示。

照亮边缘后的彩色显示效果

反向背景与边缘颜色后的效果

- Chrome style：设置铬合金的类型，只有在“Edge style”下拉列表中选择“Chrome”类型后，该选项才可用。下图所示是将该选项设置为“bumps”后的图像效果。
- Angle：设置铬合金纹理中的光照角度。
- Remove noise：选中该复选框，移除画面中的噪点。

“bumps”类型的铬合金效果

7.10 制作油画效果：KPT effects——KPT Pyramid Paint

“KPT effects”插件中的“KPT Pyramid Paint”滤镜，可以自动识别图像中的各个部位，使图像产生以部分图像的中央为基准向四周扩散的绘画效果。执行“滤镜→KPT effects→KPT Pyramid Paint”命令，开启如右图所示的“KPT Pyramid Paint”对话框。

“KPT Pyramid Paint”对话框

在“Parameters”选项面板中，各选项功能如下。

- 拖动“Threshold”滑块，可以设置图像向四周扩散的阈值。
- 拖动“Saturate Colors”滑块，可以调整图像像素之间浸透的颜色。
- 拖动“Red-Green”滑块，可以调整图像中的红色或绿色含量，使图像呈现偏红或偏绿的色调。
- 拖动“Yellow-Blue”滑块，可以调整图像中的黄色或蓝色含量，使图像呈现偏黄或偏蓝的色调。
- 拖动“Contrast”滑块，可以调整图像色彩的对比度。拖动“Hue Rotate”滑块，可以调整图像的色相。拖动“Lighten Colors”滑块，可以调整图像中的发光颜色。

下图所示是应用“KPT Pyramid Paint”滤镜前后的效果对比。

应用“KPT Pyramid Paint”滤镜前后的效果对比

7.11 创建黑白梦幻效果图像：KPT 5——Smoothie

使用“KPT 5”中的“Smoothie”滤镜，可以将彩色图像制作为具有梦幻效果的黑白图像或负片效果，并且该滤镜还可以对收到的传真或扫描所得的图像中多余的墨点进行处理。通过调整边缘的模糊值，可以得到不同的效果。

执行“滤镜→KPT 5→Smoothie”命令，弹出如右图所示的“KPTSMOOTHIE”对话框。在“Edges”面板中，各选项的功能如下。

“KPTSMOOTHIE”对话框

- Smoothing Amout：调整作用于整幅图像的模糊值。
- Grayscale Inversion：调整图像被转换为灰度后颜色的反转程度。
- Outer Edge Size：调整外侧边缘线的大小。
- Inner Edge Size：调整内侧边缘线的大小。
- Outer Edge Smoothing：调整外边缘线的模糊程度。
- Inner Edge Smoothing：调整内侧边缘线的模糊程度。

下图所示是为图像应用“Smoothie”滤镜前后的效果对比。

应用“Smoothie”滤镜前后的效果对比

7.12 创建珊瑚类有机材质效果：KPT 6——Reaction

使用“KPT 6”中的“Reaction”滤镜，可以在图像上创建斑马条纹或珊瑚类有机材质效果。产生的条纹会根据原始图像的轮廓而定，用户可以设置条纹和原图像合成的方式，由此得到丰富的效果。

打开如下左图所示的素材，并将需要应用“Reaction”滤镜的区域创建为选区，然后执行“滤镜→KPT 6→Reaction”命令，打开如下右图所示的“KPT REACTION”对话框。在“Parameters”面板中，各选项的功能如下。

素材图像

对话框设置及应用Reaction后的效果

- Direction：设置条纹的方向。
- Reaction Seed：设置参照原图像制作丰富的纹理形态的方式。
- Apply Mode：设置条纹与原图像合成的方式。
- Width：设置条纹的粗细。
- Diffusion：设置条纹的范围。
- Spacing：调整条纹间的间距。

7.13 制作3D填充效果：Picture Man Collection v1.0——3D Mosaic

“PictureMan Collection v1.0”是一套艺术过滤插件，该插件的设置少，使用起来非常简单，用户可以轻松为图像创作出油画、雕刻或手绘等效果。

使用“Picture Man Collection v1.0”插件中的“3D Mosaic”滤镜，可以根据原图像中的色彩和对象轮廓，为图像创建网格状的3D填充效果。同时还可以设置网格的大小、边缘厚度、浮雕深度以及3D块状的凹凸程度等。

打开如下左图所示的素材图像，然后执行“滤镜→Picture Man Collection：Art Gallery→3D Mosaic”命令，弹出如下中图所示的对话框，其中各选项的功能如下。如下右图所示为应用“3D Mosaic”滤镜后的图像效果。

素材文件

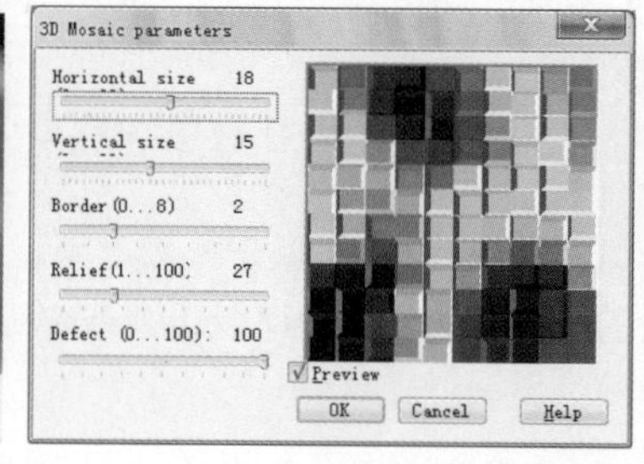

“3D Mosaic Parameters”对话框

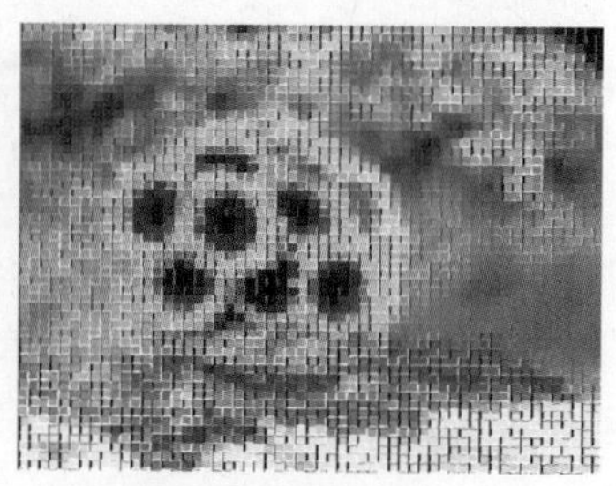

应用滤镜后的图像效果

- Horizontal size：设置单元格的宽度尺寸。
- Vertical size：设置单元格的高度尺寸。
- Border：设置边缘的厚度。
- Relief：设置应用3D填充后块状的浮雕深度。
- Defect：设置3D块状的凹凸程度。

7.14 制作手绘效果：Picture Man Collection v1.0——Automatic brush

使用“Picture Man Collection v1.0”插件中的“Automatic brush”滤镜，可以使图像产生具有手工绘画的艺术效果。用户可以设置笔刷的大小、外观、边缘以及样式等，从而得到丰富的图像效果。

打开如下图A所示的素材，执行“滤镜→Picture Man Collection：Art Gallery→Automatic brush”命令，弹出如下图B所示的对话框，其中各选项的功能如下。下图C所示为应用“Automatic brush”滤镜后的图像效果。

图A 素材图像

Automatic brush parameters

Brush size 10

Brush aspect 69

Brush edge 4

Brush 33

Brush type (click on this window to ...)

Angle auto selection

Preview

OK Cancel Help

图B 滤镜参数设置

图C 应用滤镜后的效果

- Brush size：设置画笔的大小。
- Brush aspect：设置画笔的外观形状（例如，选择圆形画笔，通过该选项，可以设置画笔变圆的程度，数值越大，越接近圆形，反之就为椭圆形）。
- Brush edge：设置画笔边缘的柔和程度。
- Brush：设置画面中笔触的角度。
- Brush type：选择画笔的形状类型，包括圆形、星形、方形以及多种不规则形状等。
- Angle auto selection：选中该复选框，画面中的笔触按不同的角度随意排列。反之，则按设置的笔触角度进行排列。

7.15 制作帆布效果：Picture Man Collection v1.0——Canvas

使用“Picture Man Collection v1.0”插件中的“Canvas”滤镜，可以在图像中创建类似帆布的纹理，使图像像是被印制在帆布上的一样。“Canvas”滤镜无对话框设置，下图所示是应用该滤镜前后的图像效果对比。

应用“Canvas”滤镜前后的效果对比

7.16 制作浮雕效果：Picture Man Collection v1.0——Emboss

利用“Picture Man Collection v1.0”插件中的“Emboss”滤镜，可以制作类似铜版雕刻的浮雕效果。

打开如下图A所示的素材，然后执行“滤镜→Picture Man Collection：Art Gallery→Emboss”命令，弹出如下图B所示的对话框，其中“Angle of sun”选项用于设置光照的角度。下图C所示是应用“Emboss”滤镜后的图像效果。

图A 图像素材

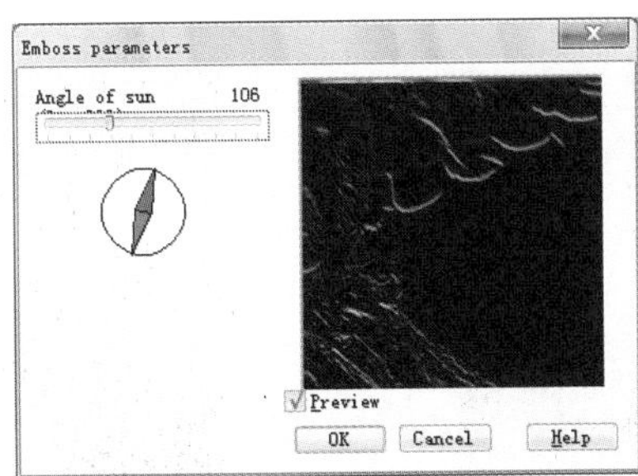

图B 滤镜选项设置

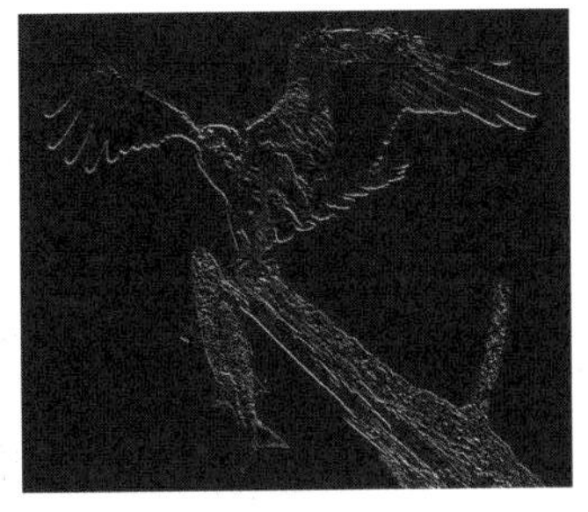

图C 应用滤镜后的效果

7.17 制作雕刻效果：Picture Man Collection v1.0——Engrave

使用“Picture Man Collection v1.0”插件中的“Engrave”滤镜，可以根据图像中的对象轮廓，创建具有雕刻风格的黑白轮廓画效果。

打开如下图A所示的素材，然后执行“滤镜→Picture Man Collection：Art Gallery→Emboss”命令，弹出如下图B所示的对话框，其中“Brightness”选项用于设置画面中的明亮度。下图C所示是应用“Engrave”滤镜后的图像效果。

图A 素材图像

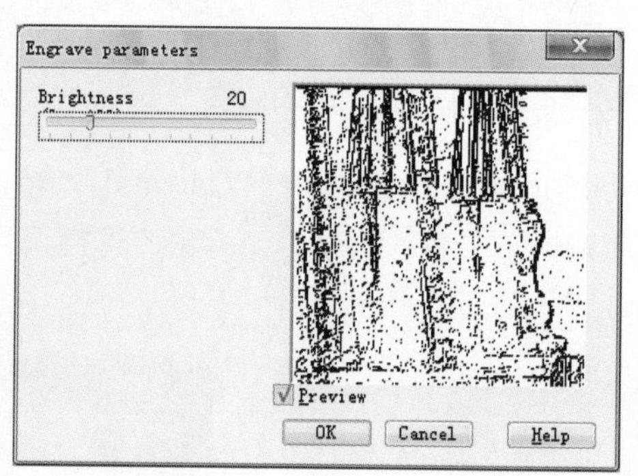

图B 滤镜选项设置

图C 应用滤镜后的效果

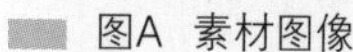

7.18 制作有小面的玻璃效果：Picture Man Collection v1.0——Faceted glass

使用“Picture Man Collection v1.0”插件中的“Faceted glass”滤镜，可以制作带小面纹理的玻璃效果，用户可以设置块面的大小。

打开如下左图所示的素材，然后执行“滤镜→Picture Man Collection：Art Gallery→Faceted glass”命令，弹出如右图所示的对话框，其中“Size”选项用于设置玻璃效果中小面的大小。如下右图所示即为应用“Faceted glass”滤镜后的图像效果。

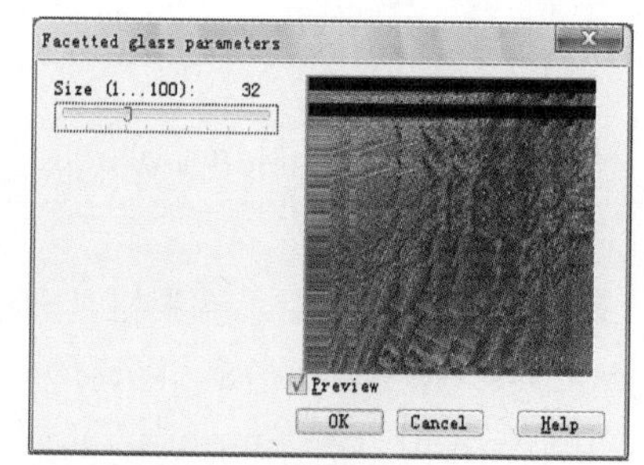

滤镜选项设置

素材图像

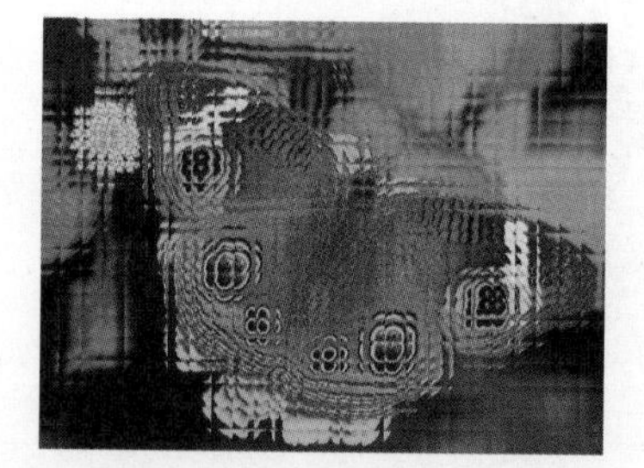

应用滤镜后的效果

7.19 制作彩色钢笔画效果：Picture Man Collection v1.0——Graphic pen

使用“Picture Man Collection v1.0”插件中的“Graphic pen”滤镜，可以为图像创建使用彩色钢笔绘画的手绘效果。

打开如下图A所示的素材，然后执行“滤镜→Picture Man Collection：Art Gallery→Graphic pen”命令，弹出如下图B所示的对话框，其中“Angle of strokes”选项用于设置绘画笔触的角度走向。下图C所示是应用“Graphic pen”滤镜后的图像效果。

图A 素材图像

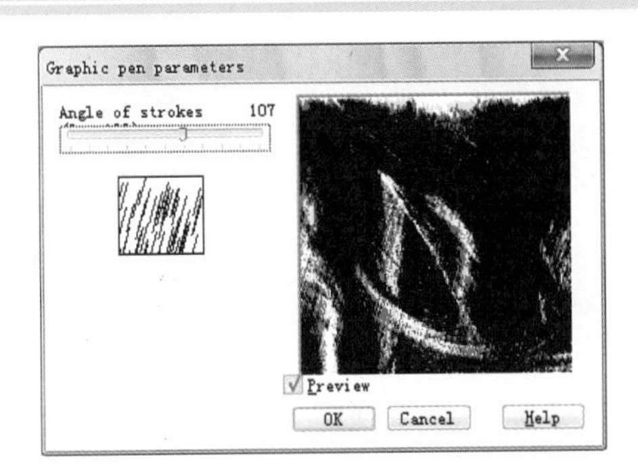

图B 滤镜选项设置

图C 应用滤镜后的效果

7.20 制作手绘效果：Picture Man Collection v1.0——Hand drawing

使用“Picture Man Collection v1.0”插件中的“Hand drawing”滤镜，可以创建类似使用彩色铅笔绘画的效果。“Hand drawing”滤镜无对话框设置，下图所示是应用该滤镜前后的效果对比。

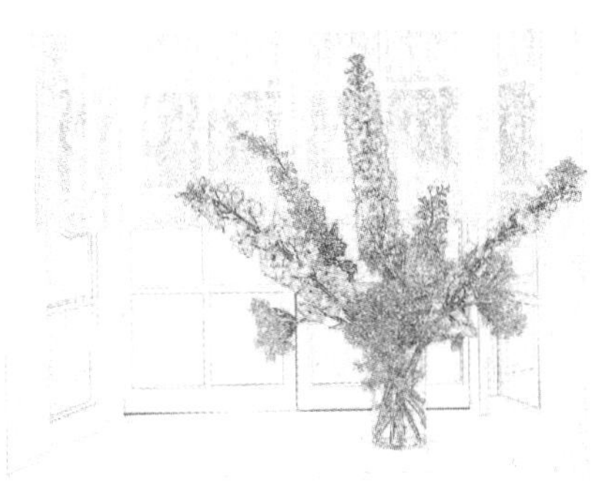

应用“Hand drawing”滤镜前后的效果对比

7.21 制作纸质效果：Picture Man Collection v1.0——Note paper

使用“Picture Man Collection v1.0”插件中的“Note paper”滤镜，可以将彩色图像制作为灰度并且带浮雕纹理的纸张材质效果。

打开如下左图所示的素材，然后执行“滤镜→Picture Man Collection：Art Gallery→Note paper”命令，弹出如右图所示的对话框，其中各选项的功能如下。如下右图所示即为应用“Note paper”滤镜后的图像效果。

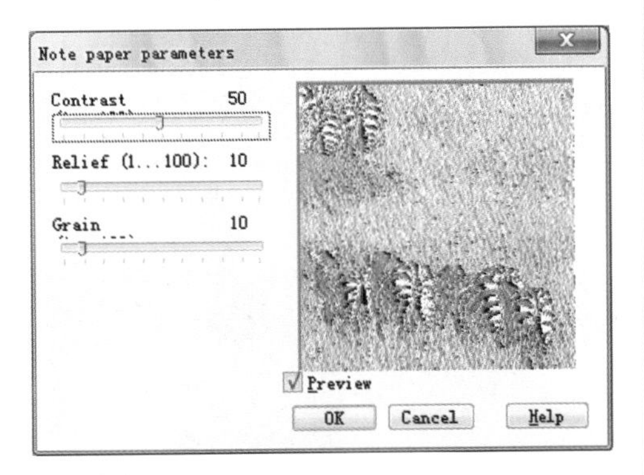

滤镜选项设置

素材文件

应用滤镜后的效果

- Contrast：设置画面的对比度。
- Relief：设置画面中的浮雕效果的深度。
- Grain：设置画面中所产生的颗粒的数量。

7.22 制作油画效果：Picture Man Collection v1.0——Oil paint

"Picture Man Collection v1.0"插件中的"Oil paint"滤镜，可以制作类似油画的图像效果。

打开如下图A所示的素材，然后执行"滤镜→Picture Man Collection：Art Gallery→Oil paint"命令，弹出如下图B所示的对话框，关于各选项的功能请参看"7.14"小节中对"Automatic brush"滤镜的介绍。下图C所示是应用"Oil paint"滤镜后的图像效果。

图A 素材图像

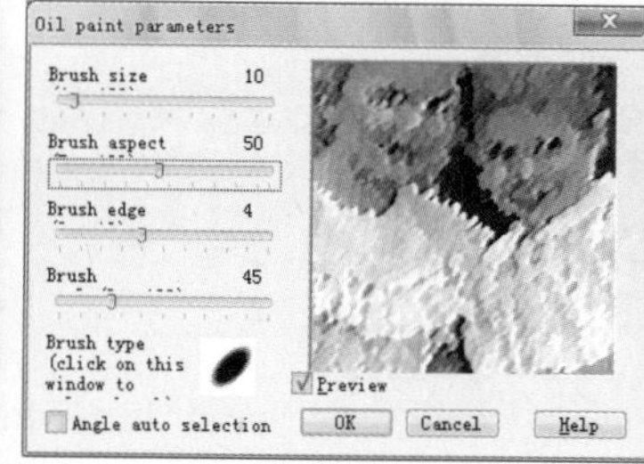

图B 滤镜选项设置

图C 应用滤镜后的效果

7.23 制作老油画效果：Picture Man Collection v1.0——Old paint

使用"Picture Man Collection v1.0"插件中的"Old paint"滤镜，可以创建油画效果，并且还可以产生因存放时间太长而使油墨干燥起层的效果。"Old paint"滤镜无对话框设置，下图所示是应用该滤镜前后的效果对比。

应用"Old paint"滤镜前后的效果对比

7.24 创建立体栅格纹理：Picture Man Collection v1.0——Padding

使用“Picture Man Collection v1.0”插件中的“Padding”滤镜，可以使图像产生由立体栅格图案构成的图像效果，使图像具有立体的纹理。“Padding”滤镜无对话框设置，下图所示是应用该滤镜前后的效果对比。

应用“Padding”滤镜前后的效果对比

7.25 制作不规则格子拼贴图案：Picture Man Collection v1.0——Random mosaic

使用“Picture Man Collection v1.0”插件中的“Random mosaic”滤镜，可以将图像制作为使用大小一致但外形不一的格子拼贴出的图像效果，使图像不至于过于平板。“Random mosaic”滤镜无对话框设置，下图所示是应用该滤镜前后的效果对比。

应用“Random mosaic”滤镜前后的效果对比

7.26 制作水墨浸染效果：Picture Man Collection v1.0——Relief

使用“Picture Man Collection v1.0”插件中的“Relief”滤镜，可以根据图像轮廓，创建类似水墨在宣纸上绘画时产生的浸染效果。

打开如下图A所示的素材，然后执行“滤镜→Picture Man Collection：Art Gallery→Relief”命令，弹出如下图B所示的对话框。其中“Brightness”选项用于设置图像的明亮度，“Smoothness”选项用于设置水墨的浸染程度。下图C所示是应用“Relief”滤镜后的图像效果。

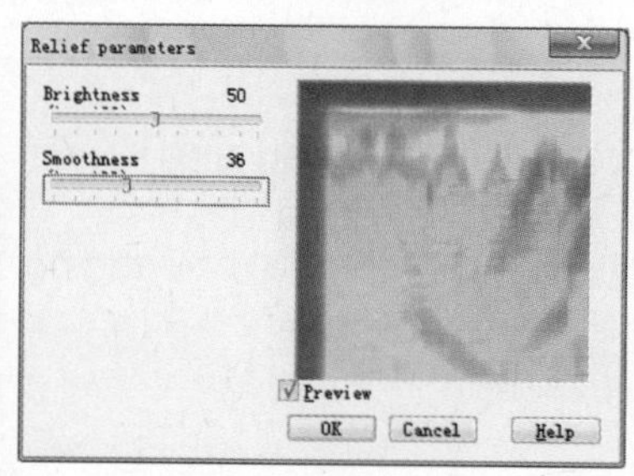

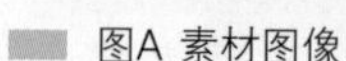

图A 素材图像　　图B 滤镜选项设置　　图C 应用滤镜后的效果

7.27 制作图像被融解散开的效果：Picture Man Collection v1.0——Scatter

使用“Picture Man Collection v1.0”插件中的“Scatter”滤镜，可以根据图像轮廓，将颜色分散为无数个色点，以产生类似透过磨砂玻璃看到的较朦胧的图像效果。

打开如下左图所示的素材，然后执行“滤镜→Picture Man Collection：Art Gallery→Scatter”命令，弹出如右图所示的对话框，其中“Strength”选项用于设置图像被分散的程度。如下右图所示即为应用“Scatter”滤镜后的图像效果。

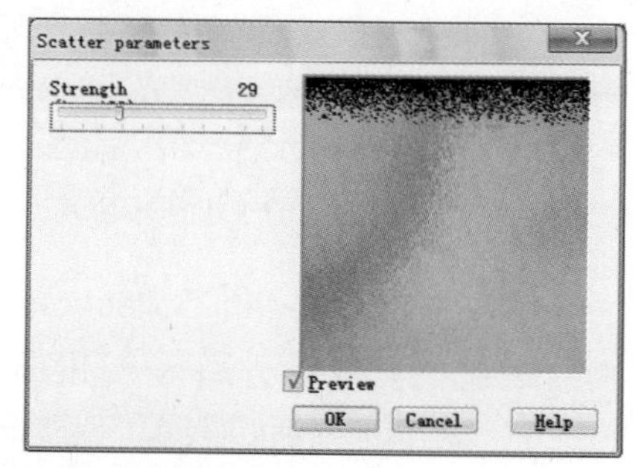

滤镜选项设置

素材图像

应用滤镜后的效果

7.28 制作特殊绘画效果：Picture Man Collection v1.0——Strokes

使用“Picture Man Collection v1.0”插件中的“Strokes”滤镜，可以通过减少图像中的色彩细节，使图像产生块状，同时在图像表面添加类似风吹的效果，使整个图像像素向右下角方向产生直线状的位移，以得到特殊的绘画效果。

打开如下图A所示的素材，然后执行“滤镜→Picture Man Collection：Art Gallery→Strokes”命令，弹出如下图B所示的对话框，“Strength”选项用于设置像素位移的程度。下图C所示是应用“Strokes”滤镜后的图像效果。

图A 素材图像

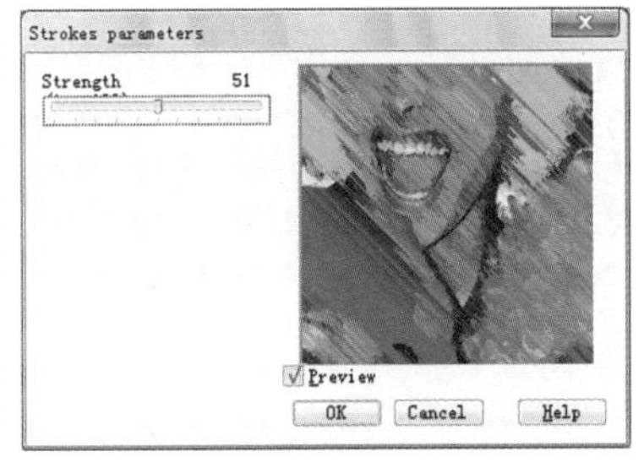

图B 滤镜选项设置

图C 应用滤镜后的效果

7.29 制作3D纹理：RedField——Craquelure 3d

“RedField”中收录了“RedField”公司的全套滤镜，可用于为图像添加3D纹理、水晶状立体纹理、彩色纹理图案、3D发光状图案、奇幻波纹、无缝拼接图案以及水波等多种特殊纹理效果。

“RedField”插件中的“Craquelure 3d”滤镜，用于在图像表面创建多种不同效果的3D纹理。比较特殊的是，此种纹理是由两组不同的纹理叠加而成，用户可以对这两组纹理分别进行选择使用和设置。另外，“Craquelure 3d”滤镜还可以对生成的纹理进行由近到远的透视处理，以产生更为强烈的视觉效果。

打开如下左图所示的素材，然后执行“滤镜→RedField→Craquelure 3d”命令，弹出如下右图所示的对话框，其中各选项的功能如下。

素材图像

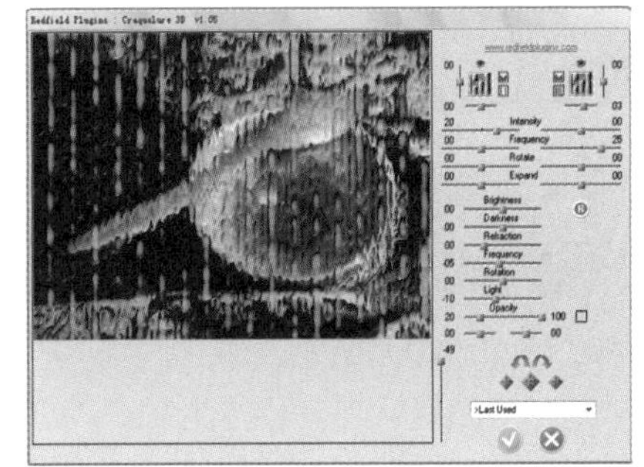

滤镜选项设置

- 单击对话框上方的按钮，可以禁用或显示该组中对应的3D纹理效果，纹理被禁用后，在对应的眼睛按钮上会显示禁用标记。下方图标处的滑块，用于调整纹理在水平或垂直方向偏移的距离。单击图标，可以选择纹理的外观样式。
- Intensity：该选项左右两边的滑块，分别用于调整对应的纹理效果的强度。
- Frequency：调整对应纹理所产生的频率。数值越大，纹理越细密。
- Rotate：调整对应纹理旋转的角度。
- Expand：调整对应纹理扩张的程度。
- Brightness：同时调整两组纹理的明亮度。数值越大，纹理的明亮度越高。
- Darkness：同时调整两组纹理中阴影部分变暗的程度。数值越大，纹理越暗。
- Refraction：同时调整两组纹理中折射光的角度。
- Frequency：同时调整两组纹理的频率。数值越大，纹理越细密。

- Rotation：同时调整两组纹理旋转的角度，如下左图所示。
- Light：调整两组纹理中的光照方向。
- Opacity：调整两组纹理的不透明度。拖动左边的滑块，可以调整纹理中凹陷部分的不透明度；拖动右边的滑块，可以调整纹理中平整部分的不透明度。用户也可以拖动最下方的滑块，分别调整纹理中凹陷部分与平整部分的不透明度。
- 单击“Opacity”选项右边的滑块，可以设置填充纹理的颜色。
- 拖动预览窗口右下角垂直放置的滑块，可以使纹理产生水平面上由近到远的透视效果，如下右图所示。

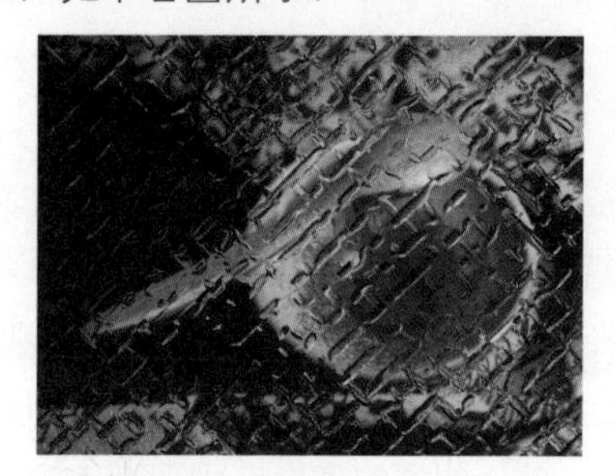

旋转纹理后的效果

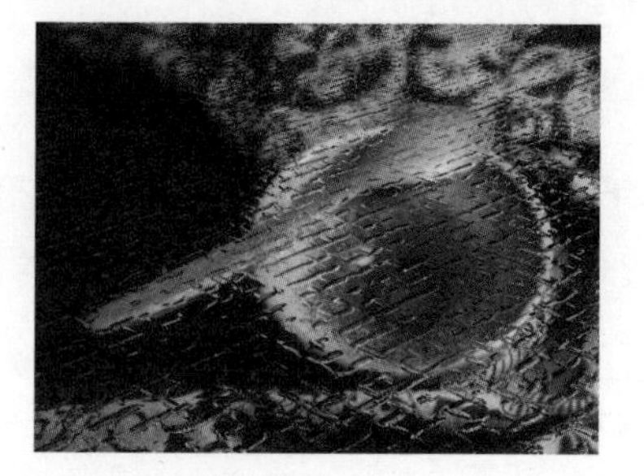

为纹理添加的透视效果

- 单击按钮，可以随机创建3D纹理。单击按钮，返回到上一步设置的纹理效果。单击按钮，前进到下一步设置的纹理效果。
- 位于“Craquelure 3d”对话框底端的下拉列表中，提供了多种预设的3D纹理样式，用户可以选择所需的纹理效果。

7.30 制作玻璃类材质：RedField——Emblazer Demo

使用“RedField”插件中的“Emblazer Demo”滤镜，可以在图像表面创建具有多种花纹样式的玻璃材质效果。同该套插件中的“Craquelure 3d”滤镜类似，用户可以对用于组合为最终效果的3组纹理进行选择使用，也可以分别调整每组纹理的参数设置，以达到所需要的玻璃材质效果。

打开如下左图所示的素材，执行“滤镜→RedField→Emblazer Demo”命令，弹出的对话框及预览到的图像效果如下右图所示。在“Emblazer Demo”对话框中，各选项的功能如下。

素材图像

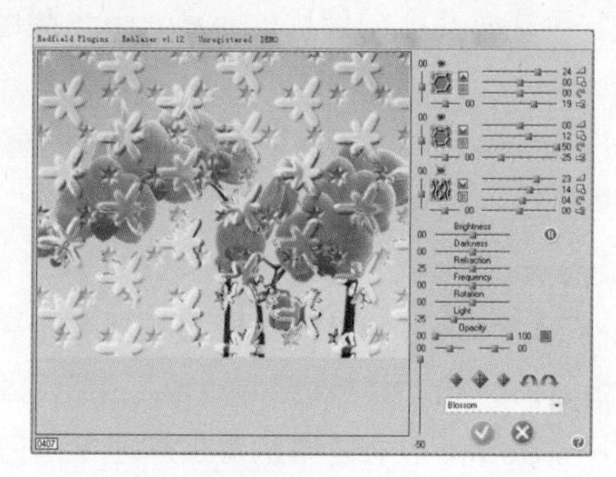

滤镜选项参数设置

- 在滤镜选项区域左上角的3组图标，分别代表3组不同的纹理样式。单击图标，可以选择系统提供的其他纹理样式。图标左边和下方的滑块，分别用于设置纹理在水平和垂直方向偏移的距离。
- 在每组纹理图标的右边都提供了一组参数设置选项，每组选项都具有相同的功能，在每组选项中，按从上到下的顺序，分别用于调整对应的纹理强度、密集度、旋转的角度以及纹理的外形样式。

TIPS “Emblazer Demo”对话框中的其他选项功能，请参看上一小节中关于“Craquelure 3d”滤镜的介绍。

7.31 制作无缝拼接图案：RedField——Jama 2000 demo

使用“RedField”插件中的“Jama 2000 demo”滤镜，可以自动生成无缝拼接的图案。用户可以随意调整图案间隔的距离、波纹的偏移量、纹理伸展变形的程度、图案中各个部分的颜色以及图像边缘的变形程度等，以使用户轻松制作出所需要的图案效果。

打开如下左图所示的素材，执行“滤镜→RedField→Emblazer Demo”命令，弹出的对话框及预览到的图案效果如下右图所示。在“Jama 2000 demo”对话框中，各选项的功能如下。

素材图像

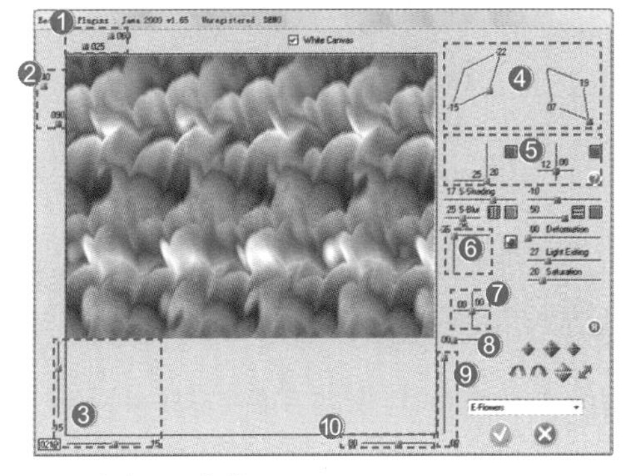

滤镜选项参数设置

1. 分别拖动这两个滑块，调整构成最终效果的两组图案在水平方向的间距。
2. 分别拖动这两个滑块，调整构成最终效果的两组图案在垂直方向的间距。
3. 分别拖动这两个滑块，调整波纹在水平或垂直方向的偏移量。
4. 分别拖动这两个滑块，对构成最终效果的两组图案进行伸展变形处理。
5. 分别拖动这两个滑块，调整构成最终效果的两组图案的梯度阴影的深度。

- S-Shading：调整第一组图案中不同侧面阴影的不透明度，当数值为0时，阴影完全透明。该选项右边对应的滑块，用于调整第二组图案中不同侧面阴影的不透明度。
- S-Blur：该选项及右边对应的选项，分别用于设置两组图案中侧面阴影的模糊程度。
- 单击▥图标，设置侧面阴影的角度。单击▥图标右边的色块，设置侧面阴影的颜色，用户可以选择前景色、背景色或自定义颜色。

⑥ 调整构成图案的曲线发生变形的程度，以使图案外形发生变化。

- Deformation：调整画面边缘发生变形的程度，下图A所示是将该值设置为50后的效果。
- Light Exiting：调整画面色彩的亮度。
- Saturation：调整画面色彩的饱和度。

⑦ 设置图案中部分区域错位排列的程度，效果如下图B所示。

⑧ 调整错位区域的平滑度，下图C所示是将该值设置为22的效果。

图A 边缘变形的效果

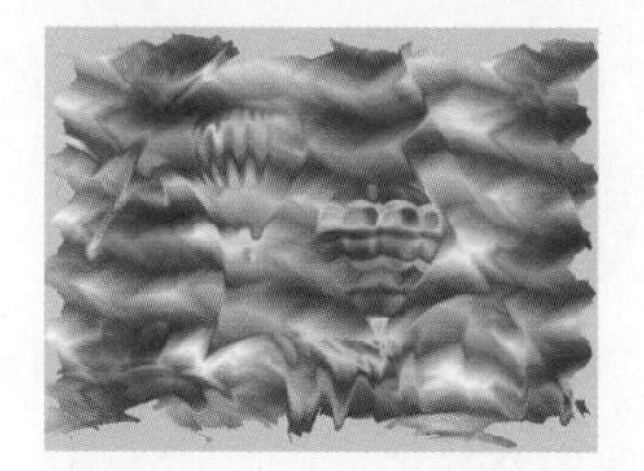

图B 图案中的错位效果

图C 平滑错位区域后的效果

⑨ 设置图案在水平面上的透视效果，下图左所示是将透视值设置为100时的效果。

⑩ 调整图案旋转的角度，下右图所示是将旋转值设置为50时的效果。

图案的透视效果

旋转图案后的效果

7.32 为图像添加立体感：RedField——Jama 3d

使用“RedField”插件中的“Jama 3d”滤镜，可以为原本平整的画面添加起伏、凸起等的纹理效果，以使图像产生视觉上的立体感。

打开如下左图所示的素材，然后执行“滤镜→RedField→Jama 3d”命令，弹出的对话框及预览到的图像效果如下右图所示。在“Jama 3d”对话框中，各选项的功能如下。

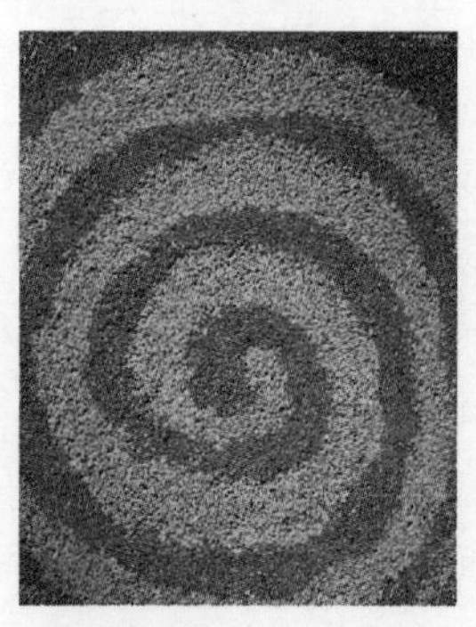

素材图像

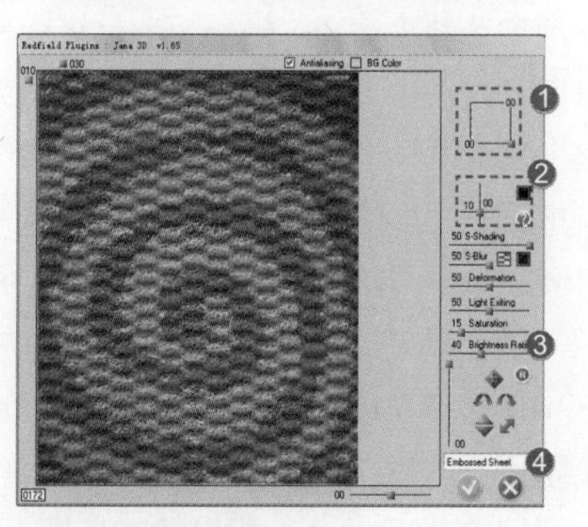

滤镜选项设置

❶ 设置添加到画面中的纹理在外观上伸展变形的程度。

❷ 设置纹理中梯度阴影的深浅程度。该选项右边的色块用于设置阴影的颜色。

❸ Brightness Radio：调整画面色彩的对比度。

❹ 位于对话框底端的下拉列表，用于选择应用“Jama 3d”效果的类型。

TIPS

“Jama 3d”对话框中的其他选项功能，请参看上一小节中关于“Jama 2000 demo”滤镜的介绍。

7.33 创建立体纹理效果：RedField——LatticeComposer

使用“RedField”插件中的“LatticeComposer”滤镜，可以为图像增添立体感，并创建丰富的三维立体纹理效果。“LatticeComposer”中提供了详尽的参数控制选项，用户可以对参数进行自由调节，以尽可能地达到设计所需的效果。

打开如下图所示的素材，执行“滤镜→RedField→LatticeComposer”命令，弹出的对话框及效果预览如右图所示。在“Lattice Composer”对话框中，各选项的功能如下。

素材图像

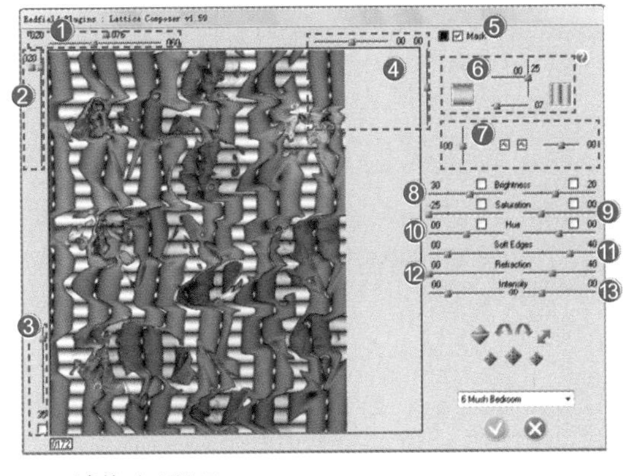

滤镜选项设置

❶ 上方的滑块用于调整其中一组纹理在水平方向上的间距。下方的滑块用于调整该组纹理的宽度像素，数值越大，纹理越宽。

❷ 左边的滑块用于调整另一组纹理在垂直方向上的间距。右边的滑块用于调整该组纹理的宽度像素。

❸ 设置纹理中像素的偏移量。勾选下方的复选框，可调整纹理的编织方式，如下左图所示。

❹ 分别用于调整每组纹理在水平和垂直方向上的倾斜度，效果如下右图所示。

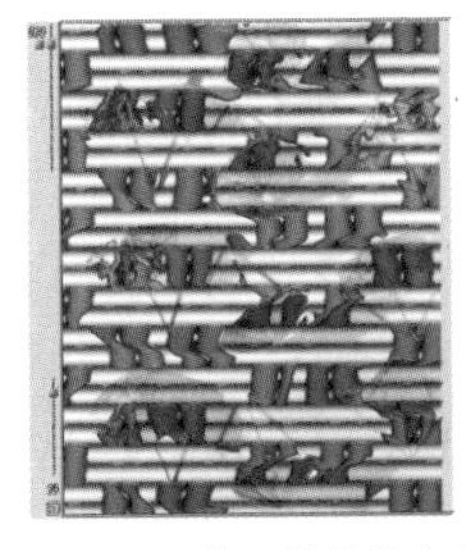

设置纹理的编辑方式

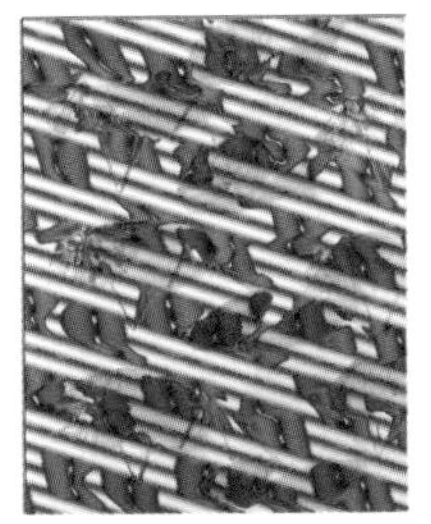

调整倾斜度后的纹理效果

❺ 单击左边的色块，可以选择填充背景图像的颜色。选中“Mask”复选框，背景使用指定的颜色填充；未选中该复选框，则背景显示为原始图像。

❻ 单击其中的图标，可以选择纹理排列的形式。拖动上方的滑块，可以调整画面中的纹理发生偏移变形的程度，效果如下左图所示。拖动下方的滑块，可以调整纹理的平滑度，使纹理边缘变得平滑，效果如下右图所示。

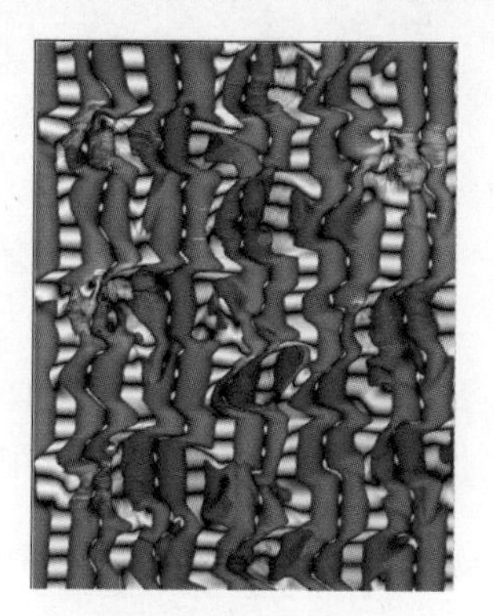

纹理偏移变形的效果

平滑纹理边缘后的效果

❼ 左边的滑块用于在垂直方向对纹理的外形进行微调。右边的滑块用于在水平方向对纹理的外形进行微调。中间的复选框用于选择微调后曲线的外形。

❽ Brightness：分别调整每组纹理中的明亮度。选中此选项中的复选框，将“Brightness”设置同时应用于折射到纹理中的原始图像。

❾ Saturation：分别调整每组纹理中的色彩饱和度。选中此选项中的复选框，将“Saturation”设置同时应用于折射到纹理中的原始图像。

❿ Hue：分别调整每组纹理的色相。选中此选项中的复选框，将“Hue”设置同时应用于折射到纹理中的原始图像。

⓫ Soft Edges：分别调整每组纹理边线被模糊的程度。

⓬ Refraction：分别调整每组纹理中折射光的角度。

⓭ Intensity：同时调整纹理的亮度。

7.34 创建格子纹样：RedField——Lattice XP DEMO

使用“RedField”插件中的“Lattice XP DEMO”滤镜，可以创建丰富的格子形状的纹理效果。用户可以调整格子的大小和间距等，还可以使格子产生偏移变形的效果。通过设置不同的参数，可以得到千变万化的格子纹样效果。

打开如下左图所示的素材，然后执行“滤镜→RedField→Lattice XP DEMO”命令，弹出的对话框及预览到的图像效果如下右图所示。“RLattice XP DEMO”滤镜的选项设置与上一小节中介绍的“LatticeComposer”滤镜相似，用户可以参看关于“LatticeComposer”滤镜的相关介绍。

素材图像

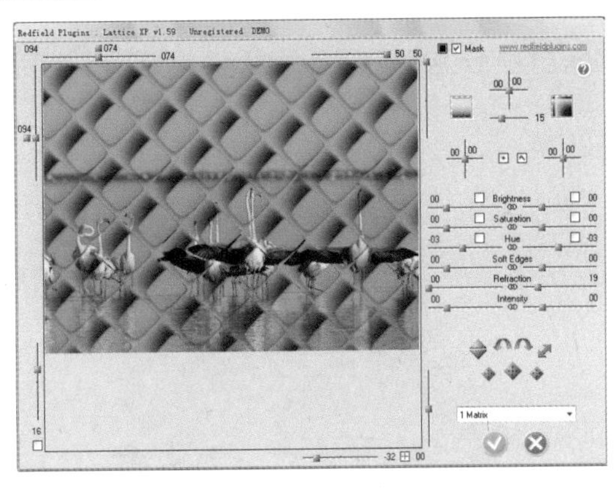

滤镜选项设置

7.35 创建奇异波纹效果：RedField——Ripples Magic DEMO

使用“RedField”插件中的“Ripples Magic DEMO”滤镜，可以在图像表面创建由两组水波纹组成的奇异的、丰富的、形态各异的水波纹效果。用户可以选择所需要的波纹效果类型，并可以设置波纹的强度、频率和向外扩展的程度等。

打开如下左图所示的素材，然后执行“滤镜→RedField→Ripples Magic DEMO”命令，弹出的对话框及预览到的图像效果如下右图所示。在“Ripples Magic DEMO”对话框中，各选项的功能如下。

素材图像

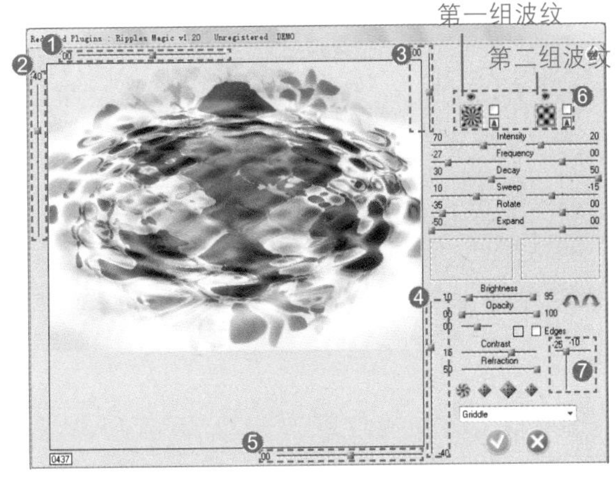

滤镜选项设置

❶ 调整第一组波纹在水平方向上放置的位置。

❷ 调整第一组波纹在垂直方向上放置的位置。

❸ 调整观察波纹的角度，使波纹在透视效果上产生变化。

❹ 调整第二组波纹在垂直方向上放置的位置。

❺ 调整第二组波纹在水平方向上放置的位置。

❻ 单击其中的▩图标，可以分别调整每组波纹的形态。单击□图标，选择波纹产生螺旋状变换的外形。单击▲图标，设置波纹外形的扭曲方式。

❼ 控制光源的位置和角度。

- Intensity：设置对应波纹的强度。
- Frequency：调整生成波纹的频率。
- Decay：调整波纹衰减的程度，下图所示是设置不同的“Decay”值后的波纹效果。

“Decay”值为-28的效果

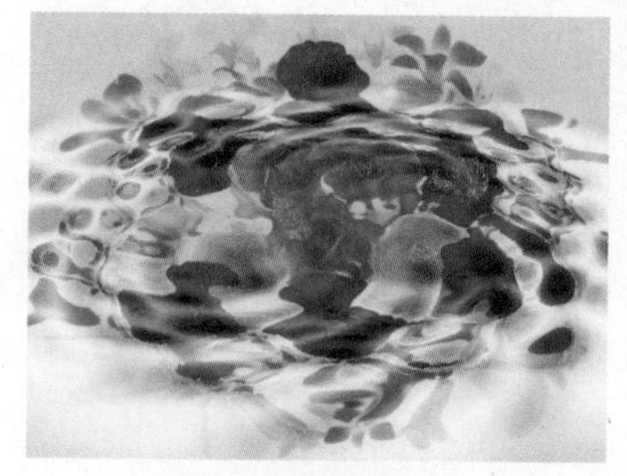

“Decay”值为26的效果

- Sweep：调整波纹向四周扩散的程度。
- Rotate：调整波纹旋转的角度。
- Expand：调整波纹向四周膨胀扩散的程度。
- Brightness：左右两个滑块分别用于调整波纹中不同纹理的明亮度。
- Opacity：3个滑块分别用于调整波纹中不同纹理的不透明度。
- 选中“Edges”复选框，显示添加波纹后图像边缘的变形效果。单击该选项前后的色块，可以选择填充背景的颜色。
- Contrast：调整波纹的对比度。
- Refraction：调整波纹中的折射光效果。
- 单击按钮，产生随机的花朵形状波纹效果，如右图所示。

花朵形状波纹效果

7.36 制作无缝拼接图像效果：RedField——Seamless Workshop

使用“RedField”插件中的“Seamless Workshop”滤镜，可以对当前图像中的对象进行复制并进行规整的排列，然后通过模糊复制图像的边缘，以达到图像之间完全自然融合的拼接效果。用户可以设置拼接图像所在的位置、图像与图像之间的间距、图像边缘模糊的程度等。“Seamless Workshop”滤镜常用于制作包装纸中的底纹效果。

打开如下左图所示的素材，然后执行“滤镜→RedField→Seamless Workshop”命令，弹出的对话框及预览到的图像效果如下右图所示。在“Seamless Workshop”对话框中，各选项的功能如下。

素材图像

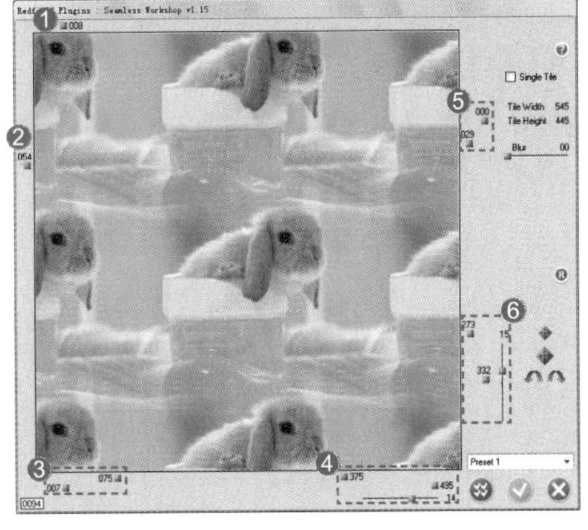

滤镜选项设置

❶ 调整拼接图像在图像窗口中的水平方向上所要显示的范围。

❷ 调整拼接图像在图像窗口中的垂直方向上所要显示的范围。

❸ 拖动上方的滑块，调整水平方向拼接边缘的位置，数值越大，图像与图像之间的间距越小，如下左图所示。拖动下方的滑块，调整拼接边缘向图像外扩展的范围。

❹ 拖动最上方的滑块，同样可以调整拼接边缘的位置。拖动中间的滑块，调整水平方向的拼接边缘向外扩展的范围。拖动最下方的滑块，调整水平方向拼接图像边缘之间混合的程度。

❺ 拖动左边的滑块，调整水平方向拼接边缘的位置。拖动右边的滑块，调整拼接边缘向图像外扩展的范围。

❻ 拖动最左边的滑块，调整拼接边缘的位置。拖动中间的滑块，调整垂直方向拼接边缘向外扩展的范围。拖动最右边的滑块，调整垂直方向拼接图像边缘之间混合的程度。

- Single Tile：选中该复选框，产生单一的图像拼接效果。
- “Tile Width”和“Tile Height”：用于显示单一的拼接图像的尺寸。
- Blur：设置图像被模糊的程度。
- 单击按钮，应用该滤镜，并得到填满当前图像窗口的图像拼贴效果，如下中图所示。单击按钮，仅得到拼贴后的单一的图像，如下右图所示。

缩小间距后的拼贴图像

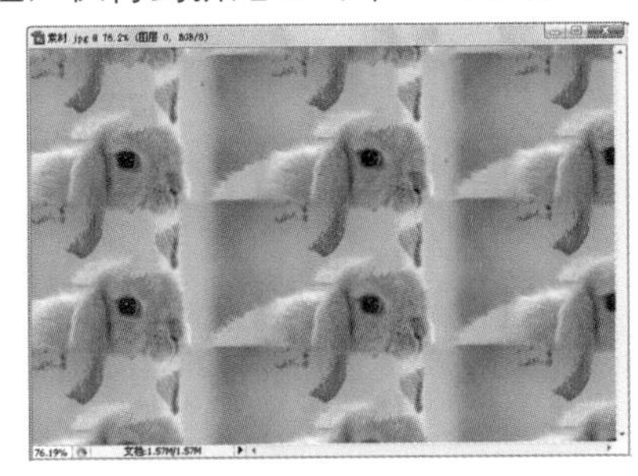

填满整个窗口的拼图图像

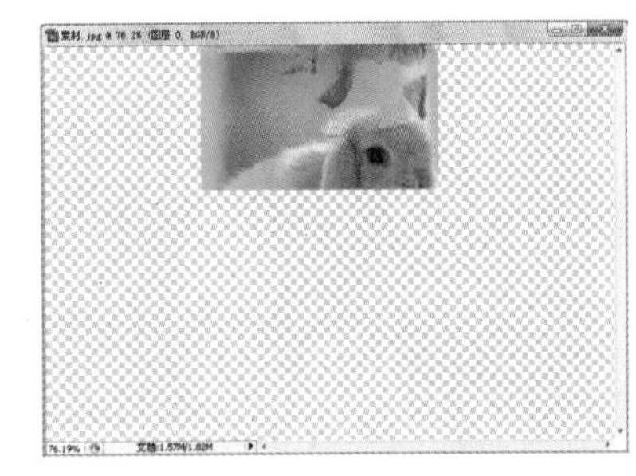

单一的拼贴图像

7.37 创建水波效果：RedField——Water Ripples

使用“RedField”插件中的“Water Ripples”滤镜，可以在图像表面创建水波效果，用户可以自由控制水波的形态。

“Water Ripples”滤镜的选项设置与本套插件中的“Ripples Magic DEMO”相似，读者可以参考7.35小节中关于“Ripples Magic DEMO”滤镜的功能介绍。下图所示是“Water Ripples”对话框设置及预览到的水波效果。

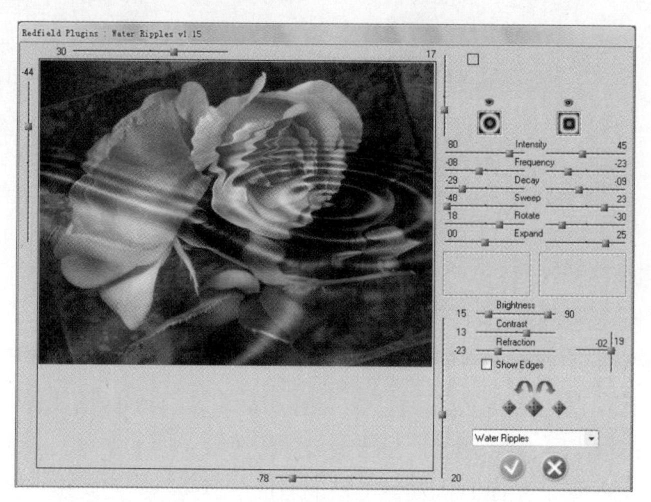

“Water Ripples”对话框设置及产生的水波效果

7.38 制作老影片效果：VDL Adrenaline——Old Movie

使用“VDL Adrenaline”插件中的“Old Movie”滤镜，可以将色彩鲜艳的图像制作为单色且胶片已被磨损或污染的老影片效果，用户可以控制老影片中的怀旧色、曝光度、抓痕、污点、灰尘以及毛发等参数。制作完成后的画面能真实地再现20世纪30年代出现的老影片风格。

“Old Movie”滤镜与7.7小节中介绍的“Aged Film”滤镜所产生的效果类似，但该滤镜所产生的效果将更为真实。下图所示是使用的素材图像和“Old Movie”滤镜的对话框设置。

素材图像

“Old Movie”滤镜选项设置

- 单击预览窗口下方的+按钮，可以放大视图。单击-按钮，可以缩小视图。
- 在“Film”选项卡中，“Grain”选项用于调整老影片中的颗粒数量。“Contrast”选项用于调整画面色彩的对比度。“Response”选项用于调整原始图像与老影片效果混合的程度。"Monochrome"选项用于选择老影片效果中所使用的单色，单击右边的色块，可以自定义需要的颜色，下图所示是选择不同单色后产生的老影片效果。选中"False color"复选框，在画面中可以产生虚色。"Corner radius"选项用于调整画面四个角落处弧形的圆滑度。

不同单色的老影片效果

- 在如下图A所示的"Camera"选项卡中，"Lens"选项用于选择应用到老影片中的透镜效果，以使画面突出主体。选中"None"复选框，无透镜效果；选中"Dark"复选框，为画面应用中心向四周逐渐变暗的透镜效果，如下图B所示；选中"Bright"复选框，应用中心向四周逐渐变亮的透镜效果，如下图C所示；选中"Custom"复选框，自定义透镜的颜色并应用该颜色的透镜效果。"Amount"选项用于调整应用透镜效果的程度。"Defocus"选项用于调整对图像进行散焦拍摄的程度。"Jitter"选项用于调整图像在垂直方向放置的位置。

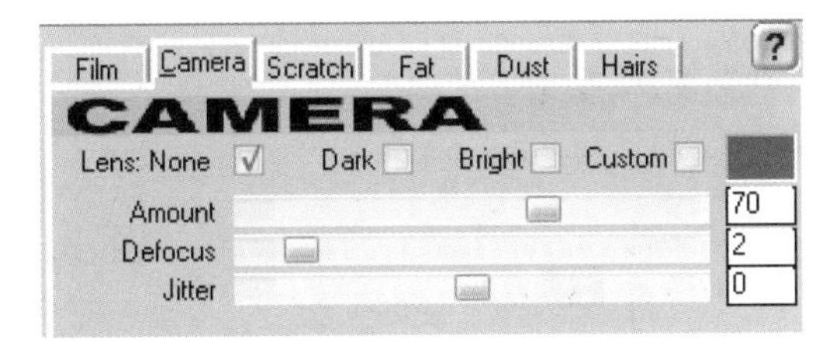

图A "Camera"选项卡

图B 选中"Dark"的效果

图C 选中"Bright"的效果

- 在如下图所示的"Scratch"选项卡中，"Amount"选项用于调整抓痕的数量。"Depth"选项用于调整抓痕的深度。"Width"选项用于调整抓痕的宽度。

“Transparency”选项用于调整抓痕的不透明度。

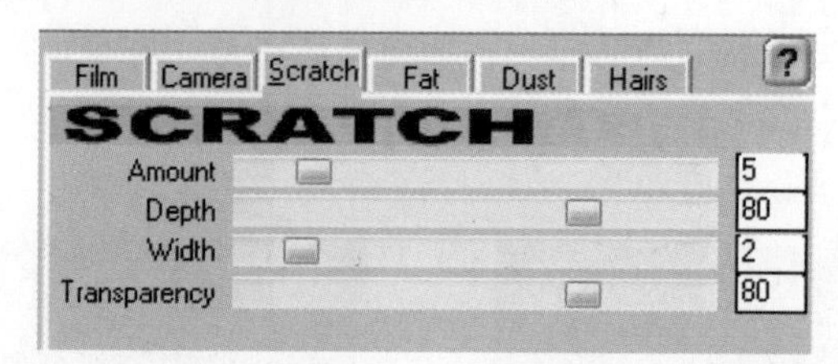

“Scratch”选项卡

- 在如下图所示的“Fat”选项卡中，“Amount”选项用于调整老影片中污点的数量。“Size”选项用于调整污点的大小。“Thickness”选项用于调整污点的稠密度。“Transparency”选项用于调整污点的不透明度。

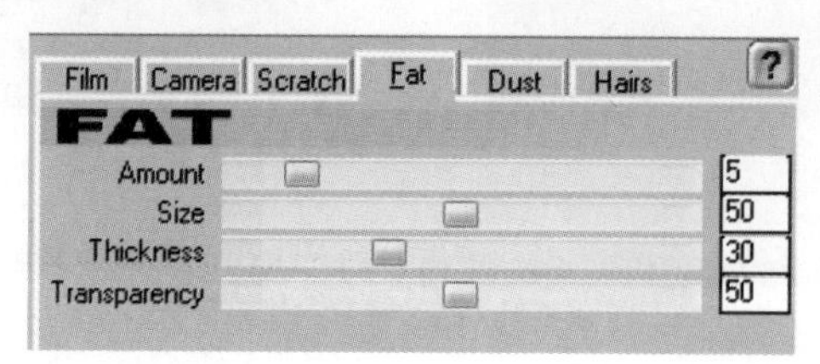

“Fat”选项卡

- 在如下图所示的“Dust”选项卡中，“Amount”选项用于调整灰尘的数量。“Size”选项用于调整灰尘的大小。“Thickness”选项用于调整灰尘的稠密度。“Transparency”选项用于调整灰尘的不透明度。“Color range”用于为灰尘设置两种不同的深浅颜色。

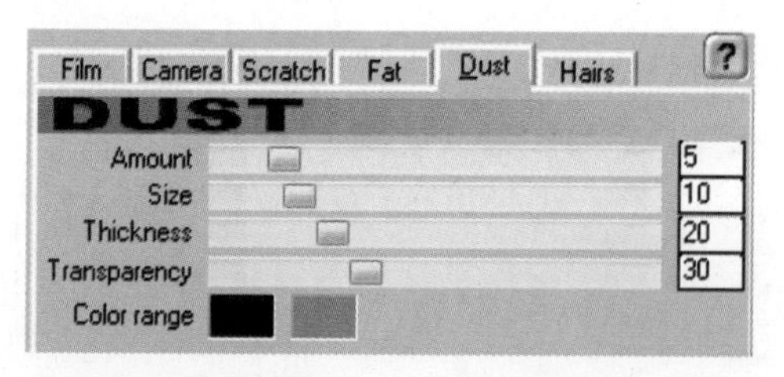

“Dust”选项卡

- 在如下图所示的“Hairs”选项卡中，“Amount”选项用于调整附着在画面中的毛发的数量。“Min. Length”选项用于调整毛发的最小长度。“Max. Length”选项用于调整毛发的最大长度。“Curl”选项用于调整毛发的卷曲度。“Transparency”选项用于调整毛发的不透明度。“Color range”选项用于为毛发设置两种不同的深浅颜色。

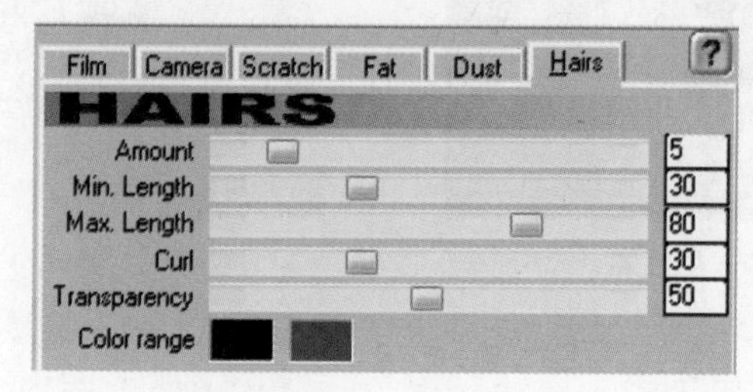

“Hairs”选项卡

7.39 制作油画效果：Virtual Painter——Virtual Painter 4

使用“Virtual Painter”滤镜，可以模拟各位油画大师们的绘画风格，将图像创建为多种类型的油画艺术作品。“Virtual Painter”中提供了16种绘画笔触特效，分别为水彩效果、油画效果、素描效果、蜡笔画效果、彩色铅笔画效果、丝绢印花效果、树胶水彩效果、厚涂颜料效果、抽象拼贴画效果、点画法效果、喷绘法效果、丝网印刷效果、哥特式油画效果和野兽派油画效果。并且用户还可自由更换画布并调整各项参数，以得到不同的绘画效果。

打开如下左图所示的素材图像，然后执行“滤镜→Virtual Painter→Virtual Painter 4”命令，弹出如下右图所示的“Virtual Painter 4”对话框。

素材图像

“Virtual Painter 4”对话框

在“Virtual Painter 4”对话框中单击“Filter”按钮，弹出如下左图所示的“Filter”对话框，在其中可以选择系统提供的16种不同的绘画特效。

在“Virtual Painter 4”对话框中单击“Material”按钮，弹出如下右图所示的“Material”对话框，在其中可以更换画布的类型并选择画笔的尺寸大小。

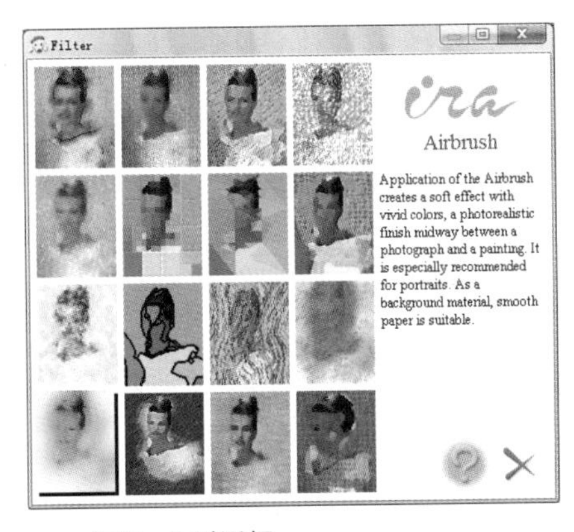

“Filter”对话框

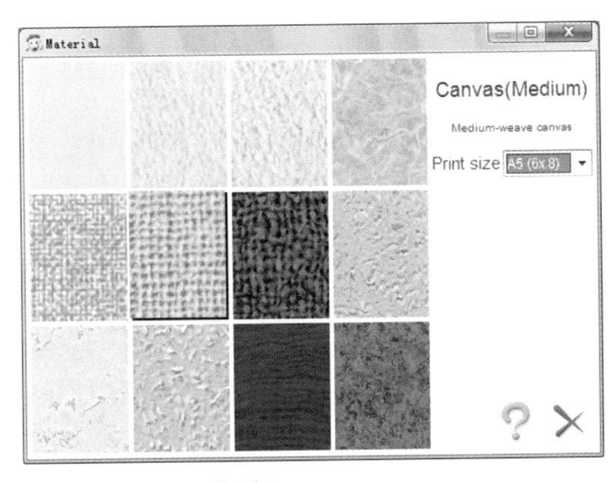

“Material”对话框

在“Virtual Painter 4”对话框中单击“Adjust”按钮，弹出“Adjust”对话框，单击按钮，可以在专业模式与简易模式下设置选项参数，如下图所示。

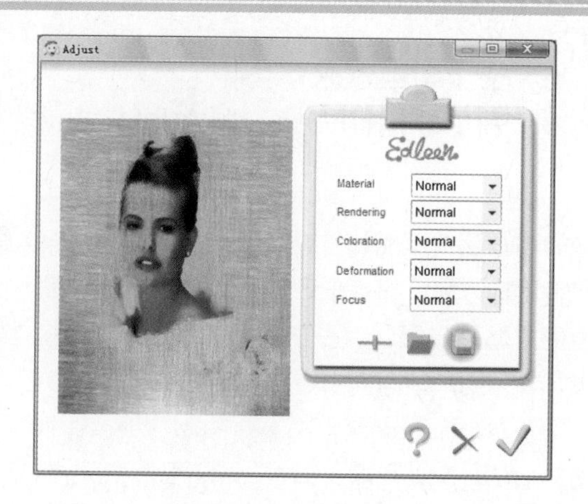

"Adjust"对话框的专业模式与简易模式

- Material：调整绘画介质背景贴图的疏密度。专业模式下，该值越小介质颗粒越细腻。简易模式下，选择"Subtle"选项，介质贴图表现得稀疏；选择"Normal"选项，表现为常规效果；选择"Intense"选项，介质贴图表现得浓密。

TIPS

如果在"Material"对话框中选择"Smooth Paper"介质时，由于该介质背景为纯白，没有使用贴图，所以对该介质无效。

- Rendering：调整图像轮廓线条的疏密度。专业模式下，该值越小线条越密，越贴近原图的写实效果。简易模式下，选择"Subtle"选项，线条变密，更贴近原图的写实效果；选择"Intense"选项，线条变稀，会损失原图的大部分细节。
- Coloration：调整图像色彩的明暗及对比程度。专业模式下，数值越小图像越明亮，色彩反差越小。简易模式下，选择"Subtle"选项，图像明亮，色彩反差小；选择"Intense"选项，图像变暗，色彩反差大。
- Deformation：调整图像的变形角度。专业模式下，数值越小越向左侧倾斜，数值越大越向右侧倾斜。简易模式下，选择"Subtle"选项，向左侧倾斜；选择"Intense"选项，向右侧倾斜。
- Focus：调整图像的焦距。专业模式下，数值越小焦距越分散，主体越不突出。简易模式下，选择"Subtle"选项，焦距分散，主题不突出；选择"Intense"选项，焦距集中，主题突出。

TIPS

简易模式下，"Subtle"、"Normal"和"Intense"分别对应的各参数的数值为10、50和90。

- 在专业模式或简易模式下，将鼠标移至"Adjust"对话框中的预览窗口中，光标会变成"铅笔"形状，这时用它在图像上画出效果所应用的范围，可以产生更精细多样的变化，如下图所示。

绘制所应用效果的范围及产生的图像效果

7.40 使用数字组合图像：Panopticum——Panopticum Digitalizer 1.2 2in1

“Panopticum”插件可以使用几何形状生成Alpha通道中的蒙版效果。它适合于创建特殊的背景和标志，并且能够快速制作出抽线等效果。“Panopticum”中包含6个单一的蒙版，可以分别用来产生线、圆、正方形、圆环、螺旋和波浪效果。

利用“Panopticu”插件中的“Panopticum Digitalizer 1.2 2in1”滤镜，可使用各种字符来重新组合图像。该滤镜通过将图像中的各个相似像素替换成不同的数字或字母，使图像呈现出一种数字化的风格，产生特殊的艺术效果。图像的色彩对比越大，产生的数字化图像效果越明显。

打开如下图A所示的人物素材，然后执行“滤镜→Panopticum→Panopticum Digitalizer”命令，打开如下图B所示的“Panopticum Digitalizer”对话框，同时弹出如下图C所示的编辑文字对话框。

图A 素材图像

图B 滤镜选项设置

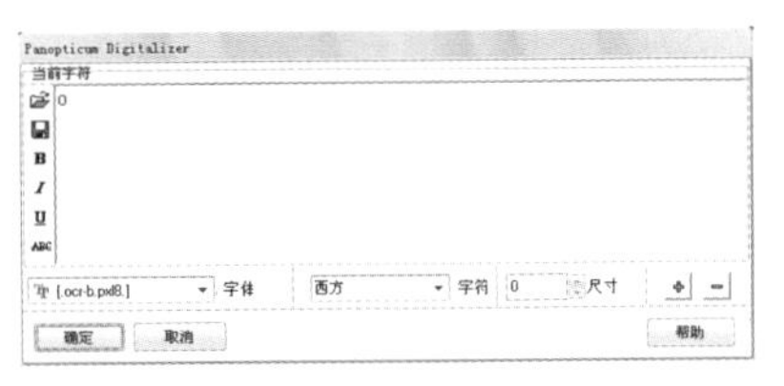

图C 编辑文字对话框

- 在编辑文字对话框中，可以输入组成图像的字母，并可对文字的字体、大小和字符样式等属性进行设置。
- 回到“Panopticum Digitalizer”对话框，选中“自动更新”复选框，可以将更改后的设置即时应用到效果中。
- 交错强度：选中该复选框，增强交错文字的强度。
- 矩阵强度：选中该复选框，增强矩阵文字的强度。
- 交错颜色：选中该复选框，增强交错文字的颜色。
- 矩阵颜色：选中该复选框，增强矩阵文字的颜色。

- 单击【输出到TXT文件...】按钮，在弹出的“输出到TXT文件”对话框中，可以将文字输出为“TXT”、“ASC II”、“RIF”和“HTML”格式的文档。
- 字体比例：调整文字的字体大小比例。数值越大，字体越大。
- 偏移：设置文字颜色偏向于原始图像色彩的程度。只有在选中“交错颜色”复选框时，该选项才起作用。
- 行间距：设置文字的行间距。数值越大，行间距越宽。
- 列间距：设置文字的字间距。数值越大，字间距越大。

右图所示是应用“Panopticum Digitalizer”滤镜后的图像效果。

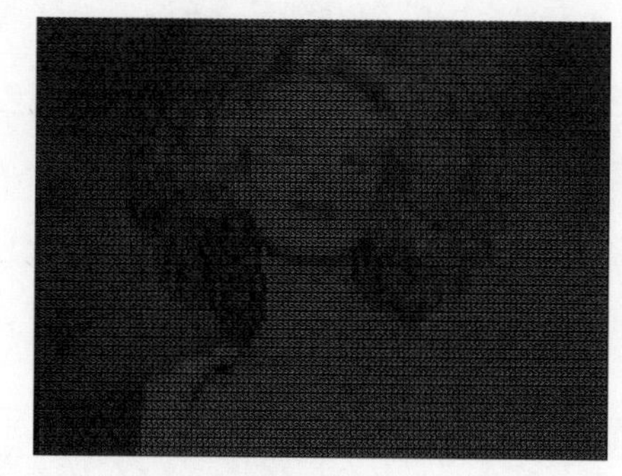
产生的数字化图像

7.41 使用细线组合图像：Panopticum——Panopticum.Engraver.v1.1

使用“Panopticum”插件中的“Panopticum.Engraver.v1.1”滤镜，可以根据原图像，从几何样式中生成相应厚度和密度的细线来重新组合图像。用户可以设置线条的间距、宽度、位置和角度等参数，同时还可以设置线条是直线型、波浪形或圆环形等。

打开如下左图所示的素材图像，执行“滤镜→Panopticum→Panopticum.Engraver.v1.1”命令，弹出如下右图所示的“Panopticum.Engraver”对话框，其中各选项的功能如下。

素材图像

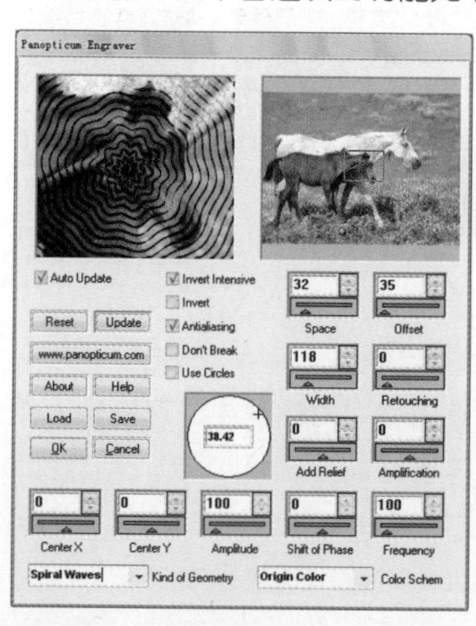

“Panopticum.Engraver”对话框

- Invert Intensive：选中该复选框，反转线条中的强度，使原本细的线条变粗，粗的线条变细。
- Invert：选中该复选框，将线条与背景相互转换。

- Antialiasing：选中该复选框，使线条上粗细不等的部位产生自然过渡，使线条变得平滑，效果如下图所示。

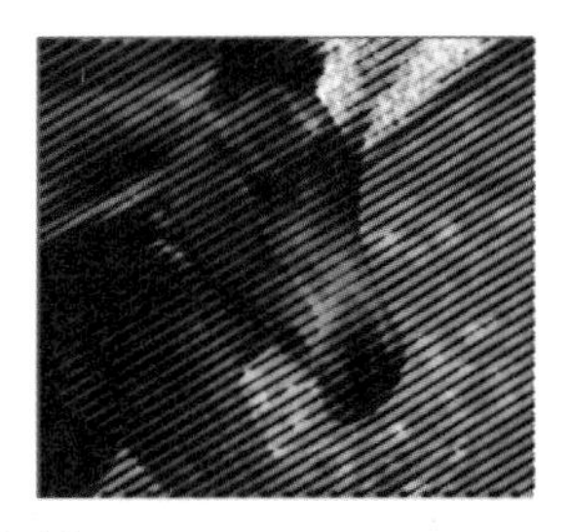

选中“Antialiasing”选项前后的效果对比

- Don’t Break：选中该复选框，使线条中不出现断开的状态。
- Use Circles：选中该复选框，使用圆点组合并构成线条，如下左图所示。

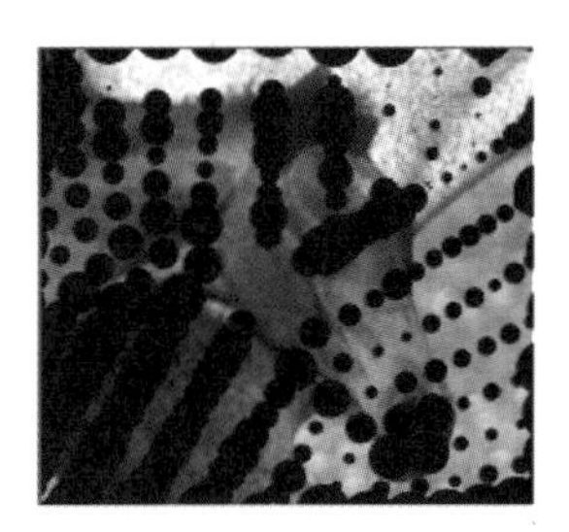

选中“Use Circles”选项前后的效果对比

- 拖动角度设置器中的十字形，可以改变线形、波浪形和螺旋形线条的角度。只有在“Kind of Geometry”下拉列表中选择“Lines”、“Waves”和“Spiral”样式时，设置的角度参数才有效。
- Space：设置线条之间的间隔。
- Offset：设置线条的偏移量。
- Width：设置线条的宽度。
- Retouching：调整润饰线条的程度。数值越大，线条中的像素沉积效果越明显，如下图A和图B所示。
- Add Relief：调整使线条产生地貌似变形的程度，效果如下图C所示。

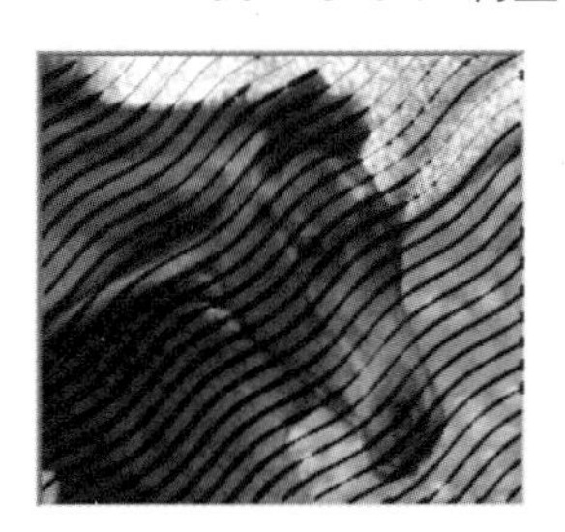
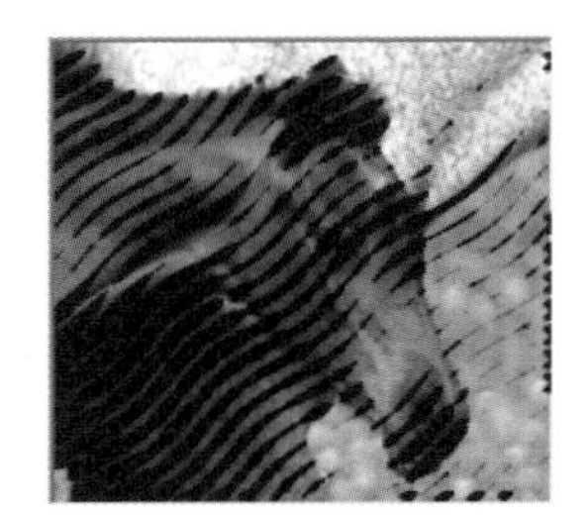
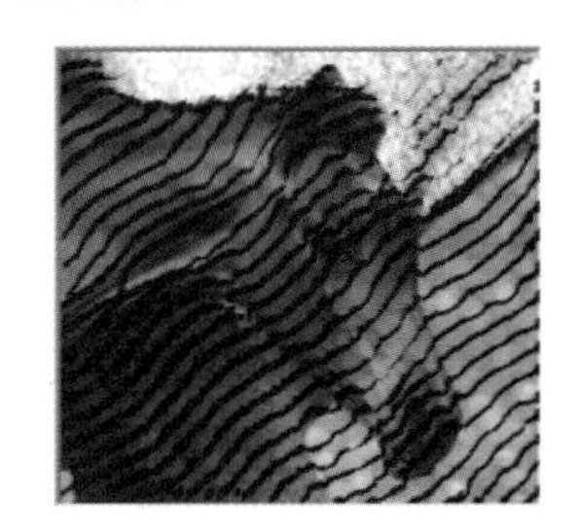

图A Retouching=-1　　图B Retouching=803　　图C Add Relief=535

- Amplification：调整扩大线条宽度的程度。
- Center X：设置环形和螺旋形线条的中心在水平方向的位置。只有在“Kind of Geometry”下拉列表中选择“Rings”或“Spiral”类样式时，该选项才可用。

- Center Y：设置环形和螺旋形线条的中心在垂直方向的位置。
- Amplitude：调整环形或螺旋形波纹线条的振幅。只有在“Kind of Geometry”下拉列表中选择“Rings Waves”或“Spiral Waves”样式时，该选项才可用。下图所示是设置不同“Amplitude”值后的线条效果。

Amplitude=70

Amplitude=303

- Shift of Phase：设置环形或螺旋形波纹线条发生定相位移的程度。
- Frequency：设置环形或螺旋形波纹线条的频率，数值越大，波纹频率越高。下图所示是设置不同“Frequency”值后的线条效果。

Frequency=90

Frequency=500

- Kind of Geometry：在该下拉列表中可以选择生成线条的几何学样式。
- Color Schem：在该下拉列表中可以选择生成线条颜色的方式。选择“Origin Color”选项，采用原始图像的颜色。选择“Split Color”选项，在画面中分离原图像的颜色，产生特殊的颜色效果，如下左图所示。选择“Black and White”选项，产生黑白图像效果，如下右图所示。

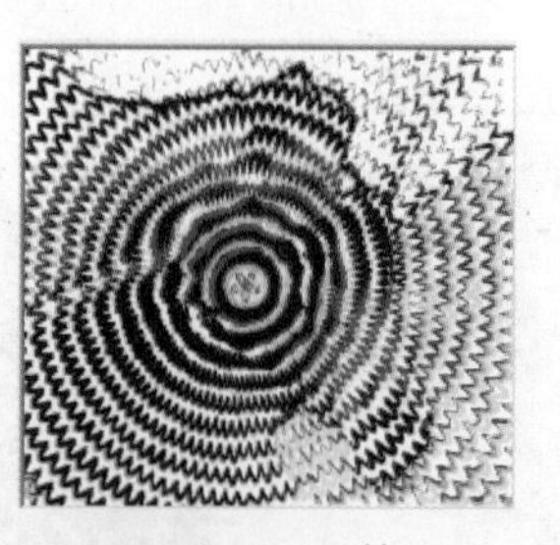

“Split Color”效果

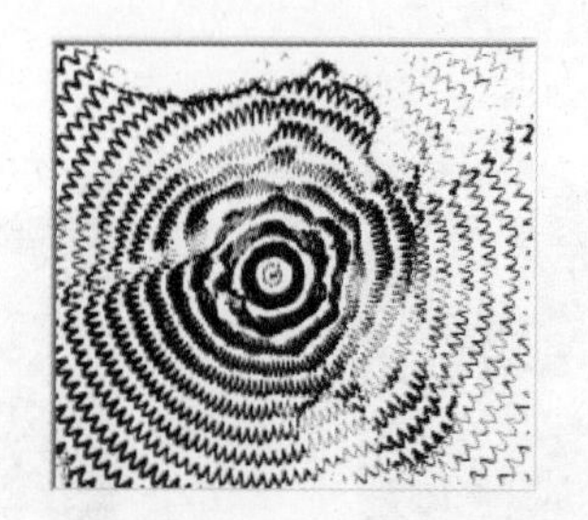

“Black and White”效果

08 图像边缘的效果处理

Dictionary of Filters for Photoshop

Chapter

图像边缘的效果处理，主要是指对所选图像的边缘进行一些特殊效果的处理（如制作边缘发光效果、创建不规则图像边缘、添加电光散射效果以及制作边框等）。通过对图像边缘进行处理，可以通过不同的方式使当前图像更加醒目，同时也增强了整个画面的视觉效果。

8.1 制作发光或冒烟效果：Eye Candy 4000 Demo——闪耀

使用“Eye Candy 4000 Demo”插件中的“闪耀”滤镜，可以在图像或选区边缘制作发光和冒烟等的效果，通过调整光的颜色、发光形态以及曲折程度，可以使图像产生神秘感。

打开如下左图所示的素材，将需要创建闪耀效果的图像创建为选区，或将其拷贝到一个新的图层中，然后执行“滤镜→Eye Candy 4000 Demo→闪耀”命令，弹出的“闪耀”对话框及预览到的图像效果如下右图所示。

素材图像

“闪耀”对话框

- 发光宽：调整从图像或选区边缘散发出的光环的宽度。
- 闪耀大小：调整发射出的光的范围大小。
- 伸展：调整光伸展出的范围大小。
- 摇摆：调整光环的曲折程度。
- 模糊： 调整光环被模糊的程度。
- 不透明：调整发散出的光的不透明度。
- 颜色：设置光环的颜色。
- 仅选择区域外部：选中该复选框，只在选区或图像边缘外应用闪耀效果。

● 自选择区域发出：选中该复选框，并取消选中“仅选择区域外部”复选框后，可以从图像或选区中心向四周生成发光效果，效果如下右图所示。

自选择区域发出光环

TIPS　　当前图像如果是在背景图层，那么必须在图像中创建选区，才能使用“闪耀”滤镜。否则，该滤镜只能应用于透明图层。

8.2 图像边缘的不规则处理：The Plug-in Site——Edge Tools

使用“The Plug-in Site”插件中的“Edge Tools”滤镜，可以对图像边缘进行多种样式的不规则形状处理，以增强图像的艺术感。

打开如下左图所示的素材，然后执行“滤镜→The Plug-in Site→Edge Tools”命令，弹出如下右图所示的“Edge Tools”对话框。

素材图像

“Edge Tools”对话框

● 在“Effects”下拉列表中，可以选择应用到图像边缘的效果类型。选择不同类型后产生的效果如下图所示。

Wave Edge

Cutline Edge

Wonder Edge

Chopper Edge

Wobble Edge

Wildside Edge

Tooth Edge

Bubble Edge

Ripped Edge

Grainy Edge

Woodcut Edge

Cave Edge

Jungle Edge

Curved Edge

- Factor：在“Edge Tools”对话框中提供4种不同的“Factor”选项，它们分别用于调整边缘效果的细节，以产生不同的处理效果。
- Intensity：调整对图像边缘进行处理的强度。
- Width：调整边缘效果内图像的宽度。
- Height：调整边缘效果内图像的高度。

❶ 选中“Circular”复选框，图像产生圆形的边框效果，如下左图所示。

❷ 选中“Invert”复选框，反转边框外的空白区域与边框内的图像，如下右图所示。

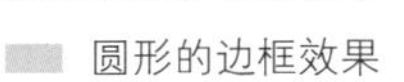

圆形的边框效果

反转边框内容后的效果

8.3 制作风格化发光效果：Alien Skin Eye Candy5：Nature——Corona

利用“Alien Skin Eye Candy5：Nature”插件中的“Corona”滤镜，可以在选区或透明图层中的图像边缘产生丰富的、变化各异的、意想不到的发光效果（如舞动的花纹边框、喷射的熔岩、渐变的发光效果、迷幻的火焰、飘渺的烟雾以及野兽的毛发等）。

打开如下左图所示的图像素材，将需要应用“Corona”效果的图像创建为选区，然后执行“滤镜→Alien Skin Eye Candy5：Nature→Corona”命令，弹出如下右图所示的“Corona”对话框。

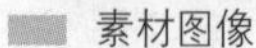 素材图像

滤镜选项设置

在“Corona”对话框的“Settings”选项卡中，可以预设“Corona”效果。在“Basic”选项卡中，各选项的功能如下。

- Corona Type：用于选择“Corona”效果的类型。选中“Streaky”单选项，产生有条纹的“Corona”效果。选中“Turbulent”单选项，产生杂乱的、无规则的“Corona”效果。
- Glow Radius：调整从图像或选区边缘散发出的光环的范围大小。
- Flare Width：设置“Corona”效果中闪光的宽度。
- Stretch：设置光环伸展出的范围大小。
- Waver：调整光环的曲折程度。
- Blur：调整光环的模糊程度。
- Overall Opacity：调整全部光环的不透明度。
- Gradient：设置应用到光环上的渐变颜色。“Smoothness”选项用于调整颜色之间平滑过渡的程度。“Opacity”选项用于调整颜色的不透明度，只有在渐变条上选择上方的不透明标后，该选项才可用。“Color”选项用于调整所选色标的颜色。
- Radiate from Selection：选中该复选框，从图像或选区中心向四周生成发光效果。
- Mask Selection：选中该复选框，只在选区或图像边缘外生成发光效果。

在如下图所示的“Corona”选项卡中，各选项的功能如下。需要注意的是，只有在“Basic”选项卡中取消选择“Radiate from Selection”复选框后，“Corona”选项卡才可用。

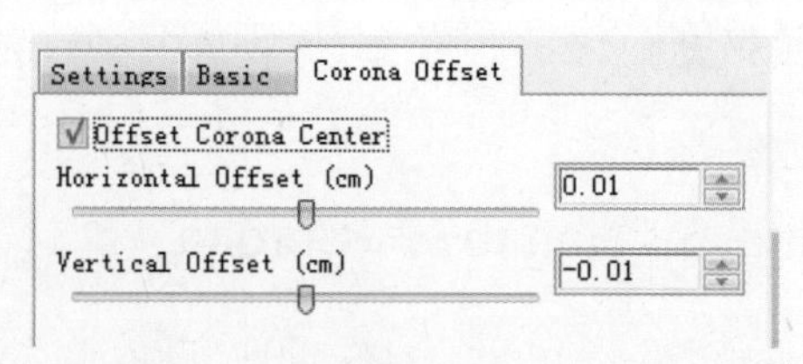

“Corona”选项卡

- Offset Corona Center：选中该复选框，可以设置“Corona”效果的中心点的位置。
- Horizontal Offset：设置“Corona”效果的中心点在水平方向的偏移量。
- Vertical Offset：设置“Corona”效果的中心点在垂直方向的偏移量。

8.4 制作电光特效：Alien Skin Xenofex 2——触电

使用“Alien Skin Xenofex 2”插件中的“触电”滤镜，可以在图像或选区边缘制作电光闪耀的效果。用户可以设置电弧的长度、间隔、厚度、分支散开的程度以及发生的颜色等。

打开如下左图所示的素材图像，并将需要应用“触电”效果的图像创建为选区，然后执行“滤镜→Alien Skin Xenofex 2→触电”命令，打开如下右图所示的“触电”对话框。

素材图像

“触电”对话框

在“触电”对话框的“基本”选项卡中，各选项的功能如下。

- 电弧间隔：调整电弧之间的间隔距离。
- 电弧长度：调整电弧的长度。
- 电弧厚度：调整电弧的宽度大小。数值越大电弧越宽，电压强度越强。
- 锯齿状：调整电弧中的锯齿程度。数值越小，电弧线条越光滑。
- 分支：调整电弧中的分支数量。数值越大，分支越多。
- 分支散布：调整分支在电弧周围散布的范围。
- 自中心发出：选中该复选框，从图像或选区中心向四周发出电弧。

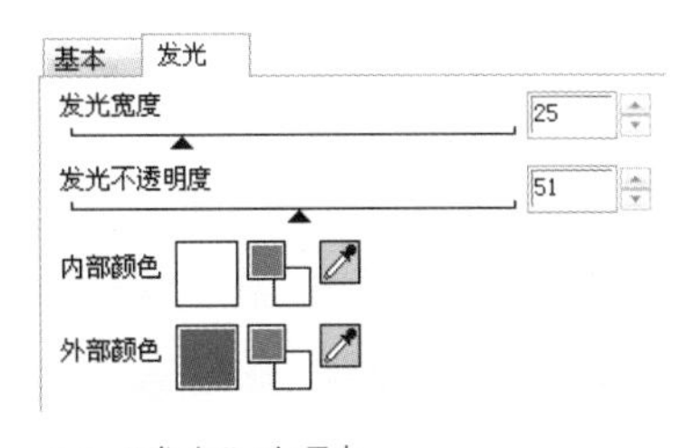

“发光”选项卡

在右图所示的“发光”选项卡中，各选项的功能如下。

- 发光宽度：调整电弧发出的光的宽度。
- 发光不透明度：调整电弧发出的光的不透明度。
- 内部颜色：设置电弧的颜色。
- 外部颜色：设置电弧所发出的光的颜色。

右图所示是为图像应用“触电”滤镜后，对电光进行适当处理而得到的效果，处理后的电光效果更具层次感。

完成后的电光效果

8.5 制作烧焦边缘效果：Alien Skin Xenofex 2——燃烧边缘

使用“Alien Skin Xenofex 2”插件中的“燃烧边缘”滤镜，可以在图像边缘创建被火烧焦的效果，它常被应用于广告设计中表现一种复古的风格。

打开如下左图所示的素材图像，然后执行“滤镜→Alien Skin Xenofex 2→燃烧边缘”命令，弹出如下右图所示的“燃烧边缘”对话框。

素材图像

“燃烧边缘”对话框

- 收缩/扩充选区：设置烧焦边缘向图像内扩充或收缩的程度。
- 燃烧宽度：设置图像边缘燃烧的宽度。
- 粗糙程度：设置烧焦边缘的粗糙程度。
- 挖空边缘：选中该复选框，将挖空燃烧效果的边缘，使燃烧边缘向内收缩。
- 燃烧内侧：选中该复选框，产生图像内侧被燃烧的效果，如右图所示。
- 燃烧颜色：设置应用到图像上产生燃烧效果后的颜色。

燃烧内侧的效果

- 填充内侧燃烧：设置填充被燃烧区域的颜色。选中使用“纯色填充”复选框，使用指定的颜色填充。选中“制作选区透明度”复选框，将燃烧后的区域创建为透明，只有在选中非背景图层时，该选项才可用。
- 整体不透明度：设置燃烧边缘效果应用到图像上的整体不透明度。

8.6 图像的边框处理：Extensis——PhotoFrame 2.5

“Extensis”插件中的“Extensis PhotoFrame”滤镜具有强大的边框制作功能，它可以制作出非常出色的边框和边缘效果。“Extensis PhotoFrame”滤镜利用蒙版的形式对图像边缘进行处理，用户可以设置创建边缘效果的蒙版框架、遮罩图像边缘的几何形状、边缘的效果等，同时还可以对背景图像、图像与背景的交界、发光和阴影效果等进行设置。

打开如下左图所示的素材图像，然后执行“滤镜→Extensis→PhotoFrame 2.5”命令，弹出如下右图所示的“Extensis PhotoFrame 2.5”对话框。

素材图像

“Extensis PhotoFrame 2.5”对话框

❶ 菜单栏：用于执行相应的菜单命令。在“File”菜单中，可以执行载入框架、保存设置和重新设置参数的命令。在“Edit”菜单中，可以执行撤销、还原、剪切、复制、粘贴、删除等命令。在“View”菜单中，可以使用缩放视图的菜单命令。在“Options”菜单中，可以执行实时预览和后台处理的命令。在“Window”菜单中，可以执行显示与隐藏面板的操作。“Help”菜单用于为读者提供技术上的介绍和帮助。

❷ 视图控制和工具栏：单击按钮，可以放大视图。单击按钮，可以缩小视图。在“Settings”下拉列表中只有一个“Last Used”选项，用于使预览窗口始终显示最后设置的图像效果。单击按钮，保存当前的设置。单击按钮，删除当前保存的设置。选择工具，可以移动视图。选择工具，可以放大视图，按下“Alt”键，可以缩小视图。选择工具，可以在预览窗口中移动边框效果。

❸ 面板：用于对各项面板参数进行设置。

了解“PhotoFrame 2.5”滤镜的工作界面后，下面逐个介绍“PhotoFrame 2.5”对话框中各个面板的功能和使用方法。

“Frame”面板用于对应用到图像上的边缘框架进行设置，该面板如右图所示，各选项的具体使用方法如下。

- 在蒙版显示框中，以蒙版的形式显示了当前所选的“Frame”层中的边缘处理效果。
- 单击“Add Frame File”按钮，可以添加一个“Frame”边框样式，用户可以在弹出的“打开”对话框中进行选择，效果如下图所示。

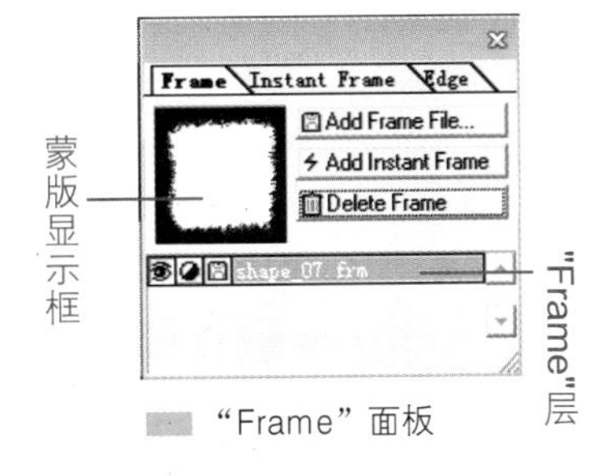

“Frame”面板

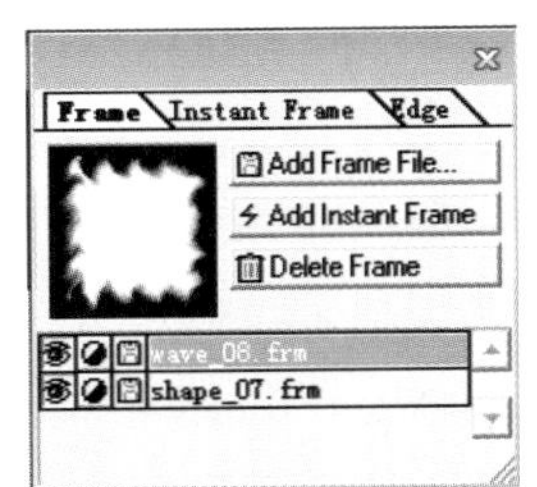

添加一个边框样式后的效果

- 单击“Add Instant Frame”按钮，可以添加一个即时的“Frame”边框样式，此时将切换到“Instant Frame”面板，如下图A所示，在其中可以指定一种几何形状遮罩位于该形状外的图像，效果如下图B所示。切换到“Frame”面板，此时在“Frame”层中将增加一个以几何形状样式命令的图层，如下图C所示。

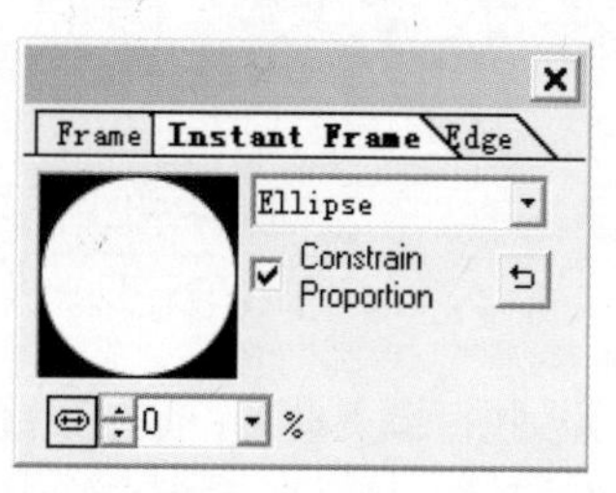

图A “Instant Frame”面板

图B 添加几何形状遮罩后的效果

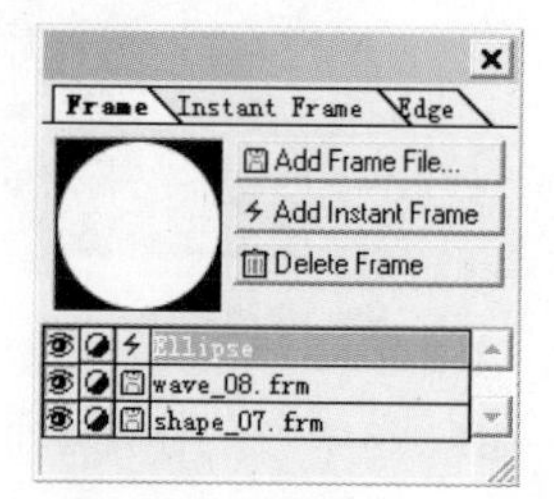

图C 增加的“Frame”层

- 单击“Delete Frame”按钮，可以删除当前选定的“Frame”层，以及该层中应用到图像上的效果。
- 单击“Frame”层左边的图标，可以隐藏该层及应用到图像上的效果。单击图标，可以反转当前“Frame”层中应用到图像上的遮罩与被遮罩的区域。如果要调整“Frame”层的上下排列顺序，可以将“Frame”层拖动到目标位置即可。与Photoshop中的图层不同，调整“Frame”层的顺序后，图像中应用的效果不会发生改变。

“Instant Frame”面板用于对即时的框架样式进行设置。在“Frame”面板中单击“Add Instant Frame”按钮，即可切换到“Instant Frame”面板，并激活该面板中的所有选项，其中各选项的具体功能如下。

- 在蒙版显示框中，以蒙版的形式显示了当前所添加的“Instant Frame”样式。在右边的下拉列表中，可以选择所需的几何形状蒙版样式。
- 选中“Constrain Proportion”复选框，按所选的几何样式比例遮罩图像。下图所示是在选择心形样式并选中该选项前后的效果对比。

选中该选项前后的效果对比

- 在选择“Ellipse”样式时，通过 0 % 选项可以调整椭圆形的圆度。
- 在选择“Ellipse”以外的其他所有“Instant Frame”样式时，都会出现 0 % 选项，它用于调整几何形状中边角的圆滑度。

- 在选择“Polygon”或“Star”样式时，通过5选项可以调整多边形或星形的边数。
- 在选中“Polygon”或“Rectangle”样式时，选中☑Concaved复选框，可以产生边角内凹的效果，如下左图所示。
- 在选择“Star”样式时，通过39%选项可以设置星形的锐度。
- 选择“Arrow”样式时，通过50%选项可以设置箭柄的宽度，而通过50%选项，则可以调整整个箭头的宽度。
- 在选择“Heart”样式时，选中☑Broken Heart复选框，可以产生心形被分割的效果，如下右图所示。

边角内凹的效果

心碎的效果

“Edge”面板用于为图像边缘添加多种类型的处理效果，并且通过将多种效果混合，可以得到丰富的边框效果。单击该面板中的边缘效果层左边的▸图标，在弹出式列表中可以选择添加到边框中的边缘效果类型，如下左图所示。选择任意一个类型后，“Edge”面板将被激活，如下右图所示。

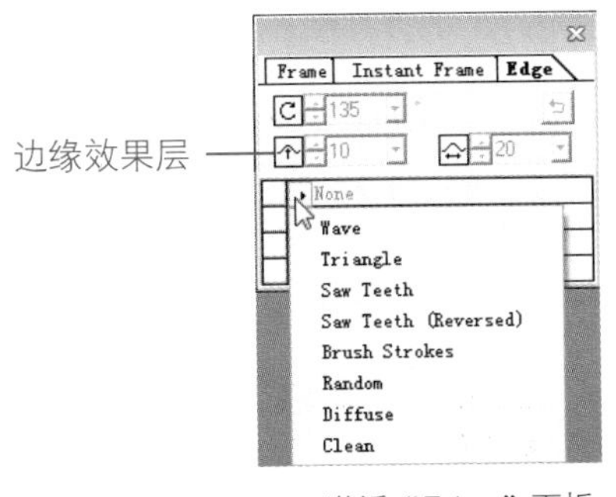

激活“Edge”面板

- 在135°数值框中，可以设置对图像边缘进行处理的角度取向。
- 在24数值框中，可以设置应用边框效果的边缘高度。
- 在16数值框中，可以设置应用边框效果的边缘宽度。
- 单击↺按钮，重新设置选项参数。

“Background”面板用于设置对图像应用边框效果后产生的背景。该面板如下图所示，各选项的具体使用方法如下。

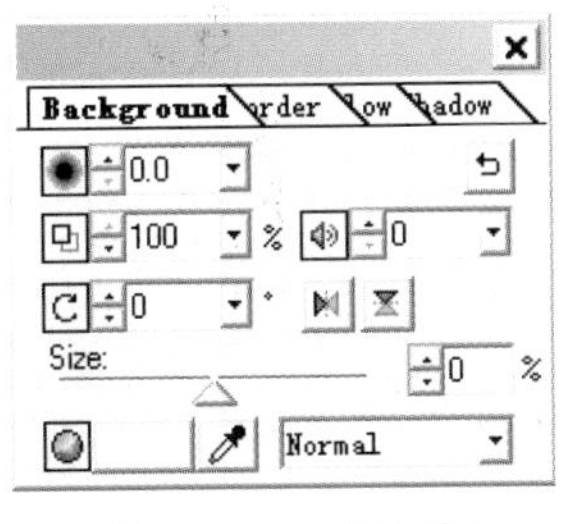

“Background”面板

- 在0.0数值框中，设置对图像边框效果进行模糊的程度。

- 在数值框中，设置边框效果的不透明度。数值越小，效果越透明，被边框屏蔽的原始图像的可见度就越高。
- 在数值框中，设置边框效果旋转的角度，下图左所示是将该值设置为11的效果。
- 在数值框中，设置添加到边框效果中的噪点数量。
- 单击按钮，将边框效果水平翻转。单击按钮，将边框效果垂直翻转。
- 拖动“Size”滑块，设置边框效果向内收缩或向外扩展的范围。该值为正时，边框向外扩展；该值为负时，边框向内收缩。
- 单击图标右边的色块，然后可以设置填充边框的颜色。选择工具，可以吸取图像中的颜色作为填充边框的颜色。
- 在混合模式Normal下拉列表中，设置边框层之间或边框层与原始图像混合的方式，如下右图所示。

旋转边框后的效果

设置边框效果层之间的混合模式后的效果

“Border”面板用于为边框添加边缘描边的效果，添加的描边效果和“Border”面板如下图所示，面板中各选项的功能如下。

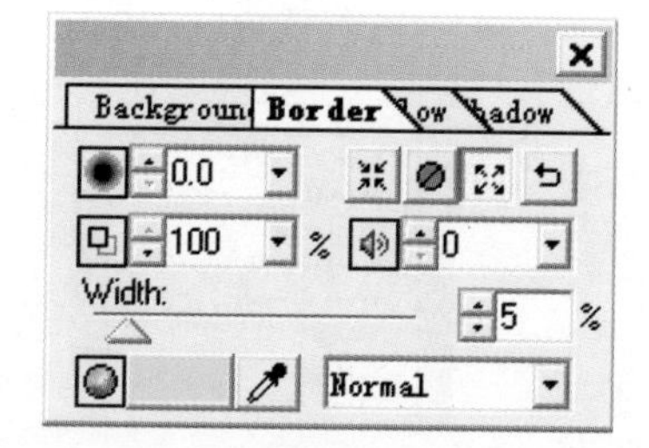

描边效果与“Border”面板

- 在“Border”面板中，默认为选中“Off”按钮，此时不能为边框添加描边效果。
- 单击按钮，可以在边框内侧添加描边效果。单击按钮，在边框外侧添加描边效果。
- 在数值框中，设置描边效果的模糊程度。
- 在数值框中，设置描边效果的不透明度。
- 在数值框中，设置添加到描边效果中的噪点的数量。
- 拖动“Width”滑块，设置描边的宽度。
- 单击图标右边的色块，然后可以设置描边的颜色。选择工具，可以吸取图像中的颜色作为描边色。

- 在混合模式下拉列表中，设置描边效果与原始图像混合的模式。

"Glow"面板用于为边框添加发光效果，添加的发光效果及"Glow"面板如下图所示，面板中各选项的功能如下。

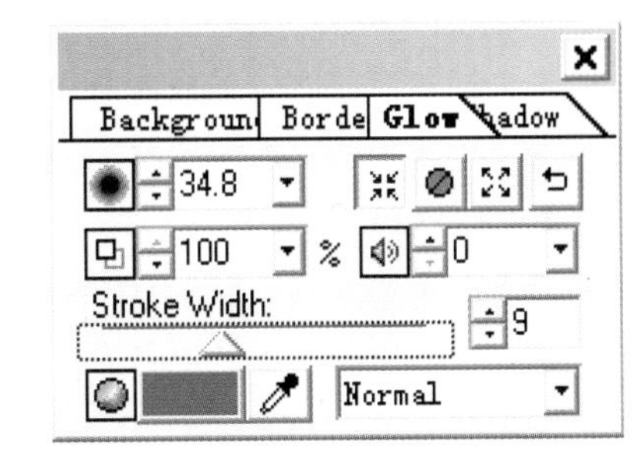

发光效果及"Glow"面板

- 单击按钮，产生内发光效果。单击按钮，产生外发光效果。
- 拖动"Stroke Width"滑块，设置发光的强度。

"Shadow"面板用于为边框添加阴影，添加的阴影效果及"Shadow"面板如下图所示，面板中各选项的功能如下。

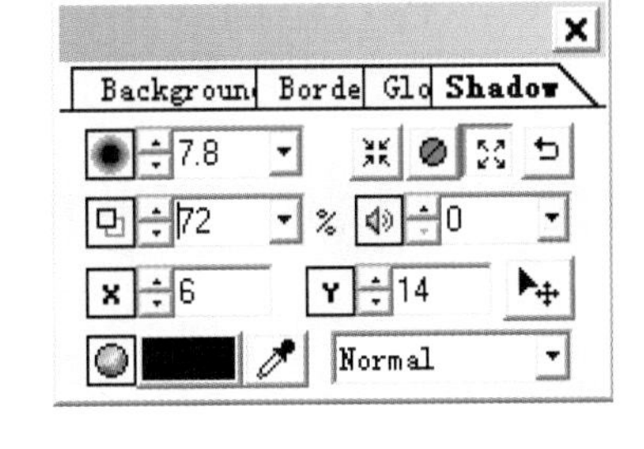

"Shadow"面板

- 单击按钮，产生内阴影的效果。单击按钮，产生外投影的效果。
- 在数值框中，可以设置阴影在水平方向偏移的程度。在数值框中，可以设置阴影在垂直方向偏移的程度。选择工具，可以在预览窗口中移动阴影的位置。

"Bevel"面板用于为边框添加斜面的效果，添加的斜面效果及"Bevel"面板如下图所示，面板中各选项的功能如下。

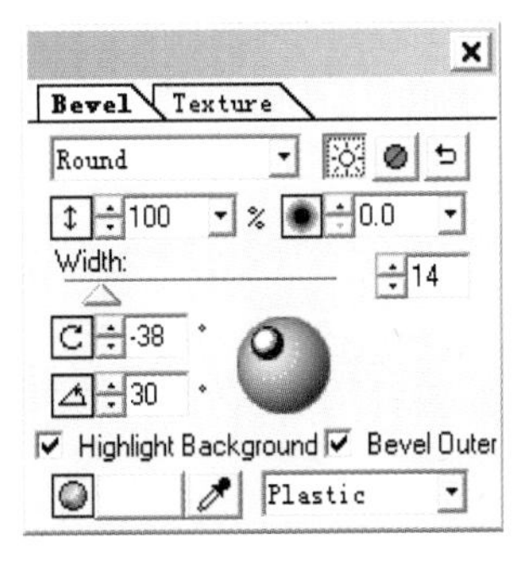

添加的斜面效果及"Bevel"面板

- 单击※按钮，应用斜面效果，然后在面板左上角的Round下拉列表中，可以选择斜面的外形。
- 在100 %数值框中，可以设置斜面的高度。
- 在0.0数值框中，可以设置斜面的柔化程度。
- 拖动“Width”滑块，设置斜面的宽度。
- 拖动球形上的圆点，可以设置加亮区域的方向和位置。用户也可以在-38°或30°数值框中设置具体的方向和位置角度。
- 选中☑ Highlight Background复选框，同时加亮背景。选中☑ Bevel Outer复选框，对背景也同时应用斜面效果。
- 在面板右下角的Plastic下拉列表中，可以选择所应用的斜面效果的类型。

“Texture”面板用于为边框区域添加纹理效果，用户可以将多张图像混合后作为纹理添加到边框区域中。添加纹理后的效果及“Texture”面板如下图所示，面板中各选项的具体使用方法如下。

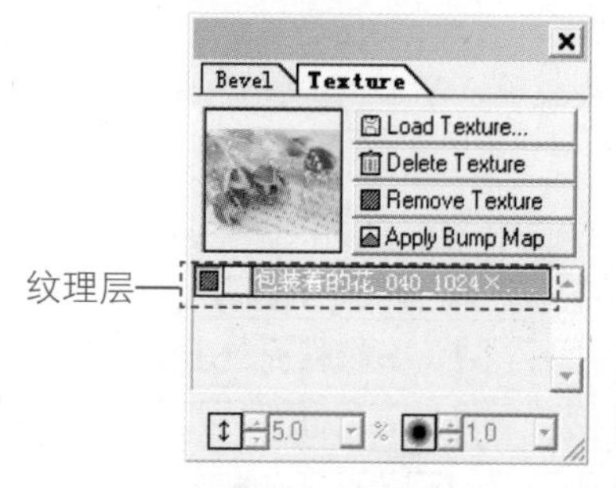

添加纹理后的效果及“Texture”面板

- 单击Load Texture...按钮，载入所需的图像创建纹理效果。
- 单击Delete Texture按钮，删除当前选取的纹理层。
- 单击Remove Texture按钮，清除当前纹理层中的纹理。清除纹理后，单击Apply Texture按钮，又可应用该纹理效果。
- 单击Remove Bump Map按钮，为当前纹理层中的纹理添加浮雕效果。浮雕效果可以作为单独的个体而存在，当单击纹理层左边的■按钮，将该纹理层隐藏时，添加的浮雕效果仍然可显示出来，效果如下图所示。

添加浮雕并隐藏当前纹理层前后的效果

TIPS

当创建多张图像混合的纹理效果时，如果要将其他纹理层中添加的浮雕效果应用到当前纹理层上，则单击当前纹理层中的图标，隐藏该层中的浮雕效果，然后再单击其他纹理层左边的图标，使其显示为状态时即可，效果如下图所示。

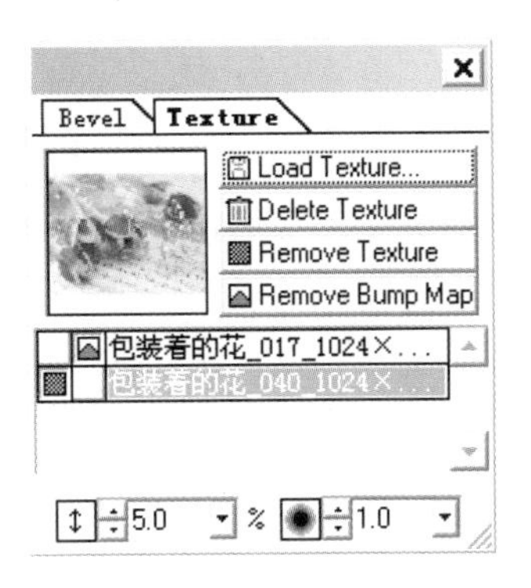

交错使用纹理层和浮雕效果后产生的图像

8.7 图像边缘的羽化处理：Flaming Pear——FeatherGIF

使用“Flaming Pear”插件中的“FeatherGIF”滤镜，可以轻松制作出自然的边缘羽化、为边缘创建颗粒状淡入淡出效果等，该种滤镜也常用于制作透明的GIF图片。

打开如下左图所示的素材图像，然后执行“滤镜→Flaming Pear→FeatherGIF”命令，弹出如下右图所示的“Feather GIF”对话框。

素材图像

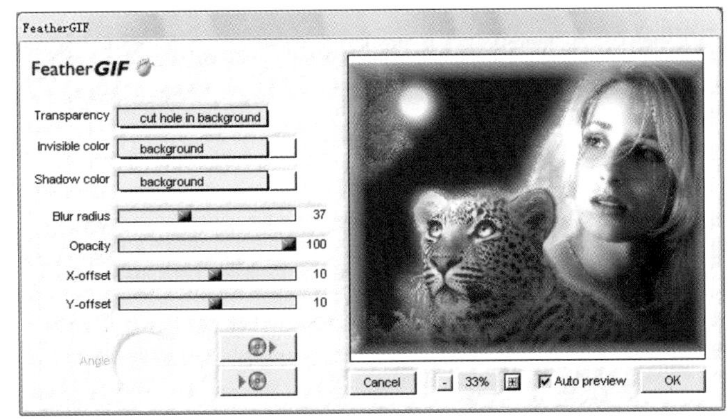

“Feather GIF”对话框

- Transparency：选择为图像应用透明效果的方式，包括为整个图像边缘应用淡入淡出和羽化效果，以及为水平或垂直方向边缘应用淡入淡出效果等。
- Invisible color：设置背景的颜色。当为图像设置透明度后，就可以显示背景中的颜色。
- Shadow color：设置阴影的颜色，包括前景色、背景色和自定义的颜色。
- Blur radius：在“Transparency”下拉列表中选择“fade selection’s edge”、

"cut hole in graphic"或"cut hole in background"类型时，通过该选项可以设置模糊的程度。

- Opacity：在"Transparency"下拉列表中选择"cut hole in graphic"或"cut hole in background"类型时，该选项用于设置边缘效果的不透明度。
- X-offset：选择"cut hole in graphic"或"cut hole in background"类型时，该选项用于设置边缘效果在水平方向上向左或向右偏移的范围。
- Y-offset：选择"cut hole in graphic"或"cut hole in background"类型时，该选项用于设置边缘效果在垂直方向上向上或向下偏移的范围。

09 Chapter 图像场景的处理

Dictionary of Filters for Photoshop

图像场景的处理，主要是对当前图像所处的背景画面进行特殊效果的处理（如添加火焰、创建水滴、制作烟幕、创建冰冻和积雪效果、制作天空和添加雪花飞舞等场景）。通过对图像场景进行适当的处理，可以更加烘托画面主题，增强图像的整体视觉效果。

9.1 添加火焰效果：Eye Candy 4000 Demo——火焰

“Eye Candy 4000 Demo”插件中的“火焰”滤镜，用于在选区或透明图层中的图像周围制作火焰效果。通过调整火焰的大小和颜色，可以表现各种火焰样式和冒烟的效果。需要注意的是，受作用的选区或图像应与图像窗口保持一定的距离，系统会在此范围内创建火焰效果。

打开如下左图所示的素材图像，将需要制作火焰效果的图像创建为选区，然后执行“滤镜→Eye Candy 4000 Demo→火焰”命令，弹出的“火焰”对话框及预览到的效果如下右图所示。

素材图像

“火焰”对话框

在“火焰”对话框的“基本”选项卡中，各选项的功能如下。

- 方向：调整火焰的方向。
- 火苗长度：调整整个火焰的长度。
- 火苗宽度：调整整个火焰的宽度。
- 侧面减少：使整个火焰的两端逐渐变小。
- 运动：调整火焰的动作。
- 密集火苗：选中该复选框后，火焰会更加鲜艳。
- 从另一侧开始：选中该复选框后，从选区的内侧生成火焰。
- 仅选择区外部绘制：选中该复选框后，只在选区的外侧生成火焰。在选中“从另一侧开始”复选框时，该选项不可用。

在如下图所示的“颜色”选项卡中，各选项的功能如下。

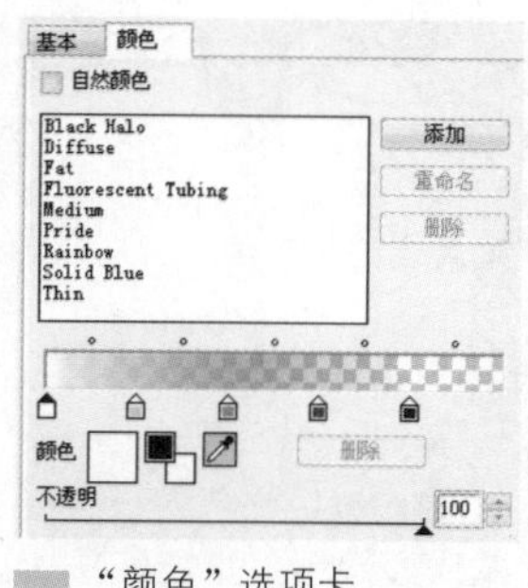

“颜色”选项卡

- 自然颜色：选中该复选框后，可以利用黄色、橙色等制作逼真的火焰。取消选定后，可以在下方的列表中调整颜色。
- 颜色表：列出了多种预设的火焰颜色。
- 渐变编辑器：用于编辑火焰的颜色。
- 颜色：用于更换基准色。
- 不透明：调整整个火焰颜色的不透明度。

9.2 创建水迹效果：Eye Candy 4000 Demo——水迹

利用“Eye Candy 4000 Demo”插件中的“水迹”滤镜，可以在图像上或选区内制作各种样式的逼真的水珠。利用该滤镜，可以有效地表现晨露中的植物图像。

打开如下左图所示的素材图像，然后执行“滤镜→Eye Candy 4000 Demo→水迹”命令，弹出的“水迹”对话框及预览到的水珠效果如下右图所示。

素材图像

“水迹”对话框及水珠效果

在“水迹”对话框的“基本”选项卡中，各选项的功能如下。

- 水滴大小：设置水珠的大小。
- 覆盖率：设置在图像中应用水珠的范围。
- 边缘变暗：调整水珠边角变暗的程度。
- 不透明性：设置水珠的不透明度。
- 着色：设置水珠内侧着色的程度。
- 折射：调整因水珠反射光而形成的图像的折射程度。
- 液体颜色：设置形成水珠的液体颜色。
- 圆形水滴：选中该复选框后，产生圆形的水珠。
- 无缝平铺：选中该复选框后，反复生成同样的图案。

在如右图所示的“光线”选项卡中，各选项的功能如下。

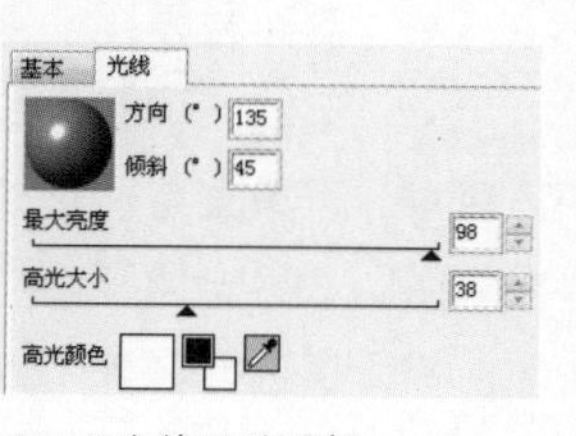

“光线”选项栏

- “方向”和“倾斜”：用于调整光源的方向。单击左边的球形后拖动，即可进行调整。

- 最大亮度：调整高光区域的亮度。
- 高光大小：调整高光的宽度。
- 高光颜色：设置高光的颜色。

9.3 添加烟幕效果：Eye Candy 4000 Demo——烟幕

利用“Eye Candy 4000 Demo”插件中的“烟幕”滤镜，可以在选区或透明图层上表现出烟幕升腾的图像效果。通过调整烟幕的样式和颜色，可以表现多种不同形态的烟幕效果。

打开如下左图所示的素材图像，并在图像下方创建一个用于制作烟幕效果的选区，然后执行“滤镜→Eye Candy 4000 Demo→烟幕”命令，弹出的“烟幕”对话框及预览到的烟幕效果如下右图所示。

素材图像

“烟幕”对话框及烟幕效果

在“烟幕”对话框的“基本”选项卡中，各选项的功能如下。

- 方向：设置从选区边缘升起的烟幕的方向。
- 烟幕长度：设置烟幕的长度。
- 侧边减少：逐渐缩小烟幕的幅度。
- 漩涡大小：调整升起的烟幕的大小和数量。设置值越大，烟幕越大，同时数量越少。
- 动荡强度：设置烟幕环绕的程度。
- 动荡粗糙度：设置烟幕变细腻或粗糙的程度。
- 模糊：对烟幕添加模糊效果。
- 从远侧开始：选中该复选框，从选区或图像的内侧生成烟幕。
- 仅在选择区外部绘制：选中该复选框，只在选区之外生成烟幕。

TIPS

在“烟幕”对话框中，关于“颜色”选项卡中各选项的功能介绍，请参考9.1中的“火焰”滤镜内容。

9.4 添加垂冰或冰柱效果：Alien Skin Eye Candy5：Nature——Icicles

“Alien Skin Eye Candy5：Nature”插件中的“Icicles”滤镜，可以为图像制作出冰的效果。通过调整冰的样式，可以创建多种形态的垂冰或冰柱效果。

打开如下图所示的素材图像，并将需要应用“Icicles”效果的图像创建为选区，然后执行“滤镜→Eye Candy 4000 Demo→Icicles”命令，弹出的“Icicles”对话框及预览到的冰柱效果如右图所示。

素材图像

“Icicles”对话框及冰柱效果

在“Icicles”对话框的“Basic”选项卡中，各选项的功能如下。

- Maximum Length：设置垂冰或冰柱的最大长度。
- Width：设置冰柱或垂冰的宽度。
- Density：设置冰柱或垂冰的密度。数值越大，冰柱或垂冰的数量越多。
- Pointedness：设置冰柱或垂冰尖角的锐度。数值越大，越尖锐。
- Icicle Regularity：设置冰柱或垂冰按规律排列的程度。
- Ice Height：设置冰柱或垂冰以外覆盖在图像上的冰的高度。在选中“Ice on Entire Selection”复选框后，该选项不可用。
- Ice on Entire Selection：选中该复选框，为选区范围内的所有图像制作冰冻效果，如下左图所示。
- Ice Color：设置冰的颜色。
- Opacity：设置所有冰的不透明度。
- Refraction：设置因冰的反射光而形成折射图像的程度。

在如下右图所示的“Lighting”选项卡中，各选项的功能如下。

选中“Ice on Entire Selection”后的效果

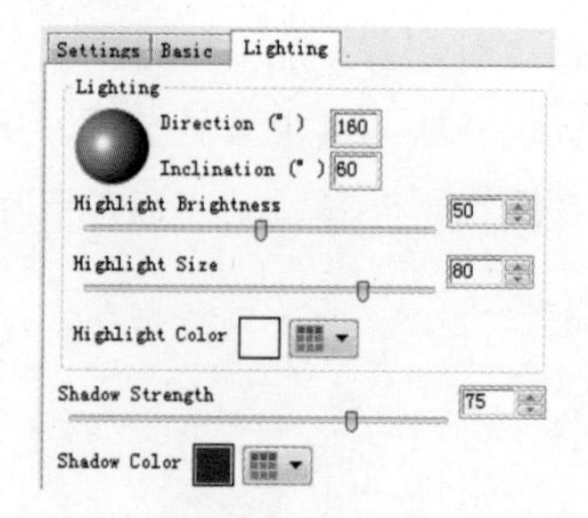

“Lighting”选项卡

- Direction和Inclination：设置光源的方向。

- Highlight Brightness：设置调整高光区域的亮度。
- Highlight Size：调整高光的宽度。
- Highlight Color：设置高光的颜色。
- Shadow Strength：设置阴影的强度。
- Shadow Color：设置阴影的颜色。

9.5 模拟冰冻的效果：2manekenai——MezzoForce-Ice

“MezzoForce-Ice”是一款制作冰冻效果的滤镜，通过调整冰的样式，可以产生不同形态的冰冻效果。打开如下左图所示的素材图像，然后执行“滤镜→2manekenai→MezzoForce-Ice”命令，弹出的“MezzoForce-Ice”对话框及预览到的冰冻效果如下右图所示。

素材图像

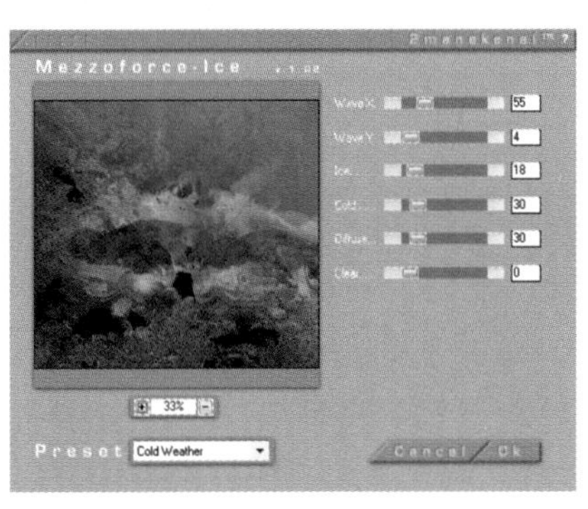

“MezzoForce-Ice”对话框

- Preset：在其下拉列表中可以选择预设的“MezzoForce-Ice”效果。
- Wave X：设置水平方向上产生波浪状变形的程度。
- Wave Y：设置垂直方向上产生波浪状变形的程度。
- Ice：调整图像上结冰的程度。
- Cold：调整图像被冷却的程度。
- Diffuse：调整原图像扩散的程度。
- Clear：调整图像的清晰程度。

9.6 添加火焰效果：Alien Skin Eye Candy5：Nature——Fire

“Alien Skin Eye Candy5：Nature”插件中的“Fire”滤镜，是“Eye Candy 4000 Demo”中的“火焰”滤镜的升级版。在升级后的“Fire”滤镜中，提供了多种预设的火焰效果，同时可以对火焰进行更为细致的设置（如火焰的紊乱程度、火焰强度以及火焰边缘变柔软的程度等）。

打开如下左图所示的素材图像，将需要应用“Fire”滤镜的图像创建为选区，然后执行“滤镜→Alien Skin Eye Candy5：Nature→Fire”命令，弹出的“Fire”对话框及预览到的火焰效果如下右图所示。

素材图像

“Fire”对话框及效果

在“Fire”对话框的“Settings”选项卡中，可以选择预设的火焰效果。在“Basic”选项卡中，可以对火焰效果进行基本的设置，其中各选项的功能如下。

- Fire Direction：设置火焰的方向。
- Flame Width：设置火焰的宽度。
- Expansion：设置火焰扩展的范围。
- Waver：设置火焰摇摆的程度。
- Turbulence：设置火焰的紊乱程度。
- Flame Intensity：设置火焰的强度。
- Soften Edges：设置火焰边缘变柔软的程度。
- Start from Bottom：选中该复选框，从选区或图像底部生成火焰效果，如下左图所示。
- Mask Selection：选中该复选框，在选区或图像外生成火焰效果，如下右图所示。

选中“Start from Bottom”的效果

选中“Mask Selection”的效果

9.7 制作烟雾效果：Alien Skin Eye Candy5：Nature——Smoke

“Alien Skin Eye Candy5：Nature”插件中的“Smoke”滤镜是“Eye Candy 4000 Demo”中的“烟幕”滤镜的升级版。升级后的“Smoke”滤镜可以制作小束状烟雾或浓烟的效果，同时还可设置烟雾的光亮度，并提供了更为细致的选项设置，以帮助用户得到更为理想的烟雾效果。

打开如下左图所示的素材图像，并将需要制作烟雾的区域创建为选区。用户可以将选区作适当的羽化，以得到更加自然的烟雾效果。执行“滤镜→Alien Skin Eye Candy5：Nature→Smoke”命令，弹出的“Smoke”对话框及预览到的烟雾效果如下右图所示。

素材图像

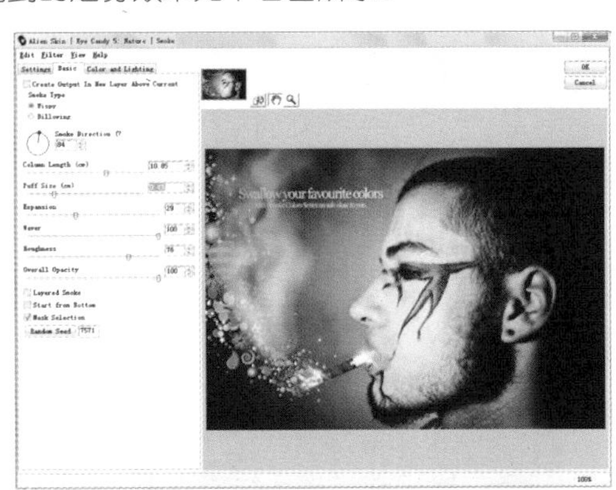

“Smoke”对话框及烟雾效果

在“Smoke”对话框的“Basic”选项卡中，可以对烟雾效果进行基本的设置，其中各选项的功能如下。

- Create Output In New Layer Above Current：选中该复选框，将制作的烟雾效果创建在新生成的“Smoke”图层中，反之则创建于当前图像所在的图层中。
- Smoke Type：用于选择所要生成的烟雾类型。选中“Wispv”选项，生成小束状烟雾。选中“Billowing”选项，生成滚滚浓烟。
- Column Length：设置烟雾的长度。
- Puff Size：调整升腾的烟雾的大小和数量。
- Expansion：设置烟雾向四周扩散的程度。
- Waver：设置烟雾环绕的强度。
- Roughness：设置烟雾变细腻或粗糙的程度。
- Overall Opacity：设置整个烟雾的不透明度。
- Layered Smoke：选中该复选框，产生分层的烟雾效果。

在如下图所示的“Color and Lighting”选项卡中，可以设置烟雾的颜色以及光的亮度颜色。该选项卡中各选项的功能如下。

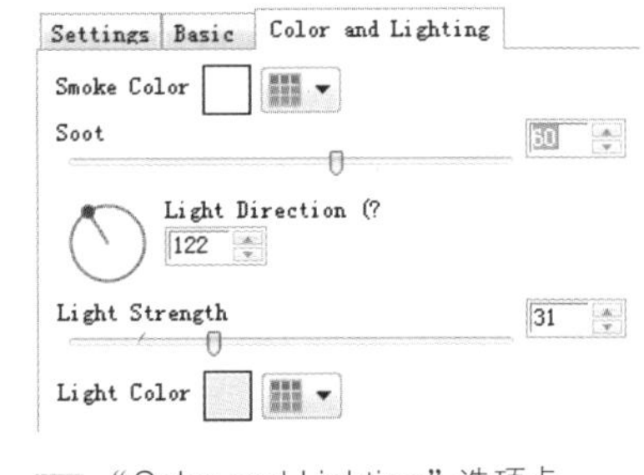

“Color and Lighting”选项卡

- Smoke Color：设置烟雾的颜色。
- Soot：设置烟雾被煤烟污染的程度。
- Light Direction：设置光源的方向。
- Light Strength：设置光照的强度。
- Light Color：设置光的颜色。

9.8 制作积雪效果：Alien Skin Eye Candy5：Nature——Snow Drift

利用“Alien Skin Eye Candy5：Nature”插件中的“Snow Drift”滤镜，可以为选区或透明图层中的图像制作逼真的积雪效果。

打开如下左图所示的素材图像，并将需要制作“Snow Drift”效果的图像创建为选区，然后执行“滤镜→Alien Skin Eye Candy5：Nature→Snow Drift”命令，弹出的“Snow Drift”对话框及预览到的积雪效果如右图所示。

素材图像

“Snow Drift”对话框及效果

在“Snow Drift”对话框的“Basic”选项卡中，可以对积雪效果进行基本的设置，其中各选项的功能如下。

- Drift Height：设置积雪的高度。
- Clumping：设置雪堆积的凹凸程度。数值越小，表面越平滑。
- Surface Roughness：设置积雪的表面粗糙度。
- Droop：设置积雪低垂的程度。数值越大，积雪垂下来的厚度越厚。
- Start Snow Drift from Selection Bottom：选中该项，从选区或图像底部创建积雪效果。
- Dost on All Features：设置洒落在整个选区或图像上的雪花数量。
- Dust on Bright Features：设置选区或图像上的亮部区域内的雪花数量。
- Bright Features Threshold：设置亮部区域内添加的雪花效果向周围扩散的范围。

在右图所示的“Lighting”选项卡中，各选项的功能如下。

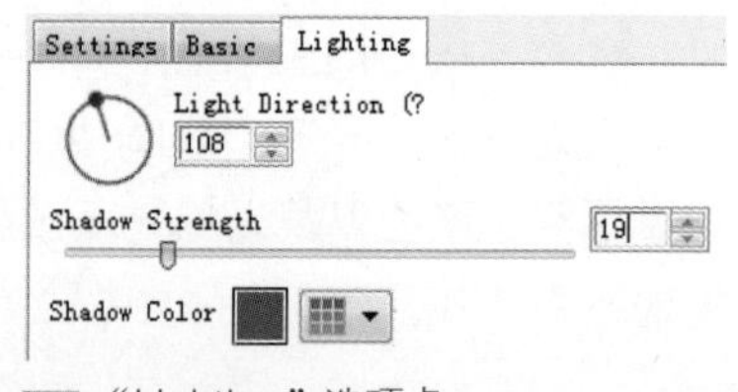

“Lighting”选项卡

- Light Direction：设置光源的方向。
- Shadow Strength：设置积雪上的阴影强度。
- Shadow Color：设置积雪上的阴影颜色。

9.9 添加水珠：Alien Skin Eye Candy5：Nature——Water Drops

“Alien Skin Eye Candy5：Nature”插件中的“Water Drops”滤镜是“Eye Candy 4000 Demo”中的“水迹”滤镜的升级版。升级后的“Water Drops”滤镜能生成自然的水珠外形，并且水珠上的高光形状也会随水珠形状而产生相应的变化，因此能制作出更为逼真的水珠效果。

打开如下左图所示的素材图像，并将需要添加水滴的图像创建为选区，然后执行“滤镜→

Alien Skin Eye Candy5：Nature→Water Drops”命令，弹出的“Water Drops”对话框及预览到的水滴效果如右图所示。

素材图像

“Water Drops”对话框及水滴效果

在“Water Drops”对话框的“Basic”选项卡中，可以对水滴的基本形态和光源效果进行设置，其中各选项的功能如下。

- Drop Size：设置水珠的大小。
- Coverage：设置水珠覆盖原图像的密度。
- Clumping：设置水珠变形的程度。数值越小，越接近圆形。
- Focus：调整水珠边角变暗的程度。
- Refraction：调整因水珠反射光而形成的图像的折射程度。
- Opacity：调整水珠的不透明度。
- Tinting：设置水珠内侧着色的程度。
- Liquid Color：设置形成水珠的液体颜色。

9.10 创建闪电效果：Alien Skin Xenofex 2——闪电

“Alien Skin Xenofex 2”插件中的“闪电”滤镜专门用于制作闪电特效。通过设置电弧的厚度、锯齿状和分支等参数，可以产生不同形态的闪电效果。

打开如下左图所示的素材图像，然后执行“滤镜→Alien Skin Xenofex 2→闪电”命令，弹出的“闪电”对话框及预览到的闪电效果如下右图所示。

素材图像

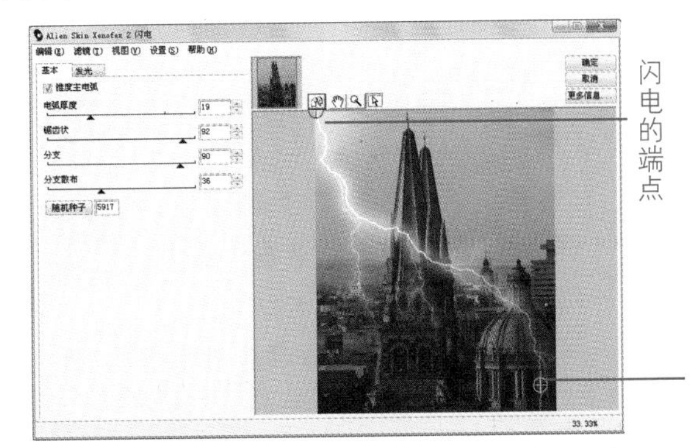

“闪电”对话框及闪电效果

在“闪电”对话框的“基本”选项卡中，可以设置闪电的基本形态，其中各选项的功能如下。

- 锥度主电弧：选中该复选框，使闪电中的主电弧产生由粗到细的锥度变化。
- 电弧厚度：设置闪电中所有电弧的宽度。
- 锯齿状：设置电弧产生锯齿状的程度。
- 分支：设置主电弧产生的分支数量。
- 分支散布：设置分支的散布范围。

“发光”选项卡如右图所示，它用于对电弧的发光效果进行调整，其中各选项的功能如下。

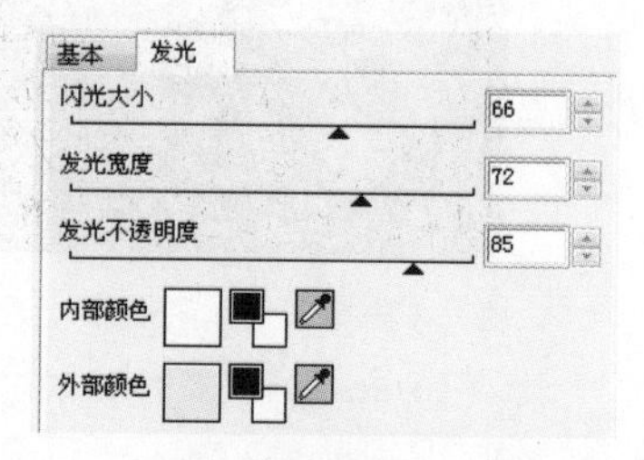

“发光”选项卡

- 闪光大小：设置闪电端点处的闪光强度。
- 发光宽度：设置电弧发出的光的宽度。
- 发光不透明度：设置电弧发出的光的不透明度。
- 内部颜色：设置电弧的颜色。
- 外部颜色：设置发光的颜色。

在“闪电”对话框中，选择预览窗口上方的工具，然后在预览窗口中拖动闪电的端点或终点，可以调整闪电的端点或终点的位置，从而改变闪电的走势，如右图所示。

调整闪电的端点和终点

9.11 制作星空图案：Flaming Pear——Glitterato

“Flaming Pear”插件中的“Glitterato”滤镜专门用于制作星空图案，利用该滤镜可以制作出逼真的现实主义或超现实主义天幕。执行“滤镜→Flaming Pear→Glitterato”命令，弹出如右图所示的“Glitterato”对话框。

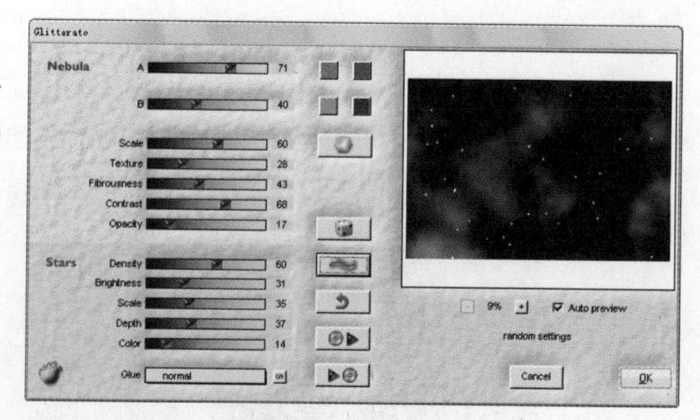

“Glitterato”对话框

- A：设置星云的明暗度。
- B：设置整个星空图像的明暗度。
- Scale：设置星云在星空背景中的大小比例。数值越大，云彩越大。
- Texture：设置星云中的纹理数量和清晰度。数值越大，纹理越多，清晰度越高。
- Fibrousness：设置星云中所含纤维的清晰度。数值越大，纤维越清晰。
- Contrast：设置星空图案的色彩对比度。

- Opacity：设置星云的不透明度。
- Density：设置星点的密度。数值越大，星点越聚集。
- Brightness：设置星点的光亮度。
- Scale：调整星点的大小比例和数量。
- Depth：调整星空的深邃程度。数值越大，星点显示得越深邃。
- Color：调整定点中的颜色变化程度。
- Glue：设置星空图案与原始图像混合的方式。
- 对话框上方的颜色框，用于设置应用到星云中的颜色。单击按钮，应用随机生成的颜色。

9.12 创建彩色墨水滴溅在平面上的效果：KPT effects——KPT Ink Dropper

“KPT effects”插件中的“KPT Ink Dropper”滤镜，可以在图像上制作出墨水滴入水中所产生的自然扩散效果。通过在选项面板中设置不同的水滴大小和下滴速度等参数，可以产生不同的扩散效果。单击预览窗口下方的按钮，还可以观看墨水扩散时的动态画面。

执行“滤镜→KPT effects→KPT Ink Dropper”命令，弹出如下左图所示的“KPT Ink Dropper”对话框。下图右所示是应用“KPT Ink Dropper”滤镜后的效果。

“KPT Ink Dropper”对话框

“KPT Ink Dropper”滤镜应用效果

在“KPT Ink Dropper”对话框的“Ink Manager”面板中，各选项的功能如下。

- Ink Color：按住该按钮不放，在弹出的颜色选取框中可以选择墨水的颜色。
- Max Intensity：调整墨水色彩的最大强度。
- Min Intensity：调整墨水色彩的最小强度。
- Intensity Emphasis：调整墨水色彩的鲜明度。
- Transparency：调整应用到图像上的“KPT Ink Dropper”效果的不透明度。

在“Drop Settings”面板中，各选项的功能如下。

- Volume：调整水滴的体积大小。
- Dispersion：调整墨水的扩散量。

- Diffusion Rate：调整墨水的扩散速率。
- Fluid Movement：调整墨水流动的速度。

9.13 制作闪电效果：KPT effects——KPT Lightning

“KPT effects ”插件中的“KPT Lighting”滤镜，可以在图像中轻松创建逼真的闪电效果，同时还可以对闪电的颜色和路径等参数进行设置。执行“滤镜→KPT effects→KPT Lighting”命令，弹出的“KPT Lightning”对话框及预览到的闪电效果如右图所示。

“KPT Lighting”对话框设置

在“KPT Lightning”对话框的“Bolt”面板中，各选项的功能如下。

- Bolt Color：设置闪电的光色。
- Blend Mode：设置闪电与原图像混合的模式。
- Age：设置闪电的总体强度。数值越大，闪电越强，分支也越多，总体尺寸也就越大。
- Bolt Size：设置闪电中主电弧的尺寸大小。
- Child Intensity：设置闪电的光电强度。
- Child Subtract：设置闪电分支中的光电强度。
- Forkiness：设置闪电分支的状态。
- Glow Radius：设置闪电发光的范围。数值越大，发光的宽度越宽。

在“Path”面板中，可以对闪电的形态进行调整，各选项的功能如下。

- Attractiveness：设置主电弧随分支扩散或收拢的范围。
- Spread：设置闪电分支扩散或收拢的范围，效果如下图所示。

分支扩散或收拢后的效果

- Wandermess：设置闪电的偏移量。
- Zagginess：设置闪电向外伸展或向内收缩的量。数值越大，闪电收缩后变得越短，锯齿越大。

9.14 制作逼真的天空图像：KPT 6——KPT SkyEffects

“KPT SkyEffects”滤镜之前是作为单独的“Four Seasons”插件而存在，后来被整合到“KPT 6”中。通过该滤镜，可以表现所有自然界变幻莫测的天空效果，它根据太阳的位置预算光、决定云彩的样式和高度，同时还可以表现月亮和彩虹的效果。“KPT SkyEffects”滤镜还可进行360°渲染，可应用于三维动画中作为贴图素材。

执行“滤镜→KPT 6→KPT SkyEffects”命令，弹出如下左图所示的“KPT SkyEffects”对话框，下图右所示是应用该滤镜后的天空效果。

“KPT SkyEffects”对话框

生成的天空图像

- Preview：预览渲染后的天空效果。
- 360°：将渲染后的图像旋转360°，并将其拉长。
- Layers：将云彩、雾等对象分别保存在各图层中。单击层左边的眼睛图标，可以显示或隐藏该层。

❶ 摄像机：像调整摄像机的镜头一样调整画角。

❷ 旋转摄像机：移动摄像机。

❸ Presets：打开已制作好的各种天空图像，如右图所示。用户也可以在这些预设效果的基础上进行进一步的编辑。

- Sky：设置天空和地面的颜色。
- Sun：设置太阳的亮度、颜色和高度。
- Moon：设置月亮的亮度、颜色和高度。
- Haze Setting：选择图层中云彩和雾的样式，并设置其强度、密度和高度等值。

预设的天空图像

9.15 添加恒星效果：宇宙星空——遥远的恒星

“宇宙星空（Universe）”是一套适用于 Photoshop 的外挂滤镜，使用该套滤镜可以轻松制作出星云、星系和恒星等多种漂亮的宇宙天体，用户还可以将这些效果单独制作成一张图片或应用到已有的图像中。

“遥远的恒星”滤镜用于在图像中制作恒星的天体效果。打开如下左图所示的素材图像，然后执行“滤镜→宇宙星空→遥远的恒星”命令，打开的“遥远的恒星”对话框及预览到的图像效果如右图所示。

素材图像

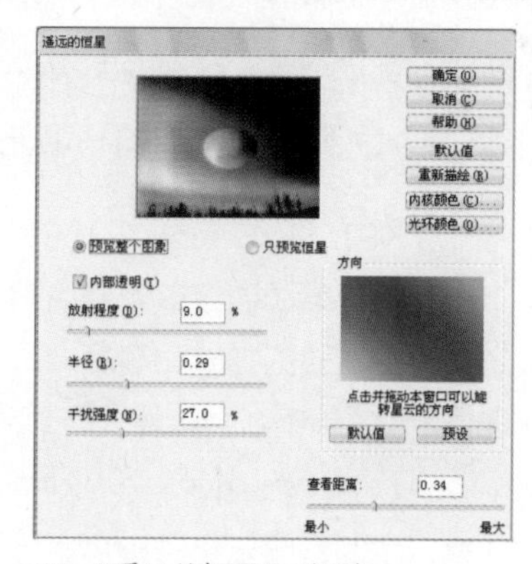

“遥远的恒星”对话框

- 预览整个图像：选中该单选项，预览恒星与原图像合成后的效果。
- 只预览恒星：选中该单选项，单独预览制作的恒星效果。
- 内部透明：选中该复选框，使恒星内部变为透明。
- 放射程度：设置恒星散射的程度。数值越小，恒星越明显。
- 半径：设置恒星的半径。
- 干扰强度：设置恒星受光环干扰的程度。
- 方向：在方向窗口中拖动，可以旋转星云的方向。单击方向窗口下方的“预设”按钮，然后可以选择预设的方向值。
- 查看距离：设置星云离地面的距离。数值越大，星云离地面的距离越大，恒星越小。
- 单击对话框右上角的“默认值”按钮，应用默认的参数设置。
- 内核颜色：设置恒星内核的颜色。
- 光环颜色：设置恒星的光环颜色。

9.16 制作尘埃和气体效果：宇宙星空——宇宙尘埃和气体

“宇宙星空”插件中的“宇宙尘埃和气体”滤镜，用于制作类似宇宙中的尘埃和气体效果。打开如下图所示的素材图像，然后执行“滤镜→宇宙星空→宇宙尘埃和气体”命令，弹出的“宇宙尘埃和气体”对话框及预览到的图像效果如右图所示。

素材图像

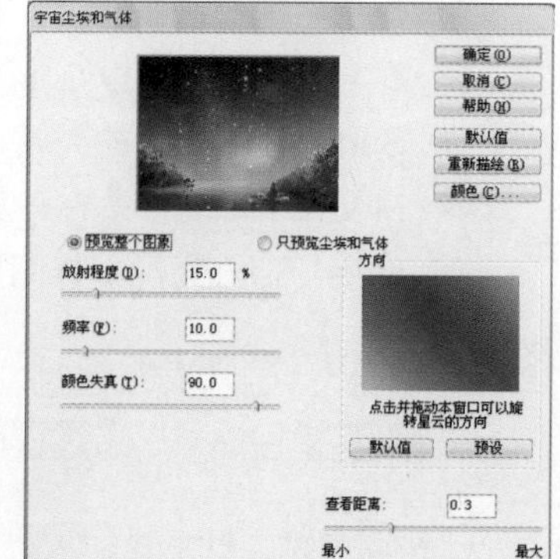

弹出的对话框及预览到的效果

- 放射程度：与“遥远的恒星”滤镜中的“放射程度”选项功能相同。
- 频率：设置尘埃与气体运动的频率。数值越大，生成的尘埃与气体效果越明显。

- 颜色失真：设置尘埃与气体颜色的失真程度。单击“颜色”按钮，然后可以选择尘埃和气体的颜色。

9.17 制作星辰效果：宇宙星空——闪烁的星辰

“宇宙星空”插件中的“闪烁的星辰”滤镜用于制作闪烁着的星辰效果。用户可以设置星辰闪烁的强度，同时还可以对光线进行设置。

打开如下图所示的素材图像，然后执行“滤镜→宇宙星空→闪烁的星辰”命令，弹出的“闪烁的星辰”对话框及预览到的星辰效果如右图所示。

素材图像

弹出的对话框及预览到的效果

- 选中“辅助光线”复选框，添加辅助的光线。选中“光环”复选框，在图像中产生光环的效果。单击“光环颜色”按钮，然后可以设置光环的颜色。
- 强度：设置星辰闪烁的强度。
- 光线的数量：调整星辰中闪烁的光线数量，下图左所示是将该值设置为20时的效果。
- 光线的强度：调整星辰中闪烁的光线强度，下图右所示是将该值设置为75时后的效果。

光线数量为20的效果

光线强度为75的效果

9.18 添加星云效果：宇宙星空——星云

“宇宙星空”插件中的“星云”滤镜主要用于制作星云效果。执行“滤镜→宇宙星空→闪烁的星辰”命令，弹出的“星云”对话框及预览到的星云效果如下图所示。

- 高频率干扰：选中该复选框，产生被高频率干扰的星云效果。反之则产生较柔和的星云效果。

- 强度：设置星云的强度。数值越大，星云越浓密，反之越稀薄。
- 颜色频率：设置星云的内部颜色和外部颜色变化的频率周期。单击“内部颜色”或“外部颜色”按钮，然后可以设置应用到星云中的两种颜色。
- 平滑度：设置星云被柔和的程度。

弹出的对话框及预览到的星云效果

9.19 添加恒星效果：宇宙星空——恒星

“宇宙星空”插件中的“恒星”是一款用于制作恒星的滤镜，与“遥远的恒星”滤镜不同，该滤镜可以产生满天星点的效果。执行“滤镜→宇宙星空→恒星”命令，弹出的对话框及预览到的恒星效果如右图所示。

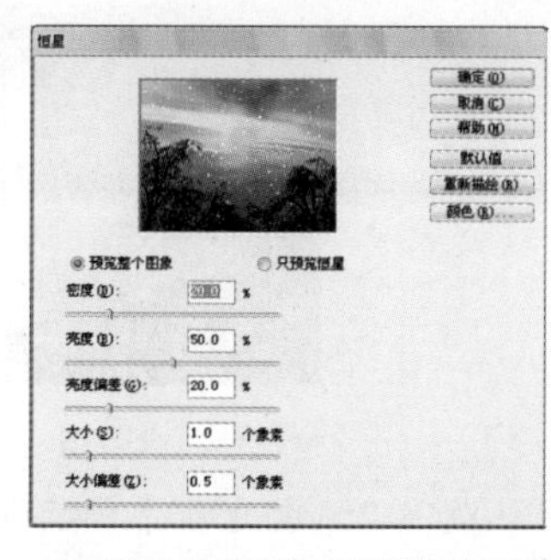

弹出的对话框及预览到的恒星效果

- 密度：设置恒星散布的密度。数值越大，密度越大。
- 亮度：调整恒星的亮度。
- 亮度偏差：调整恒星中不同恒星之间的亮度差异。
- 大小：设置每一个恒星所占的像素数量。
- 大小偏差：设置恒星之间的大小差异。
- 颜色：单击该按钮，设置恒星的颜色。

9.20 制作有纹理的恒星：宇宙星空——带有纹理的恒星

使用“宇宙星空”插件中的“带有纹理的恒星”滤镜，可以使制作出的恒星具有一定的透明度，使其能与原始图像产生叠加。执行“滤镜→宇宙星空→带有纹理的恒星”命令，弹出的对话框及预览到的恒星效果如右图所示。“带有纹理的恒星”对话框设置与“恒星”滤镜相似，读者可参考上一小节中的内容介绍。

弹出的对话框及预览到的恒星效果

9.21 添加螺旋星系效果：宇宙星空——螺旋星系

“宇宙星空”插件中的“螺旋星系”滤镜用于制作螺旋形的星系效果，用户可以对星系的螺旋频率等参数进行设置。执行“滤镜→宇宙星空→螺旋星系”命令，弹出的对话框及预览到的星系效果如右图所示。

弹出的对话框及预览到的星系效果

- 强度：设置螺旋星系的强度。数值越大，生成的星系效果越强烈。
- 放射程度：设置螺旋星系被放射消减的程度。
- 频率：设置星系的内部颜色和外部颜色变化的频率周期。单击“内部颜色”或“外部颜色”按钮，然后可以设置应用到星系中的两种颜色。
- 平滑度：设置星系被柔和的程度。
- 螺旋频率：设置螺旋形变幻的频率。
- 内部半径：设置星系进行螺旋形变化而产生的内部间隙的半径大小。

9.22 制作下雪场景：VDL Adrenaline——Snowflakes

使用“VDL Adrenaline”中的“Snowflakes”滤镜，可以在图像中创建逼真的下雪场景，用户可以设置雪花的数量、大小、硬度和不透明度等参数。执行“滤镜→VDL Adrenaline→Snowflakes”命令，弹出如右图所示的“Snowflakes”对话框。

素材图像

“Snowflakes”对话框

- Amount：调整雪花的数量。
- Size range begin：调整先落下的雪花的尺寸范围。
- Size range end：调整后落下的雪花的尺寸范围。
- Hardness：设置雪花的硬度。数值越小，雪花被柔化的程度越大。
- Transparency：调整雪花的不透明度。
- Snow color：在右边的下拉列表中可以选择雪花的颜色。单击右边的色块，可以自定义雪花的颜色。
- Random seed：生成随机的雪花散落效果。

右图所示为应用“Snowflakes”滤镜前后的图像效果对比。

应用“Snowflakes”滤镜前后的图像效果

9.23 制作各种火焰效果：Panopticum——Panopticum.Fire.v3.0

“Panopticum”中的“Panopticum.Fire.v3.0”滤镜，用于创建逼真的火焰效果，通过改变火焰的样式、颜色、发热及燃烧参数，可以产生不同形态的火焰效果。当作用于非背景图层时，生成的火焰为去底的图像，这样可以方便用户将其应用到其他的图像中，创建精彩的合成效果。

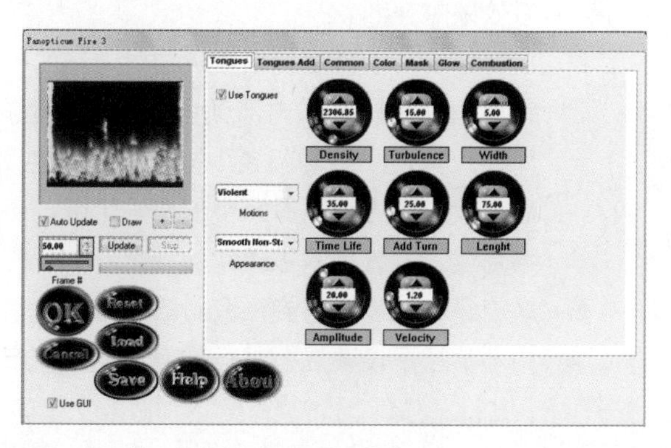

“Panopticum Fire 3”对话框

执行“滤镜→Panopticum→Panopticum.Fire.v3.0”命令，弹出如右图所示的“Panopticum Fire 3”对话框。

- Auto Update：选中该复选框，在预览窗口中自动更新火焰效果。
- Update：单击该按钮，更新火焰效果。
- Draw：选中该复选框，预览火焰燃烧的动态效果。
- Frame #：拖动该滑块，调整火焰的结构样式。

在“Panopticum Fire 3”对话框中的“Tongues”选项卡中，各选项的功能如下。

- Use Tongues：选中该复选框，应用火焰效果。
- Motions：选择火焰运动的方式，包括平静的、猛烈的和激烈的三种类型。
- Appearance：选择火焰的外观，包括草图、平滑的和浓烈的等5种类型。
- Density：设置火焰的密度。
- Turbulence：设置火焰的动荡程度。
- Width：设置火焰的宽度。
- Time Life：设置火势的强度。数值越大，火焰燃烧得越旺，反之则快要熄灭。
- Add Turn：设置火焰从图像底部向上翻转的程度，效果如右图所示。
- Length：设置火焰的高度。
- Amplitude：设置火焰跳动的振幅。
- Velocity：设置火焰跳动的速率。

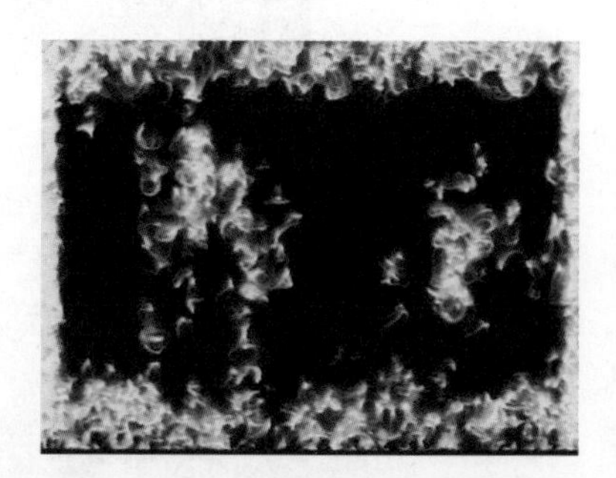

火焰向上翻转的效果

在右图所示的“Tongues Add”选项卡中，各选项的功能如下。

- Source Dependence：选中该复选框，根据来源对象创建火焰效果。
- Add Turbulence：在其下拉列表中可以选择为火焰添加紊乱效果的方式。
- Turbulence Accord：选中该项，产生一致的紊乱效果。

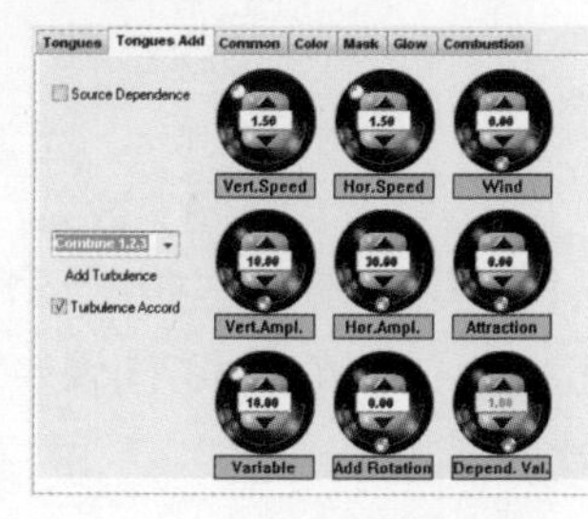

“Tongues Add”选项卡

- Vert.Speed：设置垂直方向的速率。
- Hor. Speed：设置水平方向的速率。
- Wind：设置风的强度。
- Vert. Ampl.：设置火焰在垂直方向跳动的高度。
- Hor. Ampl.：设置火焰在水平方向跳动的高度。
- Attraction：设置火焰被集中和分散的范围。当该值小于0时，火焰被集中成为火柱；当该值大于0时，火焰被分散为小簇状。
- Variable：调整火焰的形态。
- Add Rotation：设置火焰跳转的程度。
- Depend. Val.：设置火焰依靠来源对象的程度。只有选中“Source Dependence”复选框后，该选项才可用。

在右图所示的“Common”选项卡中，各选项的功能如下。

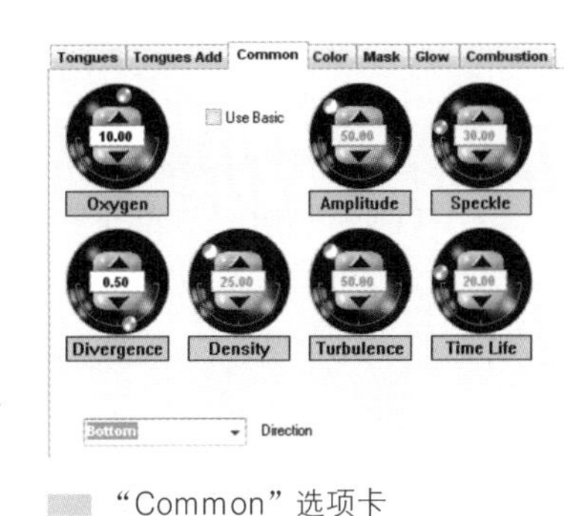

“Common”选项卡

- Use Basic：选中该复选框，应用基本设置，这时才能激活该选项卡中的所有选项。
- Oxygen：设置空气中氧的含量。数值越小，氧含量越多，火焰燃烧越旺。
- Amplitude：设置火焰的振幅。
- Speckle：设置火焰中星星之火的数量。
- Divergence：设置火焰中的分歧部分的色调饱和度。
- Density：设置分歧部分的密度。
- Turbulence：设置分歧部分的紊乱程度。
- Time Life：设置分歧部分的火势强度。数值越大，燃烧越旺。
- Direction：在其下拉列表中选择生成火焰的方向。

在如右图所示的“Color”选项卡中，各选项的功能如下。

“Color”选项卡

- Alpha：设置在Alpha通道中应用火焰效果的强度。
- Sharp Color：调整为火焰添加强烈色彩的程度。
- Decrease：设置减少火焰中强烈色彩的量。

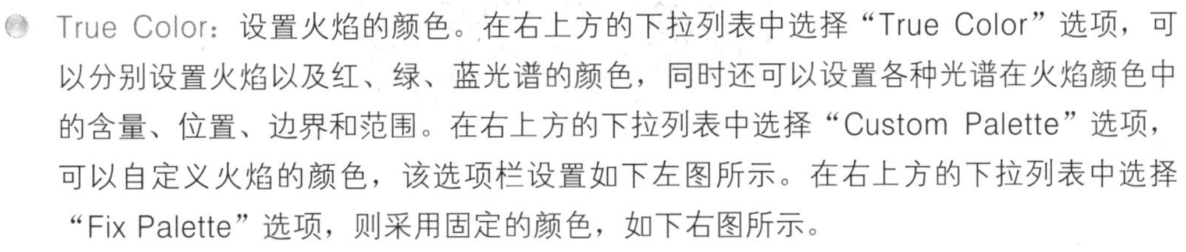

- True Color：设置火焰的颜色。在右上方的下拉列表中选择“True Color”选项，可以分别设置火焰以及红、绿、蓝光谱的颜色，同时还可以设置各种光谱在火焰颜色中的含量、位置、边界和范围。在右上方的下拉列表中选择“Custom Palette”选项，可以自定义火焰的颜色，该选项栏设置如下左图所示。在右上方的下拉列表中选择“Fix Palette”选项，则采用固定的颜色，如下右图所示。

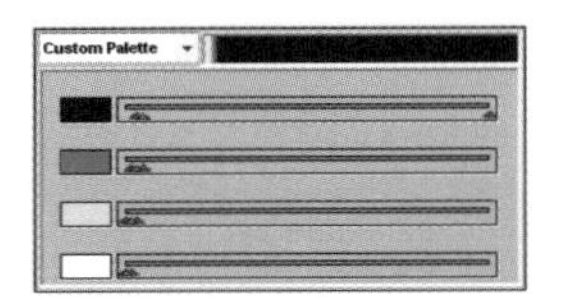

“Custom Palette”选项设置

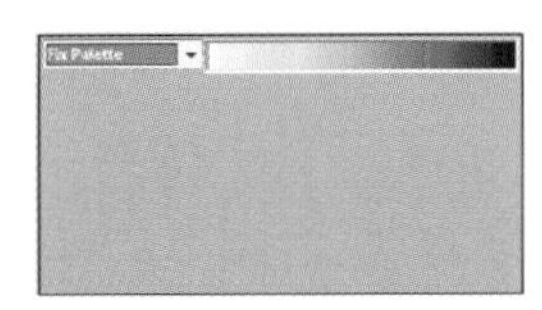

“Fix Palette”选项设置

在如下图所示的“Mask”选项卡中，各选项的功能如下。

- Invert：选中该复选框，反转火焰区域与遮罩区域。
- Only Flame：取消选中该复选框，显示原始图像。
- Mask Type：在其下拉列表中选择遮罩的类型。
- Offset X：设置整个火焰在水平方向的偏移量。
- Offset Y：设置整个火焰在垂直方向的偏移量。

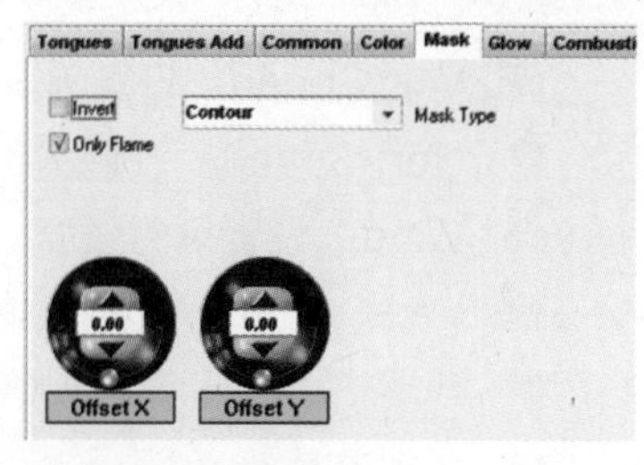

“Mask”选项卡

在如右图所示的“Glow”选项卡中，各选项的功能如下。

- Use Glow：选中该复选框，应用发光效果。
- Size：设置发光的大小。
- Volume：设置为图像添加的光线的强度。
- Glow Type：在其下拉列表中选择发光的类型。

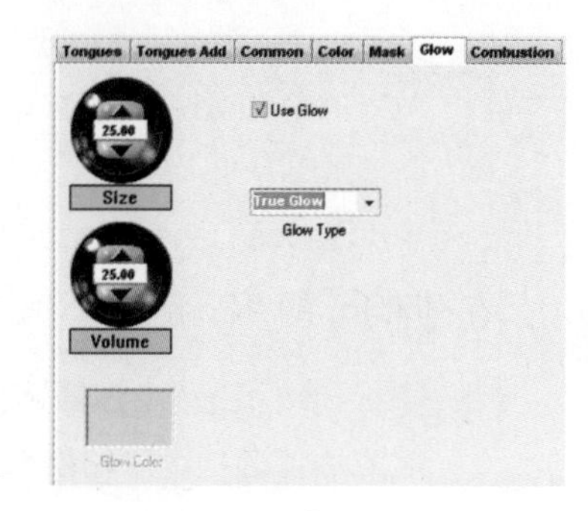

“Glow”选项卡

在如右图所示的“Combustion”选项卡中，各选项的功能如下。

- Combustion：选中该复选框，激活该选项卡中的所有选项。
- Phase：设置被燃烧区域的范围。
- Snuff：设置被燃烧区域边缘被柔化的程度，效果如下图所示。

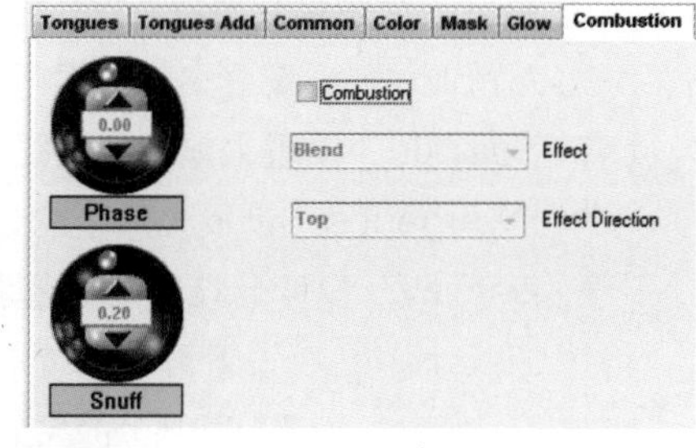

“Combustion”选项卡

被燃烧区域被柔化的效果

- Effect：在其下拉列表中选择燃烧后的效果类型。
- Effect Direction：在其下拉列表中选择被燃烧区域的位置。

10 图像的创造性效果处理

Dictionary of Filters for Photoshop

Chapter

图像的创造性处理，是指不根据原图像内容而随机性地创建各种质感、纹理、光影、动物毛发以及模拟液体流动时的图案样式。这种处理方式可以方便于制作用户所需要的多种画面背景，而节省了到处寻找素材的时间。

10.1 产生大理石纹理：Eye Candy 4000 Demo——大理石

利用“Eye Candy 4000 Demo”中的“大理石”滤镜，可以制作出具有大理石质感的图像。通过调整基石的质感、颜色以及纹理的样式、大小等参数，可以使大理石效果更加逼真。

打开如下左图所示的素材，并将需要创建大理石质感的图像创建为选区，然后执行“滤镜→Eye Candy 4000 Demo→大理石”命令，弹出如下右图所示的“大理石”对话框。

素材图像

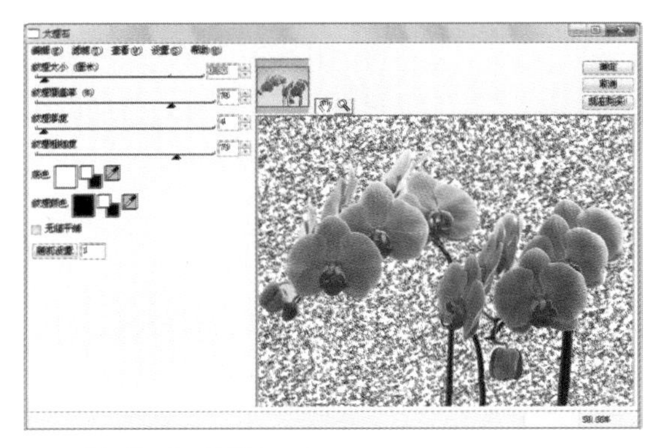

“大理石”对话框

- 纹理大小：调整大理石纹理的大小。
- 纹理覆盖率：调整大理石纹理的长度。
- 纹理厚度：调整大理石纹理的厚度。
- 纹理粗糙度：通过调整大理石纹理的粗糙程度，表现图像中逼真的质感。
- 底色：调整大理石面的颜色。
- 纹理颜色：调整大理石纹理的颜色。
- 无缝平铺：选中该复选框，可以制作出柔和、无缝拼贴的大理石质感图像。

10.2 制作木纹效果：Eye Candy 4000 Demo——木纹

利用“Eye Candy 4000 Demo”中的“木纹”滤镜，可以制作出类似木材的质感。通过调整木材的颜色、材质或纹理样式等参数，可以产生不同形态的木纹样式。

打开如下左图所示的素材图像，将需要制作木纹材质的图像创建为选区，并将选区进行适当的羽化处理，然后执行“滤镜→Eye Candy 4000 Demo→木纹”命令，弹出的“木纹”对话框及预览到的木纹效果如下右图所示。

素材图像

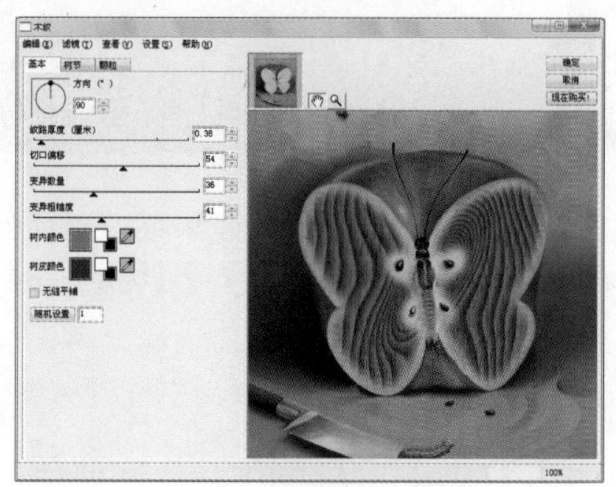

“木纹”对话框及预览到的木纹效果

在“木纹”对话框的“基本”选项卡中，各选项的功能如下。

- 方向：调整木材条纹的方向。
- 纹理厚度：调整木材条纹的宽度。
- 切口偏移：调整木材的切割角度。
- 变异数量：从普通的几何形曲线的木材纹理进行变换。
- 变异粗糙度：通过变换木材纹理，添加逼真的细腻度。
- 树内颜色：选择木材的背景颜色。
- 树皮颜色：选择树皮的颜色。

展开“树节”选项卡，其设置如右图所示，各选项的功能如下。

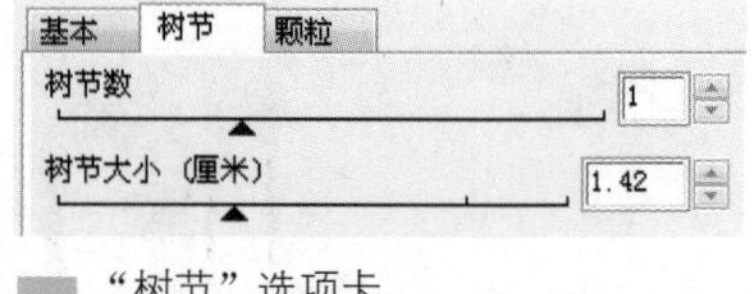

“树节”选项卡

- 树节数：设置木材圆形节的数量。
- 树节大小：设置木材圆形节的大小。

展开“颗粒”选项卡，其设置如右图所示，各选项的功能如下。

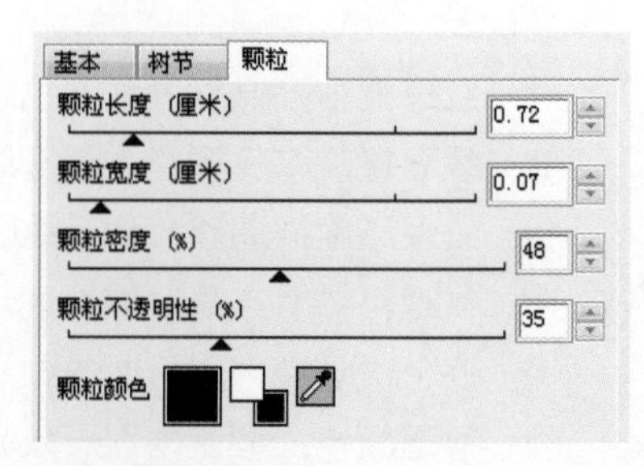

“颗粒”选项卡

- 颗粒长度：设置节之间的颗粒长度。
- 颗粒宽度：设置节之间的颗粒宽度。
- 颗粒密度：设置节之间的颗粒密度。
- 颗粒不透明度：设置颗粒的不透明度。
- 颗粒颜色：设置节之间的颗粒颜色。

10.3 制作多样纹理：The Plug-in Site——Breakfast

使用“The Plug-in Site”插件中的“Breakfast”滤镜，可以制作出不同形态的图案或纹理。通过改变纹理的波动参数，可以产生千变万化的纹理样式。执行“滤镜→The Plug-in Site→Breakfast”命令，弹出如右图所示的“Breakfast”对话框。

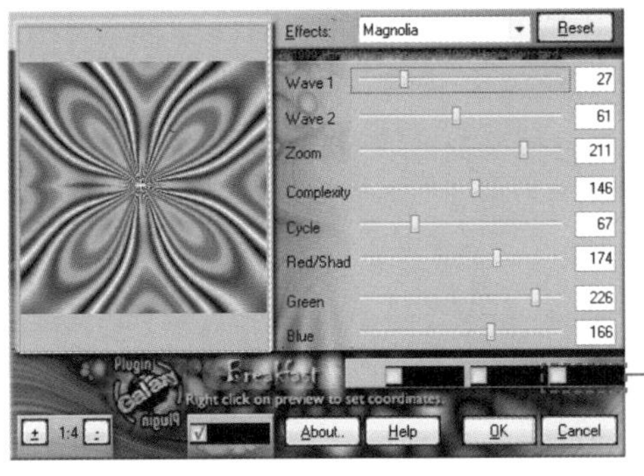

“Breakfast”对话框

- Effects：在其下拉列表中可以选择纹理生成的效果类型。下图所示是选择不同的效果后制作的纹理样式。

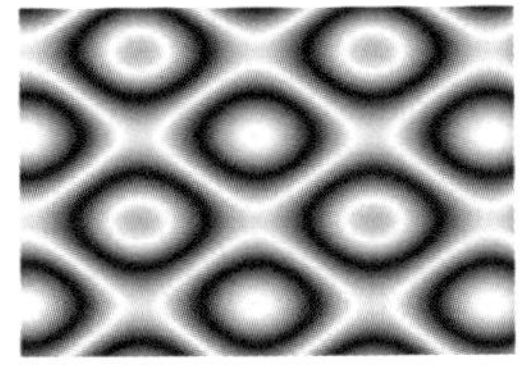
“Eggs”效果

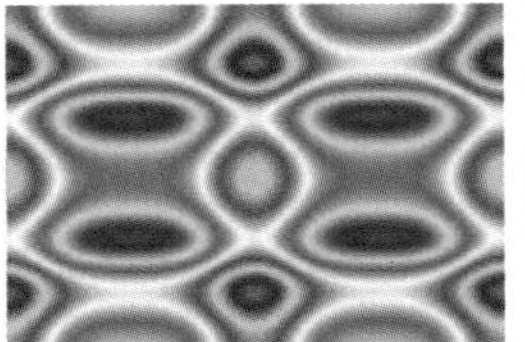
“Cheese” 效果

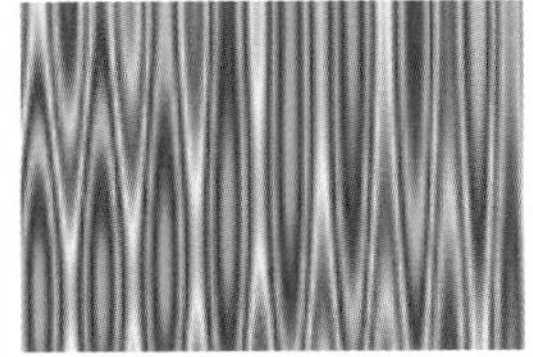
“Butter” 效果

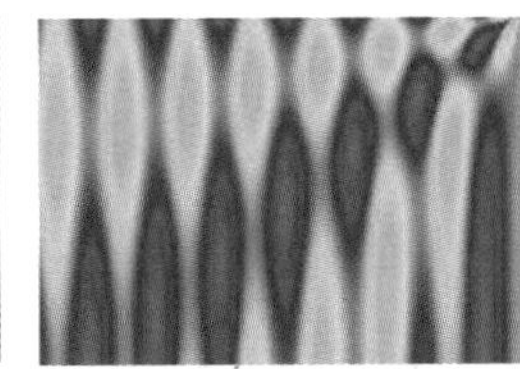
“Marmalade”效果

“Sausage”效果

“Flower”效果

“Magnolia”效果

“Butterfly”效果

“Plate”效果

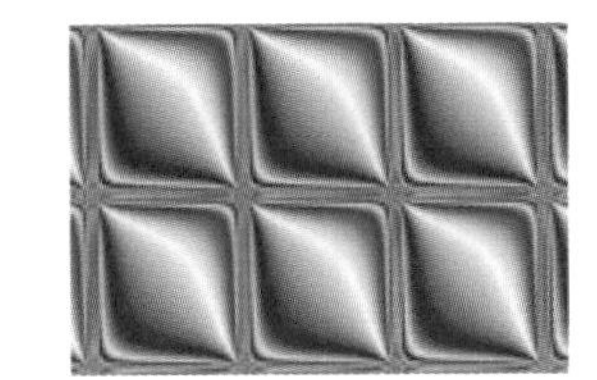
“Wall”效果

- Wave 1和Wave 2：用于调整纹理的波动效果和走向。设置不同的参数，产生的效果也会不同。
- Zoom：缩放纹理效果。
- Complexity：调整纹理的复杂性程度。
- Cycle：调整纹理的循环周期，使纹理产生循环变化。
- Red/Shad、Green和Blue：分别用于调整纹理中的红、绿和蓝色的含量。
- Shadow：选中该复选框，将纹理以阴影的形式混合到原图像中，效果如右图所示。

选中“Shadow”复选框后的效果

10.4 创建合成图案：The Plug-in Site——Synthesizer

利用“The Plug-in Site”插件中的“Synthesizer”滤镜，可以制作类似于由陈旧的视频信号模拟合成器合成的图案效果。通过调整不同的强度、漩涡形、混合以及弯曲程度，可以产生不同形态的图案。

执行“滤镜→The Plug-in Site→Synthesizer”命令，弹出如右图所示的“Synthesizer”对话框。

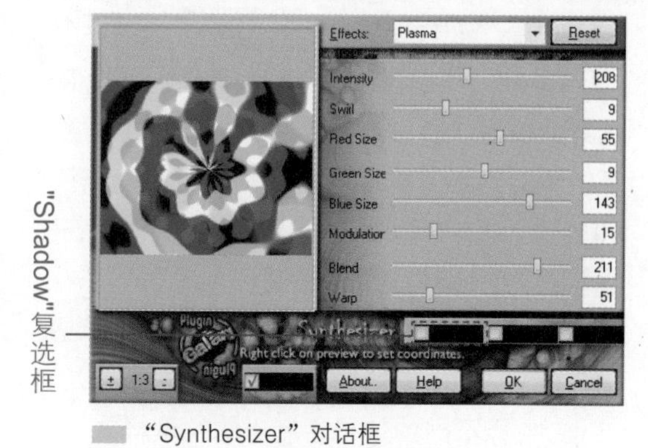

“Synthesizer”对话框

- Effects：在其下拉列表中可以选择图案生成的效果类型。下图所示是选择不同效果后制作的图案。

“Flower Power”效果

“DNS”效果

“Gyroscope”效果

“Spiraloscope”效果

“Plasma”效果

“Chaos”效果

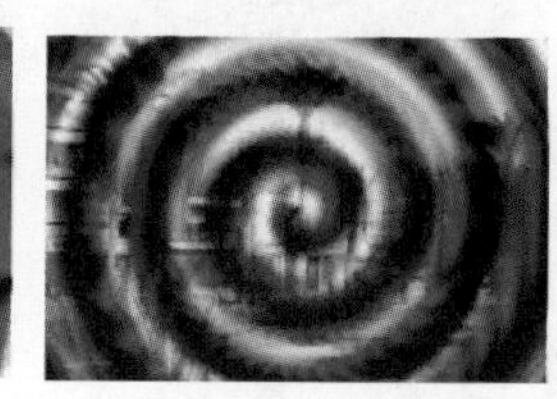
“Dragon's Tail”效果

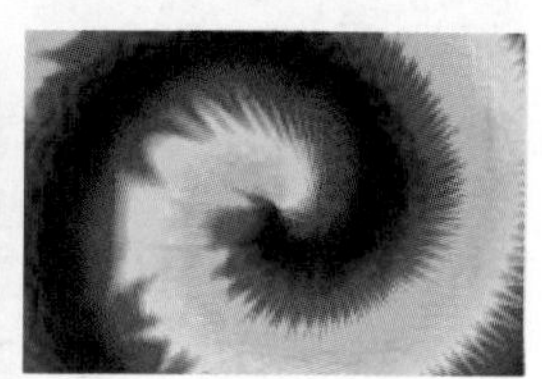
“Space Worm”效果

- Intensity：设置图案生成的强度。数值越大，图案效果越丰富。
- Swirl：设置图案中漩涡状效果的盘旋程度。数值越大，图案越复杂。
- Red Size：设置图案中的红色含量。
- Green Size：设置图案中的绿色含量。
- Blue Size：设置图案中的蓝色含量。
- Modulatior：相当于调制器，用于调整图案变化的程度。该选项不作用于“Gyroscope”和“Spiraloscope”效果。
- Blend：调整图案与原图像混合的程度。数值越大，图案与原图像混合的程度越大。
- Warp：调整图案的歪曲程度。只有选中“Warp”复选框后，该选项设置才有效。
- Warp：选中该复选框，可以将图案混合到原图像中，使图像随图案样式产生变形，效果如右图所示。

选中“Warp”复选框后的效果

10.5 制作天空特效：Alien Skin Xenofex 2——絮云

使用“Alien Skin Xenofex 2”插件中的“絮云”滤镜，可以制作天空的效果。用户可以设置云朵的大小、模式和制作远景的天空效果等。执行“滤镜→Alien Skin Xenofex 2→絮云”命令，弹出如下右图所示的“絮云”对话框。

在“絮云”对话框的“基本”选项卡中，各选项的功能如下。

“絮云”对话框

- 大小：设置云朵的大小。
- 覆盖率：设置天空中云彩的覆盖率。数值越大，云彩越多。
- 边缘锐度：设置云朵边缘的锐利度。
- 基本颜色：设置云彩的基本颜色。
- 边缘颜色：设置云彩边缘的颜色。
- 云的模式：选择云的样式，分为蓬松、飘渺和膨胀3种样式。

展开“视角和天空”选项卡，其选项设置如下左图所示，各选项的功能如下。

- 无缝拼贴：选中该复选框，产生无缝拼贴的云彩，如下右图所示。此时不能创建远景效果的云彩。

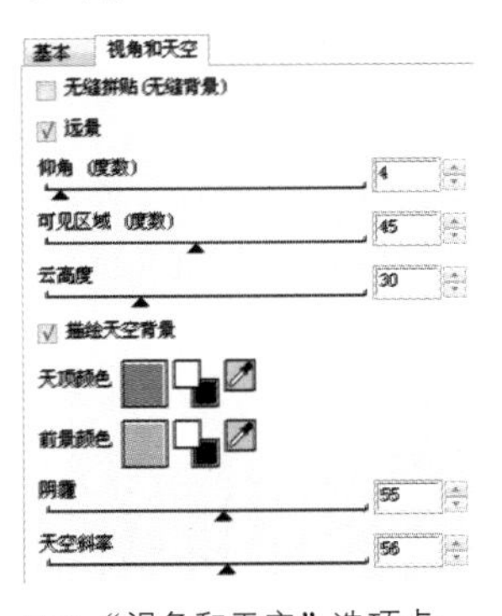

“视角和天空”选项卡

无缝拼贴的云彩效果

- 远景：取消选中“无缝拼贴”复选框，然后选中“远景”复选框，可以产生远景效果的云彩。
- 仰角：调整仰角的度数。
- 可见区域：设置可见区域的角度。
- 云高度：调整云朵离水平面的高度。数值越大，云彩给人的视觉感越高。
- 描绘天空背景：选中该复选框，可以设置天空的背景效果。
- 天顶颜色：设置天空的背景颜色。

- 前景颜色：设置天空的前景颜色。
- 阴霾：调整天空的阴霾程度。数值越大，天空越阴霾。
- 天空斜率：调整天空色彩的饱和度。数值越小，色彩越鲜艳。

10.6 制作基本形状组合纹理：Flaming Pear——Hue and Cry

"Flaming Pear"插件中的"Hue and Cry"滤镜相当于是颜色的噪点发生器，它可以生成由圆形、菱形、正方形、八角形以及花形图案等装饰而成的纹理，可用于制作背景或简化统一的插图。另外，还可以使用"Hue and Cry" 输出一个基本的图片作为3D模型的表面纹理。

执行"滤镜→Flaming Pear→Hue and Cry"命令，弹出的"Hue and Cry"对话框及预览到的背景效果如右图所示。

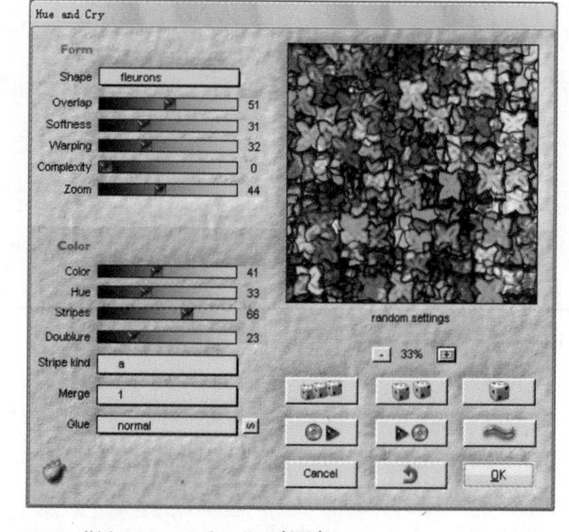

"Hue and Cry"对话框

- Shape：在其下拉列表中选择生成的图案的外形，包括圆形、菱形、正方形、八角形以及花形图案装饰等。
- Overlap：调整图案与图案之间交迭的程度。
- Softness：设置图案的柔化程度。
- Warping：设置图案的扭曲变形程度。数值越大，扭曲程度越大。
- Complexity：调整图案的明暗层次，以改变其复杂性。
- Zoom：缩放图案的大小。
- Color：调整图案着色的程度。
- Hue：调整图案颜色的色调。
- Stripes：调整图案中条纹的清晰程。下图所示为设置不同的"Stripes"值后产生的图案效果。

"Stripes"值为15的效果

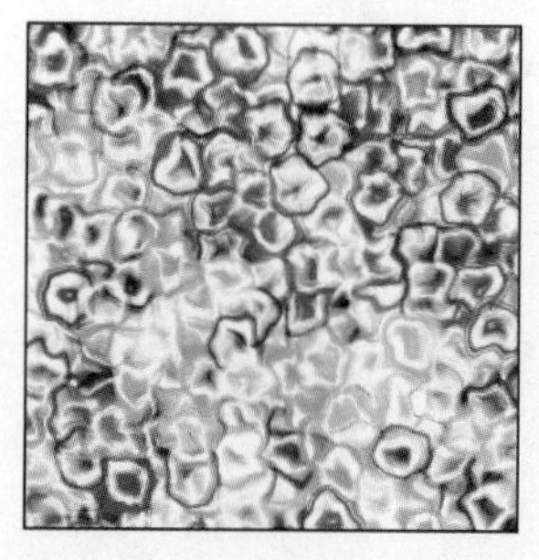
"Stripes"值为85的效果

- Doublure：调整图案的明亮度。
- Stripe kind：选择条纹的种类。
- Merge：选择条纹与图案融合的方式。

- Glue：设置图案与原图像混合的方式。

10.7 创建墨水涂画效果：Flaming Pear——India Ink

“Flaming Pear”插件中的“India Ink”滤镜，为用户提供了多种转变图像的色彩或将彩色图像转变为黑白墨水涂画的另类方式，转换后的图像类似于丝网印刷的效果。

执行“滤镜→Flaming Pear→India Ink”命令，弹出的“India Ink”对话框及预览到的涂画效果如右图所示。

- Style：选择创建墨水涂画效果的风格，包括颗粒、网格、浪纹、迷阵式、矩形混合和泡状等。
- Scale：设置涂画的比例，可以选择系统提供的三种比例进行扩展。
- Line：选择绘画线条的模式。选择不同的涂画风格，产生的线条模式也随之不同。
- Gamma：调整伽玛值。
- Warping：调整组成画面的线条弯曲的程度。
- Sharpen：调整画面的明暗对比度。数值越大，明暗对比越强。
- Diameter：调整直径的大小。

“India Ink”对话框

10.8 制作月亮和行星特效：Flaming Pear——Lunarcell

“Flaming Pear”插件中的“Lunarcell”滤镜，可以为用户制作出真实的月亮和行星世界，用户可以从一系列预置值中创建出精细的行星，同时还可以调整行星上的天气、陆地、海洋、城市和灯火等效果。

打开如下左图所示的素材图像，然后执行“滤镜→Flaming Pear→Lunarcell”命令，弹出如下右图所示的“Lunarcell”对话框。

素材图像

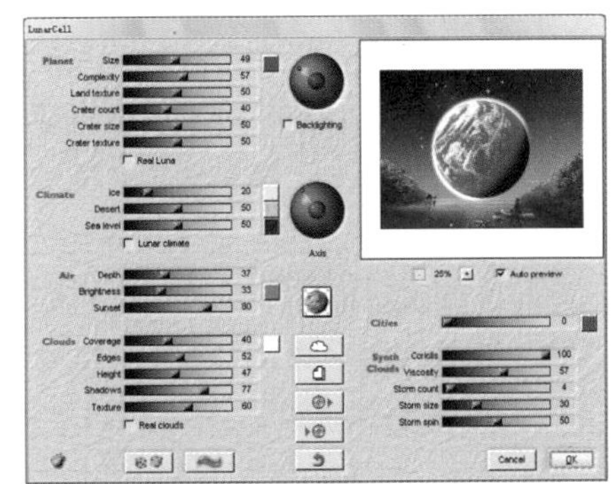

“Lunarcell”对话框

在“Lunarcell”对话框的“Planet”选项栏中，可以设置行星的大小、复杂性和地貌纹理等基本参数，各选项的功能如下。

- Size：设置行星的大小。
- Complexity：设置行星的复杂性程度。
- Land texture：设置陆地上纹理的深度。
- Crater count：设置行星上遍布的坑的数量。
- Crater size：设置坑的大小。
- Crater texture：设置坑中的纹理深度。
- 单击该选项栏右边的色块，然后可以设置行星表面的颜色。
- Backlighting：选中该复选框，应用逆光效果。拖动上方球形上的方向拨盘，可以调整逆光的方向。

在“Climate”选项栏中，可以对行星上的气候进行设置，各选项的功能如下。

- Ice：设置行星上冰的覆盖率。右边对应的色块用于设置冰的颜色。
- Desert：设置行星上沙漠的覆盖率。右边对应的色块用于设置沙漠的颜色。
- Sea level：设置行星上海平面的覆盖率。右边对应的色块用于设置海平面的颜色。
- Lunar Climate：选中该复选框，应用月亮气候，使行星表面色调偏冷。
- Axis：调整行星上云彩覆盖的区域。

在“Air”选项栏中，各选项的功能如下。

- Depth：调整行星表面发光的强度。数值越大，发光量越大。
- Brightness：调整行星的明亮度。
- Sunset：调整日落时分行星被阴影遮盖的程度。
- 单击右边的色块，然后可以设置覆盖在行星表面的空气的颜色。
- 单击右边的图标，可以选择所要应用的最终效果。

在“Clouds”选项栏中，可以对行星上的云彩进行设置，各选项的功能如下。

- Coverage：调整云彩在行星上的覆盖率。
- Edges：调整云彩边缘的锐化程度。
- Height：调整云彩的海拔高度。
- Shadows：调整云彩中的阴影强度。
- Texture：调整云彩中纹理的深度。
- Real clouds：选中该复选框，应用自然的云彩效果。
- 单击右边的色块，然后可以设置云彩的颜色。
- 单击按钮，可以下载并应用所需要的天气图像。
- 单击按钮，可以将所得的效果保存为“.psd”格式的图像。
- 单击按钮，打开保存的“.qlq”设置文件。
- 单击按钮，将设置保存为“.qlq”文件。

在“Cities”选项栏中，该选项用于调整行星中城市的覆盖率。右边的色块用于设置代表城市的颜色。在“Synth Clouds”选项栏中，各选项的功能如下。

- Coriolis：调整覆盖在行星表面的云彩样式。
- Viscosity：调整云彩被扩散的程度。
- Storm count：调整代表暴风雨的云彩数量。
- Storm size：调整代表暴风雨的云彩大小。
- Storm spin：调整代表暴风雨的云彩按螺旋形进行旋转的程度。

10.9 图案效果制作：Flaming Pear——Vibrant Patterns

使用“Flaming Pear”插件中的“Vibrant Patterns”滤镜，可以产生具有优美匀称的线条和亮丽色调的丰富图案。执行“滤镜→Flaming Pear→Vibrant Patterns”命令，弹出如右图所示的“Vibrant Patterns”对话框。

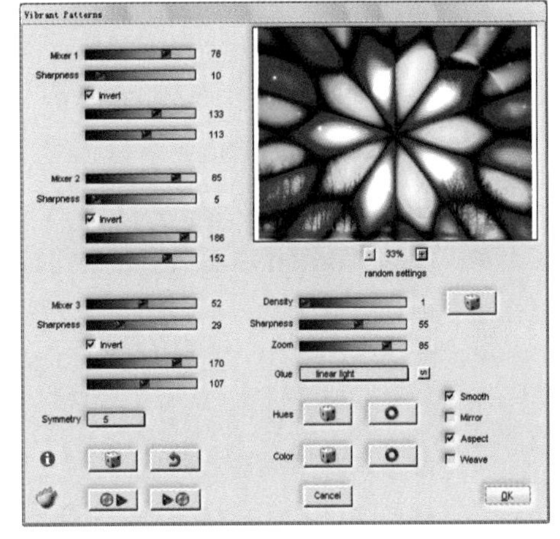

“Vibrant Patterns”对话框

在1、2和3选项区域中，可以设置各组图案的样式，各选项的功能如下。

- Mixer：设置图案混合的程度，以产生不同的图案效果。
- Sharpness：设置图案的锐利度。
- Invert：反转图案与背景区域。
- 拖动当中的滑块，可以调整图案变化的频率。
- Symmetry：选择形成对称图案的效果类型。

在4选项区域中，各选项的功能如下。

- Density：调整所有图案混合的密度。
- Sharpness：调整所有图案边缘的锐利度。
- Zoom：调整图案缩放的程度。
- Glue：设置图案与原始图像混合的方式。
- Hues：单击 按钮，为图案应用随机色调。单击 按钮，产生单色调或黑白效果。
- Color：单击 按钮，随机调整图案的颜色。单击 按钮，恢复为设置的“Hues”效果。
- Smooth：取消选中该复选框，使图案边缘变得平滑。
- Mirror：选中该复选框，产生反射镜的效果。
- Aspect：选中该复选框，产生长宽相等的对称图案效果。
- Weave：取消选中该复选框，产生编织纹理的图案效果。

10.10 创建液体流动效果：KPT effects——KPT Fluid

“KPT effects”插件中的“KTP Fluid”滤镜，可以使图像产生类似流动物体（如液体或气体等）流动时的扭曲变形效果。通过在选项面板中设置不同的笔刷大小、厚度以及刷过物体时的速率等参数，可以得到更加逼真的液体流动效果。另外，“KTP Fluid”滤镜还提供了视频功能，通过该功能可以观看此滤镜应用在图像上时的动态视频文件，使用户能更为直观地欣赏这一滤镜所产生的特殊效果。

执行“滤镜→KPT effects→KTP Fluid”命令，弹出如右图所示的“KPT FLUID”对话框。

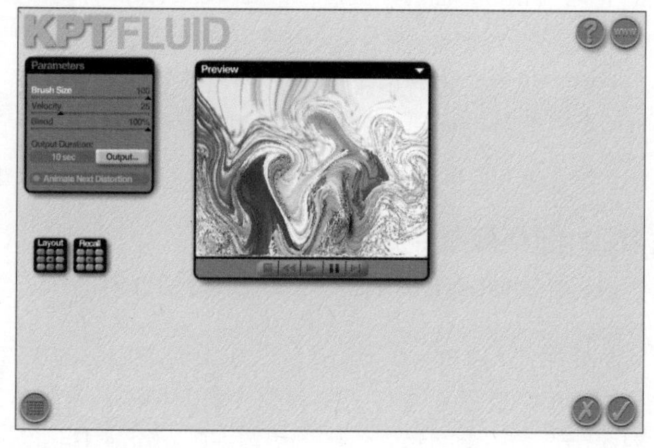

“KTP Fluid”选项设置

在“KPT Fluid”对话框的“Parameters”选项面板中，各选项的功能如下。

- 拖动“Brush Size”滑块，可以设置笔刷的尺寸大小。
- 拖动“Velocity”滑块，可以设置画笔刷过物体时的速率。
- 拖动“Blend”滑块，可以设置应用“KPT FLUID”效果的混合程度。
- 在选项面板中的“10 sec”上单击，当出现文字编辑框后，在其中输入数值，可以设置影片的持续播放时间。
- 单击“Output”按钮，将弹出如下图所示的“Make Movie”界面，用于将制作完成的动画保存为动态的影像文件。“Output Format”选项用于设置需要保存的动态影像文件的格式；“Setting”选项用于设置要保存的动态影像的压缩方式和压缩比率；“File Location”选项用于指定所要保存的动态影像文件的位置；“Size”选项用于设置动态影像文件的分辨率。

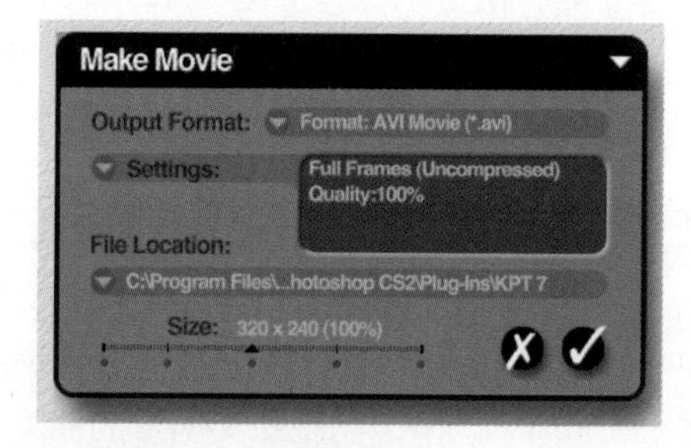

“Make Movie”界面

下图所示为应用“KTP Fluid”滤镜前后的图像效果对比。

应用“KTP Fluid”滤镜前后的效果

10.11 制作光线残影：KPT effects——KPT FraxFlame II

“KPT effects”插件中的“KTP FraxFlameⅡ”滤镜，可以在图像中表现光线和光流的残影。执行“滤镜→KPT effects→KTP FraxFlameⅡ”命令，弹出如右图所示的“KPT FRAXFLAME II”对话框。

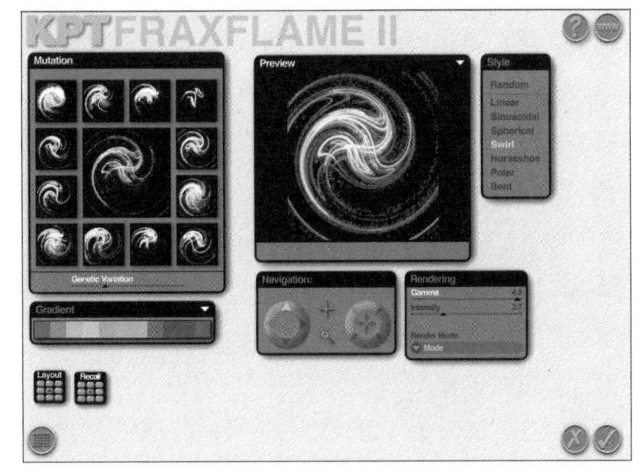

“KPT FraxFlame II”对话框

- “Style”面板用于指定光流的形态样式。
- 在“Mutation”面板中，可以选择光线变化的形态。拖动“Genetic Variation”滑块，可以设置光线变化的程度。
- 在“Gradient”面板中，可以设置光线的渐变颜色。
- 在“Navigation”面板中，可以调整预览框中视图的显示位置和比例。
- 在“Rendering”面板中，拖动“Gamma”滑块，可以调整光流粒子的数量。拖动“Intensity” 滑块，可以调整光线的强度。在“Render Made”下拉菜单中，可以选择光线的类型。

下图所示是为图像应用“KTP FraxFlame Ⅱ”滤镜前后的效果对比。

应用“KTP FraxFlame Ⅱ”滤镜前后的效果

10.12 创建多层渐变组合：KPT effects——KPT Gradient Lab

“KPT effects ”插件中的“KPT Gradient Lab”滤镜，可以在图像上应用不同形状、不同水平高度和不同透明度的渐变颜色组合。用户还可以将自定义的色彩组合样式存储起来，以便再次使用。

执行“滤镜→KPT effects→KPT Gradient Lab”命令，弹出如下图所示的“KPT

GRADIENT LAB”对话框。

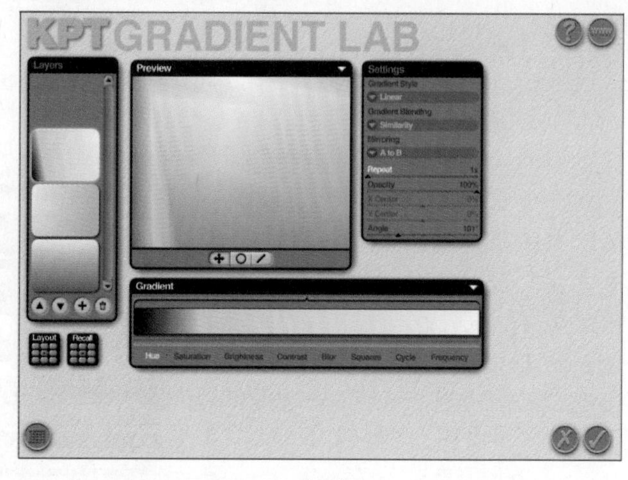

“KPT GRADIENT LAB”对话框

- 在“Layer”面板中可以对应用在图像上的颜色层进行管理。单击“+”按钮，可以添加一个颜色层。单击“▲”或“▼”按钮，可以调整颜色层的上下排列顺序。单击“🗑”按钮，可以删除选取的颜色层。
- 在“Gradient”面板中，可以对所选颜色层的渐变颜色进行设置。
- 在“Settings”面板的“Gradient Style”下拉菜单中，可以选择渐变的类型。在“Gradient Blending”下拉菜单中，可以选择渐变颜色的混合模式。在“Mirroring”下拉菜单中，可以选择渐变色中所设置颜色的反射方式。拖动“Repeat”滑块，可以设置渐变色重复表现的数量。拖动“Opacity”滑块，可以设置渐变颜色效果的不透明度，当该值为“100”时，将完全覆盖原图像。拖动“Angle”滑块，可以调整渐变的角度。

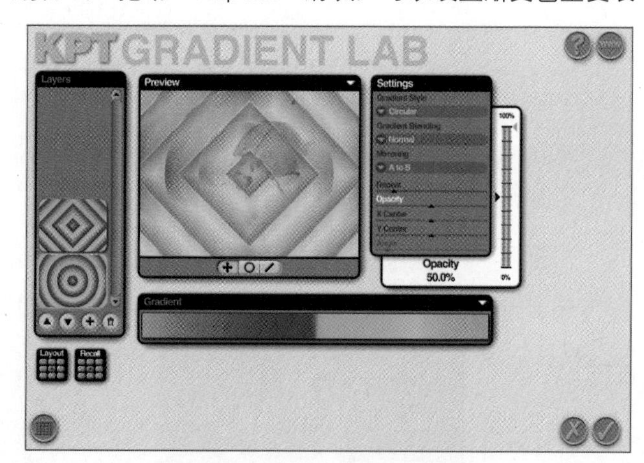

滤镜选项设置

下图所示是为图像应用“KPT Gradient Lab”滤镜前后的效果对比及选项设置。

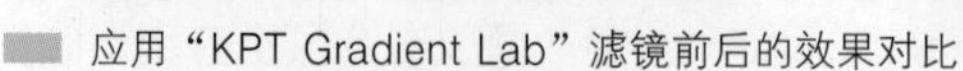

应用“KPT Gradient Lab”滤镜前后的效果对比

10.13 创建复杂的拼贴效果：KPT effects——KPT Hyper Tiling

“KPT Hyper Tiling”滤镜类似于Photoshop中的图案生成器。使用“KPT Hyper Tiling”滤镜可以制作出丰富的无缝拼贴图案效果，通过调整图像的大小和指定图案生成的形状，可以制作不同形态的图案。

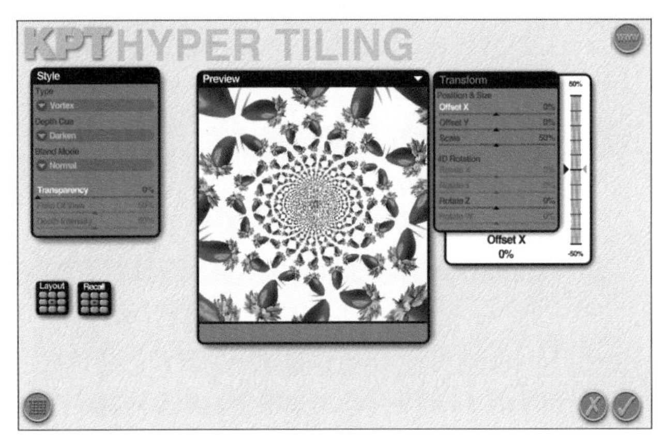

“KPT Hyper Tiling”选项设置

执行“滤镜→KPT effects→KPT Hyper Tiling”命令，弹出如右图所示的“KPT HYPER TILING”对话框。

- 在“Style”面板中，可以设置所要生成图案的形状类型，图案与原图像之间混合的模式，不透明度等参数。
- 在“Transform”面板中，分别可以设置图案在水平或垂直方向上偏移的位置、尺寸大小以及在不同方向旋转的角度。

下图所示是为图像应用“KPT Hyper Tiling”滤镜前后的效果对比。

应用“KPT Hyper Tiling”滤镜前后的效果对比

10.14 创建不规则碎片形：SL Creative Soft——Fractal Stepper

“Fractal stepper”是一款专门用于制作不规则碎片形态的插件，是进行图像创作的非常好的工具，它可以帮助设计师制作出一些构成丰富、色彩艳丽的装饰性图案。执行“滤镜→SL Creative Soft→Fractal Stepper”命令，弹出如下右图所示的“Fractal Stepper”对话框。

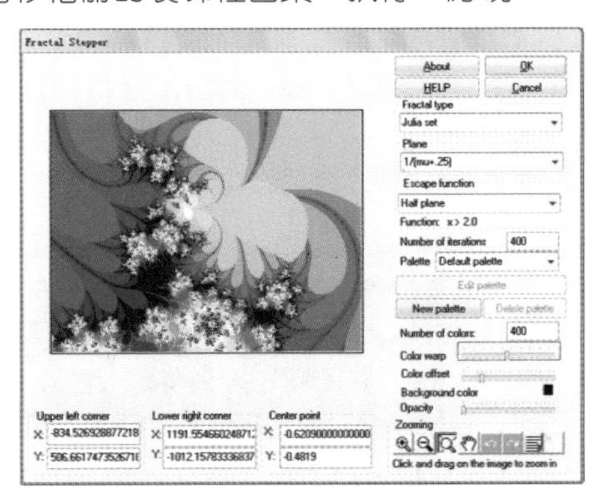

“Fractal Stepper”对话框

- Upper left corner：设置预览窗口中当前视图左上角处的坐标位置。预览窗口中显示的效果即为应用到图像上的效果。
- Lower right corner：设置当前视图右上角处的坐标位置。
- Center point：设置当前视图中心点的坐标位置。

- Fractal type：在其下拉列表中选择创建不规则碎片形态的类型。右图所示是选择“Newton”类型后的效果。
- Plane：选择碎片平面的类型。
- Escape function：设置形成碎片形态的基本形状样式，包括圆形、正方形、条形和半平面形。
- Number of iterations：设置形状反复混合的数量。
- Palette：选择调色板类型，只包括默认调色板选项。
- New palette：单击该按钮，创建新的调色板。
- Delete palette：单击该按钮，删除所选的调色板。
- Number of colors：输入颜色代码，直接应用该颜色。
- Color warp：调整颜色的色相。
- Color offset：调整色彩的变化。
- Background color：单击右边的色块，设置碎片形态的背景色。
- Opacity：调整背景色的不透明度。
- Zooming：在预览窗口中对效果进行缩放，还可以按区域显示并进行移动操作。

“Newton”类型效果

10.15 制作大理石纹理：Alien Skin Eye Candy5：Textures——大理石

“Alien Skin Eye Candy5：Textures”插件中的“大理石”滤镜，是“Eye Candy 4000 Demo”中的“大理石”滤镜的升级版，升级后的“大理石”滤镜提供了更为详尽的选项设置。执行“滤镜→Alien Skin Eye Candy 5→大理石”命令，弹出如右图所示的“大理石”对话框。

“大理石”对话框设置

在“大理石”对话框的“基本”选项卡中，各选项的功能如下。

- 在“样式”选项区域中，可以选择基石的纹理样式。下图所示是分别选择“分层的”和“断裂的”样式后产生的效果。

“分层的”和“断裂的”样式效果

- 基石颜色：调整大理石面的颜色。
- 纹理颜色：调整大理石纹理的颜色。
- 形体尺寸：调整大理石纹理的大小。
- 纹理厚度：调整大理石纹理的厚度。
- 覆盖率：调整纹理在基石上的覆盖率。数值越大，覆盖率越高。
- 粗糙度：调整大理石纹理的粗糙程度，以表现逼真的图像效果。
- 颗粒：调整大理石中颗粒的数量。
- 单击“随机种子”按钮，可在大理石上产生随机的纹理效果。

10.16 模拟动物皮毛效果：Alien Skin Eye Candy5：Textures——动物皮毛

利用“Alien Skin Eye Candy 5：Textures”插件中的“动物皮毛”滤镜，可以模拟豹、狗、长颈鹿、虎和斑马等动物的皮毛，在图像中产生类似这些动物皮毛似的的纹理效果。执行“滤镜→Alien Skin Eye Candy 5→动物皮毛”命令，弹出如右图所示的“动物皮毛”对话框。

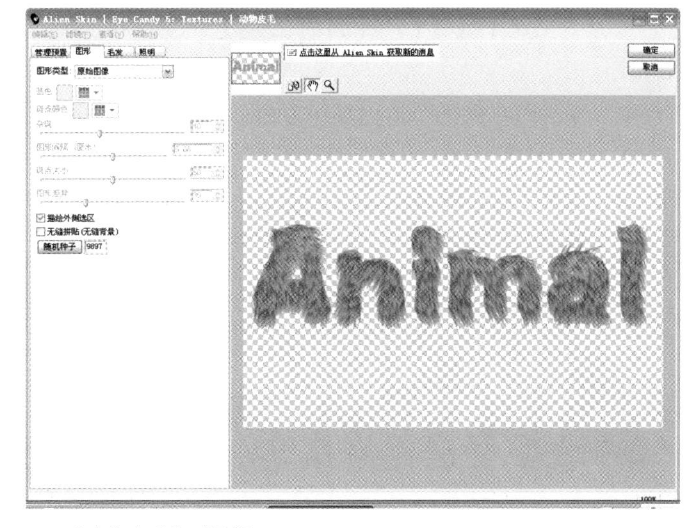

“动物皮毛”对话框

在“动物皮毛”对话框的“图形”选项卡中，各选项的功能如下。

- 在“图形类型”下拉列表中，可以选择应用于图像上的动物皮毛类型。默认选项为“原始图像”，在选择其他的图形类型后，标签中的其他选项将被激活。
- 在“基色”后面的颜色方块上单击，在弹出的“拾色器”对话框中可以设置图像效果中的基本色调。也可单击后面的按钮，在其中选择所需的基色，选择“取色器”选项后，可以在预览窗口中吸取新的基色。
- “斑点颜色”选项用于设置图像中斑点的颜色。
- 拖动“杂斑”选项滑块，可调整图像中的杂色或斑点数量。
- 拖动“图形间隔”滑块，可调整图形斑点之间间隔的距离。
- 拖动“斑点大小”滑块，可调整图像中斑点的大小。数值越大，斑点越大。
- 拖动“图形差异”滑块，可调整图形之间的差异大小。
- 选中“描绘外侧选区”选项，系统在描绘图像或选区边缘时，会得到很自然的皮毛绘制效果，如下左图所示。未选此项时，系统只会对图像的有效区域进行描绘，如下右图所示。

选择“描绘外侧选区”选项时的效果

未选择“描绘外侧选区”选项时的效果

- 选中“无缝拼贴（无缝背景）”选项，将会反复同样的图案。下图所示为选中该选项前后的图像效果对比。

选中“无缝拼贴（无缝背景）”选项前后的图像效果

展开“毛发”选项卡，其选项设置如右图所示，各选项的功能如下。

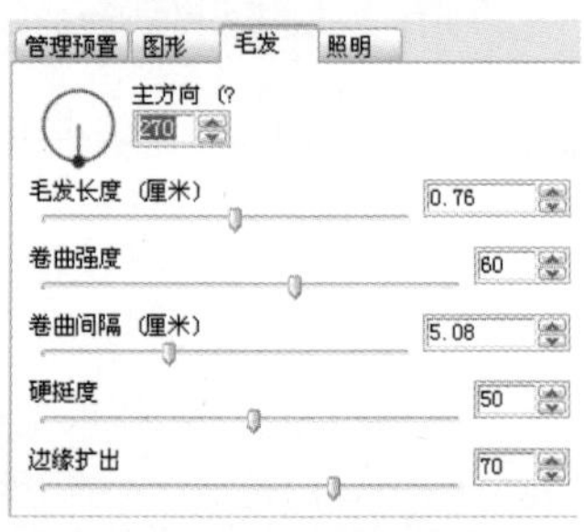

“毛发”选项栏设置

- 主方向：用于设置描绘毛发的方向。拖动方向盘上的指针即可。
- 毛发长度：调整所描绘毛发的长度。数值越大，所描绘的毛发长度就越长，如下图所示。

毛发长度的对比

- 卷曲强度：调整毛发的卷曲程度。
- 卷曲间隔：调整毛发在卷曲时相互之间的间隔距离。
- 硬挺度：调整毛发的坚硬程度。数值越大，毛发越挺，反之则越柔软。
- 边缘扩出：调整毛发在描绘图像时边缘扩出的程度。

展开“照明”选项卡，其选项设置如右图所示，各选项的功能如下。

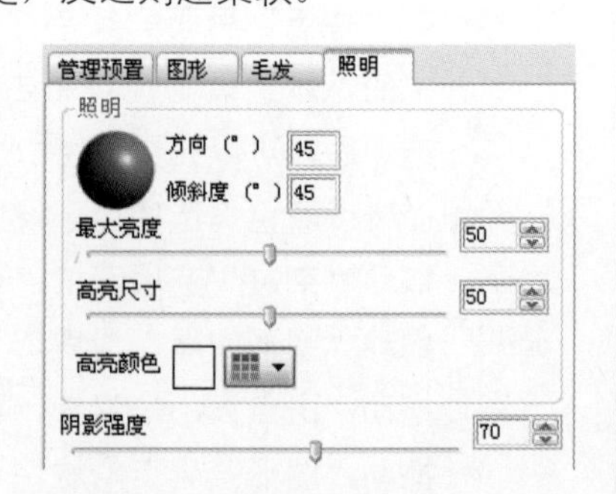

“照明”选项栏设置

- “方向”和“倾斜度”：调整光照的方向，在圆形的示意球上单击或拖动即可。
- 最大亮度：调整高光区域的亮度。
- 高亮尺寸：调整高光宽度。
- 高亮颜色：调整高光的颜色。
- 阴影强度：设置图像效果中阴影的强弱程度。数值越大，阴影越明显，反之则越弱。

在“管理设置”选项卡中提供了每个滤镜的默认值，用户还可以保存并载入自定义的设置。下图所示是在“出厂设置”中选择“Jaguar”选项后得到的图像效果。

应用默认设置后的图像效果

TIPS 如果在“出厂设置”选项栏中没有收藏有默认值，可以单击“管理设置”选项卡右下角的“管理”按钮，在弹出的“管理设置”对话框中单击“导入”按钮，然后导入安装目录下的“Settings”文件夹中相应的默认值即可。

10.17 模拟金属防滑板效果：Alien Skin Eye Candy5：Textures——金属防滑板

利用“Alien Skin Eye Candy5：Textures”插件中的“金属防滑板”滤镜，可以制作出类似金属防滑板似的肌理效果。执行“滤镜→Alien Skin Eye Candy 5→金属防滑板”命令，弹出如右图所示的“金属防滑板”对话框。

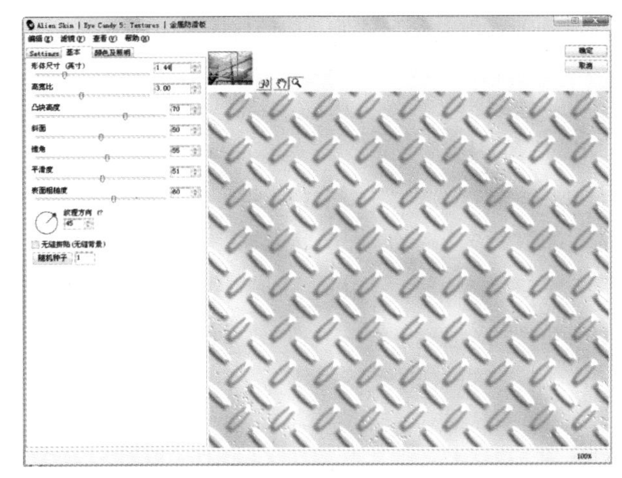
“金属防滑板”对话框

在“金属防滑板”对话框的“基本”选项卡中，各选项功能如下。

- 形体尺寸：设置防滑图形的形体大小。
- 高度比：设置防滑图形的宽度与高度的比例。
- 凸块高度：设置凸块图形的颜色强度。数值越大，凸块中的颜色对比度越强烈，从视觉上会感觉凸块更高，反之则对比度越弱，凸块越低。
- 斜面：设置凸块中斜面的大小。
- 锥角：设置凸块中锥角的尖锐度。
- 平滑度：设置凸块中各个面之间的平滑程度。
- 表面粗糙度：设置防滑板表面的粗糙程度。
- 纹理方向：设置防滑板中纹理的方向。

在如右图所示的“颜色及照明”选项卡中，各选项的功能如下。

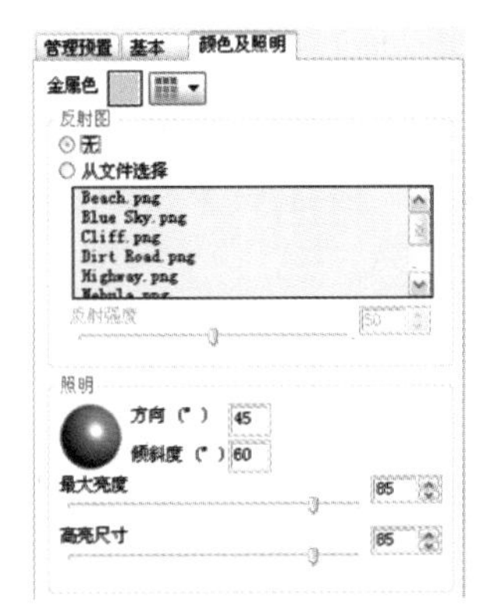

“颜色及照明”选项卡设置

- 金属色：设置金属板的底色。
- 反射图：在该选项栏中选择“从文件选择”选项，可以从下方的文件列表框中选择系统提供的反射图样本。下图所示为“反射图”选项设置及得到的图像效果。

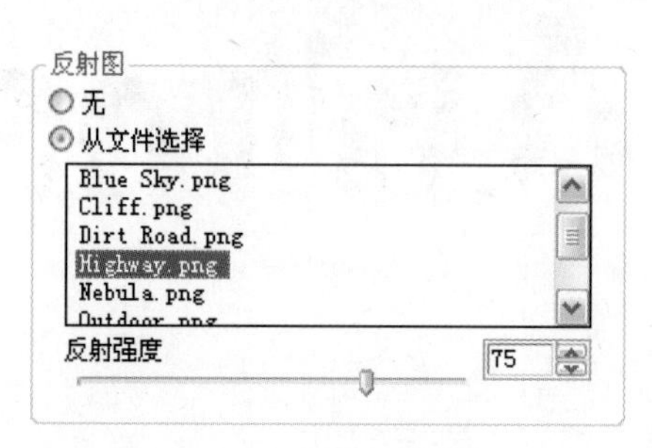

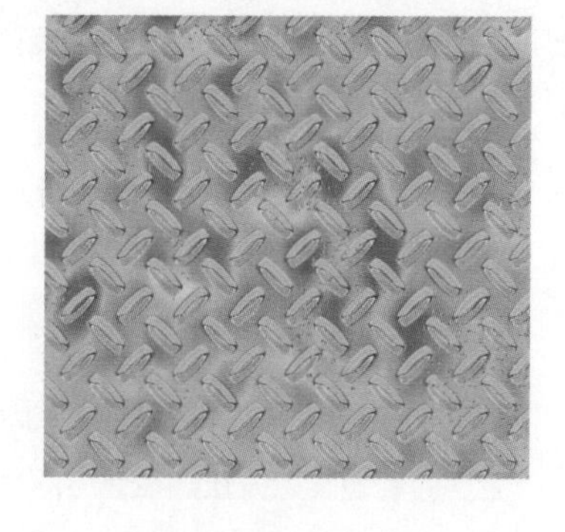

"反射图"选项设置及其效果

10.18 制作木材质感：Alien Skin Eye Candy5：Textures——木材

"Alien Skin Eye Candy5：Textures"插件中的"木材"滤镜，是"Eye Candy 4000 Demo"中的"木纹"滤镜的升级版。执行"滤镜→Alien Skin Eye Candy 5→木材"命令，弹出如右图所示的"木材"对话框。

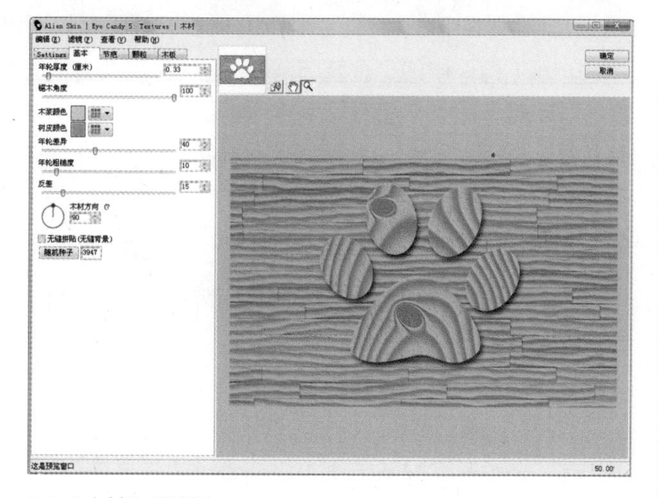

"木材"对话框

在"木材"对话框的"基本"选项卡中，各选项的功能如下。

- 年轮厚度：调整木材条纹的宽度。
- 锯木角度：调整木材的切割角度。
- 木浆颜色：选择木材的背景颜色。
- 树皮颜色：选择树皮的颜色。
- 年轮差异：从普通的几何形曲线的木材纹理进行变换。
- 年轮粗糙度：通过变换木材纹理，添加逼真的细腻度。
- 反差：调整木材的色彩对比度。
- 木材方向：调整木材条纹的方向。
- 选中"无逢拼贴"选项，将会反复同样的图案。

展开"节疤"选项卡，其选项设置如右图所示。"节疤数量"选项用于设置木材圆形节的数量，"节疤大小"选项用于设置木材圆形节的大小。

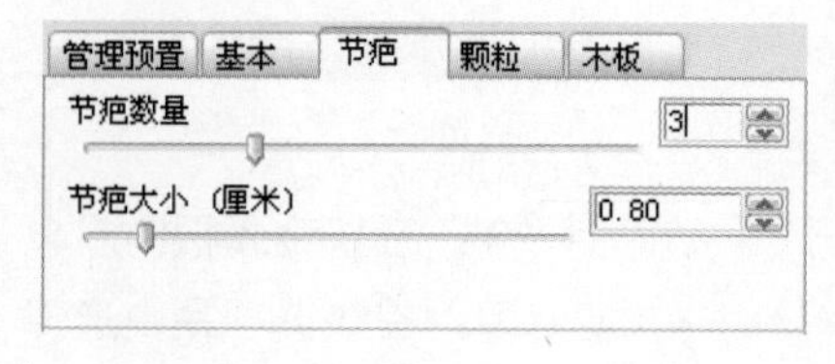

"节疤"选项卡设置

展开"颗粒"选项卡，其选项设置如下左图所示，各选项的功能如下。

- 颗粒大小：设置节疤之间的颗粒的长度。
- 颗粒高度比：设置节疤之间的颗粒的宽度。
- 颗粒密度：设置节疤之间的颗粒的密度。
- 颗粒不透明度：设置颗粒的不透明程度。

展开“木板”选项卡，其选项设置如下右图所示，各选项功能如下。

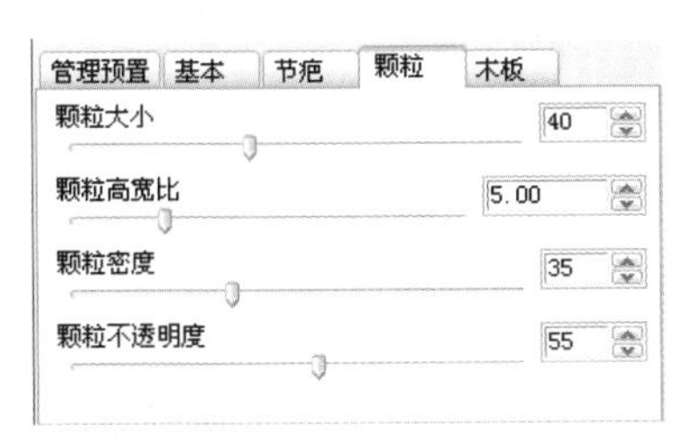

“颗粒”选项卡设置

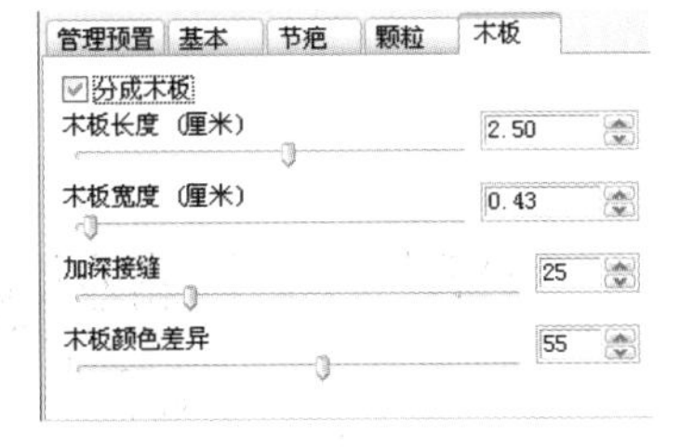

“木板”选项卡设置

- 选中“分成木板”复选框，该选项卡中的其他选项都将被激活，此时图像显示为由多个木板拼贴成的效果，如右图所示。
- 木板长度：设置用于拼贴的木板的长度。
- 木板宽度：设置用于拼贴的木板的宽度。
- 加深接缝：调整木板之间衔接的深度。
- 木板颜色差异：调整木板之间的颜色差异。数值越大，木板颜色的差异就越大，反之就越小。

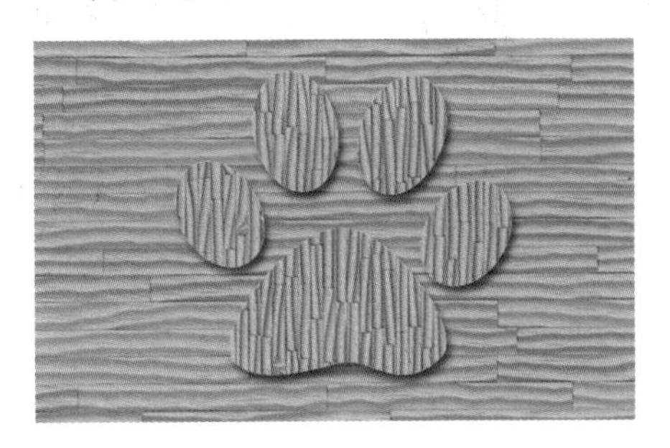

分成木板效果

10.19 模拟石墙效果：Alien Skin Eye Candy5：Textures——石墙

“Alien Skin Eye Candy5：Textures ”插件中的“石墙”滤镜，可以使图像产生类似石墙质感的纹理效果。通过调整石块的大小、边缘粗糙度等参数，可以制作出逼真的石墙效果。执行“滤镜→Alien Skin Eye Candy 5→石墙”命令，弹出如右图所示的“石墙”对话框。

“石墙”对话框

在“石墙”对话框的“基本”选项卡中，各选项的功能如下。

- 石块大小：设置石墙中石块的大小。
- 表面高度：设置石块在石墙表面凸起的高度。
- 石块颜色：设置石墙中石块的颜色。

- 砂浆厚度：设置石墙中砂浆的厚度。
- 砂浆颜色：选择砂浆的颜色。
- 颜色差异：设置不同石块在颜色上的差异程度。数值越大，颜色差异就越大，反之就越接近。
- 边缘粗糙度：设置石块边缘的粗糙程度。
- 颗粒：设置石块中的杂色颗粒数量。数值越大，颗粒越多，反之越少。
- 选中“平面砂浆沟槽”选项，石墙中的砂浆沟槽将被平面化。

下图所示是为图像应用“石墙”滤镜前后的效果对比。

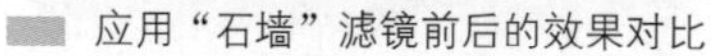

应用“石墙”滤镜前后的效果对比

11 Chapter 图像的特殊效果处理

Dictionary of Filters for Photoshop

图像的特殊效果处理是指对图像应用一些特效，使其产生一些超乎寻常、不合常理和怪异的特殊效果（如对人物脸部的各个部位进行变形，使其产生畸形和夸张的表情；在金鱼表面添加毛发，产生超常、耐人寻味的效果；对图像进行加密，使其保密等）。图像的特殊效果处理可以应用到一些特定的图像创意上，使图像更具有新意。

11.1 涂抹工具：KPT 6——KPT Goo

“KPT 6”中的“KPT Goo”滤镜可以表现用手指搓揉、推拉、旋转图像而产生的各种效果，并可以由此为基础制作出简单的动画。“KPT Goo”效果类似于Photoshop中的“液化”滤镜，但该效果表现得更为自然。

打开如下左图所示的图像素材，然后执行“滤镜→KPT 6→KPT Goo”命令，弹出如下右图所示的“KPT Goo”对话框。

素材图像

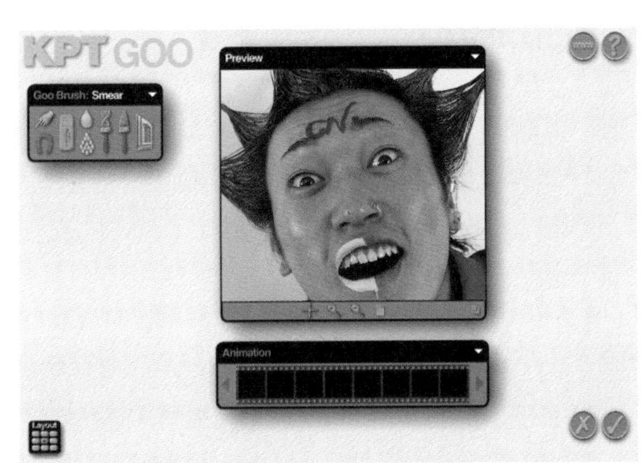

“KPT Goo”对话框

在“KPT Goo”对话框的“Goo Brush”面板中，可以选择各种笔刷和扭曲工具，在预览窗口中对图像进行变形处理。

- Smear：选择该工具，表现用手指将图像像素按涂抹的方向进行推或拉的移动，以产生细而长的扭曲变形效果，如下左图所示。
- Magnet：选择该工具，使图像就像被磁铁吸引一样，产生粗而短的扭曲变形效果，如下右图所示。

使用“Smear”工具涂抹的效果

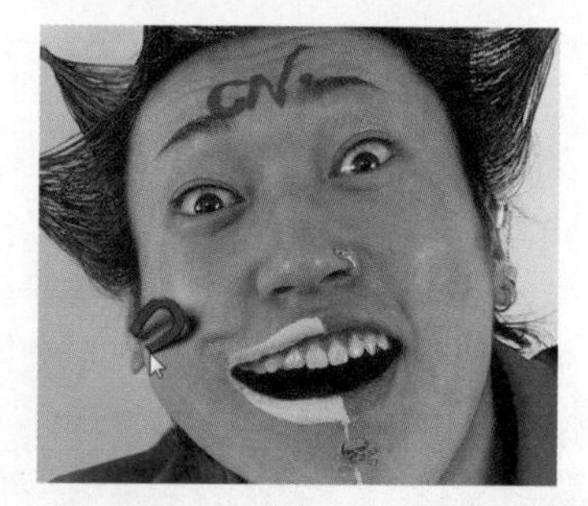
使用“Magnet”工具涂抹的效果

- UnGoo：选择该工具，在扭曲的范围内拖动，可以清除此处图像的扭曲变形效果。
- Smooth：选择该工具，可以使扭曲的图像变得平滑。
- Noise：选择该工具，为扭曲的图像添加噪点。
- Twirl：选择该工具，可以按顺时针或逆时针方向对图像进行旋转扭曲处理，效果如下左图所示。
- Pinch：选择该工具，可以对图像进行缩放扭曲处理，效果如下右图所示。

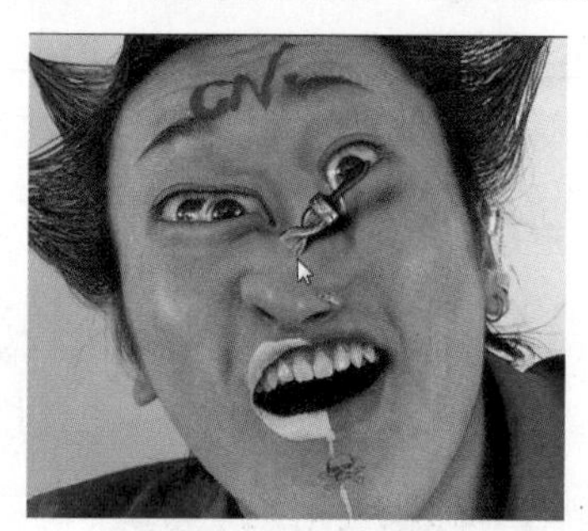
使用“Twirl”工具涂抹的效果

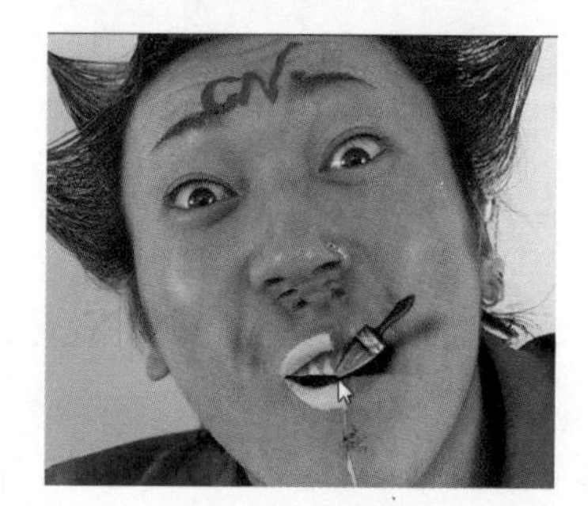
使用“Pinch”工具涂抹的效果

- Iron：选择该工具，像熨衣服一样，将扭曲的图像处理得平整一些，效果如右图所示。
- Brush Size：调整笔刷的大小。
- Brush Flow：设置笔刷的流量。
- Brush Animation Speed：设置笔刷的速率。

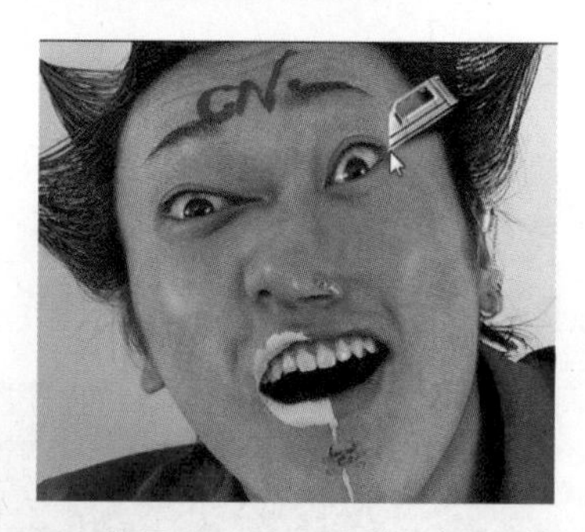
使用“Iron”工具进行涂抹的效果

在如下图所示的“Animation”面板中，可以将利用笔刷制作的变形图像分别保存为每一帧上，并制作成动画。

“Animation”面板

- 人物图像胶片：单击黑色空白帧，可以将当前图像保存为帧。
- Animation Speed：调整帧播放的速度。
- Preview：单击该按钮，预览动画效果。
- Output：单击该按钮，将制作完成的动画输出为影像文件。
- Interpolate to First Frame：勾选此命令，在运行完动画后，自动移动到第一帧的位置。
- Loop Preview：勾选此命令，在预览时重复显示。
- Fast Animation Preview：勾选此命令，降低关键帧的质量，达到快速预览的目的。
- Clear Goo Animation：勾选此命令，删除保存的帧。
- Load Goo Animation：勾选此命令，载入保存的帧。
- Save Goo Animation：勾选此命令，保存完成后的动画。

在“Preview”窗口的下方，各图标的功能如下。

- 在十字图标上按下鼠标左键拖动，可以移动预览窗口中的视图。
- 单击放大镜图标，可以放大视图。
- 单击缩小图标，可以缩小视图。
- 拖动图标，可以调整预览窗口的大小。

11.2 产生动物毛皮效果：Eye Candy 4000 Demo——毛皮

使用“Eye Candy 4000 Demo”插件中的“毛皮”命令，可以制作出类似动物皮毛和人物毛发的图像效果。通过反复更改毛发的基本参数，可以产生具有独特风格的毛皮样式。

打开如下左图所示的图像素材，将需要创建毛皮效果的图像创建为选区，然后执行“滤镜→Eye Candy 4000 Demo→毛皮”命令，弹出的“毛皮”对话框及预览到的毛皮效果如下右图所示。

素材图像

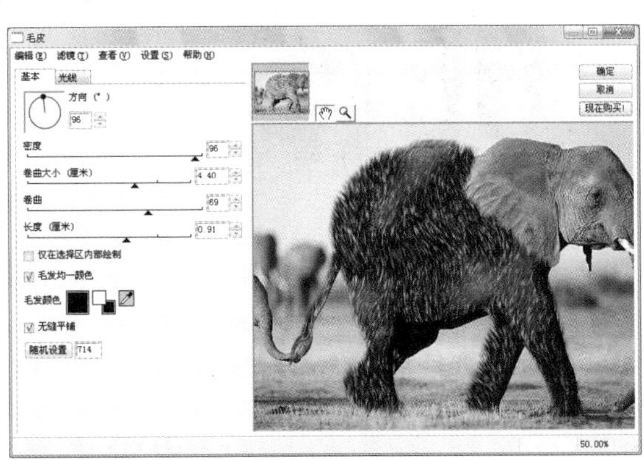

“毛皮”对话框及预览到的毛皮效果

在“毛皮”对话框的“基本”选项栏中，各选项的功能如下。

- 方向：设置毛皮的方向。
- 密度：设置毛皮的数量。
- 卷曲大小：设置毛皮的弯曲间隔。该值越小，弯曲程度越大。

- 卷曲：设置毛皮的卷曲程度。
- 长度：设置毛皮的长度。该值越大，卷曲程度越大。
- 仅在选择区内部绘制：选中该复选框，只在选区内侧应用毛皮效果。
- 毛发均一颜色：选中该复选框，只应用一种样式、一种颜色的毛皮效果。
- 毛发颜色：设置毛皮的颜色。
- 无缝平铺：选中该复选框，毛皮之间不会有连续重叠的现象，只反复使用一种同样的图案。

“毛皮”对话框中的“光线”选项卡内容，可参考前面章节中关于“Eye Candy 4000 Demo”插件中其他滤镜的介绍。

11.3 产生漩涡效果：Eye Candy 4000 Demo——漩涡

“Eye Candy 4000 Demo”插件中的“漩涡”滤镜，可以在选区图像或图层上制作出旋风或漩涡效果。通过设置漩涡的样式和间隔，可以使效果更加细腻柔和。

打开如下左图所示的图像素材，然后执行“滤镜→Eye Candy 4000 Demo→漩涡”命令，弹出的“漩涡”对话框及预览到的漩涡效果如下右图所示。

图像素材

“漩涡”对话框及预览到的效果

- 漩涡间距：调整漩涡的样式和大小。
- 涂抹长度：调整漩涡尾部的长度。
- 扭曲：调整漩涡旋转的程度。
- 条纹细节：调整漩涡线条的粗细。
- 无缝平铺：选中该复选框，反复应用相同的图案。

11.4 为图像添加噪点：The Plug-in Site——Noiseee

“The Plug-in Site”插件中的“Noiseee”滤镜，类似于一个噪点发生器，它可以为图像创造多种不同类型的噪点。打开如下左图所示的素材图像，然后执行“滤镜→The Plug-in Site→

Noiseee”命令，弹出如下右图所示的“Noiseee”对话框。

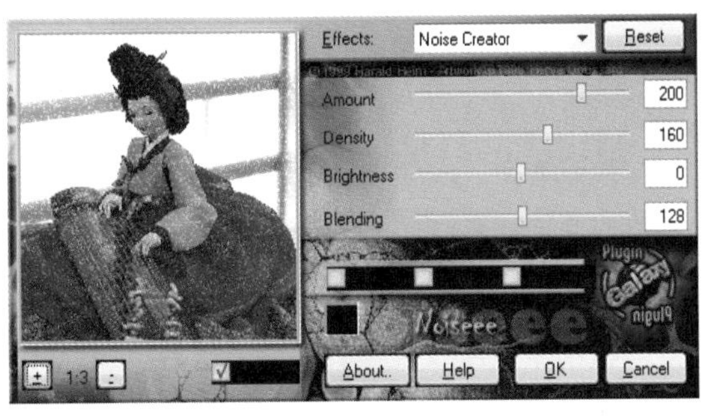

 素材图像

“Noiseee”对话框

在“Effects”下拉列表中，可以选择所要应用的“Noiseee”效果。下图所示是选择不同选项后得到的图像效果。

- Noise Creator：是一个噪点发生器，用于为图像添加噪点。
- Brightness Grain：用于为图像添加明亮的颗粒。
- Noisy Painting：可以使图像产生像素溶解的描绘效果。
- Sharpness Noise：用于为图像添加锐利的噪点。
- Overpainter：可以使图像产生油漆画的效果。
- Mud：可以复制一个原图像，并使图像产生泥泞似的分解效果。
- Slicer：用于为图像添加横条的切割效果。

Noise Creator

Brightness Grain

Noisy Painting

Sharpness Noise

Over painter

Mud

Slicer

在“Noiseee”对话框中选择所需的效果类型后，还可以对该效果的基本参数进行设置。

- Amount：设置所应用的“Noiseee”效果的数量。
- Density：设置所应用的“Noiseee”效果的密度。
- Brightness：设置图像的明亮度。
- Blending：设置所应用的“Noiseee”效果与原图像混合的程度。

- 选中“Noiseee”对话框中最左边的“Invert”复选框，可以反转“Noiseee”的效果。选中居中的“Colored”复选框，可以产生有色的“Noiseee”效果。选中最右边的“Overlay”复选框，可以使“Noiseee”效果与原图像之间产生类似于“叠加”的混合效果，如下图所示。

选中“Overlay”选项前后的效果

11.5 图像的加密处理：The Plug-in Site——Cryptology

利用“The Plug-in Site”插件中的“Cryptology”滤镜，可以对图像进行64位以上的加密处理。对图像加密后，会在原图像表面创建一层保护图案，以改变原图像的外观，使别人无法盗用或察看到图像的真实内容。

打开如下左图所示的素材图像，然后执行“滤镜→The Plug-in Site→Cryptology”命令，弹出如下右图所示的“Cryptology”对话框。

素材图像

“Cryptology”对话框

- 选中对话框左上角的“Filtering”复选框，对图像进行加密处理。取消选中该复选框，取消图像的加密。
- 在对话框上方的下拉列表中，可以选择加密后图像的显示效果。
- “Key 1”～“Key 8”：用于设置加密和解密的密码。

在“Cryptology”对话框中设置好密码并选择加密后的效果类型，然后单击“OK”按钮，即可对图像进行加密处理。加密后的图像效果如右图所示。

加密后的图像

TIPS　如果要取消图像的加密状态，同样执行“滤镜→The Plug-in Site→Cryptology”命令，在弹出的“Cryptology”对话框中输入解密的密码，然后单击“OK”按钮即可，如右图所示。

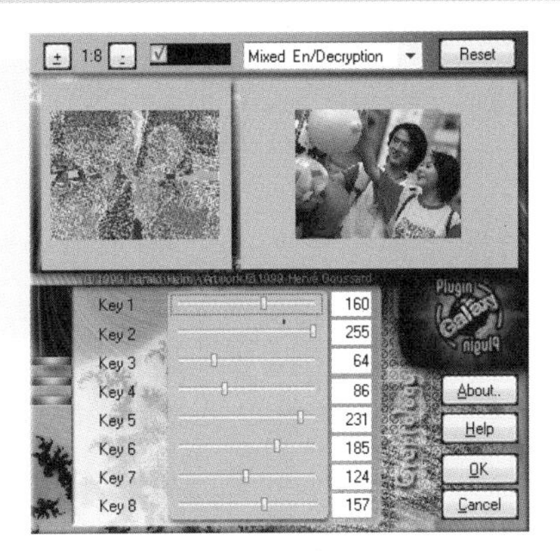

解密时的对话框状态显示

11.6 金属类溶解效果处理：The Plug-in Site——Fusion

“The Plug-in Site”插件中的“Fusion”滤镜，用于创建金属、铬合金或者氖的溶解效果。打开如下左图所示的素材图像，然后执行“滤镜→The Plug-in Site→Fusion”命令，弹出如下右图所示的“Fusion”对话框。

素材图像

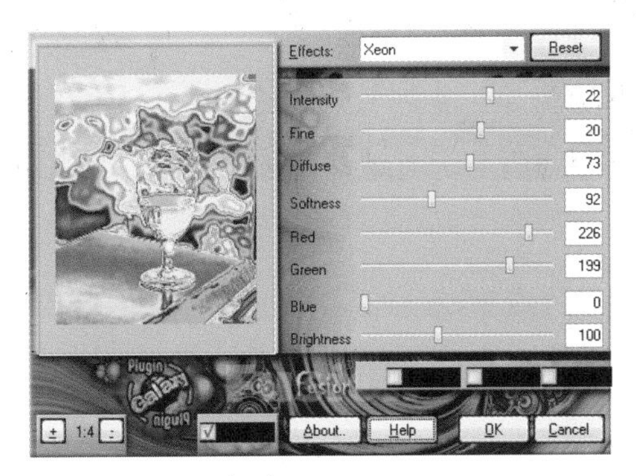

“Fusion”对话框

- Effects：用于选择所要应用的“Fusion”效果。下图所示是选择不同效果后得到的图像。

“Metal”效果

“Chrome”效果

“Neon”效果

“Xeon”效果

- Intensity：调整应用“Fusion”效果的强度。数值越大，效果越强烈。
- Fine：调整应用“Fusion”效果的精细程度。数值越大，效果越细腻。
- Diffuse：在选中下方的“Diffuse”复选框时，通过设置该选项参数，可以调整图像被扩散的程度。数值越大，扩散效果越明显。

- Softness：调整“Fusion”效果的柔和度。
- Red / Green / Blue：调整“Fusion”效果中红色、绿色和蓝色的颜色含量，从而改变整个“Fusion”效果的色调。
- Brightness：调整“Fusion”效果的明亮度。
- Diffuse：选中最左边的“Diffuse”复选框，将创建的“Fusion”效果与原图像进行混合，使原图像产生一种扩散的效果。
- Overlay：选中居中的“Overlay”复选框，使创建的“Fusion”效果与原图像按类似于“叠加”的模式进行混合。如下左图所示即为选中该选项前后的效果对比。
- Expose：选中最右边的“Expose”复选框，使用溶解效果来对原始图像进行曝光处理，效果如下右图所示。

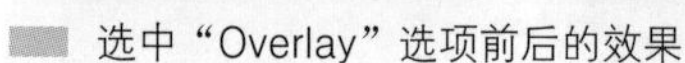
选中“Overlay”选项前后的效果

选择“Expose”选项后的效果

11.7 特技效果制作：Auto FX Software——DreamSuite

“Auto FX DreamSuite”是在Photoshop外部运行的插件，它是一款功能强大的滤镜编修工具，向用户提供了100多种特技效果。执行“滤镜→Auto FX Software→DreamSuite”命令，打开如右图所示的“DreamSuite”窗口。

“DreamSuite”窗口

关于“Auto FX Software”插件的工作界面在前面已经向读者介绍过了，这里主要介绍使用“DreamSuite”的方法。单击“DreamSuite”窗口中的“Special Effects”按钮，在其中可以选择所要应用的“DreamSuite”效果类型，如下左图所示。

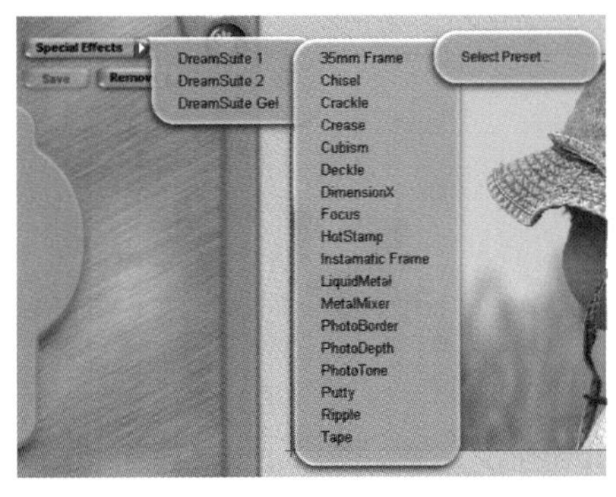

展开“DreamSuite”效果选项

在“Special Effects”弹出式菜单中，提供了3组不同的“DreamSuite”效果，并且每组“DreamSuite”效果中又提供了多种不同的效果处理方式供用户选择。如果用户想要快速应用“DreamSuite”效果，可以选择“Select Preset”命令，在弹出的“Preset”对话框中选择系统预设的“DreamSuite”效果，如下左图所示。下图右所示是选择“Crease 17jqp”样式后的效果。

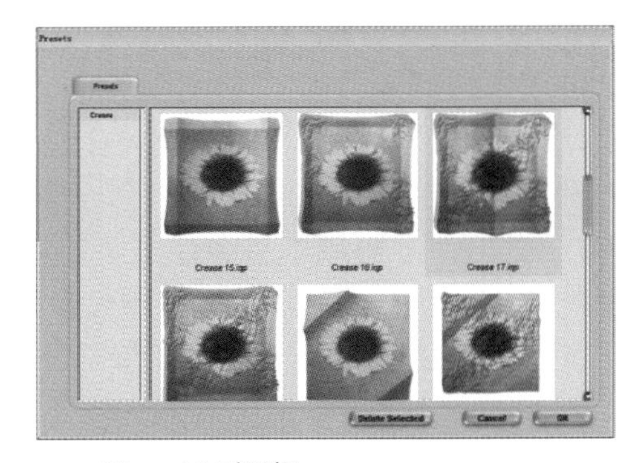

“Preset”对话框

选择“Crease 17jqp”样式后的效果

在“Special Effects”弹出式菜单中选择所需的效果处理方式或是预设的“DreamSuite”效果后，在“DreamSuite”窗口左边将显示出相应的面板设置，在其中可以设置所需的“DreamSuite”效果。下图左所示是依次展开Special Effects \DreamSuite 1\35mm Frame命令后弹出的“35mm Frame”面板。

由于“DreamSuite”滤镜中的面板数量可达好几十种，所以在这里不能一一为读者进行介绍。下面就以“35mm Frame”面板为例，向读者介绍使用“DreamSuite”面板的方法。

“35mm Frame”命令用于为图像添加宽度为35mm的正方形框架样式，效果如下右图所示。在“35mm Frame”面板中，各选项的功能如下。

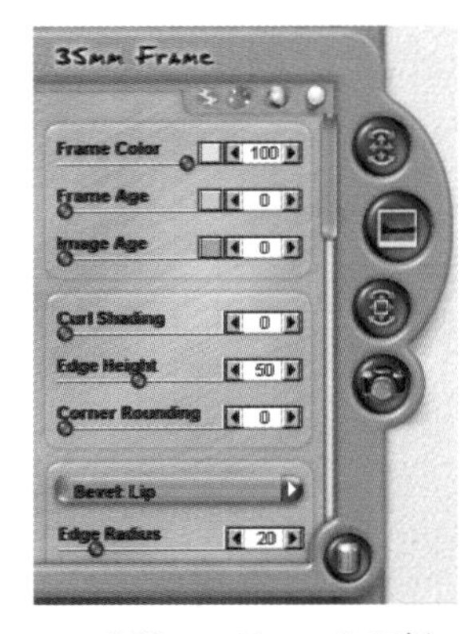

“35mm Frame”面板

- Frame Color：单击该选项右边的色块，可以设置框架的颜色。拖动该选项滑块，可以设置该颜色的不透明度。
- Frame Age：单击该选项右边的色块，可以设置覆盖在框架上的颜色。拖动该选项滑块，可以设置该颜色的不透明度。
- Image Age：单击该选项右边的色块，可以设置覆盖在原图像上的颜色。拖动该选项滑块，可以设置该颜色的不透明度。
- Curl Shading：调整框架阴影下面的阴影的变形程度。
- Edge Height：调整框架边缘凸起的程度。数值越大，边缘凸出效果越明显。
- Corner Rounding：调整框架中圆角变圆的程度。
- Bevel：单击该按钮，选择创建斜角效果的方式。
- Edge Radius：调整框架边缘的半径大小。数值越大，斜面深度越深，效果越明显。
- 选择工具，可以对效果进行移动、旋转和缩放等变换操作。
- 选择工具，可以对效果进行复制操作。
- 选择工具，可以对原图像进行移动、旋转和缩放等变换操作。
- 选择工具，移动光标到原图像上单击，弹出如下图所示的命令选单。选择"Load Image"命令，可以将其他图像载入到当前效果中，以替换原图像。选择"Transparent"命令，将框架中的图像处理为透明。选择"Original Photo"命令，将替换后的图像恢复为原图像。

弹出的命令选单

替换原图像后的效果

- 选择工具，然后在效果对象上单击，可以删除该效果。

11.8 图像融合处理：Flaming Pear——Polymerge

利用"Flaming Pear"插件中的"Polymerge"滤镜，可以将同一个文件夹中的多幅图像创造性地融合在一起，并得到一组相似的图片，然后该滤镜就可以将这些图片组合为一幅奇异的图像。

执行"滤镜→Flaming Pear→Polymerge"命令，弹出如下图所示的"Polymerge"对话框。

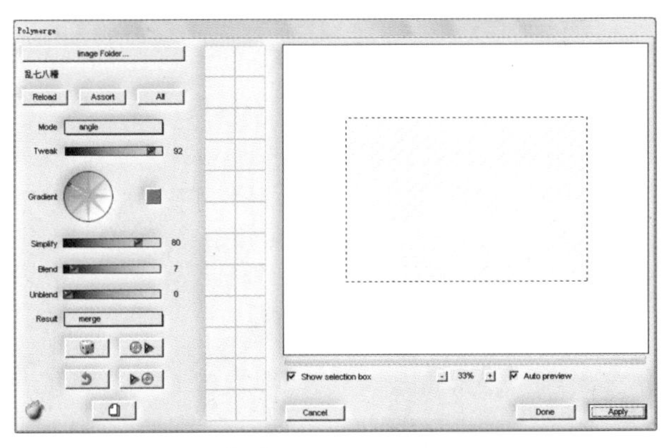

"Polymerge"对话框

- 单击"Image Folder"按钮，在弹出的对话框中可以选择用于制作融合效果的素材图片，此时在预览窗口中将显示对所选图片所在文件夹中的所有图像进行融合后的效果，并在预览窗口的左边显示该文件夹中的所有图片文件，如下图所示。

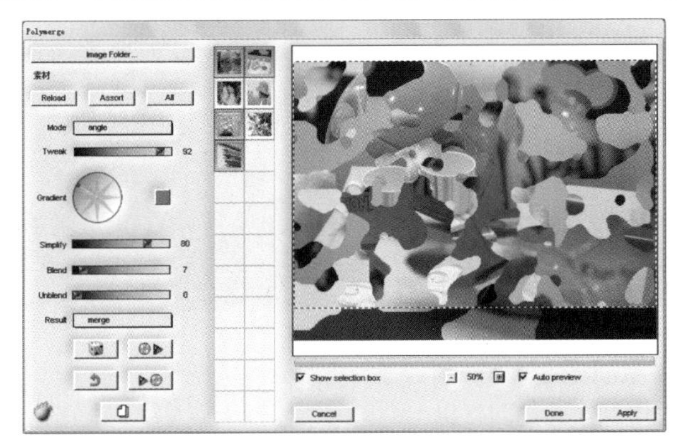

选择图像文件后的对话框显示状态

- Reload：在图片列表框中选择其中任一个图片，再单击该按钮，可以得到新的融合效果。
- Assort：单击该按钮，随机生成不同的融合效果。
- All：单击该按钮，使用图片列表框中的所有图片创建融合效果。
- Mode：在其下拉列表中选择图片相互融合的模式，下图所示是分别选择"Range"和"Sweep"模式后的融合效果。

分别选择"Range"和"Sweep"模式后的融合效果

- Tweak：调整图像之间相互融合的效果变化。

- Gradient：设置图像融合的梯度变化效果。
- Simplify：调整图像融合的简单化程度。数值越大，融合效果越单一。下图所示是将该值分别设置为10和90后产生的效果对比。

将“Simplify”值分别设置为10和90后产生的效果

- Blend：设置融合后的图像边缘之间混和的程度。数值越大，边缘越柔和。下图所示是将该值分别设置为10和90后产生的效果对比。

将“Blend”值分别设置为10和90后产生的效果

- Unblend：设置图像混合的程度。
- Result：设置生成最终效果的计算方式。选择“merge”选项，产生彩色的融合效果。选择“grey map”选项，产生灰度的融合效果，如下左图所示。选择“boundaries”选项，产生分界线似的灰度图，效果如下右图所示。

“grey map”效果

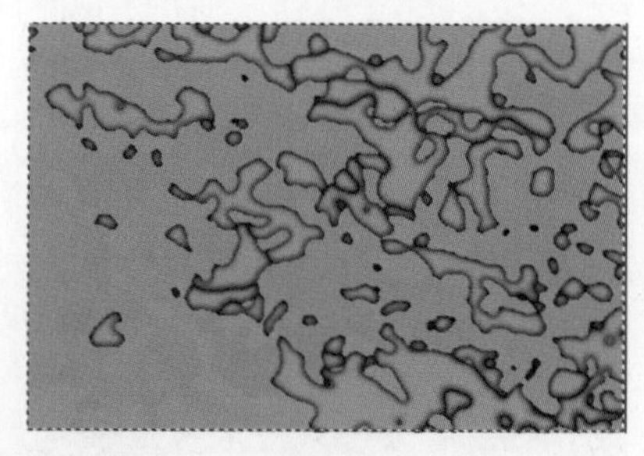

“boundaries”效果

- 单击按钮，将创建的“Polymerge”效果保存为“.psd”文件。

11.9 制作毛发图像：KPT 5——FiberOptix

“KPT 5”插件中的“FiberOptix”滤镜与“Eye Candy”中的“毛皮”滤镜类似，都可以在图像上添加毛发的效果。但是“FiberOptix”滤镜提供了更为丰富的选项设置，因此可以制作出比“毛皮”滤镜更加柔和逼真的毛发效果。

打开如下左图所示的素材图像，然后执行“滤镜→KPT 5→FiberOptix”命令，弹出的“FiberOptix”对话框及预览到的图像效果如下右图所示。

素材图像

“FiberOptix”对话框

- 在“Mask”面板中，显示了在应用滤镜效果之前选区中的图像被遮罩的效果。“Mask Bevel Width”选项，用于调整遮罩斜面的宽度。“Blend Noise To Mask”选项用于调整遮罩中毛发的混合程度。
- 在“Noise”面板中选择纹理图案，可以决定毛发的纹理。“Noise Scale”选项用于调整毛发变卷曲和变直的程度。下图所示是将该值设置为最小值时产生的毛发卷曲效果。

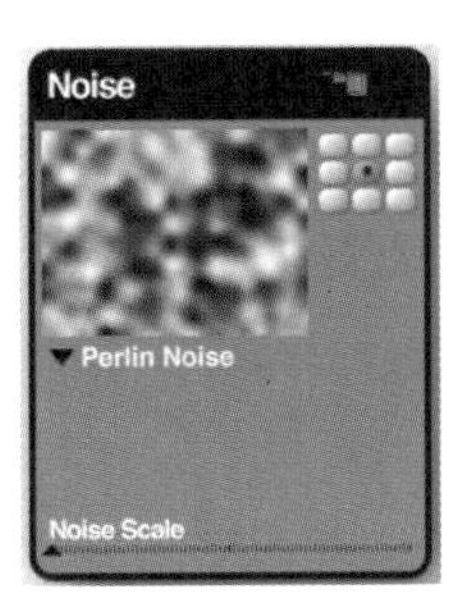

“Noise Scale”为最小值时毛发的卷曲效果

- 在“Fiber Color”面板中，可以设置毛发的稠密程度和方向。“Fiber Density”选项用于设置毛发的数量。“Fiber Length”选项用于设置毛发的长度。“Fiber Tepering”选项用于设置毛发的锐度。“Fiber Flatness”选项用于设置毛发的稠密度。“Direction Angle”选项用于设置毛发的方向角度。“Direction Intensity”选项用于设置毛发倾向于该方向的程度。
- 在“3-D Lighting”面板中，可以设置灯光效果。“Light Brightness”选项用于设置灯光的明亮度。“Highlight Sheen”选项用于设置加亮区的闪光程度。“Highlight Spread”选项用于设置加亮区向外扩展的程度。
- 在“Gradient”面板中，可以设置应用到毛发上的渐变色。

11.10 制作凝胶涂抹效果：KPT 6——KPT Gel

“KPT 6”插件中的“KPT Gel”滤镜，可以利用各种笔刷表现凝胶体的质感。该滤镜中提供了各种类型的贴图资料库，可以表现出大理石、高尔夫球、液体金属等效果，并且通过三维灯光效果、折射效果和反射效果等的处理，可以制作出自然、仿真的图像。

执行“滤镜→KPT 6→KPT Gel”命令，弹出如下左图所示的“KPT GEL”对话框。下图右所示是应用“KPT Gel”滤镜后的效果。

“KPT GEL”对话框

应用“KPT Gel”滤镜后的效果

在“KPT GEL”对话框的“Environment”面板中，可以设置凝胶体的颜色、质感、反射状态、不透明度以及贴图纹理等。

- 预览窗：显示选择的纹理。
- Load Preset：导入资料库中的“Gel”纹理。
- Save Preset：将“Gel”纹理保存到资料库。
- Import Environment Map：导入反射到“Gel”上的图像。
- Opacity：调整不透明度。
- Refraction：调整原图像被“Gel”折射的程度。
- Environment Blend：调整原图像被“Gel”反射的程度。
- Back：在透明的图像中赋予半透明的“Gel”时所显示的颜色。
- Tint：设置“Gel”的基本颜色。

在如右图所示的“Gel Brush”面板中，可以选择用于绘制凝胶体的各种笔刷和工具。

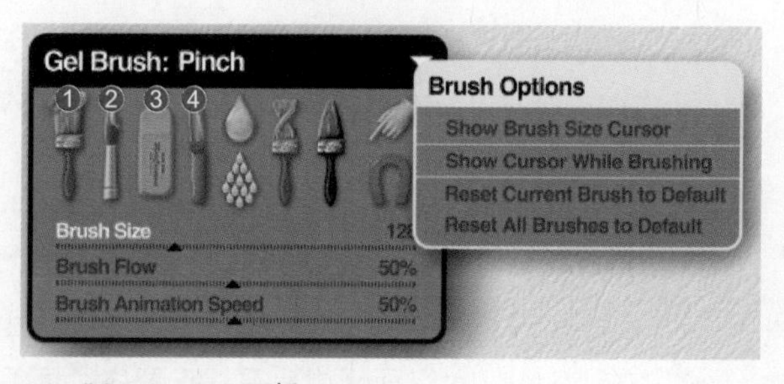

“Gel Brush”面板

❶ Width Brush：绘制大而宽的凝胶体的笔刷。

❷ Thin Brush：绘制小而细致的凝胶体的笔刷。

❸ Eraser：擦除绘制的凝胶体。

❹ Knife：设置像用剪刀对绘制的凝胶体进行剪切的效果。

- Show Brush Size Cursor：在预览窗口中显示原笔刷大小。
- Show Cursor While Brushing：用笔刷绘制凝胶体时，笔刷按原笔刷大小显示。
- Reset Current Brush to Default：将当前的笔刷属性值设置为默认值。
- Reset All Brushes to Default：将所有笔刷的属性值设置为默认值。

TIPS

"Gel Brush"面板中的其他工具和选项功能，请参看11.1中关于"KPT Goo"滤镜的内容介绍。

在"Preview"预览窗口中下方，各图标的功能如下。

- 单击图标，可以清除利用笔刷制作的所有凝胶体效果。
- 单击图标，以选定的"Tint"颜色填充图像。
- 单击图标，反相所选凝胶体的高度。

11.11 制作动态2D水波：KPT 6——Turbulence

使用"KPT 6"中的"Turbulence"滤镜，可以使用画笔表现具有流动效果的2D水波和涟漪，并且能将静止的影像保存为短篇动画。

打开如下左图所示的素材图像，然后执行"滤镜→KPT 6→Turbulence"命令，弹出的"KPT TURBULENCE"对话框及预览到的图像效果如下右图所示。

素材图像

"KPT TURBULENCE"对话框

在"Parameters"面板中， 可以设置创建2D水波和涟漪的基本参数，各选项的功能如下。

- Brush Flow：设置笔刷的流量。
- Brush Size：调整笔刷的大小。下图所示是将画笔大小设置为70时，在预览窗口中拖动鼠标产生的2D水波效果。

2D水波效果

- Damping Factor：调整笔刷的制动因素。数值越小，水波的动态效果越明显。
- Distortion：调整水波发生动态效果时的扭曲程度。
- Blend with Gradient：选中该选项，可以在预览窗口中预览水波的动态效果。反之则不显示。
- Gradient Level：调整2D水波在梯度水平面上的不透明度。
- Output Duration：设置2D水波向四周扩散的持续时间。在其下方的数值框上单击，在出现文字编辑框后输入数值即可。
- Output：单击该按钮，将2D水波输出为动态影像文件。

在“Gradient”面板中，可以设置应用到2D水波中的渐变颜色。

- 单击“Gradient”面板中的渐变条，在上方出现的彩色条和灰度条中可以选择应用到渐变条中的颜色，如下图所示。

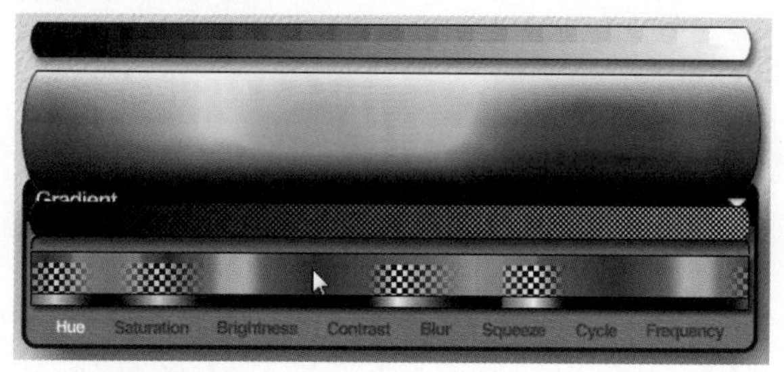

设置渐变颜色

- Hue：单击该选项，在“Gradient”面板右边出现的刻度条中可以设置颜色的色调。
- Saturation：设置色彩的饱和度。
- Brightness：设置色彩的明亮度。
- Contrast：设置色彩的对比度。
- Blur：设置色彩的模糊程度。
- Squeeze：设置各种色彩之间的间隔距离。
- Cycle：设置色彩循环的位置。
- Frequency：设置色彩的频率。

12 图像色彩调整

Dictionary of Filters for Photoshop

Chapter

大多数图像在应用到平面设计中时，为了与主题内容和整个画面达到协调统一，都需要对图像色彩进行调整或将色彩处理为所需要的特殊效果。同时，对于拍摄的数码照片，也需要调整色彩来使整个画面更为理想。对图像色彩进行调整应从多方面入手，这也是一个既简单又复杂的过程。下面列举了调整色彩的几十种方法，通过本章的学习，相信可以对色彩调整的方法有个全面的认识。

12.1 反相图像色彩：Eye Candy 4000 Demo——反相

“Eye Candy 4000 Demo”中的“反相”滤镜可以在维持原图像颜色的基础上，添加色彩反相的效果。与Photoshop中的“反相”滤镜不同，该滤镜可以保持原图像的色调和色彩饱和度，并可以进行反相亮度和调整色彩饱和度的操作，因此可以制作出更为细致的反相效果。“反相”滤镜可用于制作网页中按钮翻转的效果。

打开如下左图所示的素材图像，然后执行“滤镜→Eye Candy 4000 Demo→反相”命令，打开的“反相”对话框及预览到的图像效果如下右图所示。

素材图像

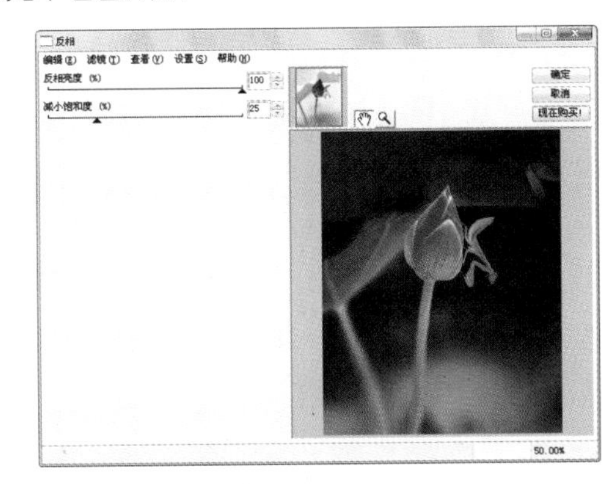

“反相”对话框

- 反相亮度：调整亮度的反相程度。
- 减小饱和度：调整饱和度的减小程度。

12.2 图像的色彩处理：The Plug-in Site——Coolorize

“The Plug-in Site”插件中的“Coolorize”滤镜用于对图像色彩进行处理，该滤镜提供了加强颜色、调和颜色、强化颜色、制作特殊的负片效果、制作薄暮效果、创建循环的色彩淡入淡出效果、将部分区域创建为灰度色调、创建灰度图像和增强色彩饱和度等功能。

打开如下左图所示的素材图像，然后执行“滤镜→The Plug-in Site→Coolorize”命令，打开如下右图所示的“Coolorize”对话框。

素材图像

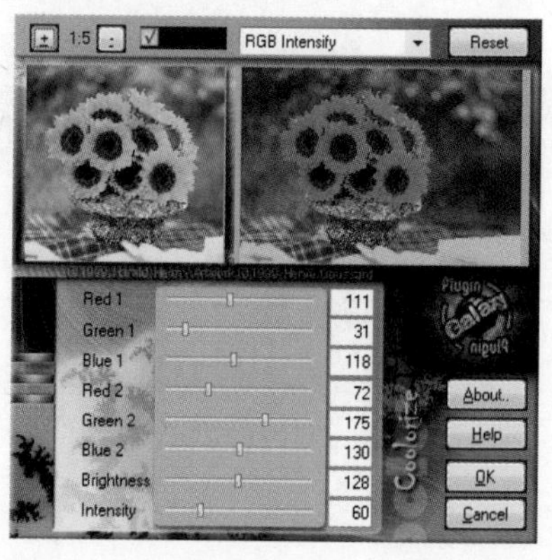

“Coolorize”对话框

选中“Coolorize”对话框上方的“Filtering”复选框，在右边的预览窗口中可以显示应用设置后的“Coolorize”效果。在“Coolorize”对话框上方的下拉列表中，可以选择所要应用的“Coolorize”效果类型。

- 选择“RGB Intensify”选项，可强化图像中的颜色。“Red 1”、“Green 1”和“Blue 1”选项用于强化红色、绿色和蓝色效果。“Red 2”、“Green 2”和“Blue 2”选项用于调整图像中红色、绿色和蓝色的组成量。
- 选择“Color Tuner”选项，可调和图像的颜色。“Red 1”、“Green 1”和“Blue 1”选项用于强化图像中的红色、绿色和蓝色部分。“Red 2”、“Green 2”和“Blue 2”选项用于调整红色、绿色和蓝色部分减少的强度。
- 选择“YUV Intensify”选项，可依照色彩构成情况强化图像的颜色。“Red 1”、“Green 1”和“Blue 1”选项用于调整图像中的红色、绿色和蓝色的成分。“Red 2”、“Green 2”和“Blue 2”选项用于调整图像中红色、绿色和蓝色的组成量。
- 选择“Magic Invert”选项，可以制作特殊的负片效果。“Red 1”、“Green 1”和“Blue 1”选项用于调整红、绿和蓝三原色通道的光亮度。“Red 2”、“Green 2”和“Blue 2”选项用于定义红绿和蓝三原色通道的光亮程度。
- 选择“Twilight”选项，可创建薄暮的色调效果。“Red 1”、“Green 1”和“Blue 1”选项用于调整红、绿和蓝三原色通道的光亮度。“Red 2”、“Green 2”和“Blue 2”选项用于调整红、绿和蓝三原色通道中的晕轮大小。
- 选择“Fade”选项，创建循环的色彩淡入淡出效果。“Red”、“Green”和“Blue”选项用于调整红、绿和蓝三原色通道中的晕轮大小。
- 选择“b/w Limiter”选项，转换一部分图像为灰度效果。“Red”、“Green”和“Blue”选项用于调整红、绿和蓝的像素值，以控制在该参数下不能被转换为灰度的像素量。

- 选择“Greyscaler”选项，制作灰度的图像。“Red 1”、“Green 1”和“Blue 1”选项用于调整红、绿和蓝通道中被转换为灰度效果的颜色量。“Red 2”、“Green 2”和“Blue 2”选项不作用于该效果。
- 选择“Cartoon Look”选项，对色调进行分离，产生绘画的效果。“Red 1”、“Green 1”和“Blue 1”选项用于调整红、绿和蓝三原色通道的光亮度。“Red 2”、“Green 2”和“Blue 2”选项不作用于该效果。
- 选择“RGB Saturation”选项，增强个别颜色通道的色彩饱和度。“Red”、“Green”和“Blue”选项用于调整红、绿和蓝三原色通道中的色彩饱和度。
- Brightness：调整最终的“Coolorize”效果的明亮度。
- Intensity：调整“Coolorize”效果的强度。数值越大，得到的颜色效果越强烈。该选项不作用于“RGB Saturation”效果。

下图所示是选择不同“Coolorize”类型后的效果。

“RGB Intensify”效果　“Color Tuner”效果　“YUV Intensify”效果　“Magic Invert”效果

“Twilight”效果　“Fade”效果　“b/w Limiter”效果　“Grayscale”效果

“Cartoon Look”效果　“RGB Saturation”效果

12.3 创建流行艺术风格效果：The Plug-in Site——PopArt

“The Plug-in Site”插件中的“PopArt”滤镜用于为图像创建华丽的、有趣的流行艺术风格效果。用户可以通过设置颜色的强度、边缘效果、柔化度、亮度以及与原图像混合的程度，制作出不同风格的流行艺术作品。

打开如下左图所示的素材图像，然后执行“滤镜→The Plug-in Site→PopArt”命令，打开的“PopArt”对话框及预览到的图像效果如下右图所示。

素材图像

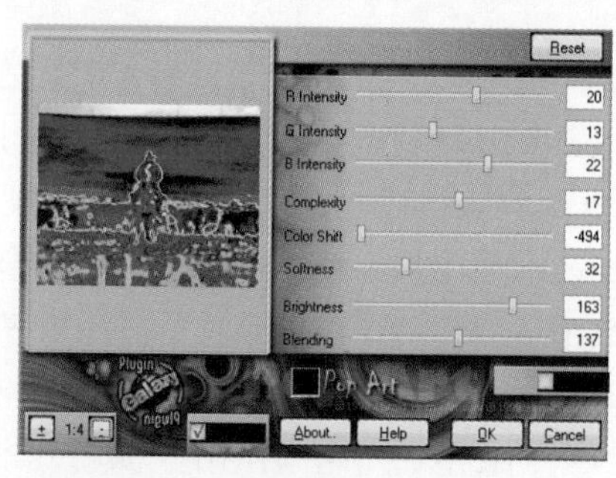

“PopArt”对话框

- 选中预览窗口下方的“Filtering”复选框，在预览窗口中显示应用设置后的“PopArt”效果。
- R/G/B Intensity：调整图像中的红色、绿色和蓝色三原色的构成成分，以改变最终的“PopArt”效果。
- Complexity：调整边缘细节的总量，以改变“PopArt”效果的复杂程度。
- Color Shift：通过调整颜色光谱，改变最终的色彩效果。
- Softness：调整“PopArt”效果的柔和度。
- Brightness：调整最终效果的明暗度。向左拖动鼠标变暗，向右拖动鼠标变亮。
- Blending：调整“PopArt”效果与原图像混合的程度。
- 选中对话框右下角的“Overlay”复选框，可以有效软化“PopArt”效果，从而与原图像创建覆盖图的效果，如下图所示。

选中“Overlay”前后的图像效果

12.4 创建渐变映射效果：The Plug-in Site——Rainbow

“The Plug-in Site”中的“Rainbow”滤镜用于创建不同的五彩缤纷的渐变效果。通过调整渐变色与原图像混合的程度，可以产生渐变映射的效果。执行“滤镜→The Plug-in Site→Rainbow”命令，打开如右图所示的“Rainbow”对话框。

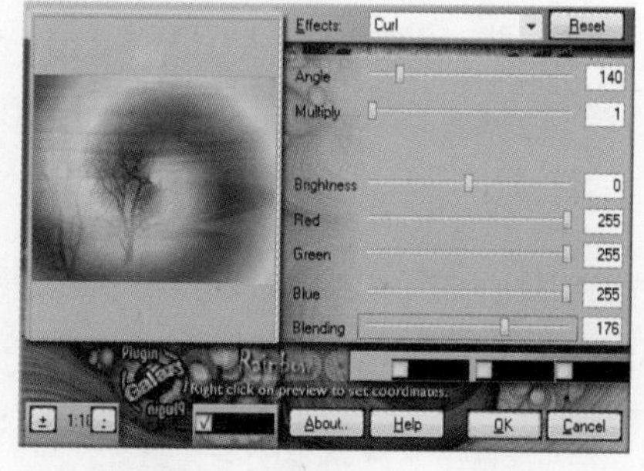

“Rainbow”对话框

- Effects：在其下拉列表中可以选择所要应用的“Rainbow”效果的类型。选择不同的类型后，产生的效果如下图所示。

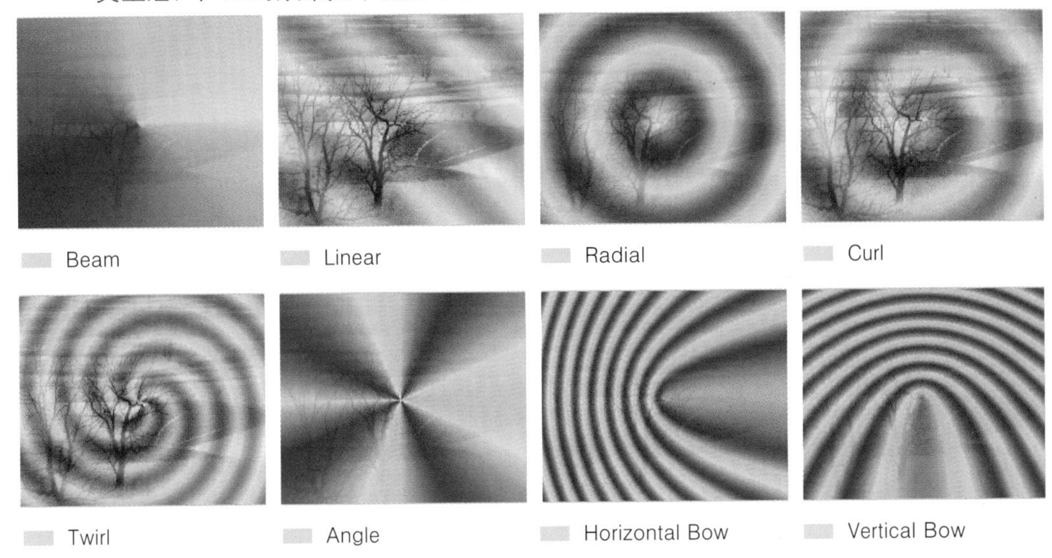

Beam　Linear　Radial　Curl

Twirl　Angle　Horizontal Bow　Vertical Bow

- Angle：调整“Rainbow”效果旋转的角度。
- Multiply：调整组成渐变色的色彩的数量。数值越大，色彩之间渐变过渡的密度就越大。
- Brightness：调整“Rainbow”效果的明暗度。
- Red / Green / Blue：调整“Rainbow”效果中红色、绿色和蓝色三原色的含量。
- Blending：调整“Rainbow”效果与原图像混合的程度。
- 在参数控制区域下方提供了3个复选框，选中最左边的“Overlay”复选框，可创建覆盖图效果。选中居中的“Expose”复选框，产生“Rainbow”与原图像叠加的效果。选中“Invert”复选框，反转“Rainbow”效果中的颜色。

12.5 调整图像色温：AGD——Color Temperature Correction

“AGD Color Temperature Correction”插件主要用于修正图像的色温，使图像恢复为适当的冷暖色调，同时还可以调整图像的明暗度。

打开需要调整的图像素材，然后执行“滤镜→AGD→Color Temperature Correction”命令，打开如右图所示的“Color Temperature Correction 24bit”对话框。

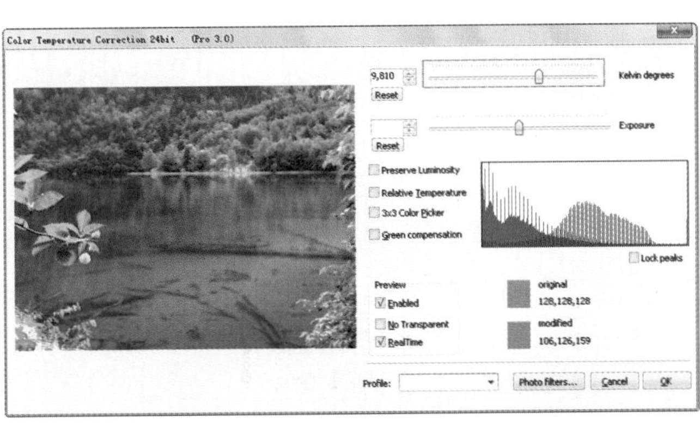

“Color Temperature Correction 24bit”对话框

- Kelvin degrees：拖动该滑块，调整图像的色温。向右拖动滑块，色调变冷；向左拖动滑块，色调变暖，如右图所示。
- Exposure：调整图像的曝光度。向右拖动滑块，图像变亮；向左拖动滑块，图像变暗。
- Preserve Luminosity：选中该复选框，在调整色温时，保持图像的亮度不变。
- Relative Temperature：选中该复选框，进行相对的温度调节。

色温变暖后的图像效果

- 3×3 Color Picker：选中该复选框，使用3×3的颜色选取器。
- Green compensation：选中该复选框，在调节色温时，自动进行绿色的补偿，以保持色彩平衡。
- Preview：设置图像的预览方式。选中“Enabled”复选框，预览最终调整后的图像效果。选中“No Transparent”复选框，可以降低显示的质量，以加快预览图像的速度。选中“Real Time”复选框，在调节过程中便可及时预览图像的效果变化。
- Original：用于显示原始图像中的平均色调和颜色值。
- Modified：用于显示调整后图像中的平均色调和颜色值。该颜色偏暖，说明此时图像的整体色调偏暖；该色调偏冷，说明此时图像的整体色调偏冷。
- 色调走向图：用于显示图像的冷暖色调和明暗走向。
- Lock peaks：选中该复选框，锁定当前色调走向图中的最高点不变。此时无论图像中的色温和曝光度怎样变化，色调走向图中的最高点始终不会改变。

12.6 与指定颜色进行色彩混合：Asiva——Asiva Correct+Apply Color

“Asiva Correct+ Apply Color”是一款色彩调整插件，它建立在精确选取图像的基础上进行的一种颜色混合。该滤镜利用增强的混合模式，对目标颜色与原图像选区内的像素颜色进行混合，从而有效地调整图像色调，并产生细致入微的色彩效果。用户可以根据所要调整的色彩范围的需要，将目标颜色与整个图像中的颜色混合，也可以将目标颜色与选区内的图像颜色混合。

执行“滤镜→Asiva→Asiva Correct+Apply Color”命令，打开如右图所示的“Asiva Correct+Apply Color Plug-in”对话框。

“Asiva Correct+Apply Color Plug-in”对话框

- Zoom：控制视图的缩放比例。单击▲按钮，放大视图。单击▼按钮，缩小视图。单击

100%按钮，按实际像素大小显示图像。单击Fit按钮，按最适合比例在预览窗口中显示当前图像的所有内容。

- Blend Amount：调整目标颜色与原图像颜色进行混合的数量。数值越大，混合效果越强。只有在“Operation”下拉列表中选择“Apply Color”选项后，该选项才会出现。
- Preview：选中该复选框，在图像窗口中预览调整后的色彩效果。
- Operation：在其下拉列表中，选择所要进行的操作。选择“Apply Color”选项，可以进行颜色的应用设置。选择“Correct Color”选项，可以进行颜色校正设置。
- Target Color：设置与原图像色彩进行混合的目标颜色。
- Sat. Adjust：调整原图像色彩的饱和度。
- Lum.Adjust：调整原图像色彩的亮度。
- Auto Sliders：选中该复选框，自动调整原图像颜色，并且“Sat. Adjust”和“Lum. Adjust”选项将恢复到自动调整时的参数设置状态。
- “Hue”选项栏用于精确校正目标颜色与原图像颜色混合后的图像色调。
- “Saturation”选项栏用于精确校正目标颜色与原图像颜色混合后的图像色彩饱和度。
- “Luminance”选项栏用于精确校正目标颜色与原图像颜色混合后的图像色彩亮度。

12.7 专业色彩调整工具：Asiva ——Asiva Shift+Gain

“Asiva Shift+Gain”插件也用于调整图像颜色，它支持16位的色深，可以对图像色彩进行细致的调整。执行“滤镜→Asiva→Asiva Shift+Gain”命令，打开如右图所示的“Asiva Shift+Gain Plug-in”对话框。

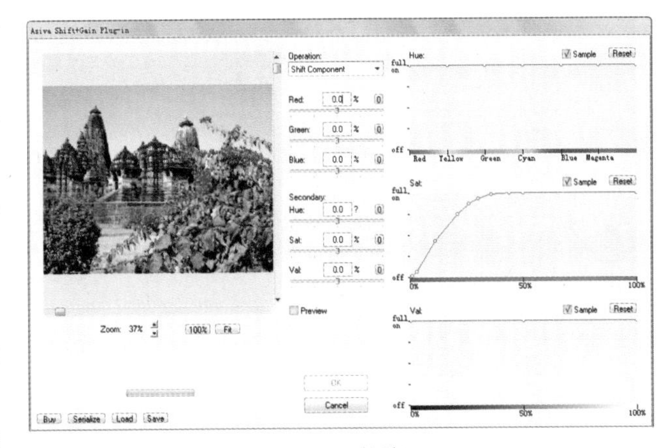

“Asiva Shift+Gain Plug-in”对话框

- Preview：选中该复选框，在图像窗口中预览调整后的色彩效果。
- Operation：在其下拉列表中，选择所要进行的操作。选择“Shift Component”选项，调整图像颜色中红、绿和蓝三原色的组成成分。选择“Gain Component”选项，在保持原色彩中各原色含量的基础上，增加红色、绿色或蓝色在原色彩中的含量。
- Red/Green/Blue：调整红色、绿色和蓝色在图像中的色彩含量。当百分比为正时，增加对应颜色在原图像中的含量。当百分比为负时，降低对应颜色在原图像中的含量。
- Secondary：在该选项栏中，“Hue”选项用于调整色彩的色相。“Sat”选项用于调整色彩的饱和度。“Vat”选项用于调整色彩的明亮度。
- “Hue”选项栏用于精确校正图像的色相。

- “Saturation”选项栏用于精确校正图像的色彩饱和度。
- “Luminance”选项栏用于精确校正图像的亮度。

12.8 修复色彩失真问题：Auto FX Software——AutoEye 2.0

经常进行图像处理的朋友们都会知道，在将图像由RGB色彩模式转换为CMYK时，会使部分颜色失真，并且会损失一定的色彩细节，使转换后的CMYK颜色不如RGB颜色鲜艳。同样，如果再将CMYK模式转换为RGB模式时，也不会恢复原RGB模式下的色彩效果。那么，为了降低颜色在色彩模式转换时的失真程度，就可以使用“AutoFX AutoEye”插件进行修复。

下图A所示为RGB模式下的图像效果，下图B所示为转换后的CMYK图像效果，下图C所示为再将CMYK模式转换为RGB后的色彩效果，可以发现，经过转换后的RGB图像已不可能再恢复到最初的色彩鲜艳度。

图A 最初的RGB图像

图B 转换后的CMYK图像

图C 转换后的RGB图像

TIPS

“AutoFX AutoEye”插件可以直接作用于CMYK色彩模式下的图像，只不过应用后的色彩效果会与预览到的色彩效果有很大的差异，所以最好在RGB色彩模式下进行修复处理。

选择转换后的RGB图像，然后执行“滤镜→Auto FX Software→AutoEye 2.0”命令，弹出如右图所示的“AutoEye 2.0”窗口，通过“AutoEye 2.0”的默认选项设置即可有效地对图像色彩进行修复。

“AutoEye 2.0”对话框

单击“AutoEye 2.0”窗口左边的“Select Preset”按钮，可以在弹出的“Presets”对话框中选择预设的色彩调整效果，如右图所示。单击“Save”按钮，将当前设置保存为预设并添加到“Presets”对话框中。单击“Remove”按钮，在弹出的“Presets”对话框中删除所选的预设。

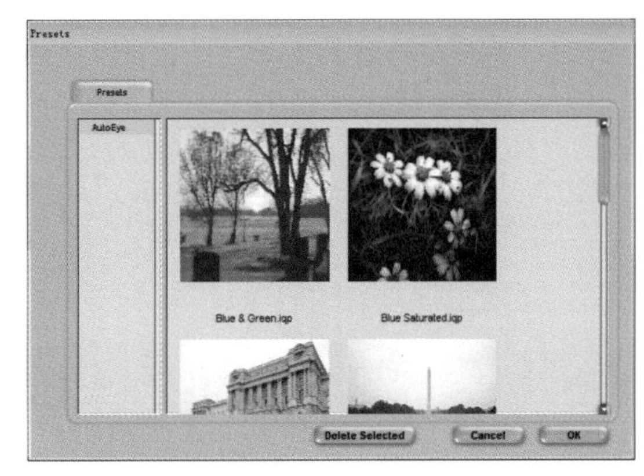

预设的色彩调整效果

要调整图像的色彩失真问题，主要通过“AutoEye 2.0”窗口中的“AutoEye”面板来完成。“AutoEye”面板中提供了3组不同功能的标签设置，分为“Enhancement Controls”标签、“Color Controls”标签和“Creative Controls”标签。

“Enhancement Controls”标签用于增强图像的鲜艳度，各选项的功能如下。

- Automatically Enhance：选中该复选框，可以自动增强图像的鲜艳度，并且该标签中的其他选项都将被激活。
- Enhance Strength：单击该按钮，然后可以选择提高色彩浓度的倍数。倍数越大，图像的明亮度越高，色彩越鲜艳，但是明亮度太高会丢失图像的部分色彩细节。
- Remove Color Cast：用于改变颜色的计算方式，并使用互补的颜色显示调整的结果。
- Rebuild Detail：用于修复图像中损失的细节部分。数值越大，细节部分被锐化的程度越高。
- Smooth Noise：用于柔化图像中的噪点。
- Anti-Moire：选中该复选框，可以清除图像中产生的条纹。

在如右图所示的“Color Controls”标签中，允许用户调整和增加图像中的颜色属性，各选项的功能如下。

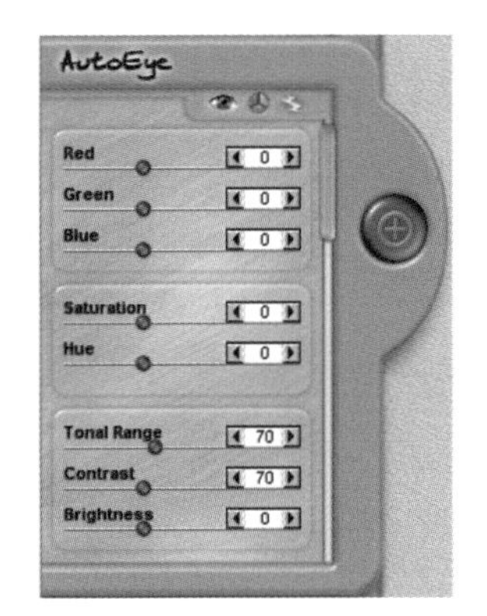

“Color Controls”标签选项设置

- Red/Green/Blue：调整图像中的红色、绿色和蓝色三原色的含量。
- Saturation：调整图像色彩的饱和度。
- Hue：调整图像色彩的色相。
- Tonal Range：调整色彩的浓度。数值越大，色彩浓度越大，反之色彩越淡。
- Contrast：调整色彩的对比度。数值越大，色彩的对比度越大。
- Brightness：调整色彩的明暗度。数值越大，色彩越明亮。

在如下左图所示的“Creative Controls”标签中，可以自动为图像表面创造一个灰度图像，如下右图所示，并通过调整灰度图像与修复后的图像之间混合的模式以及程度等参数，使图像产生不同的色调效果。该标签中各选项的功能如下。

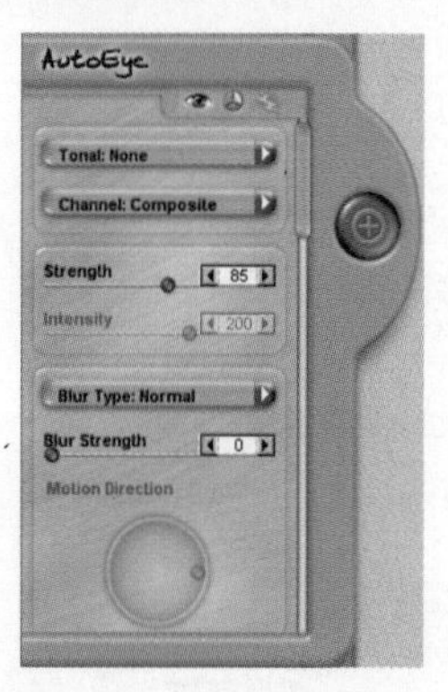

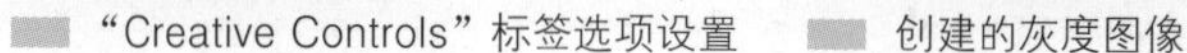

"Creative Controls"标签选项设置　　创建的灰度图像

- Tonal：单击该按钮，选择自动添加的恢复图像与修复后的图像之间混合的模式。选择"None"选项，不使用添加的灰度图像。
- Channel：单击该按钮，选择所要作用的颜色通道。RGB图像包括一个混合通道和三个原色通道。
- Strength：调整灰度图像的色彩浓度。数值越大，色彩浓度越浓，混合的效果越强烈。
- Intensity：调整灰度图像与原色通道混合的强度。
- Blur Type：单击该按钮，选择对灰度图像进行模式的方式，包括高斯模糊、动感模糊、径向模糊和缩放模糊。
- Blur Strength：调整模糊的强度。数值越大，模糊效果越强。
- Motion Direction：选择"Motion"模糊方式后，拖动球上的圆点，可以调整动感模糊的方向。

12.9 调整图像色调：Auto FX Software——Mystical Tint Tone and Color

"Mystical Tint Tone and Color"插件专门用于调整图像的色调，并且能为图像增添温馨、浪漫和神秘的气氛，使图像产生唯美的效果。该插件提供了可供选择的38种色彩效果和笔触效果，相信初学者都可以很容易地矫正图像在色彩方面存在的问题。

打开需要矫正颜色的图像，然后执行"滤镜→Auto FX Software→Mystical Tint Tone and Color"命令，打开如右图所示的"Mystical"对话框。

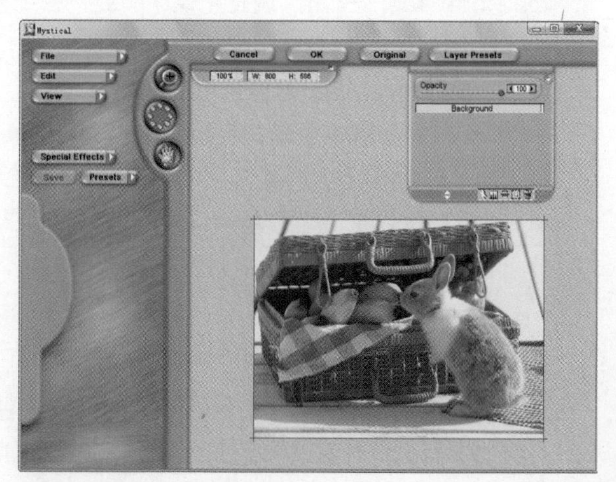

"Mystical"对话框

- 单击"Special Effects"按钮，在弹出的列表中可以选择所要应用的色彩效果，如右图所示。每一种色彩效果都有对应的面板和参数设置选项，通过这些设置，可以进行精确的色彩矫正。

- 单击“Save”按钮，将当前设置保存为预设，并添加到对应的“Presets”对话框中。
- 单击“Presets”按钮，在弹出的列表中可以选择保存后的预设。

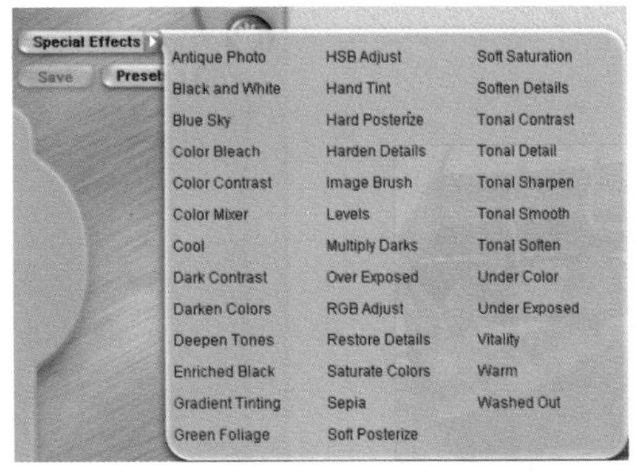

插件提供的色彩效果

“Mystical Tint Tone and Color”插件中提供了36种色彩效果类型，每种类型产生的色彩效果也会不同。下面以选择“Special Effects”中的“Antique Photo”效果为例，介绍对应的“Antique Photo”面板中各选项的功能设置。

“Antique Photo”效果可以使图像产生怀旧的色调，类似于老照片的效果。下图所示为“Antique Photo”面板设置及产生的色彩效果。

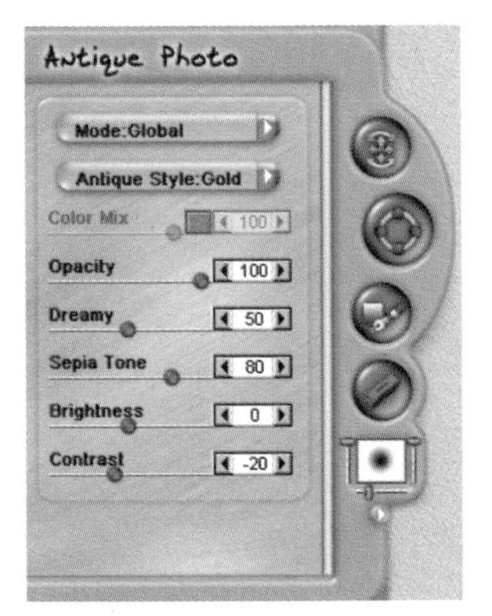

“Antique Photo”面板及对应的色彩效果

- Mode：单击该按钮，然后可以选择创建“Antique Photo”色彩效果的方式。选择“Global”选项，为整个图像创建“Antique Photo”色彩效果。选择“Brush On”选项，然后使用笔刷在图像中涂抹，可以将涂抹的区域创建为“Antique Photo”色彩效果。
- Antique Style：单击该按钮，然后选择需要的色调风格。分别提供了金色、黄色、灰度、蓝色和自定义颜色5种类型。选择“Custom（自定义）”选项，可以自定义色调风格。
- Color Mix：选择“Custom”风格类型时，单击“Color Mix”选项右边的色块，可以设置应用到图像上的颜色。拖动“Color Mix”滑块，可以调整该颜色与原图像混合的程度。
- Opacity：调整“Antique Photo”色彩的不透明度。
- Dreamy：调整“Antique Photo”色彩与原图像混合时产生的梦幻效果的强度。数值越大，梦幻效果越强。
- Sepia Tone：调整“Antique Photo”色彩与原图像色彩的调和程度。数值越大，“Antique Photo”颜色所占的比例越大。

- Brightness：调整“Antique Photo”效果与原图像混合后的色彩明暗度。数值越大，图像越明亮。
- Contrast：调整“Antique Photo”效果与原图像混合后的色彩对比度。数值越大，对比度越强。
- 使用工具，可以移动、缩放和旋转效果。
- 使用工具，可以移动、缩放和旋转焦距，从而调整应用到图像中的色彩效果。
- 使用工具，可以为当前应用的色彩效果创建淡入淡出效果。
- 使用工具在图像上涂抹，可以擦除当前应用的色彩效果。
- 图标用于调整笔刷的尺寸大小，左边的滑块用于调整笔刷的不透明度，下方的滑块用于调整笔刷的大小，右边的滑块用于调整笔刷的羽化程度。

在“Mystical Tint Tone and Color”插件中对图像进行色调的调整后，所使用的“Special Effects”效果类型会以图层的方式显示在“Layer”面板中，如右图所示，以方便用户对所应用的色调效果进行管理。

“Layer”面板

- Opacity：调整当前所选效果图层的不透明度。
- 效果图层：为图像应用的每一种“Special Effects”色彩效果都会以图层的形式显示在“Layer”面板中，并按应用的先后顺序由下往上排列，最后应用的效果始终位于最上层。
- 显示或隐藏效果图层：单击效果图层前的按钮，可以将对应的图层及其效果隐藏。再次单击按钮，又会显示对应的图层及其效果。
- 调整效果图层的上下顺序：与Photoshop中调整图层顺序的操作方法类似，只需要在“Layer”面板中将效果图层拖动到所需的位置即可，如下A图和B图所示。调整图层顺序后，图像中的色彩效果也会相应发生改变，如下C图和D图所示。

图A 调整图层顺序操作

图B 调整后的排列顺序

图C 调整顺序前的色彩效果

图D 调整顺序后的色彩效果

- 单击图标，在弹出的命令选单中可以选择下一步需要应用的色彩效果。选择一种色彩效果后，在“Layer”面板中会自动增加以该效果命名的图层。
- 单击图标，选择“Correction Layer”命令，可以增加一个修正图层，然后可以在“Correction Layer”面板中调整色彩效果，如下图A所示。选择“Photo Layer”命令，可以增加一个照片图层，然后可以在“Photo Layer”面板中色彩的明亮度和对比度，如下图B所示。
- 单击图标，可以创建一个蒙版图层，然后可以在“Masking Layer”面板中创建需要建立为蒙版的区域，同时可以调整蒙版的不透明度和边缘平滑度，如下图C所示。

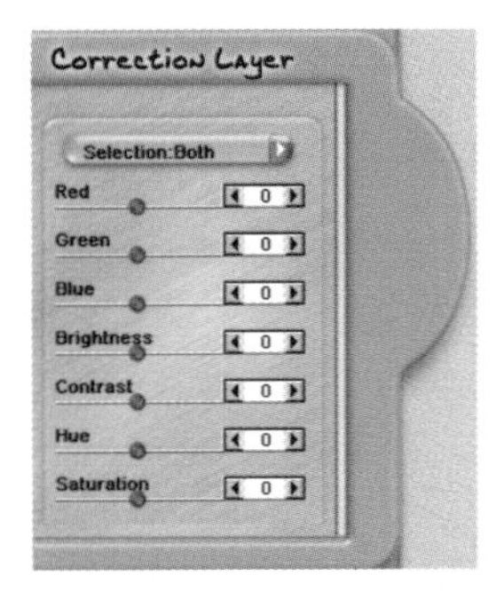

图A “Correction Layer”面板

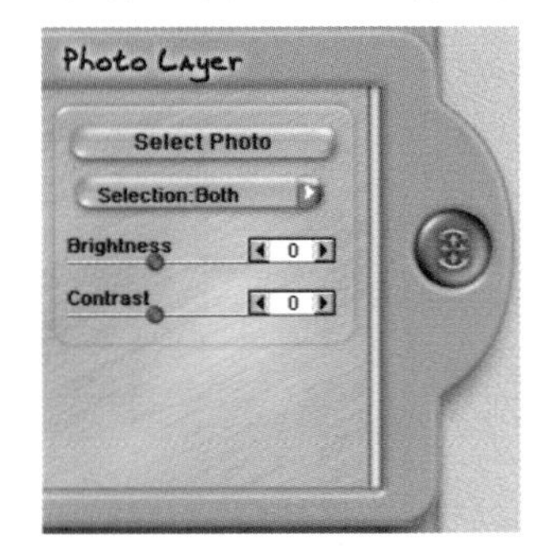

图B “Photo Layer”面板

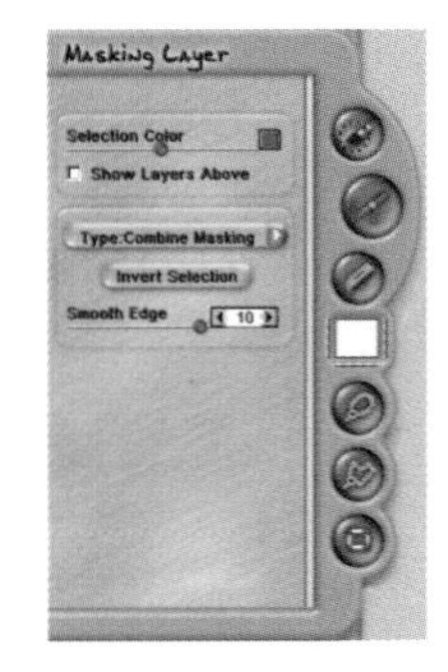

图 C“Masking Layer”面板

- 单击图标，可以复制当前选取的图层。
- 单击图标，可以删除所选的图层。

12.10 调整图像的亮度：B+W Outdoor Set——Brighten

“B+W Outdoor Set”是一款适用于Photoshop的图像调节滤镜插件，它可以安装在Adobe Photoshop、Photoshop Elements、Photo Paint和其他兼容的图像编辑程序中，具有优化数字图像、提高光的反射效果、提升照片的层次感和使照片颜色更逼真等功能。

“B+W Outdoor Set”中的“Brighten”滤镜用于调整照片的高光和阴影亮度。打开需要调整的图像，然后执行“滤镜→B+W Outdoor Set→Brighten”命令，弹出的“brighten”对话框如右图所示。

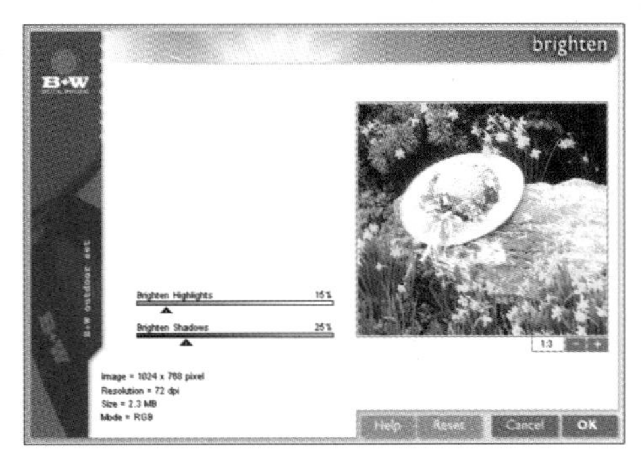

“Brighten”对话框

- 单击预览窗口下方的+或-按钮，可以放大或缩小视图。在预览窗口中拖动鼠标，可以移动视图显示的位置。
- Brighten Highlights：调整图像中的高光部分变亮的程度。
- Brighten Shadows：调整图像中的阴影部分变亮的程度。
- 在对话框的左下角，“Image”用于显示图像的宽度和高度所占的像素大小，“Resolution”用于显示图像的分辨率大小，“Size”用于显示图像的像素大小，“Mode”用于显示图像的色彩模式。

12.11 增加蓝色基调：B+W Outdoor Set——Graduated Blue

“B+W Outdoor Set”插件中的“Graduated Blue”滤镜，用于在图像表面增加一层蓝色渐变的基调，以增强图像的色彩效果。打开如下左图所示的素材图像，然后执行“滤镜→B+W Outdoor Set→Graduated Blue”命令，弹出的“graduated blue”对话框及得到的效果如下图所示。

素材图像

“Graduated Blue”对话框及效果

- Color：在右边的颜色块上按下鼠标不放，可以看到系统提供的3种不同的渐变色样，在其中可以选择所需要的基调色样。
- Filter Intensity：调整基调色应用到图像上的强度。
- Filter Rotation：调整基调色旋转的角度。
- Shift Filter：调整基调色移动的位置。

12.12 增加中间色基调：B+W Outdoor Set——Graduated Neutral Density

“B+W Outdoor Set”插件中的“Graduated Neutral Density”滤镜可以在图像表面增加一层灰色调，通过调整灰色调的强度和位置等参数，可以使曝光过度的图像在色调上达到一定的平衡。

打开如下左图所示的素材图像，然后执行“滤镜→B+W Outdoor Set→Graduated Neutral Density”命令，弹出的“graduated neutral density”对话框及得到的色调效果如下右图所示。

素材图像

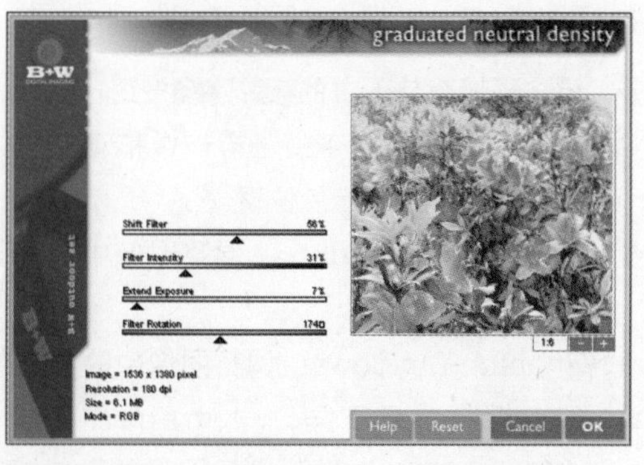

“graduated neutral density”对话框及效果

- Shift Filter：调整基调色移动的位置。
- Filter Intensity：调整基调色应用到图像上的强度。
- Extend Exposure：调整图像曝光的程度。
- Filter Rotation：调整基调色旋转的角度。

12.13 调整色彩对比度：B+W Outdoor Set——Polarizing Enhancer

"B+W Outdoor Set"插件中的"Polarizing Enhancer"滤镜，可以增加图像色彩的饱和度，并且还可以在图像表面增加一层亮度基调色。通过调整基调色的角度和强度，可以增强图像的对比度。

打开如下左图所示的图像，然后执行"滤镜→B+W Outdoor Set→Polarizing Enhancer"命令，弹出的"polarizing enhancer"对话框及调整后的效果如下右图所示。

素材图像

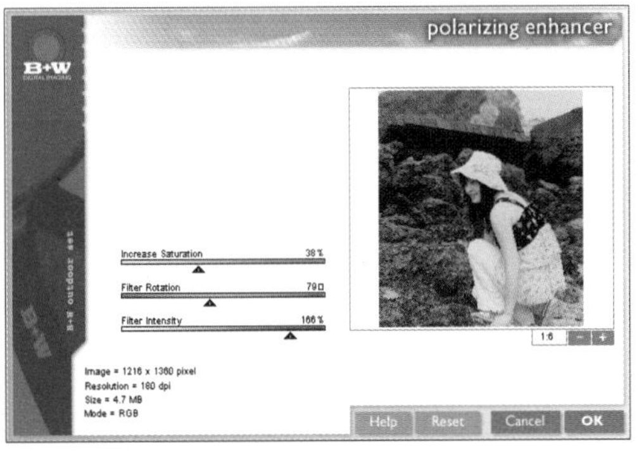

"polarizing enhancer"对话框及调整后的效果

- Increase Saturation：用于增加图像色彩的饱和度。数值越大，色彩越饱和。
- Filter Rotation：调整亮度基调色旋转的角度。
- Filter Intensity：调整图像的对比度。数值越大，图像越亮，色彩对比度越强。

12.14 制作夏季色调：B+W Outdoor Set/B+W Portrait & Family Set——Summertime

"B+W Outdoor Set"和"B+W Portrait & Family Set"插件中的"Summertime"滤镜，都用于将图像制作为夏季太阳光照射下的暖色调效果，它们的滤镜选项设置完全相同。执行"滤镜→B+W Outdoor Set→Summertime"命令，弹出的"summertime"对话框如右图所示。

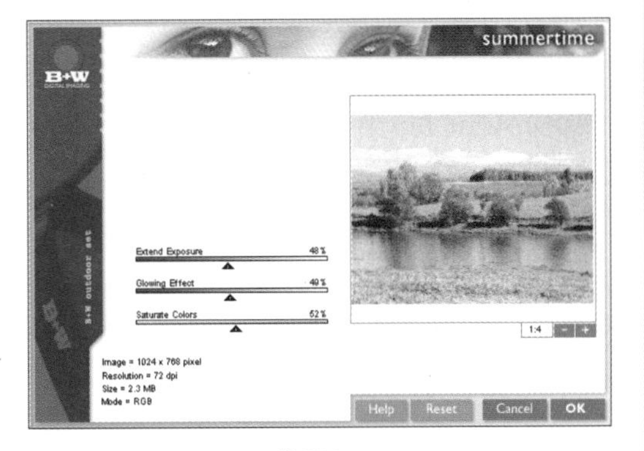

"summertime"对话框

- Extend Exposure：调整图像曝光的程度。
- Glowing Effect：调整图像的灼热程度。
- Saturate Colors：调整图像颜色变饱和的程度。

下图所示是应用“Summertime”滤镜调整图像色调前后的效果。

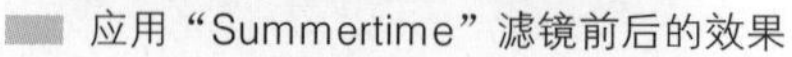
应用“Summertime”滤镜前后的效果

12.15 制作暖色调图像：B+W Outdoor Set——Warming

“B+W Outdoor Set”和“B+W Portrait & Family Set”插件中的“Warming”滤镜，都用于为图像色调加温，以制作暖色调效果，它们的滤镜选项设置完全相同。

执行“滤镜→B+W Outdoor Set→Warming”命令，弹出如右图所示的“Warming”对话框。该滤镜中的“filter intensity”选项，用于调整图像色调偏暖的程度，百分比值越大，色调越偏暖。

“Warming”对话框

12.16 制作高质量的黑白图像：B+W Portrait & Family Set——Black and White

“B+W”是一套用于提升数码照片质量的Adobe Photoshop插件，它可以安装于Adobe Photoshop、Photoshop Elements、Photo Paint或其他兼容的图像处理软件中。使用“B+W”插件可以重新设定照片的焦点、将彩色照片转变为高质量的黑白照片，并且还可以为图像添加神秘的月光色调等。

“B+W Portrait & Family Set”插件中的“Black and White”滤镜，用于制作黑白效果的图像。执行“滤镜→B+W Portrait & Family Set→Black and White”命令，弹出如右图所示的“black and white”对话框。

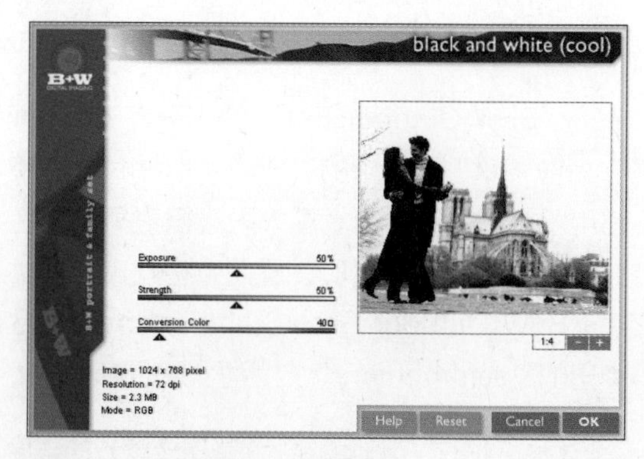

“Black and White”对话框

- Exposure：调整黑白照片图像曝光的程度。百分值越大，图像越亮，转换为白色区域的范围就越多。

- Strength：用于调整黑白图像的颜色浓度。百分值越大，黑色含量越多，颜色越深。
- Conversion Color：拖动滑块，指定用于转换的颜色，以改变黑白图像中的层次效果。

12.17 增强图像的色彩浓度：B+W Portrait & Family Set——Enhance Colors

“B+W Portrait & Family Set”插件中的“Enhance Colors”滤镜，用于增强图像的色彩浓度，同时还可以对图像色调进行加温或冷却处理。打开如下左图所示的素材图像，然后执行“滤镜→B+W Portrait & Family Set→Enhance Colors”命令，弹出的“enhance colors”对话框及调整后的效果如下右图所示。

素材图像

“enhance colors”对话框及效果

- Enhance Colors：调整增加颜色浓度的程度。
- Temperature：调整图像的色温。滑块拖向黄色调，图像色调偏暖。滑块偏向蓝色调，图像色调偏冷。

12.18 添加月光色调：B+W Portrait & Family Set——Luna

通过“B+W Portrait & Family Set”插件中的“Luna”滤镜，可以为图像添加月光色调，使图像产生神秘感。打开如下左图所示的素材图像，然后执行“滤镜→B+W Portrait & Family Set→Luna”命令，弹出的“luna”对话框及调整后的效果如下右图所示。

素材图像

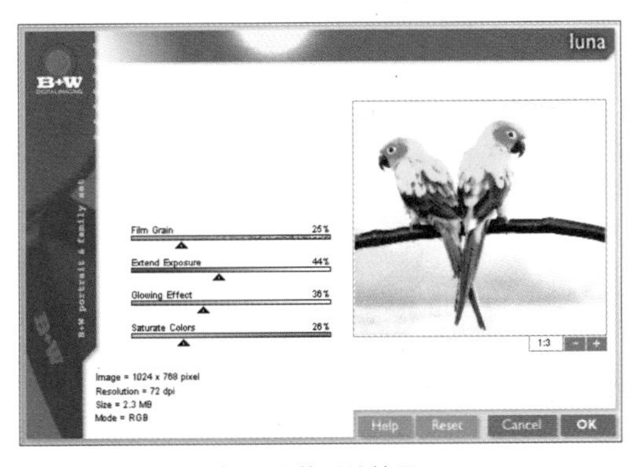

“luna”对话框及调整后的效果

- Film Grain：调整为图像添加颗粒的数量。百分比值越大，添加的颗粒数量就越多。
- Extend Exposure：调整图像的曝光程度。
- Glowing Effect：调整图像的灼热程度。
- Saturate Colors：调整图像颜色变饱和的程度。

12.19 制作软焦距效果：B+W Portrait & Family Set——Soft Focus

通过“B+W Portrait & Family Set”插件中的“Soft Focus”滤镜，可以创建软焦距拍摄效果，使照片产生柔和的色调，以营造温馨的氛围。

打开如下左图所示的素材图像，然后执行“滤镜→B+W Portrait & Family Set→Soft Focus”命令，弹出的“Soft Focus”对话框及调整后的效果如下右图所示。在“soft focus”对话框中的“Soft-Pro”选项，用于调整软焦距效果应用到图像上的程度，数值越大，色调越柔和。

“Soft Focus”对话框及调整后的效果

12.20 调整图像色调并创建透明效果：Cybia——alpha Works

利用“Cybia”插件中的“alpha Works”滤镜，不仅可以改变图像的色彩组成，而且还可以通过不同的方式为图像创建透明效果，但是需要创建透明效果的图像所在的图层必须为透明图层。

打开如下左图所示的素材图像，并将其所在的图层创建为透明图层，然后执行“滤镜→Cybia→alpha Works”命令，弹出如下右图所示的“alpha Works”对话框。

素材图像

“alpha Works”对话框

在“alpha Works”对话框上方的下拉列表中，可以选择为图像创建透明效果的方式。其中包括6种不同的效果选项，如下图所示。

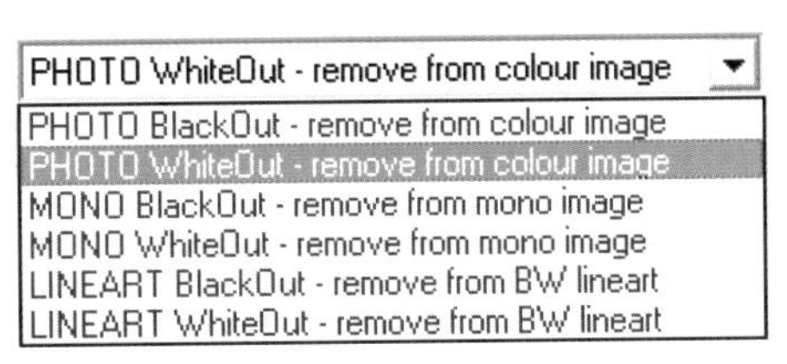

创建透明效果的方式选项

- PHOTO BlackOut – remove from colour image：选择该选项，将彩色图像中的阴影区域创建为透明，效果如下图A所示。
- PHOTO WhiteOut – remove from colour image：选择该选项，将彩色图像中的亮部区域创建为透明，效果如下图B所示。
- MONO BlackOut – remove from mono image：选择该选项，将彩色图像转换为灰度，并将图像中的阴影区域创建为透明，效果如下图C所示。
- MONO WhiteOut – remove from mono image：选择该选项，将彩色图像转换为灰度，并将图像中的亮部区域创建为透明，效果如下图D所示。
- LINEART BlackOut – remove from BW lineart：选择该选项，将彩色图像转换为黑白效果，并将图像中的黑色像素区域创建为透明，效果如下图E所示。
- LINEART WhiteOut – remove from BW lineart：选择该选项，将彩色图像转换为黑白效果，并将图像中的白色像素区域创建为透明，效果如下图F所示。

图A 图B 图C
图D 图E 图F

在“alpha Works”对话框中选择所需要的效果类型后，还可以通过选项参数，调整图像的透明范围和颜色参数，以改变整体效果。

- Range：调整在图像中创建透明效果的范围。数值越大，创建为透明效果的区域就越大。

- Red/Green/Blue：调整图像的颜色含量。对于彩色效果图像，可以通过调整各种颜色参数，调整图像的总体色彩效果。对于灰度或黑白效果图像，通过调整颜色效果，可以为图像创建单色调的图像效果，如右图所示。

创建的单色调效果

12.21 改变图像色彩：Cybia——Colour Works

利用“Cybia”插件中的“Colour Works”滤镜，可以对图像色彩进行多种不同方式的处理（如逆转、对比度、曝光、淡入淡出、灰度和反相等），以产生多样的色彩效果。

打开如下左图所示的素材图像，然后执行“滤镜→Cybia→Colour Works”命令，弹出如下右图所示的“Colour Works”对话框。

素材图像

“Colour Works”对话框

- 在对话框上方的下拉列表中，可以选择对图像色彩进行处理的方式。其中提供了22种不同的色彩效果，用户可以根据需要进行选择。
- Range：调整对图像色彩进行处理的范围和程度。一些色彩处理方式提供了多个“Range”选项，通过调整各个“Range”选项的参数，可以得到精细的色彩效果。
- Red/Green/Blue：调整对图像进行相应的色彩处理时，图像中的颜色组成。

12.22 创建艺术化色彩效果：Cybia——EdgeWorks

利用“Cybia”插件中的“EdgeWorks”滤镜，可以通过为图像色彩应用不同的艺术化处理，使图像产生多种超乎寻常的、抽象的具有艺术气息的色彩效果，以满足用户在进行平面设计工作时不同应用方面的需要。

打开如下左图所示的素材图像，然后执行“滤镜→Cybia→EdgeWorks”命令，弹出如下右图所示的“EdgeWorks”对话框。

素材图像

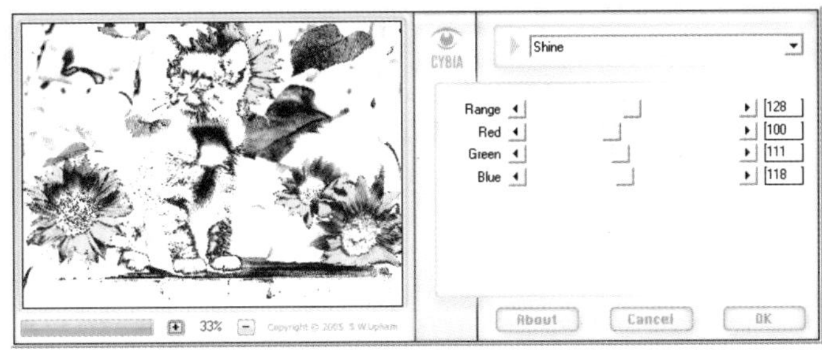

"EdgeWorks"对话框

- 在对话框上方的下拉列表中，可以选择对图像色彩进行艺术化处理的方式。其中提供了20种不同的色彩应用效果，用户可以根据需要进行选择。下图所示为选择"Artistic"、"Chromium"和"Woodcut"后的效果。

"Artistic"效果

"Chromium"效果

"Woodcut"效果

- Range：调整对图像色彩进行处理的范围和程度。
- Red/Green/Blue：调整对图像进行相应的色彩处理时，图像中的颜色组成。

12.23 制作浮雕装饰效果：Cybia——EmbossWorks

"Cybia"插件中的"EmbossWorks"滤镜用于为图像创建不同色调、不同材质的浮雕效果。打开如下左图所示的素材图像，然后执行"滤镜→Cybia→EmbossWorks"命令，弹出如下右图所示的"EmbossWorks"对话框。

素材图像

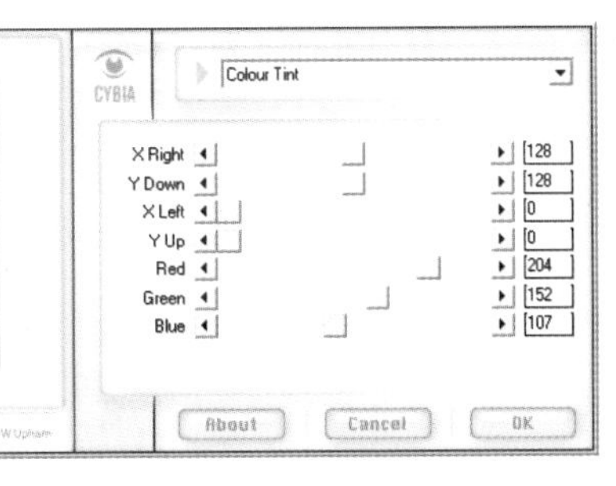

"EmbossWorks"对话框

- 在对话框上方的下拉列表中，可以选择所要创建的浮雕效果的类型。其中提供了20种不同的浮雕效果，其中包括金属材质浮雕效果和玻璃材质浮雕效果等。
- Right/Down/Left/Up：用于调整创建浮雕效果的方向。
- Range：调整应用浮雕效果的范围和程度。

● Red/Green/Blue：调整浮雕效果中的色彩组成。

12.24 制作单色调或色彩混合效果：Cybia——MasterBlaster

利用“Cybia”插件中的“MasterBlaster”滤镜，可以为图像制作各种单色调的色彩效果，同时还可以通过选择不同的色彩处理方式，为图像添加指定的颜色来混合到原图像色彩中。

打开如下左图所示的素材图像，然后执行“滤镜→Cybia→MasterBlaster”命令，弹出如下右图所示的“MasterBlaster”对话框。

素材图像

“MasterBlaster”对话框

- 在对话框上方的下拉列表中，可以选择所要创建的色彩类型，其中提供了22种不同的单色调和色彩混合效果。
- 选择单色调处理方式时，可以调整指定的单色在图像中的含量。当数值为0时，图像为灰度效果。
- 选择色彩混合处理方式时，可以调整混合到原图像色彩中的颜色含量，如下图所示。

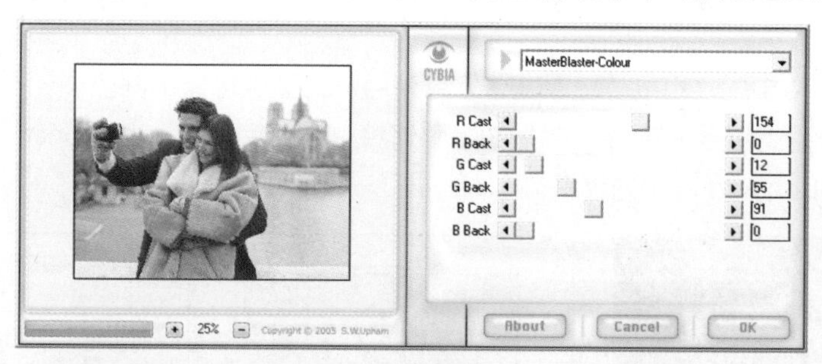

选择色彩混合处理方式时的对话框设置

12.25 变换图像的色相：Cybia——Swapshop

利用“Cybia”插件中的“Swapshop”滤镜，可以改变整个图像色彩的基本色调，使图像色彩被限制在红色与蓝色、蓝色与绿色、红色与绿色等色调之间，达到改变整个图像色相的效果。

打开如下左图所示的素材图像，然后执行“滤镜→Cybia→Swapshop”命令，弹出如下右图所示的“Swapshop”对话框。

素材图像

“Swapshop”对话框

- 在对话框上方的下拉列表中，可以选择所要改变图像色相的处理方式，其中提供了15种不同的处理效果。系统会根据所选择的色相调整方式，将图像色彩变换到指定的色彩范围内，以改变图像的色相。
- Swap R/ Swap G / Swap B：调整图像色彩交换的程度。根据所选的色相类型的不同，调整“Swap”值后得到的色彩效果也会不同。

12.26 智能还原图像真色彩：DCE Tools——智能色彩还原

利用“DCE Tools”插件中的“智能色彩还原”滤镜，可以自动检测到照片中存在的色彩不平衡问题，并进行相应的修复处理。同时，还可以针对室内或室外光线对拍摄的影响，对照片色调进行相应的矫正。

打开需要处理的素材图像，然后执行“滤镜→DCE Tools→智能色彩还原”命令，弹出如右图所示的“智能色彩还原”对话框。

“智能色彩还原”对话框

- 自动白平衡：选中该单选项，可以通过系统检测到的色彩问题，进行有效的修复处理。被检测到的色彩问题会显示在该选项的下方。本实例中显示的内容说明了当前图像的色彩偏黄。
- 不更改曝光度：选中该复选框，在校正图像色彩时不更改原图像的曝光度。
- 色彩还原：选中该单选项，可以进行色彩的还原操作，以校正室内或室外光线对照片色调造成的影响。将下方的滑块拖向“室外”，可以为图像补偿适当的室外光线产生的色调变化效果。将下方的滑块拖向“室内”，使图像色调接近室内拍摄的效果。
- 闪光灯开启：选中该复选框，可以自动调整图像色彩的明亮度。
- 自动色阶平衡：选中该复选框，可以自动调整图像的色阶，使图像中的高光、中间调和阴影色调达到平衡。

12.27 校正色彩：DCE Tools——自动修缮

利用“DCE Tools”中的“自动修缮”命令，可以针对所要修复的照片类型（如风景照、集体照或特写照等），对图像中的亮度、色彩饱和度、中间色调的亮度以及图像的锐化程度等进行调整。同时，用户还可以通过该滤镜，简单消除图像中的噪点。

打开需要处理的素材图像，然后执行“滤镜→DCE Tools→自动修缮”命令，弹出如右图所示的“自动修缮”对话框。

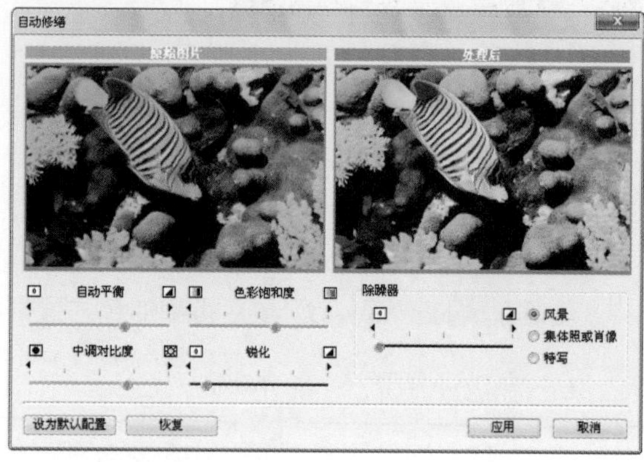

“自动修缮”对话框

- 自动平衡：调整图像的亮度。滑块越靠近◪图标，图像就越亮。
- 色彩饱和度：调整图像的色彩饱和度。滑块越靠近▣图标，色彩饱和度越强。
- 中调对比度：调整图像的中间色调的亮度。滑块越靠近▣图标，中间色调越亮。
- 锐化：调整图像像素的锐化度。滑块越靠近◪图标，锐化效果越明显。
- 除噪器：调整噪点的消除程度。滑块越靠近◪图标，消除的噪点数量越多，同时图像被柔化的程度越高。
- 风景/集体照或肖像/特写：选择所要处理的照片类型，然后系统会根据所选的类型进行自动修缮处理。

12.28 色彩矫正：Extensis——Extensis Intellihance Pro

“Extensis Intellihance Pro”滤镜用于优化照片图像。用户不需要自己动手，智能增强功能就可以自动调整图像的对比度、明暗度、色彩饱和度和鲜明度等，以达到矫正色彩的目的。

打开一张素材图像，然后执行“滤镜→Extensis→Intellihance Pro”命令，打开如下图所示的“Intellihance Pro 4.0”窗口。

“Intellihance Pro 4.0”窗口

- 在“File”菜单中，可以执行应用效果、保存设置、另存设置以及删除设置等命令。
- 在“Mode”菜单中，可以选择以哪种模式调整图像的色彩效果。选择不同的模式，对应的选项设置会有所不同。系统默认为“Intelligent Adjustment”模式。

- 在“View”菜单中，可以对视图进行控制。
- 在“Layout”菜单中，可以选择预览窗口的版面样式，右图所示为选择“2×1”后的版面效果。选择多版面预览窗口，可以对图像同时应用多种不同的色彩处理效果，以便于对不同处理方式下的色彩效果进行对比。
- 在预览窗口左上方的下拉列表中，可以选择对图像色彩进行处理的方式。用户可以根据当前图像中存在的颜色问题，选择适合的色彩处理方式。

“2×1”版面效果

在选择所需要的色彩处理方式后，系统会自动对图像色彩进行有效地矫正。如果对自动矫正的效果不太满意，可以通过预览窗口右边的“Intelligent Settings”选项栏进行调整。

- Descreen：选择该图像的用途，如应用到报纸或杂志印刷物或其他的方面。
- Dust & Scratches：选择需要为图像去除的瑕疵。选择“Dust”选项，去除图像中的灰尘。选择“Scratches” 选项，去除图像中的抓痕。选择“Dust & Scratches”选项，同时去除图像中的灰尘和抓痕。选择“Off”选项，不去除任何瑕疵。
- Contrast：选择调整图像对比度的方式，系统会根据所选择的方式自动进行调整。
- Brightness：选择调整图像明亮度的方式。
- Saturation：选择调整色彩饱和度的方式。
- Sharpness：选择对图像进行锐化处理的方式。
- Despeckle：选择去除图像中的斑点的方式。
- 在“Histogram”标签中，可以通过柱状图察看调整后图像中的红色、绿色、蓝色以及饱和度等在整个图像中的分布情况。
- 在“Info”标签中，可以察看预览窗口中光标所在处的颜色、亮度和色彩饱和度信息。
- 在“Clip”标签中，可以察看阴影、高光和饱和度在图像中有没有出现溢色。如果有，则会使用绿色将溢色显示出来。

12.29 提高照片对比度：Flaming Pear——Mr.Contrast

“Flaming Pear”插件中的“Mr.Contrast”滤镜，用于提高照片的对比度并强调照片的细节，同时还可以为图像添加光亮和制作不同的单色调图像效果。

打开如下左图所示的素材图像，然后执行“滤镜→Flaming Pear→Mr.Contrast”命令，弹出如下右图所示的“Mr.Contrast”对话框。

素材图像

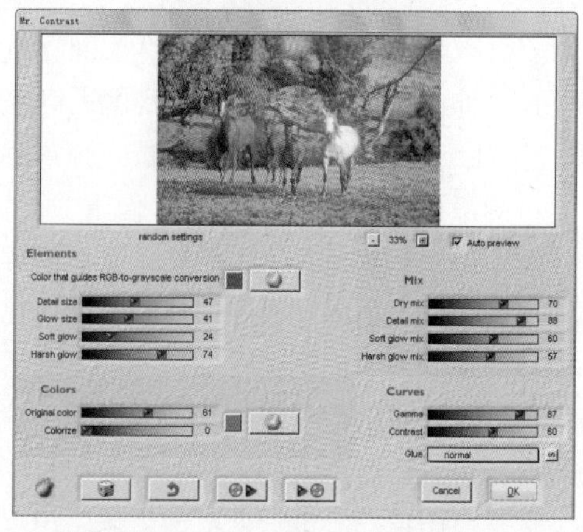

“Mr.Contrast”对话框

在如右图所示的“Elements”选项栏中，可以对“Mr.Contrast”效果进行最基本的设置，该选项栏中各选项的功能如下。

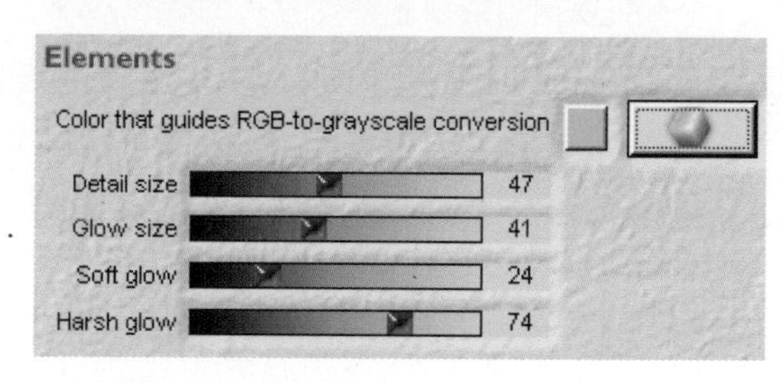

“Elements”选项栏

- 单击该选项栏中的色块，可以选项滤波器的颜色，也就是图像将要被过滤掉的颜色。单击按钮，可以随机设置滤波器的颜色。
- Detail size：调整添加到图像中的光亮的细节大小。数值越小，细节量就越多，如下图所示。

“Detail size”值为5的效果

“Detail size”值为60的效果

- Glow size：调整发光的尺寸大小。数值越小，光量越集中，图像的对比度越强。
- Soft glow：调整添加到图像中的柔光的发光量。数值越大，柔光的发光量越大。
- Harsh glow：调整添加到图像中的强光的发光量。数值越大，强光的发光量越大。

在如右图所示的“Colors”选项栏中，可以调整图像的色彩效果，各选项的功能如下。

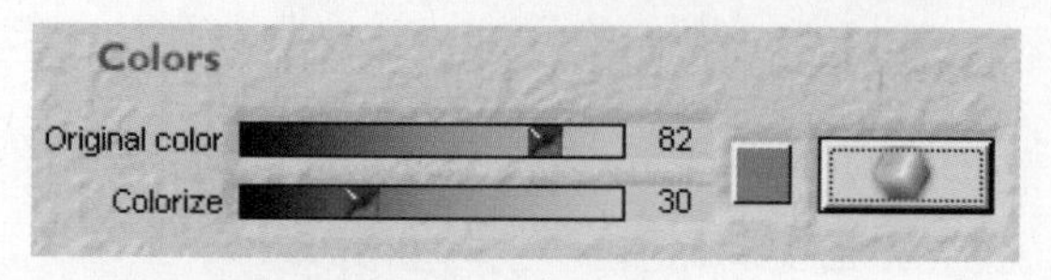

“Colors”选项栏

- Original color：调整原图像的色彩饱和度。

- Colorize：调整应用“Mr.Contrast”效果后的图像转换为彩色的程度，该值越小，越接近彩色、当该值为100时，图像将完全变为灰度或单色调效果，如右图所示。
- 单击该选项栏中的色块，可以设置应用到单色调图像中的单色值。单击[按钮]按钮，可以随机设置单色调图像的颜色。

单色调效果

在如右图所示的“Mix”选项栏中，可以调整添加的光亮效果与原图像混合的程度，各选项的功能如下。

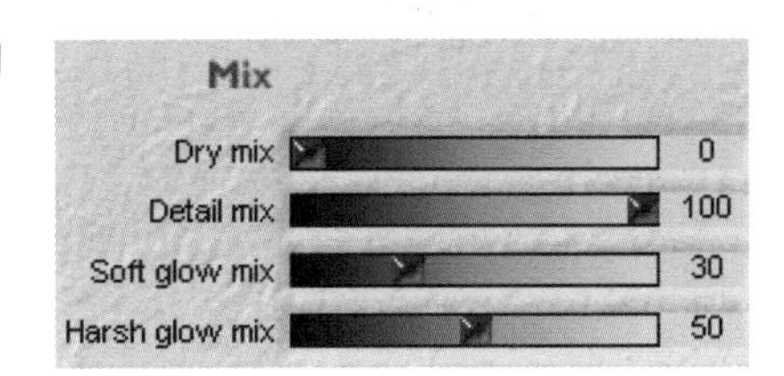

“Mix”选项栏

- Dry mix：调整整个光亮效果与原图像混合的程度。如果原图像的光亮度本身较低，那么与原图像混合的程度越高，整个图像的光亮度就越差，图像的对比度也就越低。
- Detail mix：调整添加到图像中的光亮细节与原图像混合的程度。数值越大，光亮度越高。
- Soft glow mix：调整柔光与原图像混合的程度。
- Harsh glow mix：调整强光与原图像混合的程度。

在如右图所示的“Curves”选项栏中，可以调整亮度和对比度，各选项的功能如下。

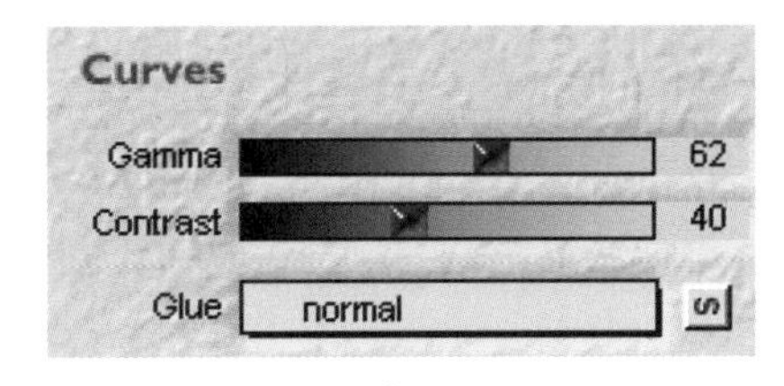

“Curves”选项栏

- Gamma：调整整个图像的亮度。
- Contrast：调整整个图像的对比度。
- Glue：调整“Mr.Contrast”效果与原图像混合的方式。

12.30 使用渐变色对图像重新着色：Flaming Pear——Wavy Color

利用“Flaming Pear”插件中的“Wavy Color”滤镜，可以通过设置出各种不同的渐变色，对图像进行重新着色，使图像产生丰富的色彩效果变化。

打开如下左图所示的素材图像，然后执行“滤镜→Flaming Pear→Wavy Color”命令，弹出如下右图所示的“Wavy Color”对话框。

素材图像

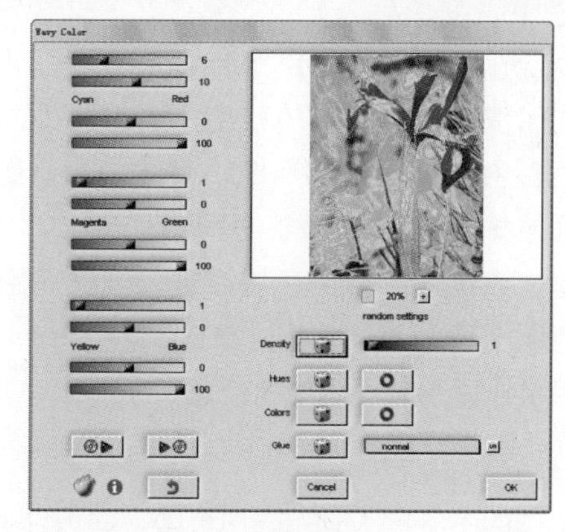

“Wavy Color”对话框

- Cyan/Red：滑块拖动“Cyan”，可以使整个图像偏青。滑块拖动“Red”，可以使整个图像偏红。
- Magenta/Green：滑块拖动“Magenta”，可以使整个图像偏洋红。滑块拖动“Green”，可以使整个图像偏绿。
- Yellow/Blue：滑块拖动“Yellow”，可以使整个图像偏黄。滑块拖动“Blue”，可以使整个图像偏蓝。
- Density：调整渐变色覆盖在图像上的密度。数值越大，密度越大。
- Hues：单击按钮，随机调整渐变色的色相。
- Colors：单击按钮，随机调整渐变色的颜色。
- Glue：单击按钮，随机调整渐变色与原图像混合的方式，也可以通过右边的下拉列表进行选择。

12.31 制作灰度图像：Fotomatic——BW-Plus

“Fotomatic”是一套用于调整图像色调的Photoshop插件，这套插件的使用方法非常简单，用户可以很轻松地掌握它的使用方法。

“Fotomatic”插件中的“BW-Plus”滤镜用于将彩色图像制作为灰度图。执行“滤镜→Fotomatic→BW-Plus”命令，弹出如右图所示的“BW-Plus”对话框。该对话框中没有具体的选项设置，用户只需要从下拉列表中选择创建灰度图的处理方式，即可自动完成灰度图像的转换。

“BW-Plus”对话框

12.32 调整图像颜色：Fotomatic——FastFix

利用“Fotomatic”插件中的“FastFix”滤镜，可以调整图像的亮度、对比度、色彩饱和度以及图像的色彩构成。执行“滤镜→Fotomatic→FastFix”命令，弹出如下图所示的“FastFix”对话框。

“FastFix”对话框

- 拖动“BF”滑块，可以调整图像的亮度。数值越大，图像越亮。
- 拖动“CF”滑块，可以调整图像的对比度。数值越大，对比度越高。
- 拖动“SF”滑块，可以调整色彩的饱和度。数值越大，饱和度越高，色彩越鲜艳。
- 在“Colour”选项栏中，分别拖动红色、绿色和蓝色滑块，可以调整三原色在图像中的组成成分。

12.33 将图像转换为灰度：Fotomatic——G-Force

“Fotomatic”插件中的“G-Force”滤镜，可以自动将彩色图像转换为灰度图，用户可以调整灰度图像的亮度，并且可以为图像添加颗粒，以创建类似老照片的效果。执行“滤镜→Fotomatic→G-Force”命令，弹出如右图所示的“G-Force”对话框。

- 拖动“EC”滑块，可以调整灰度图像的亮度。
- 在“Grain”选项栏中，可以为图像添加颗粒。拖动最上方的滑块，可以调整颗粒的数量，数值越大，添加的颗粒越多。拖动居中的滑块，可以调整颗粒的大小，数值越大，颗粒越大。拖动最下方的滑块，可以调整颗粒的粗糙程度。数值越大，颗粒越粗糙。

“G-Force”对话框

12.34 制作灰度或单色调图像：Fotomatic——NightScope

利用“Fotomatic”插件中的“NightScope”滤镜，可以将彩色图像转换为灰度图，同时可以向灰度图中添加颜色，从而创建不同的单色调图像效果。执行“滤镜→Fotomatic→G-Force”命令，弹出如下图所示的“G-Force”对话框。

- 拖动“EC”滑块，调整灰度图像的亮度。数值越大，图像越亮。
- 在“Colour”选项栏中，拖动红色、绿色和蓝色滑块，可以为灰度图像着色，以创建单色调图像效果。

“G-Force”对话框

12.35 制作老照片效果：Fotomatic——Pseudo-IR

利用“Fotomatic”插件中的“Pseudo-IR”滤镜，可以将彩色图像转换为灰度图。用户可以调整灰度图的亮度和对比度，并且还可以为图像添加杂点和颗粒，然后通过为图像着色，创建逼真的老照片效果。

执行“滤镜→Fotomatic→Pseudo-IR”命令，弹出如下图所示的“Pseudo-IR”对话框。

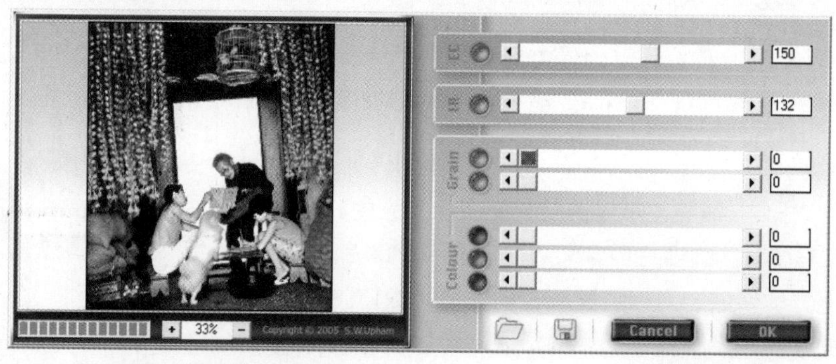

“Pseudo-IR”对话框

- 拖动“EC”滑块，调整灰度图像的亮度。
- 拖动“IR”滑块，调整灰度图像的对比度。
- 在“Grain”选项栏中，可以为图像添加颗粒。拖动最上方的滑块，可以调整颗粒的数量，数值越大，添加的颗粒越多。拖动下方的滑块，调整颗粒的粗糙程度，数值越大，颗粒越粗糙，表现出来的照片年代越久远。
- 在“Colour”选项栏中，拖动红色、绿色和蓝色滑块，可以为灰度图像着色，以表现翻黄的老照片效果。

下图左所示为原图像效果，下图右所示为应用“Pseudo-IR”滤镜制作的老照片效果。

原图像效果

制作的老照片效果

12.36 为图像色彩添加一层蒙版效果：Fotomatic——SkyGrad

利用“Fotomatic”插件中的“SkyGrad”滤镜，可以为图像添加一层淡入淡出的色彩蒙版效果，以丰富图像的颜色。并且通过调整红、黄、蓝三原色在色彩蒙版中的含量，可以改变蒙版的颜色。

打开如下图所示的原图像素材，然后执行“滤镜→Fotomatic→SkyGrad”命令，弹出的“SkyGrad”对话框及得到的色彩效果如右图所示。

原图像效果

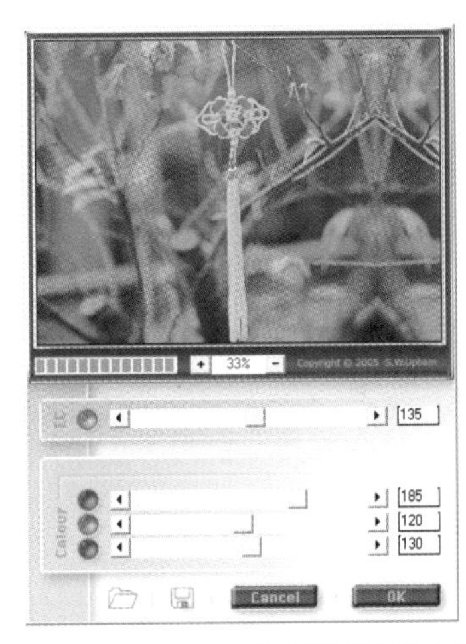

“SkyGrad”对话框及得到的色彩效果

- 拖动“EC”滑块，可以调整原图像的亮度。
- 在“Colour”选项栏中，拖动红色、绿色或蓝色滑块，即可为图像添加一层色彩蒙版效果。通过改变三原色的含量，可以改变蒙版的颜色，如右图所示。

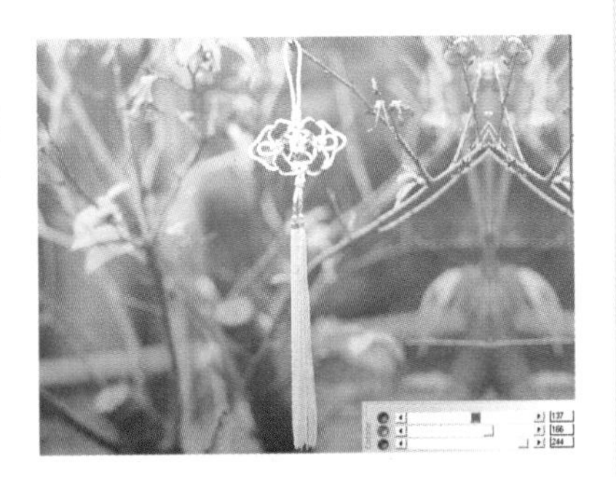

为图像添加的色彩蒙版效果

12.37 制作黑白和单色调图像：Fotomatic——Techni-X

“Fotomatic”插件中的“Techni-X”滤镜用于将彩色图像制作为黑白效果图像，并且还可以为黑白图像着色。转换为黑白图像后，图像中将没有中间色调，系统只以黑色勾勒原图像中的对象轮廓，而原图像中的细节部分将被丢失，因此黑白效果的图像会缺乏层次。

打开需要制作黑白效果的图像，如下图所示，然后执行“滤镜→Fotomatic→Techni-X”命令，弹出的“Techni-X”对话框及预览到的黑白图像效果如右图所示。

原图像效果

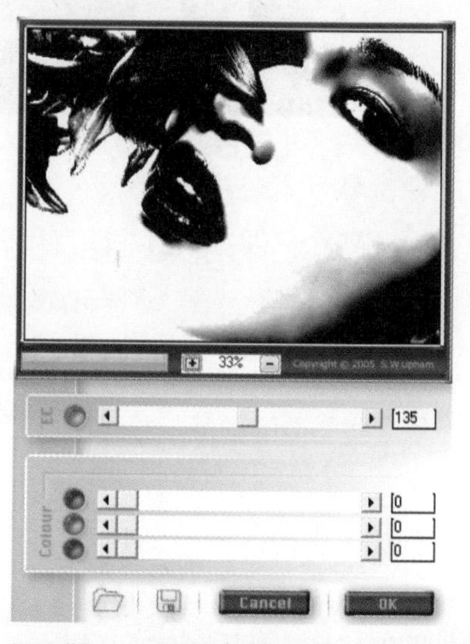

“Techni-X”对话框及预览到的黑白图像

- 拖动“EC”滑块，调整黑白图像的亮度。图像亮度越高，中间色调转换为白色的范围越广，原图像中损失的细节部分越多。
- 在“Colour”选项栏中，拖动红色、绿色和蓝色滑块，可以为黑白图像着色，效果如右图所示。

为黑白图像着色后的效果

12.38 颜色修正插件：HumanSoft——AutoCorrect

“HumanSoft”插件中的“AutoCorrect”滤镜能够非常有效地修正图像中存在的颜色问题。“AutoCorrect”滤镜可以作用于RGB或CMYK模式的图像，它可以增强图像的颜色、重建颜色与图像细节、对扫描图像进行颜色修正和增强、还原图像细节，而且还提供了锐化图像等功能。

打开需要校正颜色的图像，如下左图所示，然后执行“滤镜→HumanSoft→AutoCorrect”命令，弹出的“AutoCorrect 1.5”对话框及调整颜色后的图像效果如下右图所示。

原图像效果

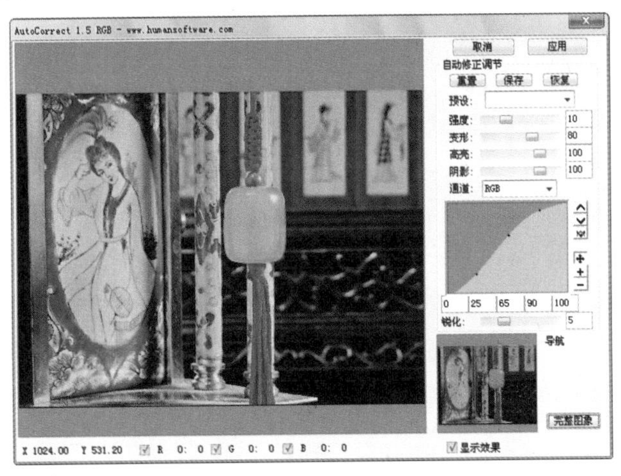

“AutoCorrect”对话框及调整后的颜色效果

- 将光标移动到预览窗口中，在预览窗口下方会显示光标所在的坐标位置和光标指向处的颜色值。
- 选中“显示效果”复选框，预览调整颜色后的图像效果。
- 单击“重置”按钮，恢复默认的参数设置。单击“保存”按钮，将设置保存为预设文件。单击“恢复”按钮，载入保存的预设设置。
- 预设：在其下拉列表中选择预设的色彩调整方案，系统即可按照所选的方案对图像自动进行调整。
- 强度：调整色调的对比度。
- 变形：用于增强图像的细节。
- 高亮：同时调整图像的亮度和颜色浓度。数值越大，图像的亮度越高，颜色浓度也就越高。图像的色彩浓度随亮度的增加而增强。
- 阴影：调整图像中的阴影部分变亮或变暗的程度。数值越大，阴影色调越亮，图像的颜色浓度也就越高。反之阴影色调越暗，图像的颜色浓度就会减弱。
- 通道：用于选择所要调整色调的通道。
- 曲线图：其功能原理与Photoshop中的“曲线”命令相似。通过调整曲线图中曲线的形状，可以改变图像的色调。
- 单击曲线图右边✚按钮，然后拖动曲线上的控制点，即可调整图像的色调。向上拖动曲线，图像变亮；向下拖动曲线，图像则变暗。
- 单击曲线图右边的+按钮，然后在曲线上单击，可以在单击处添加一个控制点，以便于对图像色调进行控制。
- 单击曲线图右边的−按钮，然后在曲线上添加的控制点上单击，可以删除此处的控制点。
- 单击曲线图右边的^按钮，可以保持曲线的形状不变，并整体向上移动曲线，此时图像将逐渐变亮。
- 单击曲线图右边的∨按钮，可以保持曲线的形状不变，并整体向下移动曲线，此时图像将逐渐变暗。

- 单击曲线图右边的按钮，可以将曲线图垂直翻转，从而使图像产生色彩和亮度同时被反相的效果，如右图所示。
- 锐化：拖动该滑块，调整图像的锐化程度。数值越大，锐化效果越明显。
- 导航：在导航器中拖动红色框，可以改变视图的位置。变化红色框的大小，可以调整视图的缩放比例。单击“完整图像”按钮，在预览窗口中显示整个图像。

反相后的图像效果

12.39 优化图像：HumanSoft——AutoSmooth v1.0

“HumanSoft”插件中的“AutoSmooth v1.0”滤镜，用于自然优化图像。用户可以柔化图像中的高光、中间调、阴影或图像中的细节部分，使图像产生柔和的色调，并营造一种温馨的氛围。同时也可以根据图像中的色调变化，为图像添加一定的细节，得到提高图像清晰度的效果。

执行“滤镜→HumanSoft→AutoSmooth v1.0”命令，弹出如下图所示的“AutoSmooth 1”对话框。

“AutoSmooth 1”对话框

- Presets：在其下拉列表中选择预设的调整方案。
- Mutate：调整图像中的细节部分被柔化的程度。数值越大，柔化效果越明显。
- Strength：调整图像中的细节部分被柔化的强度。数值越大，柔化效果越明显。
- Threshold：调整图像被柔化的范围。数值越大，柔化范围越广。下图所示是将“Mutate”、“Strength”和“Threshold”选项值都设置为100后的效果。
- Grain：调整为图像添加颗粒的数量。数值越大，颗粒效果越明显。
- Details：用于增强图像的细节。数值越大，图像中表现出的细节量越多，如下图所示。

整个图像的柔化效果

添加颗粒和增强细节后的效果

- 选中“Lights”单选项，对图像中的高亮部分进行调整。选中“Darks”单选项，对图像中的阴影部分进行调整。选择“All”单选项，对整个图像进行调整。

12.40 调整图像画质：KPT 6——KPT Equalizer

“KPT Equalizer”滤镜用于调整图像画质，它根据图像的像素单位追加效果，可以将粗糙的图像表现得细致和柔和。在处理数码照片时，可以通过相邻像素的对比度来调整整个图像的清晰度。“KPT Equalizer”滤镜以数码照片的调整原理为基础，通过“Equalizer”、“Bounded Sharpen”和“Contrast Sharpen”来调整图像画质。

执行“滤镜→KPT 6→KPT Equalizer”命令，弹出如下图所示的“KPT EQUALIZER”窗口。

“KPT EQUALIZER”窗口

在“Sharpen Types”面板中选择“Equalizer”类型，则调整图像效果的“Global EQ Effect”选项就会出现在“Parameters”面板中，同时还将弹出调整对比度的“Equalizer”面板，如下图所示。

“Equalizer”的选项设置

- Global EQ Effect：设置“Equalizer”效果应用到图像上的程度。该值越大，“Equalizer”效果越明显。
- “Equalizer”面板：当中提供了9个滑块，各滑块可以根据像素的大小调整对比度的量。按住“Shift”键可以同时调整多个滑块。下图A所示为原图像效果，下图B所示为提高图像清晰度后的效果，下图C所示为将图像柔化后的效果。

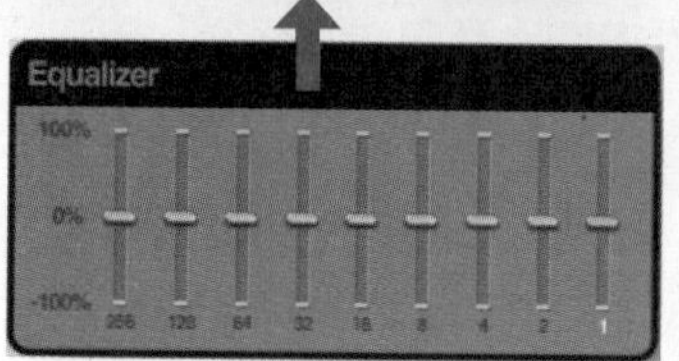

A图

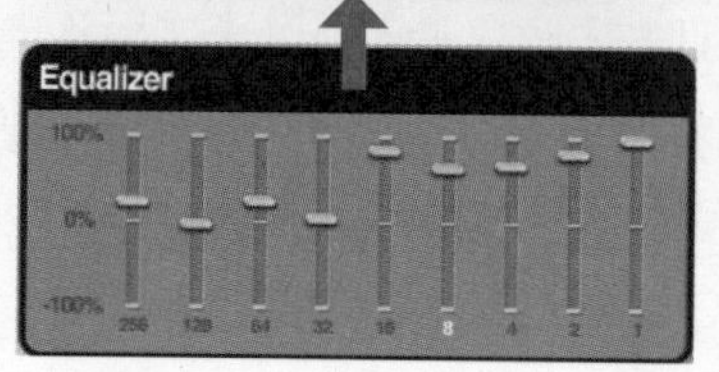

B图

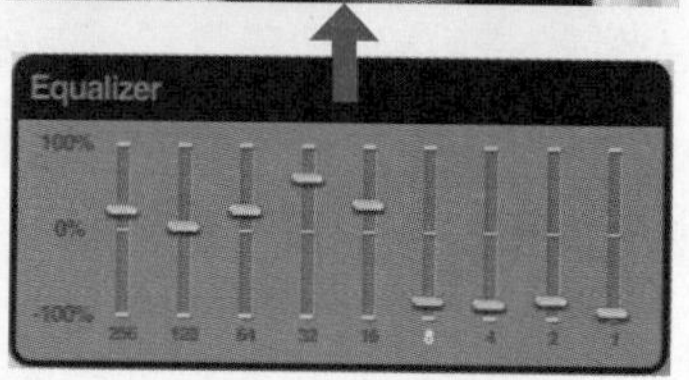

C图

在“Sharpen Types”面板中选择“Bounded Sharpen”类型，此时的“Parameters”面板设置如右图所示。“Bounded Sharpen”具有锐化功能，同时还可以调整图像的颜色。通常调整图像的尺寸时，随着图像的像素值的增加，图像会变的模糊，而使用“Bounded Sharpen”功能，则可以将模糊的图像恢复为原图像的效果。

“Bounded Sharpen”选项设置

- Sharpen Percent：调整锐化图像的程度。
- RGB Tolerance：在锐化图像时，调整图像颜色的变化范围。同时也可以适当地锐化图像。

下图左所示为调整前的图像效果，下图右所示为增加“Sharpen Percent”和“RGB Tolerance”值后的效果。

调整前的原图像效果

调整后的图像效果

在“Sharpen Types”面板中选择“Contrast Sharpen”类型，可以根据图像的像素范围调整对比度。此时的“Parameters”面板设置如下图所示。

选择“Contrast Sharpen”时的选项设置

- Sharpen Radius：调整锐化的范围。该值为1～10时，可以得到最佳的锐化效果。下图左所示为原图像效果，下图右所示为调整后的效果。

调整前的效果

调整后的效果

12.41 制作夕阳色调：Nik.Color.Efex.Pro.v2.0：Stylizing Filters——Burnt Sienna

“Nik.Color.Efex.Pro.v2.0：Stylizing Filters”是一款调整图像颜色的插件，它用于对图像颜色进行风格化的处理（如制作夕阳色调，添加一种颜色到原图像中进行混合，制作午夜或清晨时分的色调等）。

利用“Nik.Color.Efex.Pro.v2.0：Stylizing Filters”中的“Burnt Sienna”滤镜，可以自动将图像制作为夕阳的色调，同时用户还可以调整图像的对比度、亮度以及阴影的深度等。执行“滤镜→Nik Color.Efex Pro v2.0：Stylizing Filters→Burnt Sienna”命令，弹出如右图所示的“Burnt Sienna”对话框。

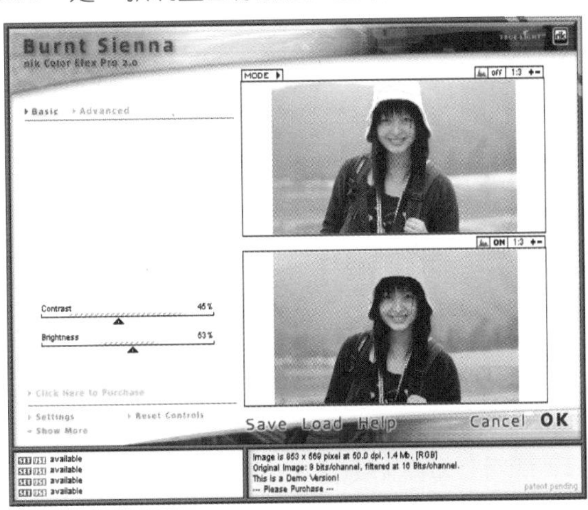

“Burnt Sienna”对话框

- 在预览窗口左上角的“MODE”上按下鼠标不放，然后可以选择预览窗口的显示模式。用户可以选择单窗口或是双重窗口显示图像。
- 单击预览窗口右上角的按钮，可以查看“original（最初的）”和“filtered image（调整后的）”的色阶分布情况，如右图所示。
- 单击“ON”或“off”按钮，可以在原图像与调整后的图像效果之间切换显示。
- 单击“＋”按钮，可以按倍数放大视图的显示比例。单击“－”按钮，可以缩小视图的显示比例。
- Settings：单击该选项，在弹出的对话框中可以设置预览窗口的显示模式以及效果的预览方式等。

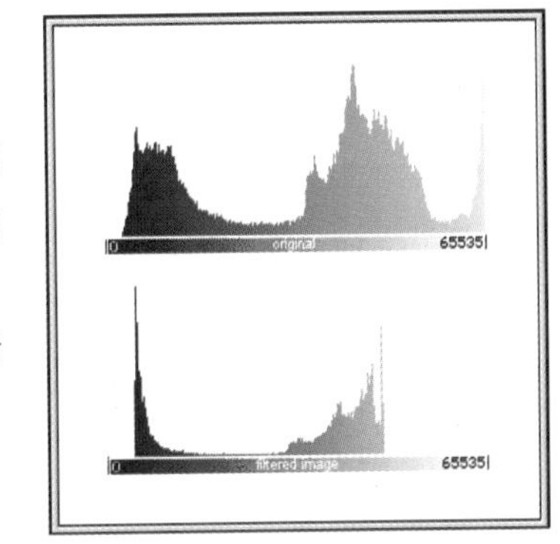

调整前和调整后的色阶分布情况

- Reset Controls：单击该选项，重新设置选项参数。
- Show More：单击该选项，显示详细的图像信息。

对话框左下方的选项

"Burnt Sienna"对话框中提供了两组选项选项卡，在"Basic"选项栏中可以设置应用"Burnt Sienna"效果后的对比度和亮度。

- Contrast：调整应用"Burnt Sienna"效果后的图像的对比度。
- Brightness：调整应用"Burnt Sienna"效果后的图像变亮或变暗的程度。

在如右图所示的"Advanced"选项卡中，可以平衡图像中的亮部和阴影色调，使亮部变暗，阴影变亮。各选项的功能如下。

- Protect Highlights：调整明亮部分变暗的程度，并以色阶的形式进行显示。"Highlights"选项用于显示图像中高光部分所占的百分比。"Highlights with detail"选项用于显示图像中细节部分的高光所占的百分比。
- Protect Shadows：调整阴影部分变量的程度，并以色阶的形式进行显示。"Shadows"选项用于显示阴影区域中纯黑色所占的百分比。"Shadows with detail"选项用于显示图像中细节部分的阴影所占的百分比。

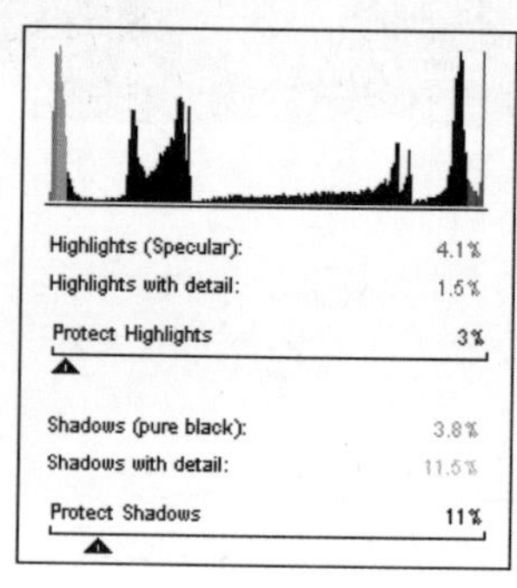

"Advanced"选项卡

TIPS

"Nik.Color.Efex.Pro.v2.0：Stylizing Filters"插件中的每个滤镜，都提供了相同的"Advanced"选项卡设置。在后面讲解该插件中的其他滤镜时，就不再为读者重复介绍了。

12.42 与指定颜色进行色彩混合：Nik.Color.Efex.Pro.v2.0：Stylizing Filters——Color Stylizer

使用"Nik.Color.Efex.Pro.v2.0：Stylizing Filters"插件中的"Color Stylizer"命令，可以在图像表面添加一种任意颜色，通过该颜色与原图像色彩进行混合，得到调整图像色彩的目的。通过设置图像的对比度和饱和度，可以得到不同的混合效果。

打开如下左图所示的图像素材，然后执行"滤镜→Nik Color.Efex Pro v2.0：Stylizing Filters→Color Stylizer"命令，弹出如下右图所示的"Color Stylizer"对话框。

素材图像

"Color Stylizer"对话框

- Color：单击右边的色块，可以自定义设置与原图像色彩进行混合的颜色。单击吸管，可以在预览窗口中吸取新的用于混合的颜色。
- Contrast：调整对图像应用“Color Stylizer”效果后的色彩对比度。
- Saturation：调整原图像的色彩饱和度。当该值为0时，原图像将变为灰度图，此时应用“Color Stylizer”效果后的图像只呈现指定颜色的色调，即单色调或灰度图（用于着色的颜色为灰色时）效果，如右图所示。

单色调效果

12.43 为图像着色：Nik.Color.Efex.Pro.v2.0：Stylizing Filters——Colorize

使用“Nik.Color.Efex.Pro.v2.0：Stylizing Filters”插件中的“Colorize”命令，可以为灰度图像着色，创建单色调的图像效果。同时也可以为彩色图像润色，使其颜色更加丰富。用户可以选择为图像着色的方式，并可以自由选择用于着色的颜色。

打开如下左图所示的灰度图像，然后执行“滤镜→Nik Color.Efex Pro v2.0：Stylizing Filters→Colorize”命令，弹出的“Colorize”对话框及着色后的效果如下右图所示。

灰度图像

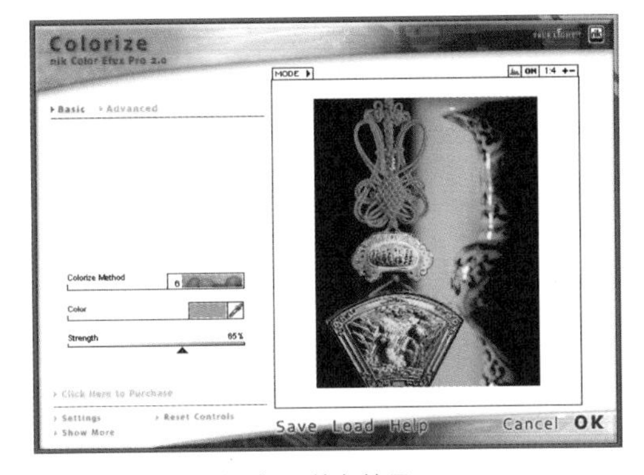

“Colorize”对话框及着色效果

- Colorize Method：单击右边的图标，可以选择对图像进行着色的方式。选择不同的方式后，产生的效果也有所不同。
- Color：设置为图像着色的颜色。
- Strength：调整为图像着色的强度。

12.44 图像色彩调整：Nik.Color.Efex.Pro.v2.0：Stylizing Filters——Cross Processing C41 to E6

使用“Nik.Color.Efex.Pro.v2.0：Stylizing Filters”插件中的“Cross Processing C41 to

E6”命令，可以对图像色彩的饱和度和亮度等进行调整。执行“滤镜→Nik Color.Efex Pro v2.0：Stylizing Filters→Cross Processing C41 to E6”命令，弹出的“Cross Processing：C41 to E6”对话框如右图所示。

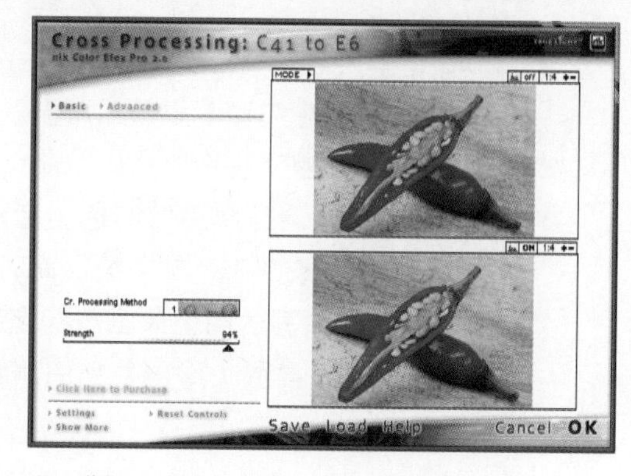

“Cross Processing：C41 to E6”对话框

- Cr. Processing Method：选择对图像色彩进行处理的方法。选择方法1，可以增强图像的色彩饱和度，使图像色彩更加鲜艳。选择方法2，可以增强图像的亮度。选择方法3，可以适当降低图像的色彩饱和度。
- Strength：调整应用“Cross Processing C41 to E6”效果的强度。

12.45 增强图像亮度：Nik.Color.Efex.Pro.v2.0：Stylizing Filters——Cross Processing E6 to C41

“Nik.Color.Efex.Pro.v2.0：Stylizing Filters”插件中的“Cross Processing E6 to C41”命令，主要用于增强图像的亮度，其中提供了3种用于调整图像亮度的方法，用户可以根据实际情况选择使用。

执行“滤镜→Nik Color.Efex Pro v2.0：Stylizing Filters→Cross Processing E6 to C41”命令，弹出的“Cross Processing：E6 to C41”对话框如右图所示。

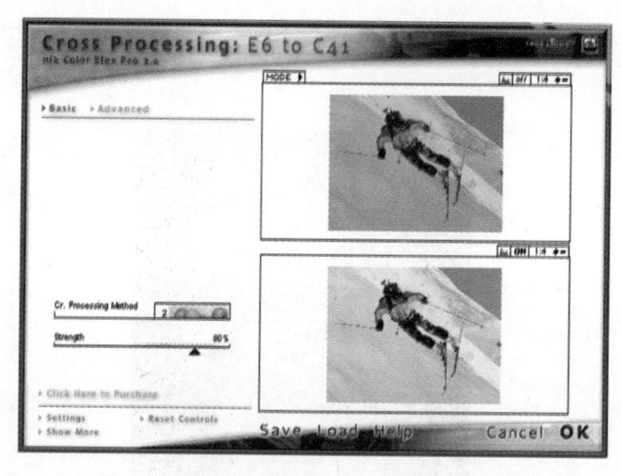

“Cross Processing：E6 to C41”对话框

- Cr. Processing Method：选择增强图像亮度的方法。选择方法1，在增强图像亮度的同时，整个图像中的色彩都会相应地减淡。选择方法2，在增强图像亮度的同时，相应地增强图像的色彩饱和度，使图像色彩保持原有的浓度和鲜艳度。选择方法3，增强图像的亮度和对比度，使图像中的高光和阴影色调反差增大。
- Strength：调整应用“Cross Processing E6 to C41”效果的强度。

12.46 为图像添加指定颜色：Nik.Color.Efex.Pro.v2.0：Stylizing Filters——Duplex Color

“Nik.Color.Efex.Pro.v2.0：Stylizing Filters”插件中的“Duplex Color”与“Color Stylizer”滤镜，在功能上比较相似，都是通过指定颜色来与原图像色彩进行混合，得到改变图像颜色的目的。不过“Color Stylizer”滤镜可以创建图像中的阴影被扩散开来的效果，以柔和图像的色调，产生温馨的氛围。

执行“滤镜→Nik Color.Efex Pro v2.0：Stylizing Filters→Duplex Color”命令，弹出的“Duplex：Color”对话框如右图所示。

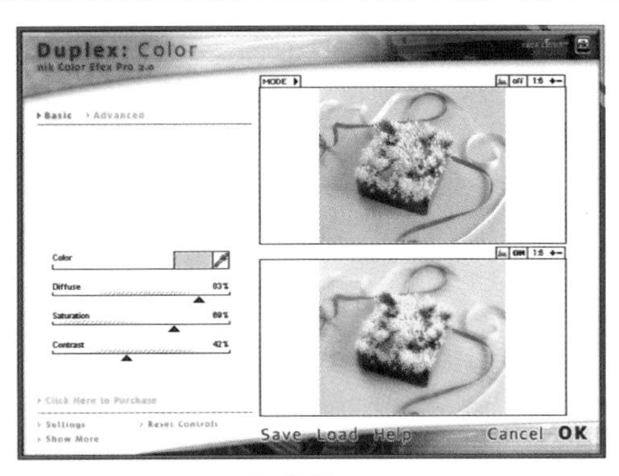

“Duplex Color”对话框

- Color：自定义设置与原图像色彩进行混合的颜色。单击吸管，可以在预览窗口中吸取新的用于混合的颜色。
- Diffuse：调整原图像中的阴影向四周扩散的程度。数值越大，扩散范围越广。通过该选项，可以在图像中产生柔和的光线效果，以体现温馨、浪漫的气氛。
- Contrast：调整对图像应用“Duplex Color”效果后的色彩对比度。
- Saturation：调整原图像的色彩饱和度。当该值为0时，原图像将变为灰度图，此时整个图像呈现单色调或灰度图（用于着色的颜色为灰色时）效果。

12.47 制作单色调效果：Nik.Color.Efex.Pro.v2.0：Stylizing Filters——Duplex Monochrome

利用“Nik.Color.Efex.Pro.v2.0：Stylizing Filters”插件中的“Duplex Monochrome”滤镜，可以制作单色调的图像效果，同时也可以为彩色照片制作老照片效果。

执行“滤镜→Nik Color.Efex Pro v2.0：Stylizing Filters→Duplex Monochrome”命令，弹出的“Duplex：Monochrome”对话框如右图所示。

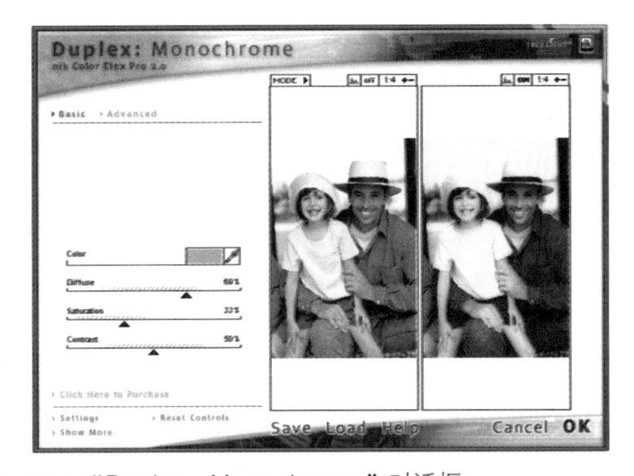

“Duplex：Monochrome”对话框

- Color：自定义设置应用到灰度图像中的色调颜色，然后根据该颜色制作单色调效果。
- Diffuse：调整原图像中的阴影向四周扩散的程度，以在图像中产生柔和的光线效果。
- Saturation：调整单色调图像的色彩饱和度。数值越大，色调越浓。
- Contrast：调整单色调图像的色彩对比度。数值越大，对比度越强。

12.48 创建初秋或春天的大自然色调：Nik.Color.Efex.Pro.v2.0：Stylizing Filters——Foliage

利用“Nik.Color.Efex.Pro.v2.0：Stylizing Filters”插件中的“Foliage”滤镜，可以调整植物的颜色，使整个画面呈现秋天或春天的大自然色调。执行“滤镜→Nik Color.Efex Pro v2.0：Stylizing Filters→Foliage”命令，弹出的“Foliage”对话框如下图所示。

- Color Method：选择对颜色进行处理的方法。选择方法1，创建初秋时节的大自然色调。选择方法2，创建初春时节的大自然色调。选择方法3，创建春天时节的大自然色调。
- Enhance Foliage：调整为图像应用“Foliage”色调的强度。数值越大，按指定方法创建的“Foliage”色调的效果越强。

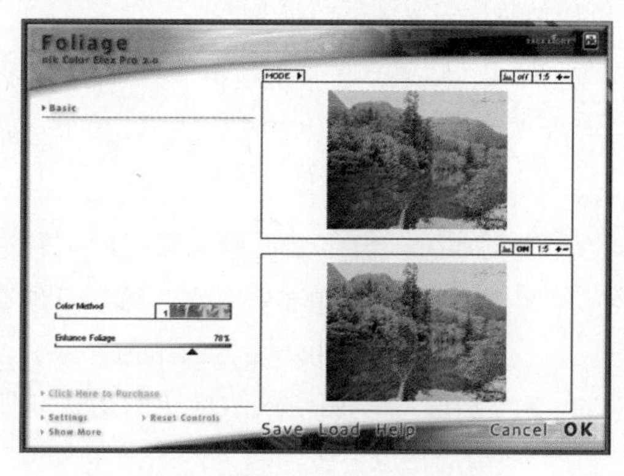

“Foliage”对话框

12.49 创建深秋初冬时的大自然色调：Nik.Color.Efex.Pro.v2.0：Stylizing Filters——Indian Summer

利用“Nik.Color.Efex.Pro.v2.0：Stylizing Filters”插件中的“Indian Summer”滤镜，可以创建深秋或初冬时节的大自然色调。执行“滤镜→Nik Color.Efex Pro v2.0：Stylizing Filters→Indian Summer”命令，弹出的“Indian Summer”对话框如右图所示。

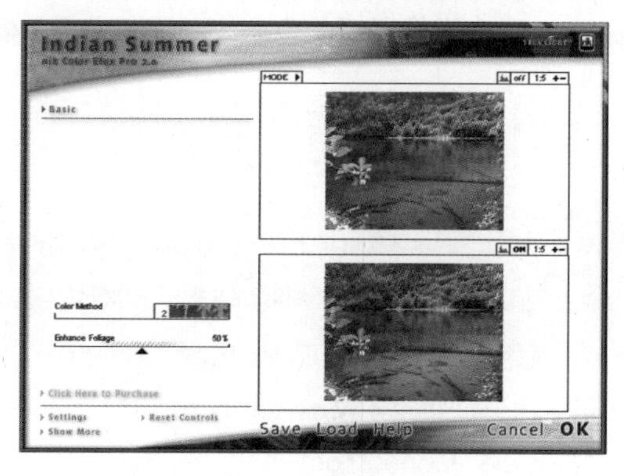

“Indian Summer”对话框

- Color Method：选择对颜色进行处理的方法。方法1～方法4中提供了深秋初冬时节的4种不同的色调处理方法。
- Enhance Foliage：调整为图像应用“Indian Summer”色调的强度。数值越大，按指定方法创建的“Indian Summer”色调的效果越强。

12.50 调整图像颜色：Nik.Color.Efex.Pro.v2.0：Stylizing Filters——Ink

利用“Nik.Color.Efex.Pro.v2.0：Stylizing Filters”插件中的“Ink”滤镜，可以调整图像的颜色。该滤镜中提供了7种调整图像颜色的方法，用户只需要选择当中任一种方法，即可自动对图像颜色进行调整。执行“滤镜→Nik Color.Efex Pro v2.0：Stylizing Filters→Ink”命令，弹出的“Ink”对话框如右图所示。

“Ink”对话框

- Color Set：单击右边的图标，可以选择对图像颜色进行调整的方式。
- Strength：调整对图像颜色进行调整的强度。

12.51 创建深蓝色调：Nik.Color.Efex.Pro.v2.0：Stylizing Filters ——Midnight Blue

利用“Nik.Color.Efex.Pro.v2.0：Stylizing Filters”插件中的“Midnight Blue”滤镜，可以将图像创建为深蓝色调，同时还可以柔化光线，产生梦幻般的朦胧效果。执行“滤镜→Nik Color.Efex Pro v2.0：Stylizing Filters→Midnight Blue”命令，弹出的“Midnight Blue”对话框如右图所示。

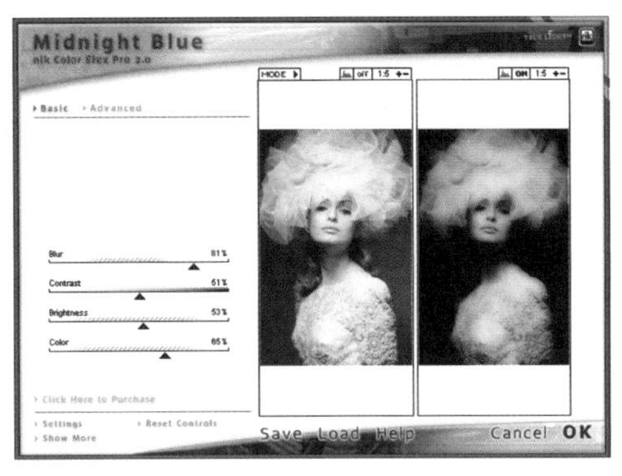

“Midnight Blue”对话框

- Blur：调整为图像添加的深蓝色光线的模糊程度。数值越大，对光线进行柔化的程度越大，光线的朦胧效果越强，如下图所示。

“Blur”值为0的效果

“Blur”值为90的效果

- Contrast：调整图像的对比度。
- Brightness：调整图像的亮度。
- Color：调整原图像色彩变蓝的程度。

12.52 创建幽暗的深绿色调：Nik.Color.Efex.Pro.v2.0：Stylizing Filters——Midnight Green

利用“Nik.Color.Efex.Pro.v2.0：Stylizing Filters”插件中的“Midnight Green”滤镜，可以为图像添加幽暗的、诡异的绿色调，营造一种清冷、隐晦的气氛。执行“滤镜→Nik Color.Efex Pro v2.0：Stylizing Filters→Midnight Green”命令，弹出的“Midnight Green”对话框如下图所示。

- Blur：调整为图像添加的深绿色光线的模糊程度。数值越大，对光线进行柔化的程度越大，光线的朦胧效果越强。
- Contrast：调整图像的对比度。
- Brightness：调整图像的亮度。
- Color：调整原图像色彩变绿的程度。

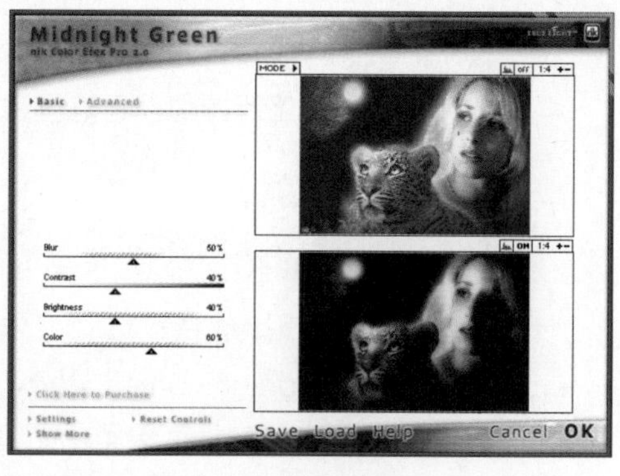

"Midnight Green" 对话框

12.53 创建棕褐色调：Nik.Color.Efex.Pro.v2.0：Stylizing Filters——Midnight Sepia

利用"Nik.Color.Efex.Pro.v2.0：Stylizing Filters"插件中的"Midnight Sepia"滤镜，可以为图像添加棕褐色调，并使整个图像变暗，使图像产生一种神秘的年代久远的艺术效果。执行"滤镜→Nik Color.Efex Pro v2.0：Stylizing Filters→Midnight Sepia"命令，弹出的"Midnight Sepia"对话框如右2图所示。

"Midnight Sepia" 对话框

- Blur：调整为图像添加的棕褐色光线的模糊程度。数值越大，对光线进行柔化的程度越大，光线的朦胧效果越强。
- Contrast：调整图像的对比度。
- Brightness：调整图像的亮度。
- Color：调整为原图像添加棕褐色调的程度。

12.54 创建深紫色调：Nik.Color.Efex.Pro.v2.0：Stylizing Filters——Midnight Violet

利用"Nik.Color.Efex.Pro.v2.0：Stylizing Filters"插件中的"Midnight Violet"滤镜，可以为图像添加深色的紫罗兰色调，使图像产生艺术摄影的效果。执行"滤镜→Nik Color.Efex Pro v2.0：Stylizing Filters→Midnight Violet"命令，弹出的"Midnight Violet"对话框如右图所示。

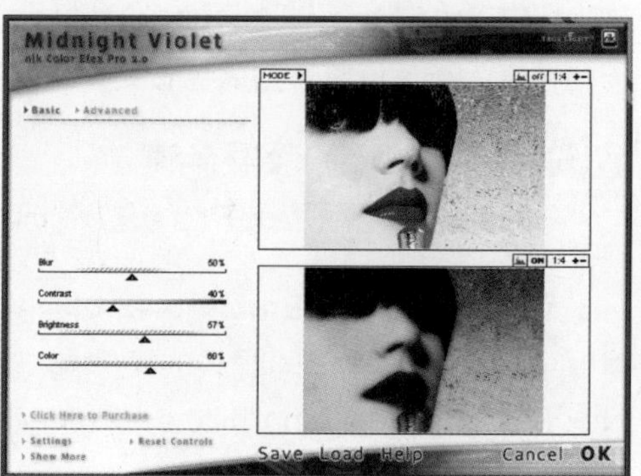

"Midnight Violet" 对话框

- Blur：调整为图像添加的紫罗兰光线的模糊程度。数值越大，对光线进行柔化的程度越大，光线的朦胧效果越强。
- Contrast：调整图像的对比度。
- Brightness：调整图像的亮度。
- Color：调整为原图像添加棕褐色调的程度。

12.55 创建午夜时的环境色调：Nik.Color.Efex.Pro.v2.0：Stylizing Filters——Midnight

利用“Nik.Color.Efex.Pro.v2.0：Stylizing Filters”插件中的“Midnight”滤镜，可以将整个画面的色调变暗，使照片产生像是在午夜时分拍摄的效果。执行“滤镜→Nik Color.Efex Pro v2.0：Stylizing Filters→Midnight”命令，弹出的“Midnight”对话框如右图所示。

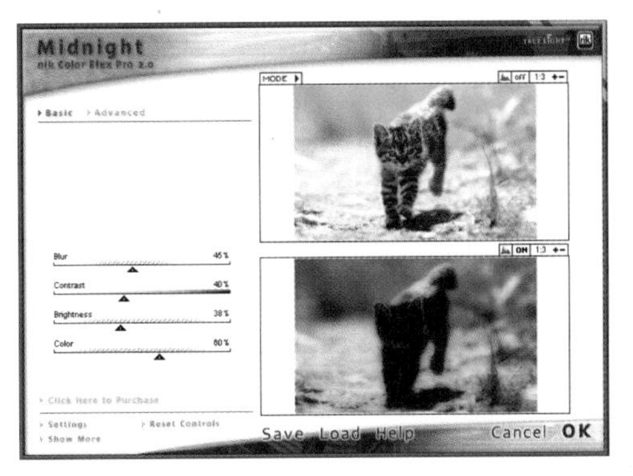

“Midnight”对话框

- Blur：调整为图像添加的深色光线的模糊程度。数值越大，对光线进行柔化的程度越大，光线的朦胧效果越强。
- Contrast：调整图像的对比度。
- Brightness：调整图像的亮度。
- Color：调整将原图像颜色加深的程度。

12.56 创建偏蓝色调：Nik.Color.Efex.Pro.v2.0：Stylizing Filters——Monday Morning Blue

利用“Nik.Color.Efex.Pro.v2.0：Stylizing Filters”插件中的“Monday Morning Blue”滤镜，可以自动使整个图像呈现为偏蓝的色调，调整后的色调表现得更加清新。并且通过柔化图像中的高光色调，可以为图像增添一种朦胧感。

执行“滤镜→Nik Color.Efex Pro v2.0：Stylizing Filters→Monday Morning Blue”命令，弹出的“Monday Morning Blue”对话框如右图所示。

“Monday Morning Blue”对话框

- Grain：调整为图像添加颗粒的数量。
- Brightness：调整图像的亮度。
- Smear：调整对图像色调进行柔化的程度。
- Color：调整创建“Monday Morning Blue”色调后图像的色彩饱和度。数值越大，色彩饱和度越高。当该值为0时，图像将转变为灰色调。

12.57 创建偏绿色调：Nik.Color.Efex.Pro.v2.0：Stylizing Filters——Monday Morning Green

利用“Nik.Color.Efex.Pro.v2.0：Stylizing Filters”插件中的“Monday Morning Green”滤镜，可以自动使整个图像呈现为偏绿的色调。执行“滤镜→Nik Color.Efex Pro v2.0：Stylizing Filters→Monday Morning Green”命令，弹出的“Monday Morning Green”对话框如右图所示。

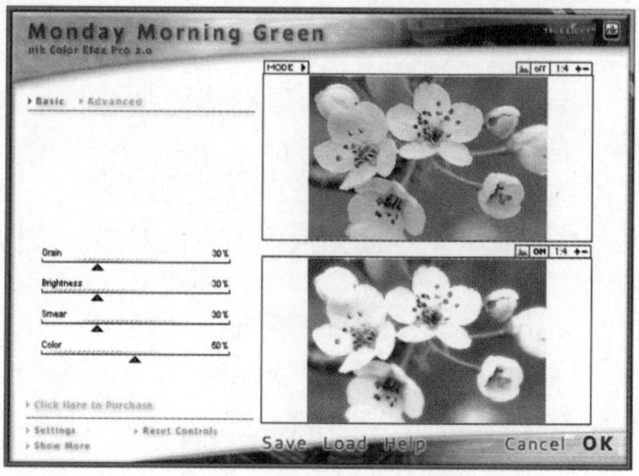

“Monday Morning Green”对话框

- Grain：调整为图像添加颗粒的数量。
- Brightness：调整图像的亮度。
- Smear：调整对图像色调进行柔化的程度。
- Color：调整创建“Monday Morning Green”色调后图像的色彩饱和度。数值越大，色彩饱和度越高。当该值为0时，图像将转变为灰色调。

12.58 创建褐色调：Nik.Color.Efex.Pro.v2.0：Stylizing Filters——Monday Morning Sepia

利用“Nik.Color.Efex.Pro.v2.0：Stylizing Filters”插件中的“Monday Morning Sepia”滤镜，可以自动使整个图像呈现为浅褐色调。执行“滤镜→Nik Color.Efex Pro v2.0：Stylizing Filters→Monday Morning Sepia”命令，弹出的“Monday Morning Sepia”对话框如右图所示。

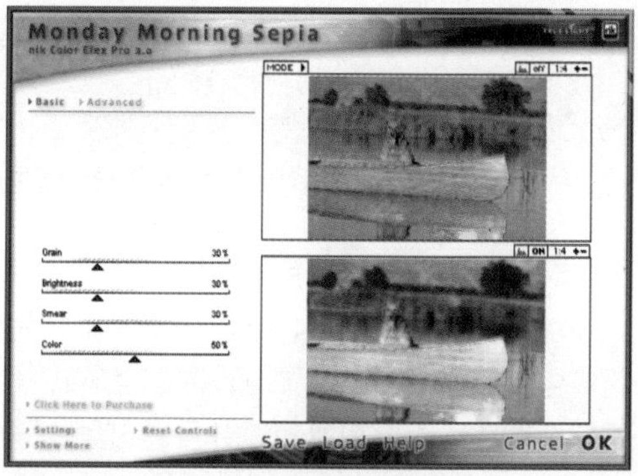

“Monday Morning Sepia”对话框

- Grain：调整添加颗粒的数量。
- Brightness：调整图像的亮度。
- Smear：调整对图像色调进行柔和的程度。
- Color：调整创建“Monday Morning Sepia”色调后图像的色彩饱和度。数值越大，色彩饱和度越高。当该值为0时，图像将转变为灰色调。

12.59 创建偏紫色调：Nik.Color.Efex.Pro.v2.0：Stylizing Filters——Monday Morning Violet

利用“Nik.Color.Efex.Pro.v2.0：Stylizing Filters”插件中的“Monday Morning Violet”滤镜，可以自动使整个图像呈现为偏紫的色调。执行“滤镜→Nik Color.Efex Pro v2.0：Stylizing Filters→Monday Morning Violet”命令，弹出的“Monday Morning Violet”对话框如下图所示。

- Grain：调整添加颗粒的数量。
- Brightness：调整图像的亮度。
- Smear：调整对图像色调进行柔化的程度。
- Color：调整创建“Monday Morning Violet”色调后图像的色彩饱和度。数值越大，色彩饱和度越高。当该值为0时，图像转变为灰色调。

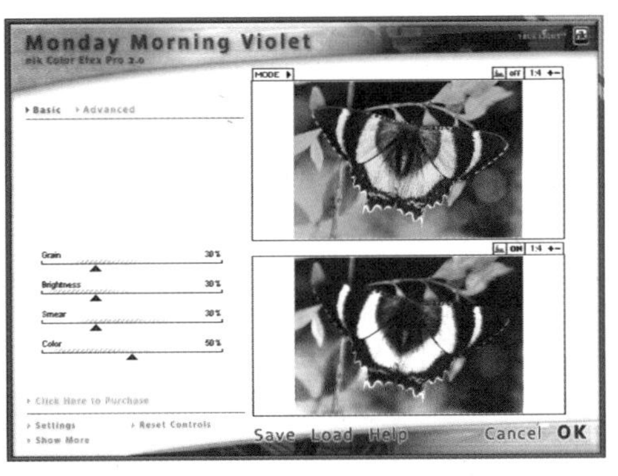

“Monday Morning Violet”对话框

12.60 调整图像的整体颜色：Nik.Color.Efex.Pro.v2.0：Stylizing Filters——Monday Morning

利用“Nik.Color.Efex.Pro.v2.0：Stylizing Filters”插件中的“Monday Morning”滤镜，可以调整整个图像的亮度、色调柔和度以及色彩饱和度等。执行“滤镜→Nik Color.Efex Pro v2.0：Stylizing Filters→Monday Morning”命令，弹出的“Monday Morning”对话框如右图所示。

“Monday Morning”对话框

- Grain：调整为图像添加颗粒的数量。
- Brightness：调整图像的亮度。
- Smear：调整对图像色调进行柔和的程度。
- Color：调整创建“Monday Morning”色调后图像的色彩饱和度。数值越大，色彩饱和度越高。当该值为0时，图像将转变为灰色调。

12.61 添加与图像相融的波纹图案：Nik.Color.Efex.Pro.v2.0：Stylizing Filters——Weird Lines

利用“Nik.Color.Efex.Pro.v2.0：Stylizing Filters”插件中的“Weird Lines”滤镜，可以根据原图像中的对象轮廓和颜色分布情况，创建随机生成的类似于波纹的图案效果。“Weird Lines”滤镜中提供了4种不同的图案创建方式，通过不同的方式，生成的图案效果也会不同。

执行“滤镜→Nik Color.Efex Pro v2.0：Stylizing Filters→Weird Lines”命令，弹出的“Weird Lines”对话框如右图所示。

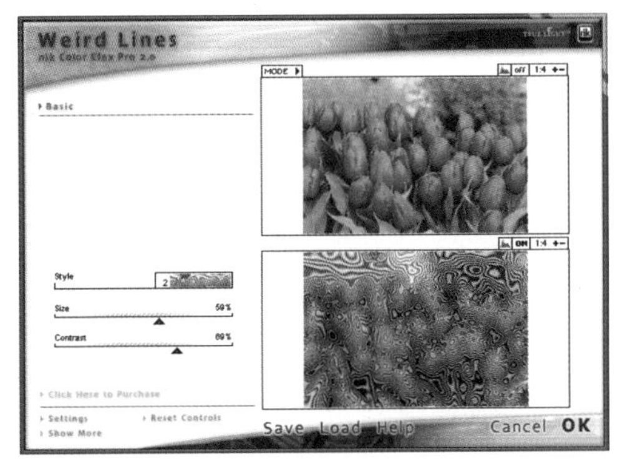

“Weird Lines”对话框

- Style：选择创建波纹图案的方式。选择方式1，保持原图像不变，在原图像上创建与原图像相融的条纹图案效果，如下A图所示。选择方式2，自动对原图像进行模糊处理，并在原图像上创建与原图像相融的条纹图案效果，如下B图所示。选择方式3，将原图像填充为灰色，并在原图像上创建黑白的条纹图案效果，如下C图所示。选择方式4，将原图像中的各种颜色转换为相应的平均色，并在原图像上创建黑色条纹的图案效果，如下D图所示。

A图

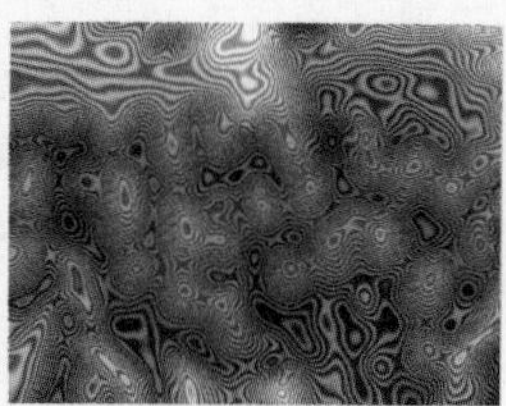
B图

C图

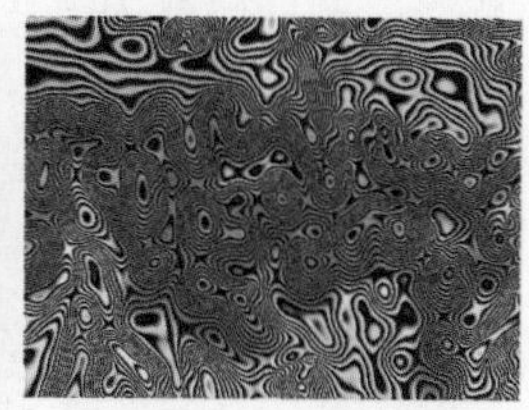
D图

- Size：调整条纹的尺寸大小。数值越小，条纹的密度越大。
- Contrast：调整条纹图案的不透明度。

12.62 添加两种褐色的渐变映射效果：Nik.Color.Efex.Pro.v2.0：Traditional Filters——Bi-Color Brown

“Nik.Color.Efex.Pro.v2.0：Traditional Filters”类插件用于对图像颜色进行传统化的处理，如创建多种不同类型的渐变映射效果、调整图像的亮度和柔化图像的色调等。

利用“Nik.Color.Efex.Pro.v2.0：Traditional Filters”插件中的“Bi-Color Brown”滤镜，可以为图像添加两种不同深浅褐色的线性渐变映射效果。执行“滤镜→Nik.Color.Efex.Pro.v2.0：Traditional Filters→Bi-Color Brown”命令，弹出的“Bi-Color Brown”对话框如右图所示。

“Bi-Color Brown”对话框

- Select Color Set：选择用于创建渐变映射效果的渐变色，其中提供了4种不同的褐色渐变类型。
- Opacity：调整渐变色映射到图像上的不透明度。
- Blend：调整发生渐变的两种颜色之间混合的程度。数值越大，颜色之间过渡得越自然。
- Vertical Shift：调整发生渐变的两种颜色在图像的垂直方向上进行色彩过渡的位置。数值越小，过渡的位置就越偏上，反之就越偏下。
- Rotation：调整渐变映射效果在图像上旋转的角度。

TIPS 关于“Nik.Color.Efex.Pro.v2.0：Traditional Filters”类插件中各种滤镜的“Advanced”选项卡设置，请参考本章12.42中相关的内容介绍。另外，“Nik.Color.Efex.Pro.v2.0：Traditional Filters”类插件中用于创建渐变映射效果的所有滤镜都具有相同的选项设置，因此在后面的讲解中就不再对它们的选项功能另作介绍了。

12.63 添加冷暖色的渐变映射效果：Nik.Color.Efex.Pro.v2.0：Traditional Filters——BiColor Cool/Warm

利用“Nik.Color.Efex.Pro.v2.0：Traditional Filters”插件中的“BiColor Cool/Warm”滤镜，可以为图像添加冷色调（蓝色）到暖色调（黄色）的线性渐变映射效果。

执行“滤镜→Nik.Color.Efex.Pro.v2.0：Traditional Filters→Bi-Color Brown”命令，弹出的“Bi-Color Brown”对话框及预览到的前后色彩效果如右图所示。

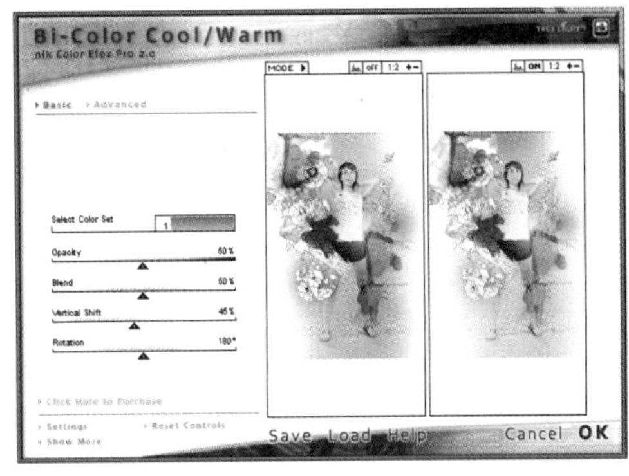

“BiColor Cool/Warm”对话框

12.64 添加绿色到褐色的渐变映射效果：Nik.Color.Efex.Pro.v2.0：Traditional Filters——BiColor GreenBrown

利用“Nik.Color.Efex.Pro.v2.0：Traditional Filters”插件中的“BiColor GreenBrown”滤镜，可以为图像添加绿色到褐色的线性渐变映射效果。

执行“滤镜→Nik.Color.Efex.Pro.v2.0：Traditional Filters→BiColor GreenBrown”命令，弹出的“BiColor GreenBrown”对话框及预览到的前后色彩效果如右图所示。

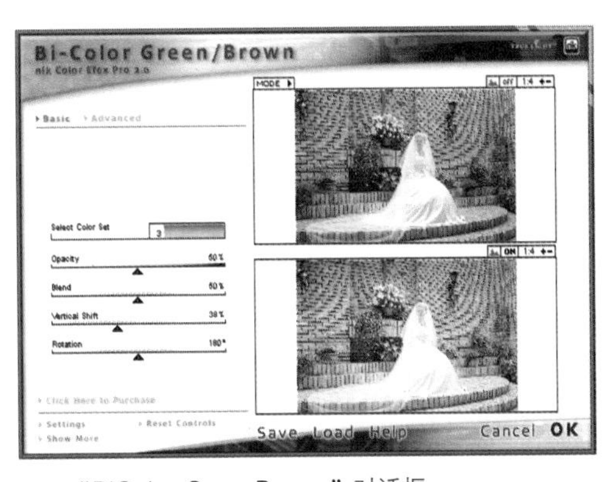

“BiColor GreenBrown”对话框

12.65 添加两种苔藓色的渐变映射效果：Nik.Color.Efex.Pro.v2.0：Traditional Filters——BiColor Moss

利用“Nik.Color.Efex.Pro.v2.0：Traditional Filters”插件中的“BiColor Moss”滤镜，可以为图像添加两种不同苔藓色的线性渐变映射效果。

执行“滤镜→Nik.Color.Efex.Pro.v2.0：Traditional Filters→BiColor Moss”命令，弹出的

“BiColor Moss”对话框及预览到的前后色彩效果如右图所示。

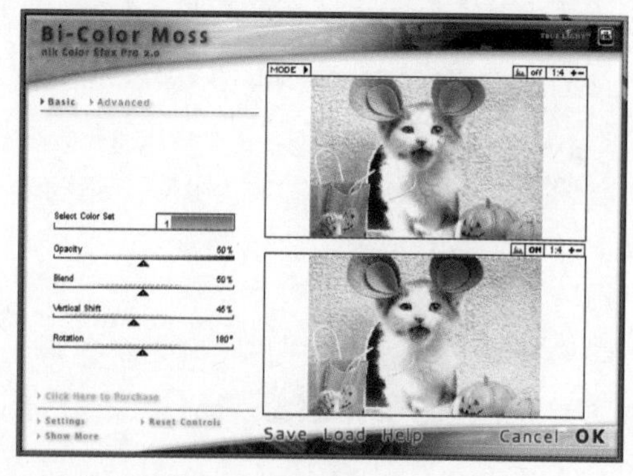

“BiColor Moss”对话框

12.66 添加两种自定义颜色的渐变映射效果：Nik.Color.Efex.Pro.v2.0：Traditional Filters——Bi-Color User Defined

利用“Nik.Color.Efex.Pro.v2.0：Traditional Filters”插件中的“Bi-Color User Defined”滤镜，可以根据图像的整体效果需要，自定义设置两种不同的颜色为图像添加线性渐变映射效果。

执行“滤镜→Nik.Color.Efex.Pro.v2.0：Traditional Filters→Bi-Color User Defined”命令，弹出的“Bi-Color User Defined”对话框及预览到的前后色彩效果如右图所示。

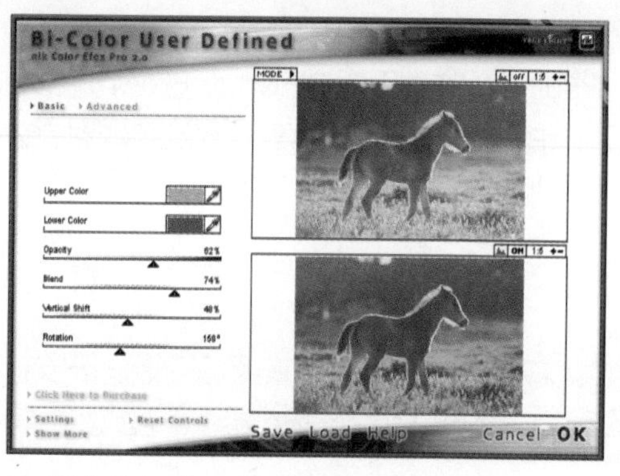

“Bi-Color User Defined”对话框

12.67 添加紫色到粉红色的渐变映射效果：Nik.Color.Efex.Pro.v2.0：Traditional Filters——BiColor Violet Pink

利用“Nik.Color.Efex.Pro.v2.0：Traditional Filters”插件中的“BiColor Violet Pink”滤镜，可以为图像添加紫色到粉红色的线性渐变映射效果。

执行“滤镜→Nik.Color.Efex.Pro.v2.0：Traditional Filters→BiColor Violet Pink”命令，弹出的“BiColor Violet Pink”对话框及预览到的前后色彩效果如右图所示。

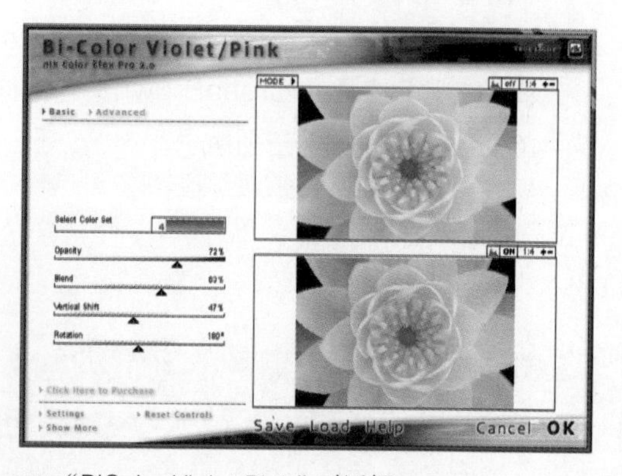

“BiColor Violet Pink”对话框

12.68 调整图像的饱和度和色温：Nik.Color.Efex.Pro.v2.0：Traditional Filters——Brilliance/WarmthNik

利用“Nik.Color.Efex.Pro.v2.0：Traditional Filters”插件中的“Brilliance/WarmthNik”滤镜，可以调整图像的色彩饱和度，同时还可以使色调偏冷或偏暖。执行“滤镜→Nik.Color.Efex.Pro.v2.0：Traditional Filters→Brilliance/WarmthNik”命令，弹出的“Brilliance/WarmthNik”对话框如右图所示。

- Brilliance：调整图像色彩的饱和度。
- Warmth：调整图像的色温。向右拖动滑块，使图像色调变暖；向左拖动滑块，使色调变冷。

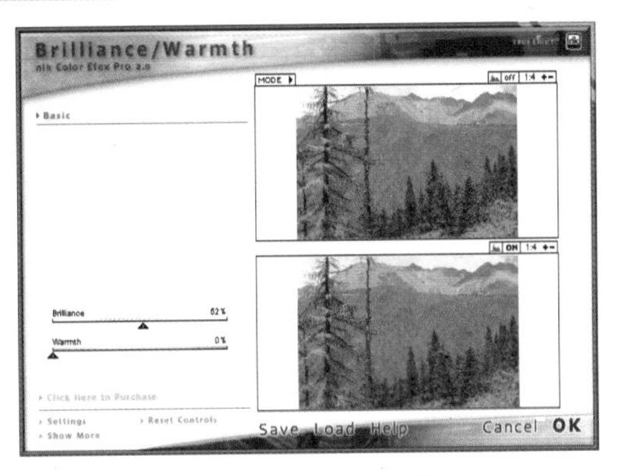

“Brilliance/WarmthNik”对话框

12.69 图像的色调调整：Nik.Color.Efex.Pro.v2.0：Traditional Filters——Contrast Only

利用“Nik.Color.Efex.Pro.v2.0：Traditional Filters”插件中的“Contrast Only”滤镜，可以调整图像的色彩饱和度、亮度和对比度。执行“滤镜→Nik.Color.Efex.Pro.v2.0：Traditional Filters→Contrast Only”命令，弹出的“Contrast Only”对话框如右图所示。

- Saturation：调整图像的色彩饱和度。
- Brightness：调整图像亮度。向右拖动滑块，图像变亮；向左拖动滑块，图像变暗。
- Contrast：调整图像的色彩对比度。向右拖动滑块，色彩的对比度加强；向左拖动滑块，色彩的对比度减弱。

“Contrast Only”对话框

12.70 由内向外使图像变暗或变亮：Nik.Color.Efex.Pro.v2.0：Traditional Filters——Darken Lighten Center

利用“Nik.Color.Efex.Pro.v2.0：Traditional Filters”插件中的“Darken Lighten Center”滤镜，可以创建由图像中心向外逐渐变暗或逐渐变亮的色调效果，以突出画面的主体。

执行“滤镜→Nik.Color.Efex.Pro.v2.0：Traditional Filters→Darken Lighten Center”命令，弹出的“Darken Lighten Center”对话框如右图所示。

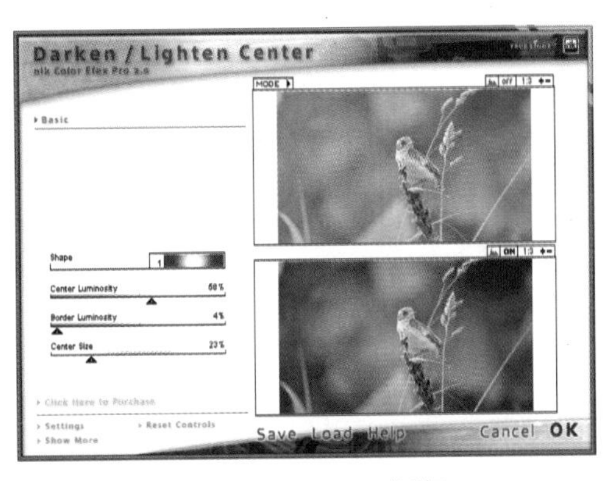

“Darken Lighten Center”对话框

- Shape：选择调整图像色调所使用的外形。选择外形1，从图像中心开始以圆形方式向外逐渐使图像变亮或变暗。选择外形2，从图像中心开始以椭圆形方式向外逐渐使图像变亮或变暗。
- Center Luminosity：调整中心区域变亮或变暗的程度。向右拖动滑块，使中心区域图像变亮；向左拖动滑块，使中心区域图像变暗。
- Border Luminosity：调整中心区域以外的边沿图像变亮或变暗的程度。向右拖动滑块，使边沿图像变亮；向左拖动滑块，使边沿图像变暗。右图所示是将中心区域变暗，边沿变亮后的效果。
- Center Size：调整中心区域的范围大小。百分值越大，定义的中心区域范围越广，反之范围越小。

中心区域变暗，边沿变亮后的效果

12.71 为图像制作雾气笼罩的效果：Nik.Color.Efex.Pro.v2.0：Traditional Filters——Fog

利用“Nik.Color.Efex.Pro.v2.0：Traditional Filters”插件中的“Fog”滤镜，可以为图像添加一层雾气笼罩的效果，使图像产生朦胧感。根据参数设置的不同，用户可以为图像创建薄雾或浓雾效果。

执行“滤镜→Nik.Color.Efex.Pro.v2.0：Traditional Filters→Fog命令，弹出的“Fog”对话框如右图所示。

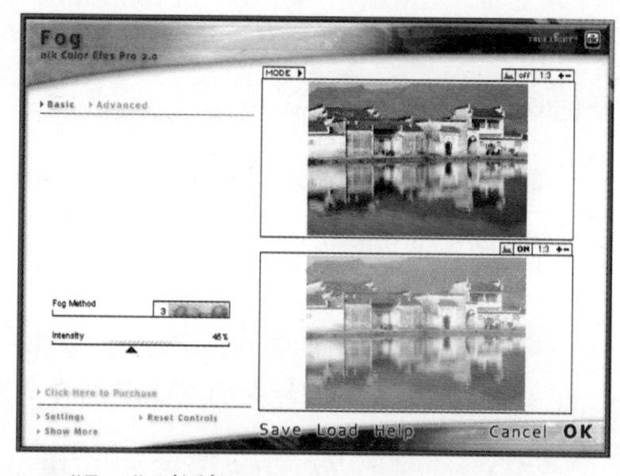

“Fog”对话框

- Fog Method：选择创建薄雾效果的方法。其中提供了4种不同的薄雾创建方法，选择其中一种方法，即可自动为图像创建相应的薄雾效果。
- Intensity：调整应用“Fog”效果的程度。百分值越大，创建的雾气越浓，如右图所示。

创建的浓雾效果

12.72 为图像添加自定义色调：Nik.Color.Efex.Pro.v2.0：Traditional Filters——Graduated User Defined

利用“Nik.Color.Efex.Pro.v2.0：Traditional Filters”插件中的“Graduated User Defined”滤镜，可以为图像添加一种自定义的色调，以弥补图像中的色彩不足，使图像色彩更加丰富（例如，为图像添加中黄色，可以增强夕阳的色调；添加蓝色，可以增强天空的色调）。

执行“滤镜→Nik.Color.Efex.Pro.v2.0：Traditional Filters→Graduated User Defined”命令，弹出的“Graduated User Defined”对话框如右图所示。

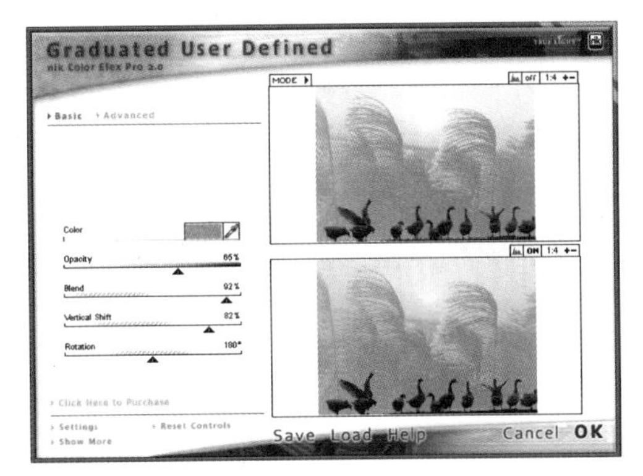

“Graduated User Defined”对话框

- Color：设置添加到图像中的颜色。用户可以根据整个画面的色彩状况，设置所需要的颜色。在添加颜色时，需要使整个画面色彩保持协调，不然就会适得其反。
- Opacity：调整添加的颜色在图像中的不透明度。
- Blend：调整添加的色彩与原图像混合的程度。百分值越大，添加的颜色与原图像之间自然过渡的效果就越好。
- Vertical Shift：调整添加的颜色在图像的垂直方向上进行色彩过渡的位置。
- Rotation：调整对添加的颜色进行旋转的角度。

12.73 添加阳光照射效果：Nik.Color.Efex.Pro.v2.0：Traditional Filters——Sunshine

利用“Nik.Color.Efex.Pro.v2.0：Traditional Filters”插件中的“Sunshine”滤镜，可以在图像中添加阳光照射的光泽效果。用户可以对阳光照射的区域进行色彩饱和度的修正、调整阳光照射的范围和光线强度以及选择如何创建光照效果等。

执行“滤镜→Nik.Color.Efex.Pro.v2.0：Traditional Filters→Sunshine”命令，弹出的“Sunshine”对话框如右图所示。

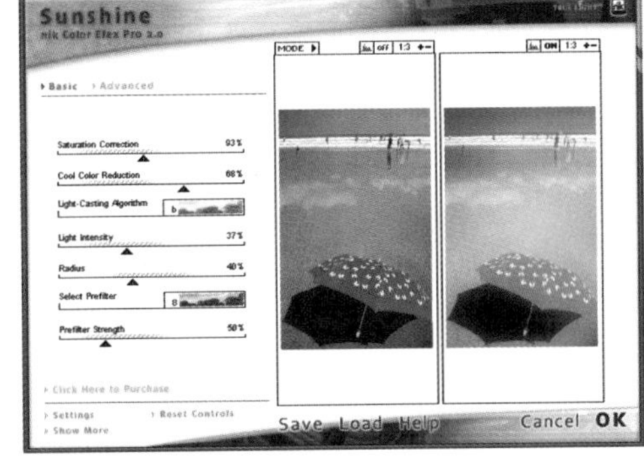

“Sunshine”对话框

- Saturation Correction：调整阳光照射处的色彩饱和度。百分值越大，饱和度越强。
- Cool Color Reduction：调整阳光照射下，图像色调变暖的程度。百分值越大，色调越暖。
- Light-Casting Algorithm：选择创建光线的运算法则。其中提供了4种方式，读者可以尝试每一种方式，查看得到的不同光线的效果变化。下图所示是分别选择a、b、c和d后得到的光线照射效果。

a、b、c和d四种光线照射效果

- Light Intensity：调整光的强度。百分值越大，光线越强。
- Radius：调整光线辐射的范围。百分值越大，辐射范围越宽。
- Select Prefilter：选择所需的预滤器，以使用适合的方式对光线进行处理，从而得到不同的阳光照射效果。
- Prefilter Strength：调整预滤器的强度。

12.74 图像的减色处理：Nik.Color.Efex.Pro.v2.0：Traditional Filters——White Neutralizer

利用“Nik.Color.Efex.Pro.v2.0：Traditional Filters”插件中的“White Neutralizer”滤镜，可以减少图像中某一种过多色彩的含量，使图像色彩达到相对的平衡（例如，当图像的整体色调出现偏红的情况，就可以指定红色来消减图像中的红色含量，使图像恢复正常的色调）。

执行“滤镜→Nik.Color.Efex.Pro.v2.0：Traditional Filters→White Neutralizer”命令，弹出的“White Neutralizer”对话框如右图所示。从预览窗口中可以看出，左边原图像中的整体色调明显偏黄，而右边显示的图像则是减去原图像中的适量黄色后得到的色调效果，调整后的图像更加清新自然。

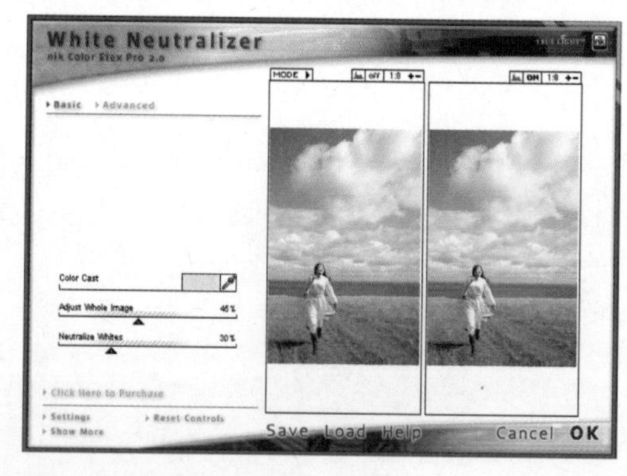

“White Neutralizer”对话框

- Color Cast：设置需要消减的颜色。
- Adjust Whole Image：调整整个图像中对所选颜色进行消减的程度。
- Neutralize Whites：调整所选颜色的色彩饱和度。百分值越大，该颜色的饱和度越低，越接近灰度。

12.75 色彩校正、编辑和过滤图像处理插件：PictoColor——iCorrect EditLab Pro 4.5.2

“iCorrect EditLab”是一个用于色彩校正、编辑和过滤的Photoshop图像处理插件，它也可以用于Adobe的其他图像编辑软件中。该插件的功能非常强大，可以进行全面的色彩校正，包括自动对要处理的图像进行分析，并确定需要校正的颜色和提供修正参考等。

用户可以在“iCorrect EditLab”插件中同时进行颜色的校正和色调的调整等，该插件的基本功能相当于综合了Photoshop中的“色阶”命令、“亮度/对比度”命令、“色彩平衡”命令、“色相/饱和度”命令以及各类自动色彩调整命令等。因此，使用“iCorrect EditLab”插件就足以校正图像中存在的多种色彩问题。

打开需要校正色彩的图像，然后执行“滤镜→PictoColor→iCorrect EditLab Pro 4.5.2”命令，弹出的“iCorrect EditLab Pro”对话框如右图所示。

“iCorrect EditLab Pro”对话框

在“iCorrect EditLab Pro”对话框中提供了4组选项卡设置，通过这些选项卡，可以完成校正图像色彩、调整整个图像的色阶、亮度以及局部色彩的亮度和饱和度等操作。

在“1”选项卡中，可以通过指定图像中的中性色自动校正图像的彩色特性，同时也可以通过滑动条，调整图像中的红、绿和蓝色含量。

- 在“1（色彩平衡）”选项卡的下拉列表中选择“中性色”选项，然后使用吸管工具在能够代表整体图像色调的中性色上单击，这时就可以通过“彩色特性”间边框反映该图像中的色彩状态，例如色调偏红或偏青等，然后系统就会根据分析的数据自动平衡图像的颜色，如右图所示。
- “彩色特性”渐变框显示在原图像中找到的彩色特性类型，这些特性将通过色彩平衡来进行校正。
- 单击“智能色彩”按钮，将自动决定彩色特性。如果选中“智能色彩模式”复选框，则自动应用智能色彩。

根据中性色自动校正图像颜色

- 单击“先前设置”按钮，将把最近编辑过的色彩平衡设置应用到当前图像中。
- 单击“自定义”按钮，将载入并应用在“参数设置”对话框中的自定义设置的彩色特性进行校正。
- 单击“重置”按钮，将移去所有对颜色平衡的编辑，使图像恢复到没有进行色彩平衡编辑时的状态。

- 在“1（色彩平衡）”选项卡的下拉列表中选择“滑动条”选项，此时的选项栏设置如下左图所示。在滑块条中以“0”点为中点，向右拖动滑动条，可以增加图像中的红色、绿色或蓝色含量，如下右图所示；向左拖动滑动条，可以增加图像的青色、洋红或黄色含量。

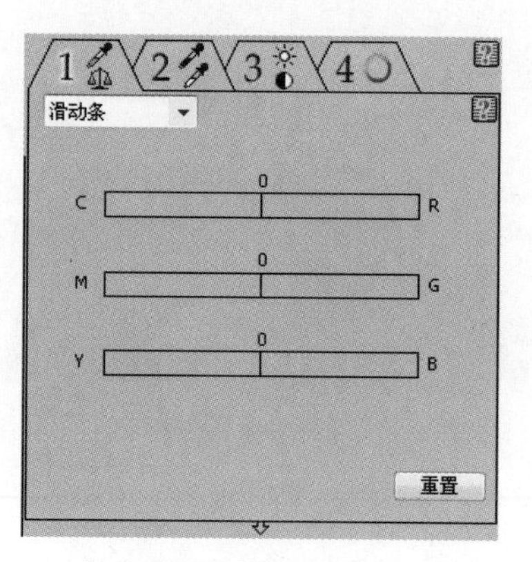

“1”选项卡中的“滑动条”设置

增加图像中的绿色含量

切换到“2（黑点和白点）”选项卡，其选项设置如右图所示，在其中可以通过调整色阶的方式校正图像的高光、中间调和阴影色调。

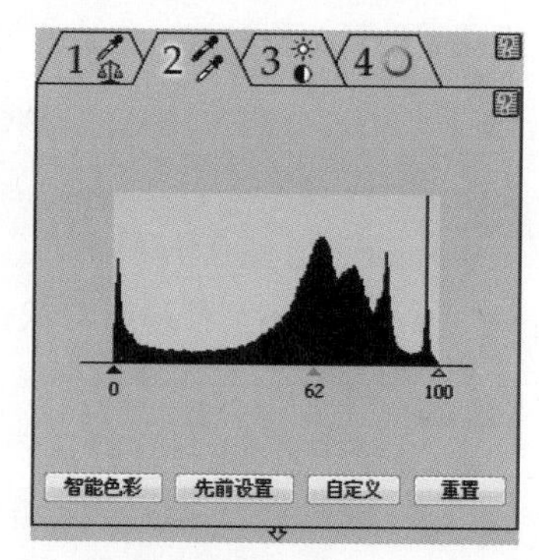

“2”选项卡设置

- 直方图中显示的是已经进行了色彩平衡校正后的图像亮度范围。拖动滑块可以调整图像中的高光色调，拖动滑块可以调整图像中色中间色调，通过滑块可以调整图像中的阴影色调。右图所示为使用色阶调整后的图像色调效果。

调整后的图像色调

- 单击“智能色彩”按钮，自动调整图像的色调。
- 单击“先前设置”按钮，回到上一步设置的色彩状态。
- 单击“自定义”按钮，将载入并应用在“参数设置”对话框中的自定义设置。

- 单击“重置”按钮，重新设置该选项栏中的参数，并恢复到设置前的状态。

切换到“3（亮度/对比度/饱和度）”选项卡，其选项设置如右图所示，在该选项卡中可以改变图像的亮度、对比度和饱和度。

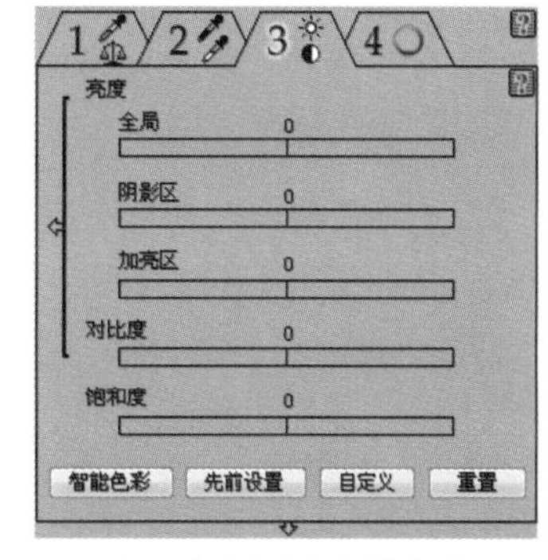

“3（亮度/对比度/饱和度）”选项卡

- 拖动“全局”滑块，可以调整整个图像的亮度。
- 拖动“阴影区”或“加亮区”滑块，可以调整阴影区域或高光区域的亮度。
- 拖动“对比度”滑块，调整整个图像色彩的对比度。
- 拖动“饱和度”滑块，调整整个图像色彩的饱和度。
- 单击向左的箭头，可以查看亮度/对比度滑动条设置效果的曲线图，如右图所示。

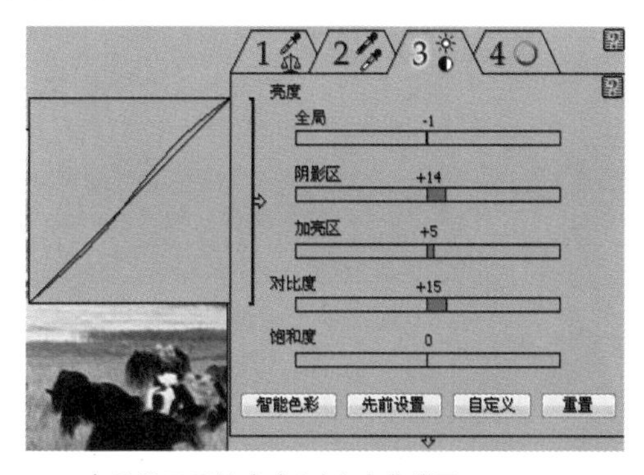

查看设置后的亮度/对比度曲线图

- 单击“智能色彩”按钮，自动调整图像中的亮度、对比度效果。
- 单击“先前设置”按钮，将应用前一幅图像的亮度、对比度和饱和度设置到当前图像中。
- 单击“自定义”按钮，将载入并应用在“参数设置”对话框中的自定义设置。
- 单击“重置”按钮，将取消所有对亮度、对比度和饱和度的调整。

切换到“4（色调选择编辑）”选项卡，其选项设置如下图所示，在其中可以改变限制在指定色彩范围内的色调、亮度和饱和度。该选项卡对中性色的图像不起作用。

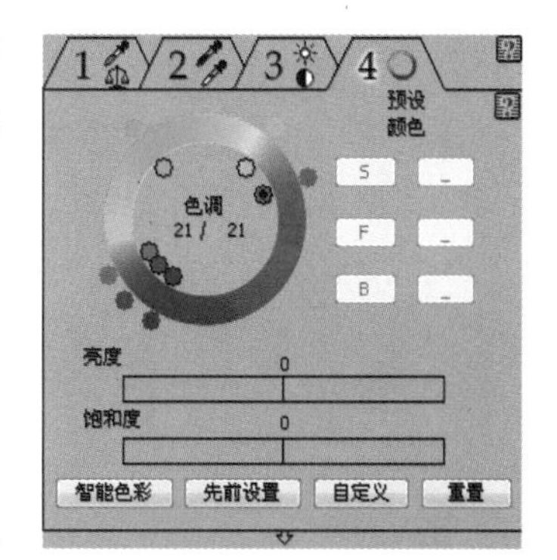

“4（色调选择编辑）”选项卡

- 在颜色转盘上有6对控制柄，先使用转盘内侧的控制柄选择起点，然后使用外侧的控制柄选择终点，用户只能在同一时间选择一对控制柄。选中的控制柄中显示有一个黑点，被选中的控制柄所在的位置决定了被色调编辑所影响的色调范围，如下图所示。每个控制柄对色调编辑的影响被限制在相邻控制柄之间的范围内。

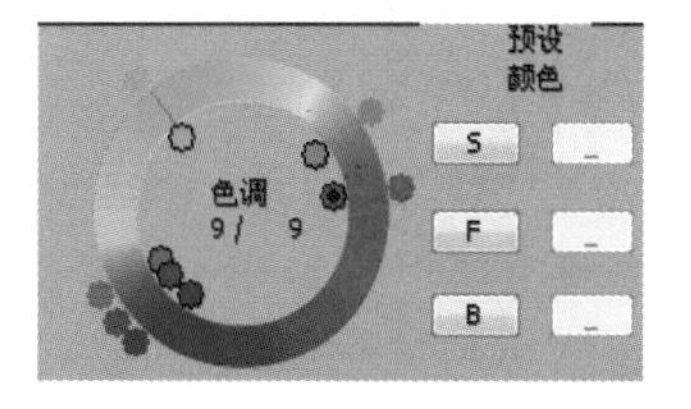

限定的色调范围

- 在颜色转盘右边的6个按钮，对应于预设的颜色设置。系统为用户定义了3种预设，S按钮代表肤色，F按钮代表绿叶，B按钮代表蓝天。例如要调整人物的肤色，可以先在图像中最接近肤色的位置上单击，然后再单击S按钮，起点和终点色调控制柄以及对应的亮度和饱和度滑动条，都将被设置为系统提供的预设颜色值。

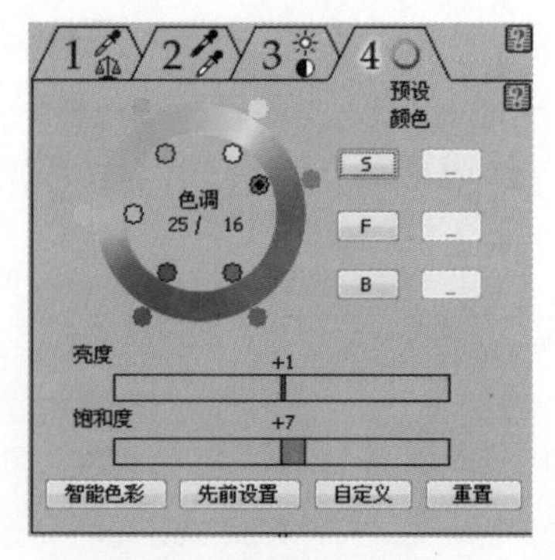

设置为预设肤色后的效果及选项设置

在肤色上单击进行取样

- 使用吸管工具在预览窗口中的图像上单击，会将单击处的颜色限定为可编辑的色调范围，用户也可以通过拖动控制柄来选择所要进行编辑的色调范围。
- 在“亮度”滑块条中拖动，可以改变所限定在色彩范围内的图像亮度。
- 在“饱和度”滑块条中拖动，可以改变所限定在色彩范围内的色彩饱和度。
- 单击“智能色彩”按钮，将自动设置在图像中出现的重要色调的控制柄位置。
- 单击“先前设置”按钮，将前一幅图像的设置应用到当前图像中。
- 单击“自定义”按钮，将载入并应用在“参数设置”对话框中的自定义设置。
- 单击“重置”按钮，将取消所有对选中色调的编辑。

在“iCorrect EditLab Pro”对话框中，除4个选项卡以外的其他选项和按钮的功能如下。

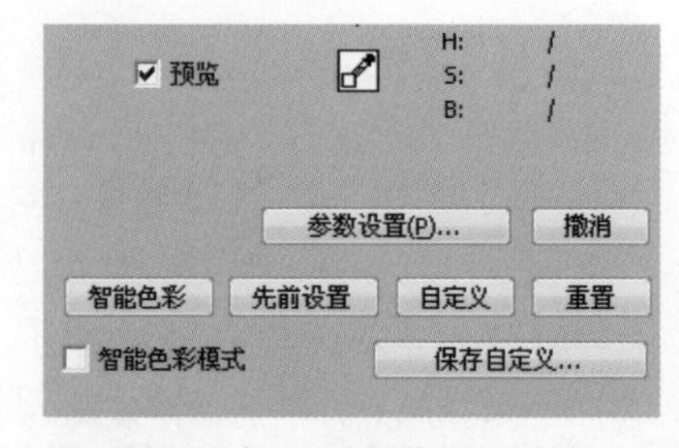

4个选项卡以外的其他选项及按钮

- 选中“预览”复选框，在预览窗口中预览编辑后的色调效果。
- HSB用于显示光标所指向的像素值。在像素值的显示区域上单击，可以在HSB、RGB和CMYK像素值之间切换。单击吸管图标，可以改变采样的大小。按住“Shift”键在图像上单击，可以设置采样点。

- 单击“参数设置”按钮，可以指定一些编辑室工具中的空间的选项和动作，如右图所示。
- 单击“撤销”按钮，可以撤销大部分最近对图像色调所做的编辑。
- 单击“智能色彩”按钮，可以分析当前图像的色调状态，并自动进行调整。
- 单击“先前设置”按钮，将上一步的设置应用到当前图像中。
- 单击“自定义”按钮，载入并应用在“参数设置”中的设置。

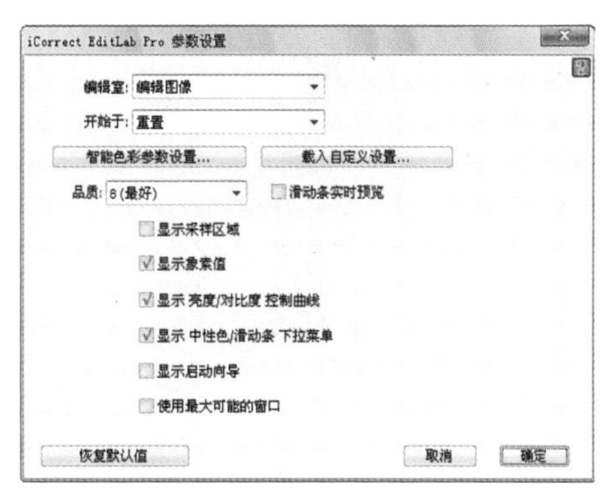

“参数设置”对话框

- 单击“重置”按钮，将恢复为原始图像的效果。

12.76 制作灰度图像：Theimagingfactory——Convert to B/W Pro

利用“Convert to B/W Pro”插件，可以将彩色图像转变为灰度或单色调图像。在转换为灰度图像的过程中，可以通过调整原图像中的色调，控制转换为灰度图像后的细节层次。执行“滤镜→Theimagingfactory→Convert to B/W Pro”命令，弹出如下图所示的“Convert to B/W Pro”对话框。

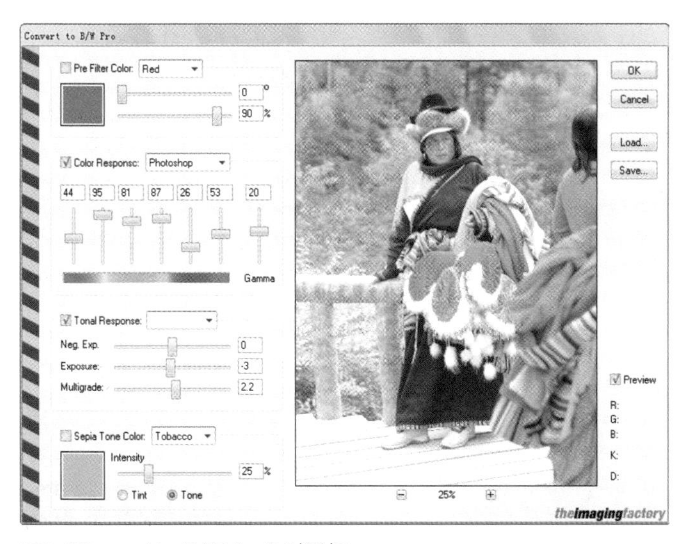

“Convert to B/W Pro”对话框

- “Pre Filter Color”选项栏：选中“Pre Filter Color”复选框，可以对图像应用滤波器功能，以过滤掉指定的颜色，从而使灰度图中对应的色调减淡。在“Pre Filter Color”下拉列表中可以选择被过滤的颜色。拖动上方的色相滑块，可以改变被过滤的颜色。拖动下方的滑块，可以调整该颜色的浓淡程度，从而调整该颜色被过滤的程度，百分值越大，颜色被过滤得越多。下图A所示为原图像，下图B所示为没有过滤色时的灰度图效果，下图C所示为将图像中的红色过滤后得到的灰度图效果。

A图

B图

C图

- “Color Response”选项栏：选中该复选框，然后在该选项栏中，可以调整灰度图中的灰度层次。在“Color Response”下拉列表中可以选择预设的灰度图效果。拖动下方的滑块，可以调整该滑块在颜色条中对应的颜色在当前图像中的含量，以改变原图像中的色调，从而控制灰度图中的灰度层次。
- “Tonal Response”选项栏：选中该复选框，然后可以调整灰度图的色调明暗度。“Neg. Exp”选项用于调整灰度图的亮度，数值越大，图像越亮。“Exposure”选项用于调整灰度图的曝光程度，数值越大，曝光越强。“Multigrade”选项用于调整灰度图的对比度，数值越大，对比度越强。

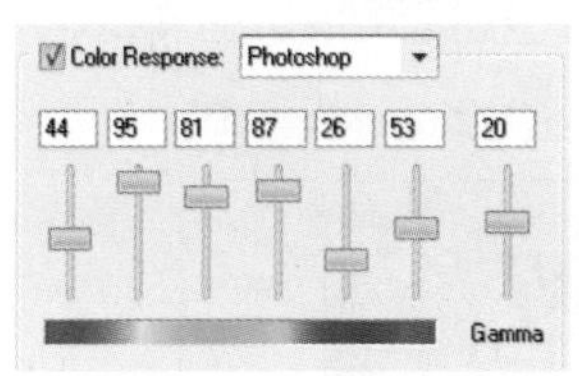

“Color Response”选项栏

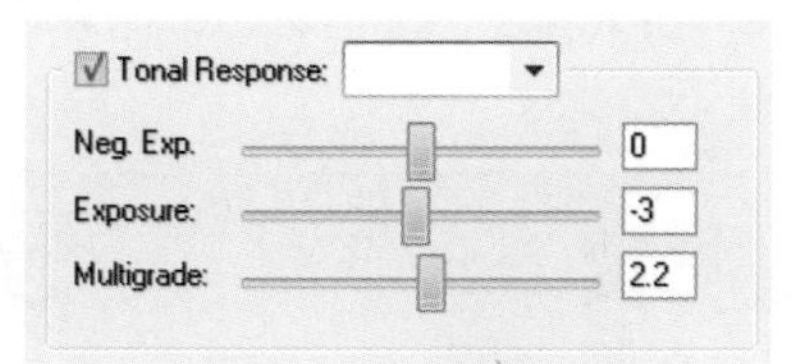

“Tonal Response”选项栏

- “Sepia Tone Color”选项栏：选中该复选框，可以为灰度图制作单色调效果。在其下拉列表中提供了2种色调方案，分别为土黄色和蓝色，用户也可以单击该选项栏中的色块，然后选择所要应用的色调。“Intensity”选项用于调整将所选颜色应用到灰度图中的强度，数值越大，单色调色彩越浓。选中“Tint”单选项，直接在图像表面覆盖一层所选的色调，该色调将不会因图像的亮度而产生深浅的变化，如下左图所示。选中“Tone”单选项，将保持图像的亮度，随图像的色调变化为图像添加单色调效果，如下右图所示。

选中“Tint”单选项的效果

选中“Tone”单选项的效果

12.77 制作模糊效果：Alien Skin Eye Candy5：Nature——Squint

利用“Alien Skin Eye Candy5：Nature”插件中的“Squint”滤镜，可以为图像制作各种形态的模糊效果，包括各类动感模糊和高斯模糊等，同时还可以为模糊后的图像加上条纹，以产生光线散射的效果。执行“滤镜→Alien Skin Eye Candy5：Nature→Squint”命令，弹出如下图所示的“Squint”对话框。

“Squint”对话框

在“Squint”对话框中的“Settings”选项卡中，可以选择预设的“Squint”效果。在“Basic”选项卡中，可以对“Squint”效果进行基本的设置，各选项的功能如下。

- Ghost Radius：调整“Squint”效果辐射的范围。数值越大，效果越强。
- Ghost Segments：调整应用“Squint”效果时，原图像被分割的数量。该选项可以使模糊效果增强。
- Ghost Rotation：调整对图像进行模糊处理的方向。
- Draw Light Streaks：选中该复选框，在模糊后的图像上添加光线产生的条纹效果，使图像更具有动感，如右图所示。

选中“Draw Light Streaks”选项后的效果

- Streak Brightness：调整条纹的亮度。
- Streak Opacity：调整条纹的不透明度。
- Streak Selection Threshold：调整条纹的光照强度和模糊程度。数值越小，条纹效果越强。
- Streak Length：调整条纹的长度。

- Number of Streaks：调整条纹方向的随意性和向四周扩散的数量。数值越大，向四周扩散的条纹数量就越多，如下图所示。

“Number of Streaks”值为2的效果

“Number of Streaks”值为10的效果

- Streak Variation：调整条纹在方向上的变化程度。
- Streak Rotation：设置条纹旋转的角度。
- 单击Random Seed按钮，产生随机的光线条纹效果。

13 Chapter 数码照片处理

Dictionary of Filters for Photoshop

对于拍摄的数码照片，通常会因为相机本身的设置或外界环境的影响，而出现或多或少不尽人意的地方（如画面不清晰、色调偏亮或过于偏暗、噪点过多、聚焦不理想、背景过于复杂而使主体物不突出、画面出现枕形或桶形失真等问题）。基于这些情况，本章列举了校正这些问题的多种方法。

13.1 添加噪点图案：Eye Candy 4000 Demo——HSB噪点

“Eye Candy 4000 Demo”中的“HSB噪点”滤镜，用于为RGB图像添加杂色或噪点，它与Photoshop中的“杂色”滤镜类似，不过“HSB噪点”滤镜可以制作出更加丰富的效果。

打开如下左图所示的图像素材，然后执行“滤镜→Eye Candy 4000 Demo→HSB噪点”命令，弹出的“HSB噪点”对话框及预览到的图像效果如下右图所示。

素材图像

“HSB噪点”对话框

- 色调：调整HSB噪点的色调。
- 饱和度：调整HSB噪点的饱和度。
- 亮度：调整HSB噪点的亮度。
- 不透明性：调整HSB噪点的不透明度。
- 块体宽度：调整HSB噪点的水平强度。
- 块体高度：调整HSB噪点的垂直强度。
- 图案：用于设置生成HSB噪点的图案样式。
- 平滑碎片：调整碎片的粗糙程度。
- 无缝平铺：当选定时，将重复同样的图案，因此没有一点杂色。

13.2 照片的锐化处理：Photo Wiz——Focalblade 1.04

“Focalblade”是一款功能非常强大的专业图像锐化工具，能处理8位和16位的RGB图像，并提供了锐化、去污点和发光效果处理等功能。在锐化方面，用户可以采用自动、半自动和手动三种锐化方式处理清晰度不高的图像。

执行“滤镜→Photo Wiz→Focalblade 1.04”命令，打开如下图所示的“FOCALBLADE”对话框。

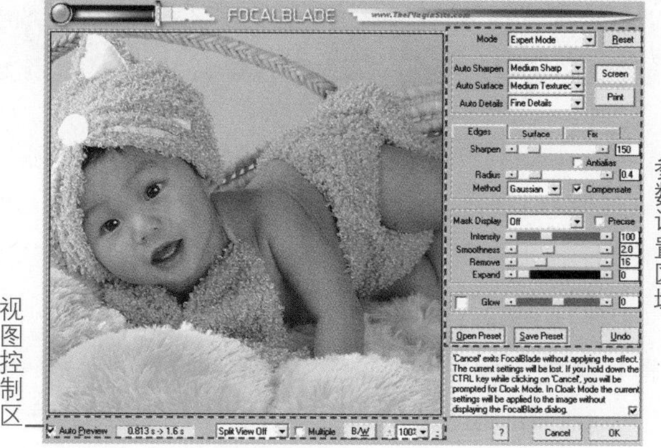

“FOCALBLADE”对话框

视图控制区中各选项的功能如下。

- 选中“Auto Preview”复选框，自动更新应用滤镜后的效果。
- 在Split View Off下拉列表中，可以选择预览图像效果的方式。
- 选中“Multiple”复选框，在采用多窗口对比方式预览图像时，使各个窗口都显示相同部位的图像，以更好地观察应用滤镜效果前后的变化。
- 单击激活B/W按钮，以灰度图像显示，此时只是以灰度图显示，但不会使最终生成的图像为灰度图。单击+按钮，放大视图；单击-按钮，缩小视图。

在参数控制区域中，可以设置处理图像的基本参数，各选项的功能如下。

- Mode：在其下拉列表中，选择对图像进行处理的方式，包括锐化、模糊以及制作发光效果等。
- Auto Sharpen：在其下拉列表中选择锐化图像的方式。
- Auto Surface：用于定义锐化后的图像边缘与图像表面之间达到平衡的一种方式。
- Auto Details：用于选择图像显示的质量。
- 在“Edges”选项栏中，“Sharpen”选项用于调整图像边缘被锐化的强度。“Radius”选项用于调整图像边缘被锐化的范围。“Method”选项用于选择锐化图像边缘的方式。选中“Compensate”选项，在锐化图像的同时给与图像细节上的补偿。
- 在“Surface”选项栏中，“Sharpen”选项用于调整图像表面被锐化的强度。“Soften”选项用于调整图像表面被柔化的程度。“Radius”选项用于调整图像表面被锐化的范围。
- 在“Fix”选项栏中，“White Halo”选项用于调整锐化后的图像中白色晕轮的强度，同时也可以调整图像的亮度，数值越大，图像表现得越为柔和。“Black Halo”选项用于调整锐化后的图像中黑色晕轮的强度，数值越大，图像色调越发灰。“Highlights”选项用于调整图像中的高光强度。“Shadows”选项用于调整图像中的阴影强度。
- 在“Mask Display”选项栏中，选择图像以蒙版状态显示的方式。选中“Precise”

复选框，显示更为精确的蒙版效果。“Intensity”选项用于调整图像边缘被锐化的强度。“Smoothness”选项用于调整图像边缘被锐化的柔和度。“Remove”选项用于调整图像边缘中的噪点被清除的程度。“Expand”选项用于调整图像的边缘区域逐渐与表面区域混合的程度。

- 在“Remove”选项中为图像清除噪点后，通过“Glow”选项，可以为图像添加发光的效果。单击“色块”，可以设置发光的颜色。当发光色为白色时，负值可以使图像边缘变暗，如下图A所示；正值可以使图像边缘变亮，如下图B所示。当发光色为其他色彩时，可以为图像添加发光色与图像原色进行混合的发光效果，下图C为将发光色设置为红色后的效果。

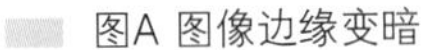
图A 图像边缘变暗

图B 图像边缘变亮

图C 在图像边缘产生混合色

- 单击Open Preset按钮，可以打开预设的设置，并应用预设的效果。单击Save Preset按钮，将设置保存为预设。单击Undo按钮，返回上一步设置的效果。

下图所示为将图像锐化处理前后的效果对比。

将图像锐化处理前后的效果

13.3 修复压缩后的JPEG文件：Alien Skin Image Doctor——JPEG Repair

“Alien Skin Image Doctor”是一款强大的图片修复和校正滤镜，它可以有效移除图像上的污点和各种缺陷，快速修复过度压缩的JPEG文件，并且还可以很自然地替代图像中不想要的细节部分。

“JPEG Repair”是“Alien Skin Image Doctor”中的一种滤镜，它专门用于修复在将图像存储为JPGE格式时，因过度压缩而降低图像质量的JPGE文件。“JPEG Repair”滤镜通过对图像表面进行柔化和适当的模糊处理，消除JPGE图像中产生的色斑，以达到使图像表面光滑的目的。

打开一张质量较低的JPGE格式的素材图像，将图像放大到实际像素，这时就可以看出图像中出现了细节损失的痕迹，如下左图所示。执行“滤镜→Alien Skin Image Doctor→JPEG Repair”命令，打开的“JPEG Repair”对话框及预览到的完成效果如下右图所示。

素材图像

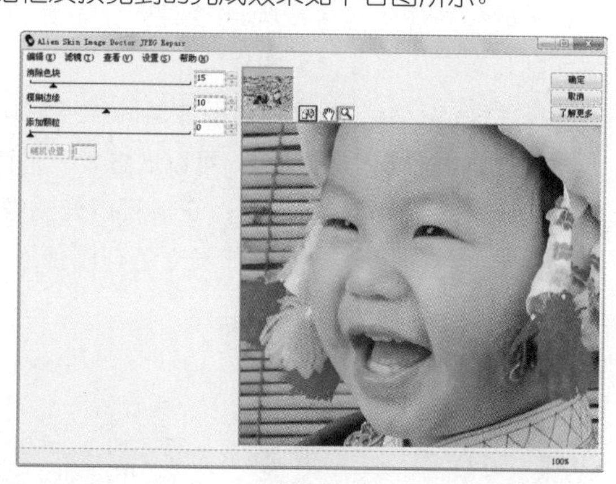

“JPEG Repair”对话框及预览到的完成效果

- 消除色块：调整图像因质量降低而产生的色块的清除程度。
- 模糊边缘：调整色块边缘被模糊的程度。
- 添加颗粒：调整在图像上添加的颗粒数量。适当地添加一些颗粒，会使修复后的图像更加自然。

13.4 去除污点和刮痕：Alien Skin Image Doctor——Scratch Remover

“Alien Skin Image Doctor”中的“Scratch Remover”滤镜，用于为选区内的图像修复污点和刮痕，并且能达到自然修复的效果。需要注意的是，在修复带纹理或有轮廓的图像时，为了达到更为自然有效的修复效果，不宜将选区创建得太大，只要能框住污点即可。如果污点数量太多，建议逐个清除，这样得到的效果会更为理想。

打开如下左图所示的Photoshop样本图像，将污点所在的区域创建为选区，如下左图所示，然后执行“滤镜→Alien Skin Image Doctor→Scratch Remover”命令，打开的“Scratch Remover”对话框及预览到的完成效果如下右图所示。

素材图像

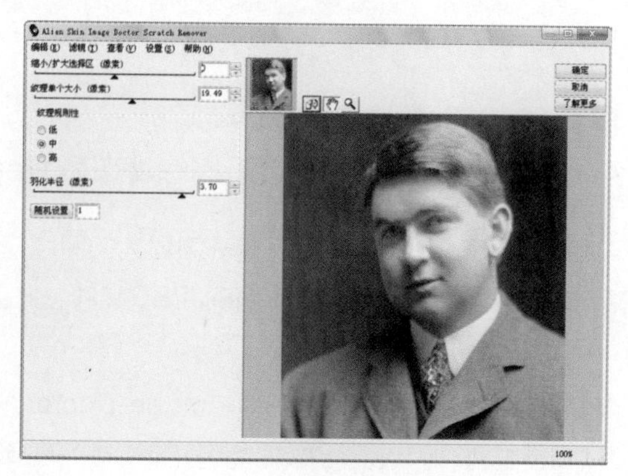

“Scratch Remover”对话框

- 缩小/扩大选择区（像素）：调整需要修复区域的范围大小。数值越大，范围越大。
- 纹理单个大小（像素）：调整用于修复污点或刮痕的单个纹理的大小。
- 纹理规则性：设置用于修复污点或刮痕的纹理排列的规则性。分为“低”、“中”和“高”三个选项。
- 羽化半径：调整用于修复污点或刮痕的图像边缘的模糊程度。

13.5 清除瑕疵或去除多余物：Alien Skin Image Doctor——Smart Fill

使用“Alien Skin Image Doctor”插件中的“Smart Fill”滤镜，可以清除选区图像中的任何瑕疵或多余物，其功能类似于上一小节中所讲的“Scratch Remover”滤镜，只是在“Smart Fill”滤镜中可以选择用于覆盖瑕疵或多余物的图像区域，同时还可以调整这部分区域图像的大小和角度。

打开如下左图所示的素材图像，将需要清除的多余物创建为选区，然后执行“滤镜→Alien Skin Image Doctor→Smart Fill”命令，弹出如右图所示的“Smart Fill”对话框。

素材图像

“Smart Fill”对话框

- 缩小/扩大选择区（像素）：调整需要修复区域的范围大小。数值越大，范围越大。
- 纹理单个大小（像素）：调整用于清除瑕疵或多余物的单个纹理的大小。
- 纹理规则性：设置用于清除瑕疵或多余物的纹理排列的规则性。
- 融合背景：选中该复选框，可以使覆盖瑕疵或多余物的图像与周围的背景图像产生自然的融合。取消选择该复选框，可以通过“羽化半径”选项，调整用于覆盖瑕疵或多余物的图像边缘的羽化程度。
- 选择预览窗口上方的工具，然后可以移动预览窗口中的选取框，以框选用于覆盖瑕疵或多余物的图像区域。拖动选取框上方的三角形，可以旋转选取框以及覆盖在瑕疵或多余物上的图像。拖动选取框四角处的控制点，可以缩放选取框，以选取最适合覆盖瑕疵或多余物的图像范围，如右图所示。

改变选取框的大小

13.6 消除皱纹：Alien Skin Image Doctor——Spot Lifter

使用“Alien Skin Image Doctor”中的“Spot Lifter”滤镜，可以通过将选区内的图像进行柔化处理，以消除选区内的皱纹。

打开如下左图所示的素材图像，将需要消除的皱纹创建为选区，然后执行“滤镜→Alien Skin Image Doctor→Spot Lifter”命令，弹出如下右图所示的“Spot Lifter”对话框。

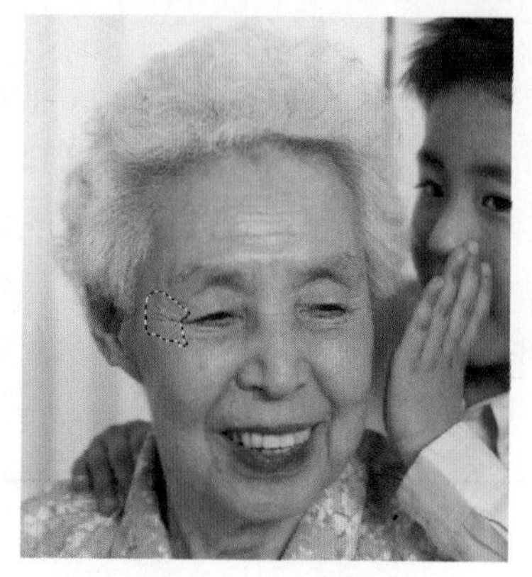

素材图像

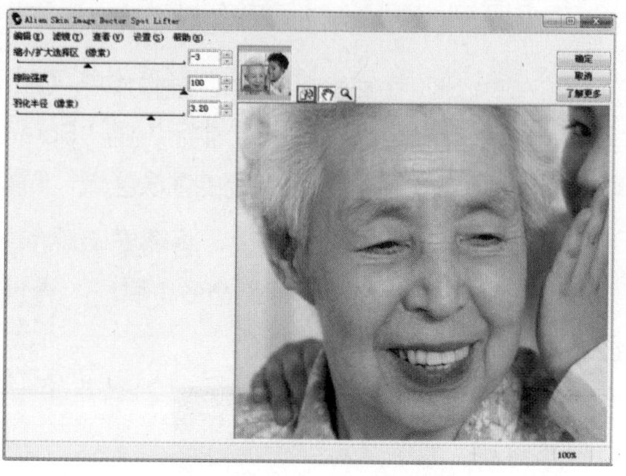

“Spot Lifter”对话框

- 缩小/扩大选择区（像素）：调整需要修复区域的范围大小。数值越大，范围越大。
- 擦除强度：调整擦除选区内皱纹的强度。
- 羽化半径：调整被擦除图像边缘的羽化程度。

TIPS

如果使用“Spot Lifter”滤镜一次性不能完全清除皱纹，可以在应用该滤镜后，按下“Ctrl+F”键重复应用此滤镜。另外，在清除皱纹时，最好小范围地逐步清除皱纹，以达到自然的修复效果。

右图所示是清除老人脸部和颈部的所有皱纹后的效果。

消除老人脸部和颈部所有皱纹的效果

13.7 修复噪点：DCE Tools——CCD噪点修复

“DCE Tools for Photoshop Plugin”是“Mediachance”公司出品一套photoshop插件，它包括CCD噪点修复、人像皮肤修缮、智能色彩还原、曝光补偿、枕形失真修正、桶形失真修正以及全局自动修缮共7个插件。

TIPS　CCD是数码相机的重要组成部分，由许许多多小的感光元件捕捉从镜头进入的光线而成像。而坏点是指无法正确捕捉光线的感光元件，因此CCD的坏点直接造成成像的瑕疵。通常亮度超过60流明的点为噪点，超过250流明的点为坏点。

“CCD噪点修复”滤镜主要用于修复数码照片中由CCD生成的噪点。打开需要修复的照片文件，然后执行“滤镜→DCE Tools→CCD噪点修复”命令，弹出如下图所示的“CCD噪点修复”对话框。

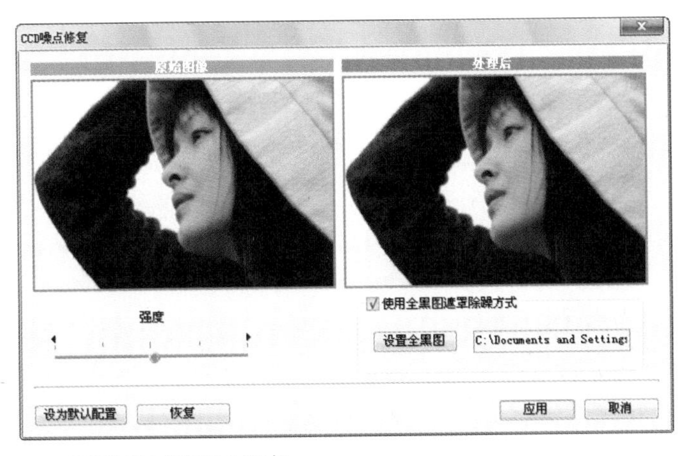

“CCD噪点修复”对话框

- 强度：调整修复噪点的强度。数值越大，图像被柔化的程度越高。
- 使用全黑图遮罩除噪方式：选中该复选框，使用一张全黑图检测照片中的CCD噪点。单击“设置全黑图”按钮，然后可以打开用于检测的全图图像。要制作全黑图，只需要将图像填充为纯黑即可。

13.8 修正枕形失真和桶形失真：DCE Tools——镜头畸变修正

“镜头畸变修正”滤镜用于修正数码照片中的枕形失真和桶形失真问题。枕形失真是指是由镜头引起的画面向中间收缩的现象，如下左图所示，在使用长焦镜头或变焦镜头的长焦端时，最容易出现枕形失真现象。桶形失真是指由镜头引起的成像画面呈桶形膨胀状的失真现象，如下右图所示，在使用广角镜头或变焦镜头的最广角端时，最容易出现桶形失真现象。

枕形失真图像

桶形失真图像

打开需要校正的照片，然后执行“滤镜→DCE Tools→镜头畸变修正”命令，弹出如右图所示的“镜头畸变修正”对话框。

“镜头畸变修正”对话框

- 畸变方向：选择需要校正的图像失真类型。
- 畸变修正程度：调整修正桶形失真或枕形失真的程度。数值越大，图像扭曲还原的程度越大。
- 插值算法：设置修正照片后的图像质量。
- 选中“显示网格”复选框，在预览窗口中显示网格，以帮助更好地修正图像。

13.9 修复曝光问题：DCE Tools——曝光补偿

当照片由于曝光不足而引起画面亮度不够、色调灰暗，或者由于曝光过度而引起色调过亮时，都可以使用“DCE Tools”插件中的“曝光补偿”滤镜进行照片明暗度的校正。

打开需要校正的照片图像，然后执行“滤镜→DCE Tools→曝光补偿”命令，弹出如下图所示的“曝光补偿”对话框。拖动当中“EV”滑块，即可调整图像的明暗度。“EV”值为正时，图像变亮；“EV”值为负时，图像变暗。

“曝光补偿”对话框

13.10 人像皮肤修缮：DCE Tools——人像皮肤修缮

“DCE Tools”插件中的“人像皮肤修缮”滤镜是通过柔化图像，在保持图像中的细节部分的同时，使人物皮肤由粗糙变为光滑细腻，并富有光泽。

打开需要修正的图像，然后执行“滤镜→DCE Tools→人像皮肤修缮”命令，弹出如下图所示的“曝光补偿”对话框。

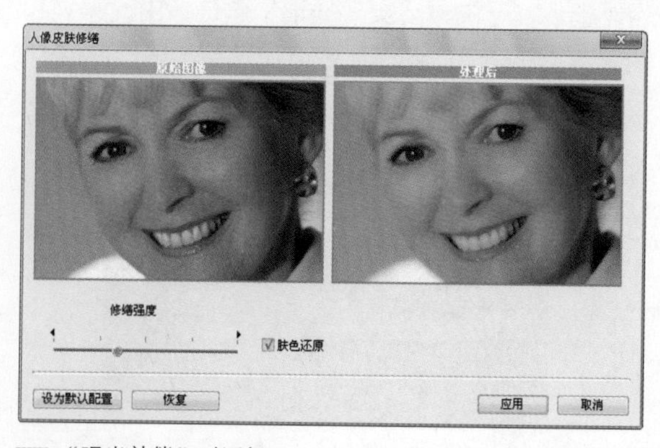

“曝光补偿”对话框

- 修缮强度：调整对皮肤进行修缮的强度。数值越大，图像边缘被柔化的程度越强，皮肤越光滑，但是会降低图像的清晰程度。
- 肤色还原：选中该复选框，保持人物的肤色不变。

13.11 修正透视不准问题：DCE Tools——透视修正

“DCE Tools”插件中的“透视修正”滤镜，用于修正图像中出现透视角度不准或者画面被倾斜等方面的问题。

打开如下左图所示的图像，可以看到画面明显向左下角倾斜了，下面就使用“透视修正”命令将其矫正。执行“滤镜→DCE Tools→透视修正”命令，弹出如下右图所示的“透视修正”对话框。

素材图像

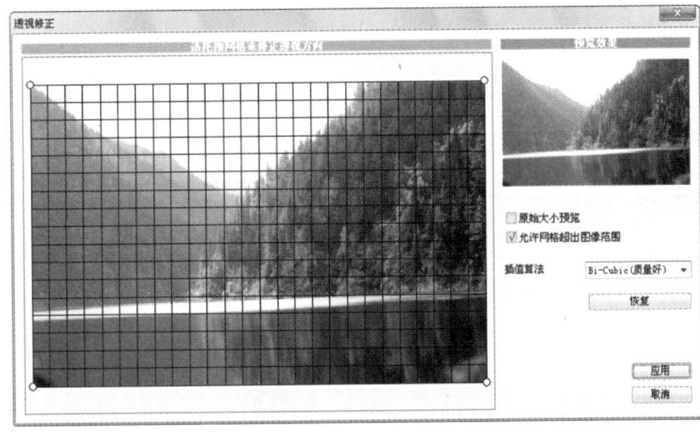

“透视修正”对话框

- 在预览窗口中拖动网格，即可矫正画面的透视方向。拖动网格四角处的控制点，也可以进行矫正图像的操作，如下图所示。在矫正图像时，可以通过“预览效果”窗口查看矫正后的图像效果。

拖动控制点矫正倾斜的照片

- 原始大小预览：选中该复选框，在“预览效果”窗口按原始图像大小显示图像。
- 允许网格超出图像范围：选中该复选框，在拖动网格时可以将网格拖出图像范围。
- 单击“恢复”按钮，撤销矫正图像的操作。

13.12 处理聚焦问题：FixerLabs FocusFixer

“FixerLabs FocusFixer”是一款面向Photoshop的图像处理插件，它专门用于对聚焦有问题的图片进行处理，以提高图像的清晰度，并增强画面的品质和细节。

打开一张画面较模糊的图像，然后执行“滤镜→FixerLabs Filters→FocusFixer”命令，弹出如右图所示的“FocusFixer”对话框。

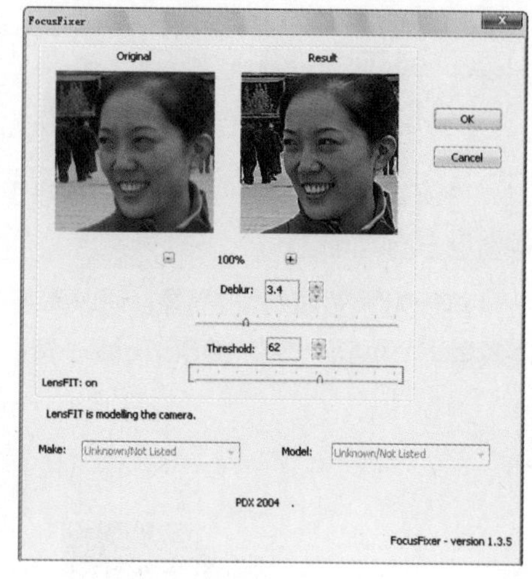

“FocusFixer”对话框

- 在“Original”窗口中，显示为处理前的原图像效果。在“Result”窗口中，显示为处理后的图像效果。
- Deblur：调整使图像边缘变清晰的程度。数值越大，图像边缘的锐化效果越明显。
- Threshold：调整使锐化效果变柔和的程度。适当使锐化效果变得柔和，可以增强画面的自然感。
- Make和Model：用于显示所使用的相机镜头的制造商和型号。

下图左所示为原图像效果，下图右所示为使用“FixerLabs FocusFixer”插件提高图像清晰度后的效果。

原图像

提高图像清晰度后的效果

13.13 匹配颗粒处理：Grain Surgery 2——Match Grain 2

“Grain Surgery 2”是由“Visual infinity”发布的用来处理图片的插件。该插件具有以下功能：快速、精确修正图像中由扫描仪或数码相机产生的带有明显的胶片颗粒和数字噪点的功能；对图像增加颗粒，实现各种不同的实际应用；从原图像中生成取样图，然后通过修改取样图，为图像清除或添加颗粒。

“Match Grain 2”滤镜可以通过指定一个取样图，以匹配原图像与取样图之间的颗粒和噪点效果。“Match Grain 2”中预设了2个不同的取样图，用户还可以通过“Grain Surgery 2”插件中的“Sample Grain 2”滤镜，创建新的取样图。

执行“滤镜→Grain Surgery 2→Match Grain 2”命令，弹出如下图所示的“Match Grain 2”对话框。

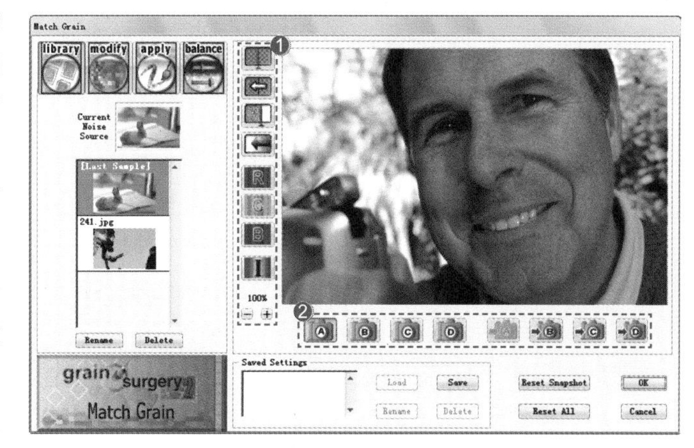

“Match Grain 2”对话框

在预览窗口左边的区域1中，可以设置预览窗口中视图的显示方式。

- 单击按钮，在预览窗口的左半部分显示噪点源图像。
- 单击按钮，隐藏噪点图像。
- 单击按钮，在预览窗口的左边部分显示原图像效果，右边部分显示最终效果。
- 单击按钮，完全显示原图像效果。
- 单击按钮，只显示当前图像的红色通道图像。
- 单击按钮，只显示当前图像的绿色通道图像。
- 单击按钮，只显示当前图像的蓝色通道图像。
- 单击按钮，将图像反相显示。

在预览窗口下方的区域2中，显示了A、B、C、D四个快照，用户可以将当前图像效果创建为4组不同的快照。左边的4个快照按钮用于显示快照结果，右边的4个按钮用于将当前处理后的效果创建为快照。

在“Saved Settings”选项栏中，可以进行保存和载入设置的操作。

- 单击“Save”按钮，可以将当前设置保存。
- 单击“Load”按钮，可以载入保存的设置，同时将该设置应用到图像上。
- 单击“Rename”按钮，可以为保存的设置重命名。
- 单击“Delete”按钮，删除保存的设置。

单击“Match Grain 2”对话框右下角的Reset Snapshot按钮，可以为当前显示的快照重新创建新的快照效果。单击Reset All按钮，重新创建所有的快照。

“library”选项卡即是取样库，在其中可以对取样图进行管理。

- Current Noise Source：显示当前选取的噪点源图像。在下方的文件列表框中可以选择噪点的来源图像。
- 单击“Rename”按钮，可以为当前选取的源图像更名。单击“Delete”按钮，可以删除当前选取的源图像。

“modify”选项卡设置如下图所示，该选项栏用于调整图像中的颗粒和噪点效果，各选项的功能如下。

- Compensate for Existing：调整为图像添加噪点的程度。数值越大，添加的噪点越多。
- Intensity：调整整个图像中噪点的强度，数值越大，噪点越强。其下方的“R”、“G”和“B”选项用于调整添加到红色、绿色和蓝色通道中的噪点强度。
- Grain Size：设置颗粒的大小。其下方的“R”、“G”和“B”选项用于调整添加到红色、绿色和蓝色通道中的噪点数量。
- Aspect Ratio：调整添加到图像中的噪点的宽高纵横比。

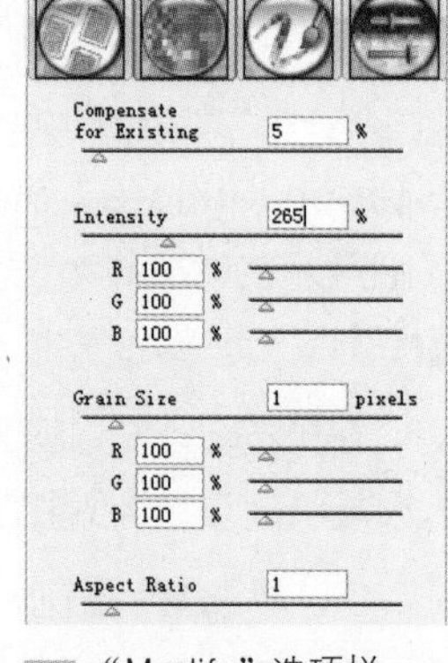

“Modify”选项栏

在如右图所示的“apply”选项卡中，可以对噪点的颜色、柔和程度以及混合模式等进行设置，各选项的功能如下。

- 选中“Monochromatic”复选框，产生单色的颗粒或噪点。
- Saturation：未选中“Monochromatic”复选框时，调整噪点上应用的色彩饱和度。
- Tint Amount：调整所应用颜色的强度。
- Tint Color：设置颗粒或噪点的颜色值。
- Image Blur：调整图像和噪点全部被软化的程度。
- Blending Mode：设置图像与噪点混合的模式。

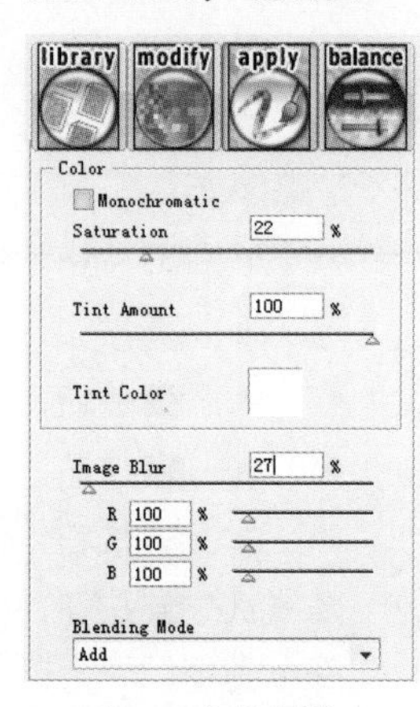

“Apply”选项栏

在如右图所示的“balance”选项卡中，可以对添加到图像中的阴影、中间调和高光色调中的噪点强度进行平衡设置，各选项的功能如下。

- Shadows：调整添加到图像阴影区域的颗粒强度。其下方的“R”、“G”和“B”选项分别用于调整添加到红色、绿色和蓝色通道中的阴影区域的噪点强度。
- Midtones：调整添加到中间调区域的颗粒强度。其下方的“R”、“G”和“B”选项分别用于调整添加到红色、绿色和蓝色通道中的中间调区域的颗粒强度。
- Highlights：调整添加到高光区域的颗粒强度。其下方的“R”、“G”和“B”选项分别用于调整添加到红色、绿色和蓝色通道中的高光区域的颗粒强度。

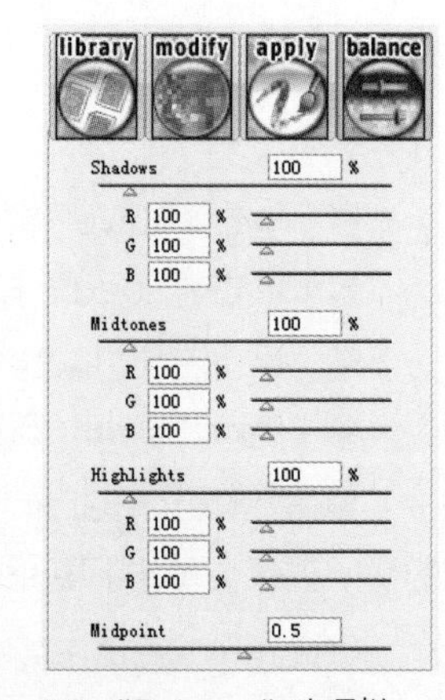

“Balance”选项栏

- Midpoint：为中间调定义一个数值，以平衡阴影、中间调和高光中的颗粒。

13.14 为图像增加颗粒：Grain Surgery 2——Add Grain 2

“Add Grain 2”滤镜用于为图像添加颗粒，从而满足图像在设计创作方面的实际应用。执行

“滤镜→Grain Surgery 2→Add Grain 2”命令，弹出如右图所示的“Add Grain 2”对话框。

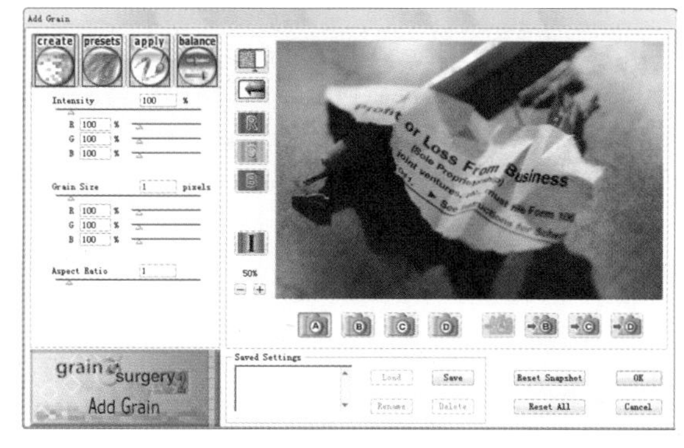

“Add Grain 2”对话框

在“create”选项卡中，可以对所添加颗粒的强度、大小和纵横比进行设置，各选项的功能如下。

- Intensity：调整整个图像中所添加颗粒的相对可见度。下方的“R”、“G”和“B”选项分别用于调整添加到红色、绿色和蓝色通道中的噪点强度。
- Grain Size：调整所添加颗粒的大小。其下方的“R”、“G”和“B”选项分别用于调整添加到红色、绿色和蓝色通道中的噪点大小。
- Aspect Ratio：调整所添加颗粒在图像中的宽高纵横比。

在如下图A所示的“presets”选项卡中，预设了多种颗粒效果以供选择，直接在其中的下拉列表框中单击所需的预设，即可将这种颗粒效果应用到图像上。

在如下图B所示的“apply”选项卡中，可以对所添加噪点的颜色、柔和程度以及混合模式等进行设置。读者可以参看13.13中关于“Match Grain 2”滤镜下的“Apply”选项卡的详细介绍。

在如下图C所示的“balance”选项卡中，可以对添加到图像中的阴影、中间调和高光色调中的噪点强度进行平衡设置。读者可以参看13.13中关于“Match Grain 2”滤镜下的“balance”选项卡的详细介绍。

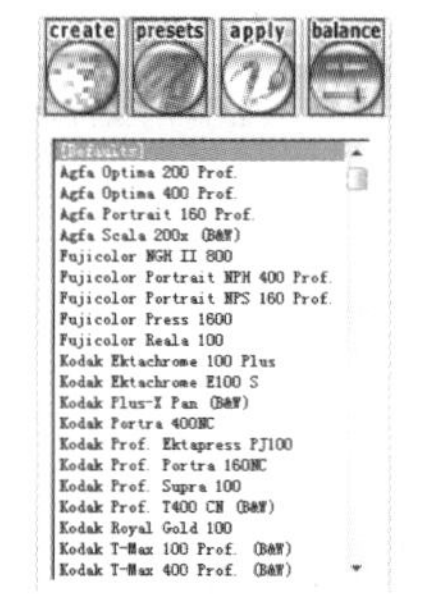

A “Presets”选项栏

B “Presets”选项栏

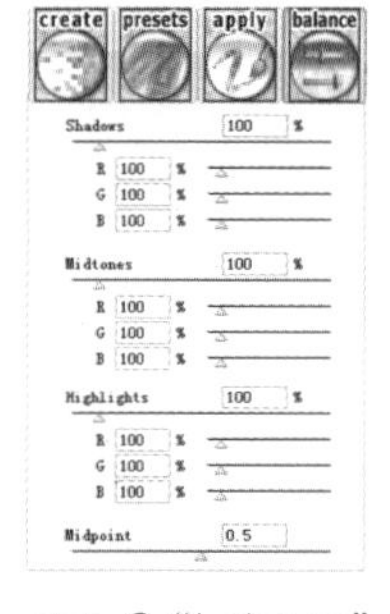

C “balance”选项栏

下图所示是为图像应用“Add Grain 2”滤镜前后的效果对比。

应用“Add Grain 2”滤镜前后的效果对比

13.15 去除颗粒：Grain Surgery 2——Remove Grain 2

“Grain Surgery 2”插件中的“Remove Grain 2”滤镜功能与“Add Grain 2”相反，“Remove Grain 2”滤镜用于去除图像中的噪点，并最大化地保留图像的细节。执行“滤镜→Grain Surgery 2→Remove Grain 2”命令，弹出如下图所示的“Remove Grain 2”对话框。

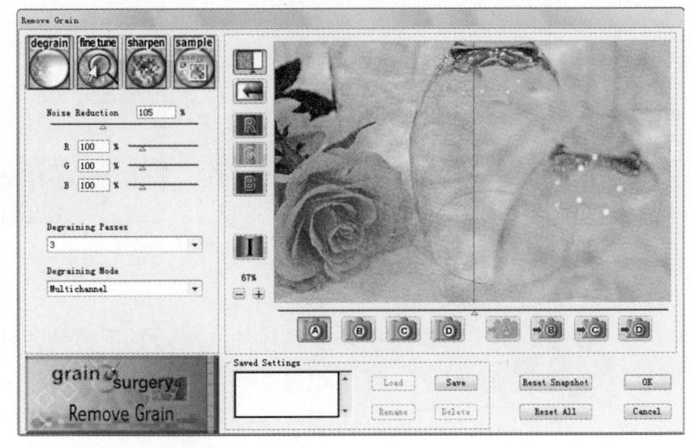

“Remove Grain 2”对话框

在“degrain”选项卡中，可以对降噪参数进行设置，各选项的功能如下。

- Noise Reduction：设置对整个图像进行降噪的程度。数值越大，降噪效果越明显，图像被柔化的程度越大。其下方的“R”、“G”和“B”选项分别用于调整对红色、绿色和蓝色通道进行降噪的程度。
- Degraining Passes：设置进行降噪处理时所应用的标准。选择的数值越大，降噪强度越大。
- Degraining Mode：设置对单一通道或是多个通道进行降噪处理。

在如右图所示的“fine tune”选项卡中，可以对降噪后的图像效果进行调整，各选项的功能如下。

- Chroma Suppression：用于调整降噪后多通道中的色彩浓度。
- Image Texture：用于调整降噪后图像中保留的纹理百分比。
- Noise Size Bias：调整降噪后图像中预留的噪点大小。
- Clean Solid Areas：调整对相邻像素进行平滑处理的程度。

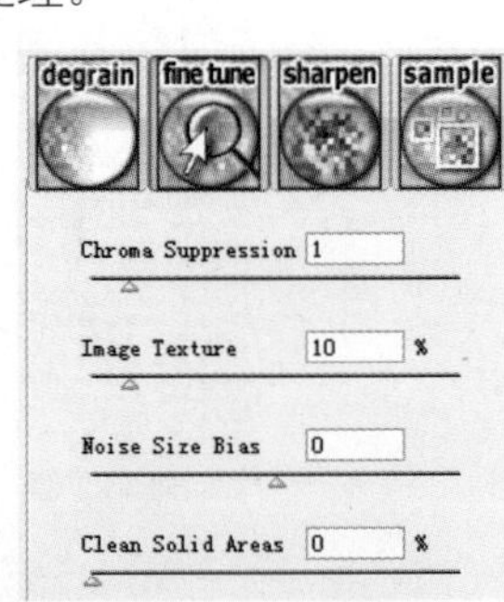

“fine tune”选项栏

在如右图所示的“sharpen”选项卡中，可以对图像进行锐化设置，各选项的功能如下。

- Amount：调整对图像进行锐化处理的强度。
- Radius：调整锐化的范围。
- Threshold：调整邻近像素之间变更的范围。

“sharpen”选项栏

在“sample”选项卡中，可以设置取样参数，以方便在其他选项栏中设置降噪参数。“sample”选项栏中各选项的功能如下。

- Number of Samples：设置图像中的取样点的数目。
- Sample Size：调整样本的大小。
- Sample Positions：设置样本的位置。选择“Automatic”选项，自动在图像中取样。选择“Manual”选项，手动调整取样点的位置，此时可以在预览窗口中移动取样点的位置，如下右图所示。

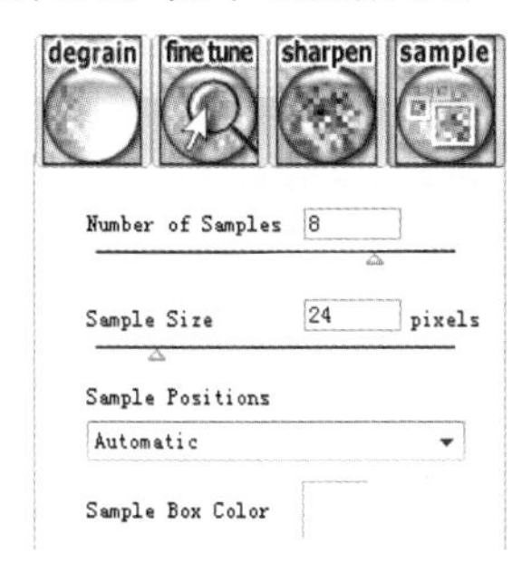

“sample”选项栏

手动调整取样点的位置

- Sample Box Color：设置取样框的颜色。

下图所示为使用“Remove Grain 2”滤镜为图像去除噪点前后的效果对比。

去除噪点前后的图像效果

13.16 创建颗粒取样图：Grain Surgery 2——Sample Grain 2

“Sample Grain 2”滤镜可以通过调整不同的参数，从原图像中生成不同的取样图，然后通过取样库，对取样图进行管理，并通过取样图之间的修改，方便和快捷地生成最终的结果。执行“滤镜→Grain Surgery 2→Sample Grain 2”命令，弹出如下图所示的“Sample Grain 2”对话框。

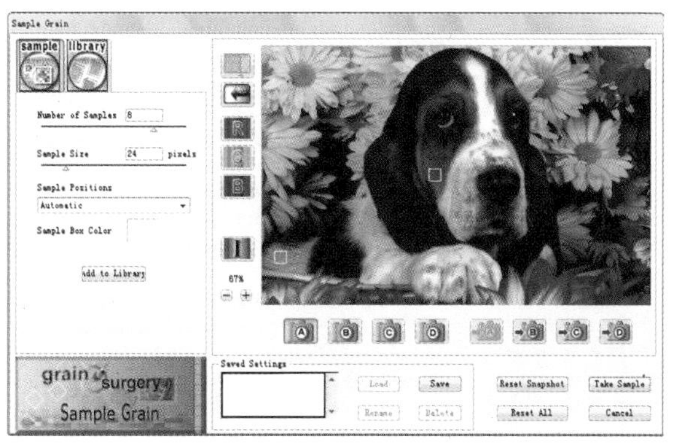

“Sample Grain 2”对话框

在“Sample”选项卡中，可以设置取样参数，各选项功能请参看13.15中关于“Remove Grain 2”滤镜下的“Sample”选项卡的详细介绍。

单击“Sample”选项卡中的“Add to Library”按钮，在弹出的对话框中为取样图命名，然后单击“OK”按钮，可以将当前设置的取样以取样图的形式添加到取样库中，如下图与右图所示。切换到“library”选项卡，可以看到添加的取样图，并可以对取样图进行重命名或删除操作。

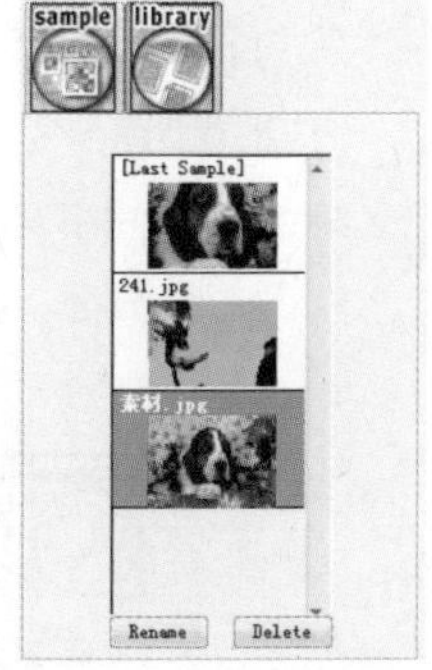

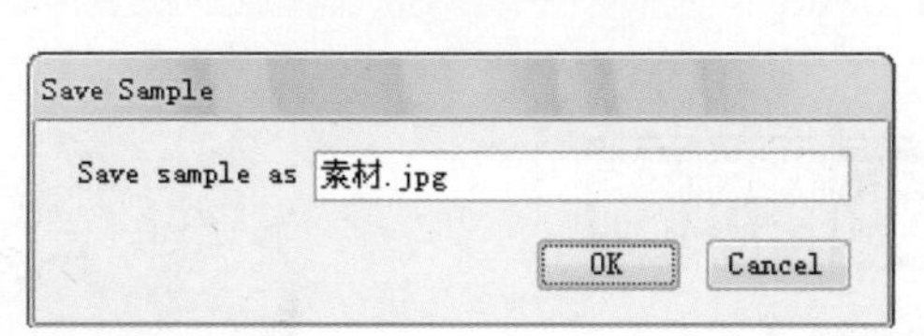

添加取样图

13.17 聚焦、降噪、锐化和修复JPEG图像处理：HumanSoft——AutoFocus

利用“HumanSoft”中的“AutoFocus”滤镜，可以去除图像中的颗粒、噪点以及扫描所得图像中的网屏，同时还具有调整聚焦、提高图像清晰度、锐化图像以及减少JPEG图像中的压缩痕迹等多种功能。该滤镜可以作用于RGB或CMYK色彩模式的图像。

打开一张需要处理的素材图片，然后执行“滤镜→HumanSoft→AutoFocus 1”命令，弹出如右图所示的“AutoFocus 1”对话框。

在参数设置区域中，选中需要对图像进行处理的类型，包括“聚焦”、“降噪”、“锐化”和“修正JPG”，即可应用此方面的功能。

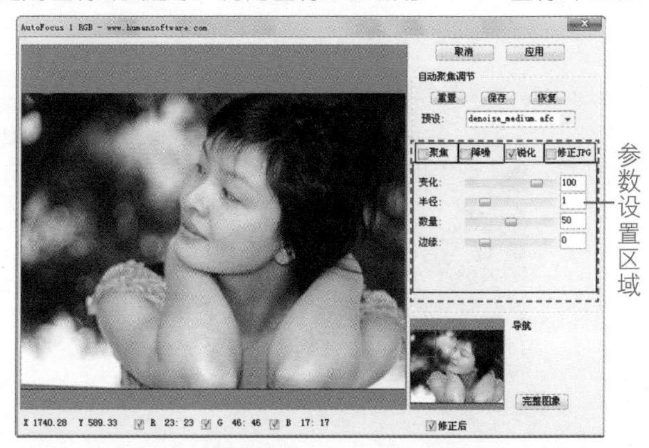

“AutoFocus”对话框

系统默认为选中“锐化”选项卡，此时可以通过设置相应的参数，对图像进行锐化处理。

- 变化：调整锐化图像的强度。
- 半径：调整锐化图像的范围。
- 数量：调整锐化图像的数量。
- 边缘：调整图像边缘被柔化的程度。数值越大，柔化效果越明显。适当柔化图像边缘，可以清除锐化图像后产生的不自然感。

在如右图所示的“聚焦”选项卡中，可以调整图像的聚焦效果，各选项的功能如下。

“聚焦”选项栏

- 变化：调整焦距变化量，以改变图像的清晰度。
- 重复：调整重复应用当前焦距使图像变清晰的次数。
- 数量：设置对焦距进行调整的数量。
- 边缘：调整图像边缘的聚焦效果。

在如右图所示的“降噪”选项卡中，可以对图像进行降噪处理，各选项的功能如下。

- 变化：调整对图像进行降噪处理的程度。
- 重复：调整重复应用降噪处理的次数。
- 数量：调整降噪处理的数量。
- 阙值：调整降噪处理的范围。

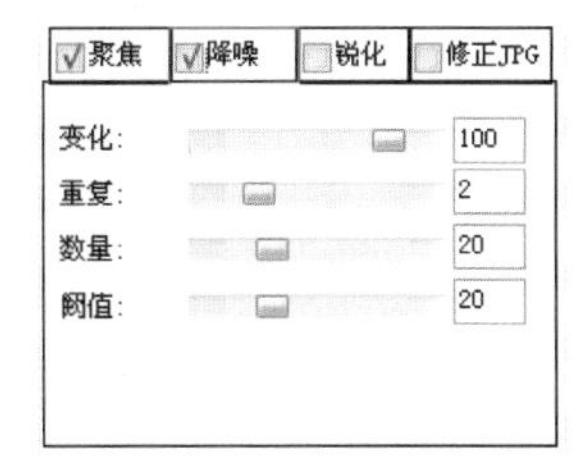

“降噪”选项卡

在如右图所示的“修正JPG”选项卡中，可以对JPG图像中因过度压缩而产生的品质降低的痕迹进行修正，各选项的功能如下。

- 变化：调整对JPGE图像进行修正的强度。
- 伪象：调整JPGE图像因压缩而产生的伪象的可见程度。
- 边缘：调整图像边缘相邻像素的范围。
- 模糊边缘：调整对图像边缘进行模糊处理的程度。

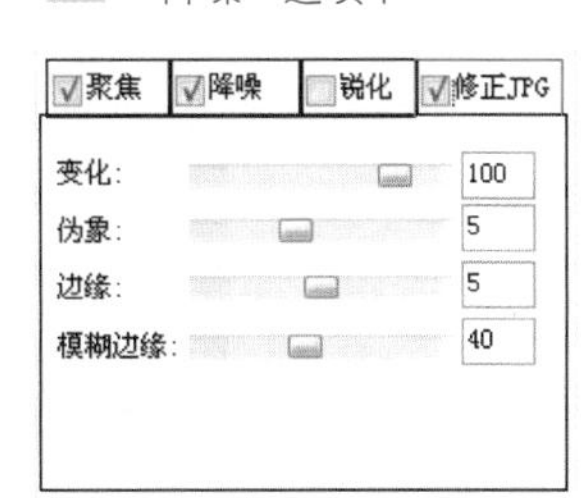

“修正JPG”选项卡

下图左所示为原图像，下图右所示为使用“AutoFocus”滤镜对图像进行聚焦和锐化处理后的效果。

原图像

对图像进行聚焦和锐化处理后的效果

13.18 修正枕形失真和桶形失真：HumanSoftware——PhotoFixLens 2

“PhotoFixLens 2”与本章13.8中介绍的“镜头畸变修正”插件功能相似，都是用于校正由广角镜头产生的各种类型的图像失真问题。不过“PhotoFixLens 2”提供了更多的选项设置，功能更强大，并且可以产生更高品质的图像。“PhotoFixLens 2”可以同时应用于RGB和CMYK色彩模式的图像。

打开一张出现枕形失真或桶形失真的图像，然后执行“滤镜→HumanSoft→PhotoFixLens 2”命令，弹出如下图所示的“PhotoFixLens 2”对话框。

在“PhotoFixLens 2”对话框的“Presets”下拉列表中，可以选择预设的“PhotoFixLens”效果。在参数设置区域中，可以对图像的扭曲程度、虚光效果以及边缘进行设置。

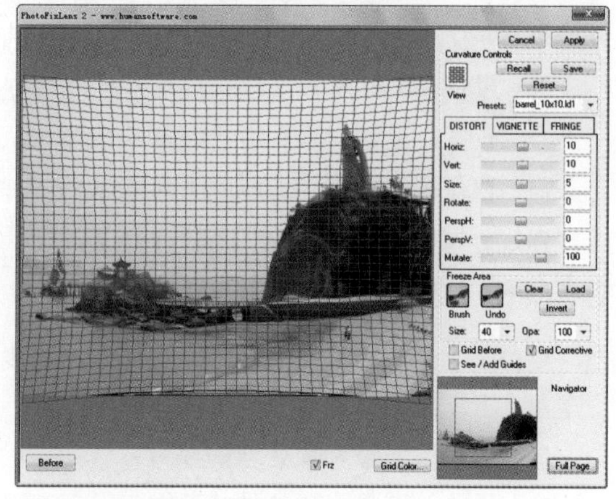

“PhotoFixLens 2”对话框

切换到如下图所示的“DISTORT”选项卡，各选项的功能如下。

- Horiz：调整图像在水平方向上的扭曲变形程度。数值为正时，图像向内凹陷。数值为负时，图像向外膨胀。
- Vert：调整图像在垂直方向上的扭曲变形程度。数值为正时，图像向内凹陷。数值为负时，图像向外膨胀。
- Size：调整修正后的图像大小。
- Rotate：调整修正后的图像角度。
- PerspH：调整图像在水平方向上的透视角度。
- PerspV：调整图像在垂直方向上的透视角度。
- Mutate：调整图像变异的程度。

“DISTORT”选项卡

在如下图所示的“VIGNETTE”选项卡中，各选项的功能如下。

- BrightR：调整红色通道中的明亮度。
- BrightG：调整绿色通道中的明亮度。
- BrightB：调整蓝色通道中的明亮度。
- Balance：调整平衡参数，使各个通道中的明亮度达到平衡。

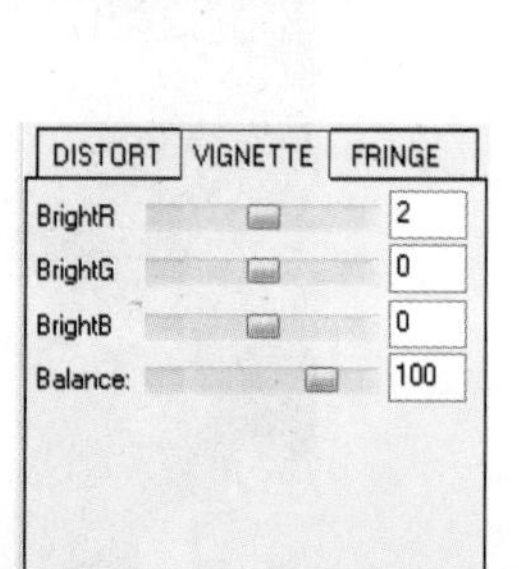

“VIGNETTE”选项卡

在如下图所示的“FRINGE”选项卡中，各选项的功能如下。

- FringR：调整红色通道中的边缘色调。
- FringG：调整绿色通道中的边缘色调。
- FringB：调整蓝色通道中的边缘色调。

“FRINGE”选项卡

在“Freeze Area”选项栏中，各图标和按钮的功能如下。

- 单击“Brush”图标，然后在图像上涂抹，被涂抹的区域将被一层青色覆盖，表明该区域已被冻结，冻结的区域不能被修改，同时冻结的区域中已被变形的图像将会恢复为原图像的效果。

- 单击“Undo”图标，然后在冻结的区域上涂抹，可以为其解冻。
- 单击“Clear”按钮，可以清除图像中所有的冻结状态。
- 单击“Load”按钮，按载入的图像建立冻结区域。下图左所示为用于载入的图像，下图右所示为按载入的图像建立的冻结区域。

用于载入的图像

按载入的图像建立的冻结区域

- 单击“Invert”按钮，对冻结区域与未冻结区域进行转换。
- 在“Size”下拉列表中，可以选择创建冻结区域的笔刷大小。“Opacity”选项用于设置冻结笔刷的不透明度。
- 选中“Grid Before”复选框，显示校正处理前未扭曲的网格。
- 选中“Grid Corrective”复选框，显示校正处理后已扭曲的网格。
- 选中“See/Add Guides”复选框，在预览窗口中单击时，会在单击处增加一个红色的十字线向导，以帮助用户更准确地进行修正处理，如右图所示。单击的次数越多，添加的向导也就越多。要清除添加的向导，直接在十字线的交点上单击即可。

添加的向导

下图左所示为原图像，下图右所示是应用“PhotoFixLens 2”滤镜修复图像中的桶形失真问题后的效果。

原图像

修复桶形失真后的效果

13.19 柔和图像的色调：Namesuppressed——Softener

“Namesuppressed Softener”插件可以柔和图像中的色调，为图像增添梦幻平滑的软聚焦效果。该插件常用于数码照片的后期处理，从而为图像营造一种浪漫、温馨和阳光的气氛。

打开一张素材图片，然后执行“滤镜→Namesuppressed→Softener”命令，弹出如右图所示的“Namesuppressed”对话框。

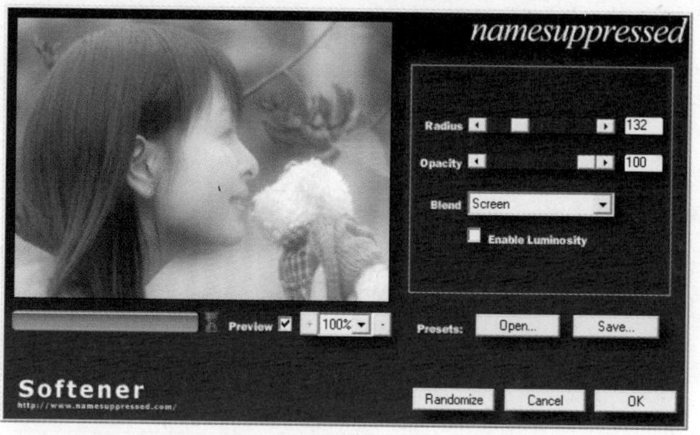

“Namesuppressed”对话框

- Radius：调整对图像进行柔和处理的程度。
- Opacity：调整“Softener”效果的不透明度。
- Blend：调整“Softener”与原图像混合的方式。
- Enable Luminosity：选中此复选框，将增强原图像的明亮度。
- Presets：单击“Open”按钮，载入系统提供的预设效果。单击“Save”按钮，将效果保存为预设。
- 单击“Randomize”按钮，产生随机的“Softener”效果。

下图左所示为原图像，下图右所示为应用“Softener”滤镜后的效果。

原图像

应用“Softener”滤镜后的效果

13.20 用于皮肤修缮：PhotoTune——Skintune

“SkinTune”是一款Photoshop的扩展插件，它专门用于对人物的肤色进行修缮处理。该滤镜中内置了非洲、亚洲、欧洲、拉丁美洲和东方中部地区的不同人种的肤色图库，有超过4万多种接近真实肤色的色彩，因此能够有效自然地修整人物皮肤的颜色。

打开一张肤色需要调整的素材图片，然后执行“滤镜→PhotoTune→Skintune”命令，打开“Skintune”对话框，在预览窗口中单击，从弹出式菜单中选择“Asian（亚洲人）”命令，此时的对话框设置如下图所示。

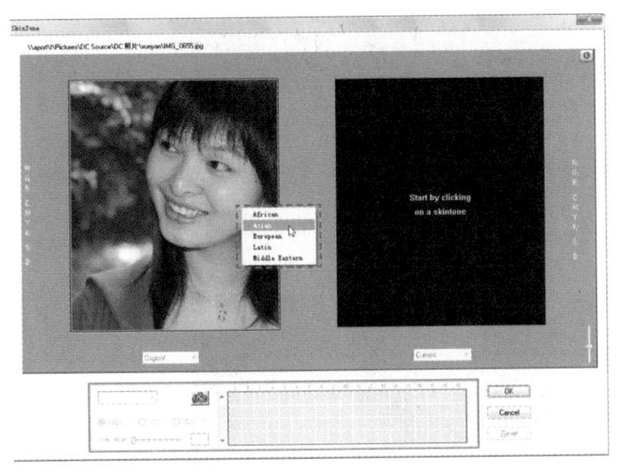
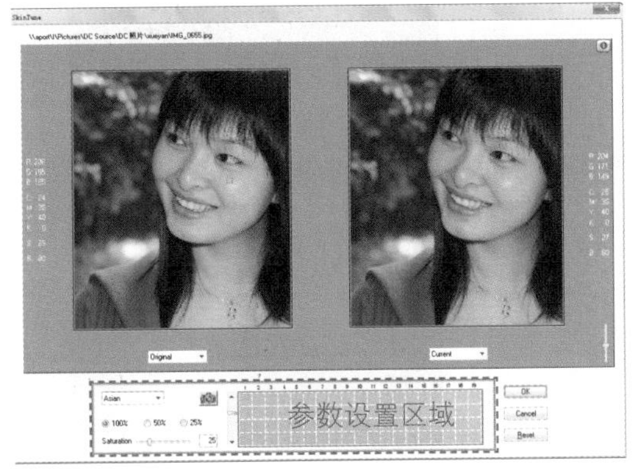

选择亚洲人肤色后效果

- 在左边的预览窗口中有一个虚线框，用于对颜色进行取样，以针对取样的颜色调整人物的肤色。移动虚线框，可重新取样颜色。
- 预览窗口左边显示的RGB和CMYK颜色值，显示的是取样的颜色。右边的RGB和CMYK颜色值，显示的是对取样颜色进行修缮后的新颜色。
- 拖动右边颜色值下方的滑块，可以调整预览窗口和视图的大小。
- 在左边预览窗口下方的下拉列表中，选择“Original”选项，左边的预览窗口显示为原始图像。选择“Snapshot”选项，显示为修缮后的图像。
- 在右边预览窗口下方的下拉列表中，选择“Current”选项，右边的预览窗口显示为当前修缮后的图像。选择“Take Snapshot”选项，将当前修缮的图像创建为快照，并显示在左边的预览窗口中。选择“Revert to Snapshot”选项，在对肤色再次进行调整后，可以通过该选项，将图像恢复到快照中的效果。选择“Save History”选项，将当前效果保存为预设。选择“Load History”选项，载入保存的预设。

在参数设置区域中，可以对肤色的类型、取样颜色的饱和度以及修缮的颜色进行微调。

- 在参数设置区域右上角的下拉列表中，可以选择不同人种的肤色类型。
- 单击图标，将当前修缮的结果创建为快照。
- 选中100%单选项，采用系统默认的色样进行匹配。选中50%单选项，在右边的色样框中选用紧邻默认匹配颜色左边的一个色样。选中25%单选项，再选用紧邻左边的一个色样。
- 拖动“Saturation”滑块，调整用于匹配取样颜色的色样饱和度。
- 在色样框中，可以选择用于匹配取样颜色的色样。拖动色样框左边的滑块，可以调整图像的明度，如下图所示。

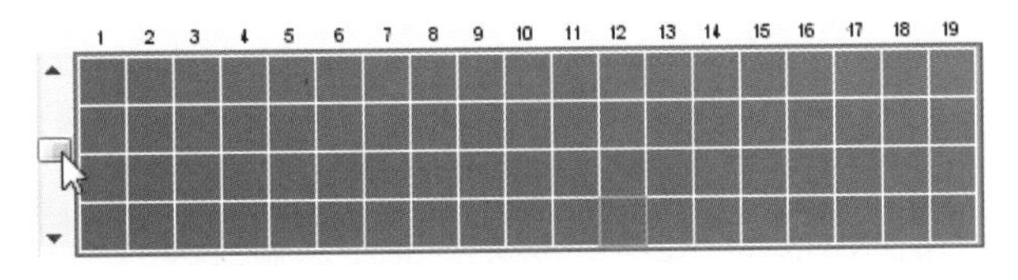

拖动滑块调整明度

下图所示是应用“Skintune”滤镜修缮人物肤色前后的效果对比。

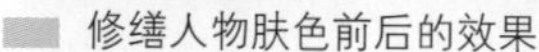
修缮人物肤色前后的效果

13.21 消除锯齿调整：Power Retouche——Anti-alias Filter

“Power Retouche”是一款Photoshop插件，它用于高质量的照片处理和图像编辑，并且支持16位、48位和64位的图像。“Power Retouche”插件具有消除图像锯齿、调整图像色调、校正图像颜色、图像的动态范围压缩、用线条勾勒轮廓、修复图像的曝光效果等等功能。

“Power Retouche”中的“Anti-alias Filter”滤镜，主要用于消除图像中的锯齿现象。例如，在输入文字时没有消除锯齿，那么在输入的文字边缘就会出现锯齿现象，而此时如果已经将文字图层与背景图像合并，那么就可以通过“Anti-alias Filter”滤镜来消除文字边缘的锯齿。

打开一张文字边缘出现锯齿的图像，然后执行“滤镜→Power Retouche→PR Anti-alias Filter”命令，弹出如下图所示的“PR Anti-alias Filter 1.3”对话框。

“Anti-alias Filter”对话框

❶ 调整视图的缩放比例。

❷ 调整预览窗口中视图的显示方式。

❸ 调整对话框的外观效果。

- Amount：调整消除锯齿的强度。数值越大，锯齿被消除的效果越明显。
- Max. trail-off size：调整锯齿减弱的最大值。数值越大，锯齿边缘越平滑。

- Show changed pixels：选中该复选框，显示被改变的像素，如右图所示。单击后面的色块，可以设置被改变的像素显示的颜色。
- Edge include：用于调整边缘部分的清晰度。
- Jag include：用于调整原锯齿部分的清晰度。
- Transparent edges only：选中该复选框，只作用于透明区域。

显示被改变的像素

下图所示为应用“Anti-alias Filter”滤镜消除文字边缘锯齿前后的效果对比。

消除文字边缘锯齿前后的效果

13.22 精确调整图像的阴影色调：Power Retouche——Black Definition

“Power Retouche”插件中的“Black Definition”滤镜，用于调整图像中的黑色含量，提高图像的明暗层次，同时还可以对图像进行润饰和颜色调整。该滤镜主要用于调整缺乏对比度、阴影颜色不够深的图像。

打开需要调整的图像，如下左图所示，然后执行“滤镜→Power Retouche→PR Black Definition”命令，打开的“PR Black Definition 2.3”对话框及预览到的图像效果如下右图所示。

原图像

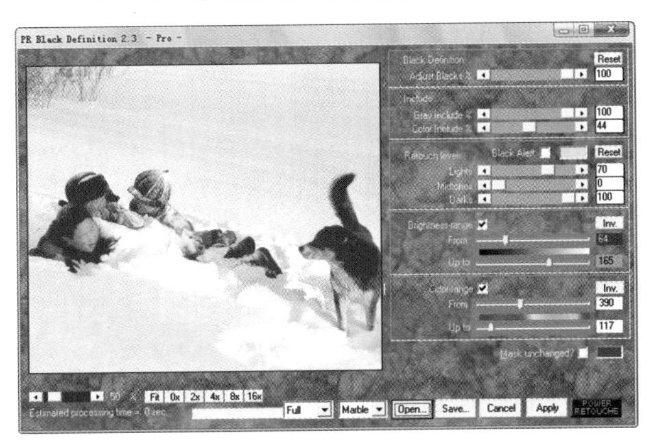

“PR Black Definition”对话框

- Black Definition：在该选项栏中，拖动“Adjust Blacks”滑块，调整图像中的黑色含量。数值越高，阴影区域变暗的程度越高。
- Include：用于调整中间色调的明暗度和颜色的饱和度。拖动“Gray Include”滑块，调整中间色调的明暗度，百分值越高，中间调变暗的程度越高。拖动“Color Include”滑块，调整中间调颜色的饱和度，百分值越高，饱和度越差。
- Retouch levels：用于对图像色彩进行润饰调整。选中“Black Alert”复选框，在色调不正常的黑色区域中显示警告色（当色彩失去平衡时，就会出现警告色），如下左图所示。右边的滑块用于设置警示的颜色。“Lights”选项用于调整图像的亮度。“Midtones”选项用于调整中间色调的明暗层次。“Darks”选项用于调整图像中的阴影色调。当图像中的色彩达到平衡时，警告标示会自动消失，如下右图所示。

修正图像的色调

- Brightness-range：选中该复选框，可以调整图像色调的明度范围。“From”和“Up to”选项用于调整色彩明度在灰度条上的一个限定范围，如下左图所示。
- Color-range：选中该复选框，可以调整图像的颜色范围。“From”和“Up to”选项用于调整图像色彩在颜色条上的一个限定范围，如下右图所示。

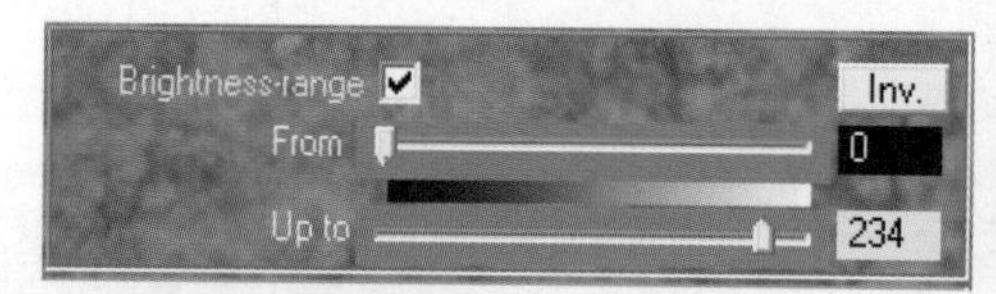

设置明度范围

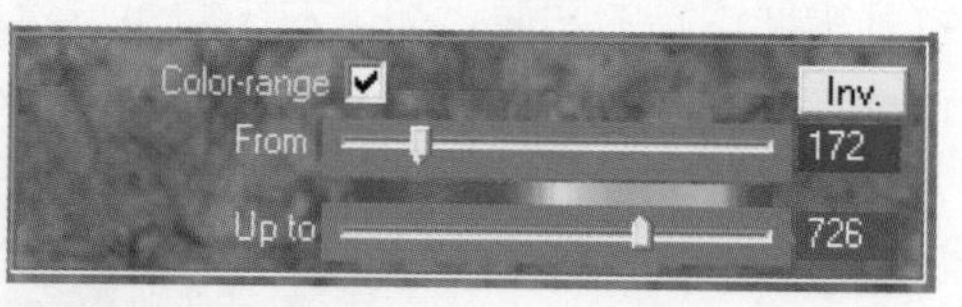

设置颜色范围

13.23 精确调整图像的亮部色调：Power Retouche——Brightness

使用“Power Retouche”插件中的“Brightness”滤镜，可以精确调整图像的亮度色调，并可以对图像色彩进行润饰处理。

打开需要调整的图像，如下左图所示，然后执行“滤镜→Power Retouche→PR Brightness”命令，弹出的“PR Brightness”对话框及预览到的图像效果如下右图所示。

素材图像

“PR Brightness”对话框

- Brightness：调整图像的明亮度。数值越大，亮度越高。
- Preserve colour：调整图像的饱和度。数值越大，色彩越鲜艳。
- Use color-range：使用色彩范围。“From”和“Up to”选项用于调整颜色的限定范围。“Softness”选项用于调整色调的柔和度，数值越大，色调越柔和。
- Retouch levels：对色彩进行润饰调整。“Lights”选项用于微调图像的亮度。“Midtones”选项用于调整中间色调的明暗层次。“Darks”选项用于调整图像中的阴影色调。
- 选中“White Alert”复选框，在色调不正常的白色区域中显示警告色。选中“Black Alert”复选框，在色调不正常的黑色区域中显示警告色。

13.24 校正图像的颜色：Power Retouche——Color Corrector

“Power Retouche”中的“Color Corrector”滤镜，用于校正整个图像中存在的色彩问题。用户可以调整图像中的颜色含量、整个图像的亮度和饱和度，同时还可以限定图像中的亮度和色彩范围，以平滑图像的颜色。

打开需要调整的图像，如下左图所示，然后执行“滤镜→Power Retouche→PR Color Corrector”命令，弹出的“PR Color Corrector”对话框及预览到的图像效果如下右图所示。

素材图像

“PR Color Corrector”对话框

- Color：调整图像的颜色。“Cyan-Red”选项用于调整图像中的青色和红色含量。“Magenta-Green”选项用于调整图像中的洋红色和绿色含量。“Yellow-Blue”选项用于调整图像中的黄色和蓝色含量。“Shift entire spectrum”选项用于调整整个图像的色相。
- Brightness and Saturation：调整图像的明亮度和饱和度。
- Change only in this brightness-range：调整图像的亮度范围。“Dark limit”选项用于调整图像变暗的程度，数值越高，图像越暗。“Light limit”选项用于调整图像变亮的程度，数值越高，图像越亮。“Target”选项用于调整色调被改变的目标范围。“Softness”选项用于调整色调的柔和度。
- Change only in this color-range：调整图像的色彩范围。

13.25 精确调整图像的对比度：Power Retouche——Contrast

利用“Power Retouche”中的“Contrast”滤镜，不仅能从整体上调整图像的对比度，还能单独调整图像中的黑白对比，并使高光、中间调和暗部色调达到平衡，同时还能限定图像的明度范围等。“Contrast”滤镜用于校正色调发灰而缺乏对比度，并且色调偏深或者偏亮的图像。

打开如下左图所示的素材图像，然后执行“滤镜→Power Retouche→PR Contrast”命令，弹出的“PR Contrast”对话框及调整后的图像效果如下右图所示。

素材图像

“PR Contrast”对话框

- General contrast：调整图像整体色彩的不透明度。
- Black/White Contrast：调整图像中的黑白对比。“B/W contrast”选项用于调整图像的黑白对比度，数值越大，图像中亮部和暗部色调的对比度越强。“Preserve midtones”选项用于调整中间色调的亮度。“Expand range”选项用于调整色调的扩展范围。“Balance”选项用于平衡图像中的明暗色调。
- Retouch levels：对图像颜色进行润饰调整。
- Brightness-range：选中该复选框，可以调整图像中的亮度范围。
- Color-range：选中该复选框，可以调整图像的色彩范围。

13.26 校正图像中的光线问题：Power Retouche——Radial Density Corrector

“Power Retouche”中的“Radial Density Corrector”滤镜，用于校正图像中光线过亮或过暗等问题。用户可以调整光线漫射的范围、曝光效果、图像边缘和中心变亮或变暗的程度，同时也可以对图像整体作润饰处理。

执行“滤镜→Power Retouche→PR Radial Density Corrector”命令，打开如右图所示的“PR Radial Density Corrector 2.3”对话框。

“PR Radial Density Corrector 2.3”对话框

- Radial adjustment：调整光线的范围和扩散程度。“Radius”值越大，光线照射效果越好。
- Exposure：调整图像中的曝光效果。“Raise Edges”选项用于提高图像边缘的曝光程度。“Lower Centre”选项用于降低中心区域图像的曝光程度。“Lower Edges”选项用于降低图像边缘的曝光程度。“Raise Centre”选项用于提高中心区域图像的曝光程度。
- Brightness：调整不同区域中的明暗程度。“Brighten Edge”选项用于调整图像边缘变亮的程度。“Darken Center”选项用于调整中心区域图像变暗的程度。“Darken Edge”选项用于调整图像边缘变暗的程度。“Brighten Center”选项用于调整中心区域图像变亮的程度。选中“Use transparency”复选框，使图像变为透明状态，只有在选择透明图层时，该选项才可用。
- Retouch levels：对图像颜色进行润饰调整。

13.27 使用线条勾勒图像轮廓：Power Retouche——Edgeline

“Power Retouche”插件中的“Edgeline”滤镜，用于根据图像中的对象轮廓，创建线条勾勒的轮廓图效果，并且根据所设置的参数不同，得到的轮廓图效果也各异。用户可以将图像制作为类似彩色蜡笔描绘的轮廓图效果，同时也可以制作为类似炭笔描绘的轮廓图效果。

打开如下左图所示的素材图像，然后执行“滤镜→Power Retouche→PR Edgeline”命令，打开的“PR Edgeline 2.3”对话框及预览到的轮廓图效果如下右图所示。

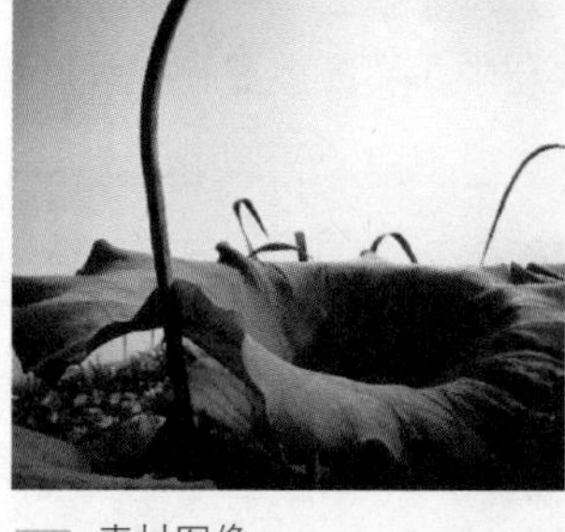

素材图像

"PR Edgeline 2.3"对话框

- Method：设置描绘轮廓图的方式。选中"Soft Multicolour"选项，产生柔和的彩色轮廓图像，类似于彩色蜡笔画效果。选中"Tone line Lithfilm"选项，产生类似于黑色钢笔描绘的轮廓图像。选中"Edgedetection"选项，产生类似于炭笔描绘的轮廓图效果。
- Clean-up：设置清除对象轮廓以外图像的方式。"Noise fitering"选项用于调整轮廓以外图像被过滤的程度，数值越大，这部分图像被清除得越干净。
- Exposure：调整图像中的曝光效果。"Threshold，level"选项用于调整图像的曝光级别，数值越小，曝光效果越强。
- Output Colour：设置输出的颜色。选中"Black on White"单选项，轮廓图和背景分别使用黑色和白色填充，如下A图所示。选中"Color"单选项，轮廓图和背景分别使用指定的颜色填充，如下B图所示，右边位于上方的色块用于设置填充轮廓图的颜色，下方的色块用于设置填充背景的颜色。选中"Transparent background"单选项，背景变为透明状态，如下C图所示，只有在选择透明图层时，该选项才可用。

图A Black on White

图B Color

图C Transparent background

13.28 修复图像的曝光问题：Power Retouche——Exposure

在拍摄照片时，由于曝光不足，会使整个画面偏暗或缺少对比度。而曝光过度，则会使画面过亮而缺乏层次。利用"Power Retouche"插件中的"Exposure"滤镜，就可以修复画面中存在的曝光问题。

打开需要调整的图像，如下左图所示，然后执行“滤镜→Power Retouche→PR Exposure”命令，弹出的“PR Exposure 6.1”对话框以及修正后的图像效果如下右图所示。

素材图像

“PR Exposure 6.1”对话框及矫正后的效果

- Exposure：矫正图像中的曝光问题。选择“Exposure correction”复选框，进行曝光校正。“Exposure stops”选项用于调整图像中的曝光度，数值越大，画面越明亮。“Offset”选项用于调整曝光补偿量，数值越大，数值越大，画面也越明亮。“Shadow depth”选项用于调整画面中阴影部分的深度。“Color”选项用于调整色彩的饱和度，数值越大，色彩越鲜艳。
- Retouch levels：对图像进行润饰调整。
- Brightness-range：选中该复选框，可以限定画面中的亮度范围。
- Color-range：选中该复选框，可以限定画面中的色彩范围。

13.29 对图像进行黄金分割：Power Retouche——Golden Section

使用“Power Retouche”插件中的“Golden Section”滤镜，可以在图像中添加黄金分割线，以便于对画面结构进行精确规范地查看和分析。执行“滤镜→Power Retouche→PR Golden”命令，打开如右图所示的“PR Golden Section 1.1”对话框。

“PR Golden Section 1.1”对话框

- Golden sections：在该选项栏中，可以对黄金分割线进行控制。选中“Golden section”复选框，在图像中显示黄金分割线。选中“Golden spiral”复选框，显示螺旋形黄金线。选中“Spiral sections”

复选框，在螺旋形黄金线上显示分割线，如下左图所示。选中“Golden triangles”复选框，显示三角形的黄金线，如下右图所示。选中“Flip H”复选框，将分割线水平翻转。选中“Flip”复选框，将分割线垂直翻转。选中“Rotate”复选框，将分割线旋转。

“Spiral sections”效果

“Golden triangles”效果

- Harmonious divisions：在该选项栏中选中“Rule of thirds”复选框，显示在水平和垂直方向上都进行三等份分割的分割线，如下左图所示。选中“Harmonic triangles”复选框，显示等份分割的三角形分割线，如下右图所示。

“Rule of thirds”效果

“Harmonic triangles”效果

- Size：调整分割线的尺寸。选中“Size”复选框，可以调整分割线的尺寸。“Height”选项用于调整分割线的高度，“Width”选项用于调整分割线的宽度，右边的数值框可以显示调整后的分割线大小。分别单击“Set height to”和“Set width to”按钮，可以按比例转换分割线的整体宽度或高度，以缩小分割线。
- Line：用于调整线条的粗细和颜色深度。“Line thickness”选项用于调整线条的粗细，数值越大，线条越粗。“Line darkness”选项用于 调整线条颜色的深浅程度，数值越大，颜色越浅，越接近于白色。选中“Don’t thicken frame”复选框，使分割线四周的框架保持最初的粗细程度不变，如下图所示。

未选中“Don’t thicken frame”时的效果

选中“Don’t thicken frame”后的效果

13.30 镜头校正：Power Retouche——Lens Corrector

在前面已经介绍了一些用于修复照片中枕形失真和桶形失真问题的插件，下面介绍使用“Power Retouche”插件中的“Lens Corrector”滤镜，修复枕形失真和桶形失真问题的方法。

打开一张出现枕形失真和桶形失真问题的图像，然后执行“滤镜→Power Retouche→PR Lens Corrector”命令，打开如右图所示的“PR Lens Corrector 4.2”对话框。

“PR Lens Corrector”对话框

- Resampling method：设置重新取样的方式。
- Interpolation weight：选中“Zoom to fit”复选框时，该选项才可用。该选项用于选择填补空白区域的方式。
- Zoom to fit：选中该复选框，在扭曲图像时，使图像始终保持最适合图像窗口的大小进行缩放。
- Distortion type：在其下拉列表中选择画面失真的类型。包括“Symmetric（均衡的）”、“Arbitrary（任意的）”和“Panorama（全景摄影）”三种类型，选择不同的类型，提供的选项也会不同。下面以选择“Arbitrary”类型，讲解校正镜头的方法。
- Narrow-Wide：用于调整镜头视角的狭窄性和宽广性。数值越大，视角越宽广。
- Correction Factor：用于调整应用校正效果的程度。该值越大，在对镜头进行校正时，得到的效果越明显。
- Vert. Barreling：调整在垂直方向上画面中心向内收缩的程度。该选项可用于校正画面中的桶形失真问题。
- Vert. Pincushion：调整在垂直方向上画面两端向内收缩的程度。该选项可用于校正画面中的枕形失真问题。
- Down-Up：调整在垂直方向上画面向下或向上偏移的距离。向右拖动滑块，图像向上偏移；向左拖动滑块，图像向下偏移。
- Hor. Barreling：调整在水平方向上画面中心向内收缩的程度。
- Hor. Pincushion：调整在水平方向上画面两端向内收缩的程度。
- Left-Right：调整在水平方向上画面向左或向右偏移的距离。向左拖动滑块，图像向左偏移；向右拖动滑块，图像向右偏移。
- Preview grid：调整预览窗口中的网格在水平和垂直方向上的线条数量。

13.31 过滤图像中的噪点：Power Retouche——Noise Filter

“Noise Filter”滤镜主要用于过滤图像中的噪点或颗粒。常用的噪点清除工具都是通过柔化图像来达到清除噪点的目的，因此，通常噪点被清除了，图像也变模糊了。但是在使用“Noise Filter”滤镜清除噪点时，虽然也是采用柔化图像的方式过滤噪点，但用户可以通过设置，将图像中没有噪点的区域保护起来，以避免同时损失这部分图像细节。

执行“滤镜→Power Retouche→PR Noise Filter”命令，弹出如右图所示的“PR Noise Filter 4.8”对话框。

“PR Noise Filter 4.8”对话框

- Clean-up stray pixels：选中该复选框，清除亮度过于突出的像素。
- Level：设置清除这些突出像素的标准。
- Method：选择过滤噪点的方法，当中提供了5种不同的类型。
- Night or dark image：选中该复选框，只对图像中的暗部区域起作用。
- Filter-size Width：调整滤波器的宽度大小。
- Effect：调整焦距的距离。数值越大，图像越清晰。
- Preserve Details：选中该复选框，设置被保护的区域。被保护的区域将不受滤波器的影响。
- Mask Unpreserved：选中该复选框，使未被保护的区域被蒙版遮盖。
- Degree：设置被保护的程度。
- Selection level：调整选择保护区域的标准。数值越大，被保护的区域越多。
- Spread selection：调整被保护区域扩展的范围。数值越大，被保护区域扩展的范围越广。
- Brightnedd-range：调整亮度的范围。
- Retouch levels：对图像进行润饰调整。

13.32 精确调整色彩饱和度：Power Retouche——Saturation

“Power Retouche”插件中的“Saturation”滤镜，用于精确调整图像中的色彩饱和度。另外，还可以对图像进行润饰调整、限定亮度和色彩范围等。执行“滤镜→Power Retouche→PR

Saturation”命令，弹出如右图所示的“PR Saturation 5.5”对话框。

“PR Saturation 5.5”对话框

- Saturation：调整整个图像的色彩饱和度。
- Mode：选择调整色彩饱和度的方式。选择“Photographic”单选项，按照相机模式进行调整，此模式下能保留更好的色彩层次。选择“Regular”单选项，按规则统一的模式进行调整，此模式下会降低色彩层次。
- Retouch levels：对图像进行润饰调整。
- Brightness-range：限定亮度的范围。
- Color-range：限定颜色的范围并柔和图像的色调。

13.33 照片的锐化处理：Power Retouche——Sharpness

“Power Retouche”中的“Sharpness”滤镜，用于对模糊的图像进行锐化处理。用户可以选择锐化图像的方式，同时还可以选择只对图像中的对象边缘轮廓进行锐化处理。执行“滤镜→Power Retouche→PR Sharpness”命令，弹出如下图所示的“PR Sharpness 6.4”对话框。

“PR Sharpness 6.4”对话框

- Sharpen method：在其下拉列表中选择锐化图像的方式，包括了5种不同的类型，总体分为锐化图像和模糊图像两大类。
- Sharpen image：调整锐化图像的程度。数值越大，锐化效果越明显。
- Blur radius, pixels：对图像像素进行模糊处理的程度。

- Fix edges：调整图像边缘锐化的强度。数值越大，边缘的锐化效果越不明显。
- Soft threshold：调整将图像柔化的程度。
- Hard threshold：调整将处理后的图像恢复为原图像的程度。
- Extra high quality：选中该复选框，可提高锐化的质量。
- Anti-aliasing：选中该复选框，将处理的图像与原图像混合，以产生更为自然的效果。
- Edges only：选中该复选框，只对图像中的对象边缘进行锐化处理。
- Show edges：选中该复选框，使用指定的颜色覆盖在处理后的对象边缘上，以查看被锐化的情况。
- Edge detection：调整对象边缘被锐化的范围。
- Retouch levels：对图像进行润饰调整。
- Brightness-range：限定亮度的范围。
- Color-range：限定颜色的范围并柔和图像的色调。

13.34 照片的柔化处理：Power Retouche——Soft Filter

"Power Retouche"插件中的"Soft Filter"滤镜与"Sharpness"在功能上恰好相反，"Soft Filter"滤镜用于对图像色调进行柔化处理，并使画面变得柔和而富有温情。

打开如下左图所示的素材图像，然后执行"滤镜→Power Retouche→PR Soft Filter"命令，弹出的"PR Soft Filter 2.3"对话框及预览到的柔化效果如下右图所示。

素材图像

"PR Soft Filter 2.3"对话框

- Soft-filter：在该选项栏中，"Effect"选项用于调整柔化图像色调的程度，数值越大，柔化效果越明显。"Spread"选项用于调整柔和后的色调向四周扩散的范围大小。
- Retouch levels：对图像进行润饰调整。"Light"选项用于调整图像中的高光亮度。"Midtones"选项用于调整中间调的明度。"Darks"选项用于调整阴影的深度。

13.35 制作精细的灰度照片：Power Retouche——Studio Black/White

“Power Retouche”插件中的“Studio Black/White”滤镜可以用于制作灰度图像，用户可以通过调整原图像在色谱中的各种颜色含量，改变灰度图像的明暗层次。同时，用户也可以保留图像的彩色信息，只对图像颜色进行调整。

打开如下左图所示的素材图像，然后执行“滤镜→Power Retouche→PR Studio Black/White”命令，弹出的“PR Studio-Black/White 2.3”对话框及预览到的灰度图像效果如下右图所示。

素材图像

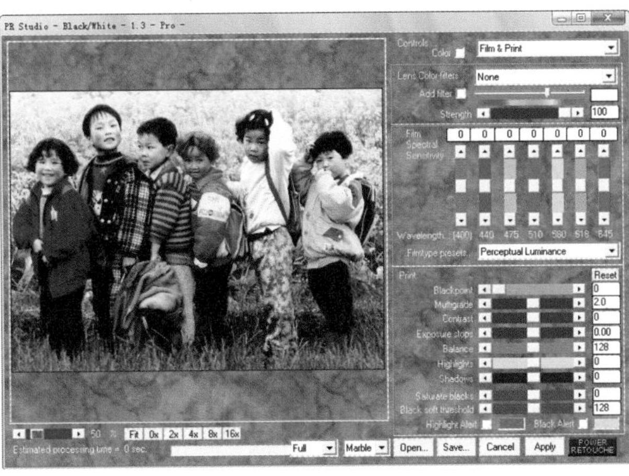

“PR Studio-Black/White 2.3”对话框

- Controls：选中“Color”复选框，保留图像的彩色信息，反之则转换为灰度图像。右边的下拉列表用于选择对图像进行处理的方法，以满足不同的实际应用。
- Lens Color-filters：右边的下拉列表用于选择镜头滤色器所过滤的颜色。选择一种颜色后，图像中所包含的这种颜色将被适当的过滤。选中“Add filter”复选框，增加一种颜色过滤器。拖动右边的滑块可以指定需要过滤的颜色。“Strength”选项用于调整颜色的浓度。
- Film Spectral Sensitivity：用于调整光谱中的各种颜色的灵敏性，拖动下方的各种颜色的滑块，即可进行调节。在“Filmtype presets”下拉列表中，可以选择预设的光谱灵敏性设置。
- Print：在该选项栏中，“Blackpoint”选项用于调整图像中阴影部分的黑色含量，数值越大，阴影部分的颜色越深。“Multigrade”选项用于调整图像中的阴影部分变黑或变白的程度。“Contrast”选项用于调整图像的色彩对比度。“Exposure stops”选项用于调整图像的曝光度。“Balance”选项用于调整图像中色彩的平衡度。“Highlights”选项用于调整图像中的高光亮度。“Shadows”选项用于调整图像中的阴影深度。“Saturate blacks”选项用于增加整个图像中的黑色含量，数值越大，图像色调越深。“Black soft threshold”选项用于降低整个图像中的黑色含量，数值越大，图像越浅。

13.36 制作灰度或单色调图像：Power Retouche——Toned Photos

“Power Retouche”插件中的“Toned Photos”滤镜专门用于制作灰度和单色调效果的图像。用户可以通过对滤色器进行设置，调整灰度图像中的明暗层次。同时可以通过为图像增加各种单色，创建单一的或是多种颜色混合的单色调图像效果。

打开需要制作灰度或单色调效果的图像，然后执行“滤镜→Power Retouche→PR Toned Photos”命令，弹出如下图所示的“PR Toned Photos 2.8”对话框。

“PR Toned Photos 2.8”对话框

- Photo Colourfilters：设置滤色器所过滤的颜色，单击右边的代表不同颜色的字母按钮，即可设置需要过滤的颜色。选中“Add filter”复选框，增加一种颜色过滤器，拖动右边的滑块可以指定需要过滤的颜色。“Strength”选项用于调整颜色的浓度。
- Contrast：调整灰度或单色调图像的对比度。“Contrast”选项用于调整色彩的对比度。“Balance”选项用于平衡图像中的色调。
- Tone grayscale：该选项栏用于为图像制作单色调效果。拖动当中的不同颜色滑块，可以调整在图像中需要增加的单色含量。例如，向右拖动“Cyan<-->Red”滑块，可以增加图像中的红色含量，使图像产生偏红的单色调效果；向左拖动“Cyan<-->Red”滑块，则可以增加青色含量，使图像产生偏青的单色调效果。“Pigmentation weight”选项用于调整图像的着色程度。在“Presets”下拉列表中，可以选择预设的单色调效果。

13.37 图像的透明处理：Power Retouche——Transparency

“Power Retouche”插件中的“Transparency”滤镜，用于对图像中的不同区域进行透明处理。用户可以选择需要成为透明状态的区域，包括亮部和暗部，同时还可以调整不透明的程度。需要注意的是，“Transparency”只有作用于透明图层时，才能得到透明的图像效果。

打开需要进行透明处理的图像，然后执行“滤镜→Power Retouche→PR Transparency”命令，弹出如下图所示的“PR Transparency 3.97”对话框。

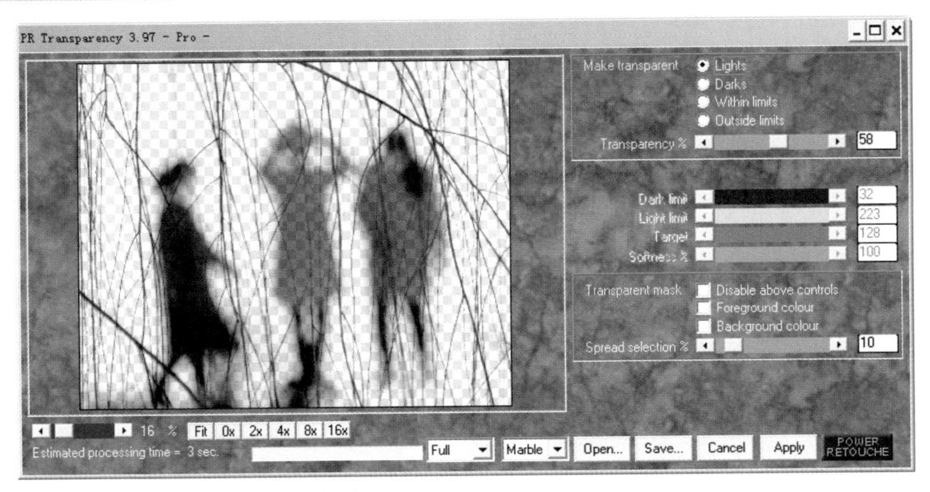

"PR Transparency 3.97"对话框

- Lights：选中该单选项，将图像中的亮部区域转换为透明状态。
- Darks：选中该单选项，将图像中的暗部区域转换为透明状态。
- Within limits：选中该单选项，可以通过调整暗部和亮部区域被创建为透明状态的范围、目标对象的明亮度以及不透明状态向透明状态过渡的柔和度，来为图像创建适当的透明效果。
- Outside limits：选中该单选项，可以在限定的暗部和亮部范围、目标对象的明亮度之外创建透明效果。换句话说，在不改变限定参数的基础上，选中"Within limits"与选中"Outside limits"选项所得的透明效果之间存在着反向的关系，如下图所示。

选中"Within limits"的效果

选中"Outside limits"的效果

- Transparency：调整透明区域图像的不透明度。
- Dark limit：调整暗部区域被创建为透明状态的范围。
- Light limit：调整亮部区域被创建为透明状态的范围。
- Target：调整目标对象的明亮度，以改变透明区域的范围。
- Softness：调整不透明状态向透明状态过渡的柔和度。
- Disable above controls：选中该复选框，取消图像中的透明状态设置，恢复原图像的效果。
- Foreground colour：选中该复选框，按Photoshop中设置的前景色，将当前图像中处于前景色色彩范围内的图像区域创建为透明状态。

- Background colour：选中该复选框，按Photoshop中设置的背景色，将当前图像中处于背景色色彩范围内的图像区域创建为透明状态。
- Spread selection：在选中“Foreground colour”或“Background colour”选项时，通过“Spread selection”选项，可以调整前景色或背景色的色彩容差值，以改变创建为透明效果的范围。

13.38 校正曝光问题：Power Retouche——White Balance

“Power Retouche”中的“White Balance”滤镜，用于校正图像中出现的过亮或过暗等曝光问题。用户不仅可以选择调整色调的方法来针对不同的曝光问题进行处理，同时还可以修正图像中的色调不平衡问题。

打开需要调整的图像，然后执行“滤镜→Power Retouche→PR White Balance”命令，弹出如右图所示的“PR White Balance 6.1”对话框。

“PR White Balance 6.1”对话框

- Method：选择用于调整色调问题的方法，其中提供了9种不同的方法，用户分别可以自动调整图像的亮度、中间色调、色彩以及灰度色调等。
- Exposure：校正图像中的曝光问题。选择“Auto Exposure”复选框，自动调整图像的曝光问题。“Exposure Stops”选项用于调整图像的曝光度，数值越大，画面越明亮。“Offset”选项用于调整曝光补偿量，数值越大，数值越大，画面也越明亮。“Black Point”选项用于调整画面中的黑色含量，该值越大，画面色调越深。选中“Highlight Alert”选项，显示高光警示。选中“Black Alert”选项，显示黑色警示。
- Retouch levels：对图像进行润饰调整。
- Adjust Filtercolor：调整图像中的色彩。拖动“Orange-Cyan”滑块，可以调整色彩中的橙色和青色含量，向右拖动滑块，增加青色；向左拖动滑块，增加橙色。“Yellow-Violet”滑块用于调整色彩中的黄色和紫色含量。“Green-Magenta”滑块用于调整色彩中的绿色和洋红色含量。拖动“Auto-filter”滑块，可以自动调整图像中的色彩。

下图左所示为原图像，下图右所示是应用“White Balance”滤镜调整图像颜色后的效果。

 原图像

调整颜色后的图像

13.39 制作景深效果：Richard Rosenman——Depth of Field Generator PRO

“Depth Of Field Generator PRO”是一款专门用于制作景深效果的插件，用户可以控制光圈形状、大小、方向、曲线、缩减边缘和景深贴图编辑等多种功能，还可以通过“Z-Depth”通道信息制作精确的景深效果。

打开需要制作景深效果的图像，然后执行“滤镜→Richard Rosenman→Depth of Field Generator PRO”命令，弹出如下图所示的“Depth of Field Generator PRO”对话框。

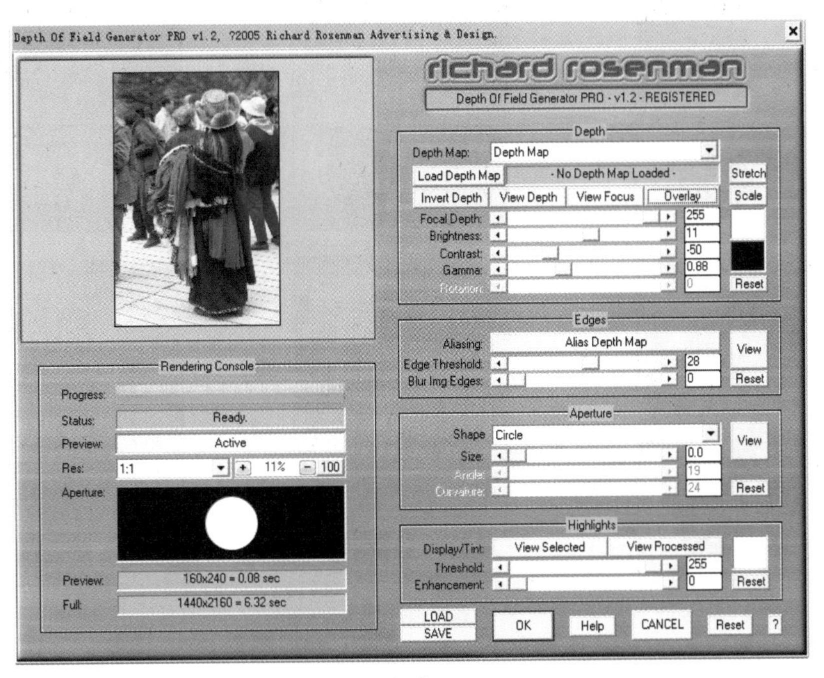

“Depth of Field Generator PRO”对话框

在“Rendering Console”选项栏中，可以对视图以及预览效果进行控制。“Progress”用于显示应用设置的进度。“Status”用于显示当前正在进行的操作。“Preview”用于显示预览的状态。“Res”用于调整视图显示的质量，右边的[+]和[-]按钮用于调整视图的显示比例。

"Aperture"用于显示当前设置的光圈形状。"Preview"和"Fult"选项用于显示预览效果所需要的时间。

在如下图所示的"Depth"选项栏中，可以调整景深效果的深度，各选项的功能如下。

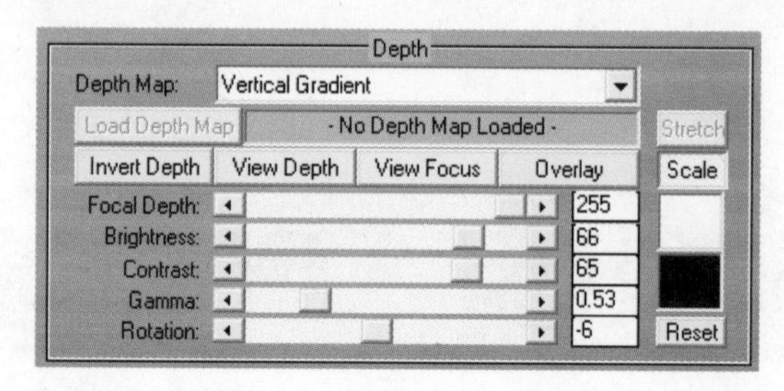

"Depth"选项栏

- Depth Map：在其下拉列表中选择所要应用的景深效果。选择"Fixed Defocus"选项，应用系统默认的固定的景深效果，此时不能对景深效果的深度和边缘等参数进行设置。选择"Vertical Gradient"选项，应用垂直的梯度景深效果，如下A图所示。选择"Radial Gradient"选项，应用径向型的梯度景深效果，如下B图所示。选择"Depth Map"选项，应用平面型的景深效果，如下C图所示。

图A Vertical Gradient　图B Radial Gradient　图C Depth Map

- Load Depth Map：单击该按钮，载入预设的"Depth Map"效果。
- Invert Depth：单击该按钮，反转景深效果。
- View Depth：单击该按钮，察看应用到图像上的景深效果的深度，如下图所示。其中被黑色覆盖的区域将被应用景深效果，灰度部分会应用半透明的景深效果，白色部分会保持原图像不变。

- View Focus：单击该按钮，察看焦距状态。
- Overlay：察看景深效果在原图像上的覆盖图。
- Focal Depth：调整应用到图像上的景深效果的深度。数值越大，深度越深，图像越模糊。
- Brightness：调整景深效果的明亮度。数值越小，景深效果越强。
- Contrast：调整景深效果的对比度。数值越大，景深过渡越柔和。
- Gamma：调整在图像上创建景深效果的区域范围。数值越小，被模糊的图像范围越广。
- Rotation：调整景深效果旋转的角度，只有在选择“Vertical Gradient”选项时才可用。

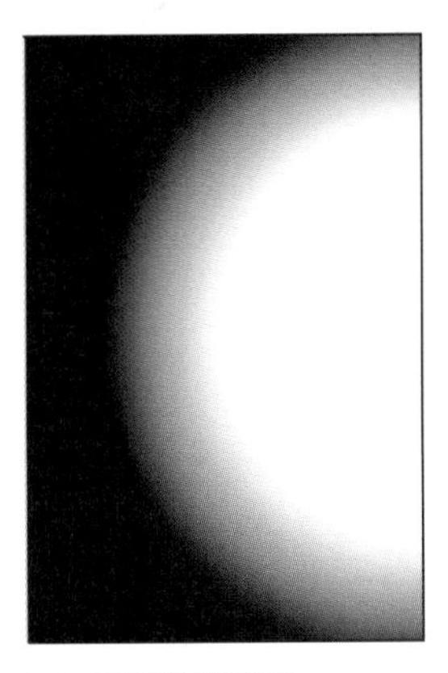

景深效果设置

在如下图所示的“Edges”选项栏中，可以调整边缘缩减和模糊的量。只有在选择“Depth Map”选项景深类型时，该选项栏才可用。

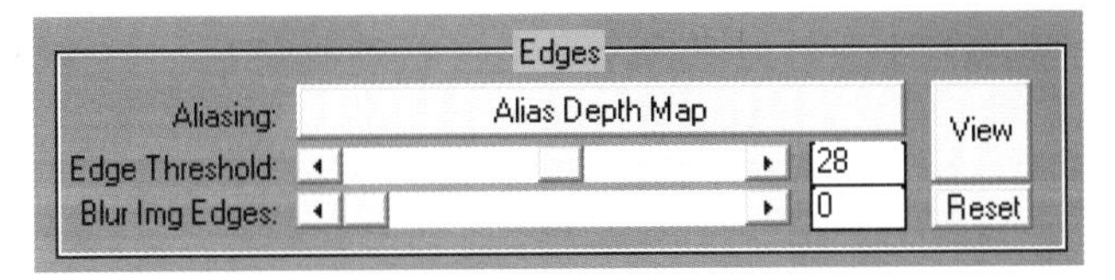

“Edges”选项栏

- Aliasing：单击右边的按钮，混淆景深效果。
- Edge Threshold：调整边缘缩减的量。
- Blur Img Edges：调整边缘模糊的量。
- 单击“View”按钮，预览边缘的效果。

在如下图所示的“Aperture”选项栏中，可以调整光圈的形状、大小、角度和曲率参数，各选项的功能如下。

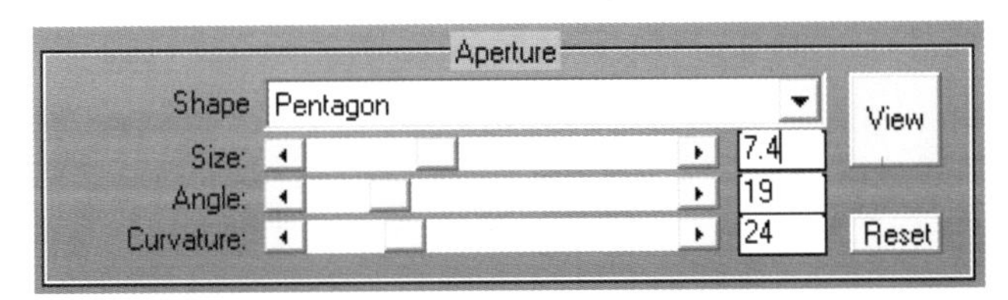

“Aperture”选项栏

- Shape：在其下拉列表中选择光圈的形状。包括圆形、五角形、六变形、七边形和八边形。
- Size：调整光圈的大小。数值越大，景深效果越强。
- Angle：调整多边形光圈的角度。
- Curvature：调整多边形的曲率，数值越大，越接近圆形。
- 单击“View”按钮，预览设置的光圈效果。

在如下图所示的“Highlights”选项栏中，可以调整图像的高光亮度。各选项的功能如下。

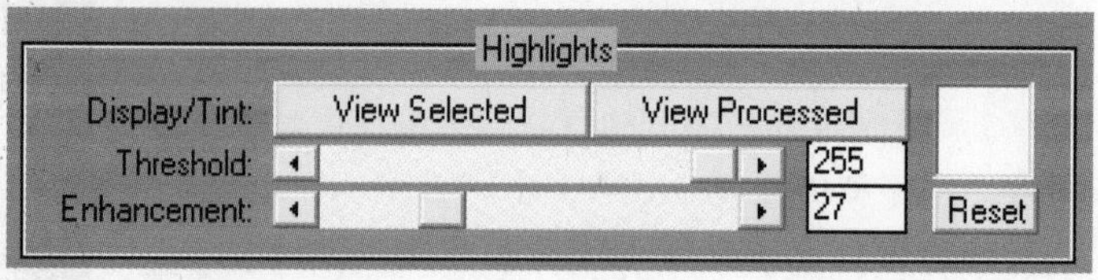

“Highlights”选项栏

- Display/Tint：单击“View Selected”按钮，预览选择的加亮区域。单击“View Processed”按钮，预览加亮的区域。
- Threshold：调整为高光区域加亮的范围。
- Enhancement：调整加亮的程度。

14 图像的其他效果处理

Dictionary of Filters for Photoshop

Chapter

在众多的外挂滤镜中，除了本书前面章节中总结的应用于不同图像处理的多种功能的插件外，本章还向读者拟出了其他具有独立功能的插件。通过对这些插件的学习，读者将全面掌握所有最基本实用插件的使用方法，读者可以利用所学的所有工具，完成全面的图像处理工作。

14.1 绘制矢量图形插件：Extensis——PhotoGraphics

“PhotoGraphics”是一款Photoshop的矢量绘图插件。安装该插件后，就可以在Photoshop当前工作的图像上绘制各种矢量图形，其使用方法类似于在Illustrator或CorelDRAW中绘图一样，使用起来十分方便。

“PhotoGraphics”插件的使用，弥补了在Photoshop中绘制矢量图形的不便捷感，使用户可以在图像处理软件中方便地进行图像的处理和图形的绘制。

打开一个图像素材或者新建一个图像文件，然后执行“滤镜→Extensis→PhotoGraphics”命令，打开如下图所示的“PhotoGraphics”窗口。

“PhotoGraphics”窗口

在“Extensis”工具箱中，各工具的功能和使用方法如下。

- 箭头工具：其快捷键为“V”。可用于选取、移动、缩放或镜像对象。选取对象后，在对象四周会出现控制点，拖动各个控制点可以进行缩放和镜像对象的操作，如下图所示。

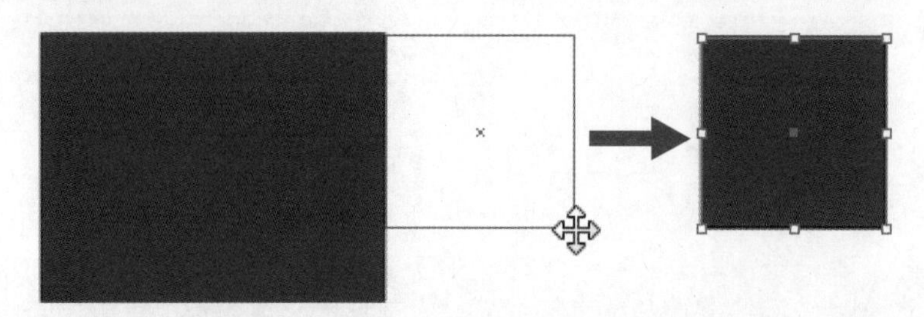

缩放并镜像对象

- 文本工具T：其快捷键为“T”，用于创建文本框并输入文字。在图像上单击，即可出现文本框，在其中输入文字即可。
- 直线工具╲：其快捷键为“L”，用于绘制新的直线。
- 钢笔工具：其快捷键为“P”，用于绘制各种形状的路径。在绘制路径的过程中，按住“Ctrl”键，可以将工具切换至箭头工具，此时拖动路径可以移动其位置；在锚点上单击或拖动锚点，可以改变锚点的属性以及路径的形状，此时该工具与Photoshop中的转换点工具具有类似的功能。绘制的路径可以是封闭的，也可以是开放的。
- 矩形工具□，其快捷键为“N”，用于绘制矩形或正方形。按住“Shift”键可以绘制正方形。双击该工具按钮□，弹出如右图所示的“矩形选项”对话框，在其中选中“激活圆角钝化”复选框，然后在“水平半径”和“垂直半径”数值框中设置圆角的半径值，单击“确定”按钮，即可绘制圆角矩形。

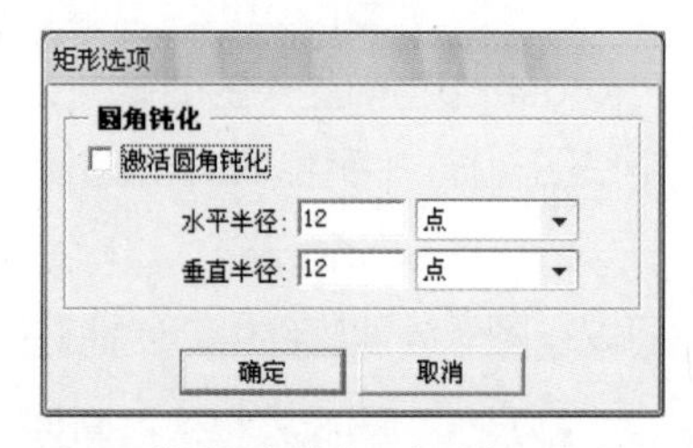

“激活圆角钝化”复选框

- 椭圆形工具○：其快捷键为“M”，用于绘制椭圆形或圆形。按住“Shift”键可以绘制圆形。
- 多边形工具○：其快捷键为“G”，用于绘制不同边数的多边形和星形。双击该工具按钮○，在弹出如下左图所示的“多边形”对话框中，拖动“侧”滑块，可以设置多边形的边数；选中“星形”复选框，可以绘制星形。
- 比例工具：其快捷键为“S”。使用箭头工具选择对象，然后使用比例工具可以进行缩放和镜像对象的操作。选择对象后，双击该工具按钮，弹出如下右图所示的“比例”对话框，在“水平”和“垂直”数值框中可以设置图像的缩放比例；选中“强制比例”复选框，可以将对象按长宽比同时进行缩放。

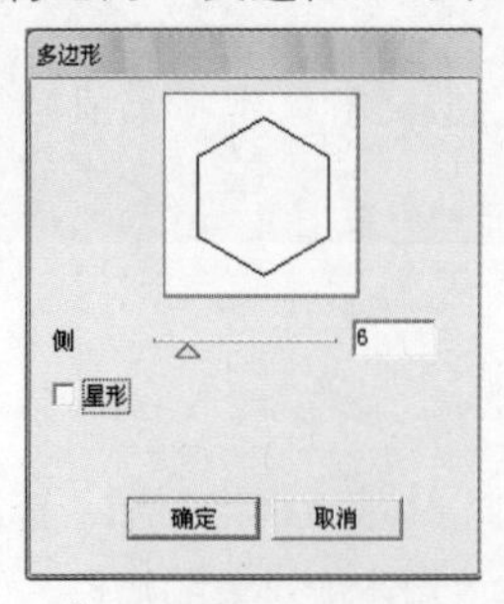

“多边形”对话框

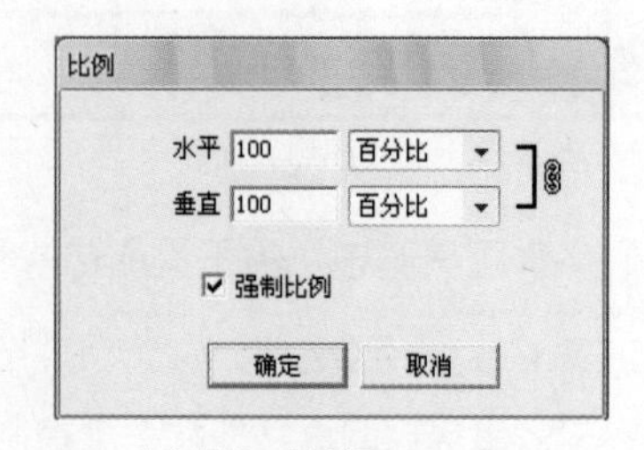

“比例”对话框

- 吸取器工具：其快捷键为“I”，用于从图像中吸取颜色作为填充色。
- 旋转工具：其快捷键为“R”，拖动对象，可以将对象旋转。双击该工具按钮，弹出如右图所示的“旋转”对话框，在其中可以设置旋转对象的角度。

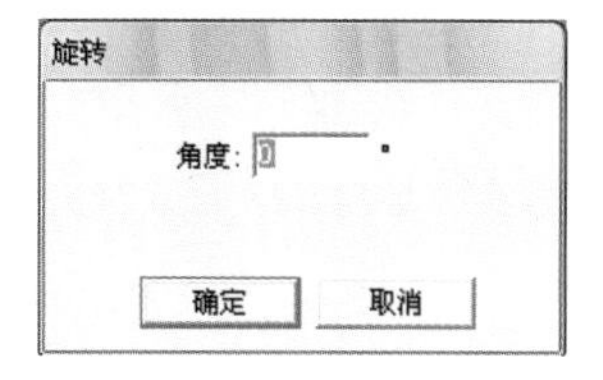

“旋转”对话框

- 手拖卷动工具：其快捷键为“H”，用于移动视图。按下空格键，可以临时从当前选定的其他工具切换至该工具。
- 缩放工具：其快捷键为“Z”，用于缩放视图，其用法与Photoshop中的缩放工具类似。按住“Alt”键可以进行缩小视图的操作。
- 填充色选取器/笔画颜色选取器：用于设置填充色和笔画色（轮廓色），如下图所示。在选取器上单击，弹出如下图所示的色板，在其中可以设置填充色或笔画色。单击图标，可以转换填充色和笔画色。单击图标，可以设置为默认的填充色（白色）和笔画色（黑色）。

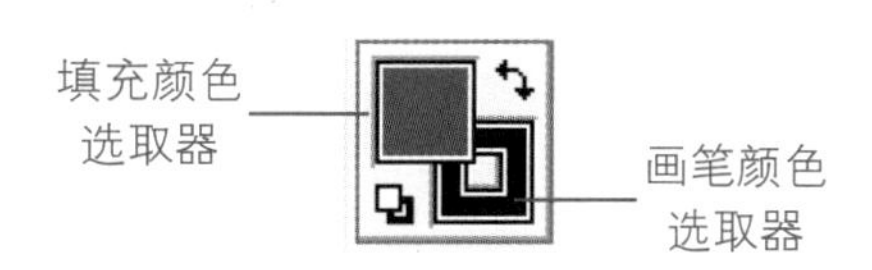

填充色选取器/笔画颜色选取器

选取颜色的色板

在“PhotoGraphics”的菜单栏中，包括了8类菜单，它们分别用于对图像文件、对象、绘图操作、文本以及视图等进行控制和管理。

- “文件”菜单：在其中可以执行新建、打开、保存以及将绘制的对象应用到Photoshop图像中等基本文件操作命令。
- “编辑”菜单：在其中可以执行撤消、重做、剪切、复制、粘贴、删除、选择对象等常用的编辑命令。
- “绘图”菜单：在其中执行相应的命令，可以对图像的排列顺序、图层位置，多个对象的群组、锁定、隐藏以及位置、比例或旋转的角度等进行调整。
- “文本”菜单：在其中可以调整文本的字体、大小、字符样式和排列方式等字符属性，同时还可以对段落属性（如行间距、基线偏移、文字的水平和垂直缩放比例等）进行设置。
- “查看”菜单：在其中可以对视图的缩放比例、预览方式等进行设置，同时还可以对标尺、辅助线的显示或隐藏等进行控制。
- “窗口”菜单：在其中可以控制工具箱、面板以及控制栏的显示或隐藏。
- “帮助”菜单：在其中可以查看对“PhotoGraphics”插件功能的说明介绍，以帮助用户更快地掌握“PhotoGraphics”插件的用法。

在“PhotoGraphics”中包括“选项”、“文本”、“颜色”和“图层”面板，下面分别介绍各面板的功能。

“选项”面板如右图所示，该面板用于对笔画属性进行设置，各选项的功能如下。

“选项”面板

- 笔画：设置笔画的宽度。
- 斜接：设置斜接的限定量。当超过限定时转换斜角，使其成为斜面连接。
- 覆盖：选择线条两端被颜色覆盖的方式。单击按钮，在线条的长度范围内以直角覆盖线条，如下图A所示； 单击按钮，笔画以超过线条宽度一半的范围延伸，并以圆角覆盖线条，如下图B所示；单击按钮，笔画以超过线条宽度一半的范围延伸，并以直角覆盖线条，如下图C所示。

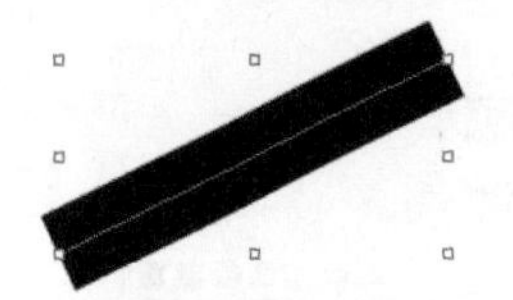

图A 单击按钮后的线条效果

图B 单击按钮后的线条效果

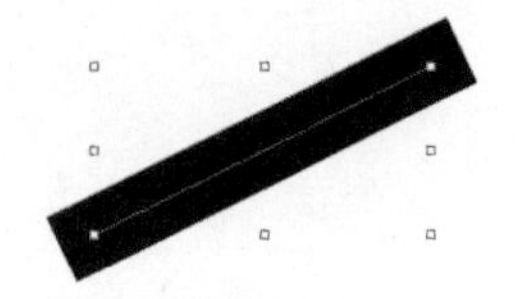

图C 单击按钮后的线条效果

- 缝合：当两条路径连接为拐角时，通过该选项，选择拐角的处理方式。单击按钮，拐角为尖角，如下图A所示；单击按钮，拐角为圆角，如下图B所示；单击按钮时，拐角为平面成角，如下图C所示。

图A 尖角效果

图B 圆角效果

图C 平面直角效果

- 不透明度：设置填充色和画笔色的不透明度。
- 拖动“选项”面板右下角的钝化滑块，可以柔化对象边缘的像素。数值越小，对象边缘的锯齿越明显；数值越大，边缘越柔和。

“文本”面板及各选项功能如下图所示，该面板用于对文本的字符和段落属性进行设置。

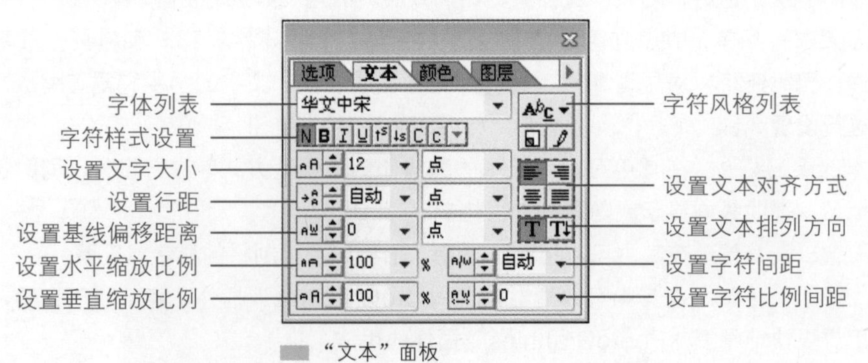

“文本”面板

“颜色”面板及各部分的功能如下图所示，该面板用于设置对象的填充色或画笔色。单击该面板中的▸按钮，在弹出的菜单中可以选择所需要的颜色模式。

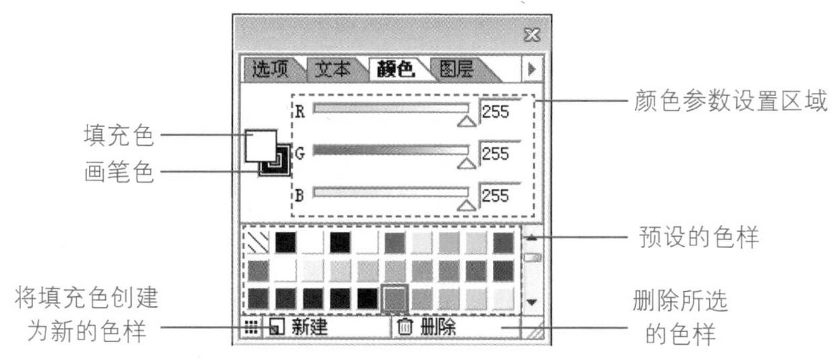

“颜色”面板

“图层”面板及各部分功能如右图所示，在该面板中可以新建、复制、删除、隐藏和锁定图层，同时还可以设置图层的不透明度，部分图层功能与Photoshop中的“图层”调板类似。

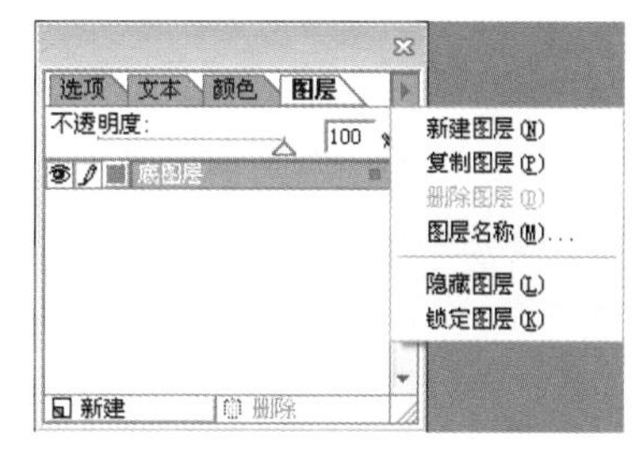

“图层”面板

在如下图所示的“PhotoGraphics”控制栏中，可以显示对光标所指工具或选项的功能以及操作方法进行说明。单击▭按钮，可以显示或隐藏标尺；单击▭按钮，可以显示或隐藏工具箱和面板；单击▭按钮，可以保存绘图；单击▭按钮，可以打开保存的绘图文件；单击“应用”按钮，将绘图应用到Photoshop的当前图像上，并退出“PhotoGraphics”窗口；单击“应用到新图层”按钮，将绘图应用到Photoshop当前图像中的新图层上。

“PhotoGraphics”的控制栏

14.2 创建3D图像效果：KPT 5——Frax4D

“KPT Frax4D”是一款制作三维图像的滤镜。通过该滤镜，可以首先调整物件的截面，以制作大致的形态，然后赋予其材质和灯光，最终达到三维图像的效果。执行“滤镜→KPT 5→Frax4D”命令，弹出的“Frax4D”对话框及预览到的三维图像效果如右图所示。

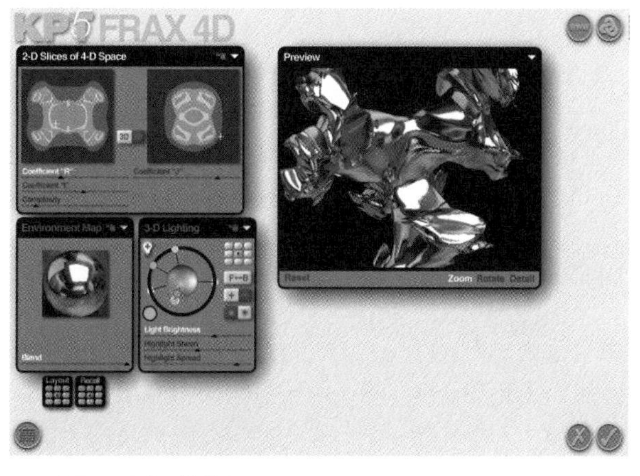

“Frax4D”对话框

在“Frax4D”对话框的“2-D Slices of 4-D Space”面板中，通过拖动物体的截面或调整属性值可以决定物体的形状。该面板中3D和4D的区别就在于调节器的数量不同。

在“Environment Map”面板中，可以根据所要制作的三维效果的类型，为图像赋予适合的材质。

在“3-D Lighting”面板中，可以为物件添加灯光。

- 单击图标，可以添加光源。
- 拖动球体或各个光源点，可以调整各个光源，以制作立体的灯光效果。
- 单击圆形色块，可以设置光源的颜色。
- Light Brightness：调整灯光的亮度。
- Highlight Sheen：设置高亮区的亮度。
- Highlight Spread：设置高亮区的范围。
- Load Preset：导入资料库中的灯光效果。
- Saver Preset：保存资料库中的灯光效果。

14.3 创建超自然现象：KPT 5——FraxPlorer

“KPT FraxPlorer”滤镜可以形象地表现水晶、云彩等超自然的现象。通过选择不同的抽象形态样式，产生的效果也会不同。执行“滤镜→KPT 5→FraxPlorer”命令，弹出的“FraxPlorer”对话框及预览到的图像效果如下图所示。

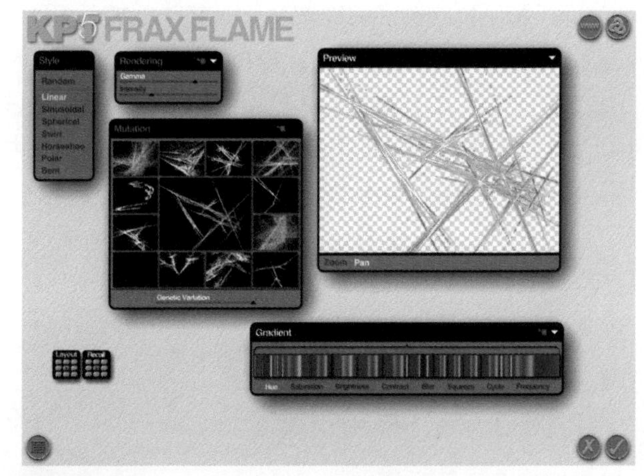

“FraxPlorer”对话框

- 在“Style”面板中，可以选择决定整个图像效果的形态样式。
- 在“Rendering”面板中，可以调整图像的亮度。
- 在“Mutation”面板中，可以选择细节的样式。
- 在“Gradient”面板中，可以设置图像的颜色。

14.4 创建球体：KPT 5——Orb-It

“KPT Orb-It”滤镜用于在图像中添加三维球体。打开如下左图所示的素材图像，为需要添加球体的区域创建一个大致的选区，然后执行“滤镜→KPT 5→Orb-It”命令，弹出的“ORB-IT”对话框及预览到的图像效果如下图所示。

素材图像

“ORB-IT”对话框及预览到的图像效果

在“ORB-IT”对话框的“Orb Color”面板中，各选项的功能如下。

- 单击球形，可以选择应用到球上的图像。
- 球形框右下角的颜色按钮，用于选择球体的颜色。
- Mix Environment：调整图像照射到球体上的程度。
- Mix Tinting Color：用设置的颜色调整涂在球体上的明暗程度。
- Tint to Background：将背景图像的颜色涂在球体上。
- Glass Refraction：调整照射在球体上的图像的折射程度。

在“Orbs Controls”面板中，各选项的功能如下。

- Alpha Masking：选中该选项，只在选区中应用球体效果。
- Packing Density：调整图像上的球体形状。
- Average Size：设置球体的平均大小。
- Size Variance：制作不规则的球体。
- Z Spread：决定Z轴（三维空间上的深度）上球体的适用程度。

14.5 创建立体效果：KPT 5——ShaperShifter

“KPT 5 ShaperShifter”滤镜类似于Photoshop中的图层样式，它可以为图像或文字添加斜面的立体效果，是“KPT 5”中应用最为广泛的工具。该滤镜由于其效果丰富，因此被广泛应用于网页中制作立体的按钮和文字。

“KPT 5 ShaperShifter”中提供了丰富的选项设置，通过设置不同的参数，产生的效果也会不同。用户可以多进行尝试性的练习，以掌握其丰富的效果变化。

在应用“KPT 5 ShaperShifter”滤镜之前，需要首先选取文字或图像，如下左图所示，然后执行“滤镜→KPT 5→ShaperShifter”命令，弹出的对话框及预览到的图像效果如下右图所示。

素材图像

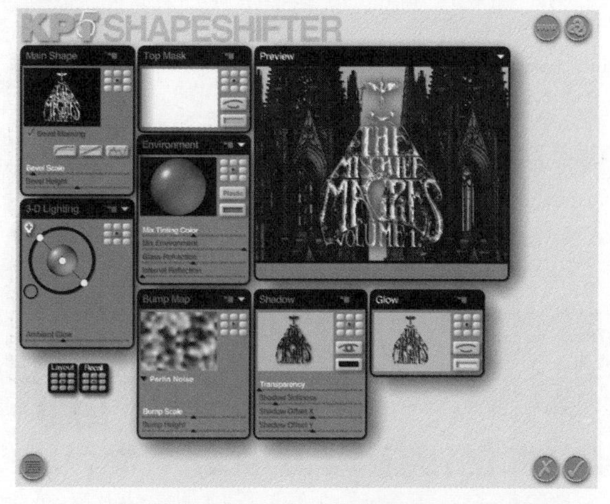

弹出的对话框及预览到的图像效果

在如右图所示的“Main Shape”面板中，可以设置斜面的基本参数，各选项的功能如下。

“Main Shape”面板

- 在浏览窗口中，显示的是选取的图像。单击浏览窗口，可以打开其他的图像并应用滤镜效果。
- Bevel Masking：取消该选项的选取，可以将滤镜效果扩展到选区外部。
- 单击曲线按钮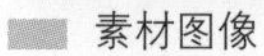，可以使边角平滑。
- 单击直线按钮，产生棱角分明的边角。
- 单击不规则曲线按钮，然后可以直接指定斜面的倾斜度。
- Bevel Scale：指定Bevel的大小。
- Bevel Height：指定Bevel的高度。

在如右图所示的“3-D Lighting”面板中，可以设置照射在图像上的灯光效果。

“3-D Lighting”面板

- 单击中的按钮，将设置好的灯光效果保存到资料库中。
- 单击F↔B按钮，设置光线的位置是靠前还是靠后。
- 单击+ -按钮，可以开/关光源。
- 单击按钮，可以设置光线的柔和程度。

在如右图所示的“Environment”面板中，可以为图像赋予材质，各选项的功能如下。

“Environment”面板

- 单击预览窗，可以导入反射在图像上的贴图。
- Plastic：单击该按钮，可以在塑胶材质和金属材质之间进行选择。
- Mix Tinting Color：调整选定颜色间的混合程度，同时也可以调整透明度。

- Mix Environment：调整选定图像间的混合程度。
- Glass Refraction：图像有透明度时，调整背景图像的折射程度。
- Internal Reflection：调整图像内部的反射程度。该值越高，图像越明亮。

在如右图所示的“Bump Map”面板中，可以设置图像中两部凸起、暗部凹进去的凹凸不平的效果。

- 在“Perlin Noise”处的下拉列表中，可以选择一个保存在KPT中的图案，还可以导入其他的图像作为“Bump Map”使用。
- Bump Scale：调整要应用的“Bump Map”图像的大小。
- Bump Height：调整凸出和凹进的程度。

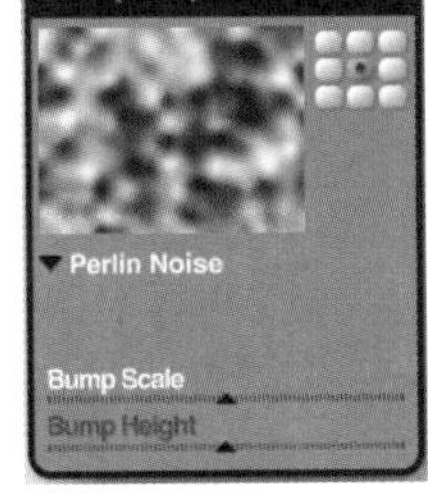

“Bump Map”面板

在如右图所示的“Shadow”面板中，可以调整阴影的位置。

- 在预览窗口中拖动，可以调整阴影的位置。
- 单击眼睛按钮，可以决定是否应用阴影效果。
- 单击颜色按钮，可以设置阴影的颜色。
- Transparency：设置阴影的不透明度。
- Shadow Softness：设置阴影的柔和程度。
- Shadow Offset X：设置阴影向横向偏移的距离。
- Shadow Offset Y：设置阴影向纵向偏移的距离。

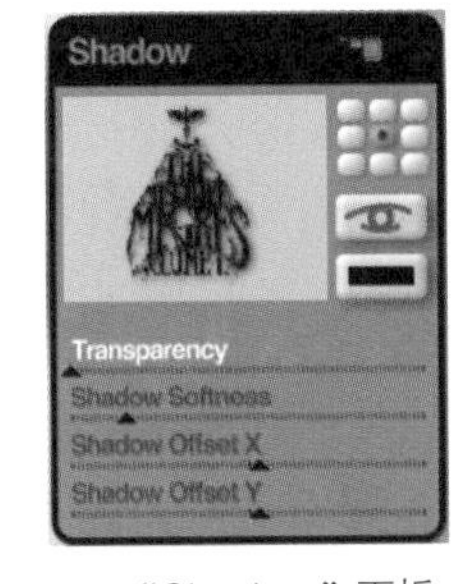

“Shadow”面板

在如右图所示的“Glow”面板中，可以调整光的发散效果。

- 同“Shadow”一样，在预览窗口中拖动，可以调整发散光的位置。
- 单击眼睛按钮，决定是否应用发散光效果。
- 单击颜色按钮，设置发散光的颜色。
- Transparency：设置发散光的不透明度。
- Glow Softness：设置发散光的柔和程度。
- Glow Offset X：设置发散光向横向偏移的距离。
- Glow Offset Y：设置发散光向纵向偏移的距离。

“Glow”面板

在如右图所示的“Top Mask”面板中，可以在表现立体效果的图像上，再应用另一个Bevel效果。

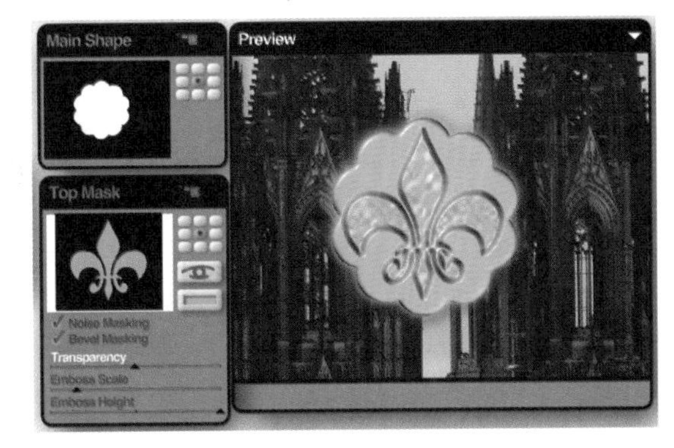

“Top Mask”面板

- 单击预览窗口，选择应用另一个Bevel效果的图像。
- 单击眼睛按钮，决定是否应用“Top Mask”效果。
- 单击颜色按钮，指定遮罩部分以外的颜色。
- Noise Masking：选中该选项，不让应用在“Bump Map”中的“Noise”再次应用在遮罩部分。
- Bevel Masking：选中该选项，使遮罩部分不受在“Bump Map”中设置的Bevel的影响。
- Transparency：指定透明度。
- Emboss Scale：调整斜面的倾斜度。
- Emboss Height：调整斜面的高度。

右图所示是应用“ShaperShifter”滤镜后得到的图像效果。

制作的图像效果

14.6 三维模型编辑处理：KPT 6——KPT SceneBuilder

“KPT SceneBuilder”是用于编辑三维模型、赋予模型材质和灯光并最终进行渲染的一个功能强大的插件。该插件虽然具备了3D软件的基本功能，但不能建立3D模型，用户必须事先导入在其他软件中已经建立好的模型文件，再进行编辑和修改。

要彻底掌握“KPT SceneBuilder”的功能，使用者必须要对3D图像在概念和制作方法上都要有一定的了解才行。在这里，只对“KPT SceneBuilder”插件的最基本功能进行简单的介绍。

打开转换为Photoshop格式的模型文件，然后执行“滤镜→KPT 6→KPT SceneBuilder”命令，打开如右图所示的“KPT SceneBuilder”窗口。

“KPT SceneBuilder”窗口

❶ “Flie”菜单：用于打开或保存文件。

❷ “Edit”菜单：包括撤销、重做、剪切、复制、粘贴、群组和取消群组等命令。

❸ Object：其中的3个工具，分别用于放大、移动和旋转物体。

❹ Camera：调整摄像机的位置、角度、距离感。

❺ Shader：指定物体的材质。

❻ Edit 2D：在二维空间内编辑物体。

❼ Edit 3D：在三维空间内编辑物体。

❽ Interactive Texture：编辑、渲染物体的材质。

❾ Light Sources：调整灯光：

❿ Environment：选择背景图像。

14.7 制作抽线效果：Panopticum——Panopticum.Alpha.Srip.v1.22

“Panopticum”插件中的“Panopticum.Alpha.Srip”滤镜适用于为图像创建特殊的背景，它能够快速地在图像上制作出规则的、不同形状的线条平铺效果，然后使用这些线条对图像进行切割，得到图像被抽线的效果。该滤镜中包含了6个单个的蒙版，分别可以构成线、圆、正方形、圆环、螺旋和波浪形状。用户可以调节抽线的厚度、方向以及蒙版物体的间隔等。

打开如下左图所示的素材图像，然后执行“滤镜→Panopticum→Panopticum.Alpha.Srip.v1.22”命令，打开如下右图所示的“Panopticum.Alpha.Srip”对话框。

素材图像

“Panopticum.Alpha.Srip”对话框

❶ 单击按钮，可以缩小预览窗口中的视图。

❷ 单击按钮，可以放大视图。

❸ 单击按钮，可以反转线条在原图像上的位置。

❹ 在该区域中，可以对抽线效果进行基本的设置。下面以选择圆形效果为例，介绍该区域中各个选项的功能，该区域设置如右图所示。

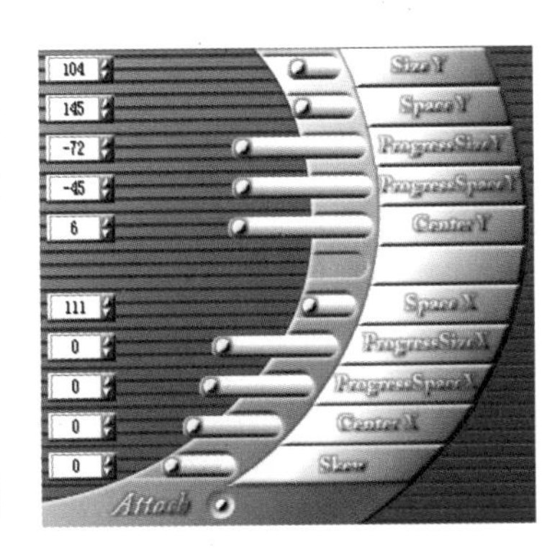

滤镜选项设置

- Size Y：调整抽线效果中圆形的大小。
- Space Y：调整抽线在垂直方向上的间隔距离。
- Progress Size Y：调整抽线在垂直方向上扩展的范围。
- Progress Space Y：调整抽线在垂直方向上扩展时，线条与线条之间的间距。

- Center Y：调整垂直方向上的抽线中心所在的位置。
- Space X：调整抽线在水平方向上的间隔距离。
- Progress Size X：调整抽线在水平方向上扩展的范围。
- Progress Space X：调整抽线在水平方向上扩展时，线条与线条之间的间距。
- Center X：调整水平方向上的抽线中心所在的位置。
- Skew：调整抽线倾斜的程度。
- Attach：取消选中该选项，使组成抽线效果的圆形保持相同的大小，如下图所示。

选中“Attach”选项的效果

取消选中“Attach”选项的效果

- 在选择圆环、螺旋形和正方形效果时，会出现“Square”和“Cut”选项。在选中“Square”选项后，抽线效果中的弧线将转换为相应的直线段，如下左图所示。在选中“Cut”选项后，将产生对角式切割的效果，如下右图所示。

选中“Square”选项的效果

选中“Cut”选项的效果

❺ 拖动图标，可以改变抽线的角度。

❻ 在该区域中，可以选择抽线效果中线条的组合形状类型，分别为直线、曲线、圆、圆环、螺旋形和正方形。选择不同形状后的效果如下图所示。

直线

曲线

圆

圆环

螺旋形

正方形

TIPS 如果将“Panopticum.Alpha.Srip”效果作用于图像中的背景图层，则生成的抽线将使用黑色填充，如下左图所示。如果作用于透明图层，则抽线所在的范围将变为透明状态，如下右图所示。

作用于背景图层的效果

作用于普通图层的效果

14.8 动画制作：Ulead Effects——GIF-X 2.0

“GIF-X”是Photoshop的一款插件，它主要用于制作简单的GIF动画，用户可以在该插件中制作出旋转、扫描、移动、3D映射等动作效果，同时还可以制作闪电、焰火和辉光等动态灯光效果。

“GIF-X”只能在现有的图像基础上进行进一步的修饰，它不能像Flash那样可以自己动手完全创建动画的基本要素，也不能像Adobe ImageReady那样对动画进行精细的调整与修改。

打开一张图像素材，然后执行“滤镜→Ulead Effects→GIF-X 2.0”命令，打开如下图所示的“Gif-X.Plugin 2.0”对话框。

“Gif-X.Plugin 2.0”对话框

在“Gif-X.Plugin 2.0”对话框的左上角，系统默认为选择“Motion”按钮。在“Motion”选项卡中，可以为图像制作多种动作的动画效果。

在“效果”选项栏中，可以选择所要制作的动作效果，并且通过“参数”选项栏，可以对运动效果的基本参数进行设置。下面介绍各种效果的功能，并对前面几种效果对应的“参数”选项栏进行讲解。

- Rotation：产生一种旋转并且逐渐模糊的效果，如下左图所示。在如下右图所示的“参数”选项栏中，可以设置图像旋转的角度和模糊的程度。选中“显示背景”复选框，在创建的动画效果中会以原图像作为背景。选中“适应背景”复选框，会自动适当缩小图像，再创建动画效果。在“背景拉伸”选项栏中，可以设置背景图像在左边、右边、顶部和底部拉伸的比例，只有在未选中“适应背景”复选框时，该选项栏才可用。

“Rotation”效果

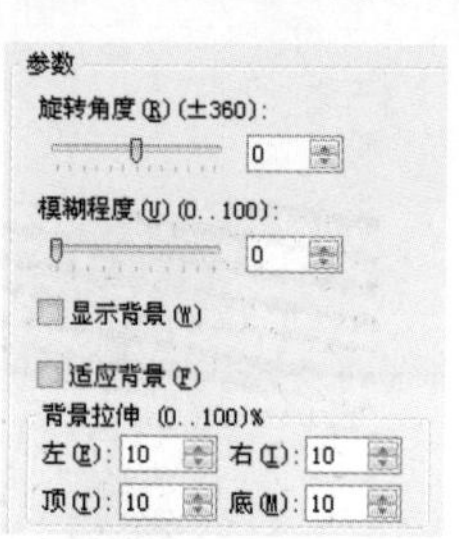

“Rotation”效果的参数设置

- Scan：产生扫描图像的光束效果，如下左图所示。在如下右图所示的“参数”选项栏中，可以设置扫描光的范围、强度、边缘柔和度、方向、位置以及光源的颜色等参数。同时还可以设置扫描光的形态。

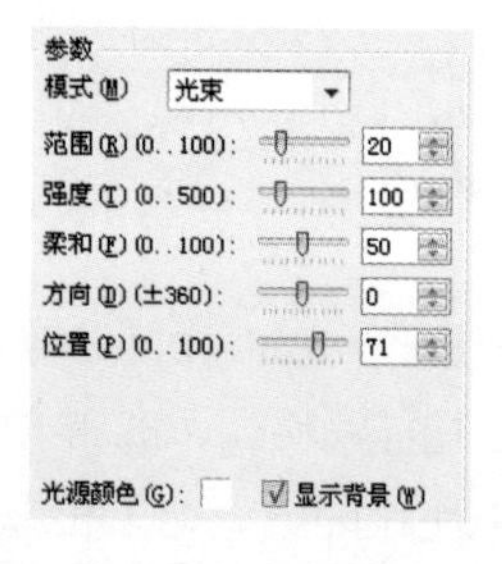

“Scan”效果的参数设置

- Nicklodeon：产生一种平行运动并且逐渐模糊的效果，如下左图所示。在如下右图所示的“参数”选项栏中，可以设置图像移动的位置和闪烁程度。“闪烁”值越大，图像的动感模糊效果越强。

“Nicklodeon”效果

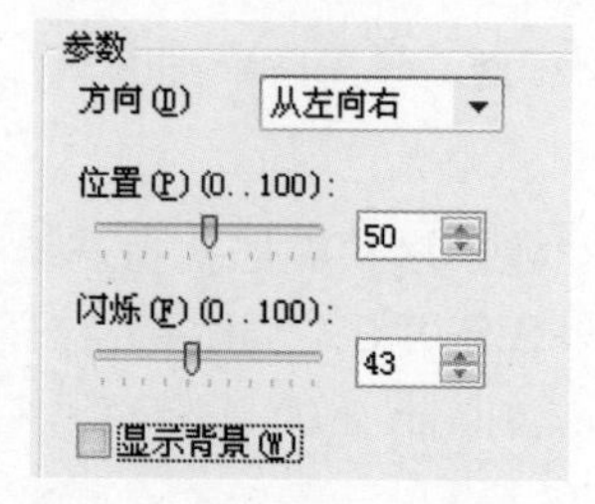

“Nicklodeon”效果的参数设置

- 3D Map：使图像产生球面化或立方体效果并使其旋转。在如下图所示的“参数”选项栏中，可以选择球体或正方体在不同方向上旋转的角度、高度和深度。选中“合并颜色”复选框，使用指定的颜色填充球体或正方体中的缝隙，并与球体和正方体产生很好的合并效果。只有选中“适应背景”选项后，才能观察到合并颜色后的效果。

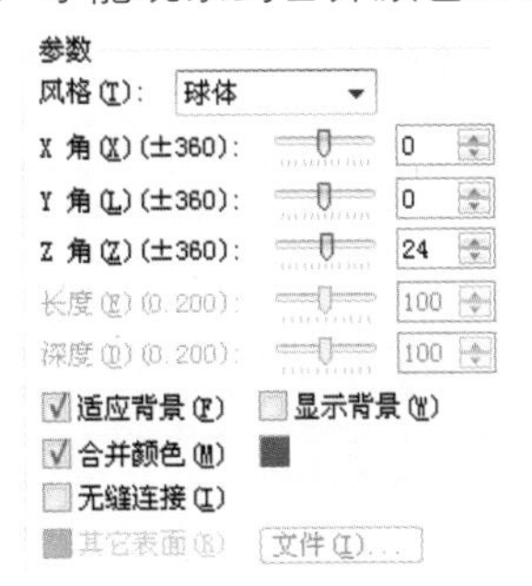

“3D Map”效果的参数设置

- Cube：使图像立方体化并使其产生翻滚旋转效果。
- Open Book：产生翻书效果。
- Bounce：产生弹跳效果。
- Zoom：产生缩放效果。
- Flag：产生旗帜飘动效果。
- Color Shift：产生颜色渐变效果。
- Neon：产生霓虹灯光闪动的效果。

在“关键帧控制”选项栏中，可以对关键帧进行添加、删除和移动等操作。单击▶按钮，可以欣赏制作的动画效果。单击⇄按钮，可以进行循环播放。单击■按钮，停止动画的播放。

单击“Gif-X.Plugin 2.0”对话框顶部的“Light”按钮，切换至“Light”选项卡，在其中可以为图像制作一种聚光灯闪烁照射或一束光线掠过的动态效果。“Light”选项卡设置如右图所示。

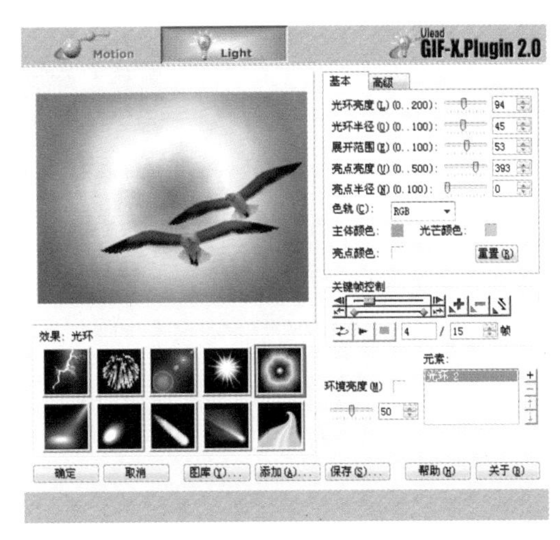

“Light”选项卡设置

- 在“效果”选项栏中，可以选择所要应用的光效，包括闪电、焰火、辉光、光球、光环、聚光灯、手电筒、流星、彗星和激光效果。
- 在“基本”和“高级”选项栏中，可以对动态光效进行较为细致的设置。

- 拖动“环境亮度”滑块，可以设置外界环境的亮度。单击右边的色块，可以设置环境光的颜色。
- 在“元素”选项栏中，单击+按钮，可以添加一个光源，然后在“效果”选项栏中为添加的光源选择一种效果，可以为图像同时应用多种光效，如下图所示。单击-按钮，可以删除所选的光源。单击↑或↓按钮，可以调整光源的上下排列顺序。

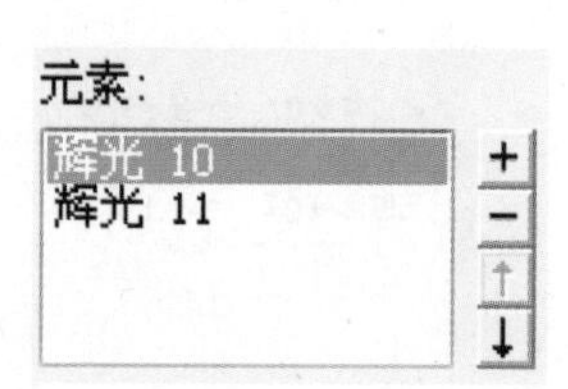

添加的光源和光源效果

- 单击对话框下方的“图库”按钮，从弹出的对话框中可以载入制作好的动画效果，如下图所示。

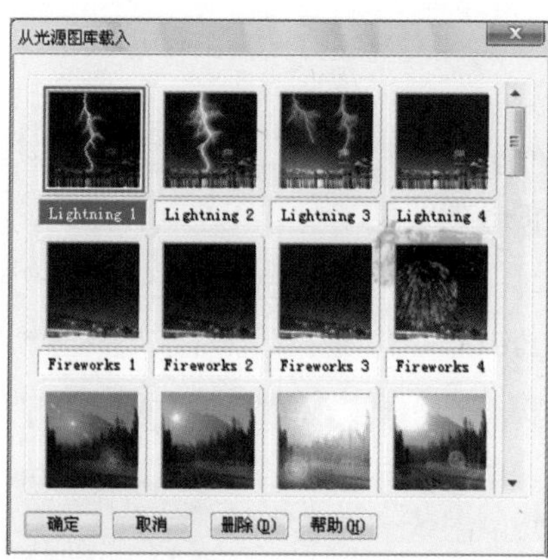

预设的光效动画